KB273499

한국 고전소설사의 거점

# 한국 고전소설사의 거점

김현양

보고사

# 책머리에

그간 발표했던 고전소설 관련 논문들을 함께 묶어, 『한국 고전소설사의 거점』이라 이름 붙여, 이 책을 펴낸다. 처음 논문을 발표한 것이 1992년이었으니, 15년 동안의 탐구의 궤적을 여기에 담아낸 것이다. 논문들이 나말여초(羅末麗初)에서 근대전환기(近代轉換期)까지 소설사의 전폭에 걸쳐 있어 함께 묶기가 쉽지 않았는데, 이제야 어설프게나마 한 자리에 모을 수 있게 되었다.

책으로 묶으면서, 특히 오래 전에 쓴 논문의 경우는 새로운 연구 성과들을 반영해 대폭 손질할 생각이었다. 그래서 열심히 찾아 읽고 생각을 가다듬고 일부 손을 대기도 했다. 그러나 곧 대폭 손질하는 작업이 새로 논문을 쓰는 것보다 더 힘든 일임을 깨닫게 되었다. 대폭 손질을 하지는 않았지만, 몇몇 논문의 경우 표현을 바꾸거나 부분적으로 첨삭(添削)한 곳이 있음을 밝힌다.

이 책은 네 부분으로 구획되어 있다. 제1부에는 소설의 발생·성립기라 할 수 있는 나말여초(羅末麗初)에서 17세기까지의 시기를 다룬 논문들을, 제2부와 제3부에는 18~19세기의 대표적 소설 양식이라 할 수 있는 군담소설(軍談小說), 판소리·판소리계소설과 관련된 논문들을, 제4부에는 19세기 말~20세기 초 근대전환기의 시기를 다룬 논문들을 모아 놓았다. 제1부는 이른바 전기소설(傳奇小說)이라는 양식이, 제4부는 구활자본 고전소설 양식이 논의의 중심을 이루고 있으니, 부족한 대로 소설사 전개의 거점이 되는 양식들을 포괄하고 있는 셈이다.

이 책을 관통하고 있는 기본 관점, 즉 서술의 목표는 한국 고전소설사를 바라보는 '이분법적 시각'을 넘어서고자 하는 데 있다. 설화 아니면 소설로 파악하는 양자택일적 시각, 고전소설과 근대소설을 분리하고자 하는 시각, 군담소설과 판소리·판소리계소설의 성격을 대척적인 것으로만 파악하는 시각, 19세기를 18세기의 소설사적 성취가 퇴행하는 시기로만 이해하는 시각 등이 이 책에서 넘어서고자 하는 이분법적 시각의 대표적인 예에 해당된다. 이분법적 시각을 넘어서기 위해, 역사적인 조건과 계기 등을 심중히 고려하면서, 세기와 양식·경향을 대표하는 작품을 섬세하게 독해하면서, 그 내부에 혼재되어 있거나 감춰져 있는 의미들까지 포착하여 온당하게 해석하고 평가하고자 했으나, 제대로 파악했는지, 제대로 서술했는지 모르겠다. 질정(叱正)을 구한다.

이렇게 책으로 묶으니, 거칠고 빈틈이 많고 엉성한 면이 더욱 눈에 들어온다. 앞으로 이를 가다듬고 채우고 풍부하게 해야 할 터인데, 걱정이다. 소설의 개념에 대해 더욱 고민하면서 소설 발생의 역사적, 서사학적 조건을 보다 구체적으로 탐구해야 할 것이다. 민족문학사연구소에서 근대문학 전공자들과 함께 공부하며 토론을 벌이고 있으니 진전이 기대된다. 이 책에서 다루지 않은 다른 주요 양식, 다른 주요 작품으로 범위를 확대하고, 동아시아로 시야를 확장하는 일도 긴요하다. 어디까지 갈 수 있을지는 모르겠지만, 꾸준히 한 걸음 한 걸음 내딛어 보려고 한다.

도움을 주신 분들께 감사의 말을 하려고 하니 너무도 많다. 이 많은 분들에게 진 빚을 어떻게 갚아야 할 지 모르겠다. 연세대학교의 선생님들과 동문 선·후배들, 민족문학사연구소의 동학(同學)들에게 특별히 감사의 마음을 전한다. 우리 가족들─돌아가신 아버님, 지금까지 든든한 버팀목이 되어주신 어머님, 두 딸 하늘이, 가람이에게 사랑의 마음을 전한다. 내 아내 신귀순이 아니었다면 이 보잘 것 없는 책이 세상에 나오지 못했을 것이다. 고마운 마음을 전한다. 책을 잘 만들어 준 보고사 분들에게도 감사드린다.

2007년 8월
김 현 양

# 차 례

# 제 1 부

# 〈최치원〉의 장르 성격 논의에 대한 비판적 검토

1.

〈최치원(崔致遠)〉은 성임(成任, 1417~1480)이 편찬한 『태평통재(太平通載)』에 기록되어 전해지는 『수이전(殊異傳)』 일문(逸文) 가운데 하나이다. 『수이전』 일문은 모두 12편인데,1) 그 가운데 〈최치원〉은 가장 뛰어난 문학적 성취를 보여주는 것으로 인정받고 있다. 이 때문에 『수이전』과 관련된 논의에서 〈최치원〉은 가장 빈번하게 거론되고 있는 형편이다. 『수이전』은 지금 전해지지 않아 그 면모를 충분히 알 수 없으며, 작자가 누구인지조차 분명하지 않은 책이다. 그럼에도 불구하고 이 책은 우리 서사문학사의 발전 경로를 해명하는 데 있어서 매우 중요한 의의를 지닌 것으로 평가되고 있다. 『수이전』이 그 전모나 작자가 불투명함에도 불구하고 주목받고 있는 것은, 그 안에 수록된 몇몇 텍스트가 설화와는 다른 양식적 특성을 지닌 것이라는 판단 때문이다.

『수이전』의 장르적 성격과 서사문학사적 위상을 바라보는 시각은 크게 셋으로 나누어 볼 수 있다. 첫 번째는 구비 전승되던 설화와 양식적 차별성이 거의 없는 것으로 보는 것이다. 이 경우 『수이전』 소재 작품들

---

1) 흔히 『수이전』 일문을 13편이라 하기도 하나, 『대동운부군옥(大東韻府群玉)』에 기록되어 있는 〈선녀홍대(仙女紅袋)〉는 〈최치원〉을 축약해 놓은 것이므로 엄밀히 말한다면 12편이다.

은 설화의 개념적 범주에 포괄된다.[2] 그리하여 『금오신화(金鰲新話)』 이전까지의 서사문학사의 진행 경로는 설화에서 소설로의 이행 과정이 된다. 두 번째는 설화와는 양식적으로 구별되는 특성을 지니고 있다고 보고 '수이전체문학(殊異傳體文學)'이라 개념화하는 것이다. 이 경우 서사문학사의 진행 경로는 설화에서 수이전체문학 등의 서사적 산문의 단계를 거쳐 소설로 발전하는 것이 된다.[3] 세 번째는 일부를 소설로 보는 것이다. 특히 이들 소설의 특성을 '전기성(傳奇性)'으로 규정하여 '전기소설(傳奇小說)'이란 양식 개념을 사용한다.[4] 서사문학사의 진행 경로를 설화에서 소설로의 이행과정으로 파악하는 것은 첫 번째의 시각과 같으나, 소설의 발생 시기를 『금오신화』가 창작된 15세기가 아니라 나말

---

2) 조동일은 작가가 문학적 수식을 갖춘 문체로 설화를 기록한 것이라는 점을 강조하여 '전기(傳奇)'라 하기도 한다. 하지만 이 경우에도 그 장르 귀속은 설화이다.(조동일, 『한국소설의 이론』, 지식산업사, 1977, 226면)

3) '수이전체문학'이라는 개념은 북한의 문학사와 박일용이 사용하고 있다. 북한의 문학사에서는 '수이전체산문'의 단계를 거쳐 '소설'로 발전하는 것으로 역사적 경로를 해명하고 있다. 박일용도 이러한 시각을 가지고 있으나, 『수이전』 일문 가운데 <최치원>만은 15세기에 성립된 소설 텍스트라 판단하고 있다; 정홍교, 『조선문학사1』, 평양: 사회과학출판사, 1991, 279-283면. 박일용, 「소설의 발생과 <수이전> 일문의 장르적 성격」, 『조선시대의 애정소설』, 집문당, 1993. 박일용, 「전기계 소설의 양식적 특성과 그 소설사적 변모 양상」, 『민족문화연구』제28집, 고려대 민족문화연구소, 1995, 79-82면.

4) 이러한 견해를 대표하는 연구 성과는 다음과 같다; 지준모, 「전기소설의 효시는 신라에 있다」, 『어문학』32, 한국어문학회, 1975. 조수학, 「최치원전의 소설성」, 『영남어문학』2, 영남어문학회, 1975. 임형택, 「나말여초의 전기문학」, 『한국한문학연구』5, 한국한문학연구회, 1981. 이헌홍, 「최치원전의 전기소설적 구조」, 『수련어문논집』9, 부산여자대학교 국문학과, 1882. 김종철, 「서사문학사에서 본 초기소설의 성립문제」, 『다곡이수봉선생회갑기념논총』, 1988. 박희병, 「한국고전소설의 발생 및 발전단계를 둘러싼 몇몇 문제에 대하여」, 『관악어문연구』17, 서울대 국어국문학과, 1992. 박희병, 「나려시대 전기소설 연구」, 『대동문화연구』30, 성균관대 대동문화연구소, 1995. 김종철, 「전기소설의 전개 양상과 그 특성」, 『민족문화연구』제28호, 고려대 민족문화연구소, 1995. 윤재민, 「전기소설의 인물 성격」, 『민족문화연구』제28호, 고려대 민족문화연구소, 1995.

여초(羅末麗初)로 파악하는 점에서는 커다란 차이를 보이게 된다.5)

이처럼 『수이전』 일문의 장르 성격을 어떻게 규정하느냐에 따라 서사문학사의 진행 경로라든가 설화에서 소설로의 분기점이 달리 파악된다. 최근의 연구자들은 대체로 세 번째의 시각으로 『수이전』 일문을 바라보고 있다. 임형택과 박희병은 나말여초(羅末麗初)인 9∼11세기로,6) 김종철은 13세기로 소설의 발생시기를 파악하고 있는데,7) 이는 『수이전』 일문 가운데 핵심적 분석 대상이라고 할 수 있는 〈최치원〉의 창작 시기를 대체로 이 시기로 추정하고 있기 때문이다. 〈최치원〉이 창작된 시기가 나말여초이고 〈최치원〉을 소설로 본다면, 소설이라는 장르는 21세기인 오늘날까지 거의 10세기 이상을 지속한 것이 된다.

과연 그럴까? 이른바 전기소설이라 불리는 9세기의 서사 텍스트와 오늘날 소설이라 불리는 서사 텍스트에서 공히 본질적인 장르적 속성을 발견해 낼 수 있을까?8) 이러한 의문은 '소설'이라는 장르 개념 차원에서

---

5) 앞서 언급했듯이 박일용은 『수이전』 일문 가운데 〈최치원〉을 소설로 인정하고 있으므로 부분적으로는 세 번째 시각을 보여주고 있는 셈이다. 하지만 〈최치원〉의 텍스트 성립 시기를 15세기로 파악하고 있어, 다른 연구자와 다른 입장을 취하고 있다.

6) 박희병은 "〈최치원〉의 작자는 나말여초를 살았던 六頭品 出身의 문인지식인이었을 개연성이 아주 높다"(1995, 45면)고 보고 있는데, 이는 전기소설의 발생기를 9∼10세기로 추정하는 근거이기도 하다.

7) 김종철, 1988.

8) 박희병은 "소설이란 장르는 고정되어 있지 않으며, 계속 발전하고 변화해간 장르이다. 이 장르는 문학사에 등장한 이래 자신을 부단히 성장시켜 왔다. 이 점에서 소설은 그 어떤 장르와도 비견될 수 없는 유별난 장르이다. 그것은 현재에도 '형성' 중이며, 자신의 존재를 '지속'시키기 위한 노력을 경주하고 있다."(1995, 39면)고 파악하면서, 서사문학사를 동태적으로 파악하려면 '장르운동'의 관점에서 "전기소설이 설화로부터 벗어나 새로운 형태의 서사문학으로 진전되고 있는 면모"(1995, 41면)를 주목해야 한다고 주장한다. 물론 이러한 생각은 원칙적으로 타당하다. 그렇지만 새로운 형태의 서사문학으로의 진전이 '설화에서 소설로의 단선적 이행'을 의미하는 것이라면 이는 오히려 정태적인 사고이다. 뿐만 아니라 또한 이른바 발생기의 전기소설과 현재에도 '형성' 중이며 앞으로도 '지속'될 소설을 동질적으로 파악하고자 하는 태도 역시 정태적이다.

제기되는 것이기도 하면서 장르 개념과 텍스트 사이의 정합성 차원에서
제기되는 것이기도 한데, 특히 이 글에서 집중적으로 검토하고자 하는
것은 후자이다. 장르 개념의 차원에서 이러한 의문을 본격적으로 해결하
기 위해서 기존 논의의 타당성을 점검하는 일이 우선적으로 이루어져야
하기 때문이다.

 『수이전』의 장르 성격 문제에는 설화나 소설 등 서사문학의 기축(基
軸) 장르에 대한 개념적·본질적 이해라는 매우 어려운 과제가 내포되어
있으며 동시에 소설사를 그 자체의 역동성을 훼손하지 않으면서 동태적
으로 파악할 수 있는 온당한 시각이 무엇인가라는 고도의 난제가 함축되
어 있다. 특히 『수이전』 일문 가운데 〈최치원〉은 이러한 논의의 한 가운
데에 자리 잡고 있으면서, 다양한 시각의 차이를 드러내는 핵심적인 대
상이 되고 있다. 따라서 이 글에서는 『수이전』 일문 가운데 그 핵심 텍스
트라고 할 수 있는 〈최치원〉을 대상으로 소설의 장르적 성격과 그 발생
문제를 논의한 연구 성과를 비판적으로 검토하면서 이를 기초로 소설의
장르적 성격과 그 발생 문제를 바라보는 필자의 견해를 간략하게 제시해
보고자 한다.


## 2.

 〈최치원〉의 장르 문제는 고전문학사에서 매우 불안정하게 기술되고
있었다. 조윤제는 『한국문학사』에서 〈최치원〉을 "이미 완전한 하나의
전기체소설"[9] 이라고 규정했으며, 장덕순은 『국문학사』에서 "〈만복사저
포기〉와 그 소재, 구성, 주제에 있어서 동계의 소설"[10] 이라고 규정했고,

---

 9) 조윤제, 『한국문학사』, 동국문화사, 1963, 67-8면.

이가원은 『한국한문학사』에서 "雙女主人公과 만나서 講歡 또는 唱酬한 전기적 소설"11)이라 규정한 바 있다. 〈최치원〉을 '전기체소설'이나 '소설' 혹은 '전기적 소설'이라 기술하고 있어 그 장르적 성격을 소설로 파악하고 있는 듯하나, 실제 문학사 서술에서 소설의 출발은 항상 『금오신화』로부터였다. 이렇듯 불일치를 보이고 있는 것은 〈최치원〉과 『금오신화』를 비교할 때 그 장르적 차이가 명확하지 않다는 생각과 그렇지만 〈최치원〉을 소설이라 하기에는 무엇인가 석연치 않다는 생각이 혼란스럽게 표출되었기 때문이라 판단된다.

이러한 혼란으로부터 벗어나기 위해서는 〈최치원〉이 소설에 부합되지 않는 작품임을 보다 명확하게 해명하든가, 아니면 〈최치원〉을 소설로 파악할 수 있는 근거를 보다 구체적으로 제시하면서 소설의 발생시기를 앞당겨 서술하든가 해야 하는데, 이러한 작업을 수행한 여러 연구 가운데 전자로서는 조동일의 연구가, 후자로서는 임형택의 연구가 대표적이라 할 수 있다.

조동일은 〈최치원〉을 전설로 파악했다. 즉, 〈최치원〉은 '작품외적 자아의 개입에 의한 자아와 세계의 상호 우위에 입각한 대결'로 요약되는 소설의 구조를 지니고 있지 않다는 것이다.

> (가) 최치원전설은 이인보전설과 함께 사람과 여귀의 뜻하지 않던 관계를 다루어 운명의 경이를 보여준다. 그러나 최치원은 이인보보다 적극적인 자세를 취해, 쌍녀분 속 두 여자의 사랑을 흔쾌히 받아들이고 제한된 범위 안에서나마 능동적으로 행동한다. 또한 이별을 강요하는 세계의 횡포를 수긍하지 않으려는 자세마저 보인다.12)

---

10) 장덕순, 『국문학사』, 동화문화사, 1981, 149면.
11) 이가원, 『한국한문학사』, 민중서관, 1961, 105면.
12) 조동일, 앞의 책, 169면.

(나) 명혼전설은 작품외적 세계를 증거물로 이용하고 자아에 대한 세계의
우위에 입각하여 전개되지만, 명혼소설은 작품외적 세계의 개입에 의
거하지 않고 세계의 일방적 우위를 거부하면서 전개된다. 최치원전설
에서는 최치원이 역사적 인물이고, 역사적 인물인 최치원이 지니는 증
거력에 의해 이야기가 이해되도록 최치원에 관한 사실이 서두와 결미
에 첨부되어 있다. 그리고 쌍녀분에 가서 호기심으로 시를 써 놓았기
때문에 뜻하지 않던 사건이 벌어진 것이다.13)

(다) 「최치원」에서는 문학적인 수식이 보이며 시가 다수 삽입되어 있으
나 이러한 변화가 장르적 성격을 바꾸어 놓은 것은 아니다. 문자로 기
재되고 문학적으로 수식된 전설이다.14)

위의 (가)와 (나)를 보면, 조동일이 〈최치원〉을 소설이 아닌 전설로 파
악하는 근거가 무엇인지 알 수 있다. 조동일은 〈최치원〉에서 '문자 그대
로의 죽은 여자가 산 사람처럼 행동해 도저히 합리적으로 인식할 수 없
는 세계의 경이'와 '자아의 좌절(세계의 우위)' 그리고 '역사적 인물인 최
치원이 지니는 증거력'을 주목한다. '최치원이 쌍녀분 속 두 여자의 사랑
을 흔쾌히 받아들이고 제한된 범위 안에서나마 능동적으로 행동'하며 '또
한 이별을 강요하는 세계의 횡포를 수긍하지 않으려는 자세'를 보여주고
있어 세계와 대결해 나가는 소설적 양상을 어느 정도 포착할 수는 있으
나 그 본질적인 장르 귀속은 전설이라는 것이다.

이러한 조동일의 분석에서 우선 주목할 것은 자아와 세계에 대한 파악
이다. '사람과 여귀의 뜻하지 않던 관계를 다루어 운명의 경이를 보여준
다.'고 한 서술에서, 사람과 여귀의 뜻하지 않던 관계는 작품 속에서 최

---

13) 위의 책, 226면.
14) 위의 책, 같은 곳.

치원과 두 여자의 만남과 사랑을 의미하는 것이라 할 수 있다. 그렇다면 이 두 인물의 관계를 통해서 운명의 경이를 경험하는 주체는 이 작품을 감상하는 독자인 '우리'이다. 또한 '죽은 여자가 산 사람처럼 행동해 도 저히 합리적으로 인식할 수 없는 세계의 경이'라고 한 서술에서, 세계의 경이를 경험하는 주체는 '최치원'이라 할 수 있다. 이는 이인보전설에서 여귀(女鬼)의 출현에 당혹하는 주체가 이인보인 것과 마찬가지이다. 그 렇다면 이때의 세계는 자아인 최치원에게 경이감을 불러일으킨 두 여자 라 할 수 있다. 그런데 '이별을 강요하는 세계의 횡포에 수긍하지 않으려 는 자세마저 보인다.'라는 서술에서는 자아는 최치원이고 세계는 이별을 강요하는 그 무엇[사람과 귀신의 존재론적 차이 혹은 운명]으로 파악된다.

이상에서 알 수 있듯이 장르를 판별하기 위한 조동일의 〈최치원〉 분석 은 혼란스럽다. 자아는 작품 밖의 우리가 되기도 하고 최치원이 되기도 하며 세계는 두 여자가 되기도 하고 이별을 강요하는 그 무엇이 되기도 한다. 하지만 이러한 분석상의 혼란을 넘어서 서술의 의도를 추정하여 정리해 본다면 일단 자아는 최치원이라 할 수 있다.

문제는 세계인데, 세계를 두 여자로 파악할 경우, 〈최치원〉은 '최치원 과 죽은 두 여자와의 경이로운 만남'을 서사화한 것이며, 두 여인과의 만 남을 합리적으로 인식할 수 없는 최치원의 기이한 체험이 서사화의 중심 에 놓여 있게 된다. 그렇지만 조동일도 지적했듯이 최치원은 두 여인과 의 만남을 적극적으로 받아들이려 하고 있다. 비록 다소의 당혹감을 지 니고는 있었지만 최치원은 오히려 적극적인 사랑의 행위를 요구하고 있 기조차 하다.15) 그렇다면 최치원을 자아로 두 여자를 세계로 파악하는

---

15) 다음과 같은 구절에서 이를 알 수 있다; ①公旣見芳詞, 頗有喜色. 乃問其女名字, 曰翠襟. 公悅而挑之(김현양 외,『譯註殊異傳逸文』, 박이정, 1996. 35면) ②"嘗聞盧充 逐獵, 忽遇良姻, 阮肇尋仙, 得逢嘉配. 芳情若許, 姻好可成." 二女皆諾曰:"虞帝爲君,

것도 온당하다고 할 수 없다.

이별을 강요하는 그 무엇을 세계로 파악한다면 자아는 최치원과 두 여자이다. 이 경우에 〈최치원〉은 '이별을 강요하는 그 무엇에 맞서 사랑을 성취하고자 하는 최치원과 두 여자의 이야기'가 된다. 하지만 이별을 강요하는 세계란 바로 산 사람과 죽은 귀신이라고 하는 존재적 차이이며 이는 이미 운명적으로 전제된 것이다. 조동일은 최치원이 "이별을 강요하는 세계의 횡포를 수긍하지 않으려는 자세마저 보인다"고 했으나, 그렇지는 않다. 최치원이나 두 여자나 이러한 전제된 존재적 차이를 인정하면서 순응하고 있으며, 따라서 두 주체는 이별을 슬퍼할망정 당연한 것으로 받아들인다.16) 그렇다고 한다면 '자아의 경이' 또는 '자아의 패배(세계의 우위)'를 기초로 한 조동일의 장르 분석은 타당하게 받아들일 수 없는 것이 된다.

최치원이라는 인물이 전설의 장르적 표징인 증거물이라는 파악 또한 그대로 받아들이기 어렵다. 전설에서의 증거물은 작품외적 세계로서, 이러한 작품외적 세계의 개입을 통해 서사세계의 비현실성[비사실성]을 보완하면서 전설의 중심적 의미를 뒷받침하는 기능을 하게 된다. 하지만 〈최치원〉에서 역사적 인물로서의 최치원이 개입되어야 할 아무런 이유도 없으며 또한 작품의 의미가 역사적 인물인 최치원이라는 존재 자체와 연관되어야만 이해될 수 있는 것도 아니다. 군이 최치원이 아니더라도 문사(文士)의 자질을 지닌 수재(秀才)형의 인물이라면 누구나 대입이 가능하다. 따라서 최치원이라는 역사적 인물을 증거물로 보아 〈최치원〉을

---

雙雙在御, 周良作將, 兩兩相隨, 彼昔猶然, 今胡不爾." 致遠喜出望外, 乃相與排三淨枕, 展一新衾, 三人同衾, 繾綣之情, 不可具談.(같은 책, 38면)

16) 다음과 같은 구절에서 이를 알 수 있다; 小頃, 月落鷄鳴, 二女皆驚, 謂公曰: "樂極悲來, 離長會促, 是人世貴賤同傷, 況乃存沒異途, 昇沈殊路. 每慚白晝, 虛擲芳時, 只應拜一夜之歡, 從此作千秋之恨, 始喜同衾之有幸, 遽嗟破鏡之無期."(위의 책, 39면)

전설로 파악하는 것도 역시 타당할 수 없다.

(다)에서 조동일은 구전에 충실한 문헌설화보다 상대적으로 문학적 수식이 더해져 있는 〈최치원〉의 형태적 표징도 소설의 장르적 표징은 아니라고 판단한다. 즉, '문학적으로 수식된 전설'이라는 것이다. 하지만 문학적 수식을 단순히 의장(意匠)이라고만 판단할 수는 없다. 엄밀히 말해 수식은 표현의 욕구와 관련되며, 표현의 욕구는 종종 기존의 장르 관습에 대한 불만으로부터 비롯된다. 물론 이러한 불만이 항상 장르 성격을 변화시키는 방향으로 표출되는 것은 아니지만, 『수이전』이 여전히 구전적 방식이 중심적인 문학소통체계였던 시대의 산물이라는 점을 고려한다면, 문학적 수식의 문제를 그렇게 간단히 처리하고 말 일은 아닌 듯싶다.

임형택은 〈최치원〉을 소설로 파악한다. 그는 소설의 장르적 표징으로 "작가의 창작성 및 문식의 가미", "사회현실의 보다 풍부한 반영". "작가의식의 합리성"을 주목한다.[17] 조동일에게 소홀히 취급되었던 문학적 수식의 유무를 작가의 창작성과 관련하여 중시하고 있으며, 작품과 사회현실의 관련성, 합리적인 작가의식이 주목되고 있다.

> (가) 전기소설의 하나인 「최치원」은 바로 이 시대 문인의 고뇌를 그린 내용이다. (……) 현실에 대한 소외감으로부터 연애감정이 발랄하여, 무덤 속의 여성을 등장시켜 회고적인 로맨스를 갖는다. 두 여인과의 신비스런 연애를 통해서도 고독감으로부터 해방되지 못한다. 그는 고국으로 돌아와서도 필경 세상을 도피해서 산수 사이를 소요했다는 것이다. (……) 이러한 최치원의 역사적 고독을 한편의 전기로 포착한 것이다. 이 고독한 주인공은 연애도 세상으로부터 철저히 소외된 연애를 하도록 만들었다.[18]

---

17) 임형택, 앞의 글, 22면.
18) 위의 글, 19-20면.

(나) 「최치원」에서도 주인공이 사내대장부로서 귀환(鬼幻)과 감상에 사로잡혀야 되겠느냐고 자책하게 만든다. 이러한 작가의식도 확실히 신화나 전설의 세계에서와는 다른 관념이다.[19]

(가)에서 임형택은 〈최치원〉의 서사적 내용의 핵심을 최치원의 고독으로 파악한다. 최치원의 고독을 육두품(六頭品)이라는 신분적 제약, 이로 인한 정치적 소외에서 비롯된 것이라 하여, 그 고독을 '역사적 고독'이라 부르고 있다. 작품의 서사세계 내에서 죽은 두 여자와 사랑을 나누는 것 역시 이러한 고독의 연장인 '소외된 연애'로 파악하고 있다.

임형택이 이처럼 최치원의 고독을 서사의 핵심으로 파악할 수 있었던 것은 작품외적 사실을 작품의 해석에 개입시켰기에 가능한 것이었다. 작품의 서사세계 내에서는 역사적 개인으로서의 최치원의 소외된 삶이 서사적 정보로 충분히 언표되지 않고 있다.[20] 임형택이 해석의 중요한 전제로 제시하는 최치원의 역사적 삶에 관한 기록은 오히려『수이전』일문인 〈최치원〉에서가 아니라 최치원의 전기(傳記)적 일생을 서술한『삼국사기(三國史記)』〈최치원전(崔致遠傳)〉의 내용이라 할 수 있다.[21] 비록

---

19) 위의 글, 22-23면.

20) 다음과 같은 구절이 역사적 개인으로서의 최치원에 관한 서사적 정보에 해당된다;
 ①崔致遠, 字孤雲. 年十二, 西學於唐. 乾符甲午, 學士裴瓚掌試, 一擧登魁科(김현양 외, 앞의 책, 34면) ②乃退而長往, 尋僧於山林江海, 結小齋, 尋石臺, 耽玩文書, 嘯咏風月, 逍遙偃仰於其間南山淸凉寺·合浦縣月影臺·智異山雙溪寺·石南寺·墨泉石臺, 種牡丹, 至今猶存, 皆其遊歷也. 最後隱於伽倻山海印寺, 與兄大德賢俊·南岳師定玄 探賾經論, 遊心沖漠, 以終老焉.(같은 책, 41면) 특히 ②의 내용은 후인이 가필한 것이라는 견해(김건곤, 「『신라수이전』의 작자와 저작배경」,『정신문화연구』제34호, 정신문화연구원, 1988)를 염두에 둔다면 역사적 개인인 최치원에 관한 서사적 정보란 ①에 불과한 것이라 할 수도 있다. 김건곤은 〈최치원〉의 작자를 논하면서, 최치원이 직접 창작한 한시의 풍격, 운자(韻字), 시어(詩語) 등과『삼국사기』등의 기록을 근거로 실제 인물 최치원이 〈최치원〉의 원작을 쓰고, 후인이 그 말미에 실제 인물 최치원의 종반 생애를 추기했다고 하였다.

작품에서 부분적으로 자신의 외로움을 토로하고 있으나,[22] 이러한 최치원의 외로움을 역사적 개인으로서의 소외된 삶과 관련시켜야 할 하등의 필연적인 이유는 없다. 임형택이 작품외적 사실을 기초로 서사세계 내의 인물인 최치원을 파악하려고 하는 것은 '사회현실의 보다 풍부한 반영'이라는 소설의 장르적 표징을 입증하고자 하는 의도가 개입되었기 때문이라 판단된다.

설화에 비해 소설이 사회현실을 풍부히 반영하는 장르라고 생각하는 것에는 이견이 없는 듯하다. 조동일의 '자아와 세계의 상호 우위에 입각한 대결'이라는 소설 규정에도 이러한 생각이 반영되어 있다. 우리가 알고 있는 사회현실의 진실된 모습은 바로 상충되는 이해 속에서 대립·갈등하는 인간의 관계이며, 바로 이러한 사회현실의 모습을 구체적으로 그려야만 사회현실이 풍부히 반영되었다고 할 수 있다. 문제는 〈최치원〉에 과연 사회현실이 풍부하게 반영되었느냐 하는 것이다. 풍부한가 그렇지 못한가 하는 판단은 매우 주관적일 수 있어서, 이러한 간단한 언표를 장르 판별의 준거로 삼기는 곤란하다.

설화 장르에 귀속되는 이야기와 비교할 때, 〈최치원〉을 사회현실이 '보다' 풍부하게 반영된 텍스트라고 판단할 수는 있을 것이라 생각한다. 하지만 〈최치원〉에 사회현실이 풍부하게 반영되었는가를 다시 질문하지 않을 수 없다. 〈최치원〉에서 최치원은 그 인식과 행동의 의지가 구체적으로 형상화되어 있지 못하며, 최치원과 대립·갈등하는 세계 또한 여전히 모호하다. 오히려 인식과 행동의 의지를 구체적으로 드러내고 있는 것은 죽은 두 여자라 할 수 있다.[23] 임형택이 작품외적 사실을 근거로

---

21) 김부식, 『삼국사기』 권46, 「열전」 제6, 〈최치원〉.
22) 다음과 같은 구절이 외로움을 환기하고 있다; ①芳情儻許通幽夢/永夜何妨慰旅人/孤館若逢雲雨會/與君繼賦洛川神 ②明旦, 致遠歸塚邊, 彷徨嘯咏, 感嘆尤甚, 作長歌.

최치원의 역사적 고독을 언급하지 않을 수 없었던 것은 바로 작품 내에서 최치원의 인물 형상이 그만큼 그려지지 못했기 때문이다.

(나)에서 임형택은 최치원이 '사내대장부로서 귀환과 감상에 사로잡혀야 되겠느냐고 자책'하는 것을 들어 작가의식의 합리성을 언급하고 있다. 귀환과 감상을 부정하는 인물의 설정은 확실히 신화와 전설에 내재된 인식 지평과는 층위를 달리 하는 관념의 소산이라 할 수도 있다. 하지만 그렇다고 해서 그것이 아무런 매개 없이 그대로 작가의 합리성으로 환치될 수 있는 것은 아니다. 더욱이 귀환과 감상에 대한 시적 토로가 작품의 후반부에서 매우 이질적으로 당혹스럽게 표출되고 있으므로, 이러한 귀환과 감상의 부정이 작품의 전편을 틀어쥐고 있는 작가의 인식이라 하기도 어렵다.


## 3.

김종철의 소설에 대한 개념적 이해도 조동일이나 임형택과 거의 동일하다. 하지만 〈최치원〉의 핵심적인 서사적 내용을 파악하는 방식에 있어서는 이들과 다소 차이가 있다. 그 차이는 무엇보다도 최치원과 함께 두 여자의 의지와 행동에 대해 주목하고 있는 점이다.

---

23) 두 여자는 능동적으로 최치원에게 나타나 자신들이 죽음에 이를 수밖에 없었던 현실의 문제를 전언한다. 이를 통해 그들의 경우에는 최치원과 사랑을 이루고자 하는 행동의 소이연이 구체적으로 해명된다. 그렇지만 최치원의 경우에는 두 여자와 사랑을 이루고자 하는 까닭이 모호하기만 하다. 작품의 후반부에서 두 여자와의 만남에 대해 "남아의 기운으로 아녀자의 한을 제거한 것뿐이니/마음을 요망스런 여우에게 연연해 하지 말아라"(김현양 외, 앞의 책, 54면)라는 시구가 혼란스럽게 노출될 수 있었던 것도 바로 최치원이라는 인물에 대한 이러한 모호한 성격화에서 기인한 것이다.

(가) 고독한 인물들끼리의 이러한 만남은 세계와의 역설적 화합이다. 쌍방은 이 만남에 적극적이었고, 이 만남은 두 처녀에게는 한을 푸는 계기로, 최치원에게는 삶에 대한 새로운 인식의 계기로 작용하였다.24)

(나) 역사적 인물 최치원을 바탕으로 한 작중의 최치원은 개별적 인물이 아니라 당대의 고독한 지식인을 대표하는 일종의 전형적 형상이다. (……) 「최치원」의 작가는 이처럼 능력은 있었지만 불우했던 인물로 전형화되어가던 최치원을 귀신과의 교섭이라는 신비한 이야기의 주인공으로 삼아 한 편의 전기를 썼던 것이다.25)

(가)에서 최치원과 두 여자의 만남에 주목하고 있음을 알 수 있다. 최치원은 "웅대한 천재이지만 외국인으로 사회적 진출이 제한된 고독한 인물"26)이며, 두 여자는 "자신들의 의사에 반한 혼인에 한을 품고 죽은 여자"27)로서, 이 두 주체의 만남은 서로의 좌절된 욕구를 실현하고자 하는 적극적인 의지의 발로였으며, 이로 인해 최치원은 인식의 전환을, 두 여자는 해원(解冤)을 이루게 되었다고 했다. 특히 (나)에서는 최치원을 개별적 인물이 아니라 당대의 고독한 지식인을 대표하는 일종의 전형적 형상으로 파악하여 당대 육두품 지식인의 소외를 반영하고 있는 것이라 했다.

이러한 김종철의 파악은, 두 여자의 경우에는 타당한 면이 있으나, 최치원의 경우에는 그 타당성을 인정하기 어렵다. 작품의 서사세계 내에서 두 여자는 최치원과의 만남에 적극적이었으며, 또한 최치원과의 만남이 죽음 이전부터 지니고 있었던 자신들의 욕망과 관련된 것이라는 점을 분명히 표명한다.28) 하지만 최치원의 경우에는 이와 다르다. "그냥 장난으

---

24) 김종철, 1988, 189면.
25) 위의 글, 190면.
26) 위의 글, 189면.
27) 위의 글, 같은 곳.

로 쓴 글인데 아름다운 발걸음 드리우셨군요"[29]라는 최치원의 발화에서도 알 수 있듯이, 최치원은 우연히 두 여자의 무덤에 시를 지었을 뿐이다. 두 여자와의 만남을 자신의 소외된 처지와 적극적으로 관련시키고 있는 어떠한 발화도 찾아볼 수 없다. 따라서 최치원을 좌절된 욕구를 실현하고자 하는 적극적 의지를 지닌 전형적 형상으로 파악하는 것은 타당하지 않다. 오히려 작품 속에서 최치원은 "마음을 요망스런 여우에게 연연해 하지 말아라"[30]고 하여 두 여자와의 만남에 대해 부정적인 의식마저 표명하고 있다.

최치원이 두 여자와의 만남을 계기로 삶에 대한 새로운 인식을 가지게 되었다는 것도 의문이다. 중국에서 신라로 돌아오는 길에서 최치원이 "뜬 구름같은 세상의 영화는 꿈 속의 꿈과 같으니 하얀 구름 머문 그윽한 곳에서 즐겨 몸을 편안히 하리라"[31]는 시를 읊었다는 것이 이러한 해석의 근거이다. 하지만 세상살이가 꿈과 같다는 최치원의 발화가 두 여자와의 만남과 무슨 관련이 있는지 모호하기만 하다. 특히 앞서 언급했듯이 두 여자와의 만남에 대한 부정적인 의식을 토로하기조차 했으니, 이러한 발화[새로운 인식]가 두 여자와의 만남이 계기가 되어 가능하게 되었다고 하기 곤란하다.

박희병은 소설 개념의 의미망을 좀 더 촘촘하게 제시한다. '인물과 환

---

28) 다음과 같은 발화가 이에 해당된다; ①"兒與小姊, 溧水縣楚城鄕張氏之二女也. 先父不爲縣吏, 獨占鄕豪, 富似銅山, 侈同金谷, 及姊年十八, 妹年十六, 父母論嫁, 阿奴則定婚鹽商, 小妹則許嫁茗估, 姊妹每說移天, 未滿于心, 鬱結難伸, 遽至夭亡. 所冀仁賢勿萌猜嫌." ②"往來者皆是鄙夫. 今幸遇秀才, 氣秀鼇山, 可與話玄玄之理."(김현양 외, 앞의 책, 36면)

29) "輒有戲言 便垂芳躅"(김현양 외, 위의 책, 36면)

30) "莫將心事戀妖狐"(김현양 외, 위의 책, 40면)

31) 이 번역은 김종철의 논문에서 그대로 가져온 것이다. 뒤에 나오는 이 부분 인용과 차이가 나는 것은 이 때문이다.

경의 구체적 묘사’, ‘작품에 표상된 시간의 본질적 차이’, ‘주인공의 미학적 특질의 차이’, ‘창작의 목적의식’, ‘화려하고 수식적이며 서정적인 문체’가 바로 그것이다.32) 이 가운데 ‘주인공의 미학적 특질의 차이’라든가 ‘화려하고 수식적이며 서정적인 문체’라는 것은 소설의 보편적 특질을 지적한 것이라기보다는 소위 전기소설이라는 개념 범주에 속한 서사 텍스트에서만 제한적으로 포착되는 하위 양식적 특질을 언급한 것이며, ‘인물과 환경의 구체적 묘사’라든가 ‘작품에 표상된 시간의 본질적 차이’, ‘창작의 목적의식’은 소설 양식의 보편적 특질에 대한 언급에 해당된다.

소설 양식에 있어서 묘사의 구체성이라든지, 시간과 공간의 구성, 이를 통해 관철되는 창작의 목적의식은 인간의 삶을 보다 진실하게 그리기 위한 창작 방법이다. 다시 말하자면 사회적 존재로서의 인간의 삶을 보다 개연성 있게 그리기 위해 인물과 인물이 행동하는 환경을 구체적으로 묘사하게 되었으며, 이를 통해 환경 속에서 변화하는 혹은 성장하는 인물의 삶을 드러내고자 했던 것이다. 박희병이 분석하고 있는 것처럼 〈최치원〉에서 일정하게 창작의 목적의식이나 구체적 묘사를 읽어낼 수는 있다. 하지만 〈최치원〉에서 보여주는 묘사의 정도나 목적의식성은 사회적 존재로서의 인간의 삶을 개연성 있게 그리는 데까지는 나아가지 못하고 있다.33) 이는 작가의 의식이 사회적 존재로서의 인간의 삶을 해명하는 데 집중되고 있지 못하기 때문이다.

박희병은 〈최치원〉에서 ‘고독감’을 설화와 본질적으로 구별되는 소설의 표징으로서 주목한다.34)

---

32) 박희병, 1992, 33-6면.
33) 이는 4절에서 자세히 서술될 것이다.
34) 박희병, 앞의 글, 37-8면; 1995, 44-8면.

〈최치원〉에서는 주인공의 '고독감'이 진하게 느껴진다. 작품은 최치원이 이국인으로서 중국의 지방 말단관리를 할 때의 고독감을 기저에 깔고 있다. 이국인이라는 것, 그리고 남다른 재주가 있음에도 불구하고 고작 지방의 末吏밖에 할 수 없다는 것이 그가 느끼는 고독감의 원천이라 보인다. 요컨대 세상에 자기를 알아주는 사람이 없다는 사실을 깨닫는 데서 오는 고독감인 것이다. 그러므로 그것은 현실에서의 '소외감'과도 연결된다. 이 소외감은 주인공으로 하여금 현실을 벗어나 세상 '밖'에 관심을 갖게 만들고, 환몽적 세계에 젖어들게 한다. 두 여귀와의 사랑은 그렇게 설명될 수 있다. 최치원의 고독감은 조국인 신라에 돌아와서도 의연히 지속된다. 그는 세상 '밖'에 떠돌며, 그러다가 세상을 뜬다. 이렇게 본다면 주인공 최치원은 그의 전 생애에 걸쳐 고독감을 느낀 게 된다.[35]

〈최치원〉이 최치원의 고독감을 서사적 내용의 핵심으로 하고 있는가는 의문이다. 최치원의 고독을 암시하는 단어로 거론되는 것은 '孤館'이다. 그렇지만 고관은 '초현관(招賢館)'이므로, 최치원의 고독이 아니라 두 여자의 고독과 관련되는 것이다.[36] '海島微生 風塵末吏'라는 발화는 최치원의 겸사일 뿐이다. 여기에서 최치원의 고독을 느낄 수 있다면, 이는 최치원의 실재했던 역사적 불우(不遇)를 상기했기 때문이다. 최치원의 고독을 '소외감'과 연결시키는 것 역시 수긍하기 어렵다. 신라로 돌아오다가 길에서 읊은 시['뜬 구름 같은 세상의 영화는 꿈 속의 꿈이니/ 하얀 구름 자욱한 곳에서 이 한 몸 좋이 깃들리라']와 이어지는 화자의 발화['이어서 물러가 아주 속세를 떠나']에서 최치원이 속세의 가치를 부정

---

35) 박희병, 1995, 44-5면.

36) 초현관은 최치원이 놀러간 곳으로, 그 앞에 두 여자의 무덤이 있었다. 따라서 초현관을 고관이라 한 것은 두 여자의 무덤이 사람들이 자주 찾지 않는 곳에 있음을 암시하고자 한 것이다. 초현관의 형태소적 의미가 '현자(賢者)를 초대(招待)하는 집'인 것 역시 현자를 만나기를 고대하는 두 여자의 상황과 관련되는 것이다.

하고 세상을 등졌다는 사실을 알 수 있지만 이러한 시와 발화는 작품의 결미에서 갑자기 제시된 것일 뿐이다. 〈최치원〉에서는 최치원의 소외(의식)가 서사적 핵심으로 자리 잡고 있지 않다. 뿐만 아니라 이러한 소외(의식)조차 작품 내에서 당착을 보이고 있다. 두 여자와의 이별을 안타까워 하다가 '마음을 요망스런 여우에게 연연해 하지 말아라'고 하고는 이어 위의 시와 발화가 이어진다. 이 부분은 작가의 반성적 인식의 증거로도 제시되고 있는 것인데, 이러한 당착으로 볼 때 반성적 인식의 증거로도 적절하지 못하다고 생각된다.[37]

박희병은 또한 최치원을 변화하는 인물로 파악하고 있다. "두 여인과의 만남과 사랑을 계기로 최치원의 삶에 대한 인식은 크게 바뀌고, 그 삶에 새로운 전환이 야기된다."고 하며, 이것은 "최초의 시간과 최종적 시간 사이의 커다란 질적 변화"로서 "시간개념에 있어서도 〈최치원〉은 소설임이 확인된다."고 한다.[38] 하지만 앞서 언급한 바 있듯이 최치원의 삶에 대한 인식의 전환이 두 여자의 만남[사랑]과 어떻게 관련되는 것인지 모호하기만 하다. 이를 가지고 질적 비약이라 하는 것은 그야말로 비약이라 하지 않을 수 없다.

박희병에게 더욱 문제적인 것은 서사문학사를 파악하는 시각이다.

전기소설이란 기본적 장르귀속은 소설이지만 작품에 따라 설화적 경사를 좀 더 가질 수도 있거나 덜 가질 수도 있는 등 내부적으로 다소의 편차가 있을 수 있다는 점을 인정한다. 그러나 전기를 설화와 소설의 중간형태로 보는 견해는 이러한 필자의 생각과는 전혀 다르다. 그것은 설화와

---

37) 역시 핵심은 '남아의 기운으로 아녀자의 한을 제거한 것(壯氣須除兒女恨)'이다. 서사 내용의 핵심은 아녀자의 한이고 최치원은 매개적 관찰자 혹은 보고자이다. 이에 대해서는 뒤에 자세히 서술할 것이다.

38) 박희병, 1992, 37면.

전기소설의 관련 양상을 동태ᵈ으로 인식하는 입장이라기보다 전기소설을 그 전체로서 중간적 성격의 장르로 규정하는 입장이다. 그러나 기실 이 입장은 전기소설을 설화로 보는 쪽에 더 비중이 실려 있다고 판단된다. 전기소설이 소설 일반이 지니고 있는 장르적 특성을 보여주며 설화와는 그 본질에 있어 명백히 구분된다는 점은 이미 지적되었으므로 여기서 다시 언급할 필요가 없는 줄 안다."[39]

〈최치원〉을 전기소설로 보고 이러한 전기소설을 설화와 소설의 중간 형태로 파악하는 견해를 비판하는 내용이다. 전기(소설)를 중간적 성격의 장르로 규정하는 시각은 전기 전체를 설화로 보는 쪽에 더 비중을 두고 있는 입장으로 설화와 전기소설의 관련 양상을 동태적으로 인식하지 못하고 있으므로 온당치 못하다는 지적이 비판의 핵심이다.

그러나 이러한 비판은 박희병 자신에게도 해당된다. 〈최치원〉에서 포착할 수 있는 설화와는 다른 특성을 곧장 소설의 특성으로 단언하는 것 또한 동태적인 인식이라 할 수 없다. '설화의 특성이 아니면 소설의 특성이다'라는 양자택일적 태도는 서사문학사를 동태적으로 인식하는 데 있어 장애가 될 수 있는 것이다. 설화와 소설의 교섭 양상을 좀 더 구체적으로 파악하기 위해서는 설화와 소설이라는 서사문학의 기축 장르를 중심으로 그 사이에 존재하는 다양한 장르적 움직임을 보다 구체적으로 파악하려는 태도가 필요하다. '설화가 아니다'라는 판단은 '소설이다'라는 판단의 필요조건일 뿐이지 충분조건은 아닌 것이다.

박일용은 〈최치원〉을 전기적 소설로 파악한다. "서술자의 일방적인 관념적 서술시각에 입각하여 서사세계가 서술되기 때문에, 인물 및 그 인물이 살아 숨쉬는 환경이 구체화되지 않고" 있는 전기적 설화와는 달

---

39) 위의 글, 39면.

리 전기적 소설은 "서술자가 서사세계를 바라보는 시각이 달라짐에 따라, 즉 서술시각의 초점이 갈등의 귀결형태에 맞추어지는 것이 아니라 갈등의 구체화에 맞추어짐으로서 욕망과 그것의 실현과정의 구체화에 있어서 질적 차이"[40]를 보여준다고 한다.

박일용이 주목하는 것 또한 묘사의 구체성이다. 화답시를 통해 최치원과 두 여자의 욕망의 내용과 의미가 구체화되고 있고, 욕망의 성취과정에 초점을 맞추고 있으며, 그 결과 〈최치원〉에서는 등장인물이 처한 장면, 상황 등이 보다 구체적으로 그려짐으로로써 살아 숨쉬는 인물이 창출되었다는 것이다.

> (가) 〈최치원〉에 나타나는 이러한 등장인물들의 욕망의 구체화 그리고 그것의 낭만적인 실현형태로서의 만남의 구체화는 그것을 가로막는 현실세계의 질서를 문제적인 것으로 보고, 그것의 극복을 바라는 새로운 세계관에 입각한 서술시각을 바탕으로 해서 이루어진 것이다. 서술자는 이제 그들의 만남을 경이로운 것으로 바라보는 것이 아니라, 필연적으로 이루어져야 할 것으로 바라보는 것이다. 이는 이처럼 신분을 달리하는 남녀의 사랑이 내포하고 있는 사회적인 의미를 파악하고 있는 소설 향유층의 낭만적인 꿈이 투영된 것이다.[41]

> (나) 〈최치원〉의 이러한 형상화 형태는 '사건에 대한 전설적 경이로움의 표현' 차원을 넘어서, '갈등의 현실적 문맥에서의 구체화'를 통해 진정한 의미에서의 '자아와 세계의 팽팽한 대결구조'를 획득한 것이라 할 수 있다. 다만 이 작품에서는 〈만복사저포기〉 등의 소설에서처럼, 인물의 욕망을 내면화된 형태로 표현하고, 객관세계의 질서와 그것의 극

---

40) 박일용, 앞의 글, 81면. 「전기계 소설의 양식적 특징과 그 소설사적 변모 양상」, 대동문화연구원, 1995, 77면.
41) 박일용, 위의 글(1993), 83면.

복전망을 사실적으로 형상화하지 못함으로써 낭만적인 전기소설 형태를 벗어나지 못한 한계를 드러내고 있다.[42]

박일용은 〈최치원〉의 형상화 형태를 '갈등의 현실적 문맥에서의 구체화'를 통해 '진정한 의미에서의 자아와 세계의 팽팽한 대결구조를 획득한 것'이라고 파악하고 있다. 그렇다면 과연 〈최치원〉에서 구체화되고 있는 '갈등의 현실적 문맥'이란 무엇인가?

(가)에서 최치원과 두 여자와의 만남을 "그것을 가로막는 현실세계의 질서를 문제적인 것으로 보고, 그것의 극복을 바라는 새로운 세계관에 입각한 서술시각을 바탕으로 해서 이루어진 것"이며, 이는 "신분을 달리하는 남녀의 사랑이 내포하고 있는 사회적인 의미를 파악하고 있는 소설 향유층의 낭만적인 꿈이 투영된 것"이라고 파악하고 있다. 이로 보아, 갈등의 현실적 문맥이란 현실 세계에 존재하는 신분 모순을 의미하는 것이라 판단된다. 박일용이 "신분을 달리하는 남녀의 사랑이 내포하고 있는 사회적 의미"를 읽어낸 것은 최치원이 '외로운 나그네'라는 점과 두 여자가 '좌절된 사랑'을 경험한 인물이라는 점을 근거로 한 것이다. 그렇지만 이것을 통해 '신분 문제'를 읽어내는 것은 비약이다. 최치원의 외로운 처지가 작품에 구체적으로 드러나지 않음은 이미 언급한 바 있다. 두 여자의 경우에도 신분 문제로 인해 죽음에 이른 것이라 하기 어렵다. 또한 최치원과 두 여자의 사랑도 신분을 달리 하는 남녀의 사랑이란 측면에서 그 의미를 해석하기 곤란하다.

작품의 서사세계 내에서 두 여자의 경우에는 어느 정도 자신의 욕망을 구체적으로 드러내고 있다고 할 수 있다. 하지만 최치원의 경우에는 그렇지 않다. 작품에서는 최치원의 소외된 상황과 이를 극복하기 위한 욕

---

42) 위의 글, 같은 곳.

망 실현의 의지가 구체적으로 포착되지 않는다. 단지 최치원은 외로운 처지이며 말단 관리라는 서사적 정보만이 제시되어 있을 뿐이다. 최치원이 외로운 처지이며 말단 관리라는 서사적 정보를 통해 현실에서의 소외를 유추하는 것은 바로 역사적 인물인 최치원에 관한 작품외적 사실을 개입시켜 추리해낸 독자의 상상일 뿐이다. 작품에서는 최치원의 소외에 대해서는 거의 무관심하다고 해도 과언이 아니다. 하지만 두 여자의 경우에는 어느 정도 자신의 욕망을 구체적으로 드러내고 있다고 할 수 있다. 두 여자는 자신의 발화를 통해 자신이 욕망하는 혼인을 성취할 수 없게 되자 스스로 죽음을 선택했음을 알려주고 있다. 뿐만 아니라 최치원과의 만남은 바로 이러한 자신의 욕망을 실현하기 위한 의지의 실현이라는 것을 시적 언어를 통해 고백한다.

그렇지만 〈최치원〉은 이러한 두 여자의 좌절된 욕망의 전기적 실현에 서사적 관심을 집중할 뿐 좌절된 욕망 자체에 내재해 있는 사회적·현실적 모순을 드러내고 있지 않을 뿐만 아니라 팽팽한 대결구조의 형태로 서사화되고 있지도 않다. 좌절된 욕망 자체를 현실적 문맥 속에서 구체화하고 있는 것이 아니라, 좌절된 욕망 자체가 실현되어야 한다는 당위를 서사화하고 있는 것이다. 박일용의 표현대로 말하면, 이는 객관세계의 질서가 사실적으로 형상화되지 못한 형상화 형태이며 따라서 〈최치원〉은 갈등의 구체화가 아니라 갈등의 귀결형태에 초점이 맞추어진 작품이라고 보는 것이 온당할 것이다.


4.

앞에서 〈최치원〉의 장르 성격에 대해 논의한 기존 연구를 비판적으로 검토해 보았다. 〈최치원〉을 전설로 보든 아니면 소설로 보든 기존 연구자들은 대체로 최치원을 중심으로 작품을 분석하고 있는 공통점을 보이고 있었다. 〈최치원〉을 전설로 파악한 경우에는 최치원과 두 여자의 사랑의 좌절에 주목했으며, 〈최치원〉을 소설로 파악하는 경우에는 최치원과 두 여자와의 소외된 연애의 의미라든가, 두 여자와의 만남을 계기로 한 최치원의 인식의 전환, 최치원과 두 여자의 사랑[만남]이 지닌 사회적 의미 등을 주목했다.

하지만 〈최치원〉을 '최치원의 이야기'로 읽을 수는 없는 것이다. 최치원의 이야기로 읽기 위해서 연구자들이 역사적 인물인 최치원과 관련된 작품외적 사실을 개입시키지 않을 수 없었듯이, 작품에서는 최치원을 중심인물로 독서할 수 없을 정도로 최치원의 인물 형상이 구체화되지 않고 있다. 서사세계 내에서의 최치원의 외로움은 그 맥락이 드러나지 않는 현재적 처지일 뿐이며, 이 또한 심중하게 토로되지 못하고 있다. 작품의 결미에 산중에 소요하며 은거하는 최치원의 행적을 후기처럼 붙여놓고 있지만, 이러한 결미의 서술은 작품 전편의 중심 내용이라 할 수 있는 죽은 두 여자와의 만남과 긴밀한 관련을 맺고 있지 못하다. 게다가 결미의 후기가 후대에 첨가된 것이라는 견해가 매우 설득력 있게 제시되고 있는 점을 고려한다면 결미를 최치원의 고독이나 소외와 관련시키고 이를 작품의 중심 의미로 해석하는 것은 온당하지 못하다 하겠다.

최치원의 인식의 전환이라는 것 역시 중심 내용이라 할 수 있는 두 여자와의 만남과 어떠한 관련을 맺고 있는 것인지 모호할 뿐이다. 작품에서 최치원은 우연히 두 여자의 무덤에 시를 써 놓았다가 그녀들과 만나게 된다. 처음에는 다소의 당혹감을 지니고 있었으나 곧 그녀들과 시를 화답하며 하룻밤 인연을 맺는다. 이 때 최치원은 두 여자에게 가벼운 희롱의 말을 던질 정도로 그녀들과 친밀해진다. 그리하여 날이 밝고 이별을 하게 되자 두 여자와 최치원은 이별을 탄식한다. 최치원의 인식의 전환의 표징으로 제시되는 "뜬 구름 같은 세상의 영화는 꿈 속의 꿈이니/하얀 구름 자욱한 곳에서 이 한 몸 좋이 깃들리라"라는 시구는 '나중에' 고국으로 돌아오는 길에서 쓴 것이라는 화자의 주석적 서술과 함께 여기서 제시된다. 이는 최치원과 두 여자의 만남과 이별이 종료된 이후로부터 서술시간이 비약적으로 진전된 것으로 두 여자와의 이별의 허무함이 어떻게 세상 영화의 허무함으로 발전되었는지 전혀 알 도리가 없다. 또한 이 부분 역시 후대에 첨가된 것으로 추정되는 대목이기도 하다.

〈최치원〉에서 최치원은 인식과 행동이 구체적으로 해명되지 않고 있는 인물이라 할 수 있는데, 이에 반해 최치원과 적극적으로 만남을 성취하는 두 여자의 경우에는 인식과 행동이 비교적 구체적으로 해명되고 있는 인물이라고 할 수 있다. 두 여자는 최치원이 무덤에 시를 써 놓고 간 이후 최치원에게 나타난다. 그녀들은 자신들의 죽음이 소금장사·차장사와 혼인시키고자 하는 아버지의 횡포에 의한 것임을 전언하며, 죽음 이전부터 지니고 있었던 자신들의 강렬한 욕망인 '秀才와의 사랑'을 최치원을 통해 성취한다. 죽음 이전에 간절히 욕망하던 사랑이 좌절되었으며, 이로 인해 죽음 이후에까지 자신이 추구하고자 했던 사랑을 성취하고자 하는 인식과 행동을 보여주고 있는 것이다.

그렇다고 한다면 〈최치원〉은 '최치원이 죽은 두 여인의 사연을 들은 이야기'라고 할 수 있다. 여기에서 주목되는 것은 최치원이 거의 관찰자적 인물[보고자적 인물]의 지위에 있다는 것이다. 최치원은 사랑의 상대역이면서 동시에 두 여자의 사연을 듣고 전언해 주는 관찰자적 인물로 기능하고 있는 것이다.

최치원과의 만남을 통해 전언되는 두 여인의 사연, 즉 죽음의 이유는 아버지와의 대립에서 비롯된 것이다. '소금장사'와 '차장사'에게 시집보내려 하는 아버지의 욕망에 맞서 죽음을 택한 것으로 보아, 두 여인은 ‘부(富)’와는 다른 ‘가치’를 욕망하는 인물임을 알 수 있다. 다른 가치란 ‘수재(秀才)와의 사랑’이라 할 수 있지만 이 이상 어떠한 다른 맥락도 읽어낼 수는 없다. 만일 작가가 두 여인의 사랑의 좌절을 사회적 관계의 맥락을 통해 제시하고자 했다면, 다음과 같은 것이 보다 구체적으로 서사화되어야 했을 것이다. 즉, 아버지는 왜 ‘차장사’와 ‘소금장사’에게 굳이 시집보내고자 했는지, 두 여자는 왜 굳이 아버지의 뜻을 따를 수가 없었는지, 두 여자가 추구하는 ‘수재’라는 가치는 구체적으로 무엇인지, 왜 이들 두 여자에게는 이들이 추구하는 ‘가치’가 현실적으로 획득될 수 없었는지 하는 것들이 구체적으로 서사화되어야 할 내용들이라 할 수 있다.43) 〈최치원〉은 비록 두 여자의 사연을 통해 사랑의 좌절을 사회적 관계의 맥락에서 제시하고는 있지만 이를 구체적으로 서사화하지는 못했던 것이다.

〈최치원〉에서는 죽음 이후 최치원과 사랑을 이루고자 하는 두 여자의 행동을 통해 추상적인 수준에서 ‘사랑의 욕구가 좌절되어서는 안 된다’라고 하는 의미를 독자에게 환기하고 있다. 그렇지만 아버지의 ‘부(富)’에 대한 욕망과 두 여자의 ‘수재와의 결연’에 대한 욕망의 대립을 통해 사회적인 의미를 간취해 낼 수 있는 맹아적 요소가 자리 잡고 있는 것 또한 사실이다. 이것은 바로 인간의 삶을 사회적 관계의 층위에서 구체적으로 해명해 내고자 하는 소설의 장르적 성격이 〈최치원〉 안에 단초적으로 내재되어 있음을 의미하는 것이기도 하다. 그렇지만 〈최치원〉은 이것을 서사화의 과정 속에서, 인물과 환경의 구체화를 통해, 자아를 부정하는 세계의 존재론적 무게[존재의 현실성]를 인정하면서 서사적 의미를 생성해

---

43) 다시 말하자면 아버지와 두 여자의 욕망을 사회적 측면에서 해석해 낼 수 있는 단서들이 텍스트 내에서는 전혀 포착되지 않는다는 것이다. 반복해서 말하거니와 ‘부’에 대한 욕망과 ‘수재’에 대한 욕망은 ‘신분 문제’와 직접적으로 관련되지 않을 수 있다.

내지는 못하고 있다. 바로 그렇기 때문에 〈최치원〉은 '합리적으로 이해할 수 없는 산 자와 죽은 자의 운명적 사랑과 좌절'이라는 추상화된 설화의 형태로 읽혀지기도 하고, 서사적 맥락이 모호한 채로 신라로 돌아온 최치원의 전기적(傳記的) 사실이 서술자에 의해 제시되기도 하는 것이다.


5.

〈최치원〉을 중심으로 한 소설의 발생 문제에 대한 논의는 다음과 같은 중요한 연구사적 기여를 했다고 판단된다.

첫째, 무엇보다도 소설 개념에 대한 보다 깊이있는 이해를 가능하게 했다는 것이다. 연구자마다 '소설이란 무엇인가?'라는 물음에 성실하게 응답하고자 했으며, 그 결과 소설 장르의 개념적 내포가 보다 구체화될 수 있었다.

둘째, 소설사의 구도에 대하여 보다 탄력적이고 개방적으로 인식할 수 있는 토대를 마련했다는 점이다. 거의 통설이 되다시피 한 15세기『금오신화』='최초의 소설'이라는 등식으로부터 자유로울 수 있는 가능성을 열어놓음으로써 생산적인 토론을 가능하게 했다.

첫 번째의 성과와 관련하여 우리가 기억해야 할 것은 이 논의에 참여했던 대부분의 연구자들이 소설 장르의 개념적 의미를 거의 동질적으로 규정하고 있다는 점이다. 이를 압축해서 말한다면 '인물'의 구체성, '환경'의 구체성, '인물과 환경'의 구체성이라 할 수 있다. 이와 관련하여 '갈등(대결)' '일상성' '시공간 의식' '창작의식'의 개념이 파생된다. 개념의 핵심은 '구체성의 획득'이라 할 수 있는 바, 이는 '인간과 인간의 관계를 역사적이며 사회적인 지평[현실성]에서 해석하고 제시하는 것'이라 할 수 있다. 그렇다면 〈최치원〉은 엄밀히 말해 소설이라 하기 곤란하다. 〈최치원〉이 『수이전』의 다른 작품들보다 상대적으로 소설로의 경사를 보여주고 있는 작품임에는 틀림이 없지만 소설이라 규정하기에는 미흡하다. 소설적 구체성의 단초가 설화적 추상성의 감옥 안에서 탈옥을 모색하는 그러한 작품이라고는 할 수 있으나 탈옥의 해방감을 성취한 작품이라고 하기에는 어렵다.44) 그렇다고 해서 〈최치원〉을 설화로 규정할 수는 더더욱 없다. 비록 추상성의 감옥 안에 갇혀 있지만 단초적인 의미를 생성해 내려는 의도적인 노력이 〈최치원〉의 언어에는 깊이 각인되어 있다.

두 번째의 성과와 관련하여 우리가 고려해야 할 것은 고전소설과 근·현대소설과의 양식적·역사적 관련성이다. 적어도 고전소설 연구자들이 사용하는 소설이란 개념이 근·현대소설 연구자들이 사용하는 소설이란 개념과 질적으로 다른 것이어서는 곤란하다는 것이다. 논의에 참여한 고전소설 연구자들의 소설에 대한 개념적 내포는 근·현대소설 연구자들의 소설에 대한 개념적 내포와 거의 동질적이라고 할 수 있다. 문제는 개념과 작품과의 정합성인데, 〈최치원〉의 경우에 한정해 말한다면, 고전소설 연구자들의 논의에는 작품 분석에 대한 엄밀성과 판단의 객관성이 갖추어지지 않은 점이 적지 않다. 여기서 우리는 〈최치원〉을 소설의 선구로 평가하면서도 본격적인 소설은 17세기로부터 출발한다는 다소 모호한 표현에 주목할 필요가 있다.45) 이러한 모호성은 개념의 엄밀한

---

44) 박희병은 이른바 전기소설의 한계를 '구체성'과 '현실성'의 부족으로 지적한다.(1995, 74면) 김종철은 '주인공의 성격과 세계상의 특수성', '갈등 전개의 간접성 및 일상성의 결여'를 이유로 전기소설이 소설 영역의 확보 도정에 있는 것임을 지적한다.(1995, 38면) 소설의 장르적 본질이라 할 수 있는 '구체성'과 '현실성'의 부족을 지적한다는 것은 소설이 아니라 '소설 영역의 확보 도정에 있는' 전(前)소설적 양식임을 상당 부분 시인하고 있는 것이라는 점을 주목할 필요가 있다.

45) 다음과 같은 언급이 이에 해당된다; ①"고전소설의 본격적인 전개는 17세기부터이다"(장효현, 앞의 글, 21면) ②"본격적인 소설시대는 「금오신화」부터가 아니라 17세

적용을 의식한 결과라 생각된다. '소설의 단초를 내포하고 있다'는 진술과 '소설이다'라는 진술은 동일한 것이 아니므로 소설의 단초를 내포한 작품과 진정한 의미의 소설 작품과를 분명 분리할 필요가 있다. 그래야만 고전소설과 근·현대소설의 양식적·역사적 관련이 보다 객관적으로 해명될 수 있을 것이다.

두 번째의 성과와 관련하여 우리는 소설의 발전 경로에 대해 보다 개방적이어야 한다는 점을 또한 유의할 필요가 있다. 설화에서 소설로의 이행이라는 단선적인 시각에서 벗어나 소설과 경쟁 관계에 있으면서 설화에서 소설로의 이행을 매개하는 다양한 서사 장르종의 발생과 교섭에 대해 복합적으로 사고해야 한다. 이는 소설사를 동태적으로 인식하는 데 있어서 필수적인 것이며, 작품과 개념을 주관적으로 관련시키는 오류를 제어하는 방책이기도 하다. 이와 관련하여 "說話와 傳奇의 차이를 지적함으로써 곧바로 傳奇가 곧 小說이라는 등식으로 연결되는 논리는 타당한가?"[46]라는 장효현의 질문을 상기할 필요가 있다.[47] 〈최치원〉의 장르 성격 논의에 있어서도, 설화가 아니면 소설이라는 양자택일적 관점은 적어도 작품의 실상과 장르적 성격을 왜곡시키는 출발이 된다. 작품이 이 양자택일을 승인하지 않을 때 우리는 무리한 재단의 과오를 시인하고 작품의 실상을 받아들여야 한다.

---

기 이후부터이기 때문에, 「수이전」의 등장에서부터 「금오신화」까지는 소설시대로 전환하는 데 있어서 서사문학사에 있어서의 새로운 단계, 곧 질적 변화를 모색하는 단계로 보아야 한다"(김종철, 1988, 185면)

46) 장효현, 위의 글, 17면.

47) 장효현은 이러한 자신의 질문에 대해 "소설 성립 이전에 존재한 기록서사문학의 장르종으로서 '전기'와 더불어 '우언', '전', '잡록'을 함께 인정하여, 이들 장르종이 특정한 시대에 있어 그 시대 문인들의 서사문학에의 욕구를 충족시켜 주었던 것으로 파악해야만, '설화–소설' 혹은 '설화–전기–소설'의 단계를 상정하는 단선적인 이해의 폭을 넘어설 것으로 생각된다."(위의 글, 18면)고 답하고 있다. 경청할 만한 견해이다.

# 〈만복사저포기〉의 서사적 특성과 장르적 위상

## 1.

『금오신화(金鰲神話)』는 최남선(崔南善, 1890~1957)이 그 텍스트를 처음으로 소개한 이후로부터 오늘날까지 한국 고전문학 연구자들에게 대단히 중요한 연구의 대상이 되어 왔다. 15세기라는 이른 시기에, 김시습(金時習, 1435~1493)이라는 예사롭지 않은 작가에 의해 창작되었으며,[1] 그 서사화의 수준 또한 심상치 않은 작품이라는 판단이 『금오신화』에 대한 지대한 관심을 초래한 요인이었다. 『금오신화』를 대상으로 한 학문적 탐구가 매우 다양한 접근 방법과 해석 시각으로 표출된 것은 이러한 관심의 반영이었다.

그런데 『금오신화』를 대상으로 한 학문적 탐구의 궤적을 살펴보면서 우리가 확인할 수 있는 것은 다양한 접근 방법과 해석 시각만이 아니다. 오히려 우리가 더욱 주목해야 할 사실은 그토록 많은 연구자들에 의해 다양한 방법과 시각으로 텍스트가 읽혀졌음에도 불구하고 텍스트의 장르적 성격에 대해서는 어떤 '절대적인 동의'가 굳건히 자리 잡고 있었다

---

1) 『금오신화』는 김시습이 경주 금오산에 은거해 있던 31세에서 36세 사이의 시기, 대략 1470년을 전후해서 창작됐을 것으로 추정되고 있는데, 그 근거가 되는 것은 다음의 기록이다; 金安老, 『龍踐談寂記』, 入金鰲山, 著書藏石室曰: "後世必有知岑者, 其書大低述異寓意, 効剪燈新話作."

는 점이다. 김태준(金台俊, 1905~1949)이 『조선소설사(朝鮮小說史)』에서 『금오신화』의 장르적 성격을 '소설'로 규정한 이후로부터 지금까지 '『금오신화』는 소설이다.'라는 명제는 회의되지 않았다.[2]

사실 『금오신화』의 소설성이 학문적 수준에서 논의된 것은 70년대에 들어서서였다. 그 이전에는 『금오신화』의 소설성을 막연히 전제한 채, 이러한 서사화의 수준이 가능했던 요인이 무엇이었던가 하는 점에 관심을 집중하였다. 『금오신화(剪燈新話)』와 『전등신화』를 비교하면서 그 모방과 영향의 관계를 규명하고자 한 것은 이러한 문제의식의 반영이었다. 70년대에 들어와 『금오신화』의 소설성에 대한 논의가 본격화될 수 있었던 것은, 다른 이유도 있었겠지만, 무엇보다도 우리 문학사를 중국 문학의 모방과 영향의 시각에서 바라보고자 했던 전대의 경향을 지양하고자 했기 때문이었다. 텍스트의 내적 질서나 텍스트에 반영된 작가의 사상성을 통해 『전등신화』에서는 포착되지 않는 『금오신화』의 독자성 내지 독창성을 확인함으로써 모방과 영향의 시각을 극복하고자 했던 것이었다.

이러한 경향은 계속 이어지면서 논의의 수준이 장르론의 차원에서 더욱 심화되고 있다. 특히 『금오신화』를 대상으로 한 박희병의 일련의 연구는 주목할 만한데,[3] 『금오신화』 창작의 내적 연원을 한문학(漢文學)의 성과와 전통, 특히 이른바 나려시대(羅麗時代) 전기소설(傳奇小說)의 전통 속에서 해명하였을 뿐만 아니라, 작가인 김시습의 개인사적·심리

---

2) 김태준이 『조선소설사』(청진서관, 1933)에서 『금오신화』를 소설이라 규정한 것은 분명하지만, 『금오신화』가 창작되기 이전 시기의 서술에서도 그는 특정 텍스트를 '소설' 혹은 '소설적'이라 규정하곤 한다. 『조선소설사』의 이 시기 서술은 장르 문제에 있어서 매우 혼란스러워서 갈피를 잡을 수 없게 하는데, 이는 소설 장르 규정 문제와 관련된 사유의 복잡성을 그대로 반영하고 있는 것이다.
3) 박희병의 일련의 연구는 『韓國傳奇小說의 美學』(돌베개, 1997)에 수록되어 있다.

적·사상적 제 계기와 요인들을 심중하게 고려하면서 『금오신화』의 소설미학을 펼쳐 보였다. 박희병의 『금오신화』 연구는 나려시대 전기소설 연구의 연장이라 할 수 있는 바, 이러한 논의를 통해 한국 소설은 나말여초(羅末麗初)에 출발되었으며, 초기 서사문학사의 중심에 전기소설이 자리 잡고 있고, 한국의 전기소설은 중국의 전기소설과는 구별되는 독자적인 소설미학을 구현한 것이라는 관점을 우리에게 제시했다.[4]

그렇지만 박희병의 이러한 관점은 그것을 받아들이기 어렵게 하는 몇 가지 문제를 안고 있다. 우선 소설의 발생시기를 '나말여초'로 설정하는 문제이다. 주지하고 있듯이, 하나의 새로운 장르가 성립하기 위해서는 일정한 역사적 시기에 동질적인 장르적 특성을 공유하는 일군(一群)의 작품, 동질적인 세계관을 공유하고 있는 창작집단 그리고 장르 성립의 역사적 토대가 마련되어 있어야 한다. 박희병은 이러한 장르 성립의 조건들에 대해 언급하고는 있으나 그것이 대체로 추정에 근거한 것이어서 설득력을 얻기 어려운 형편이다. 게다가 나말여초 작품의 고적함, 고려시대 작품의 공백, 『금오신화』 이후로부터 17세기까지의 소략함을 상기할 때 과연 소설사가 나말여초의 시기에 출발되었는지 의심하지 않을 수 없다.

다음으로는 소설 개념의 적용 문제이다. 박희병은 설화와 소설의 장르적 차이를 구별하여 구체적으로 제시하고 있는데, 소위 나말여초의 전기소설이라 지칭되는 작품들에서 그가 제시하고 있는 소설의 장르적 특성을 포착할 수 있는지 의문이다. 필자는 나말여초의 전기소설이라 지칭되는 작품 가운데 대표적인 작품이라 할 수 있는 〈최치원(崔致遠)〉을 검토하면서 제시된 장르 개념과 작품의 불일치를 지적한 바 있거니와,[5] 다른

---

4) 필자는 박희병의 논의를 매우 의미 있는 성과로 인정하고 있다. 하지만 나려시대 전기소설이라는 고전소설의 하위 유형 개념, 『금오신화』를 소설로 파악하는 그의 장르론적 관점에 그대로 동의하지 않는다.

작품들도 그러하다면 소설의 출발을 나말여초로 설정하기란 어려울 것이다.

이러한 문제는 나말여초의 작품들에만 해당되는 것은 아니다. 『금오신화』의 경우에도 위의 문제의식은 똑같이 적용될 수 있다. 아즉까지도 『금오신화』를 소설의 출발로 파악하고 있는 관점이 우세한 형편이므로, 『금오신화』가 창작된 15세기 중후반에 소설 발생의 조건이 마련되어 있었는지, 이러한 입장에 서 있는 논자들의 소설 개념과 『금오신화』가 서로 정합적인지 등이 세심하게 검토될 필요가 있다. 그 가운데 무엇보다도 선행되어야 할 작업은 후자의 문제이다. 『금오신화』에 수록되어 있는 작품들이 소설성을 구현하고 있다는 전제 하에서만 비로소 전자의 문제를 탐구할 필요성이 제기되는 것이기 때문이다.

이 글은 『금오신화』의 서사적 특성을 파악하고 이를 토대로 그 장르적 위상을 규정하고자 하는 하나의 시도이다. 이를 위해 이 글에서는 『금오신화』 가운데 〈만복사저포기〉를 대상으로 하여,[6] 그것과 서사구조적으로 관련되는 텍스트를 비교·대조함으로써 〈만복사저포기〉의 서사적 특성을 드러내고, 이를 통해 〈만복사저포기〉의 장르적 위상을 가늠하고자 한다. 〈만복사저포기〉와 비교·대조의 대상이 되는 관련텍스트는 설화이거나 혹은 설화적 자장 안에 놓여 있는 것으로, 이것과의 비교·대조의 작업은 곧 장르 문제로 접근하는 하나의 방법론적 통로라 할 수 있다.

김시습은 〈제금오신화(題金鰲神話)〉라는 시에서 『금오신화』를 '풍류기화(風流奇話)'라 한 바 있다.[7] 〈제전등신화후(題剪燈新話後)〉라는 시에서는 『전등신화』의 이야기를 '풍류화(風流話)'라 하면서, "용의 싸움,

---

5) 이 책의 제1부 「〈최치원〉의 장르 성격 논의에 대한 비판적 검토」.

6) 세종대왕기념사업회에서 간행한 『國譯 梅月堂集3』(1977)에 수록된 「만복사저포기」를 텍스트로 삼는다.

7) 金時習, 『梅月堂文集』권6, 『韓國文集총간』13; 玉堂揮翰已無心, 端坐松窓夜正深, 香揷銅鑪烏几淨, 風流奇話細搜尋.

귀신 실은 마차, 우는 꿩 등의 기록을/ 공자가 없애지 않은 것은 진실로 까닭이 있으니/ 말이 교화와 관련되면 괴이해도 해되지 않고/ 일이 사람을 감동시키면 괴탄해도 기뻐할 만하네"8)라 했다. 이를 보면 풍류기화라 지칭되는 『금오신화』의 이야기는 '비현실적인 상상적 소재를 통해 교훈과 감동을 주는 괴탄(怪誕)한 이야기'라 할 수 있다. 실제로 『금오신화』 각 편의 이야기는 귀신(鬼神), 선녀(仙女), 염라왕(閻羅王), 용왕(龍王) 등과 같은 비현실적인 상상적 인물을 등장시켜 이야기를 전개하고 있다.

이러한 '비현실적인 상상적 소저를 통해 교훈과 감동을 주는 괴탄한 이야기'는 비단 『금오신화』에 국한되지 않는다. 우리의 설화적 전통 속에는 『금오신화』에서처럼 귀신과 선녀, 염라왕, 용왕이 등장하는 것이 적지 않다. 그렇다면 이러한 설화적 자장 안에 놓여 있는 이야기와 『금오신화』를 세심하게 비교·대조하면서 그 동질성과 차별성을 고찰해 볼 필요가 있다. 이는 『금오신화』의 서사적 특성과 장르적 위상을 파악하는 하나의 방법이기도 하다.

이때 문제가 되는 것이 『금오신화』와 비교·대조되는 설화 텍스트를 어떤 기준에 의해 선정할 것인가 하는 것이다. 소재적인 차원에서 모티프의 유사성만으로 설화 텍스트를 선정한다면 비교·대조의 유효성을 확보하기 어렵기 때문이다. 『금오신화』와 비교·대조되는 설화 텍스트를 모티프의 유사성을 기준으로 선정한다면 그 대상의 폭은 엄청나게 확대된다. 뿐만 아니라 모티프의 유사성은 텍스트의 서사적 본질과 직접적으로 관련되지 않을 수 있다. 그러므로 모티프의 유사성이라는 선정 기준의 한계를 뛰어넘는 보다 유효한 기준을 마련하는 것이 필요하다. 그렇

---

8) 金時習, 『梅月堂集』권4; 龍戰鬼車與雊雉, 夫子不刪良有以, 語關世教怪不妨, 事涉感人誕可喜.

다면 유효한 기준이란 무엇일까? 결론적으로 말해서 그 기준은 서사 텍스트의 내적 질서라 할 수 있는 이야기의 서사구조여야 한다. 서사구조는 인물들의 대립적·상보적 관계에 의해 전개되는 필수불가결한 화소의 체계적인 집합이라 할 수 있는 바,[9] 이러한 서사구조의 비교를 통해서 일차적으로 그 서사적 관련을 해명할 수 있을 것이다.


## 2.

〈만복사저포기〉는 양생(梁生)과 여귀(女鬼)의 만남과 이별의 이야기이다. 양생이라는 총각이 왜적(倭賊)에게 억울히 죽은 귀신 처녀를 만나 가연(佳緣)을 맺고 이별하여 귀신 처녀의 유해(遺骸)를 안장(安葬)한 후 종적을 감췄다는 것이 〈만복사저포기〉의 대체적인 줄거리이다. 비교를 위해 인물과 화소를 추상화하여 순차적으로 정리하면 다음과 같다.

(a) X는 Z로 인해 문제적 상황에 놓이게 되었다.
   (여귀는 왜적에 의해 죽음을 당했다)
(b) Y는 X를 만나게 되었다.
   (양생은 여귀를 만나게 되었다.)
(c) Y는 X의 소망을 들어 주었다.
   (양생은 여귀의 소망을 들어 주었다.)
(d) Y는 X와 헤어진 후 변모되었다.
   (양생은 여귀와 헤어진 뒤 종적을 감췄다.)[10]

---

9) 김현양, 「조선조 후기의 군담소설 연구—개념, 유형, 성격 문제를 중심으로」, 연세대 박사학위논문, 1994, 31-4면.
10) 『금오신화』의 다른 각 편들도 서사구조의 측면에서는 〈만복사저포기〉와 동일하다. 〈이생규장전(李生窺墻傳)〉도 마찬가지인데, 차이가 있다면 〈만복사저포기〉와

위의 서사구조에서 우선 주목해야 할 것은 중심인물인 X와 Y이다. X는 일상적 인물이 아니라 신이한 인물로 설정되어 있어서, 이야기를 괴탄하게 여기게끔 하는 요인이 된다. 다른 중심인물인 Y는 이와는 반대로 일상적 인물로 설정되어 있어서, 이 이야기는 '일상적 인물(Y)이 신이한 인물(X)의 소망을 해결'하는 내용을 담게 된다.

이러한 서사구조를 갖춘 이야기는 『금오신화』 창작 이전 시기의 문헌에서 다수 찾아 볼 수 있다. 필자가 조사·분석한 바로는 『수이전(殊異傳)』 소재 이야기 가운데 〈최치원(崔致遠)〉, 〈원광(圓光)〉, 〈김현(金現)〉 등이 이러한 서사구조를 갖추고 있으며, 『삼국유사(三國遺事)』 소재 이야기 중에서는 〈도화녀(桃花女)〉, 〈원성왕(元聖王)〉, 〈거타지(居陁知)〉, 〈선율(善律)〉 등이 이러한 서사구조를 갖추고 있고, 『고려사(高麗史)』[11]의 「열전(列傳)」에 실려 있는 〈작제건(作帝建)〉도 이러한 서사구조를 갖추고 있는 텍스트라 할 수 있다.

이들 가운데 특히 〈최치원〉은 〈만복사저포기〉와 서사구조뿐만이 아니라 인물 설정이나 만남의 양상 면에서도 가장 근접된 모습을 보여주는 텍스트라 할 수 있다.[12] 신이한 인물이 여귀(女鬼)로 설정되어 있을 뿐만 아니라 가연(佳緣)을 맺음으로써 신이한 인물의 소망이 성취되는 것도 〈만복사저포기〉와 동일하다. 그렇지만 이별 이후 일상적 인물이 변모되는 양상에 있어서는 둘 사이에 차이가 있다.

---

는 달리 (a)의 앞에 이생(李生)과 최녀(崔女)의 만남과 사랑, 이별, 혼인이 길게 서사화되고 있다는 점이다. 그러므로 <이생규장전>에서의 (b)는 재회가 되는 셈이다. 그렇지만 기본적으로 (a)-(d)의 화소를 핵심적으로 공유하고 있는 점에서는 동일하다고 할 수 있다.

11) 『고려사』는 세종 31년(1449)에 편찬하기 시작하여 2년 후인 문종 1년(1451)에 완성되었다.

12) 김현양 외, 『譯註 殊異傳 逸文』, 박이정, 1996. 이하 『수이전』이 출처인 텍스트는 여기에 수록된 것으로 한다.

〈만복사저포기〉에서는 여귀와의 만남과 이별 후에 세상을 떠나 지리산으로 들어가는 양생의 인식의 전환이 서사적 인과성을 확보하고 있는데 비해 〈최치원〉에서는 그렇지 못하다. 〈최치원〉에서 최치원은 여귀와 이별하고 난 후 신라로 돌아오는 길에 세상 영화의 허무함을 토로하는데, 여귀와의 만남이 이러한 인식의 전환과 어떤 관련이 있는 것인지 막연하기만 하다.13) 이는 〈최치원〉에서 최치원의 고독한 상황이 〈만복사저포기〉에서 양생의 고독한 상황만큼 심중히 그려지지 못했기 때문이면서 동시에 최치원과 여귀와의 사랑이 절실하고 진실되게 그려지지 못했기 때문이다.

　신이한 인물이 여귀로 설정되어 있는 또 다른 텍스트는 〈선율〉이다. 〈선율〉에서도 주목되는 것은 결말 부분이다.

(가)
ㄱ. 선율이 그 동안의 일을 자세히 말하고, 또 그 여자의 집을 찾아갔다. 여자는 죽은 지가 15년이나 되었으나 참기름과 베는 완연히 그 자리에 있다. 선율이 그 여자가 말한 대로 명복을 빌어주니 여자의 영혼이 찾아와서 말한다.
　"법사의 은혜를 입어 저는 이미 고뇌를 벗어났습니다."
ㄴ. 그때 사람들은 이 말을 듣고 놀라고 감동하지 않는 이가 없었다. 이리하여 〈般若經〉을 서로 도와서 완성시켰다. 그 책은 지금 東都 僧司書庫 안에 있다. 매년 봄과 가을에는 그것을 펴서 **轉讀**하여 재앙을 물리쳤다.14)

(나)
ㄱ. 장례를 지낸 후 서생은 슬픔을 이기지 못해 토지와 가옥을 다 팔아

---

13) 이에 대해서는 필자가 이 책의 제1부 「<최치원>의 장르 성격 논의에 대한 비판적 검토」에서 언급한 바 있다.
14) 이민수 역, 『삼국유사』, 을유문화사, 372면.

절간으로 가서 연달아 사흘 저녁을 재를 올렸더니, 여인이 공중에 나타나 서생을 부르며 말했다.

"저는 낭군의 은덕을 입어 이미 다른 나라에서 남자의 몸으로 태어나게 되었습니다. 비록 저승과 이승이 막혀 있지만 낭군의 은덕에 깊이 감사의 뜻을 올립니다. 낭군께서도 이제 다시 착한 업을 닦으시어 저와 함께 속세의 누를 벗어나게 하십시오."

ㄴ. 서생은 그 후 다시는 장가가지 않고 지리산에 들어가 약초를 캐면서 살아갔다 하는데, 그가 어디서 세상을 마쳤는지는 아는 이가 없다.[15]

(가)의 ㄱ은 〈선율〉에서 선율이 여귀의 소망대로 명복을 빌어주는 부분이다. 선율이 여귀의 명복을 빌어주자 여귀가 찾아와 고뇌에서 벗어났음을 알린다. (나)의 ㄱ은 〈만복사저포기〉에서 양생이 여귀와 이별한 뒤 여귀를 위해 재를 올려주는 부분이다. 양생이 재를 올려주자 여귀가 나타나 다른 나라에서 남자의 몸으로 태어났음을 알린다. 〈선율〉과 〈만복사저포기〉의 결말 부분이 매우 흡사하다는 것을 알 수 있다.[16]

(가)의 ㄴ은 〈선율〉의 마지막 종결 부분이다. 선율이 여귀의 사연을 사람들에게 말하자 감동하여 서로 도와서 반야경(般若經)을 완성시켰다는 화자의 전언이다. (나)의 ㄴ 역시 〈만복사저포기〉의 마지막 종결 부분이다. 양생은 이후 장가가지 않고 지리산에 들어가 약초를 캐면서 살았다는 화자의 전언이다. (가)와 (나)를 비교할 때 ㄱ이 매우 흡사한 것

---

15) 세종대왕기념사업회 역, 『國譯 梅月堂集3』, 1977, 315면.

16) 이것은 〈만복사저포기〉가 전대의 서사문학 전통과 얼마나 긴밀히 관련되어 있는가를 단적으로 보여주는 것이다. 『금오신화』와 전대의 서사문학 전통과의 관련에 대해서 이석래, 설중환, 박희병 등이 이미 언급한 바 있다; 이석래(1968), 「金鰲神話의 展開的 考察」, 『이숭녕박사송수기념논총』, 을유문화사.(이상택·서대석·성현경 편, 『한국고전소설연구』, 계명대출판부, 1974. 재수록), 설중환(1983), 『『금오신화』 연구』, 고려대 민족문화연구소. 박희병(1997), 「『金鰲神話』 創作의 淵源과 背景」, 『韓國傳奇小說의 美學』, 돌베개.

과는 달리 그 뒤를 이어 서술되고 있는 ㄴ은 전혀 다른 양상으로 종결되고 있음을 알 수 있다.

〈선율〉이 이처럼 종결된 것은 서사의 흐름상 매우 자연스러운 것이라 할 수 있다. 〈선율〉에서는 신이한 인물인 여귀뿐만 아니라 일상적 인물인 선율 역시 소망을 지닌 인물로 설정되어 있다. 여귀처럼 문제적 상황에 놓여진 것은 아니지만, 선율은 중의 신분으로 육백반야경(六百般若經)을 이루고자 소망하는 인물이었다. 수명이 다해 죽어서 음부(陰府)에 갔으나, 명사(冥司)는 보전(寶典)을 완성시키라고 하면서 선율을 인간 세상으로 돌려보낸다. 선율이 여귀와 만난 것은 인간 세상으로 돌아오는 도중이었다. 여귀의 소망은 자신이 죽기 전에 감춰둔 기름과 베로 불등(佛燈)에 불을 켜고, 경전을 베끼는 재료로 써달라는 것이었다. 그리고는 여귀의 사연에 감동한 사람들의 도움을 받아 반야경을 완성하는 것으로 종결되는 것이다. 이러한 서사의 전개로 볼 때 〈선율〉은 '중 선율이 반야경을 완성시키는 이야기'라고 할 수 있다. 여귀와의 만남은 반야경 완성의 서사적 필연성을 확보하기 위한 하나의 서사적 장치이며, 이를 통해 '반야경의 완성'이라는 현실적 성취를 선율은 이루어 낼 수 있었던 것이다.

앞서 적시한 (가)-(라)의 서사구조를 공유하고 있는 이야기들은 대부분 일상적 인물의 현실적 성취를 보장 혹은 해명하는 이야기라고 할 수 있다. 신라에서 명성을 얻은 원광, 벼슬길에 오른 김현, 중국에 명철함을 과시한 원성왕 등은 현실적 성취를 이루어낸 텍스트 내적 인물이라 할 수 있으며, 텍스트 또한 이들 인물들의 현실적 성취에 서사적 관심을 집중하고 있다고 할 수 있다.[17]

---

17) 『삼국유사』에 소재되어 있는 텍스트의 경우는 이대형의 「三國遺事 所載 '記異'의 서사방식 연구」(『한국한문학연구』21, 한국한문학회, 1998)에서 주목한 바 있다.

그렇지만 〈만복사저포기〉의 경우에는 양상이 이와 다르다. 〈만복사저포기〉의 양생의 경우에도 배필을 얻고자 하는 소망을 지니고 있었으며, 이러한 소망이 여귀와의 만남으로 인해 일차적으로 실현된다. 하지만 끝내 여귀와 이별하게 되고 양생이 지리산으로 들어가는 것으로 종결된다. 서사적 모호함을 내장하고 있는 〈최치원〉을 잠시 제쳐둔다면, 대부분의 경우에는 일상적 인물의 현실적 성취를 서사화하고 있는 데 비해, 〈만복사저포기〉의 경우에는 오히려 현실에서의 좌절을 서사화하고 있다. 〈만복사저포기〉의 경우, 일상적 인물의 현실적 좌절에 서사적 관심을 집중하고 있는 것 역시 필연적인 텍스트 내적 논리라 할 수 있다. 양생이 소망하는 것은 배필을 구하는 것인데, 바로 그 소망의 구체적 대상이 여귀라는 점에 좌절의 논리가 내재되어 있다. 양생이 소망하는 그 대상은 이미 현실 너머의 존재로, 현실 내에서 관계를 지속하는 것이 근본적으로 불가능한 인물이기 때문이다.

〈만복사저포기〉와 같이 일상적 인물의 소망이 신이한 인물과의 만남을 통해 실현되며, 그렇기 때문에 일상적 인물이 좌절하는 이야기는 설화에서는 찾아보기 어렵다. 앞서 제시했던 문헌 기록 텍스트뿐만 아니라 구전 텍스트에서도 이러한 양상을 보여주는 이야기는 눈에 띄지 않는다.


## 3.

『한국구비문학대계』에 채록되어 있는 〈처녀 귀신과 결혼한 총각〉[18]은 〈만복사저포기〉와 유사한 구조와 삽화를 지니고 있는 구전설화이다. 〈처녀 귀신과 결혼한 총각〉은 나무꾼 총각이 물에 빠져 죽은 귀신을 우

---

18) 한국정신문화연구원, 『한국구비문학대계』(강원편), 221-224면.

연히 발견하고 시애(屍愛)한 후 귀신 처녀의 도움으로 행운을 얻게 되는 이야기이다. 귀신 처녀가 총각에게 행운을 안겨준 것은 혼인하지 못하고 죽은 원한을 풀어주었기 때문이며, 나무꾼 총각은 이로 인해 가난에서 벗어나게 된다. 문제적 상황에 처한 신이한 인물의 소망을 들어 주고 일상적 인물이 변모되는 (a) − (d)의 구조를 그대로 보여주고 있다고 할 수 있다. 하지만 이 둘의 결말은 판이하다.

〈만복사저포기〉에서 여귀는 양생에게 자신의 부모를 찾아가 자신과의 만남을 알리도록 한다. 〈처녀 귀신과 결혼한 총각〉에서도 여귀는 자신과 관계한 총각에게 현몽하여 자신의 부모를 찾아가도록 권한다. 하지만 서사의 내적 논리는 사뭇 다르다. 〈만복사저포기〉에서 여귀가 양생에게 자신의 부모를 찾아가도록 한 것은 양생을 자신의 장례에 참여시키기 위해서이다. 그렇지만 〈처녀 귀신과 결혼한 총각〉에서 여귀가 총각에게 자신의 부모를 찾아가도록 한 것은 총각의 현실적 성취를 가능케 하고자 한 것이며 동시에 자신의 유해(遺骸)가 안장(安葬)되기를 바라는 소망을 이루고자 했기 때문이다. 총각은 여귀의 부모와의 만남 이후 그 집의 사위 대접을 받으며 혼인하여 잘 살게 되는데, 이는 총각의 현실적 성취이며, 제사를 지내준 것은 여귀의 원망 성취라 할 수 있다.

〈만복사저포기〉와 동일한 서사구조를 지닌 구전설화의 결말은 욕망의 현실적 성취를 보여준다. 여기서는 〈처녀 귀신과 결혼한 총각〉만을 예로 들었으나, 귀신의 도움으로 현실적 성취를 이뤄내는 이야기는 한둘이 아니다. 『금오신화』 이전에 문헌에 기록된 것이든 아니면 구비로 전승되다 오늘날에 채록된 것이든, 설화의 서사적 관심은 욕망의 현실적 실현이다. 하지만 〈만복사저포기〉는 실현된 욕망의 한계를 다시금 문제로 제기한다.

〈만복사저포기〉와 동일한 서사구조를 지닌 구전설화 가운데는 일상적 인물의 욕망 실현에는 서사적 관심을 보이지 않으면서, 신이한 인물의 원망 해소에 서사적 관심을 집중하는 경우도 있다. 〈기생의 원수를 갚아 준 사또〉[19]나 〈대감집 딸 원수 갚은 이원지〉[20], 〈원혼이 된 아랑낭 자〉[21] 등이 바로 이러한 예를 보여주는 텍스트라 할 수 있는데, 이러한 이야기는 죽은 귀신의 시신을 '安葬'해 주거나, 귀신을 죽음에 이르게 한 인물에게 '復讐'하는 것으로 귀결된다. 안장해 주고 복수해 주는 것은 일 상적 인물인데, 신이한 인물의 원망을 해소해 주는 기능만을 할 뿐 자신 의 현실적 욕망을 드러내거나 이를 실현하지 않는다. 그렇기에 이러한 텍스트의 경우에는 신이한 인물[귀신]의 문제적 상황[죽음]에 서사적 관 심을 집중한다.

〈기생의 원수를 갚아준 사또〉에서 기생은 자신을 겁탈하고자 하는 포 졸에게 저항하다 죽음에 이른다. 〈대감집 딸 원수 갚은 이원지〉에서도 대감집 딸은 자신을 겁탈하고자 하는 중에게 저항하다 죽음을 맞이한다. 〈원혼이 된 아랑낭자〉에서도 원님의 딸 아랑은 자신을 겁탈하고자 하는 사령에게 저항하다 죽음을 맞이한다. 〈만복사저포기〉에서의 여귀 역시 왜적(倭賊)에게 자신의 정절을 지키려다 죽음을 맞이한다. 비록 신이한 인물에게 문제적 상황을 초래한 대립적 인물이 포졸, 중, 사령, 왜적 등 으로 변주되지만 이들이 모두 폭력으로 정조를 유린한 인물이라는 점에 서는 동일하다. 〈만복사저포기〉와 구전설화의 관련성은 이 '겁탈/죽음 삽화'를 통해서도 확인할 수 있다.

그런데 우리가 주목할 것은 이 '겁탈/죽음 삽화'가 텍스트의 서사구조 내에서 차지하는 비중과 의미이다. 구전설화에서는 이 삽화가 텍스트의 전체 서사구조를 지배할 정도로 매우 커다란 비중을 차지한다. 이 삽화는

---


19) 『한국구비문학대계』(전남편), 523-527면.
20) 『한국구비문학대계』(강원편), 181-189면.
21) 『한국구비문학대계』(강원편), 387-391면.

단순히 신이한 인물이 처하게 된 문제적 상황을 해명하는 정도의 차원을 넘어서서 이야기가 종결될 때까지의 서사적 추이를 규정하는 기능을 한다. 신이한 인물과 일상적 인물의 만남 이후, 일상적 인물이 포졸, 중, 사령 등 신이한 인물에게 문제적 상황을 야기한 대립적 인물을 응징(膺懲)하는 일종의 복수담(復讐談)으로 전개되고 종결되는 것이 구전설화의 일반적 양상이다. 그러나 〈만복사저포기〉에서 '겁탈/죽음 삽화'의 비중은 현저히 약화된다. 겁탈/죽음 삽화는 단지 신이한 인물이 처한 문제적 상황을 해명하는 기능만을 할 뿐이다. 〈만복사저포기〉에서는 구전설화와는 달리 문제적 상황을 초래한 적대적 인물에 대한 응징은 찾아볼 수 없다.

〈만복사저포기〉에서 이처럼 '겁탈/죽음 삽화'가 현저히 약화된 것은 구전설화에서와는 다른 서사적 의미를 실현하고자 했기 때문이다. 구전설화의 경우에는 일상적 인물이 신이한 인물에게 문제적 상황을 초래한 적대적 인물을 응징토록 함으로써 '현실의 부당한 폭력은 응징되어야 한다'는 의미를 환기시키고 이에 서사적 관심을 집중시킨다. 그렇지만 〈만복사저포기〉의 경우에는 '겁탈/죽음 삽화'를 약화시키는 대신 신이한 인물과 일상적 인물 사이의 만남 그 자체에 서사적 관심을 집중시킨다. 혼인 이전의 죽음, 이로 인해 죽음 이후에까지도 지속되는 적막함. 여귀에게 문제적 상황을 초래한 것은 현실의 부당한 폭력이었으나, 여귀의 문제적 상황은 부당한 폭력에 의해 억울하게 맞게 된 죽음 자체가 아니라 그 죽음에 의해 자신이 여전히 고독의 심연(深淵)으로부터 벗어나지 못하고 있는 것이었다. 바로 그 고독은 죽음 이전의 현실 세계에서 아름다운 인연을 맺고자 하는 현실적 욕망을 실현하지 못해 비롯된 것이므로, '겁탈/죽음 삽화'를 약화시키고 두 인물의 만남 자체에 서사적 관심을 집중시킨 의도는 '현실적 욕망은 실현되어야 한다'는 의미를 환기하기 위한 것이라 할 수 있다.

‘겁탈/죽음 삽화’에서 또한 주목해야 할 것은 인물들 사이의 대립 양상이다. 구전설화에서 신이한 인물과 대립하는 것은 포졸, 중, 사령 등이다. 포졸, 중, 사령 등은 각각 기생, 재상집 딸, 원님의 딸을 차지하고자 하는 욕망을 지니고 있는 인물들이다. 하지만 이들의 욕망은 일방적이고 폭력적이어서, 욕망의 대상을 죽음에 이르게 한다. 텍스트에 구체적으로 언표되고 있지는 않지만, 짐작하건대 이들의 욕망이 일방적일 수밖에 없었던 것은 사회적 신분 때문이라 생각된다. 그렇다면 ‘겁탈/죽음 삽화’에는 인간의 사회적 관계의 문제가 단초적으로 내포되어 있다고 할 수 있다. 그렇지만 구전설화에서는 이러한 인간의 사회적 관계의 문제를 전면화하지 않는다. 서사적 관심은 오로지 ‘죽음의 부당성’에 즉자적으로 긴박되어 있으며, 대립적 인물들의 욕망은 ‘부당한 폭력’으로 추상화되어 있을 뿐이다. 텍스트 내에서 이들의 존재론적 무게는 전혀 감지할 수 없으며, 이들은 다만 ‘예정된 패배자’로 고정되어 있을 뿐이다.

〈만복사저포기〉에서는 ‘겁탈/죽음 삽화’를 약화시킴으로 인해서 인물의 대립적 관계를 기초로 서사화가 이루어지지 않는다. 신이한 인물인 여귀와 일상적 인물인 양생은 행동과 의지가 일치하는 상보적 관계를 맺고 있으며, 이를 기초로 서사화가 이루어진다. 그렇다고 해서 〈만복사저포기〉에서 서사적 대립 자체가 전혀 무화되고 있는 것은 아니다. 인물들 사이의 대립 관계를 통해 구체적으로 형상화되지는 않고 있으나, 만남에서 이별로 전환되는 텍스트의 종결 부분에서 두 인물, 특히 양생의 행동과 의지를 용납하지 않는 그 ‘무엇’이 우리들에게 감지된다.

여귀의 경우에는 양생과의 만남을 통해 자신의 원망을 해소했다고 할 수 있다. 또한 양생과 이별해야 하는 상황에서도, 이별의 슬픔은 드러내고 있으나, 이별에 순응하는 태도를 보여준다. 그렇지만 양생의 경우에는 이와 다르다.

(…) 지난 하룻밤 그대와 만나 기쁨을 얻어 비록 유명(幽明)이 서로 다를지라도 물 만난 고기처럼 즐거워하였소. 장차 백년을 같이 지내려 하였더니 어찌 하룻저녁에 이별이 있을 줄 알았겠소. 임이시여! 그대는 응당 달나라에 난새[鸞] 타는 선녀가 되고, 무산(巫山)에 비 내리는 아가씨가 되리다. 땅은 어둠침침해서 돌아볼 수가 없을 것이고 하늘은 막막하여 바라기도 어렵소. 나는 집에 들어가도 어이없어 그저 말없이 지내고, 밖에 나가도 아득하여 갈 곳이 없구려. 영혼(靈魂) 모신 휘장을 대하면 눈물겨웁고, 좋은 술을 따를 때엔 마음 더욱 슬프오. 요요(窈窈)한 그 모습이 눈에 보이는 듯, 낭랑(琅琅)한 그 목소리 귀에 들리는 듯하오. (…)[22]

위의 인용은 여귀와 이별한 후, 양생이 여귀와의 자취가 남아 있는 개령동으로 찾아가 무덤에서 장례를 치르며 지은 제문(祭文)의 일부이다. 여귀와의 이별로 인해 절망하며 탄식하는 양생의 모습을 확인할 수 있다. 정인(情人)과 유명(幽明)을 달리했을 때의 절망감은 누구에게나 엄습하는 것이겠지만, 양생의 절망감은 특히 심중하다. "집에 들어가도 어이없어 그저 말없이 지내고, 밖에 나가도 아득하여 갈 곳이 없"다는 그의 토로는 여귀와의 만남이 그에게 얼마나 절실한 것이었던가를 짐작하게 한다. 여귀와의 이별은 그에게 삶의 지향을 상실토록 했으며, 현실의 관계를 무의미한 것으로 여기게끔 하였던 것이다.

여귀와 양생과의 이별은 유명을 달리하고 있는 두 인물의 존재적 차이에서 비롯된 것으로, 양생의 의지를 좌절시키고 있는 대립항은 바로 '존재론적 운명'이라 할 수 있다. 따라서 양생이 이별 이후 세상을 등지고 지리산에 들어간 것은 존재론적 운명과 대립하는 하나의 삶의 형식이라고 할 수 있는 것이다.

---

22) 『國譯 梅月堂集3』, 세종대왕기념사업회, 1977, 315면.

4.

문헌에 기록된 텍스트 가운데 〈최치원〉과 〈선율〉, 구전으로 전승되다 채록된 텍스트 가운데 〈처녀 귀신과 결혼한 총각〉, 〈기생의 원수를 갚아 준 사또〉, 〈대감집 딸 원수 갚은 이원지〉, 〈원혼이 된 아랑낭자〉를 대상으로 서사구조의 공통성과 유사삽화의 존재 양상을 확인하고 그 서사 방식의 차별성을 해명했다. 이를 통해 서사구조와 유사화소를 공유하고 있다고 해서 서사방식까지 동일하지 않다는 것을 확인했다.

〈최치원〉과 〈선율〉, 〈처녀 귀신과 결혼한 총각〉에서는 (a)−(d)의 서사구조 가운데 (d)를 주목하여 〈만복사저포기〉와의 차별성을 해명했다. 〈최치원〉은 (d)가 모호하게 결구되어 있으며, 〈선율〉과 〈처녀귀신〉은 〈만복사저포기〉와 달리 일상적 인물의 현실적 성취로 결구되고 있음을 지적했다.

〈기생의 원수를 갚아준 사또〉, 〈대감집 딸 원수 갚은 이원지〉, 〈원혼이 된 아랑낭자〉에서는 (c)를 주목하여 〈만복사저포기〉와의 차별성을 지적했다. 이들 텍스트는 〈만복사저포기〉와 달리 '겁탈/죽음 삽화'를 비중있게 서사화하고 있으며, 그 결과 서사화가 인물의 대립 관계를 중심으로 이루어지고 있음을 지적했다.

〈만복사저포기〉와 같이 (a)−(d)의 서사구조로 이루어진 이야기는 기본적으로 원망을 지닌 신이한 인물(X)과 현실적 결핍을 욕망하는 일상적 인물(Y) 그리고 신이한 인물의 원망을 야기하는 부정적 인물(Z)로 구성된다. 그러므로 이러한 구조의 이야기는 신이한 인물의 원망이 해소되고 일상적 인물의 욕망이 실현되는 방향으로 서사화가 이루어지며, 결말 부분인 (d)에서 이를 확인할 수 있게 된다.

앞서 확인했듯이 관련텍스트들은 이러한 양상을 보여주고 있다. 신이한 인물의 원망은 부당한 혹은 불행한 자신의 죽음과 관련되어 있는데, 혼인을 하지 못하고 죽은 억울함이라든가 자신의 시신이 안장되기를 바라는 것, 자신을 죽음에 이르게 한 대상에 대한 복수 등이 원망의 내용이며, 이야기의 결말은 이러한 원망이 해소된 상태에서 종결된다. 일상적 인물의 욕망 역시 신이한 인물의 도움으로 현실적으로 실현되면서 종결되는 것이 일반적이다. 일상적 인물과 신이한 인물은 서로의 원망과 욕망을 해소시켜주고 실현시켜주는 서사적 기능을 하는 상보적 관계의 인물들로 이들 사이에는 어떠한 서사적 대립도 존재하지 않는다.

〈만복사저포기〉 역시 상보적 관계에 있는 두 인물에 서사적 관심을 집중한다. 신이한 인물인 여귀는 양생을 만나 가연(佳緣)을 맺고 안장될 수 있었으며, 양생 역시 여귀를 만나 고독에서 벗어날 수 있었다. 하지만 〈만복사저포기〉는 여기서 멈추지 않는다. 두 인물 사이의 존재적 차이를 문제 삼아 만남의 지속을 차단시키고, 이로 인해 결핍된 현실에 여전히 머물러 있던 양생을 현실에서 벗어나게 한다.

〈만복사저포기〉의 이러한 서사적 특성 가운데 장르론적 관점에서 우선적으로 중시해야 할 것은 인물의 서사적 관계이다. 주지하고 있듯이, 서사장르론에서 장르 판별의 준거로서 일차적으로 제시되고 있는 기준은 자아와 세계의 관계 혹은 인물과 환경의 관계이다.[23] 자아와 세계의 관계, 인물과 환경의 관계는 인물의 서사적 관계를 토대로 파악해 낼 수 있는 것이므로, 이를 일차적으로 중시할 필요가 있다.

(a)－(d)의 서사구조로 이루어진 이야기는 신이한 인물과 일상적 인

---

[23] 자아와 세계의 서사적 관계를 통해 특유의 서사장르론을 개진하고 있는 것은 조동일이다. 조동일 이후 연구자들의 경우에도 소설 개념을 규정하기 위한 시도를 여러 차례 보여주고 있는데, 이들의 소설 개념에 대해서는 이 책의 제1부 「〈최치원〉의 장르 성격 논의에 대한 비판적 검토」를 참고하라.

물의 상보성을 기초로 서사화가 이루어지지만, 신이한 인물과 일상적 인물의 만남을 서사화하고 있는 모든 이야기가 두 인물의 상보성에 기초해 있는 것은 아니다. 일상적 인물과 신이한 인물이 대립적 관계에 놓여져 있고, 이 서사적 대립이 일상적 인물의 패배로 결구되는 서사구조를 지닌 이야기 역시 두루 존재하며, 조동일은 이를 자아와 세계의 대립이 세계의 우위에 의해 서사화되는 전설의 서사적 특성이라 지적한 바 있다.24) 신이한 인물과 일상적 인물이 서사적으로 대립하지 않고 상보적인 관계에 놓여져 있는 경우, 신이한 인물 혹은 일상적 인물과 적대적 관계에 있는 부정적 인물 사이에 서사적 대립 관계가 설정되는 것이 일반적이다. 이 경우, 신이한 인물과 일상적 인물은 서로 상보적인 관계에 있는 자아이며 부정적 인물이 세계가 되어 대립하면서 대체로 자아에 의해 세계가 패배하면서 자아의 승리로 귀결되는데, 이는 민담의 서사적 특성이라 할 수 있다. 앞서 살펴본, '겁탈/죽음' 삽화를 비중있게 서사화하고 있는 텍스트가 여기에 해당된다.

그런데 〈만복사저포기〉는 신이한 인물과 일상적 인물의 상보적 관계에만 서사적 관심이 집중되고 있다. 신이한 인물과 일상적 인물 사이에 존재적인 차이가 있음에도 불구하고 그러한 존재적 차이에 전설의 대립적 자질인 경이로움이 내재되어 있지 않으며, 신이한 인물의 문제적 상황이 부정적 인물과의 대립적 관계 속에서 지양되지도 않는다. 이는 〈만복사저포기〉가 전설이나 민담과 같은 설화적 서사 층위에서 벗어나 있는 것임을 말해 준다.

장르론적 관점에서 다음으로 주목할 것은 일상적 인물의 변모이다. 이는 서사장르론에서 시간구성이나 텍스트의 인식론적 의미와 관련하여

---

24) 조동일은 『한국소설의 이론』(지식산업사, 1977)에서 이를 〈이인보 설화〉로 예증한 바 있다.

장르 판별의 준거로 제시되고 있는 기준이다. 〈만복사저포기〉는 일상적 인물인 양생의 좌절로 결구되고 있는데, 이는 현실적인 성취를 보여주지 못하는 경우라 할 수 있다. 앞에서 검토한 관련텍스트 가운데 〈만복사저포기〉와 같이 인물의 상보적 관계에 서사적 관심을 집중하고 있는 텍스트로는 〈최치원〉, 〈원광〉, 〈김현〉, 〈선율〉을 들 수 있는데, 이 4개의 텍스트 가운데 일상적 인물의 변모 양상이 〈만복사저포기〉와 유사한 것으로는 〈최치원〉을 들 수 있다. 이외에 〈원광〉, 〈김현〉, 〈선율〉은 현실적인 성취만을 보여주는 경우라 할 수 있다. 〈원광〉에서는 원광이 법사로서의 명성을 얻으며, 〈김현〉에서는 벼슬에 올라 호원사를 세우고, 〈선율〉에서는 반야경을 완성하는 것이 현실적 성취의 내용이다.

그렇다면 〈원광〉, 〈김현〉, 〈선율〉과 같은 텍스트가 일상적 인물의 현실적 성취를 보여주고 있는 것은 장르론적 표징으로서 어떻게 이해해야 하는가? 원광은 본래부터 불법 수행을 열심히 하는 인물로 성격화되어 있는 인물이다. 무상지해(無常之害)를 면하고자 하는 소망을 지니고 있는 신이한 인물인 노호(老狐)가 원광과의 만남을 의도한 것은 이러한 원광의 본래적 능력을 인정했기 때문이라 할 수 있다. 노호가 원광과의 만남을 통해 자신의 소망을 해소할 수 있었듯이, 노호의 도움으로 중국에 수학하여 법사로서 명성을 얻게 된 원광 자신도 자신의 욕망을 성취한 것이라 할 수 있다. 일개의 평범한 불자(佛者)에 불과했던 원광이 텍스트의 서사 시간 속에서 법사(法師)로서의 명성을 얻게 된 것도 변모라 할 수 있겠지만, 이는 현상적인 파악일 뿐이다. 근본적으로는 변모가 아닌 본래적 성격이 강화된 것으로 이해해야 할 것이다. 선율의 경우도 본래부터 반야경을 이루고자 하는 욕망을 지닌 인물로 성격화되어 있었으며, 이러한 욕망이 여귀와의 만남의 과정을 통해 완성됨으로써 그의 성격이 강화되고 있다. 김현은 거의 그 성격화가 이루어지고 있지 못하다. 〈김현)은 호녀(虎女)를 중심으로 서사화가 이루어지고 있으며, 김현은 매개적 인물로만 한정되고 있다. 이로 볼 때 일상적 인물의 현실적 성취는 서사 시간 속에서 일상적 인물의 성격적 변모를 나타내는 것이 아니라 오히려 본래적 성격을 더욱 강화시키고 있는 것이라 하겠다.

　이처럼 현실적 성취의 서사적 결구를 통해 일상적 인물의 성격을 강화하고 있는 것은 텍스트를 통해 어떤 의미를 생성해내고자 하는 의도라 할 수 있는데, 〈원광〉이나 〈선율〉 모두 그 의미가 불교적 인식과 관련되어 있다. 원광과 선율 모두 불승(佛僧)으로서의 성격이 강화되고 있는데, 이는 모두 신이한 인물의 문제적 상황을 해소하는 데 기능하고 있는바, 이것은 존재의 모든 문제가 불력(佛力)의 힘으로 해소될 수 있다는 의미로 해석될 수 있다. 묘하게도 현실적 성취의 내용이 법사의 능력(僧), 불경의 완성(經), 절의 창건(寺)등 불교의 핵심적 요소와 일치하고 있는 것도 우연이 아니다. 결국 〈원광〉, 〈김현〉, 〈선율〉과 같은 텍스트의 결말에서 일상적 인물이 이루어낸 성취는 종교적 신념의 현실적 실현이며, 텍스트의 서사 시간은 이러한 종교적 신념을 현실화하기 위해 필요했던 것이다. 〈원광〉이나 〈김현〉, 〈선율〉은 신이한 인물과 일상적 인물의 상보적인 서사적 관계를 통해 불교적 인식 지평을 펼쳐 보이고 있는 것이다.

　〈최치원〉과 〈만복사저포기〉의 경우는 만남을 지속하고자 하는 일상적 인물의 욕망이 좌절되는 점이 〈원광〉 등과 다르다고 했다. 〈최치원〉은 최치원이 여귀인 두 여자와 이별하고 나서 고국인 신라에 돌아온 후 세상을 떠나 산중에 은거하는 것으로 종결된다. 이 부분에서 급격하게 서술시간의 비약이 있어 두 여자와의 이별과 산중 은거 사이에 어떤 서사적 관련이 있는 것인지 모호하므로, 최치원의 성격 변화를 단정할 수 없다. 그렇지만 어찌됐던 최치원은 현실과 단절하는 인물로 그려지고 있다. 〈만복사저포기〉는 양생이 세상을 떠나 산중에 은거하는 것으로 종결된다. 만복사의 외딴 방에서 자신의 배필을 욕망하던 인물이 서사의 과정 속에서 현실의 욕망을 모두 거두어들이는 인물로 변화된 것이다. 양생의 은거가 '존재론적 숙명'에 대립하는 양생의 의지, 자신이 진실로 사랑했던 여귀와의 만남을 소중히 간직하고자 하는 양생의 단 하나의 욕망의 표출이라 하더라도 그것은 현실에 존재하지 않는 가치를 추구하기 위해 현실의 가치를 모두 외면하는 것에 다름 아니다. 현실적으로 존재할 수 없는 관념[여귀와의 사랑]의 절대적 가치로 인해 현실 그 자체를 부정하는 의식, 이것을 〈만복사저포기〉의 인식 지평이라 할 수 있다. 결국 〈만복사저포기〉의 서사시간은 욕망하는 것[존재]의 한계를 자각하는 시간이었으며 현실로부터 벗어나는 과정이었던 것이다.

일반적으로 설화의 서사시간을 변화에 관계하지 않는 시간이라 하고 소설의 서사시간을 변화를 창출해내는 시간이라고 한다. 〈원광〉 등의 텍스트에 비해 〈만복사저포기〉에서 우리는 시간이 만들어내는 변화를 더욱 분명히 감지해 낼 수 있다. 그렇다고 해서 〈원광〉 등을 시간이 정지된 텍스트라 할 수는 없지만, 〈만복사저포기〉에서는, 짧은 순간이기는 하지만, 시간의 역동성 같은 것을 발견하게 된다. 이런 점에서 본다면 〈만복사저포기〉는 소설적 서사에 좀더 근접된 텍스트라 생각된다.

하지만 대립을 문제 삼지 않는 서사의 역동성은 진정한 역동성이라 할 수 없다. 현실적 욕망을 근본적으로 좌절시키는 존재론적 한계와 대립하는 순간에 발현되는 역동성은 사실 매우 정적인 순간적 포즈이며, 그렇기에 〈만복사저포기〉에서의 서사시간은 치열하기보다는 안타깝다.

앞서 살펴보았던 〈원광〉, 〈선율〉, 〈김현〉에서 우리가 포착할 수 있었던 불교적 인식 지평과 〈만복사저포기〉에서 포착할 수 있었던 현실 부정의 인식 지평은 사실상 동질적인 것이라 할 수 있다. 〈선율〉에서 여귀가 자신이 세상에 감추어 두었던 기름과 베를 공양하여 선율의 반야경 완성을 돕고 고뇌에서 벗어난 것에서 알 수 있듯이, 고뇌라고 하는 업보(業報)에서 벗어나고자 하는 절대적 가치[관념]는 현실의 가치[기름과 베]를 부정하는 것으로부터 완성되는 것이다. 굳이 불교적 인식만을 한정해서 말하지 않더라도, 종교적 인식의 내부에는 현실을 부정적으로 사유하고 현실에서 초탈하고자 하는 초세의식(超世意識)이 도사리고 있는 바, 현실적 성취로 결구되는 텍스트건 그렇지 않은 텍스트건 이러한 초세의식이 그 인식론적 주조를 이루고 있다는 점에서는 동일하다 할 수 있다.

　앞서 〈최치원〉, 〈만복사저포기〉, 〈원광〉, 〈선율〉, 〈김현〉은 장르 판별의 일차적 준거인 인물의 서사적 관계의 측면에서 볼 때, 신이한 인물의 문제적 상황이 부정적 인물과의 대립적 관계 속에서 지양되지 않고, 두 인물의 상보적 관계를 기초로 서사화가 이루어진다고 언급한 바 있다. 신이한 인물의 문제적 상황은 대체로 일상적 인물과의 만남 이전에 현실에서 초래된 것으로 현실적 욕망의 문제와 관련되어 있다. 이들 텍스트가 이러한 문제적 상황을 그 문제적 상황을 초래한 부정적 인물과의 대립을 통해 서사화하지 않고 있다는 것도 현실을 부정하는 초세주의적 인식 지평으로부터 비롯된 것이라 할 수 있다. 두 인물의 상보적 관계를 기초로 서사화된다는 것은 세계가 텍스트 내에서 구체적으로 그려지지 못하고 있음을 의미한다. 〈만복사저포기〉에서처럼 대립항이 절대적인 것이어서 일상적 인물을 좌절케 하는 것도, 〈선율〉에서처럼 일상적 인물과 신이한 인물이 대립항이 소거된 상태에서 두 인물의 소망을 아무런 장애 없이 실현할 수 있는 것도 세계의 추상성으로 인해 비롯된 것이다. 세계는 텍스트 내에서 도외시되든가 아니면 괄호 안에 넣어져 굳건히 고정된다. '겁탈/죽음' 삽화를 비중있게 서사화하고 있는 구전 텍스트의 경우 자아와 세계의 관계가 일방적인 것이었다면, 〈만복사저포기〉와 같이 두 인물의 상보적 관계의 서사화에 서사적 관심이 집중된 텍스트의 경우 세계는 무시되거나 아니면 절대적으로 고정되어 있어서 텍스트 내에서 자립적일 수 없게 된다.

일반적으로 소설의 장르적 특성을 '자아와 세계의 상호우위에 입각한 대결'이라 할 때, 인식과 행동의 주체인 '자아'와 주체에 의해 대상화되는 '세계'는 모두 자립적이어야 한다. 자립적인 '자아'와 '세계'가 상호 우위에 입각해 대결한다는 것은 자아와 세계 모두 주체로서의 인식과 행동의 논리를 가지고 관계하고 있음을 의미한다. 이때 주체의 인식과 행동의 논리는 사회적 개인으로서의 삶의 의지[욕망]를 표출하는 것에 다름 아니다. 소설의 자아와 세계는 사회적 개인으로서의 삶의 의지를 논리화하여 인식하고 행동한다.[25]

앞서 〈만복사저포기〉의 서사적 특성이 자아와 세계의 일방적 관계에 기초해 있는 설화의 특성과는 차별되는 것이라 한 바 있는데, 그렇다고 해서 소설적 특성을 보여주고 있다고 하기도 곤란하다. 〈만복사저포기〉는 신이한 인물과 일상적 인물의 상보적 관계에 서사적 관심이 집중되고 있다고 했는데, 이때 상보적 관계에 있는 두 인물은 인식과 행동에 있어 동질적이라 할 수 있다. 〈만복사저포기〉에서 세계는 절대적으로 고정되어 있어서 비자립적이라 했는데, 이는 세계가 상대적 주체로서 인식과 행동의 논리를 가지고 관계하고 있지 않음을 의미한다. 상보적 관계에 있는 두 인물은 동질적인 자아의 분화된 모습이므로, 〈만복사저포기〉는 '세계가 비자립적이어서 관계하지 않으면서, 분화된 자아의 동질성을 추구'하는 서사적 특성을 지닌 이야기라 할 수 있다.

---

25) 여기서는 조동일의 소설론을 가지고 논의하고 있으나 이는 논의의 편의를 위해서이다. '소설'의 개념 문제는 여전히 매우 혼란스러운 상태인데, 이에 대한 필자의 견해는 따로 별고를 통해 구체적으로 개진하고자 한다.

## 5.

지금까지 〈만복사저포기〉의 서사적 특성을 관련텍스트와의 비교·대조를 통해 파악하고 그 장르적 위상을 자리매김 했다. 〈만복사저포기〉의 서사적 특성은 설화 또는 설화적 자장에 놓여 있는 텍스트와 같으면서 다른 점이 있는데, 특히 다른 점은 텍스트내의 세계가 비자립적이어서 '자아'와 관계하지 않는다는 점이다. 이는 자아와 세계를 '우위'나 '대결'의 관계로 파악할 수 없다는 것을 의미한다. 그러므로 서사화는 동질적인 인식과 행동을 보여주는 자아의 분화된 형태인 상보적인 두 인물의 인식과 행동의 논리가 서사시간 속에 구현되는 방식을 취하게 된다.

〈만복사저포기〉와 차별되는 면이 있지만, 넓게 보면 관련텍스트 가운데 〈최치원〉, 〈원광〉, 〈김현〉, 〈선율〉과 같은 텍스트는 〈만복사저포기〉와 서사적 특성을 공유하고 있는 것이라 할 수 있다. 여기서 길게 논할 수 없지만, 이들 텍스트들이 서사적 특성을 함께 공유하고 있는 것은 불교 혹은 불교적 인식[세계관]과 밀접하게 관련되기 때문이라 생각한다.[26]

이러한 서사적 특성을 구유하고 있는 서사 장르를 무엇이라 할 것인가? 본고에서는 '설화도 아니고 소설도 아니다'라는 부정적 논법으로 이를 회피했는데, 중요한 것은 텍스트의 특성을 확인하는 데 있으며, 장르 명칭을 부여하는 데 있지 않다고 생각했기 때문이다. 나말(羅末)에서 선초(鮮初)까지의 서사문학사를 '설화냐 소설이냐'라는 양자택일의 구도로

---

26) 이대형은 「『金鰲新話』의 서사방식 연구」(연세대 박사학위논문, 2001)에서 『금오신화』의 세계관적 특성을 '불교적 세계관'과 관련하여 언급한 바 있다. 경청할 만하고, 앞으로 이에 대한 깊이있는 논의가 이루어져야 한다고 생각한다. 필자는 〈만복사저포기〉의 경우는 불교적 세계관과 긴밀한 관련이 있다고 생각한다. 하지만 『금오신화』의 나머지 작품은 다른 각도에서 파악해야 하지 않을까 한다. 『금오신화』 전편을 하나의 세계관으로 파악하고자 하는 것은 무리라는 생각이 든다. 굳이 하나의 세계관으로 파악한다면 이 논문에서 언급했던 '초세적 세계관' 정도가 아닐까?

파악하려는 시각에서 벗어나는 것이 중요하다고 보는데, 이는 우리 서사문학의 다양한 서사전통을 파악하고 그 특성을 읽어내는 데 방해가 되기 때문이다. 본고는 『금오신화』 가운데 〈만복사저포기〉를 중심으로 이러한 문제의식의 일단을 드러낸 것인데, 앞으로 논의 대상과 주제를 확장해 나가고자 한다.

# 16세기 후반 소설사 전환의 징후와 〈수성지〉

## 1.

이 글에서 말하고자 하는 핵심은 두 가지이다. 하나는 임제(林悌, 1549 ~1587)의 〈수성지(愁城誌)〉가 매우 심중한 역사철학적 화두(話頭)와 관련된다는 것이다. 인간의 존재론에 대한 역사적 질문이라고도 할 수 있는 이 화두는 역사의 정의와 이념적 인간의 불행을 문제 삼으면서 삶의 궁극적 의미를 질문한다. 임제의 〈수성지〉는 이러한 전통적이면서 이념적인 역사철학적 질문에 대한 임제 자신의 대답이라 할 수 있는데, 이 대답의 내용과 의미를 탐색하고자 하는 것이 이 글의 목표 가운데 하나이다.

다른 하나는 임제의 〈수성지〉에서 포착되는 인식론의 지평과 김시습(金時習, 1435~1493)의 『금오신화(金鰲新話)』에서 포착되는 인식론의 지평은 질적으로 차원을 달리한다는 것을 확인하고자 하는 것이다. 흔히 김시습과 임제는 현실에 대한 비판적 인식을 드러내는 방외자로서 등질적으로 거명되곤 하는데, 텍스트 속에 구현되어 있는 인식론의 지평은 그 층차가 분명하다는 점을 확인하는 것이 또 하나의 목표이다.

물론 이 글에서 말하고자 하는 이러한 두 가지 핵심적 내용은 모두 17세기 소설사의 전환 양상을 해명하고자 하는 문제의식과 관련된다. 우리 고전소설사에서 17세기를 그 이전 시기와 구분해야 한다는 생각이 점차 일반화되어 가고 있지만,[1] 정작 17세기와 그 이전 시기의 차이가 그다지 깊이있게 탐구되지 못했다는 것이 필자의 생각이다.[2] 이와 관련하여 이 글에서는 16세기 후반기에 창작된 임제의 〈수성지〉를 대상으로 17세기 소설사의 전환을 예고하는 한 징후를 읽어내고자 한다.[3]

## 2.

일찍이 허균(許筠, 1569~1618)은 "수성지란 것은 문자가 생긴 이래 하나의 별문자(別文字)이니 천지 사이에 이 글이 없다면 자연히 한 결함

---

1) 김태준은 『朝鮮小說史』(청진서관, 1933)에서 17세기의 소설을 신사조, 신군학으로 지칭하고 있는데, 이는 그 이전 시기와 구별되는 17세기의 소설사적 특성을 강조한 것이다. 이러한 김태준의 시각은 이후의 연구자들에게 대체로 계승되고 있다. 특히 "본격적인 소설시대는 17세기 이후부터"(김종철, 「서사문학사에서 본 초기소설의 성립문제」, 『다곡이수봉선생기념논총』, 1988, 185면)라든가, "고전소설의 본격적인 전개는 17세기부터"(장효현, 「전기소설의 연구성과와 과제」, 『민족문학연구』28, 고대민족문화연구소, 1995, 21면)라는 언급은 17세기를 그 이전 시기와 구별하고자 하는 시각을 좀더 명시적으로 나타내고 있는 것이다. 조동일은 우리 소설이 17세기 이후 '중세에서 근대로의 이행기'에 성립한 것으로 파악하고 있다.

2) 17세기의 소설사적 특징으로 흔히 지적되는 것은 ①서사적 화폭이 확장되면서 현실이 보다 풍부하게 반영되게 된 점 ②특성을 달리하는 다양한 양식의 소설들이 공존하게 된 점 ③국문으로 창작한 소설이 등장한 점 등이다. 하지만 이러한 특성들이 나타나게 된 소설사적 원인과 조건에 대해서는 해명이 미흡한 실정이다.

3) 임제가 <수성지>를 언제 창작했는지는 정확히 알 수 없다. 李植이 <수성지>에 대해 "自北評換西評, 故犯御使前導, 見劾著愁城志"(『澤堂集』 續集, 卷1)라 기록한 것을 따르면, 창작년은 1580년(32세)이 된다. 이 해에 임제가 서도병마평사(西道兵馬評事)로 부임하기 때문이다. 임형택은 「白湖先生年譜」에서 선조 9년(丙子, 1576) 28세 무렵에 <원생몽유록>과 <수성지>를 지었을 것이라 추정하고 있다. 이해 7월 박계현(朴啓賢)이 왕에게 <육신전(六臣傳)>을 읽어보도록 권했다가 왕의 진노를 산 일이 있었는데, <원생몽유록>은 이런 사실과 관련해서 지었을 것이라 추정했다. 또한 <수성지>는 <원생몽유록>과 주제의식이 통하기 때문에 함께 붙여둔다고 했다. (「백호선생연보」, 신호열·임형택 공역, 『譯註 白湖全集』(하), 창작과비평사, 1997, 1047면)

이 될 것이다."4)라고 한 바 있는데, 〈홍길동전〉의 작자인 허균이 〈수성지〉에 대해 이렇듯 예사롭지 않은 평가를 한 것은 어떤 이유에서일까?

허균은 〈수성지〉에 대해 이렇듯 특별한 평가를 하고 있지만, 현상적으로만 보면 〈수성지〉는 그리 특별할 것도 없다. 마음을 의인화한 형상적 수법을 구사하고 있으며, 이러한 의인적 유비(類比)와 번다(繁多)한 중국 고사의 활용으로 인해, 작품의 서사적 의미를 해독하기 위한 수고로움은 있지만, 기실 작품의 내용은 '마음속의 시름을 술로 풀었다'는 지극히 소박한 것에 불과하다. 의인화의 수법 역시 저 고려조의 가전(假傳) 이래 사대부의 희문(戲文)으로 창작되어 왔으며, 번다한 중국 고사의 해독은 문인들에게 전혀 수고롭지 않은 것이었으니, 이러한 특징들을 주목하여 허균이 그 특별함을 언급하지는 않았을 것이다. 그렇다면 무엇이 〈수성지〉를 그토록 특별히 주목하게 하는가?

〈수성지〉의 서사세계에 등장하는 주요 인물은 천군(天君), 무극옹(無極翁), 주인옹(主人翁), 애공(哀公), 감찰관(監察官), 채청관(採聽官), 관성자(管城子), 국양장군(麴襄將軍) 등이다. 천군은 마음[心]이 의인화된 형상으로서 제왕(帝王)의 자리에 있는 인물이며, 무극옹은 관념화된 우주의 시원적인 원리가 의인화된 인물이고, 주인옹은 마음에 내재되어 있는 주체성을 의인화한 인물이다. 무극옹은 천군이 평상심(平常心)을 유지할 수 있도록 보필하는 인물이며, 주인옹은 천군이 동요하거나 평정을 잃을 경우, 천군에게 간언하여 평상심을 유지할 수 있도록 제어하는 인물이다. 애공은 슬픈 마음이 의인화된 형상이며, 감찰관과 채청관은 각각 눈과 귀가 의인화된 형상으로, 천군으로 하여금 외물(外物)에 관심

---

4) "所謂愁城志者, 結繩以來, 別一文字. 天地間自欠, 此文字不得."(許筠, 『鶴山樵談』, 『許筠全集』, 성대 대동문화연구원, 1981, 354면) 번역은 임형택의 「백호선생연보」 (위의 책, 1047면)를 따랐다.

을 갖고 반응하도록 하는 역할을 하는 인물이다.[5] 외물에의 반응은 곧 천군의 동요를 야기하는 요인이므로 감찰관, 채청관 등은 무극옹, 주인옹과 대립하는 인물이라 할 수 있는데, 이러한 대립적 관계에 대한 인식이 주인옹의 상소에 분명히 나타나 있다.

> (가) 신으로 말하자면 정(情)은 골육보다 깊고 의(義)는 기쁨과 슬픔을 같이하는 처지옵니다. 어찌 위태롭고 어지러워질 사태를 예견하고서도 앉아서 바라보며 무심히 넘기오리까? 현실을 논란하고 과거를 애달파하는 것은 존심(存心)하는 데 보탬이 없거니와, 먹을 갈아서 붓대를 휘두르는 것이 양성(養性)을 하는 데 무슨 유익함이 있사오리까? 대개 인·의·예·지 중에서 오직 수오(羞惡)가 일을 벌이고 시비(是非)가 논의를 주장하는 한편, 밖으로 감찰관과 서로 통하여 주제넘게 비분강개해서 저만 잘난 체하고 저만 고상한 체하는 태도는 심히 나라를 안정케 하는 방도가 아닌 것입니다.[6]

주인옹은 천군이 항상 죽백[史書]을 가까이 하여 놀고 고금(古今)을 노래하는 데 뜻을 두자 위와 같이 상소한다. 현실을 논란하고 과거 역사를 들추어보아 반성하고 비판하는 것의 무용함을 주장하며, 감찰관 등이 이를 부추긴다고 비난한다.

주인옹의 이러한 노력으로 평정을 유지하고 있던 천군이 결정적으로

---

5) 주인옹을 마음에 내재되어 있는 주체성을 의인화한 인물이며, 천군이 동요하거나 평정을 잃을 경우 천군에게 간언하여 평상심을 유지할 수 있도록 제어하는 인물이라고 했는데, 황패강은 이를 理性이라 파악했다.(황패강, 「수성지와 원생몽유록」, 『조선왕조소설연구』, 단국대출판부, 1983, 194면) 주인옹은 관념적인 성리학적인 원리의 의인화된 인물인 무극옹과 함께 마음을 주재하는 性을 표상한다. 그 외 애곤이나 감찰관, 채청관 등은 情을 표상하는데, 이는 天君인 心이 性과 情에 의해 구성되고 있음을 보여준다.

6) 신호열·임형택 공역, 앞의 책, 677-678면.

동요하게 되는 계기는 수성(愁城)의 축성(築城) 때문이다. 어느 날 초(楚)나라 양왕(襄王)에 의해 추방당해 자결해 죽은 굴원(屈原)은 그의 제자 송옥(宋玉)을 데리고 천군에게로 와 성을 쌓고 거처하도록 허락할 것을 요청한다. 천군은 이를 허락하게 되고 드디어 천군의 지경(地境)에 수성이 자리 잡게 되는데, 이로 인해 천군은 평정을 잃게 된다. 그렇다면 수성의 축성에 왜 천군이 동요하게 되는가?

> (나) 그해 가을 9월에 천군은 몸소 바닷가로 나가 성 쌓는 광경을 바라보았다. 거기엔 오직 수만 가닥의 원통한 기운과 몇천 겹의 시름의 구름이 쌓여, 옛날의 충신 의사나 억울하게 화를 당했던 사람들의 처절하고 낙백(落魄)한 모습들만 그 사이로 오락가락 하는 것이었다. 그 가운데 진나라 태자 부소(扶蘇)가 있어 일찍이 만리장성을 쌓는 일을 감독하였던 터이므로 그가 몽염(蒙恬)과 함께 형곡(硎谷)에서 생매장을 당했던 유생(儒生) 4백여 명을 동원하여 공사를 하니 급히 서둘지 않고도 며칠 안에 완성이 되었다. 이 성을 쌓는 데 있어서는 흙과 돌을 번거롭게 사용하지 않았으니 역사(役事)를 하는데 돌을 굴려오고 흙을 실어 나르는 등의 수고로움 또한 들지 않았다. 성의 규모는 크다고 보면 붙여 있는 자리가 너무도 좁고, 작다고 보면 그 안에 포괄된 것이 너무도 많다. 없는 것 같은데 있고 형체를 이루지 않았는데 형체가 있다. 북으로는 태산(泰山)을 웅거하고 남으로는 바다에 연결되었으며, 지맥은 정히 아미산(蛾眉山)으로부터 내려와서 울뚝불뚝 굉장하여 시름과 원한이 온통 모여든 곳이었다. 그래서 그곳을 '수성(愁城)'이라고 이름 붙였다.[7]

(나)에서 성을 쌓는 그곳에는 "수만 가닥의 원통한 기운과 몇천 겹의 시름의 구름이 쌓여" 있다고 했으며, "옛날의 충신 의사나 억울하게 화를

---

7) 위의 책, 683-684면.

당했던 사람들의 처절하고 낙백한 모습들만 그 사이로 오락가락 하"고 있다고 했다. 그리하여 바로 그곳에 쌓은 성은 "시름과 원한이 온통 모여 든 곳"인 '愁城', 곧 '시름과 근심의 성'이었던 것이며, 그렇기에 천군은 처연(悽然)히 동요하게 된 것이었다.

그렇다면 천군이 평정심을 잃고 동요하는 것은 무엇을 의미하는가? 그것은 일찍이 중국의 역사가 사마천(司馬遷, B.C.145~?)이 비장하게 제기했던 역사(歷史)와 천도(天道)의 관계에 대한 질문의 우회적 표현에 다름 아니다.8) 사마천이 공자(孔子)의 훌륭한 제자였던 안연(顔淵)의 불행(不幸)과 악행만을 일삼았던 도적(盜賊) 도척(盜蹠)의 행(幸)에 당혹스러워 했던 것처럼, 천군 역시 의인(義人)의 역사적 불행에 대해 애도(哀悼)하고 있다. 수성 안의 네 개의 문─ 충의문(忠義門), 장렬문(壯烈門), 무고문(無辜門), 별리문(別離門) 안에 있던 수많은 충신(忠臣), 지사(志士), 영웅(英雄), 의인(義人), 열사(烈士)의 원통한 죽음과 그들을 목도한 천군의 슬픔, 이는 바로 천도의 구현이라 여겨졌던 역사에 대한 심중한 회의의 표출이 아니겠는가. 천군이 수성의 인물들에 대한 기록을 관성자[붓]로부터 받아보고는 "시름을 이기지 못한 나머지 아무 일도 하지 않고 침묵과 고민에 싸여 우울하게"9) 지낼 수밖에 없었던 것은 바로 이러한 까닭에서였던 것이다.10) 현군(賢君)과 충신(忠臣)을 비참

---

8) 사마천이 역사와 천도의 관계에 대해 회의적 질문을 표출하는 해당 대목을 적시하면 다음과 같다; "或曰: '天道無親, 常與善人.' 若伯夷 · 叔齊, 可謂善人者非邪? 積仁絜行如此而餓死! 且七十子之徒, 仲尼獨薦顏淵爲好學. 然回也屢空, 糟糠不厭, 而卒蚤夭. 天之報施善人, 其何如哉? 盜蹠日殺不辜, 肝人之肉, 暴戾恣睢, 聚黨數千人橫行天下, 竟以壽終. 是遵何德哉? 此其尤大彰明較著者也. 若至近世, 操行不軌, 專犯忌諱, 而終身逸樂, 富厚累世不絶. 或擇地而蹈之, 時然後出言, 行不由徑, 非公正不發憤, 而遇禍災者, 不可勝數也. 余甚惑焉, 儻所謂天道, 是邪非邪?"(司馬遷, 『史記』, 「伯夷列傳」)

9) 신호열 · 임형택 공역, 앞의 책, 698면.

한 죽음에 이르게 한 역사의 궤적. 이것은 착한 자를 복되게 하고 악한 자에게 화를 내리는 천도의 구현이라 할 수 없지 않은가. 참으로 이해할 수 없는 천도와 역사의 어긋남에 대해 어떻게 설명할 수 있을 것인가?

천군이 천도와 역사의 어긋남에 대해 인식하고는 이토록 시름에 잠기게 된 것은 '인간의 삶은 천도의 실현이어야 한다'는 당위적 의식이 전제되어 있기 때문이다. 천도라고 하는 삶의 이상적 규범이 전제되지 않았다면 천군이 평정을 잃고 동요할 까닭이 없다. 그러므로 우리는 여기서 천군이라는 인물은 천도를 욕망하는 인물임을 알 수 있다.[11] 하지만 천군이 천도를 욕망한다는 사실은 그가 평정을 잃고 동요하는 이유의 필요조건은 되지만 충분조건은 되지 않는다.

일찍이 공자는 "부귀(富貴)라는 것이 뜻대로 얻어질 수 있는 것이라면

---

10) <수성지>에서뿐만 아니라 <원생몽유록(元生夢遊錄)>에서도 임제는 역사와 천도의 모순에 대해 지적한 바 있다. <원생몽유록>에서 임제는 몽유자(夢遊者) 원자허(元子虛)의 꿈속 체험을 통해 세조(世祖)의 왕위 찬탈과 관련하여 죽음을 당해야 했던 단종(端宗)과 사육신(死六臣)의 역사적 정당성을 확인시킨 후, 외사씨(外史氏)의 평결(評決)에서 해월거사(海月居士)의 목소리를 빌려 다음과 같이 토로한다; "대저 예로부터 임금이 어리석고 신하가 어두워 마침내 나라를 망치는 지경에 이른 일이 많았다. 지금 보니 그 왕[단종-필자]도 틀림없이 현명한 임금으로 생각되고 그 여섯 사람[사육신-필자]도 역시 다 충의(忠義)의 신하였다. 어찌 이와 같은 신하들이 이러한 임금을 보필하였는데 이와 같이 참혹한 일이 있을 수 있으랴! 아아! 형세(形勢)가 들어 그렇게 만들었던가? 시기(時機)가 들어 그렇게 만들었던가? 아무래도 시기와 형세에 돌리지 않을 수 없으며, 그리고 또한 하늘에 돌리지 않을 수 없도다. 하늘에 돌리고 보면 착한 자를 복되게 하고 악한 자에게 화를 내리는 것이 천도가 아니더뇨. 무릇 하늘에 돌릴 수 없다고 친다면 어둑하고 아득하니 이 이치는 알기 어렵도다. 우주는 유유한데 한갓 지사(志士)의 한단 돈을 따름이로다."(위의 책, 871면)

11) "천군이 천도를 욕망한다."고 서술한 것을 "천군은 천도가 역사적으로 실현되지 못한 것을 매우 안타까워한다."고 재서술할 수 있다. 이를 욕망의 주체[천군]와 욕망의 대상[천도]의 관계로 서술한 것은 性에 의해 통제되지 못하는 情의 작동을 강조하고자 한 것이다. 그러므로 이때의 천군의 욕망은 마음의 개별적이면서도 심리적이고 내면적인 층위와 관련된다. '욕망'이라는 개념에 대해서도 보다 엄밀한 논의가 필요한데, 이를 위해서는 상당한 지면이 필요하므로, 別稿로 미룬다.

마부(馬夫)와 같은 천한 직업이라 할지라도 나는 사양하지 않을 것이다. 그러나 구해도 얻어지지 않는 것이라면 내가 원하는 대로 도(道)를 행하고 덕(德)을 쌓겠다.”12)고 말한 바 있다. 부귀가 뜻대로 얻어지지 않는 것이라는 공자의 말은 현실에서의 성취가 개인의 의지와 노력만으로 이루어지는 것은 아니라는 의미일 것이다. 그렇다면 추구해야 할 목표란 무엇이겠는가? 공자는 이에 대해 그것은 현실에서의 성취 여부가 아니라 현실에서 성취하고자 하는 것의 의미와 가치, 곧 도(道)와 덕(德)으로 표상되는 역사적·윤리적 정당성이라 대답한다. 즉, 천도는 개인에게 현재적인 보상으로 구현되는 것이 아니라 인류에게 역사적인 의미로서 구현되는 것이며, 따라서 보다 가치 있는 삶은 이러한 역사적 의미로서 후대에 평가되고 기려지는 삶이라는 것이다.13)

역사와 천도의 어그러짐에 대해 비장하게 질문했던 사마천이 자신의 질문에 대해 스스로 대답한 것도 역시 공자의 해법대로였다.

> (다) 백이·숙제가 현인이기는 하지만 공자의 칭송을 얻음으로써 그 이름이 더욱더 드러났고, 안연은 독실한 선비이지만 공자의 덕으로 그 덕행이 더욱더 드러났다. 이와 같이 암굴(暗窟)에 숨어 사는 덕이 높은 선비가 그 진퇴에 시운이 맞았다 하더라도, 그 이름이 묻혀 칭송되지 못하는 수가 많은 것은 슬픈 일이다. 촌리(村里)에 살면서 행실을 닦고 이름을 떨치고자 하더라도 공자와 같은 성현의 덕으로 칭송되지 않는다면, 어찌 그 이름을 후세에 남길 수 있겠는가.14)

---

12) 『論語』, 「述而」, “子曰 富而可求也 雖執鞭之士 吾亦爲之 如不可求 從吾所好”

13) 『論語』, 「衛靈公」, “子曰 君子疾沒世而名不稱焉”

14) “伯夷·叔齊雖賢, 得夫子而名益彰. 顔淵雖篤學, 附驥尾而行益顯. 巖穴之士, 趣舍有時若此, 類名堙滅而不稱, 悲夫! 閭巷之人, 欲砥行立名者, 非附靑雲之士, 惡能施于後世哉?”(司馬遷, 『史記』, 「伯夷列傳」)

사마천은 백이와 숙제 그리고 안연이 공자의 평가에 의해 역사 속에서 기려지게 된 것을 주목한다. 궁형(宮刑)을 당하는 치욕과 고난 속에서 『사기』의 저술을 완성한 저력의 바탕이 된 것도 바로 이러한 역사의식의 소산이었을 것이다.

그렇다면 임제는 어떠한가? 임제는 〈수성지〉에서 공자나 사마천과는 다른 태도를 보여준다. 공자와 사마천의 해법대로라면 천군이 수성에서 목도했던 불우한 역사적 인물들은 애도의 대상만은 아니다. 그들의 현실적 삶이 불우하고 기구했다 하더라도, 그리고 그들의 불우하고 기구한 삶에 대해 일시적인 애도가 불필요한 것은 아니라 하더라도, 궁극적으로 그들은 역사 속에서 칭송되고 기려져야 할 인물이며, 실제로 칭송되며 기려지고 있는 인물이었던 것이다. 그러므로 천군의 수심(愁心)은 그들의 개인적인 불우(不遇)만에 집착하고 있는 감상적 태도에 불과한 것이며, 그렇기에 수심은 그들의 역사적·도덕적 정당성에 대한 확인과 추앙으로 대체되면서 자연스럽게 소진(消盡)되어야 마땅한 것이다.

그렇지만 〈수성지〉에서 천군의 수심은 그렇게 자연스럽게 소진되지 아니한다. 천군은 관성자를 통해 수성의 기록을 받아보고는 시름을 이기지 못한 채 아무 일도 하지 않고 침묵과 고민에 싸여 우울하게 보낼 뿐이었으며, 마침내 천군의 수심은 주인옹의 천거에 의해 등용되는 국양장군에 의해 수성이 격파됨으로써 사라지게 된다. 국양장군은 술의 의인화된 형상이니, 수심을 사라지게 하는 방도로 선택된 것은 결국 술이었던 것이다.

앞서 〈수성지〉에서 제기하고 있는 임제의 질문이 비록 우회적인 방식으로 표현되고는 있지만 쉽게 파악될 수 있다고 했는데, 질문에 대한 임제 자신의 대답은 그 질문보다도 오히려 더 간명하다. 역사적 개인의 불우에 대한 인식으로 인해 초래된 근심스러운 마음의 상태를 술로 해소해야 한다는 것이니, 이처럼 간단명료한 대답이 또 어디에 있겠는가. 그러나 이러한 표면적인 서사적 언표만으로 임제의 대답을 단순화시키는 데 머물고 말 일은 아니다.

여기서 다시 한 번 사마천과 임제가 제기했던 '역사(歷史)에 천도(天道)가 있는가?'라는 질문을 상기해 보자. 사실 공자와 사마천은 이 질문에 정면으로 대답하지 못했다. 공자와 사마천은 천도를 구현하고자 하는 의지를 지닌 인물이 있다고 대답했을 뿐이며, 이러한 인물의 역사적·윤리적 정당성을 후대에 확인해주는 일이 긴요하다고 대답했을 뿐이다. 그렇다면 개인적인 불우를 감내한 이러한 인물에 의해, 이러한 인물의 정당성을 확인하는 후대의 평가에 의해, 역사와 천도는 서로 행복하게 결합되었는가? 이러한 질문에 회의적으로 대답할 수밖에 없다면 '역사에 천도가 있다'고 말할 수는 없는 것이다.

임제는 〈수성지〉에서 수많은 역사적 인물들을 수성에 불러 모았다. 이들은 여러 시대, 여러 왕조의 인물들이며, 역사의 진행 속에서 마찬가지의 불우를 경험해야 했다. 이것은 무엇을 의미하는가. 만일 역사에 천도가 있다면 이러한 불우는 반복되지 말아야 한다. 천도를 구현하고자 하는 자의 의지가 역사를 변화시키는 동력으로 작동되었더라면 그들의 불우는 진정 행복한 추앙으로 귀결될 수 있었을 것이다. 그렇지만 임제는 그렇게 생각하지 않았다. 역사 속에 관념으로서의 천도와 이를 추구하고자 하는 인물이 있었음은 분명하지만 그렇다고 해서 역사와 천도가 행복하게 결합된 것은 아니었다. 역사는 천도와 어긋나 그것대로 흘러가면서 불우는 무한의 순환에 빠져드는 것이 존재의 본질이라 인식했으며, 그렇기에 역사 앞에서의 근심을 술로 달랠 수밖에 없었던 것이다.

임제가 살았던 시기에 성리학적 세계관을 추앙하던 사대부들은 적어도 공자가 제시했고 사마천이 승인했던 해법을 삶의 근거로 여기고 따랐다. 명분을 위해 분투하고, 그에 따라 이름[名]이 역사 속에 기억되는 한, 그들은 불우를 불우로 여기지 않았으며, 욕망은 실현될 수 있는 것이었다.15) 하지만 〈수성지〉에서의 임제는 이와 달랐다. 역사 속에 끊임없이 이름이 남겨진다 하더라도 그것이 천도와 행복하게 결합되지 않고 무한히 반복되는 한 불우는 불우일 수밖에 없으며 따라서 욕망은 실현될 수 없는 것이었다. 천군이 천도를 욕망하기 때문이 아니라 이 욕망의 출구가 현실에 닫혀져 있는 것이기에 천군은 그토록 시름겨워 했으며 시름을 술로 달래고자 했던 것이다.

역사 앞에서의 근심을 술로 달래고 마음의 평정을 회복하자는 임제의 생각은 한편으로는 직설적인 것이었으며, 다른 한편으로는 역설적인 것이었다. 역설적이라는 것은 공자나 사마천과 마찬가지로 역사 속의 의인을 추앙하고 환기하고자 하는 의도가 그 배면에 강렬히 도사리고 있다는 것이며, 직설적이라는 것은 그럼에도 불구하고 역사의 진행은 천도의 구현과는 무관하다는 것을 솔직하게 토로하고 있다는 것이다. 가전(假傳)의 희필(戲筆)적 문체를 이어받아 마치 장난처럼 씌어진 것 같은 〈수성지〉의 세계를 경험한 독자가 오히려 비관적 정조에 휩싸이게 되는 것은 이 같은 솔직한 토로에 내재되어 있는 심중한 의미의 무게를 떨칠 수 없기 때문일 것이다.


3.

① 김시습의 『금오신화』 역시 천도를 욕망하는 텍스트이다. 그 가운데 〈남염부주지(南炎浮洲志)〉는 천도라는 이념적 이상을 욕망하는 주체의

---

15) 이와 관련하여 최봉영, 『주체와 욕망』(사계절, 2000) 가운데 「제6장 조선시대 유교 문화와 주체와 욕망」 참조.

모습을 가장 직접적으로 보여주는 작품이다.[16]

〈남염부주지〉에서 이념적 이상을 욕망하는 주체는 '박생(朴生)'이다. 박생은 「일리론(一理論)」을 지어 자신의 이념적 이상을 직접적으로 토로하기도 하는데, 이는 현실의 결핍을 비판적으로 인식했기 때문이다. 박생이 현실의 결핍에 대한 비판적 인식을 지닌 인물이라는 것은 염부주의 염왕과의 문답을 통해 더욱 극명하게 드러난다.[17]

하지만 박생의 욕망은 현실에서 실현될 수 없는 것이었다. "의기가 높고 씩씩한 청년"[18]이었지만 자신의 뜻과 기상을 펼 수 있는, 즉 이념적 이상을 구현하고자 하는 욕망을 실현할 수 있는 통로가 현실에서는 마련되지 않았다. "과거에는 한번도 합격하지 못하여, 항상 불만스런 감정을 품고 있었다."[19]는 서술은 욕망의 출구가 막혀버린 주체의 상황을 전언

---

16) 『金鰲新話』 다섯 작품 가운데 〈南炎浮洲志〉와 〈龍宮赴宴錄〉이 이념적 이상을 욕망하는 텍스트라는 점은 아래에서 기술될 것이다. 〈醉遊浮碧亭記〉는 이 글에서 다루지는 않지만, '기씨녀'라는 상상된 인물을 통해 도가(道家)의 이념적 이상을 욕망한다는 사실은 이미 해석된 바 있다.(이상택, 「〈취유부벽정기〉의 도가적 문화 의식」, 『한국 고전 소설의 탐구』, 중앙출판, 1981) 〈李生窺墻傳〉과 〈萬福寺樗蒲記〉는 결연담이어서 이념적 이상과 직접적으로 관련되지는 않는다. 하지만 〈李生窺墻傳〉의 이생에게는 '최녀'가, 〈萬福寺樗蒲記〉의 양생에게는 '귀녀'가 '절대적 가치'이며, 따라서 이념적 이상에 대응하는 존재임을, 텍스트는 간접화된 방식으로 표상해 낸다. 〈만복사저포기〉의 경우는 이 책의 제1부 「〈만복사저포기〉의 서사적 특성과 장르적 위상」에서 필자가 다룬 바 있다.

17) 유학을 공부했으나 한 번도 과거에 합격하지 못했으며, 뜻과 기상이 고상해서 세력에 굴복하지 않아 오만한 청년이라 비난받는 박생의 처지는 현실에서 소외된 주변인의 모습이라 할 수 있다. 그렇지만 박생의 문제의식은 자신의 소외된 처지에서 비롯된 것은 아니다. 박생은 유학도(儒學徒)로서 불교(佛敎)와 무격(巫覡), 귀신(鬼神) 등에 대해 의심과 불만을 품고, 이에 현혹되지 않기 위해 유교적 인식 체계라 할 수 있는 '一理論'을 기술하는 인물로 형상화되어 있는데, 이를 통해 박생의 문제의식이란 불교, 무격, 귀신 등의 관념적 인식이 현실에서 횡행하는 것임을 알 수 있다. 박생은 염부주에 가서 염왕을 만나 유교적 이념의 진리성을 분명히 확인하게 되는데, 이는 염왕이 유교적 이념을 박생과 동질적으로 공유하고 있었기 때문이다.

18) 심경호 옮김, 『매월당 김시습 금오신화』, 홍익출판사, 2000, 165면.

하는 것이다.

박생의 욕망이 현실에서 실현될 수 없는 까닭은 현실은 오직 절대적인 결핍일 뿐이기 때문이다. 박생이 현실의 경험적 시공간과 차원을 달리하는 염부주에서 이념적 이상의 실현 가능성을 발견하는 것은 바로 현실의 절대적 결핍을 드러내는 역설적 장치인 것이다. 박생이 염부주에서 염왕을 만나고 난 후 현실에 대한 아무런 집착 없이 죽음을 맞이할 수 있었던 것도 현실이 절대적 결핍의 공간임을 확인했기 때문이다.[20]

〈용궁부연록(龍宮赴宴錄)〉은 〈남염부주지〉보다 더욱 일방적으로 현실의 결핍성을 드러낸다. 현실의 경험적 시공간과 차원을 달리하는 용궁에 다녀온 '한생(韓生)'은 아무런 미련 없이 현실 세계를 떠난다. 〈남염부주지〉의 박생은 염부주의 차원을 경험하기 이전에 그 자신이 현실의 결핍을 비판적으로 인식하고 있었다. 하지만 〈용궁부연록〉의 한생에게 현실은 충족 그 자체였다. 그는 "젊어서부터 글을 잘하여 조정에 이름이 알려진 문사"[21]였으며, 그가 용궁에 가게 된 것도 그의 뛰어난 문재(文才) 때문이었다. 현실에서도, 현실과 차원을 달리 하는 세계에서도, 그는 재능을 인정받는 인물이었으며, 따라서 그에게 결핍으로 인한 불만은 서술될 필요조차 없었다. 그런 그가 용궁을 다녀온 뒤 현실을 버렸던 것이다. 왜 그랬을까?

그 이유는 용궁 체험 후 그에게 충족이었던 현실이 절대적 결핍으로 변모되었기 때문이다. 한생은 용왕의 부탁으로 상량문(上樑文)을 써 준 뒤 용궁 잔치에 참여하고 용궁의 궁실(宮室)과 강토(疆土), 신왕(神王)

---

19) 위의 책, 같은 면.

20) 박생이 염부주의 이계체험을 통해 이념적 이상을 발견하고 죽음에 집착하지 않는 태도를 보여주는 대목은 다음과 같다; "開目視之, 書冊抛床, 燈花明滅. 生感訝良久, 自念將死, 日以處置家事爲懷. 日以處置家事爲懷. 數月有疾, 料必不起, 却醫巫而逝."

21) 심경호, 앞의 책, 198면.

의 의장(儀仗)과 칠보(七寶)를 구경하고는 현실 세계로 돌아온다. 이러한 한생의 용궁 체험을 통해 강렬하게 환기되는 것은 조화로운 용궁 세계를 이룩한 용왕의 덕화(德化)이다. 도깨비와 귀신들이 신룡(神龍)을 찬송하고, 강신(江神)이 용왕을 찬양하며, 한생 역시 "영묘한 모책은 어이 그리 황홀한가/그윽한 덕은 더욱 깊고 깊어라"22)라며 용왕의 덕화를 찬미한다. 용왕이 다스리는 용궁 세계는 아름다운 꽃과 나무, 금모래와 금성, 유리벽돌로 이루어진 조화의 세계이다. 이 조화의 세계를 경험한 후, 조화의 세계인 용궁은 바로 한생이 욕망하는 이념적 이상이 되었으며, 이 이념적 이상은 현실에서는 절대적인 결핍일 수밖에 없음을 깨달았던 것이다.

〈용궁부연록〉은 『금오신화』의 다른 작품에 비해 서사의 내적 논리를 명시적으로 드러내지 않고 있는 작품이다. 〈만복사저포기(萬福寺樗蒲記)〉와 〈이생규장전(李生窺墻傳)〉의 경우에는 사랑의 대상이 부재(不在)한 현실이, 〈취유부벽정기〉의 경우에는 주체적 민족사가 굴절된 현실이, 〈남염부주지〉의 경우에는 관념적 의식이 횡행하는 현실이 일상적 인물의 발화나 화자의 정보제시적 서술로 전언되고 있지만, 〈용궁부연록〉에서는 한생의 용궁 체험이 어떠한 현실의 문제와 관련되는 것인가를 텍스트의 언어로 명시하지 않는다. 다만, 한생과 용왕의 행복한 결합을 통해 우리는 한생이 군왕의 덕화를 꿈꾸는 인물이며, 이는 현실 세계에서의 결핍으로 인해 촉발된 것이리라 막연히 추측할 수 있을 뿐이다.

현실 세계로 돌아온 이후 한생이 세상을 등지고 명산으로 들어가는 종결 또한 모호한데, 산으로 들어가 종적을 감추는 결말은 〈만복사저포기〉와 동일하지만, 서사의 맥락에는 상략(詳略)이 있다. 〈만복사저포기〉에

---

22) 위의 책, 218면.

서는 귀녀와 이별한 양생의 절망감을 매우 곡진하게 전달하고 있어 그 산중행(山中行)의 필연성을 암시하지만,23) 〈용궁부연록〉에서는 그렇지 않다. 용궁에서 돌아온 한생이 용왕에게 선물로 받은 야명주(夜明珠)와 빙초(氷綃)를 보물로 여겨 상자 속에 감추고는 바로 세상의 명예와 이익에 생각을 두지 않고 산으로 들어가는 것으로 〈용궁부연록〉은 종결되는데, 용궁 체험에 대한 한생의 심사(心思)를 명시하지 않음으로 인해 그 내면을 알아내기 어렵다. 여기서도 우리는 추측을 감행할 수밖에 없는데, 야명주와 빙초를 감추고 세상에 보이지 않았으며 종적을 감춘 것으로 보아 한생은 용궁 체험을 통혀 이상과 현실의 메울 수 없는 간격을 확인하고 좌절한 것이라 여겨진다.

하지만 한생이 과연 좌절한 것일까? 현실에서 욕망을 실현하며 살아가야 한다는 소박한 의미의 현실적 관점에서 보자면 한생은 좌절한 것임에 틀림없다. 한생뿐만 아니라 박생 역시 좌절한 것이 분명하다. 그렇지만 현실의 절대적 결핍을 확인하고 자신의 주체적 의지에 의해 현실을 버리고, 현실과 다른 차원에서 그 이념적 삶을 구현하고자 한 한생과 박생의 관점에서 보자면, 이는 좌절일 수 없다. 그들의 죽음 혹은 산중행은 현실에서 절대적으로 구현될 수 없는 이념적 이상을 실현할 수 있는 유일한 방도이며, 따라서 이는 그들의 욕망을 실현하는 통로인 셈이다.24) 현실로 향해 있는 욕망의 출구가 봉쇄되어 있으므로 현실과 다른 차원의

---

23) 이에 대해서 필자가 이 책의 제1부 「〈만복사저포기〉의 서사적 특성과 장르적 위상」에서 서술한 바 있다.

24) 『금오신화』 다섯 편의 이야기는 모두 동질성에 기초한 일상적 인물과 신이한 인물의 만남을 서사화하고 있지만, 그 만남이 동질성의 행복한 결합으로 종결되기도 하고 동질성의 분리와 이로 인한 좌절로 종결되기도 한다. 그렇지만 행복한 결합이든 분리로 인한 좌절이든 간에, 현실에 결핍되어 있는 이상적인 가치에 대한 동경이 핵심적 의미로 텍스트에 굳건히 자리 잡고 있는 것은 동일하며, 이 점을 우리는 간과해서는 안 된다.

존재적 전이를 통해 욕망의 출구를 마련하고자 하는 생각이 바로『금오신화』의 인식론이며 세계관인 것이다.

〈수성지〉의 천군 역시 '수성(愁城)'을 체험하고는 '천도(天道)'라고 하는 이념적 이상을 회의한다. "역사에 천도가 있는가?"라는 회의는 인간의 시간을 이념의 시간으로 등치할 수 없음을 드러내는 것이며, 이는 천도의 구현이라는 욕망의 출구가 봉쇄되어 있음을 의미하는 것이기도 하다. 하지만 〈수성지〉에서 천군은 봉쇄된 욕망의 출구 앞에서 근심할 뿐이다. 더 세밀히 묘사하자면 봉쇄된 욕망의 출구 앞에서 근심을 술로 달랠 뿐, 다른 욕망의 출구를 찾지 않는다.

허균이 〈수성지〉를 "結繩以來, 別一文字"로 평한 것도 이 때문일 것이다. 임제와 동시대의 그리고 그 이전의 대부분의 사람들에게 욕망의 출구는 현실 바깥에도 존재했었다. 그들은 다양한 상상을 통해 현실 바깥의 문을 열고 현실의 결핍을 대체했다. 심지어 현실 안에서 욕망을 실현코자 했던 유자(儒者)들의 경우에도 욕망의 출구가 현실 쪽으로만 나 있었던 것은 아니었다. 그렇지만 임제는 〈수성지〉에서 현실 바깥으로 향해 있는 욕망의 통로를 상상하지 않았다. 김시습의『금오신화』에서 보이는 관념적 상상의 통로가 엄연히 욕망을 배출하는 출구였음에도 불구하고 임제는 이를 출구로 받아들이지 않았던 것이다.

② 〈수성지〉는 심성가전(心性假傳)의 전통을 계승하고 있다고 보는 견해도 있으나, 엄밀하게 말하면 그 전통에서 벗어나 있다.[25] 마음을 의인

---

25) 〈수성지〉에 선행하는, 심성가전 작품인 〈천군전(天君傳)〉은 김우옹(1540~1603)이 1566년(명종 21년) 군자의 心法을 제시한 南冥의「神明舍圖」에 의거해 창작한 것이라 한다.(김광순,『천군소설연구』, 형설출판사, 1980, 104-119면) 임제의 〈수성지〉는 현상적으로 보면 앞선 시기에 창작된 김우옹의 〈천군전〉과 흡사해 보이는 측면이 있다. 하지만 "曺植이『神明舍圖』를 撰하여 그에게 〈천군전〉을 짓게 하였다"고 한데

화하는 심성가전의 특성은 〈수성지〉에서도 그대로 이어지고 있으나, 그 서사적 양상과 의미는 본질적으로 다르다. 이는 무엇보다도 그 서사적 대립 구도의 차이에서 분명하게 드러난다. 〈수성지〉에 선행하는 심성가전(心性假傳)인 〈천군전(天君傳)〉은 천군[마음]을 보좌하는[구성하는] 충신과 간신의 대립을 서사화하고 있다. 충신인 경(敬)과 의(義)가 간신인 해(懈)와 오(傲)에 의해 패퇴되어 어지러워진 나라를 경의 주도하에 다시 바로잡는다는 내용이 〈천군전〉의 서사적 골격이다.

그렇다면 〈수성지〉는 어떠한가. 〈수성지〉도 주인옹·무극옹과 수성의 여러 인물 사이의 대립과 국양장군에 의한 수성의 패퇴로 그 서사적 골격을 요약할 수 있다. 현상적인 서사적 골격만으로 볼 때 두 작품은 동일한 대립 구도를 보여주고 있다. 〈천군전〉의 긍정적 인물인 경과 의가 주인옹·무극옹·국양장군에 대응되고, 부정적 인물인 해와 오가 수성의 여러 인물에 대응된다. 또한 부정적 인물을 패퇴시키는 주도적 인물인 경은 국양장군과 대응된다. 그렇지만 〈수성지〉에서 수성의 여러 인물들은 진정으로 부정되어야 할 대상이 아니다. 앞서 언급했듯이, 〈수성지〉는 '수성'을 일방적으로 부정하지 않는다. 그렇기에 '술'로 '수성'을 공략한다는 역설이 성립되는 것이며, 천도를 '회의'하는 주체[天君]의 성격화가 이루어질 수 있었던 것이다.

〈천군전〉의 일방적(직설적)인 대립 관계가 '천도[理]의 구현'이라는 이념적 이상의 외화된 형식이라면, 〈수성지〉의 반어적(역설적) 대립 관계는 '천도에 대한 회의'라는 탈이념의 외화된 형식이라 할 수 있다.[26]

---

서 알 수 있듯이 〈천군전〉은 이념의 교술적 서사라 할 수 있다. 이런 면에서 〈수성지〉는 〈천군전〉과 본질적으로 다르며, 심성가전의 전통에서 벗어나 있다.

26) 〈수성지〉가 성리학적 이념의 현실적 한계를 비판적으로 드러내고 있다는 것은 임형택, 정학성에 의해 온당하게 논의된 바 있다; 임형택, 「이조 전기의 사대부문학」, 『한국문학사의 시각』, 창작과 비평사, 1984. 정학성, 「임백호문학연구」, 서울대 박사

물론 이러한 탈이념의 배면에는 도심[無極翁]에 의해 일방적으로 통어될 수 없는 인심[愁城]의 심중한 존재론적 무게에 대한 인식이 자리잡고 있는 것이며, 이 또한 현실만을 욕망의 출구로 인식하는 주체의 성립을 예고하는 인식론적 전환의 한 표징이라 할 수 있다.


4.


〈수성지〉는 17세기 소설사의 전환을 징후적(徵候的)으로 예고하는 텍스트이다. '천도(天道)'라는 이념적 이상을 욕망하나, 욕망의 충족 가능성을 본질적으로 회의하는 〈수성지〉의 서술시각은 제도적인 이념으로서의 천도와 화해불가능한 대립 속에서 등장하는 진정한 의미의 소설적 주체의 성립을 예고하는 것이다.27) 현실은 절대적 결핍이고 현실 바깥의 출구가 닫혀 있을 때, 이념적 이상은 현실 안에서 타락한다. 〈수성지〉 이후에 등장하는 17세기 소설은 이념의 이상을 고수하고자 하는 제도와 타락한 이념을 욕망하는 주체의 대립으로 구성되는데,28) 이러한 소설미

---

학위논문, 1985. 정학성, 「조선전기의 비판적 문학」, 민족문학사연구소 엮음, 『민족문학사강좌(상)』, 창작과비평사, 1995.

27) 진정한 의미의 소설적 주체는 욕망하는 주체이다. 이때 주체의 욕망은 사회적 관계 속에서 발생하며, 욕망하는 주체는 사회적 관계와 대립한다. 소설의 욕망하는 주체는 주인공만을 의미하는 것이 아니다. 장편 소설인 <홍길동전>과 <사씨남정기>, 단편 소설인 <운영전>·<주생전> 등 17세기의 소설에서는 욕망하는 소설적 주체를 어렵지 않게 만날 수 있다.

28) 주지하고 있듯이, 조선시대의 지배 이념인 성리학은 인간의 욕망을 긍정하면서 동시에 부정한다. 욕망의 소재지로서의 情을 인간의 본성으로 인정하나, 이 情이 천도의 소재지로서의 性에 종속될 경우에는 이를 긍정하지만 性의 주재로부터 벗어날 경우에는 적극 부정한다. 性의 주재는 이념[제도]과 대립하는 욕망의 억압을 의미하는 바, 결국 성리학은 욕망의 억압을 통해 지배질서로부터의 해방 에너지를 봉쇄하여 사회통합을 이루고자 하는 사회윤리적·정치적 기획이었던 것이다.(권기돈, 「조선시대

학적 특성은 그 전 시기와 명확히 구분되는 것이다.[29]

〈수성지〉가 창작된 16세기 후반기는 성리학적 이념으로 무장한 사림(士林)이 본격적으로 중앙정치무대에 등장하여 국가운영의 주도세력으로 자리 잡기 시작하는 시기였다. 이 시기에 조선사회는 전대의 비성리학적 잔재를 거의 청산하면서 명실상부한 유교사회를 이루게 되는데,[30] 이는 욕망의 억압체계로서의 이념의 현실적 실현을 의미한다. 바로 이러한 역사적 시기에 이상적 이념인 천도의 현실적 실현을 근본적으로 회의하는 〈수성지〉가 창작되었으니, 〈수성지〉에 내재된 인식론적 전환의 의미가 실로 심중하다 하겠다. 제도의 현실적 성립과 거의 동시에 제도를 부정하는 인식 또한 텍스트 내부에 정립되었으니 역사의 변증법을 이에서도 확인할 수 있다.

---

성리학적 사회질서에서 욕망의 억압에 관한 연구」, 동아대 석사, 1995) 이 때 性에 의해 억압되는 욕망이란 性에 종속되어 제어되지 않는 情을 의미하는 바, 이 情은 타락한 이념에 해당된다. 필자는 17세기 소설 가운데 〈사씨남정기〉를 대상으로 타락한 이념인 반란하는 욕망의 의미를 살펴본 바 있다.(이 책의 제1부 「〈사씨남정기〉와 욕망의 문제」)

29) 이러한 소설미학적 특성에 대해서는 別稿를 마련해 따로 논의하고자 한다.

30) 사림이 국가운영의 주도세력으로 부상하는 과정에 대해서는 이병휴, 『조선전기 사림파의 현실인식과 대응』(일조각, 1999). 김돈, 『조선전기 군신권력관계연구』(서울대 출판부, 1997) 참조.

# 〈최척전〉, '희망'과 '연대(連帶)'의 서사
## -'불교적 요소'와 '인간애'의 의미층위에 대한 주제적 해석-

### 1.

조위한(趙緯韓, 1567~1649)에 의해 1621년에 창작된 〈최척전(崔陟傳)〉은 탁월한 사실주의적 성취를 보여주는 17세기 소설 작품으로 높이 평가되고 있다. 16세기 후반~17세기 초반에 걸쳐 조선(朝鮮)에서 발생했던 전란(戰亂)이 최척 일가에게 가했던 가혹하고 부당한 고통, 그 고통을 극복하고 재회하는 그들의 의지와 노력을 감동적으로 형상화한 점을 특히 주목하면서 이러한 평가가 가능했으며, 이러한 견해는 대체적인 동의를 얻고 있다.

하지만 이러한 동의를 얻어내는 과정에서 작품을 해석하고 평가하는 데 있어 소홀히 할 수 없는 중요한 논점 하나가 도외시되었다는 점을 지적하지 않을 수 없다. 제기된 논점은, 그냥 지나칠 수 없을 정도로 텍스트의 곳곳에 박혀 있는 '불교적 요소'를 작품의 주제와 관련하여 보다 적극적으로 해석해야 한다는 것인데, 이는 김기동(1974)에 의해 제안되어 강진옥(1986)에 와서 구체화되었다.[1]

김기동은 〈최척전〉의 주제를 "온갖 苦難과 逆境을 克服하여 再會에의

---

1) 김기동, 「불교소설 '최척전' 소고」, 『佛敎學報』11집, 1974.
　　강진옥, 「「최척전」에 나타난 고난과 구원의 문제」, 『이화어문논집』8집, 이대 국문과, 1986.

꿈을 成就시키는 男女主人公들의 사랑"2)이라 했다. 전란의 고통을 극복하고 재회를 이루는 최척(崔陟)과 옥영(玉英)의 사랑을 주제로 파악한 것이다. 최척과 옥영의 '사랑'이라 표현하여 그들의 애정을 강조했지만, 그 사랑은 곧 재회를 소망하는 불굴의 의지와 노력의 바탕이므로, 전란의 고통과 재회의 의지·노력을 주목하는 견해와 크게 다른 것은 아니다. 그런데 여기에 김기동은 매우 중요한 단서를 붙였다. "그 사랑의 꿈은 오로지 부처님의 加護에 의해 成就되었다"3)는 것이다. '부처님의 가호'에 의해 가족을 형성하고 위기를 극복했으며 헤어진 가족과 상봉하게 되었으므로, "이 作品의 主題는 佛敎的인 要素를 띠고 있다고 보지 않을 수 없다."4)는 것이다.

　김기동이 '불교'를 주제의 이면으로 덧붙였다면 강진옥은 '불교'를 주제의 표면으로 내세웠다. 김기동은 〈최척전〉을 '사랑의 서사'로 읽었지만 강진옥은 '구원의 서사'로 읽었던 것이다. 물론 구원은 불교적 구원이다. 옥영의 내면에 있는 본질인 불성(佛性), 이 내적 본질인 불성의 현현[존재의 깨달음]으로서의 부처 현신을 통해 옥영은 고난을 극복하고 구원에 도달한다고 한다.5) 서사의 전 과정에서 옥영은 바다를 네 번 건너는데, 이 '네 번의 바다 건넘'은 "고해를 건너 피안[진정한 구원]에 이르는 불교적 이상을 연상시킨"6)다고 한다. 강진옥에게 〈최척전〉은 이야기를 통해 불교의 심원한 교리를 설파하는 불교소설에 다름 아닌 것이었다.

　작품의 주제와 관련시키는 태도 혹은 방식에 있어서는 차이가 있지만, 김기동과 강진옥 모두 불교적 요소를 주제를 구현하는 데 있어 간과할

---

2) 김기동, 위의 글, 187면.
3) 위의 글, 같은 곳.
4) 위의 글, 같은 곳.
5) 강진옥, 앞의 글, 242-246면.
6) 위의 글, 250면.

수 없는 것으로 파악하고 있는 것은 동일하다. 하지만 박희병은 주제적 차원에서 〈최척전〉과 '불교'가 관련되는 것을 경계했다. 〈최척전〉의 서사적 초점은 "16세기 말에서 17세기 초에 걸쳐 발발하여 국제전의 양상을 띠고 전개되면서 동아시아의 기존질서를 재편해 갔던" 동아시아의 전란이 "당시 백성의 삶에 얼마나 엄청난 고통을 끼쳤던가, 그리고 그러한 고통을 극복하기 위한 당대인의 노력이 얼마나 눈물나는 것이었던가를 집중적으로 드러내보이는 데"에 있으며, "따라서 작품의 주제 역시 이 근처에서 추출되어야 할 것"이라 확언했다.[7] 〈최척전〉의 작품적 성취는 "역사적 현실의 놀라우리만치 탁월한 반영"[8]에 있으며 따라서 "이 작품의 주제를 불교적인 것으로 파악하거나 더 나아가 이 작품을 '불교소설'로 이해하는 태도에는 동의하지 않는다."[9]고 했다. "≪최척전≫이 불교적 요소를 강하게 갖고 있다는 점을 부정하지는 않"[10]는다고 했으나, "그러나 이들 불교적 요소는 주제의 형성에까지 관여하는 수준은 못 된다"[11]고 했다.

박희병에게 있어서 주제 해석과 관련되는 텍스트의 층위는 오직 '전란의 고통과 극복의 의지'를 드러내는, 텍스트에 반영된 역사적 현실의 층위일 뿐이다. '불교적 요소'는 "주제의 형성에 관여하는 수준"에서 배치되지 못하고 있으며, 단지 우연성을 해소하기 위한 방편의 수준에서 기능하고 있을 뿐이라는 것이다.[12] 박일용이 〈최척전〉의 후반부를 중심으로 "현실적 고통을 초월적인 힘에 의해 극복하려는 민중의 운명론적 세

---

7) 이상의 여러 인용은 박희병, 「최척전-16·7세기 동아시아의 전란과 가족이산」, 김진세 편, 『한국고전소설작품론』, 집문당, 1990, 83-84면.
8) 위의 글, 84면.
9) 같은 글, 83면.
10) 같은 글, 같은 곳.
11) 같은 글, 95면.
12) 같은 글, 100면.

계관에 바탕을 둔 낭만적 구성"13)의 한계를 지적하자, '등장인물의 주체적인 노력과 의지'와 '운명론'[혹은 운명론적 구성] 가운데 전자를 소홀히 했다고 비판한 것도 주제 해석과 관련되는 바로 '그 지점'을 중시했기 때문이다. 박희병과 박일용 사이에 쟁론이 있었으나, 두 사람 모두 '불교적 요소'가 〈최척전〉의 사실주의적 성취를 제약하는 한계라 판단한 것은 동일했다.

이후에 〈최척전〉의 '불교적 요소'를 낭만(성) 혹은 환상(성)의 문제와 관련하여 긍정적이고 적극적으로 해석하려는 시도가 있었으나, 현실의 문제를 드러내는 계기 혹은 역설적 장치로서 기능적으로 이해하는 수준에 그쳤으며, 그조차 소략했다.14)

이 글의 문제의식은 이로부터 출발한다. 〈최척전〉의 불교적 요소를 주제해석에서 배제 혹은 주변화한 채, 단지 기능적으로만 이해하는 것이 온당한가에 대해 다시 질문하고자 하는 것이다. 텍스트의 전체를 조망하면서 불교적 요소가 텍스트의 서사적 맥락에서 생성해 내는 의미를 주제적 차원에서 포착·해석하고자 하는 것이다. 불교적 의미와 긴밀히 연관되어 있는 것이지만, 이 글에서 또한 핵심적으로 드러내고자 하는 것은

---

13) 박일용, 「장르론적 관점에서 본 「崔陟傳」의 특징과 소설사적 위상」, 『古典文學硏究』5집, 한국고전문학회, 1990, 92-93면.

14) 〈최척전〉의 '불교적 요소'를 낭만(성) 혹은 환상(성)의 문제와 관련하여 긍정적이고 적극적으로 해석한 대표적인 연구자는 장효현과 양승민, 김문희이다. 장효현은 〈최척전〉의 낭만적 결구는 "현실모순의 문제를 간접적, 혹은 역설적으로 제시해주는 의미를 갖는"다고 했다.(「형성기 고전소설의 현실성과 낭만성」, 『민족문학사연구』 10호, 민족문학사연구소, 1997, 129면) 양승민은 "丈六佛이라는 유일한 회구처이자 절대자를 설정한 것도, 천우신조의 요행을 바라는 심경 속에 하루하루를 연명했던 기층민의 실상을 대변한다."고 했다.(「〈최척전(崔陟傳)〉의 창작동인과 소통과정」, 『古小說 硏究』9집, 한국고소설학회, 2000, 98-99면) 김문희는 "「최척전」의 부처의 현신 모티프는 현실 세계의 결핍이나 불완전성을 충족시키는 계기로 작용한다."고 했다.(「17세기 애정소설의 장르적 역동성」, 『한국고전연구』7집, 한국고전연구회, 2001, 64면)

〈최척전〉에 등장하는 동아시아 여러 인물들의 형상에서 포착되는 '인간애'이다. 이는 기존 연구에서 대체로 간과되었던 것으로,[15] 〈최척전〉의 작품적 성취를 확인시키는 또 다른 차원의 지표가 된다.

역사적 현실을 탁월하게 반영하고 있는 〈최척전〉의 '사실주의적 성취'를 확인하는 지표로 '전란의 고통과 주체의 극복 의지'를 내세우는 것은 온당하다. 그렇지만 이를 내세우면서 '불교적 요소'와 '인간애'의 의미 층위를 주제 해석에서 배제하거나 주변화하는 것은 부당하다. 〈최척전〉은 전란의 '고통'뿐만 아니라 고통의 '극복'에 한층 공력(功力)을 들이고 있는 작품인 바, '불교적 요소'와 '인간애'는 고통을 극복하고자 하는 '주체의 의지'를 서사적으로 추동하는 핵심적인 동력이기 때문이며, 여기에 〈최척전〉이 도달한 높은 수준의 주제적 의미가 내장되어 있기 때문이다.

〈최척전〉의 이본은 여럿 있지만[16], 서울대본과 고려대본을 교합한 교합본[17]을 대상으로 논의하고자 한다.

---

15) 기존 연구에서 간과했던 이 부면을 주목한 연구자는 박희병과 정환국이다. 박희병은 〈최척전〉에 다양한 매개적 인물이 형상화되고 있는 점을 지적하면서, 이런 매개적 인물을 통해 〈최척전〉이 "보편적 인간애와 선의를 확인하기도" 한다고 했다. 하지만 설화와 구별되는 소설의 확장된 현실 반영의 폭을 드러내는 예증으로 간단하게 언급했을 뿐, 이 부면을 핵심적인 주제적 의미의 층위로는 해석하지 않았다. 정환국은 "주인공 주변을 스쳐 지나가는 것으로 보일 뿐"이라고는 해도 〈최척전〉에는 "전란의 참담함"뿐만 아니라 "전란 속에 꽃핀 숭고한 인간애"가 차곡차곡 쌓여있음을 지적했다. 이 부면을 간과하지 않고 매우 비중있게 독해하고 있는 그의 시선은 주밀하다. 하지만 그에게도 여전히 '인간애'의 부면은 '참담함'의 주변일 뿐이다; 박희병, 앞의 글, 99면. 정환국, 「17세기 애정류 한문소설 연구」, 성균관대 박사학위논문, 1999, 83-89면.

16) 〈최척전〉의 이본에 대해서는 권혁래, 지연숙의 연구가 정밀하다; 권혁래, 「〈최척전〉의 이본 연구-국문본의 성격을 중심으로」, 『조선후기 역사소설의 탐구』, 월인, 2001. 지연숙, 「〈최척전〉 이본의 두 계열과 善本」, 『古小說 研究』17집, 한국고소설학회, 2004.

17) 박희병 교주, 『한국한문소설선』, 한샘, 1996. 이하 원문을 인용할 경우 인용문 뒤에 이 책의 면수만을 밝히고자 한다.

2.

〈최척전〉은 세 마디의 서사 단위로 분절될 수 있다. 첫 번째 서사 단위는 옥영과 최척의 결연담이다. 장애를 딛고 혼인을 이뤄내는 옥영과 최척, 두 사람의 사랑의 의지를 강렬하게 인지시키고 있는 대목이다. 두 사람은 부부로서 '삶'[生]을 함께 하고자 하는 의지를 '죽음'[死]을 걸고 관철한다. 두 번째 서사 단위는 최척 일가의 이산담이다. 혼인 후 아들 몽석(夢釋)을 낳고 사랑하며 살던 두 사람은 왜적(倭賊)의 침략으로 인해 헤어지게 된다. 최척은 가족이 모두 왜적에게 죽은 줄 알고 중국으로 가며, 옥영은 왜적에게 붙들려 일본으로 간다. 최척 일가의 1차 이산이다. 만주족(滿洲族)인 누루하치의 요동(遼東) 침범으로 인해 최척이 명(明)나라 장수 오세영의 막하(幕下) 서기가 되어 출전하게 된 것이 최척 일가의 2차 이산에 해당된다. 두 차례나 반복되는 가족 이산 대목은 전란이 어떻게 가족을 파괴하며, 가족과 분리된 고통의 무게가 어떠한가를 곡진하게 그리고 심각하게 드러낸다. 가족을 잃고 스스로 목숨을 버리고자 하는 옥영의 모습에서 전란이 안겨준 감당할 수 없는 고통의 무게를 고스란히 느낄 수 있다. 세 번째 서사 단위는 재회담이다. 가족 이산이 두 차례 반복되었으므로 재회 또한 두 차례 반복된다. 1차 재회는 안남(安南)에서, 2차 재회는 고향 남원(南原)에서 이루어진다. 조선, 중국, 일본에 흩어져 있었으므로, 이들의 만남은 극적이며 기이(奇異)하기까지 하다.

이처럼 〈최척전〉은 세 마디[결연 – 이산 – 재회]의 서사 단위로 구성되어 있는데, 그 서사의 흐름은 계기적이며 점층적이다. 결연 단위를 통해서 부부[가족]로서 삶을 함께 하고자 하는 두 인물의 강렬한 의지를 또렷하게 확인시켜 이산의 고통을 더욱 심각하게 드러내고 있으며, 견디기 힘든 이산의 고통을 반복함으로써 해후의 기쁨을 무한대로 증폭시키고 있다. 이 세 마디의 서사 단위는 어느 것 하나 덜어낼 것 없이 한몸으로 굳게 결합되어 서사적 의미를 생성해 내고 있는 것이다.

그런데 기존의 연구에서는 한 몸으로 굳게 결합되어 있는 이 세 마디의 서사 단위를 해체시켜 독자적으로 주목하거나 또는 이 세 마디의 서사 마디 가운데 어느 하나만에 중핵적인 해석적 지위를 부여했다. 결연 단위만을 주목하여 '사랑의 서사'로, 이산 단위만을 주목하여 '전란의 서사'로, 재회 단위만을 주목하여 '가족의 서사'로 파악하기도 했으며, 혹은 그 가운데 어느 하나를 중심으로 하여 나머지를 배제하거나 부차적인 것으로 취급하기도 했다. 그 과정에서 결연의 국면과 가족 이산으로 인한 고난[고통]의 국면에 대해서는 매우 적극적으로 주목했으나, 재회의 국면에 대해서는 세밀하고 깊이있게 천착하지 못했다. 그 결과 혼인을 이루고자 하는 옥영과 최척의 주체적 의지[결연담], 전란으로 인한 이산의 고통[이산담]은 적극적으로 주시했으나, 재회를 가능하게 했던 서사적 추동력에 대해서는 소홀히 했다. '옥영과 최척의 의지'를 강조하긴 했으나, 의지의 바탕에 작동하고 있는 서사적 추동력을 구체적으로 주시하지 못했다.

〈최척전〉에서 재회[가족 회복]의 근원적 추동력은 둘이다. 그 하나의 추동력은 이미 선행 연구에서 주목했던 '장육불(丈六佛)의 음조(陰助)'이다. 장육불은 재회의 희망을 모두 잃고 좌절한 옥영의 꿈에 나타나 희망을 전한다. 옥영이 왜병 돈우(頓于)에게 붙잡혀 일본으로 가는 배에서 물에 빠져 죽으려 했을 때, 요동으로 출병한 남편 최척이 전장에서 죽었을 것이라 확신하고 죽으려 했을 때, 조선으로 돌아가는 길에 해적을 만나 모든 것을 빼앗기고 절망했을 때, 장육불은 옥영의 꿈에 나타나 다음과 같이 말한다. "나는 만복사의 부처로다. 삼가서 죽지 마라. 그러면 후일에 반드시 기쁨이 있으리로다."[18] 옥영은 그 꿈으로 인해 '바람[희망]'

을 가지게 되었으며 죽지 않았다.[19] 옥영이 남편과 가족을 만날 수 있었던 본인(本因)이 '부처의 음조'임은 말할 나위 없다.

또 하나의 추동력은 동아시아 민중의 '인간애'이다. 〈최척전〉에는 전란에 얽혀든 동아시아 여러 나라 인물들이 등장한다. 명나라 장군인 여유문(余有文), 일본인 돈우(頓于), 항주인 주우(朱祐)[20], 중국상인 두홍(杜洪), 조선 토병 출신의 노호(老胡) 등이 그들이다.

명나라 장수인 여유문은 최척의 요청을 받아들여 최척을 중국 요흥(姚興)[21]으로 데려간 인물이다. 가족을 잃고 스스로 목숨을 끊으려 했으나 이도 여의치 않아 이리저리 며칠을 헤매다가 쓰러진 최척. 최척은 기진해 쓰러진 자신의 곁에 다가온 여유문에게 몸을 맡긴다. 가족의 기억으로 가득한 고향에서 가족의 부재를 감당할 수 없어 하는 최척의 심정을 읽을 수 있다. 여유문은 최척을 거두어 친애(親愛)했으며,[22] 최척을 중국으로 데려갔다. 최척에게 여유문은 생명의 은인이라 해도 과언이 아니다.[23]

주우 또한 명나라 사람이다. 여유문이 죽자 최척은 세상에서 살아갈 의욕을 잃었다.[24] 그리하여 촉(蜀) 땅으로가 선술(仙術)을 배우고자 했

---

18) 我萬福寺佛也. 愼無死, 後必有喜.(232면)

19) 玉英覺而診其夢, 不能無萬一之冀, 遂强食不死.(232면)

20) 박희병 교합본에서는 '朱祐'라 표기하고 있으나, '朱佑'라 표기한 텍스트도 있다. 규장각본의 경우 '宋佑'라 표기하고 있으나, 지연숙은 이를 誤寫라 했다.(지연숙, 앞의 글, 186면)

21) '姚興'은 현재 찾을 수 없는 지명이라 대부분의 연구자들이 '紹興'의 오자라고 생각하고 있다. 지연숙은 "작자가 익숙한 도시 이름인 '餘姚'와 '紹興'을 묶어서 '姚興'이라고 불렀을 수도 있고, 실제 없는 지명이지만 두 도시로부터 '姚興'이라는 지명을 만들어 썼을 수도 있다"고 추정하기도 했다.(위의 글, 173면)

22) 余公愛之, 共牢而食.(231면)

23) 同衾而寢. 與余公結爲兄弟, 欲以其妹妻之.(232면)

24) 余公病死, 陟尤無所歸, 落拓江淮, 周遊名勝, 窺就門, 探禹穴, 窮沅湘, 航洞庭, 上岳陽, 登姑蘇, 嘯咏於湖山之上, 婆娑於雲水之間, 有飄飄遺世之志.(232면)

다. 주우는 최척이 중국에 가서 사귄 친구인데, 벼슬하지 않은 문사(文士)로 장사를 업(業)으로 삼고 있었던 것 같다. 그는 최척이 세상을 버리려 한다는 말을 듣고 세상에서 함께 장사를 하며 살아가자고 권한다. 그의 말을 들었기에 최척은 안남(安南)에서 죽은 줄만 알았던 옥영을 다시 만날 수 있었다. 그에게 삶의 의욕을 주고, 가족[옥영]을 만날 수 있게 했으니, 주우는 생명의 은인보다 더 고마운 사람이라 하겠다. 그런데 주우의 은혜는 여기서 그치지 않는다. 주우는 옥영을 데려오기 위해 일본인 돈우에게 백금(白金)을 내놓기도 하고, 최척과 옥영이 함께 살 곳을 마련해 주기도 했다. 참으로 대단한 우정이라 할 수 있는데, 이 우정이 최척의 삶을 가능하게 했다고 할 수 있다.

옥영의 일본인 주인인 돈우는 참으로 특별한 인물이다. 옥영을 포로로 잡아 일본으로 데려간 인물이 그이므로, 옥영에게 돈우는 원수와 같은 존재라고 할 수도 있을 것이다. 그런데 돈우는 부정적 인물로 형상화되지 않고 오히려 긍정적 인물로 형상화된다. 돈우는 일본으로 가는 배안에서도 옥영을 아껴 주었다. 좋은 옷과 맛있는 음식으로 옥영을 위안하고자 했다.25) 옥영을 집으로 데려와서도 돈우는 옥영을 잘 대해 주었던 것 같다. 돈우의 긍정성이 빛을 발하는 부분이 바로 안남에서의 재회 장면이다. 돈우는 주우가 백금 세 덩어리를 내놓으며 옥영을 사겠다고 하자 손을 내저으며 다음과 같이 말한다.

　내가 이 사람을 얻은 지 사년이나 흘렀습니다. 그 단정하고 고운 마음을 사랑하여 친자식같이 대했고, 침식을 함에 일찍이 잠시도 서로 떨어진 적이 없었습니다. 그러나 끝내 부인인 줄은 알지 못했소이다. 지금 이 일을 눈으로 보건대, 하늘과 귀신마저도 오히려 감동하거늘 내 비록 완고하고

---

25) 頓于愛玉英機警, 惟恐見遁, 給以善衣美食, 慰安其心.(232면)

미련하나 목석과는 다르니 어찌 차마 그를 팔아 먹고살 수 있겠습니까?[26)]

돈우는 옥영을 친자식과 같이 대했다고 한다. 그러니 재물을 받을 수 없다는 것이다. 재물을 받기는커녕 옥영과의 이별을 한탄하고, 옥영의 앞날을 당부하며 열 냥의 은자(銀子)를 내놓았다. 다른 이의 불행을 동정하는 사랑의 마음을 돈우는 지니고 있다 할 수 있으니, 옥영의 불행은 이러한 돈우를 만났기에 극복될 수 있었던 것이다.

만주군의 늙은 호병(胡兵)은 포로가 되어 아들 몽석을 만난 최척의 사정을 알고는 최척과 몽석에게 양식을 마련해주고 샛길을 알려주어 그들이 고향으로 돌아갈 수 있도록 했다. 늙은 호병의 이러한 호의는 자신의 곤경을 감수한 것이었으며, 그의 호의가 아니었다면 최척 일가의 재회는 이루어지기 어려웠을 것이다.

남원으로 돌아오는 길에 최척은 그의 며느리가 된 홍도(紅桃)의 아버지를 만난다. 홍도의 아버지인 진위경(陳偉慶)은 조선으로 출병했다가 군법을 어겨 도망 나와 숨어 다니다가, 등창이 나서 죽게 된 최척을 치료해 주게 된다. 진위경의 이러한 도움이 없었다면 최척은 고향인 남원으로 돌아올 수 없었을지도 모르며, 가족과의 재회는 이루어질 수 없었을 것이다.

이처럼 최척 일가는 중국인, 일본인, 조선 출신의 호병 등 동아시아 여러 사람들의 도움으로 재회할 수 있었다. 최척과 옥영이 극적으로 상봉했던 안남의 포구(浦口)에서 최척과 함께 배안에 있던 사람들, 그 가운데 최척의 말을 듣고 일본배로 옥영을 찾아가겠다고 분연히 일어선 두홍(杜洪)과 같은 사람들과 옥영과 최척의 만남을 축하해 주며 금은(金銀)과 채단(綵緞)을 선물한 이웃배의 사람들까지, 최척과 옥영은 실로 수많은 사

---

26) 我得此人, 四年于玆, 愛其端懿, 視同己出, 寢食未嘗小離, 而終不知其是婦人也. 今
　以目覩此事, 天也. 鬼神猶且感動, 我雖頑蠢, 異於木石, 何忍貨此而爲食乎?(235면)

람들의 인정(人情)으로 삶을 유지할 수 있었으며, 재회할 수 있었다.

이처럼 전란의 고통 속에서 최척과 옥영은 그 자신의 의지와 노력만으로 그 고통을 넘어설 수 있었던 것은 아니었다. 전란에 얽혀있던 동아시아의 수많은 사람들의 '인간애'를 바탕으로 최척과 옥영 일가의 그 기이한 만남은 이루어질 수 있었던 것이며, 그러므로 이 '인간애'는 재회의 또 다른 추동력이라 말할 수 있는 것이다. 기존 연구에서도 '인간애'가 감동적으로 넘쳐나는 안남에서의 재회를 〈최척전〉 전체를 통틀어 가장 정채(精彩)를 발하는 장면이라 평가27)했음에도 불구하고, 정채를 발하는 이 장면의 분석에서 재회의 두 주체인 최척과 옥영에게만 포커스를 맞추었을 뿐 주우, 돈우 등에 대해서는 언급조차 하지 않았다. 하지만 이들의 '인간애'를 바탕으로 옥영과 최척의 삶이 온전할 수 있었다는 것을 〈최척전〉은 우리에게 분명히 말해주고 있다.


## 3.

〈최척전〉에서 불교적 요소인 '장육불의 음조'는 가족 회복의 서사적 추동력 가운데 하나라 했다. 옥영이 가족을 잃고 좌절했을 때, 장육불은 옥영의 꿈에 나타나 희망을 주었다고 했다. 그 희망으로 인해 옥영은 삶의 의지를 가지게 되었으며, 따라서 '장육불의 음조'는 가족과의 재회를 가능토록 한 궁극의 본인이라 했다.

그런데 '장육불의 음조'는 '가족 형성'의 추동력으로도 작동한다. 최척과 옥영이 혼인 후 후사(後嗣)가 없음을 근심하여 기도하자 만복사의 장육금불은 옥영의 꿈에 나타나 다음과 같이 말한다. "나는 만복사의 부처로

---

27) 박희병, 앞의 글, 90면.

다. 내가 그대들의 지극한 정성을 가상히 여겨 기남자(奇男子)를 내릴 것이니 태어나면 반드시 기이한 형상이 있을 것이로다."28) 그리하여 그 말대로 첫째 아들 몽석(夢釋)을 낳았다. 둘째 몽선(夢仙) 또한 마찬가지였다.

옥영도 아이를 원했고 최척도 아이를 원했다. 혼인을 가로막는 장애를 넘어서 부부가 된 그들이 그토록 아이를 원했건만 아이는 생기지 않았다. 그 '바람'이 부처의 현몽을 계기로 이루어진 것이다. 둘째 몽선의 경우는 이와 다소 달랐다. 몽선을 가질 때에는 부부가 후사를 기원하지 않았다. 고향에 몽석이 있었기 때문이다. 그렇지만 부부는 고향에 있는 늙은 아버지와 어린 자식을 그리워하며 상심하고 있었다. 그때 부처의 현몽이 있었고, 둘째를 낳았다. 몽석을 보고 싶어 하던 '바람'이 몽선의 출생으로 이어진 것이다.

〈최척전〉의 장육불은 옥영에게 '가족'을 주었다. '아이'를 주었으며 삶의 '희망'을 주었다. 아이는 가족이었으며 가족은 희망이었다. 아이가 없었을 때, 전란으로 가족을 잃었을 때, 옥영은 절망했으며 그 절망은 옥영을 고통스럽게 했다. 그 고통의 한가운데서 옥영은 꿈을 통해 부처의 말씀을 들었으며, 희망을 얻게 되었다. 〈최척전〉의 불교는 희망의 메시지였던 것이다.

그런데 『금오신화(金鰲新話)』의 불교는 이와 달랐다. 〈만복사저포기(萬福寺樗蒲記)〉에서 양생(梁生)은 만복사의 부처와 저포(樗蒲) 놀이를 한 후 한 여인을 만나 사랑했다. 부처와의 저포놀이는 사랑하는 사람을 만나고자 하는 양생의 간절한 '희망'을 드러내는 방식이었으며, 양생의 희망은 이루어졌다. 하지만 그 희망은 곧 사라지고 양생은 형언할 수 없는 절망에 휩싸이게 되었다.

---

28) 我萬福寺之佛也, 嘉爾誠敬, 賜以奇男子, 生必有異相.(228면)

(……) 지난 날 하룻밤 우연히 만나/ 마음의 실타래(心緖)가 끊이지 않고 이어져/ 저승과 이승과 격리되어 있음을 알면서도/ 물과 고기가 만난 즐거움을 다하였고/ 인생 백년을 함께 늙으리라 여겼더니/ 어찌 하룻밤만에 슬퍼하고 고통을 겪을 줄 알았으랴./ 월굴(달)에서 난새(鸞) 수레를 모는 선녀요/ 무산에 비 뿌리는 신녀이리니/ 대지는 어두침침해서 돌아갈 수 없어라. 안에 들어가도 황홀하여 아무 말 못하고 밖에 나가도 막막하여 갈 곳이 없구나./ 신주 가린 휘장을 대하여 눈물을 삼키고/ 맑은 술(瓊漿)을 따르면서 슬픔을 더하노라./ 그윽하던 음성과 모습에 감동하고 낭랑한 목소리를 상상하여 본다오. (……)29)

위의 인용은 여인[女鬼]과 이별한 후, 양생이 여인과의 자취가 남아 있는 개령동으로 찾아가 무덤에서 장례를 치러주며 지은 제문(祭文)의 일부이다. 여인과의 이별로 인해 절망하며 탄식하는 양생의 모습을 확인할 수 있다. 정인(情人)과 유명(幽明)을 달리했을 때의 절망감은 누구에게나 엄습하는 것이겠지만, 양생의 절망감은 특히 심중하다. "어찌 하룻밤만에 슬퍼하고 고통을 겪을 줄 알았으랴. (……) 대지는 어두침침해서 돌아갈 수 없어라. 안에 들어가도 황홀하여 아무 말 못하고 밖에 나가도 막막하여 갈 곳이 없구나."라는 그의 토로는 여귀와의 만남이 그에게 얼마나 절실한 것이었던가를 짐작하게 한다. 여귀와의 이별은 그에게 삶의 지향을 상실토록 했으며, 현실의 관계를 무의미한 것으로 여기게끔 하였던 것이다.30)

여귀와 양생의 이별은 유명을 달리하고 있는 두 인물의 존재적 차이에서 비롯된 것이지만, 귀신과 사랑하는 것처럼 궁극적으로 만남[色]은 순간일 뿐 영원할 수 없음[空]을 〈만복사저포기〉는 일러 준다. 그렇기에

---

29) 심경호 옮김, 『매월당 김시습 금오신화』, 홍익출판사, 2002, 79-80면.
30) 이 책의 제1부 「＜만복사저포기＞의 서사적 특성과 장르적 위상」, 55면.

그 여인은 "낭군이 재를 올려주신 덕택에 저는 이미 다른 나라에서 남자의 몸으로 다시 났습니다. 비록 저승이 이승에 격리되어 있다고 하여도, 깊이 감사하고 흠모해요. 그대는 부디 다시 깨끗한 업[淨業 — 필자]을 닦으시어 함께 윤회(輪廻)의 굴레를 벗어나도록 하세요."[31]라고 당부한다. 양생이 이별 이후 세상을 등지고 지리산에 들어간 것은 존재론적 운명과 대립하는 하나의 삶의 형식[32]으로서의 '초월(超越)'이라고 할 수 있다.

〈이생규장전(李生窺墻傳)〉도 동일하다. 〈이생규장전〉에서 죽음을 걸고 장애를 극복하고 혼인하는 이생(李生)과 최녀(崔女)의 사랑은 〈최척전〉의 최척과 옥영의 사랑과 흡사하다. 전란에 의해 부부가 헤어지게 된 것도 동일하다. 그런데 그 이별이 생이별(生離別)이 아닌 사이별(死離別)인 것이 〈최척전〉과 다르다. 〈최척전〉은 살아 이별한 사람이 다시 만날 수 있다는 '희망'을 말해주고 있지만, 〈이생규장전〉은 그 희망이 부질없는 것임을 확인시켜주고 있다. 귀신이 되어 찾아온 최녀에게 이생은 "인간 세상에 남아서 백년 뒤에 나와 함께 흙이 되"[33]자고 하지만, 이별은 피할 수 없다. 자신이 그토록 사랑했던 최녀의 부재는 '불변하는 절대적인 가치'의 부재이다. 절대적인 가치가 부재하는 삶은 삶이 아니며, 따라서 이생은 삶을 버렸다. 삶의 절대적 가치[色]가 영원히 지속될 수 없다[空]는 사실을 확인한 순간, 이생은 그 삶을 초월했다. 〈최척전〉의 불교가 '희망'의 불교였다면, 『금오신화』의 불교는 '초월'의 불교였던 것이다.[34]

---

31) 심경호, 앞의 책, 81면.
32) 이 책의 제1부, 55면.
33) 심경호, 앞의 책, 119면.
34) 『금오신화』의 사상이 '불교적 초월'과 관련된다는 것은 이대형과 김현양이 논의한 바 있다. 김현양은 '초월'이라 하지 않고 '초세 의식'이라 했는데, 이는 『금오신화』 전편을 오로지 불교 사상과 관련하여 해석하는 것은 무리라고 생각했기 때문이다; 이대형, 「〈금오신화〉의 서사방식 연구」, 연세대 박사학위논문, 2001. 이 책의 제1부 「〈만

　　〈최척전〉의 '불교[혹은 불교적 요소]'를 후대(後代) 군담소설(軍談小說)의 '운명론(運命論)'적 구성과 관련짓곤 한다. "주인공이 신이한 초현실적 힘에 의해 견인되거나, 사건전개상의 우연적 요소를 이 초월적인 세계의 상정으로 필연성을 갖도록 배려"[35]하는 군담소설의 특성이 〈최척전〉과 공통된다는 것이다. 물론 주인공을 견인하는, 사건전개상의 우연적 요소가 필연성을 갖도록 하는 군담소설의 '초현실적 힘'은 〈최척전〉에서는 '불교적 요소'이다. 〈최척전〉에서 주인공, 특히 옥영이 초현실적 힘[장육불의 몽조]에 견인되며, 우연적 요소가 필연성을 갖도록 하는 서사적 배려가 보이는 것은 사실이다. 하지만 그렇다고 해서 〈최척전〉의 '장육불의 몽조'가 '초월적 힘'과 그대로 대응되며, 〈최척전〉이 운명론적으로 결구되어 있다고 보기는 어렵다.

　　군담소설에서는 대체로 '몽조(夢兆)'나 '천상적(天上的) 인물의 예언적 계시'를 매개로 '초월적 힘'이 서사 세계에 개입한다.[36] 그런데 그 내용은 말 그대로 '운명론적'이며 대단히 구체적이다. 군담소설 가운데 〈최척전〉과 마찬가지로 '가족의 서사'를 대표하는 작품인 〈유충렬전〉은 초월적 힘을 대리하는 천상적 인물의 예언적 계시가 주인공의 삶을 어떻게 운명론적으로 규정하는가를 잘 보여준다. 〈유충렬전〉에서는 다양한 상황에서 다양한 천상적 인물의 발화를 통해 유충렬이 '영웅적 삶'을 살아가게 될 것임이 예고된다. '영웅적 삶'의 내용은 대명국의 대원수로서 위기에 처한 나라를 구할 인물이라는 것이며, 〈유충렬전〉은 그와 같이 서사화된다. 유충렬의 탄생 이전에 이미 임경천이라는 인물은 이러한 유충렬의 삶을 예언했으며, 이러한 예언은 반복적으로 환기되며, 실현된다.

---

　　복사저포기>의 서사적 특성과 장르적 위상」.
35) 박희병, 앞의 글, 102면.
36) 김현양, 「조선조 후기의 군담소설 연구」, 연세대 박사학위논문, 1994, 89-96면.

유충렬의 영웅적 삶의 궤적은 이미 결정되어진 것이었다.[37]

이에 비해 〈최척전〉의 '부처의 몽조'는 대단히 추상적이다. 최척 부부가 아이 갖기를 기원하자 부처가 꿈에 나타나 아이를 갖게 될 것이라 했다. 그렇지만 '아이를 갖게 될 것'이라는 몽조의 내용은 아이의 운명을 서사적으로 결정하지 않는다. 또한 '아이를 갖게 될 것'이라는 몽조는 최척과 옥영의 운명을 서사적으로 결정하지 않는다. 다만 그렇게 해서 낳은 아들인 '몽석의 붉은 사마귀'가 후에 가족임을 확인하는 징표로 기능하며, 바로 그 순간 그것이 일종의 서사적 복선─운명이 아닌─이었음을 확인하게 된다. 옥영이 절망에 빠졌을 때 부처가 꿈에 나타나 죽지 말라고 했다. 죽지 않으면 기쁨이 있을 것이라 했다. 옥영은 죽지 않았으며 재회의 기쁨을 맛보았다. '죽지 말라'는 몽조의 내용이 옥영의 운명을 결정했는가? 그렇지 않다고 본다. 옥영은 그 말을 '믿고' 죽지 않았을 뿐이다. 그 이후는 옥영의 주체적인 의지에 달려있을 뿐이며, 옥영은 죽지 않기 위해 노력했다. 절망의 순간에 '희망'의 불빛을 본 누군가가 그 희망을 가슴에 묻고 살아 그 희망을 이루었을 때, 우리는 그 삶을 '운명론적 삶'이라 부르지는 않는다.

## 4.

『금오신화』의 불교가 '초월'이라면 〈최척전〉의 불교는 '희망'이라고 했다. '초월'도 '희망'도 '운명론'은 아니다. 불교의 본질은 '초월(sublime transcendence)'이다. 실상 "종교는 궁극적으로 초월을 지향한다. 어떤 종교든 일상적 삶을 부정하고 초월하는 이상적 세계를 추구한다. 그것은

---

37) 이 책의 제2부 「〈유충렬전〉과 가족애」, 225-226면.

깨달음의 경지일 수도 있고, 하느님 나라일 수도 있고, 眞人이 치험하는 道일 수도 있다. 깨달음의 경지는 번뇌에 물든 衆生의 삶에 대한 부정과 초월이고, 하느님 나라는 죄된 세상에 대한 부정과 초월이며, 道는 人爲的인 세계에 대한 부정과 초월이다. 그것이 무엇이든 간에 모든 종교의 목적은 평범한 사람들의 일상적 삶을 일단 부정하고 초월하려는 것임에 틀림없다."38) 그런 점에서『금오신화』의 불교는 본질에 다가 있으며, 그 본질이란 개인적인 깨달음의 '지혜'이며, '초월'이다.

그렇다면 '희망'은 무엇인가? 그것은 '자비(慈悲)'이다. 최척 부부가 아이 갖기를 간절히 원했을 때, '아이를 가질 수 있을 것'이라는 부처의 말은 희망의 말이고 구원의 말이다. 옥영이 가족을 잃고 절망했을 때 '죽지 말라'고 한 부처의 말 또한 희망의 말이고 구원의 말이며, 이는 곧 부처의 자비의 표현이다. '중생(衆生)을 구제(救濟)하려는 보살(菩薩)의 빛'인 것이다. 불교는 초월을 지향하는 지혜의 종교이기도 하지만, 깨달음을 개인의 구원으로 삼는데서 그치지 않고 그 깨달음을 사회화시켜 세상의 것으로 만들고자 하는 '자비의 종교'이기도 하다.39)

〈최척전〉에서의 '자비'는 장육불의 '희망의 몽조'로만 제시되지 않는다. 앞서 〈최척전〉에서 가족 회복의 추동력으로 '인간애'를 지적한 바 있는데, 이 '인간애'의 바탕에 자리잡고 있는 것이 바로 '자비'이며, 〈최척전〉의 텍스트는 이를 아주 은밀하게 하지만 분명하게 드러낸다.

이와 관련하여 특히 주목해야 할 인물이 왜인(倭人) 돈우이다. 돈우는 옥영을 아껴 주었다. 좋은 옷과 맛있는 음식으로 그녀를 위안했으며, 친자식같이 대했다. 주우가 백금을 주고 옥영을 데려가려 하자 돈우는 오히려 자신의 은자(銀子)를 내놓을 정도였다. 앞서 말했듯이, 옥영의 불

---

38) 윤영해,『주자의 선불교비판 연구』, 민족사, 2000, 15면.
39) 같은 책, 8면.

행은 돈우와 같은 이를 만났기에 극복되었다 해도 과언이 아니다. 그렇다면 왜인 돈우의 이러한 심성(心性)은 어디에서 비롯된 것일까? 〈최척전〉은 그것이 불심(佛心)으로 인해 비롯된 것이며, 그 불심은 '자비'였음을 명시한다.40) 최척과 옥영이 극적으로 해후하는 안남 포구(浦口)를 묘사하는 장면에서도 이러한 그의 불심은 매우 처량하게 새어나오는 일본배의 '염불소리'를 통해 은밀하게 암시된다.41)

명장(明將) 여유문이 최척을 친애한 것은 최척을 가엾고 불쌍하게 여겨 동정하는 마음이 있었기 때문이었다.[惻憐之心]42) 늙은 호병(胡兵)이 최척과 몽석이 고향으로 돌아갈 수 있도록 도와준 것도 그들을 불쌍히 여겨 동정하는 마음이 있었기 때문이었다.[矜憫之心]43) 그 늙은 호병은 자신의 이러한 호의로 인해 곤경에 처하게 될 수도 있었으므로,44) 최척과 몽석을 동정하는 늙은 호병의 마음은 참으로 특별한 것이라 아니할 수 없다.

돈우의 경우에는 불교의 자비지심(慈悲之心)을 내세웠지만, 여유문의 측연지심(惻憐之心)이나 늙은 호병의 긍민지심(矜憫之心) 또한 자비지심과 다를 바 없으며, 이 모두는 넓은 의미의 '인간애'로 포괄될 수 있다. 이들 이외에 최척과 옥영에게 동정을 표한 모든 사람들의 마음속에도 이러한 '인간애'가 자리 잡고 있었을 것이다.

〈최척전〉의 '인간애'는 국가[혹은 민족]의 경계를 가로지르며 실현되고 있다. 일본인 돈우의 형상이 대표적이라 할 수 있다. 최척 일가의 삶을 파탄낸, 전란의 원흉(元兇)이라 할 수 있는 왜인임에도 불구하고, 돈

---

40) 時玉英, 則見執於倭奴頓于. 頓于老倭卒本, 不殺生, 慈悲念佛.(231면)
41) 但聞日本舟中念佛之聲, 聲甚悽惋./日本船念佛之聲, 闃然而止.(233면)
42) 唐將聞之惻然, 且憐其志(231면)
43) 若有解聽其言, 而有矜憫色者焉.(238면)
44) 我雖得於責於奴酋, 安得忍心而不送乎?(238면)

우의 형상에는 어떠한 원망이나 증오의 시선도 개입되고 있지 않다. 증오와 복수의 감정으로 왜국(倭國)과 왜인(倭人)을 부정적으로 형상화했던 〈임진록〉의 시선과는 전혀 동떨어져 있는 것이다.45) 명장(明將) 여유문의 경우도 마찬가지이다. 〈임진록〉에서 국가적 우월주의와 이기주의에 빠져 위압적으로 이익을 챙기는, 기회주의적이고 오만한 명(明) 나라 장수를 비판적으로 형상화한 경우도 있거니와,46) 여유문은 그런 장수들과는 판이하게 다른 인물로 그려져 있다. 이런 시각은 오랑캐인 만주족에게도 연장되고 있다. 늙은 호병(胡兵)을 긍정적으로 형상화한 것이야 그가 원래 조선인(朝鮮人)이었으므로 그렇게 했다 할 수 있다. 그런데 그 긍정적 인물인 호병의 입을 통해 세계의 중심인 대명(大明)의 패권에 도전하는, 최척과 옥영을 다시 헤어지도록 한 그 전란을 일으킨 오랑캐를 긍정적으로 바라보는 시선을 드러내고 있다.47)

〈임진록〉과 〈박씨전〉 등 창작 시기가 불분명한 역사소설(歷史小說)을 잠시 미루어 놓더라도, 전란의 경험을 보고하고 있는 역사실기(歷史實記)로부터 후대의 군담소설에 이르기까지, 동아시아 중세적 지배질서의 전복을 도모하는, 가혹한 고통을 안겨준, 전란의 원흉(元兇)인 오랑캐에 대한 증오와 복수의 시선이 소설의 서사 세계에 충일(充溢)해 있었음을 상기할 때, 〈최척전〉의 이러한 시선은 참으로 특기할 만하다 아니할 수 없다. 〈최척전〉이 창작되고 나서 그리 멀지 않은 때인 1630년에 창작된 〈강로전〉에서 강렬하게 표출되는 배호(排胡)의 감정,48) 전란으로 인해

---

45) 이에 대해서는 장경남, 「임진왜란 실기의 소설적 수용 양상 연구」, 『국어국문학』 131집, 국어국문학회, 2002. 권혁래, 「임진록의 서술시각과 인물 형상」, 연세대 석사학위논문, 1991. 참조.

46) 권혁래, 위의 글.

47) 無怖. 我亦朔州士兵也. 以府使侵虐無厭, 不勝其苦, 擧家入胡, 已經十年. 胡人性直, 且無苛政.(238면)

엄청난 고통을 경험했던 작가 조위한의 개인적 이력49)까지 상기하면,
〈최척전〉의 이러한 시선은 참으로 경이롭기까지 하다.

　타자의 불행과 고통을 동정하며 타자가 이를 극복할 수 있도록 도와주
는 사랑의 마음은 사실 무차별(無差別)적이어야 한다. 그렇지만 타자와
주체의 관계가 어떤 특수한 상황이나 조건에 매어있을 때는 무차별적이
지 않게 될 수도 있다. 또한 주체와 타자가 무차별적인 사랑의 관계로
맺어져 있다 하더라도, 그러한 주체와 타자의 관계를 대상화하는 또 다
른 주체의 시선은 그 관계를 왜곡할 수 있으며 이를 부정할 수도 있다.
그런데 〈최척전〉의 '인간애'는 이러한 차별적 시선으로부터 빠져나와 있
으며 그래서 경이로운 것이다.

　앞서 〈최척전〉의 인간애는 '자비'를 바탕으로 하고 있다고 했는데, 더
구체적으로 말하면 그 자비는 주체와 대상 사이에 아무런 조건도 차별도
존재하지 않는 자비, 불교에서 가장 순수하고 차원 높은 자비라고 하는
무연자비(無緣慈悲)의 경지에 해당된다고 말할 수도 있다.50) 이 무연자
비의 '인간애'는 작품에서 울려 퍼지는 핵심적인 주제적 의미이며, 창작
의식의 요체(要諦)라 말할 수 있다. 주자를 이념적 이상으로 내세워 주
체[華]와 타자[夷]의 차별을 세계의 질서로 보편화하고자 했던 시선으로
부터 빠져나와, 주자(朱子)에 의해 실현불가능한 이상이라 호되게 비판
된 이 무연자비의 '인간애'를 감동적으로 그렸기에 〈최척전〉은 우리 소
설사의 한 고봉(高峰)인 것이다. 당시의 동아시아 전란에 의해 고통받던
중민(衆民)의 삶을 바라보면서, 인간애[무연자비]를 바탕으로 한 동아시

---

48) 박희병, 「17세기초 존명배호론과 부정적 소설주인공의 등장-강로전에 대한 고찰」,
『한국고전소설과 서사문학』, 집문당, 1998, 51면.
49) 작가 조위한의 개인적 이력에 대해서는 민영대와 양승민을 참조; 민영대, 『조위한
과 최척전』, 아세아문화사, 1993. 양승민, 앞의 글.
50) 윤영해, 앞의 책, 331면/349면.

아인의 연대(連帶)가, 전란의 고통에서 벗어날 수 있는 하나의 희망임을
〈최척전〉은 말하고 있는 것이다.[51]

---

51) 여유문(余有文), 돈우(頓于), 주우(朱祐), 두홍(杜洪), 노호(老胡), 안남의 포구에
   있던 사람들의 ‘인간애’를 두드러지게 부조하고 있는 점을 주목하면서 인간애를 매개
   로 한 이들과 최척, 옥영의 관계를 ‘연대(連帶)’라고 했다. 연대를 가능하게 한 바탕을
   ‘인간에 대한 보편적인 사랑’으로 파악한 것이다. 민족문학사연구소 「17세기 소설사
   연구반」의 세미나에서 이 글을 발표하고 토론한 바 있었는데, 조현설은 ‘사회적 약자’
   혹은 ‘소수자’의 ‘연대’로 구체화할 수 있지 않겠느냐는 의견을 개진했다. 참으로 경청
   할 만한 견해이며 필자 또한 이 점을 생각하지 않은 것은 아니었다. 그렇지만 여유문
   과 돈우의 형상에 ‘사회적 약자’ 혹은 ‘소수자’의 면모가 뚜렷하지 않다고 보아 이 견
   해를 이 글에 적극적으로 반영하지 않았다. 더욱 진전된 논의가 있기를 기대한다.

# 〈사씨남정기〉와 '욕망'의 문제
## - 소설사적 평가와 관련하여 -

## 1.

〈사씨남정기(謝氏南征記)〉는 17세기 후반 김만중(金萬重, 1637~1692)에 의해 창작된 소설이다. 고전소설을 대상으로 한 소설사의 논의에서 17세기는 그 이전 시기와 양적 혹은 질적으로 구별되곤 했는데,[1] 이와 관련하여 〈사씨남정기〉를 다시금 문제 삼지 않을 수 없다. '17세기 소설사에서 〈사씨남정기〉를 어떻게 평가해야 할 것인가?'라는 것이 질문의 요체인데, 이러한 질문을 새삼스레 제기하는 이유는 17세기 소설사에서 〈사씨남정기〉가 차지하는 위상이 제대로 자리매김 되지 못했다고 생각하기 때문이다. 다시 말하자면 17세기 소설사가 이룩한 성과의 하나로 〈사씨남정기〉가 정당하게 인식되지 못했다는 것이다.

동일한 작가에 의해 창작된 〈구운몽(九雲夢)〉의 경우에는 그 내용적·형식적 측면에서 이룩한 성취가 다양하게 규명되고, 소설사[문학사]에 그 성취가 빠짐없이 기술되고 있는 것과는 대조적으로, 〈사씨남정기〉의

---

1) 김종철은 17세기를 소설사에 있어서 '질적 변화를 모색하는 새로운 단계'라 했으며, 박희병은 '또 다른 비약을 이룩한 시기'라 했고, 장효현은 '고전소설이 본격적으로 전개되는 시기'라 했다; 김종철, 「서사문학사에서 본 초기소설의 성립문제」, 『다곡이수봉선생회갑기념논총』, 1988, 185면. 박희병, 「한국고전소설의 발생 및 발전단계를 둘러싼 몇몇 문제에 대하여」, 『관악어문연구』17, 서울대 국문과, 1992, 46면. 장효현, 「전기소설 연구의 성과와 과제」, 『민족문화연구』제28집, 고려대 민족문화연구소, 1995, 21면.

경우에는 소설사[문학사]의 기술 대상에서 제외되거나, 기술된다고 하더라도 그 목적의식적인 창작 동기만이 주로 거론될 뿐이었다. 더구나 〈사씨남정기〉를 규범적 인식을 주제적 의미로 담아내고 있는 작품으로 평가하면서, 〈사씨남정기〉와 〈창선감의록(彰善感義錄)〉의 유사성이 강조되는 경향을 보이고 있다. 더구나 〈창선감의록〉이 창작된 후 〈사씨남정기〉가 창작되었을 것으로 추정되면서, 〈사씨남정기〉는 더 이상 그 독자적인 작품적 성취를 내세우기 어렵게 되었다.

〈사씨남정기〉의 독자적인 성취를 구체적으로 규명하기 위해 본고에서 각별히 주목하고자 하는 것은 '욕망의 문제'이다. 욕망이란 김만중이 『서포만필』에서 적시(摘示)하고 있는 것처럼, 기본적으로는 식(食), 색(色), 재(財), 名(명), 수(睡) 등과 같은 본래적이고 본능적인 욕구를 의미한다.[2] 그렇지만 이러한 본래적이고 본능적인 욕구 그 자체의 상태, 다시 말하자면 순수한 생리적·심리적인 차원의 상태를 중시하고자 하는 것은 아니다. 본래적이고 본능적인 욕구는 그 욕구를 억압하는 혹은 외화를 차단하는 특수한 실존적·사회적 조건 속에서 그 실존적·사회적 조건과 결합하여 특수하게 발현되는 바, 본고에서 사용하는 욕망이란 바로 이것을 의미하는 것이다. 욕망의 문제라 한 것은 실존적·사회적 조건과 결합되어 발현되는 욕망 그 자체뿐만이 아니라 욕망의 주체와 욕당의 대상, 주체와 대상의 관계에 의해 욕망이 발현되는 양상, 이를 바라보는 작가의 태도나 시각 등을 두루 문제 삼고 있음을 드러내기 위함이다.

---

2) 金萬重, 『西浦漫筆』下, 163.(홍인표 역주, 『西浦漫筆』, 일지사, 1987, 393-4면)

## 2.

〈사씨남정기〉는 안확(安廓, 1886~1946)이 『조선문학사』에서 가정소설로 규정하고 처첩갈등의 양상을 주목[3]한 이래 많은 연구자들의 관심의 대상이 되었던 작품이다. 비록 〈구운몽〉에 비해 소홀히 다루어진 점이 없지 않으나, 이는 상대적인 비교일 뿐, 그 동안 〈사씨남정기〉를 대상으로 한 연구의 양적 축적이 적은 것은 아니다.[4]

〈사씨남정기〉에 대한 관심의 영역과 접근의 방향은 다양했지만, 연구사의 중심적인 줄기는 김태준(金台俊)에 의해 제시된 단편적인 언급을 구체화하는 것이었다.

> 소설은 필경 숙종의 마음을 감동시켜 폐비 민씨를 다시 복위(復位)케 하고 임시로 비위(妃位)를 빼앗고 있던 장씨로 다시 희빈을 삼아 방축(放逐)하였다 하니 대저 조선에는 이와같은 목적소설이 적지 아니하다. (⋯⋯) 종래 소설의 대부분은 군담이 아니면 영웅이 전쟁과 연애에 성공한 공리담(功利談)이었으나 「남정기」에서는 누누이 요첩(妖妾)의 폐해를 진술하고 인간계의 실생활에 처하여 현실에 접근한 묘사를 하였다.[5]

위의 김태준의 언급 가운데 우리가 주목해야 할 것은 두 가지이다. 첫째는 〈사씨남정기〉가 정치적인 고려에서 창작된 목적소설이라는 사실을 지적하고 있는 점이며, 둘째는 〈사씨남정기〉의 사실적 형상화 수법을 평가하고 있는 점이다. 이러한 김태준의 언급은 이후 연구사에서 〈사씨남정기〉에 접근하는 연구자들의 관심의 영역과 방향을 규정하게 되어, 목

---

3) 安廓, 『朝鮮文學史』, 韓日書店, 1922, 101면.
4) 〈사씨남정기〉를 대상으로 한 연구 성과는 우쾌제, 「〈사씨남정기〉 연구의 종합적 고찰」, 『인천대논문집』(인문, 사회과학, 예체능), 1994.를 참고할 수 있다.
5) 金台俊, 『朝鮮小說史』, 淸進書館, 1933.(박희병 교주, 124-5면)

적소설론과 사실주의론으로 이어지게 된다

목적소설론은 작가의 창작 동기를 규명하고자 하는 하나의 방법론이라고 할 수 있다. 이규경(李圭景, 1788~?)의 "爲肅廟仁顯王后閔氏巽位欲悟聖心而制者"[6]라는 언급을 가설로 내세우고, '閔氏巽位'라는 역사적 사실과 〈사씨남정기〉에서의 '謝氏廢出' 사건의 상동성(相同性)을 입증함으로써, 작가의 창작 동기를 밝히고자 했던 것이다.[7]

하나의 방법론으로서 목적소설론은 나름대로의 유효성을 지니고 있다. 특히, 작품의 창작 시기를 알려주는 객관적인 정보가 전무한 상태임을 고려한다면, 목적소설론적 접근이 창작 시기를 추정할 수 있는 유용한 방법임을 부인하기 어렵다.[8] 그렇지만 창작 동기의 경우에는 사정이 다르다. '숙종의 마음을 깨우치고자 지은 것'이라는 이규경의 언급을 준신할 경우, 작품은 이러한 창작 동기를 확인케 해주는 대상에 불과하게 되며, 작품의 해석은 이러한 창작 동기의 틀 내에서 이루어지게 된다. 그 결과 〈사씨남정기〉는 긍정적 인물인 사씨[처]를 중심으로 그 서사적 줄거리만이 빈약하게 읽혀지면서, '정처를 부당하게 폐출해서는 안 된다'는 당대의 규범적 인식을 담아내고 있는 매우 보수적인 성격의 작품으로 평가된다.

목적소설론이 사씨 중심의 서사적 줄거리를 주목하는 것과 달리, 사실주의론은 교씨를 중심으로 한 서사적 세부를 주목한다. 작품에서 부조되고 있는 교씨의 형상과 처첩의 대립 관계를 세밀히 읽어내고, 이를 통해 '중세적 축첩제(蓄妾制)의 모순'이 〈사씨남정기〉에 반영되어 있음을 드러

---

6) 李圭景, 『五洲衍文長箋散稿』, 卷七, 「小說辨證論」.
7) 목적소설론과 관련된 논의는 우쾌제의 위의 글 4-7면에 잘 정리되어 있다.
8) 진경환은 앞의 논문에서 〈사씨남정기〉가 장희빈사건과 분명한 관계가 있다고 보고 남해유배 기간 동안에 〈사씨남정기〉가 창작되었다고 추정하고 있다.

낸다. 그 결과 사실주의론에서는 〈사씨남정기〉를 현실의 모순과 이에 대한 비판적 인식을 독자에게 환기하는 진보적 성격의 작품으로 평가한다.9)

〈사씨남정기〉에 대한 목적소설론과 사실주의론의 이러한 상반된 평가는 작품 해석에 연구자의 선험적 주관이 과도하게 개입된 결과이다. 앞서 언급했듯이, 목적소설론의 경우에는 작가의 정치적 의도를 작품에서 확인하고자 하는 전제된 시각에서 작품에 접근했던 것이었으므로, 작품은 작가의 의도라는 전제된 당위를 확인하는 대상일 뿐이었다. 사실주의론의 경우에는 작품에서 포착되는 부분적 특성을 아무런 매개 없이 전체적 성격으로 확대 해석했다. 악인(惡人)으로서의 교녀의 형상이 축첩제의 모순을 환기할 정도로 사실적으로 묘사된 점이 없지 않으나, 부분의 의미가 작품의 전체를 통해 어떠한 수준에서 어떠한 방식으로 실현되고 있는가를 해명하지는 못했다.

〈사씨남정기〉의 해석과 평가에 내재되어 있는 주류적 두 경향의 문제점을 인식하고 이를 넘어서고자 했던 시도가 전혀 없었던 것도 아니다. "남정기를 독립된 하나의 예술작품으로 보지 않고 문학외적 목적을 위한 수단으로 간주함으로써 남정기 연구의 한계 요인이 되어 왔다"10)는 언급이나 "현실의 예술적 반영이라고 할 수 있는 문학작품을 현실적 사실과 곧바로 일치시켜 이해하려는 시도는 도리어 작품의 이해를 어렵게 한다는 사실을 간과해서는 안 될 것"11)이라는 언급은 목적소설론의 문제를

---

9) 〈사씨남정기〉를 사실주의적 시각으로 해석한 논문은 윤기덕의 「사실주의에 관한 엥겔스 명제의 옳은 이해와 그의 발생 시기 문제」이다. 이 논문은 북한에서 1963년에 있었던 사실주의에 관한 학술토론회의 결과물을 엮은 『우리나라 문학에서 사실주의의 발생·발전』에 수록되어 있다. 김시업이 『우리나라 문학에서의 사실주의의 발생, 발전 논쟁』(사계절, 1989)이라는 제목으로 소개한 바 있다.

10) 이원수, 「사씨남정기의 반성적 고찰」, 『문학과 언어』제3집, 1982.

11) 이상구, 앞의 글, 250면.

지적한 것이며, 처와 첩으로서 사씨와 교씨의 대립 자체만을 주도해서는 〈사씨남정기〉의 주제를 온당하게 파악할 수 없다는 지적[12]은 사실주의 론에 해당되는 비판이었다.

그렇지만 이러한 문제의식 하에 시도된 연구 작업도 만족할 만한 성취를 보여주지는 못했다. 작품의 갈등 구조와 인물 형상을 보다 정밀하게 분석함으로써 그 사실주의적 특성을 한층 뚜렷하게 드러내긴 했으나, 궁극적으로는 교씨의 패배와 사씨의 승리[임씨의 등장]라는 서사적 결구에 주목하여 작가의 한계를 지적하는 데로 귀착되었다.[13] 이는 기존의 목적소설론의 시각과 사실주의론의 시각을 절충한 것이라 할 수 있다. 즉, 작품의 사실주의적 성취는 그것대로 인정하면서 동시에 작품의 성격을 보수적인 것으로 평가한 것이다.[14]

사실 〈사씨남정기〉는 우리에게 이러한 절충을 강요하는 면이 있다. 축첩제의 모순과 이로 인해 야기되는 명분적 질서의 파탄을 현실적 맥락에서 세밀하고 강도 높게 그려나가다가 교채란의 자리에 임씨를 대체시키며 축첩제를 옹호하는 것으로 마감함으로써, 축첩제의 모순에 대한 비판과 축첩제의 승인이라는 상반된 지향의 두 의식을 공존시키고 있기 때문이다.

문제는 축첩제의 모순에 대한 비판적 지향과 축첩제를 승인하고자 하는 지향이 과연 상반되는 것인가라는 점이다. 이 두 지향 사이의 내적

---

12) 이상구, 같은 글, 262면.

13) 이상구와 이원수의 경우가 대표적이다. 이상구의 경우, 작가의 한계를 지적하는 데 있어서 "역사적 발전단계를 고려하지 않고 현대적 시각에서 과거 인물의 의식을 재단할 경우 그 인물에 대한 평가가 온당하게 이루어질 수는 없는 것"(위의 글, 272면)이라 하여, 역사주의적 평가의 시각을 의식하고 있으나 궁극적으로는 그렇지 못했다; 이원수, 「가정소설 작품세계의 시대적 변모」, 경북대 박사학위논문, 1991.

14) 이원수나 이상구 모두 목적소설론의 접근 방식을 비판하고 있으나, 〈사씨남정기〉를 보수적 작품으로 평가하고 있는 것은 목적소설론과 동일하다. 목적소설론적 시각이란 이를 의미하는 것이다.

연관이 해명되지 않는다면 우리가 〈사씨남정기〉를 평가하는 시각은 선택 혹은 절충일 수밖에 없을 것이다.[15)]


## 3.

〈사씨남정기〉는 처첩갈등(妻妾葛藤)과 정쟁갈등(政爭葛藤)이 복합적으로 서사화되고 있는 작품이다. 유연수를 매개로 한 사정옥과 교채란의 대립을 기초로 처첩갈등이 서사화되고 있으며, 황제를 매개로 한 유연수와 엄숭의 대립을 기초로 정쟁갈등이 서사화되고 있다. 이 가운데 서사적 관심이 집중되는 중심 갈등은 처첩갈등이다. 처첩갈등이 작품의 대부분을 차지하면서 독자적인 주제적 의미를 환기하는 데 비해, 정쟁갈등은 처첩갈등의 서사적 추이와 관련된 부수적인 기능을 위해 미약하게 서사화되고 있다.

그렇다면 서사적 관심이 집중되고 있는 처첩갈등의 양상은 어떻게 표출되고 있는가? 이를 살펴보기 위해 먼저 처첩갈등의 대립을 구성하는 한 축인 교채란의 형상을 주목해 보자.

(a) 사정옥의 천거로 유연수의 첩이 되다.
(b) 잉태하자 남아를 낳지 못할까 걱정하여 무녀 십랑을 불러 방술(方術)을 행하다. 아들 장주를 낳자 몹시 귀하게 여기다.
(c) 사정옥이 탄금(彈琴)하는 것을 타이르자 유연수에게 참소(讒訴)하다.

---

15) 축첩제의 모순에 대한 비판적 지향과 축첩제를 승인하고자 하는 지향은 각각 교채란과 임씨를 통해 표출된다. 현상적으로 볼 때 이 두 지향은 상반되는 것 같으나 본질적으로는 동일하다. 두 지향 사이의 내적 연관이란 두 지향의 본질적 동일성을 의미하는 것으로, 이는 작품에서 '적서차별의 철폐'라는 작가적 전망으로 제시된다. 자세한 것은 후술될 것이다.

(d) 사정옥이 아들 인아를 생산하자 무녀 십랑과 동모(同謀)하여 계교로 사정옥을 모해하다.

(e) 동청과 사통(私通)하고 사정옥의 옥지환(玉指環)을 훔쳐 사정옥을 모해하다.

(f) 아들 장주를 죽여 사정옥을 모해하고 폐출(廢黜)시키다.

(g) 시부모 묘하(墓下)에 있는 사정옥을 계교로 축출코자 하다.

(h) 비복(婢僕)에게 악행을 일삼고 십랑과 더불어 유연수의 총기(聰氣)를 흐리게 하며 동청과 음행(淫行)을 일삼다.

(i) 유연수의 총기가 돌아옴을 두려워하여 동청과 모해하여 유연수를 참소하다.

(j) 유문(劉門)의 재물을 거두어 진유현령이 된 동청을 따라가다.

(k) 설매를 시켜 사정옥의 아들 인아를 물 속에 빠뜨려 죽이고자 하다.

(l) 계림태수가 된 동청을 따라가다가 유연수가 살아있음을 알고 죽이고자 하다.

(m) 냉진과 사통하다. 냉진과 함께 산동으로 가다가 재물을 도둑맞다.

(n) 낙양 주사에서 창기(娼妓) 노릇을 하다가 유문(劉門)에 유인되어와 처형되다.

교채란과 관련된 화소를 서사적 순서에 따라 나열한 것이다. 위에서 알 수 있듯이 교채란은 재덕(才德)을 겸비한 규범적 인물인 사정옥과 극한적으로 대립한다. 사정옥을 계교로써 모해하고 참소함으로써 유문(劉門)에서 폐출시킬 뿐만 아니라 나아가 유문의 존립 기반을 모조리 파괴한다. 교채란이 사정옥을 비롯한 유문과 벌이는 쟁투(爭鬪)는 극한의 경지여서 어느 한 쪽의 일방적 패배 이외에는 어떠한 다른 해결의 가능성도 보이지 않는다.

그렇다면 교채란이란 인물이 유문과 이처럼 극한적인 쟁투를 벌여나가는 이유는 어디에 있는가? 어떠한 현실적 관계 속에서 교채란은 이처럼 위험천만하고 패륜적(悖倫的인) 모험을 기도하는가? 〈사씨남정기〉는 이러한 의문에 매우 구체적으로 답변하고 있다.

(가) 하간부(河間府) 사람으로 성은 교(喬)요, 이름은 채란(彩鸞)이라 합니다. 본시 사족(士族)으로서 부모가 일찍 죽었으므로 언니와 서로 의지하며 살고 있습니다. 나이는 방년 열여섯입니다. 그녀 스스로 이르기를, '문호(門戶)가 쇠하였으니 가난한 선비의 아내가 되기보다는 차라리 재상의 첩이 되는 편이 좋겠어'라고 한답니다. 이는 만나기 쉽지 않은 인연일 것입니다.[16]

(나) 하루는 한림이 밖에서 집으로 들어와 상의(上衣)도 벗기 전에 인아를 안고 어루만졌다.

"이 아이는 이마의 골격이 기특하여 선인(先人)과 매우 닮았느니라. 훗날 반드시 우리 가문을 창성하게 할 것이야."

그리고 다시 그 유모에게 이르는 것이었다.

"각별히 잘 기르도록 하거라."

이에 장주 유모는 장주를 안고 교씨에게 달려가 호소했다.

"상공께서 유독 안아만을 어루만지며 장래를 촉망하셨습니다. 하지만 장주를 보더니 못 본 체하고 그대로 지나가셨습니다."

마침내 유모가 슬피 울었다.

교씨는 더욱 근심하면서 속으로 생각했다.

"내가 저 사람과 비교할 때 용모의 아름다움은 전혀 나은 것이 없지. 그러나 적첩(嫡妾)의 분의(分義)에는 현격한 차이가 있어. 단지 나는 아들을 낳고 저 사람에게는 아들이 없었어. 그 때문에 내가 장부의 후대를 받을 수 있었던 것이야. 그런데 이제 저 사람이 아들을 낳았어.

---

16) 이래종 역, 『사씨남정기』, 태학사, 1999, 33면.

저 아이가 장차 이 집의 주인이 될 것이야. 내 아이는 아무 쓸데가 없
게 될 것이 아닌가? 저 사람이 겉으로는 어진 체하고 있지. 하지만 화
원에서 나를 책망한 말은 분명히 시기를 부린 것이었어. 하루아침에
나를 한림에게 참소한다면, 한림이 평소 저를 믿고 있으니 내 신세를
염려하지 않을 수 있겠는가?"
　　교씨는 다시 이십랑을 불러 의논하였다.[17)]

　(가)는 교채란이 본래적으로 현실적인 욕망을 지닌 인물임을 드러내고
있다. 매파의 발화를 통해 '가난한 선비의 아내'보다 '재상의 첩'이 되기
를 원하는 인물임을 노출시킴으로써 교채란의 악행(惡行)이 이러한 교채
란의 현실적 욕망과 긴밀한 관련을 맺고 있음을 암시한다. 즉, 교채란의
내면적 기질에 이미 악행의 근원이 도사리고 있음을 암시한다.
　그렇지만 〈사씨남정기〉는 여기서 머무르지 않고 그 행위 동기를 보다
확장된 인간관계의 맥락에서 구체적으로 해명하는 데까지 나아간다.
(나)에서 주목할 것은 교채란의 발화이다. 교채란은 사정옥의 아기가 이
집안의 주인이 될 것이고 따라서 자신의 아이가 쓸모없게 될 것을 걱정
하고 있다. 유연수가 사정옥이 낳은 아들 유린(劉麟)을 사랑하자 자신이
낳은 아들 장주(掌珠)의 미래를 걱정하고 있는 것이다. 이를 통해 우리
는 적서차별에 의해 소외되어야 할 아들의 운명(運命)을 걱정하는 어머
니의 마음이 사정옥과 대립하는 교채란의 욕망의 근저에 자리 잡고 있었
음을 짐작할 수 있다. 바로 이러한 어머니의 마음과 그의 현실적 기질이
결합하면서 교채란의 '욕망'은 서서히 부상하게 되는 것이다.
　중세의 폐쇄적인 신분제적 틀 안에서 첩이 정처(正妻)가 되고자 하는
기도는 극도로 모험적인 것이라 할 수 있다. 그것은 자신의 생(生)을 던

---

17) 이래종 역, 『사씨남정기』, 태학사, 1999, 44-45면.

지는 기도이며 실존적 결단이기도 하다. 그렇기에 교채란의 행동은 가난한 선비의 아내보다 재상가의 첩이 되고자 하는, 동청과의 사통을 과감히 결행하는 그의 편집증적(偏執症的) 욕망 추구의 기질을 무시하고서는 도저히 납득할 수 없는 것이다. 사정옥의 지위로 이동하고자 하는 구체적인 기도가 아들 장주(掌珠)의 운명과 관련되어 촉발된 것이라 해도, 교채란의 내면에 편집증적 욕망 추구의 기질이 도사리고 있지 않았던들 이는 시도되지 않았을 것이다. 자신의 아들인 장주의 죽음을 방관한 것, 정처의 지위를 차지한 뒤 유연수의 몰락에 동조한 것, 동청·냉진 사이를 오간 것, 창기의 신분에 자족한 것, 다시 재상가의 첩을 꿈꾼 것 등은 교채란의 편집증적 욕망 추구의 기질을 구체적으로 드러낸 것으로, 가히 '사씨의 남정기'는 '교씨의 욕망기'라 해도 과언이 아닐 정도이다.[18]

대립하는 인물의 자리로 이동하고자 하는 욕망은 교채란에게만 해당되는 것이 아니다. 앞서 〈사씨남정기〉의 주요 갈등을 처첩갈등과 정쟁갈등으로 지적하면서 황제를 매개로 한 유연수와 엄숭의 대립, 유연수를 매개로 한 사정옥과 교채란의 대립을 언급했지만, 인물들 사이의 대립 관계는 이에 그치지 않는다. 비록 갈등으로 발전하지는 못하지만, 엄숭을 매개로 한 유연수와 동청의 대립, 교채란을 매개로 한 동청과 냉진의 대립이 각각 삼각형을 형성하면서, 각각의 삼각형은 하나의 꼭지점을 공유하면서 긴밀히 결합되어 있다. 이 때 우리가 주목해야 할 것은 황제를

---

18) 그렇지만 우리가 여기서 다시금 반추해야 될 것은 교채란의 욕망이 이토록 병적으로 발현되는 그 심리적 기저에는 자신의 욕망을 정당하게 표출할 수 있는 출구가 봉쇄되어 있는 사회적 현실이 도사리고 있다는 점이다. 아들 장주의 앞날을 걱정하는 사정옥의 마음속에는 엄혹한 신분제의 장벽 안에서 좌절하는 아들 장주가 그려졌을 것이며, 이는 교채란 자신의 모습이기도 했을 것이다. 〈사씨남정기〉는 이 점을 생략하지 않고 우리에게 드러내 주고 있는 바, 이것이 바로 〈사씨남정기〉의 소설적 미덕임을 간과해서는 안 된다.

정점으로 한 유연수와 엄숭의 대립을 제외한 나머지 대립 관계에서 한 꼭지점은 다른 꼭지점을 향해 이동하고자 하며, 대립의 과정 속에서 이동을 성취하고 있다는 점이다. 유연수를 정점으로 해 사정옥과 교채란이 대립하는 경우에는 교채란이 사정옥으로 이동하고자 하며, 엄숭을 정점으로 해 유연수와 동청이 대립하는 경우에는 동청이 유연수로 이동하고자 하고, 교채란을 정점으로 해 동청과 냉진이 대립하는 경우에는 냉진이 동청으로 이동하고자 한다. 그리하여 마침내 교채란과 동청, 냉진은 각각 자신의 상대역으로의 이동을 성취하게 된다.

하나의 꼭지점이 대립하는 다른 꼭지점으로 이동하고자 하는 이유는 명백하다. 앞서 언급했듯이 교채란의 경우에는 재상가의 정처가 되고자 하는 욕망을 지니고 있기 때문이다. 그녀는 재상가의 정처를 차지함으로써 부(富)와 지위(地位)를 획득하고자 한다. 이는 동청도 마찬가지이다. 교채란과 다른 점이 있다면 부와 지위뿐만 아니라 미색(美色)도 욕망의 대상에 포함된다는 것이다. 냉진의 경우, 욕망의 대상은 부와 미색이다. 동청의 자리를 차지함으로 인해 교채란을 차지할 수 있으며 많은 재물을 얻을 수 있기 때문이다.

하지만 우리가 잘 알고 있듯이, 이들이 자신의 욕망을 달성할 수 있는 정상적인 통로는 마련되어 있지 않다. 현실의 맥락에서 볼 때, 이들의 이러한 기도는 가능한 것이 아니다. 교채란, 동청, 냉진이 욕망하는 상대역의 위치는 중세의 현실에서 철저하게 보호받고 있는 기득권의 세계이며, 이러한 기득권의 세계에 도전하는 것은 중세체제에 대한 도전에 다름 아니기 때문이다. 그렇기에 욕망할 수 없는 것을 욕망하는 이들은 '모략(謀略)'과 '참소(讒訴)', '위해(危害)', '배신(背信)' 등 인간의 삶을 왜곡하는 정당하지 못한 방책을 수단으로 동원하여 자신들의 타락한 욕망[19]을 실현하고자 했던 것이다.

유연수와 사정옥이 재회한 이후에 전개되는 작품의 종결 부분을 제외하고 본다면, 〈사씨남정기〉는 이들 욕망의 주체들이 자신들의 욕망을 아무런 장애 없이 현실에 관철시켜 나가는 과정에 대한 서사적 기록이라 해도 과언이 아니다. 이들 욕망의 주체들은 교묘하고 교활하게 자신들의 기도를 실현시켜 나가는 반면 욕망의 대상들은 너무도 무력하게 이들에게 패배한다. 너무도 우연히 그리고 급작스럽게 설매가 자신의 전비(前非)를 뉘우치고, 황제가 자신의 혼암(昏暗)을 깨우치지 못했던들 이들 욕망의 주체들은 여전히 현실의 승리자로 남아 있었을 것이다.


4.

〈사씨남정기〉에서 이처럼 욕망의 공간이 확장될 수 있었던 것은 물론 작가의 의도에 의한 것이다. 텍스트의 서사세계에서처럼 이들의 욕망을 제어할 수 있는 현실적 힘이 무력한 것이라면 중세 사회의 명분론적 질서가 유지될 수는 없었을 것이다. 작품 세계에서는 유연수가 교채란의 계교에 휩싸여 정처인 사정옥을 폐출했지만, 이는 정처를 폐출하고 첩을 정처로 삼는 일이 명분론적 질서를 얼마나 훼손하는 것인가를 심중하게 인식하고 있는 '현실 세계'를 의도적으로 괄호 안에 넣음으로써 가능한 것이었다.

처(妻)의 지위가 부당하게 유린될 것에 대비하여 현실세계에서는 여러 가지 방책을 마련하고 있었다. 그 대표적인 것이 소위 '소박정처죄(疏薄正妻罪)'와 같은 법적인 규제였으니, 유신(儒臣)의 신분으로 정처를 소

---

19) 모략(謀略)', '참소(讒訴)', '위해(危害)', '배신(背信)'등과 같은 부정적 방법이 동원되지 않더라도 규범적 질서에 도전하는 모든 욕망은 중세적 이념의 시각으로 볼 때 그 자체로 타락한 욕망이다.

박했을 때는 이를 중죄(重罪)로 다루었던 것이다.[20) 벼슬아치들의 비행
(非行)을 규찰하고 풍속을 교정하는 것이 가장 큰 임무였던 사헌부(司憲
府)에서는 처의 지위를 부당하게 침해하는 사대부에 대해 정치적·사회
적 규찰을 철저히 하였다.[21) 그러나 이러한 법적인 규제보다 더욱 효율
적인 기제는 '양반의 혈통적인 공인(公認)'이었다. 양반신분의 결정은 결
과적으로 모(母)와 처에 의한 것이므로 모나 처의 신분뿐 아니라 그들의
행실까지도 늘 정치적인 고려의 대상이 되고 있었다. 그러므로 실제로
처가 실행(失行)했다 하더라도, 남편이 이를 이유로 자신의 처를 버릴
수가 없었다. 처의 실행은 자신뿐만 아니라 자신의 자식이 입신·출세하
는 데에 타격적인 영향을 주는 것이었기 때문에 함부로 거론할 수 없었
던 것이다.[22)

　처첩의 문제에 대한 이러한 현실의 기제(機制)에서 알 수 있듯이, 명
분론적 질서를 훼손하는 욕망의 출구는 철저히 차단되어 있었다. 그렇지
만 〈사씨남정기〉에서는 이러한 현실의 기제를 도외시한 채 욕망의 공간
을 허용하고 있다. 김만중이 〈사씨남정기〉에서 이처럼 욕망의 공간을 허
용하고 있는 것은 교화주의적 의도를 극대화하고자 했기 때문일 것이라
생각해 볼 수 있다. 준동하는 욕망에 대처하는 현실의 기제가 조동하지
않을 경우 현실의 명분론적 질서가 얼마나 훼손될 수 있는가를 여실히
보여주기 위해 욕망을 제어하는 현실의 기제를 소거하고 욕망의 공간을
허용한 것일 수도 있을 것이다.

---

20) 첩에 미혹되어 정처를 소박한 유신을 중죄한 예는 대단히 많다. 이에 대해서는 다
　음의 글에 잘 소개되어 있다; 박용옥,『이조여성사』, 한국일보사, 1976. 한희숙,「양반
　사회와 여성의 지위」,『한국사 시민강좌』제15집, 일조각, 1994.
21) 사헌부에서 중점적으로 규찰한 것은 첫째 처첩간의 분별이 정당하게 되어 있는가,
　둘째 부당하게 기처(棄妻)하지 않았는가였다; 박용옥, 위의 책, 65-6면.
22) 위의 책, 68면.

실제로 〈사씨남정기〉에서 욕망을 통제하는 현실의 기제를 소거함으로써 욕망의 대상이 되는 중심인물인 사정옥의 규범성이 강화되었으며, 고난이 심화되고 있다. 이는 〈사씨남정기〉에 선행하면서 〈사씨남정기〉의 창작에 일정하게 수용되었을 것으로 추정되는 〈창선감의록〉과의 비교를 통해 확인할 수 있다.23)

> (a) 유연수와 혼인하다. 혼인의 과정에서 시아버지인 유현은 우화암 묘혜를 사정옥에게 보내 관음찬(觀音讚)을 짓게 하며, 이를 보고 사정옥의 재덕을 확인하다.
>
> (b) 후사(後嗣)가 없자 유연수에게 첩을 들일 것을 권하고 교채란을 천거하여 첩으로 맞아들이다.
>
> (c) 교채란이 탄금하는 소리를 듣고 이를 타이르다. 유연수가 동청을 서사(書士)로 들이자 동청의 사람됨이 정직하지 못함을 알고 곁에 두지 말 것을 간청하다.
>
> (d) 아들 유린를 생산하다.
>
> (e) 교채란과 동청의 계교로 폐출되어 시부모 묘하에 거처하다.
>
> (f) 교채란과 동청의 계교를 피해 배를 얻어 타고 장사 땅으로 떠나다.
>
> (g) 풍랑에 쫓겨 동정호(洞庭湖) 악양루(岳陽樓)에 이르다. 스스로 목숨을 끊고자 하다가 묘혜에게 구조(救助)되어 군산사 수월암에 가 안돈(安頓)하다.
>
> (h) 묘혜와 함께 동청에게 쫓기는 유연수를 구조하고 상봉하다.

---

23) 진경환은 〈창선감의록〉이 〈사씨남정기〉에 선행하며, 〈사씨남정기〉는 〈창선감의록〉을 '축소모방'하여 단순구성으로 재구성한 것으로 파악하고 있다.(앞의 글, 334면) 〈창선감의록〉이 〈사씨남정기〉에 선행한다는 추정은 좀 더 꼼꼼히 따져볼 여지는 있으나 필자도 대체로 동의한다. 그렇지만 〈사씨남정기〉가 〈창선감의록〉을 '축소'해서 '모방'한 것이라는 판단에는 동의하지 않는다. 〈사씨남정기〉가 〈창선감의록〉에 비해 서사적 편폭이 '축소'되었다는 점은 인정할 수 있으나 '모방'한 것으로는 보지 않는다.

　(i) 유연수와 함께 강서 땅으로 가다. 유연수에게 다시 첩을 들일 것을 권
　　　하고 임씨를 천거하다. 아들 인아를 만나 상봉하다.
　(j) 교채란의 죄를 묻고 팔십여 세를 안향(安享)하다.


　　교채란의 욕망의 대상이 되는 사정옥과 관련된 화소(話素)를 서사적
전개의 순서대로 정리해 본 것이다. 〈사씨남정기〉의 사정옥은 유연수의
처로서 재덕(才德)을 겸비한 현숙한 인물로 형상화되고 있다. 사정옥은
성리학적 규범이 요구하는 부덕(婦德)을 체화하고 있는 인물로 화자에
의해 적극적으로 옹호되는 인물이다. (a) (b) (c) (e)의 화소는 사정옥의
긍정적 자질을 드러내주는 화소에 해당한다. 사정옥은 교채란과 그의 동
조자인 동청·냉진 등의 계교에 의해 곤경에 처하며 고난을 경험하게 되
는데, (f) (g)의 화소는 사정옥의 곤경과 고난을 드러내는 화소에 해당된
다. 그렇지만 사정옥은 전일(前日) 관음찬으로 인연을 맺은 여승(女僧)
묘혜에게 구조되고, 훗날 유연수와 상봉하여 처의 지위를 회복하게 된
다. (g) (h) (i) (j)가 이에 해당되는 화소이다.
　　그렇다면 〈창선감의록〉의 경우, 〈사씨남정기〉의 사정옥에 대응하는
인물은 누구인가? 〈창선감의록〉에서 악행을 저지르는 첩인 조월향과 대
립하는 인물은 임부인이다. 임부인은 화춘의 정처로서 부덕을 체화하고
있는 인물이다. 임부인은 사정옥과 마찬가지로 화춘의 패행(悖行)을 진
언하기도 하며, 악인의 참소로 폐출되는 곤경을 경험하기도 한다. 그렇
지만 그는 사정옥과 달리 출중한 재주를 지니고 있는 인물로 형상화되지
는 않고 있으며, 폐출 이후에 고난을 경험하지도 인연 있는 여승에게 구
조되지도 않는다. 이러한 점은 오히려 〈창선감의록〉의 남채봉에게서 발
견된다. 남채봉은 화진의 처로 화춘의 첩인 조월향과 대립하는 인물이
다. 남채봉은 화진에게 출가하기 전 여승 청원에게 관음화상을 그려주어

그 재주를 드러내며, 조월향의 참소로 죽음에 이르렀을 때 여승 청원에 의해 구조된다. 조월향과 대립하는 또 다른 여성 인물인 윤옥화에게서도 사정옥에 대응하는 면을 발견할 수 있다. 윤옥화 역시 화진의 처로 조월향의 박해 때문에 출가(出家)하는 인물이다. 조월향은 범한과 공모해, 화진의 전언(傳言)을 거짓으로 꾸며 윤옥화를 화문(花門)에서 축출한 후, 그녀를 엄숭의 아들에게 바치려고 하는데, 이는 시부모 묘하(墓下)에 있는 사정옥을 축출하기 위해 두부인의 필적을 위조하고 냉진에게 겁탈하도록 교사하는 교채란·동청의 음모와 유사하다.

이상에서 알 수 있는 것은 〈사씨남정기〉에서의 사정옥의 형상은 〈창선감의록〉의 임부인, 남채봉, 윤옥화의 형상을 총합(總合)한 것이라는 점이다. 임부인의 덕성과 남채봉의 지혜가 사정옥의 재덕(才德)으로 총합되고, 남채봉과 윤옥화의 고난이 사정옥의 고난으로 총합된 것이다. 이를 통해 〈사씨남정기〉에서 긍정적 인물인 사정옥의 규범성과 고난이 더욱 강화되었음을 분명히 확인할 수 있다.

그런데 우리는 여기서 현실의 기제가 소거된 상황에서 욕망의 폭력에 의해 심각한 고난을 경험하는 사정옥이 어떻게 자신의 존재를 지켜나갈 수 있었는가 하는 점을 주시할 필요가 있다. 욕망의 공간에 홀로 서서 자신의 실존을 심각히 위협받을 때, 자신의 존재 근거를 모조리 상실하고 스스로 목숨을 끊으려 할 때, 사정옥을 구조했던 것은 '관념의 계시'였다. 〈사씨남정기〉의 독자로서 자신의 감상을 기록으로 남기고 있는 이양오 (李養吾, 1737~1811)가 "다만 꿈에서 감응했다는 이야기는 사뭇 괴탄한 듯하고 만남의 사건은 대단하게 부연된 것 같으나 이 또한 사람의 일이라 그럴 수도 있는 것이다",24) "황릉묘에 꿈을 이룬 것과 백의를 입은 부처

---

24) 李養吾, 『磻溪先生文集』, 「謝氏南征記後序」; "但夢感之說, 頗多弔詭奇遇之事, 果似敷演, 然此亦人事之或然者."

님이 나타났다는 말은 너무도 이상하지만 옛날부터 좋은 사람이 액을 당하였을 때는 신의 도움이 없지 않으니, 결초보은(結草報恩)하던 귀신과 신발을 떨어뜨리던 일을 전혀 허무맹랑하다 할 수 없는 것이다."[25]라고 거듭 그 괴상하고 이상함을 토로하고 있는 관념적 존재의 음조(陰助)에 의해 사정옥은 욕망의 폭력으로부터 자신을 보호할 수 있었던 것이다.

이양오와 같은 사대부가 이러한 관념적 존재의 음조를 자연스럽게 받아들이지 못하는 것은 당연하다. 소설에 대해 조선의 사대부들이 그 황탄무계(荒誕無稽)함을 지적하고 부정했듯이,[26] 현실에 틈입하는 관념적 존재의 음조를 유자(儒者)로서 그대로 받아들이기는 어려웠을 것이다. 이 점은 김만중에게도 그대로 적용될 수 있다. 그렇지만 김만중은 규범적 질서를 훼손하는 욕망을 통제할 수 있는 현실의 기제가 엄연히 마련되어 있었음에도 불구하고, 현실의 기제 대신에 관념적 존재의 음조를 욕망의 폭력으로부터 벗어날 수 있는 유일한 통로로 설정해 놓았다.

왜 그랬을까? 여기서 우리는 김만중이 욕망의 문제에 대하여 심중히 고민하고 있었음을 상기할 필요가 있다. 『서포만필』에서 욕망 자체에 대해 객관적으로 투시하고 있는 점,[27] 〈구운몽〉에서 유가적(儒家的) 욕망을 회의하는 서사 구조를 창안하고 있는 점[28] 등이 이러한 고민을 보

---

25) 李養吾, 「南征日錄下附史斷二十三條」; "黃陵廟感夢之事, 白衣佛顯靈之說, 頗涉怪誕, 然自古古人阽危不無陰助, 結草之鬼, 墜履之翁, 不可謂全然孟浪."

26) 소설에 대한 사대부들의 부정적 인식에 대해서는 다음의 논문을 참고하라. 이가원, 「영정대 문단에서의 대소설적 태도」, 『연세대학교80주년기념논문집』(인문과학 편), 연세대학교, 1965. 윤성근, 「유학자의 소설 배격」, 『어문학』25, 한국어문학회, 1971. 오춘택, 「한국고전소설비평사연구」, 고려대 박사학위논문, 1990.

27) 金萬重, 『西浦漫筆』下, 163.(홍인표 역주, 『西浦漫筆』, 일지사, 1987, 393-4면)

28) 설성경은 『한국고전소설의 본질』(국학자료원, 1991)에서 꿈을 새로운 층위로서의 지양이라고 했다.(190면) 필자 또한 「소설 시대를 열어간 중세 지성-서포 김만중」(민족문학사연구소 고전문학분과 편, 『한국고전문학작가론』, 소명, 1998)에서 〈구운몽〉의 서사적 핵심을 불교와의 대립 구조를 통해 유가적 욕망에 대한 회의를 드러낸

여주는 예에 해당한다. 거기에다가 교채란의 욕망이 발현되는 주·객관적 조건까지 세심하게 고려하는 〈사씨남정기〉 작가로서의 태도까지 덧보태어 본다면 김만중이 욕망의 문제에 대하여 심상하지 않은 관심을 기울이고 있었음을 짐작할 수 있다. 이런 점을 고려할 때, 김만중이 단순히 교화주의적 의도를 드러내고자 현실의 기제 대신에 관념의 음조를 욕망의 폭력으로부터 벗어날 수 있는 작품의 장치로 삼았던 것은 아니라고 여겨진다.

김만중이 〈사씨남정기〉에서 욕망을 통제하는 현실의 기제를 소거한 것은 현존하는 제도로서의 현실의 기제 자체를 회의하는 의식으로부터 비롯된 것이라 생각된다. 〈사씨남정기〉의 후반부에서 욕망의 주체들이 자신들의 욕망에 의해 스스로 파멸해 가는 것으로 결구한 것도 이러한 의식의 연장이라 할 수 있다. 〈구운몽〉에서는 성진의 삶으로 대표되는 불교적 초월을 통해 양소유의 삶으로 대표되는 유가적 욕망 그 자체를 회의(懷疑)한 것이라면, 〈사씨남정기〉에서는 욕망의 문제를 통해 현실의 제도 자체를 회의한 것이다.

교채란을 대체해 유연수의 첩이 되는 임씨의 등장도 이러한 맥락에서 해석될 수 있다. 욕망을 통제하는 현실의 기제가 회의되는 상황에서 욕망의 폭력적 분출로 인한 명분론적 질서의 훼손을 방지할 수 있는 것은 편집증적으로 욕망을 추구하는 교채란의 자리에 규범적 명분의식을 내면화하고 있는 임씨를 대체하는 것일 수밖에 없다. 그렇지만 김만중의 의식은 여기서 머물지 않는다. 교채란의 욕망을 폭력적으로 분출시켰던 주관적 조건[편집증적 욕망 추구의 기질]뿐만이 아니라 객관적 조건[적서차별로 인해 소외될 아들의 운명]까지 구체적으로 인식하고 있는 그로

---

것이라 했다.

서, 교채란의 자리에 임씨를 대체하는 것만으로는 욕망을 현실적으로 통어하기에 충분하지 않다는 것을 모를 리 없다. 〈사씨남정기〉의 결미에 사정옥의 아들 유린이 병부상서(兵部尚書)에 오른 것과 함께 임씨의 세 아들인 유웅(劉熊)과 유준(劉駿), 유란(劉鸞)이 각각 이부상서(吏部尚書), 호부상서(戶部尚書), 태상경(太常卿)이라는 청요직(淸要職)에 올랐음을 빠짐없이 제시하고 있는 것[29]은 주관적 조건뿐만 아니라 객관적 조건도 변화되어야 한다는 그의 의식을 드러내고 있는 것이다. 이로 볼 때 〈사씨남정기〉는 단순히 중세의 규범적 질서에 도전하는 타락한 욕망을 경계하고 이를 징계하는 차원에서 서사화된 것이 아니라, 폭력적 욕망의 근원을 탐구하고 이를 해결하고자 하는 일종의 욕망학이라 해도 과언이 아니다.


## 5.

〈사씨남정기〉가 현실의 맥락 속에서 소통되던 조선 후기에, 〈사씨남정기〉는 사정옥의 규범성이 미덕(美德)으로 칭송되면서 교채란의 반규범성이 악행으로 징벌되는 교훈적 의도를 주제적 의미로 받아들이는 교화주의적 시각으로 독자들에게 읽혀졌다. 〈사씨남정기〉를 한역(漢譯)한 김만중의 종손(從孫) 김춘택(金春澤, 1670~1717)으로부터 이재(李縡, 1680~1746), 이양오(李養吾, 1737~1811), 이우준(李遇駿, 1801~1867) 등의 사대부 남성 독자들은 물론 〈사씨남정기〉를 가장(家藏)의 보물로 소중히 여기던 여항(閭巷)의 부녀자들에 이르기까지 규범적 질서에 틈입하여 규

---

29) 『飜諺南征記』의 해당 대목을 적시하면 다음과 같다; "劉隣爲兵部尚書熊爲吏部尚書駿爲戶部尚書鸞爲太常卿"(이래종 옮김, 『사씨남정기』, 태학사, 1999, 341-342면)

범적 질서를 와해시킬 수 있는 '욕망'을 경계하면서, 그러한 욕망의 반란에 흔들리지 않고 규범성을 견결히 고수하는 사정옥의 덕행을 아낌없이 칭송했다.

〈사씨남정기〉의 작가인 김만중은 '소설'의 '힘'에 대해서 다음과 같이 언급한 바 있다.

> 『동파지림』에 이르기를, "길거리의 어리석은 아이들은 그 집에서 싫어하고 괴롭게 여기는 바여서, 번번이 돈을 주고 모여 앉게 해서는 옛날이야기를 들려주곤 한다. 삼국의 일을 말하는 데 이르러 유현덕(劉玄德)이 패했다는 말을 들으면 얼굴을 찡그리고 미혹되어 눈물을 흘리는 아이도 있으며, 조조가 패했다는 말을 들으면 기뻐서 소리치는 아이도 있다."고 하였으니, 이것이 나관중(羅貫中) 「삼국지연의」에서 시작[權興]된 것인가? 이제 진수(陳壽)의 『삼국지』와 온공(溫公)의 『자치통감』을 가지고 무리를 모아 가르친다면 틀림없이 눈물 흘릴 자가 없을 것이니, 이것이 통속소설(通俗小說)을 짓는 까닭이다.[30]

위의 인용에서 알 수 있듯이 김만중이 파악하고 있는 소설의 힘이란 바로 정서적 감응력에 다름 아니다. 인간의 삶에 대한 인식이 인식 그 자체에 머물지 않고 정서적 감응의 단계로까지 고양되도록 하는 것, 그것이 바로 소설의 힘이라는 것이다. 소설이 사서(史書)와는 달리 독자[혹은 청자]를 정서적 감응의 단계로 고양시키는 힘을 지니고 있는 것은 물론 소설 언어의 속성인 '형상성'으로부터 비롯되는 것이며, 정서적 감응력은 바로 소설 언어와의 만남을 통해 얻게 되는 '홍미'의 원천이 되는 것이다.

---

30) 金萬重, 『西浦漫筆』下; 『東坡志林』曰 : "塗巷中小兒薄劣, 其家所厭苦, 輒與錢合聚坐, 聽說古話. 至說三國事, 聞劉玄德敗, 顰蹙有出涕者, 聞曹操敗, 卽喜唱快." 此其羅氏演義之權興乎? 今以陳壽史傳·溫公『通鑑』, 聚衆講說, 人未必有出涕者, 此通俗小說之所以作也.

실제로 이러한 김만중의 의도는 작품의 소통 과정에서 그대로 실현되었다. "독자가 감탄하고 눈물을 흘리게 되는 것은 사씨가 곤경에 처해서도 절개를 잃지 않은 것과 한림이 개과천선한 것에 감동한 것이 아니겠는가. 모두 천성에 근거하여 그러한 것이다. 그 분통하고 눈물을 흘리는 것은 또한 교녀와 동청의 악함 때문이 아니겠는가."[31]라는 김춘택의 언급 속에서의 독자의 '감동'과 '눈물'은 김만중이 인식했던 '소설의 힘' 바로 그것에 의해 유출(流出)된 것일 터이다.

그러나 위의 김만중의 언급 가운데 우리가 주목해야 할 것은 단지 소설이 지니고 있는 정서적 감응력만이 아니다. "'(…) 유현덕(劉玄德)이 패했다는 말을 들으면 얼굴을 찡그리고 미혹되어 눈물을 흘리는 아이도 있으며, 조조가 패했다는 말을 들으면 기뻐서 소리치는 아이도 있다.'고 하였으니, 이것이 나관중(羅貫中)「삼국지연의」에서 시작[權輿]된 것인가?"라는 김만중의 언급 속에는 독자들에게 미치는 소설의 정서적 감응력뿐만 아니라 그 정서적 감응력이 분출되는 대상에 대한 인식의 전환도 내포되어 있는데, 유현덕을 긍정하고 조조를 부정하는 의식이 바로 그것이다. 이는 사서(史書)의 역사인식과 차별되는 소설의 역사인식이라 할 수 있으며, 규범적 인식을 벗어난 새로운 인식의 감행이라고 할 수 있으니, 소설에는 그러한 힘도 내재되어 있는 것이다.

그렇지만 당시의 독자들은 〈사씨남정기〉에서 이러한 '새로운 인식'을 읽어내지 못했다. 〈사씨남정기〉에 대해 "그 말들이 격절(激切)하그 참측(慘惻)하여 인심을 감동시킬 만하고 풍속을 경계할 만하다."[32]고 평가한 이우준(李遇駿)의 언급 가운데 '풍속에 대한 경계'란 '소설을 수단으

---

31) 金春澤,『北軒集』卷十六,「散藁」; 讀之者, 無不咨嗟涕泣, 豈非感於謝氏處難之節, 翰林改過之懿, 皆根於天. 具於性而然者, 其憤痛裂眦, 又豈不以喬董之惡哉.
32) 李遇駿,『夢遊野談』下,「小說」; 其辭激切慘惻, 足以感動人心, 警勵薄俗.

로 한 교화적 효용'과 대응되는 의미일 것으로, 이를 통해 〈사씨남정기〉를 교화주의적 시각으로 받아들이고 있음을 알 수 있다.

그러나 우리가 살펴보았듯이 〈사씨남정기〉는 단순히 중세의 규범적 인식만을 강요하는 작품이 아니다. 작가인 김만중은 작품을 통해 현실의 질서를 파괴하는 출구 없는 욕망의 폭력성을 의도적으로 드러내면서 동시에 욕망의 폭력성을 제어할 수 없는 현실의 제도 자체를 회의하고 나아가 제도의 변화를 전망하면서 욕망의 출구를 열어 놓았던 것이다.

이런 점에서 〈사씨남정기〉는 〈홍길동전〉과 비교될 수 있다. 주지하고 있듯이, 〈홍길동전〉 역시 축첩제도와 적서차별이라고 하는 현실의 모순에 촉발되어 모험적인 반란을 기도하는 이야기이다. 여기서도 반란하는 욕망의 주체인 홍길동을 제어할 수 없는 현실의 무력함을 제시하고 있으며 새로운 왕국을 전망하고 있다. 적서차별의 현실적 모순에 대해 강력한 비판을 제기하면서도 왕이 된 후 축첩제를 승인하는 점까지 고려하면 〈사씨남정기〉와 〈홍길동전〉이 매우 흡사한 작품임을 알 수 있다.[33]

그렇지만 간과할 수 없는 중요한 차이가 있다. 우선 욕망하는 주체를 바라보는 작가의 태도이다. 교채란과 홍길동이라는 두 인물은 욕망할 수 없는 것을 욕망하며, 욕망을 성취하기 위해 현실의 질서를 파괴한다는 점에서 동일하다. 그렇지만 작가의 태도에 있어서 교채란은 매우 부정적인 시각에서 그려지며 홍길동은 긍정적인 시각에서 그려진다. 이는 작가의 세계관의 차이에서 비롯된 것일 수도 있지만 보다 엄밀하게는 두 인물의 행동의 내용에 의한 것이다. 교채란은 훼손해서는 안될 존재[자신의 아들 장주, 사씨의 아들 유린]까지 훼손하지만 홍길동은 훼손되어야만 하는 존재[탐관오리, 타락한 종교]만을 훼손한다. 그러므로 이러한

---

33) 이원수는 「〈홍길동전〉의 논리와 의미」(『문학과 언어』제17집, 1996)에서 적서차별론에 대한 대응논리로서의 〈홍길동전〉의 서사적 논리를 설득력 있게 제시하고 있다.

차이는 욕망이 어떤 양태로 표출되는가 하는 문제와 관련되는 것이라 할 수 있다.

다음으로는 욕망의 대상이다. 〈사씨남정기〉에서 욕망의 대상은 대립하는 상대역이다. 교채란의 욕망의 대상은 사정옥이라고 하는 구체적인 현실의 인물이다. 그렇지만 〈홍길동전〉에서 욕망의 대상은 추상적인 관념[병조판서, 왕]이다. 그러므로 〈사씨남정기〉에서는 대립하는 양상이 매우 구체적이지만 〈홍길동전〉에서는 상대적으로 추상적이다. 작가의 전망이 현실 내에서 제시되는 〈사씨남정기〉와 현실 밖에서 제시되는 〈홍길동전〉의 차이는 이로부터 비롯되는 것이다.

〈홍길동전〉에 이어서[34] 〈사씨남정기〉에서 현실의 거대한 장벽에 도전하는 반란하는 욕망을 문제시하고 있는 점은 매우 의미심장한 것이다. 특히 〈사씨남정기〉에서는 이 반란하는 욕망을 현실의 지평 안에서 구체적으로 주시하고 있는 바, 우리는 이를 '본격'소설의 징표로 주목할 필요가 있다.

## 6.

〈사씨남정기〉에서 무엇을 읽어내야 하는가를 강조하면서 결론에 대신하고자 한다. 앞서 〈사씨남정기〉가 조선 후기의 독자들에게 교화주의적 시각으로 읽혔다고 언급했지만, 이러한 교화주의적 해석 시각을 조선 후

---

34) 이윤석은 「<홍길동전> 원본 확정을 위한 시론」(『동방학지』제85집, 연세대 국학연구원, 1994)에서 현전하는 <홍길동전>은 19세기 중반에 창작된 것이라는 견해를 제기한 바 있다. 이는 텍스트의 역사성을 문제 삼고 있는 것인 바, 경청해야 할 견해임에 틀림없다. 그러나 현전하는 <홍길동전>이 허균이 창작한 <홍길동전>이라 확증할 수 없고 후대에 변개된 것이라 하더라도 작품의 기본 골격까지 바뀌지는 않았을 것이라 생각한다.

기의 독자들에게서만 발견할 수 있는 것은 아니다. 오늘날의 연구자들이 〈사씨남정기〉에서 '규방의 안돈', '가문 창성에 대한 열망', '이상적인 봉건적 사회상의 회구'를 읽어내는 것 역시 넓은 의미의 교화주의적 시각이라 할 수 있다.35) 문벌 가문 출신이면서 보수적인 서인(西人)[노론(老論)] 정객으로서 중세 권력의 한 축을 구성하고 있었던 김만중에게서 중세 체제 자체를 근본적으로 부정하고 이를 넘어서고자 하는 의식을 기대하고 요구한다는 것은 무리이다. 그러므로 궁극적으로 사정옥을 긍정하고 교채란을 부정하며, 교채란의 자리에 임씨를 대체하는 것으로 〈사씨남정기〉를 서사화한 것은 어쩌면 당연한 것이라 할 수 있다. 그렇지만 김만중에게 보수적 사대부에게서 발견할 수 없는, 현실을 객관적으로 바라보면서 현실의 당위적 가치를 회의하는 개방적이고 유연한 진전된 면모를 발견할 수 있듯이36) 〈사씨남정기〉에서도 마찬가지이다. 반란하는 욕망을 객관적으로 주시하고 있는 점, 주어진 제도에 안주하지 않고 체제의 틀 내에서 새로운 제도를 전망하는 점 등이 바로 그것이다. 김만중에게 있어서 봉건적 틀은 넘어설 수 없는 것이었지만 변화되어야 할 대상이었던 것이다. 김만중을 온당하게 이해하기 위해서 그의 보수성과 진보성을 균형있게 읽어내어야 하듯이 〈사씨남정기〉에서도 마찬가지이다.

---

35) 김석회, 「서포 소설의 주제 시론」, 『선청어문』18, 서울대 국어교육과, 1989. 진경환, 앞의 글. 이상구, 앞의 글.

36) 우웅순은 「김만중의 학문태도와 문학론의 성격」(『김만중문학연구』, 국학자료원, 1993)에서 김만중의 이러한 면모를 잘 드러내 주고 있다. 필자도 「소설 시대를 열어 간 중세 지성-서포 김만중」(민족문학사연구소 고전문학분과 편, 『한국고전문학작가론』, 소명, 1998)에서 김만중의 진전된 면모를 주목하여 강조한 바 있다.

# 북한의 17세기 소설사 서술의 몇 가지 문제

## - 민족주의적 지향과 주체의 이상화-


1.

우리나라 문학사 서술의 전통에는 강렬한 민족주의적 지향이 자리 잡고 있다. 이는 식민지 지배에 저항하려는 의도가 문학사 서술과 굳건히 결합되어 있기 때문이다.[1] 북한에서 서술된 문학사에도 이러한 민족주의적 지향이 서술의 원리로 작동하고 있는 바, 이 글의 목표는 서술의 원리로 작동하고 있는 민족주의적 지향을, '17세기 소설사'로 그 범위를 한정해 살펴보고자 하는 데 있다.[2]

북한에서 서술된 문학사가 민족주의적 지향을 드러내고 있음은, 북한의 지배이념이라고 할 수 있는 주체사상의 민족주의적 성격에 의해 예견

---

[1] 이에 대해서는 김현양, 「민족주의 담론과 한국문학사–문학사 서술 전통의 비판적 점검 (1)」, 『민족문학사연구』 제19호, 민족문학사학회, 2001. 참조.

[2] 왜 '17세기 소설사'인가? 필자는 최근에 간행된 북한의 문학사를 정독하면서 문학사 서술 전체에 강렬한 민족주의적 지향이 서술 원리로 작동하고 있다고 파악했으며, 이를 후속 논문으로 보고할 예정이다. 따라서 17세기 소설사를 대상으로 한 본고는 전면적인 고찰을 위한 하나의 과정이라고 할 수 있다. 그렇지만 17세기 소설사를 우선적으로 논의의 대상으로 삼은 이유가 따로 없는 것은 아니다. 북한에서 서술된 문학사는 전통적으로 외적의 침략 시기를 애국적 주제의 경향이 크게 발현된 시기로 규정하는 바, 17세기가 바로 그러한 시기에 해당되기 때문이다. 특히 17세기의 소설이 이러한 경향을 드러내는 데 있어 핵심적인 근거로 제시되어 왔으므로, 우선적으로 검토의 대상으로 삼은 것이다.

할 수 있다.3) 지배이념이 전일적으로 관철되는 북한 체제의 성격상 문학사 서술도 예외일 수 없으며, 이는 문학사 서술의 지도적 지침으로 지도자[당]의 '교시'를 내세우고 있는 것에서도 쉽게 확인할 수 있다. 문제는 이러한 보편적 지침이 문학사 서술에 특수하게 구현되고 있는 양상을 '구체적으로' 확인하는 데 있을 것이다.

문학사 서술은 근본적으로 문학의 역사를 구성하는 작품, 작가, 갈래, 경향 등을 선택·배치하고 역사적으로 평가하는 일이다. 그러므로 문학사 서술 양상을 구체적으로 확인하는 일은 선택·배치·평가의 양상을 검토하고 그 타당성과 유효성을 문제 삼는 것이라 할 수 있다. 따라서 이 글은 북한에서 서술된 17세기 소설사를 대상으로 그 선택·배치·평가의 양상을 민족주의적 지향과 관련하여 검토하고 그 타당성과 유효성을 문제 삼는 것을 목표로 서술된다.

이 글에서 검토의 대상이 되는 즈 자료는 최근에 간행된『조선문학사』(15권, 1991~2000년) 가운데 '17세기 문학사'를 서술하고 있는『조선문학사4』(1992년)이다. 최근이라 하더라도 벌써 10년 이상이나 지난 성과지만, 아직 남한의 연구자들에게 본격적으로 검토된 바 없다. 이 글은, 비록 부분적이지만, 가장 최근의 북한 문학사 서술 동향을 살펴보는 셈이 된다.『조선문학사4』의 서술 양상을 검토하기 위해 이전에 간행된 문학사와 소설사 서술의 성과들도 함께 자료로 이용하고자 한다. 마르크스·레닌주의에 입각해 서술된『조선문학통사(상)』(1959년)과 주체사상 정립 이후에 간행된『조선문학사(고대·중세편)』(1977년), 그리고 문학

---

3) 주체사상의 민족주의적 성격에 대해서는 다음의 논문에 잘 서술되어 있다; 정지웅,「한반도 통일에 있어서 민족주의의 함의」,『북한연구학회보』, 북한연구학회, 2004. 정성장,「주체사상의 기원과 형성 및 발전 과정」,『한국정치외교사논총』, 한국정치외교사학회, 2000. 이준형,「주체사상의 민족주의적 변용」,『국민윤리연구』, 한국국민윤리학회, 1995.

사는 아니지만 소설사 서술의 성과라 할 수 있는 『조선고전소설사연구』
(1986년)의 서술 양상을 『조선문학사4』와 비교하면서, 그 서술 동향을
점검하고자 한다.4)


## 2.

92년에 간행된 『조선문학사4』에서는 17세기 소설사의 지형을 어떻게
그리고 있는가? 북한의 문학사 서술이 으레 그래왔듯이, 주제와 형태상
의 측면에서 특징적인 국면들을 부각시킴으로써 전체 지형의 구도를 잡
아나가고 있다.

주제적인 측면에서 17세기 소설사의 지형은 반침략애국투쟁을 반영한
애국적 주제의 작품들[〈임진록〉, 〈박씨부인전〉, 〈림경업전〉, 〈몽유달천
록〉], 사회적 모순과 인민들의 해방적 지향을 반영한 사회비판적 주제의
작품들[〈홍길동전〉, 〈남궁선생전〉, 〈장생전〉, 〈순군부군의 말을 듣고서
[순군부군청기]〉, 〈전우치전〉, 〈림꺽정전〉], 개성해방적 지향을 반영한
가정윤리 및 애정윤리적 주제의 작품들[〈창선감의록〉, 〈사씨남정기〉,
〈구운몽〉, 〈운영전〉, 〈영영전〉, 〈류록전〉]로 구획된다.5) 이러한 내용
적 구획에다가, 형태적 특성이라고 지칭되는 표기문자[국문]와 양식[단
·중·장편]의 측면이 소설사적 발전의 양상으로 덧보태지면서 17세기

---

4) 북한에서 서술된 문학사와 소설사의 구체적인 서지사항은 다음과 같다; 사회과학
  원언어문화연구소문학연구실, 『조선문학통사(상)』, 과학원출판사, 1959.(화다, 1989)
  사회과학원 문학연구소, 『조선문학사』(고대중세편), 과학, 백과사전출판사, 1977. 사
  회과학원 문학연구소(김하명), 『조선문학사』4, 사회과학출판사, 1992. 김춘택, 『조선
  고전소설사연구』, 김일성대학출판부, 1986.(김춘택, 『우리나라고전소설사』, 한길사,
  1993) 김춘택, 『조선문학사 I 』, 김일성대학출판사, 1982.(천지, 1989)
5) 『조선문학사4』에서는 애정윤리와 반침략애국투쟁이 결합된 작품으로 「동선전」을
  거론하기도 한다. 하지만 이를 따로 독립된 절로 서술하고 있지는 않다.

소설사의 전체적인 지형이 구성된다.

17세기 소설사를 구획하고 구성하는 이러한『조선문학사4』의 면모는 주체사상 성립 이후에 간행된 문학사와 소설사의 서술 전통을 계승하고 있는 것이다. 77년에 간행된『조선문학사(고대·중세편)』와 86년에 간행된 김춘택의『조선고전소설사연구』또한 거의 동일하게 주제를 삼분하고 두 가지의 특성을 지적하고 있다.[6]

『조선고전소설사연구』에서 17세기 소설사의 지형을 구획하는 시선은 『조선문학사4』와 거의 동일하나, 그 구성은『조선문학사4』에서처럼 선명하지 않다.『조선고전소설사연구』는 2장에서 애국적 주제의 소설에 대해 서술하고 있으며, 3장에서 허균의 소설을 대상으로 비판적 주제의 소설에 대해 서술하고 있고, 4장에서 애정윤리적 주제의 작품을 중편소설의 창작 경향과 관련하여 서술하고 있다. 이러한 구성으로 인해 3장에서는 〈전우치전〉을 포괄하지 못하고 있으며, 4장에서는 서술의 초점을 중편소설의 창작에 두어 결과적으로 애정윤리적 주제를 확연하게 드러내지 못하고 있다.[7] 하지만 2장, 3장, 4장의 순차적 흐름 속에서 세 가지의 주제적 경향으로 구분하고자 하는 의식을 간취해낼 수는 있다. 양식[중편]의 문제에 대해서는 4장에서 매우 비중있게 다루고 있는 반면,

---

6) 북한의 문학사 연구는 1967년 이후 북한사회의 전반적인 변화, 즉 주체사상과 유일사상 체계의 확립과 더불어 변모하게 된다고 한다. 1967년 이전의 문학사 연구를 포함한 북한의 문예학이 주로 마르크스-레닌주의적 연구방법론을 표방했다면 1967년 이후의 시기는 주체사상과 유일사상의 체계에 의해 이루어진다. 이에 대해서는 김재용,「북한 문예학의 전개과정과 과학적 문학사의 과제」,『실천문학』, 1992년 봄호; 김재용,「유일사상체계의 확립과 북한문학의 변모」,『한길문학』1991년 여름호. 참조.

7) 중편소설에 서술의 초점을 맞추고 있으나, 서술 대상이 되는 작품들이 애정윤리적 주제의 작품이라는 점을 밝히고 있다; "소설창작에서 주제범위가 더욱 확대됨에 따라서 반봉건적 주제는 물론 애정윤리적 주제의 소설들에서도 비판적 경향이 한층 더 강화되었다. 17세기 소설들인「동선의 노래」,「운영전」,「영영전」등이 이러한 경향을 잘 보여준다."(91-92면)

국문 표기의 문제에 대해서는 따로 주목하지 않고 있다.

『조선문학사(고대·중세편)』에서 17세기 소설사는 「제8장 17세기 문학」 가운데 「제3절 소설의 발전과 소설문학에서의 비판적기백의 강화」라는 제목으로 서술된다. 절의 제목이 보여주듯, 여기에서는 17세기 소설의 발전 양상을 개괄하면서, 〈전우치전〉과 〈홍길동전〉, 〈사씨남정기〉를 당대 현실의 불합리성을 비판하는 사회비판적 주제의 작품들로 주목한다. 그러므로 얼핏 보면『조선문학사(고대·중세편)』는 사회비판적 주제의 작품만을 도드라지게 부조하는 방식으로 17세기 소설사를 구성하고 있는 것이 아닌가 하고 오해하게 된다.

하지만 『조선문학사(고대·중세편)』에서 더욱 내세우고 있는 것은 애국적 주제의 작품들이다. 17세기 문학사에서 애국적 주제의 작품들이 차지하는 중요성을 더욱 강조하기 위해 『조선문학사(고대·중세편)』에서는 맨 앞자리에 「반침략애국주의문학의 발전」이라는 제목의 절을 따로 마련하여 설화와 민요, 소설, 가사를 함께 묶어 서술하고 있다.8)

가정윤리 및 애정윤리적 주제와 두 가지 형태상 특성에 대한 서술은 독립적인 장을 마련하여 따로 서술하지 않고 있으나, 소설의 발전 양상을 개괄하면서 언급하고 있다. 〈동선기〉, 〈영영전〉, 〈운영전〉을 애정윤리적 주제의 소설로, 〈사씨남정기〉를 가정윤리적 주제의 소설로 거론하고 있으며,9) 국문 표기를 중편 및 장편 양식의 출현과 관련지어 해명하

---

8) 17세기 시문학사를 서술하는 『조선문학사(고대·중세편)』의 제4절에서 애국적 주제의 작품들이 빠진 것도 마찬가지 이유에서이다.

9) 해당 서술 대목을 적시하면 다음과 같다; "이 시기 소설문학에는 반침략애국투쟁의 주제, 사회비판적주제의 작품들과 함께 사랑의 주제, 가정륜리적주제의 작품들이 적지 않다. 그런데 소설 《운영전》·《사씨남정기》 등이 보여주는 바와 같이 남녀간의 사랑이나 가정륜리문제를 취급하고 있는 작품들도 주제를 사회적 문제에로 확대하고 봉건사회의 불합리한 현실에 대한 강한 비판적 기백을 체현하고 있는 것이 특징적이다."(333면); "《동선기》, 《영영전》, 《운영전》 등은 봉건적구속에서 해방

고 있다.10) 비록 반침략애국주의문학에 대한 의도적 강조와 가정윤리 및 애정윤리 주제의 소설에 대한 개괄적 처리로 인해 소설사의 지형을 구획하는 시선이 서술의 체계로 선명하게 구성되지는 않고 있지만, 구획의 시선 자체는 『조선문학사4』와 동일한 것을 확인할 수 있다.

그렇다면 주체사상 성립 이전에 서술된 『조선문학통사(상)』의 경우는 어떠한가? 『조선문학통사(상)』의 17세기 문학사 총론에 해당하는 대목을 보면 문학상의 전변을 서술하면서 이 시기의 주요한 특징으로 애국주의적 조국 방위의 테마가 반영된 점을 먼저 지적하고 있다. 이를 통해 주체사상 성립 이후와 마찬가지로 애국주의적 주제의 경향을 중시하고 있다는 것을 알 수 있다. 이는 각론에 해당하는 시가 분야의 서술에서 애국적 주제의 시가를 우선 서술하고 있는 것에서 다시 확인된다.

그런데 각론격인 산문 분야의 서술에서는 소설의 본격적인 발전양상에 대해 우선적으로 서술하고 있다. 중국소설의 수입과 보급이 소설 문학 발전에 끼친 영향을 중심으로 소설 문학의 발전 요인에 대해 비중있게 다루면서11) 소설 문학의 인민적인 성격에 대해 강조하고 있다. 그렇

---

된 남녀간의 자유로운 사랑에 대한 지향을 반영하고 있다. 이 가운데서 ≪운영전≫은 사상예술적으로 비교적 우수하고 그 이후시기까지 사람들에게 널리 읽혀진 소설의 하나이다.”(335면)

10) 해당 서술 대목을 적시하면 다음과 같다; “17세기 소설문학의 발전면모는 무엇보다도 유명무명의 작가들에 의하여 각이한 창작 경위를 밟아 다양한 양식의 소설들, 특히 중편 및 장편 소설들이 많이 나오고 소설의 형태상특성이 더욱 뚜렷이 갖추어진 데서 나타나고 있다.”(331면); “이 시기에 중편 및 장편들을 비롯한 다양한 양식의 소설작품들이 많이 나오게 된 것은 우리 글이 소설창작에 널리 쓰이게 된 사정과 관련되여있다.”(332면); “17세기 소설문학에서는 또한 소설집 ≪삼설기≫에 실려있는 작자불명의 작품들과 박두세의 ≪요로원의 밤이야기≫ 등 단편소설들이 한 자리를 차지하고 있다.”(337면)

11) 해당 서술 대목을 적시하면 다음과 같다; “또한 임진 조국 전쟁을 전후하여 중국의 소설 작품들이 대량으로 수입되어 유학자들의 분분한 시비 가운데서도 널리 애독되었으며, 특히 전후의 일반 군담(軍談)의 성행과도 관련하여 『삼국지연의(三國志演義)』

다고 해서 애국적 주제의 소설 경향을 아예 도외시하고 있는 것은 아니다. 17세기 소설사를 구성하고 있는 작품들의 주제적 경향을 르만스를 모티브로 한 것[〈운영전〉, 〈회산군전〉, 〈홍백화전〉], 반봉건적이며 인민적인 사상 주제를 추구한 작품[〈홍길동전〉, 〈전우치전〉, 〈서화담전〉, 〈장경천전(章敬天傳)〉, 〈주생전〉] 임진조국전쟁·여진의 침략과 관련된 작품[〈임진록〉, 〈박씨부인전〉, 〈임장군전〉]과 장수들의 전기 스설[〈조웅전〉, 〈소대성전〉, 〈장국진전〉]로 나누어 서술하고 있는데, 임진조국전쟁이나 여진의 침략과 관련된 작품이 바로 애국적 주제의 소설에 해당한다. 그렇지만 애정윤리적 주제의 소설이나 사회비판적 주제의 소설에 비해 서술의 순서가 뒤처져 있는 것으로 보아 상대적으로 소홀히 여겨지고 있음을 알 수 있다.

앞서, 『조선문학통사(상)』의 총론에 해당하는 대목에서 문학상의 전변을 서술하면서 애국주의적 조국 방위의 테마가 반영된 점을 먼저 지적하고 있으며 이는 애국주의적 주제의 경향을 중시하고 있는 것이라 했지만, 그렇다고 해서 반침략애국주의 경향을 최우선적으로 다루고 있는 것은 아니다. 문학상의 전변을 서술하기에 앞서 17세기의 역사적 성격을 핵심적으로 규정하는 대목에서는 전후(戰後)에 자행된 봉건 관료들의 수탈과 당쟁을 우선 언급한다. 이는 민족문제보다 계급문제를 상위의 문제로 인식하고 있음을 드러내고 있는 것으로,[12] 역사적 유물론의 원칙에 보다

---

는 비상한 인기를 끌었다. 그리고 『수호전(水滸傳)』, 『서유기(西遊記)』 등으 중국 고전 작품들이 널리 보급된 사실도 1669년에 『수호전』, 『서유기』 가운데 있는 백화(白話)를 모아 『소설 어록해(小說語錄解)』란 책까지 출판된 것으로 확증할 수 있다. 따라서 이러한 중국 소설의 보급이 우리의 소설 문학 발전에도 일정한 영향을 주었다는 것은 우리의 소설 형식에서도 찾아 볼 수 있다."(307면)

12) 정지웅은 북한에서 민족개념과 계급개념의 위계를 시기적으로 셋으로 구분하여 파악하고 있다. 그에 의하면, 초기 소련, 특히 스탈린의 민족개념을 차용하던 시기에는 민족개념이 계급개념보다 하위의 것으로 인식되었으며, 중·소의 영향권에서 벗어나

철저하고자 했던 시대적 경향을 반영하고 있는 것이라 할 수 있다.[13] 소설사의 서술에서 애국적 주제의 소설에 대한 서술이 다른 주제적 경향에 비해 서술의 순서가 뒤처지게 된 이유가 여기에 있다고 생각된다.

『조선문학통사(상)』에서는 표기문자의 문제나 양식의 문제를 17세기 소설사의 발전을 드러내는 특성으로 중시하지 않는다. 소설의 형태상 특징으로 이후의 문학사[소설사]에서 중요하게 거론되는 소설 양식 자체의 문제[중·장편]에 대해서는 언급하지 않으며, 표기문자의 문제는 소설 발전의 조건을 언급하면서 간단히 지적될 뿐이다.[14]

이에 비해『조선문학사4』에서는 17세기 소설사의 주요한 특징으로 국문소설의 발생·발전을 서두에서부터 비중있게 서술한다. 이 시기 '국문'소설은 이전 15~16세기의 '한문'소설의 제한성을 극복한 것으로 인민들의 급격히 높아가는 미학적 요구를 반영한 것이라 강조한다.[15] 국문소

자주화를 추구하던 시기[1950년 후반부터 70년 초반까지]에는 민족개념과 계급개념이 대체로 비슷한 비중을 가졌으며, 주체사상이 공식화된 이후에는 민족개념이 계급개념보다 앞선 것으로 인식되었다고 한다; 정지웅, 「한반도 통일에 있어서 민족주의의 함의」,『북한연구학회보』, 북한연구학회, 2004, 233-234면.

13) 59년에 간행된『조선문학통사(상)』가 역사적 유물론의 원칙에 입각해 서술되고 있으며, 이 저서의 전체를 규정하는 중심 잣대가 '반봉건'임은 이미 민족문학사연구소에서 간행한『북한의 우리문학사 인식』(창작과비평사, 1991)에서 지적한 바 있다.(102면)

14)『조선문학통사(상)』의 해당 대목을 적시하면 다음과 같다; "17세기에 들어 와서 소설 문학이 활발하게 진출하게 된 조건을 찾아본다면 우선 앞에서 지적한 임진 조국 전쟁 후에 있어서의 일반 서민 계층의 진출과 외국과의 접촉에 따르는 시야의 확대, 그리고 '민족적' 자의식의 성장과 같은 일반적 조건들을 들게 되며, <u>특히 국문소설의 출현에는 훈민정음의 대중적 보급이 전제되는 것도 사실</u>이다. 이와 동시에 서사시적 형식으로서의 소설 문학이 활발하게 된 직접적 계기로서는 임진 조국 전쟁 후의 현실 생활이 복잡 첨예화하여 감에 따라서 보다 큰 생활적 화폭을 담을 수 있는 형식을 찾게 되었으며, <u>특히 현실을 폭로 비판하고 새로운 이상을 추구함에 있어서 소설 형식의 수요가 증대되었던 것이다.</u> 동시에 우에서 언급한 중국의 소설 작품들이 벌써 막을 수 없는 기세로 보급되어 일반에게 소설에 대한 새로운 인식을 부식시킨 것도 우리 소설 창작을 왕성하게 한 요인의 하나라고 할 것이다.(308면, 밑줄 필자)

설 출현의 역사적 의의를 보다 실감나게 전달하고자 국문소설 작품이 작자 미상인 이유를 양반사대부의 소설 천시·배격의 태도와 관련지어 설명하고 있다. 또한 17세기 소설문학의 발전을 보여주는 뚜렷한 징표로 국문소설의 출현뿐만 아니라 단편소설과 함께 장중편소설 양식이 형성·발전한 사실을 적시한다.16) 이에 비해『조선문학통사(상)』는 훈민정음의 대중적 보급에 의해 국문소설이 출현했다는 사실만을 단편적으로 언급하고 있으며,17) '중장편'소설에 대한 양식적 분별없이 '소설'이라는 양식 일반의 형식적 의의만이 간단히 언급되고 있는 정도이다.

『조선문학통사(상)』에서 불분명하면서 소략하게 서술되었던 17세기 소설사의 구도가,『조선문학사(고대·중세편)』을 거쳐『조선문학사4』에 이르게 되면, 반침략애국주의의 주제적 경향이 우선적으로 강조되면서, 세 가지의 주제적[내용적] 특성과 두 가지의 형태적[형식적] 특성으로 명확하게 정리된다.『조선문학사4』에서 17세기 소설사를 구성하는

---

15) 해당 서술 대목을 적시하면 다음과 같다; "이 시기 인민들이 앙양된 민족적자의식과 보다 좋은 생활을 갈망하는 랑만적지향은 현실을 보다 구체적으로 인식할수 있도록 사회생활을 폭넓게 생동한 화폭으로 재현한 대형식의 서사적문학을 요구하였다. 국문소설은 바로 이러한 시대의 요구와 인민의 지향에 맞는 문학형식이었다."(158-159면)

16) 『조선고전소설사연구』에서는 '중편'소설 양식의 출현을 중시하는 태도를 보이는 데 비해,『조선문학사4』에서는 특별히 '중편'에 강조점을 두지 않고 있다; "오늘의 문예학적규범에 기준하여볼 때 이 작품들을 장편소설이라고 하겠는가 중편소설로 보겠는가 하는 것을 가늠하기 어렵지만 벌써 17세기 초엽에 이르러 국문소설이나 한문소설에서 다같이 장중편소설의 기초가 마련되였다는것을 말할수 있다."(『조선문학사4』, 162-163면)는 서술에서 이를 확인할 수 있다.

17) 총론격의 서술에서도 이와 관련된 단편적인 언급이 보인다; "이와 함께 이제까지 겨우 명맥만 보지되어 오던 훈민정음이 인민 대중의 자각과 더불어 대중적으로 보급되어 갔으며, 한편으로 명, 청(明, 淸) 소설이 대량으로 수입 보급되고 이제까지 억압되었던 소설 문학이 본격적으로 발전하게 된 일련의 사실들도 모두 이 시기의 사회문화적 전변의 특징을 중시하는 것으로 된다."(285면)

핵심적인 국면들을 보다 선명하게 조망할 수 있게 된 것이다.


## 3.

앞서 언급했듯이, 주체사상 성립 이후에 북한에서 서술된 문학사는 강렬한 민족주의적 지향을 지니고 있다. 17세기 소설사의 지형을 구획하는 시선에도 이러한 지향이 짙게 배어있음은 반침략애국주의 주제의 소설 작품들을 최우선적으로 비중있게 서술하고 있는 데서 확인할 수 있다.

‘주체의 문학사’가 강조하고 있듯이 17세기는 전란의 경험이 깊이 각인된 시기이다. 그러므로 17세기의 소설이 이러한 전란의 기억을 형상화했을 가능성은 매우 높으며, 실제로 형상화하기도 했다. 그렇지만 문제는 17세기 소설사의 지형에서 전란의 경험과 관련된 소설 작품을 최우선적으로 비중있게 서술할 수 있는 것인가에 있다.

이런 질문은 반침략애국주의 주제의 소설로 호명되는 작품들이 이 시기에 창작되지 않았을 가능성으로부터 제기될 수 있다. 반침략애국주의 주제의 소설로 호명되는 작품들 가운데 윤계선(1577~1604)의 〈달천몽유록[몽유달천록]〉을 제외한 〈임진록〉, 〈박씨부인전〉, 〈림경업전〉은 17세기에 창작된 작품이라 확증하기 어렵다.[18] 작품의 내용이 창작 시기

18) 『조선문학사4』에서는 〈임진록〉의 창작년대에 대해 다음과 같이 추정하여 기술하고 있다; "〈임진록〉의 창작년대는 정확히 밝히기 어려우나 1598년 11월에 로량해전에서 적함대를 격파하여 7년간에 걸친 임진조국전쟁에서 승리를 이룩한이후의 대일외교관계까지 그려져있고 또 그것이 장편적구성의 소설작품이라는 점들을 고려할 때 적어도 17세기초엽에 들어와서 창작된 것으로 추정된다. 그리고 〈임진록〉은 그 형상적특성과 문체로 볼 때 국문소설로서 가장 초기의 작품계렬에 속하는 것으로 보아진다."(165면) 그러나 〈박씨부인전〉의 창작년대에 대한 서술은 없으며, 〈림경업전〉의 창작년대에 대해서는 "이 작품도 또한 작자와 창작년대를 정확히 알 수 없으나 인민들속에서 널리 애독된 작품의 하나이다."(198면)라고만 서술되어 있다. 남한에서

를 확증할 증거가 될 수 없음에도 불구하고, 이들 작품을 내세워 17세기 소설사에서 "반침략애국투쟁이 소설문학의 기본주제분야를 이루고 있으며"(163면), 이는 "우리나라 소설에 고유한 민족적 특성"(163면)이라고까지 서술하고 있는 것은 신중치 못한 것이라 할 수 있다.

전란의 경험과 관련되는 이 시기의 작품이 전혀 없는 것도 아니다. 〈최척전〉(조위한, 1558~1649)과 〈김영철전〉(홍세태, 1653~1725)은 바로 전란의 경험을 가족 이산을 통해 심중히 그려낸 이 시기의 소설로 남한의 학계에서 특별히 주목한 바 있다.[19] 그럼에도 불구하고 북한의 문학사[소설사]에서 이들 작품을 도외시하고 창작 시기조차 불분명한 〈임진록〉, 〈박씨부인전〉, 〈림경업전〉을 내세운 까닭은 무엇일까? 분명히 알 수는 없지만, 추정이 허락된다면, 그 이유를 추측해 볼 수는 있을 것이다. 먼저 이들 작품의 존재를 몰랐을 수 있다. 그렇다면 이는 학적 수준의 문제가 되겠지만, 그럴 가능성은 거의 없다고 생각한다.

다음으로 생각해 볼 수 있는 것이 〈임진록〉, 〈박씨부인전〉, 〈림경업전〉과 〈최척전〉, 〈김영철전〉과의 차이이다. 두 작품군 사이의 근본적 차이는 전란에 대응하는 서사적 주체의 능동성의 측면에서 찾을 수 있다. 전자의 주인공들은 전란을 야기한 외적에 맞서 적극적으로 투쟁하는 인물들이다. 이에 비해 후자의 주인공들은 전란의 고통을 수동적으로 감내하는 인물들이다. '반침략애국투쟁'과 관련시키기에 전자의 작품군이 더욱 적합하다는 것을 쉽게 간취할 수 있다. 외세의 침략에 맞서는 저항

---

서술된 『한국문학통사』의 경우에는 19세기 중반(1860년)까지의 이행기 속에서 포괄적으로 서술되고 있다.

19) 박희병, 「최척전」, 『한국고전소설작품론』, 집문당, 1990. 박희병, 「17세기 동아시아의 전란과 민중적 삶」, 김학성·최원식 외, 『한국근대문학사의 쟁점』, 창작과비평사, 1990. 권혁래, 「나손본 〈김철전〉의 사실성과 여성적 시각의 면모」, 『고전문학연구』 15, 한국고전문학회, 1999. 이 책의 제1부 「〈최척전〉, '희망'과 '연대'의 서사」.

적 주체의 형상은 저항적 민족주의 담론이라 할 수 있는 주체사상의 요구에 그대로 부합된다. 17세기 소설사에서 이들 작품들을 적극 내세운 이유가 여기에 있을 것이라 판단된다.

그렇다 하더라도 이들 작품들을 17세기에 창작되고 향유된 작품이라 확증할 수 없다면, 이들 작품들을 내세워 반침략애국주의적 경향이 17세기 소설사의 '기본주제분야'라고 말하기는 어렵다. 〈최척전〉이나 〈김영철전〉을 배제하고 이들 작품들을 17세기의 지형 속에 우뚝 세운 것은 주체사상의 민족주의적 요구에 부응한 결과이다.

주체사상의 요구는 반침략애국투쟁의 주제를 구현하고 있는 소설들에만 관철되고 있는 것은 아니다. "다른 주제의 작품에서도 긍정적주인공은 애국주의를 주요한 성격적특성으로 체현하고 있다"(163면)고 하고 있는 바, 허균의 소설은 "외래침략자들과 봉건통치자들을 반대하여 억세게 투쟁한 이 시기 인민들의 열렬한 애국주의와 해방적지향을 반영하고있다."(256면)고 한다거나, 〈구운몽〉의 양소유를 "다만 8명의 녀성과의 관계에서만 형상한것이 아니라 국난을 타개하기 위하여 〈구구한 사정〉에 구애됨이 없이 헌신적으로 투쟁하는 애국자"(316면)로 그려냈다고 서술하고 있는 것에서도 주체사상의 요구를 읽어낼 수 있다. 허균의 소설을 인민의 애국주의와 관련하여 어떻게 해석할 수 있는지, 구운몽의 양소유를 애국자의 형상으로 읽어내는 것이 어떤 의미가 있을지 의문을 품지 않을 수 없다.

북한의 문학사는 끊임없이 주체[민족, 인민, 문학, 소설]를 이상화하고자 한다.[20] 사실이나 해석의 타당성 여부와 관계없이 17세기 소설사의 지형 안에 반침략애국주의적 관점에서 해석 혹은 평가할 수 있는 공

---

20) 여기서 이상화(理想化, idealization)란 대상을 있는 그대로 보지 않고 가장 바람직한 모습에 비추어 파악하는 것을 의미한다.

간을 최대한 허용함으로써, 침략적 타자에 맞서는 주체의 투쟁사로서 17
세기 소설사의 상이 그려지도록 한다. 이는 이른바, 타자의 억압에 수동
적으로 굴종하는 '주체의 빈곤'만을 일방적으로 강조하는 '부르주아의 역
사'에 맞서는 이념 투쟁의 한 방법이기도 하다. 하지만 '이상화된 주체'
는 '진정한 주체'일 수 없다. 주체의 이상화는 민족주의의 본래적 한계라
할 수 있는 '자기중심주의'의 이념적 외화일 뿐이다. 그것이 부당한 억압
이나 침략에 저항하는 의도를 내재하고 있는 명분있는 자기중심주의라
하더라도 온당한 것으로 받아들여질 수는 없다. 지배의 민족주의 담론이
주체의 이상화를 통해 구성되었다는 역사적 사실을 우리는 기억할 필요
가 있다.


## 4.

〈림꺽정전〉은 『조선문학사4』에서 "17세기의 선진적지향을 반영하고
있는 진보적문학의 새로운 성과"(212면)로 칭송되고 있는 작품이다.21)
〈림꺽정전〉은 임꺽정과 관련된 몇몇 행적을 박동량(朴東亮, 1589~
1835)이 기록한 단편적인 역사적 서사물인데,22) 『조선문학사4』에서는

---

21) 〈림꺽정전〉은 『조선문학사4』에 기술되기 전에 이미 김춘택이 『조선고전소설사연
    구』에서 비중있게 다룬 바 있다. 『조선문학사4』의 〈림꺽정전〉 서술은 이러한 선행
    연구 성과를 적극 반영한 것이다.
22) 『조선고전소설사연구』나 『조선문학사4』에서는 〈림꺽정전〉을 단편소설로 규정하
    고 있다. 하지만 『조선고전소설사연구』를 검토하여 이에 대한 평문(評文)을 썼던 박
    희병은 〈림꺽정전〉을 "완결된 서사구조나 제대로 된 형상화를 갖추고 있지 못하며,
    기껏해야 전문(傳聞)의 기록이나 일화에 불과하다."고 했다. 본고에서는 〈림꺽정전〉
    의 장르 귀속 문제에 대해서는 따로 논의하지 않으려 하지만, 필자 또한 소설로 보기
    는 어렵다고 생각한다; 박희병, 「최근 북한학계에서의 고전소설사 연구의 성과와 문
    제점」, 김춘택, 『우리나라고전소설사』, 한길사, 1993, 597면.

이를 "허균의 〈홍길동전〉이나 작자불명의 〈전우치전〉보다도 일보 전진"(212면)한 작품으로 적극 평가하고 있다.

〈림꺽정전〉이 진보적 문학의 성과로 적극 평가되고 있는 이유는 당대 봉건사회의 최하층 신분인 백정 출신 인물을 주인공으로 하여 인민들의 조직적인 무장투쟁의 과정을 '생활적 화폭'으로 그려냈을 뿐만 아니라, 주인공인 임꺽정의 지도자로서의 성격적 특성을 특히 잘 그려냈기 때문이라고 한다.23) 〈림꺽정전〉이 과연 이러한 평가에 부합되는 작품이라면, 이는 17세기 소설사에 특기하여야 할 대단한 성취라 아니할 수 없을 것이다. 하지만 『조선문학사4』의 이러한 평가는 온당하지 않다.

〈림꺽정은 양주의 백정이다. 그는 사람됨이 총명하고 용감한 기질을 지니고있어서 처음에 몇몇 사람들과 함께 무장대를 무었다.…〉

소설은 이렇게 주인공 림꺽정의 인물소개로부터 시작하고 있다. 소설은 이 첫부분에서 림꺽정을 두령으로 하는 농민무장대가 경기도로부터 황해도에 이르는 넓은 지역에서 종횡무진으로 활동하였으나 관가에서는 이를 단속할수 없었다는 것을 밝히면서 그것은 농민무장대가 한편으로는 일반 백성들과 밀접한 련계를 가지고 관가의 기도를 제때에 알아차렸기 때문에 재빨리 대응책을 취할수 있었다는것과 또한 그들이 량반관료들이 따를수 없는 슬기와 용감성을 지니고있었기때문임을 강조하였다. (208면)

---

23) 해당 서술 대목을 적시하면 다음과 같다; "<림꺽정전>은 이처럼 림꺽정이 리조봉건사회에서 가장 비천한 백정출신으로 농민들을 규합하여 무장부대를 꾸리고 봉건량반통치배들의 착취와 압제를 반대하는 의로운 투쟁을 조직전개하는 과정을 생활적화폭으로 그리면서 17세기의 사회정치적변혁과 반봉건투쟁의 인민적성격을 예술적으로 일반화하였다. (……) 이 소설은 농민무장대의 조직자, 지휘자로서의 림꺽정의 활동을 인민들과의 련관관계에서 그리면서 그 성격적특성을 드러내보여주는데 모를 박아 예술적재창조를 실현하였다."(212면)

〈림꺽정전〉의 시작 부분을 소개하고 있는『조선문학사4』의 서술 대목
이다. 〈림꺽정전〉의 시작 부분을 짧게 인용하고는, 이 기술이 농민무장
대와 백성들의 연계사실, 농민무장대의 슬기와 용감성을 강조하고 있다
고 서술하고 있다. 인용된 부분만을 보면 농민무장대를 조직한 읶꺽정이
총명하고 용감한 인물이라는 점만을 확인할 수 있을 뿐이다. 그렇다면
박동량의『기재잡기(企齋雜記)』에 기록된 원문은 어떠한가?

> 강포(强暴)한 도적 임꺽정(林巨正)은 양주(楊州) 출신 백정으르, 성격
> 이 교활한데다가 날쌔고 용맹스러웠다. 그 무리들도 모두 매우 민첩하여,
> 일어나 도적이 되었다. 민가를 불사르고 마소를 닥치는 대로 약탈하였는
> 데, 만약 항거하는 자가 있으면 (살을) 발라내고 (사지를) 찢어 죽였으니,
> 잔혹(殘酷)하기 그지없었다. 경기와 황해도 일대의 아전·백성들과 비밀스
> 럽게 결탁되어 있어, 관에서 잡으려고 하면, (그 사실이) 먼저 서어나가
> 알려졌다. 이 때문에 거리낌 없이 날뛰었으나, 관에서 금할 수가 없었다.[24]

『조선문학사4』에서는 총명한 림꺽정과 슬기로운 농민무장대의 용감
성을 부각시켜 서술하고 있지만, 실제 원문에서는 오히려 그들의 강포와
잔혹에 서술의 초점을 맞추고 있다. 임꺽정 무리를 바라보는 박동량의
부정적 시선이 이토록 분명함에도 불구하고『조선문학사4』는 오히려 이
를 전도시키고 있는 것이다.

지도자로서의 임꺽정의 견결한 신념과 의지, 슬기를 부각하고 있다고
서술하고 있는 '무장대의 최후 장면'에서도 이러한 시선의 전도를 확인할

---

24) 强賊林巨正楊州白丁也, 性狡且驍勇. 與其徒數人, 皆極捷, 起而爲賊. 焚燒民居, 亂
　搶牛馬, 若有抗之者, 則剮裂屠剪, 極其殘酷. 自圻甸至海西一路吏民, 與之密結, 官欲
　措捕, 輒先漏通. 以此橫行無忌, 官不能禁(朴東亮, 「企齋雜記」3, 歷朝舊聞3, 明宗, 『大
　東野乘Ⅳ』, 경희출판사 영인본, 1969, 54면)

수 있다.

　　이렇게 어려운 정황에서도 림꺽정은 침착하게 포위망을 뚫고 산에서
내려 어느 한 민가에 몸을 피한다. 이 사실을 알게 된 남치근은 관군에게
그 민가를 포위하고 들어가 림꺽정을 사로잡도록 지시한다. 관군이 집을
둘러싸고 조여들어올 때 림꺽정은 그 집 할머니에게 〈도적이야!〉 하고
소리치며 바깥으로 뛰쳐나가도록 부탁한다.(211면)

　『조선문학사4』의 서술은 사뭇 묘사적이다. 급박한 상황임에도 당황하지
않고 침착하게 위기에 대응하며, 곤경에서 벗어나기 위해 할머니에게 도움
을 구하는 임꺽정의 모습은 말 그대로 지도자다운 의지와 슬기를 느끼게
해준다. 『조선문학사4』의 서술대로 따라 읽어가다 보면 박동량의 〈림꺽정
전〉은 농민무장대의 지도자로서의 임꺽정의 풍모를 매우 긍정적인 시선으
로 묘사하고 있다고 생각하게 된다. 하지만 원문은 이와 전혀 다르다.

　　꺽정은 골짜기를 넘어 도망하였다. (토포대장) 남치근(南致勤)은 황주
(黃州)에서 해주(海州)까지의 모든 장정들을 동원하여 사람으로 성을 쌓
고, 문화(文化)에서 재령(載寧)까지를 한 호(戶), 한 막(幕) 할 것 없이 샅
샅이 뒤졌다. 꺽정은 비로소 할 수 없게 되어, 한 촌가에 뛰어 들어갔다.
남치근이 다가가 포위하니, 꺽정이 그 집 주인 노파를 위협하며 말했다.
　"네가 급히 외치면서 뛰쳐나가지 않으면 죽이겠다."
　드디어 (노파가) "도적이야" 하고 외치며 문 밖으로 뛰쳐나가자, 꺽정이
활과 화살을 차고 군인차림으로 칼을 빼어 들고 그 노파를 쫓으며 외쳤다.
　"도적은 벌써 달아났다."
　그러자 군인들은 그가 도적의 괴수임을 알지 못하고 일제히 외치며 뛰
어갔다.[25]

『조선문학사4』에서는 위기에 처한 임꺽정이 위기에서 벗어나고자 노파에게 도와줄 것을 부탁한 것으로 서술하고 있으나, 원문은 협조하지 않으면 죽이겠다고 노파를 위협한 것으로 기술되어 있다. 『조선문학사4』는 임꺽정을 슬기롭고 자애로운 농민군지도자의 형상으로 묘사한 것처럼 서술하고 있지만, 박동량은 자신의 목숨을 구하고자 노파[인민]의 목숨을 위협하는 치졸한 도적의 형상으로 임꺽정을 그렸던 것이다. "농민무장대의 최후장면을 통하여 자기 사업의 정당성에 대한 견결한 신념과 의지, 림기응변하는 령활한 전술을 쓰는 뛰여난 슬기 등 지휘자로서의 림꺽정의 성격적특성을 더욱 뚜렷이 부각하면서 작품의 주제사상적과제의 해명에 이바지하고 있다."(210면)고 한 서술이, 원문의 기록에서 얼마나 벗어난 것인가를 확인할 수 있다.

원문에 없는 내용을 첨가하면서 서술하는 경우도 있다. 『조선문학사4』에서는 임꺽정이 어려운 정황에서도 침착하게 포위망을 뚫고 산에서 내려와 어느 한 민가에 몸을 피했으며, 이를 안 토포사 남치근이 관군에게 그 민가를 포위하고 들어가 임꺽정을 사로잡도록 지시했다고 서술하고 있다.(211면) 그러나 이 내용은 원문에도 없는 것이다. 원문의 이 대목은 "賊始計窮, 投一村家. 致勤進圍之"로, "림꺽정이 침착하게 포위망을 뚫"었다는 내용도 "임꺽정을 사로잡으라는 남치근의 지시"도 기술되어 있지 않다. 이러한 예는 한둘이 아니다.

㉠ "단천령은 피리를 잘 불어서 이름이 났는데 늘 옥피리를 지니고 명승지를 찾아다녔다. 그가 어느날 개성 북쪽에 있는 청석령을 넘어온다는 것을

---

25) 巨正越壑而逃. 致勤令自黃州至海州, 盡發民丁作人城, 自文化至載寧, 一戶一幕箇箇搜探. 賊始計窮, 投一村家. 致勤進圍之, 巨正劫其家主老嫗曰, "汝不急呼而出, 則當殺之." 遂呼賊而出門, 則巨正帶弓矢, 爲軍人狀, 拔劍逐其嫗出曰, "賊已走矣" 諸軍不知彼爲賊魁, 一時齊呼走.

알게 된 림꺽정무장부대에서는 그를 붙잡아서 청석골의 깊은 골짜기에 데려오게 하였다.”(209－210면)[宗室端川令善吹笛, 行到開城靑石嶺被拘.]
ⓛ “피리소리가 점차 〈칼을 추켜들고 말을 타고 달려나아가는듯한〉 우조의 씩씩한 곡조로 넘어가자 무장대사람들은 저마다 자리에서 일어나 덩실덩실 춤을 추었다. 손벽을 치며 멋드러지게 춤추는 그기세는 참으로 하늘을 찌를 듯하였다.”(210면)[弄之作羽調, 賊聞之, 咸曲踊飛動, 有衝天之勢.]
ⓒ “단천령에게 이곳을 떠나도록 지시를 주고 피리는 남겨두도록 하였으며 몸에 찼던 빼또칼을 꺼내여주며 길을 막아나서는 사람이 있으면 칼을 보여주라고 하였다.”(210면)[可使還送, 因解其所佩小刀, 給之曰, "道路如有梗, 以此示之."]
ⓔ “단천령이 임꺽정에게서 받은 칼을 들어보이니 그들은 알았다는 눈인사를 보내고 어데론가 사라져버렸다.”(210면)[見其刀, 嘖嘖而散曰, "何從得此耶."]

위의 ⓐ－ⓔ은 『조선문학사4』에서 “무장부대의 지휘자로서의 림꺽정의 인간적풍모, 지휘자와 대원들사이의 형제적인 다정한 관계를 생활적화폭으로 실감있게 펼쳐보여주고 있”는 예로서 제시되고 있는 '단천령 피리 사건'을 서술하고 있는 대목이다. ⓐ은 피리를 잘 부는 종실 단천령이 임꺽정의 무리에게 잡히는 대목의 서술이다. 『조선문학사4』에서는 단천령이 늘 옥피리를 지니고 명승지를 찾아다니다가 임꺽정의 무리에게 잡힌 것으로 서술되어 있으나, 실제 원문에서는 단천령이 피리를 잘 불었다는 기술만 있을 뿐, 그가 늘 옥피리를 지니고 명승지를 찾아다녔다는 기술은 없다. ⓛ은 단천령이 피리를 연주하는 장면으로, 『조선문학사4』에서는 피리소리가 점차 칼을 추켜들고 말을 타고 달려 나가는듯한 우조의 씩씩한 곡조로 넘어갔다고 서술하고 있으나, 실제 원문에서는 피리를 우조로 연주했다는 단순한 기술만 있을 뿐이다. 『조선문학사4』에서는 우조의 곡조가 〈칼을 추켜들고 말을 타고 달려나가는 듯〉 하다고 강조하면서 묘사하고 있으나, 원문에서는 이러한 묘사가 전혀 없다. ⓒ은 임꺽정이 단천령에게 작은 칼을 증표(證票)로 주며 떠나게 하는 대목으로, 『조선문학사4』에서는 '피리를 남겨두도록'했다고 서술하고 있으나, 원문에서는 단천령에게 작을 칼을 준 사실만 기술하고 있을 뿐이다. ⓔ은 단천령이 임꺽정의 무리에게 임꺽정이 준 칼을 보이는 대목으로, 『조선문학사4』에서는 임꺽정의 무리가 칼을 보고는 단천령에게 '알았다는 눈인사를 보'냈다고 서술되어 있으나, 원문에는 아예 그런 행동이 기술되어 있지 않다.

그렇다면 『조선문학사4』에서 원문에 기술되어 있지 않은 내용을 이렇듯 첨가하여 서술하고 있는 까닭은 무엇인가? 단순한 착오일 수도 있겠으나, 단순한 착오로 보기에는 너무도 빈번하다. 이 '단천령 피리 사건'을 서술하면서 『조선문학사4』에서 강조하고 있는 내용의 핵심은 '인간적 풍모'와 '생활적 화폭'이다. '인간적 풍모'는 무장대의 지도자 임꺽정의 지도자다운 성격화와 관련되는 것으로, 이는 앞의 예에서도 살펴본 바 있다. 생활적 화폭이란 말은 생활적 계기 속에서 발생한 행동[사건]을 구체적으로 묘사하고 있다는 의미를 지니고 있는 것으로 소설적 성취와 관련된다. 생활적 화폭이란 말 뒤에 항상 '실감있게 펼쳐보여준다'는 말이 따라붙는 것으로도 이를 짐작할 수 있다.

이러한 첨가는 원문에서 충분히 드러내지 못하고 있는 '인간적 풍모'와 '생활적 화폭'을 보강하고자 하는 의도와 관련된 것이 아닌가 한다. ⓐ에서 단천령이 늘 옥피리를 지니고 명승지를 찾아다녔다는 내용을 첨가한 것은, 단천령이 청석령에 이른 이유를 생활적 계기 속에서 실감있게 드러내고자 한 것이며, ⓑ에서 우조의 곡조를 '칼을 추켜들고 말을 타고 달려나가는' 듯하다고 첨가하여 서술하고 있는 것은 그 곡조의 '씩씩함'을 묘사적으로 전달하기 위함이다. ⓒ에서 임꺽정이 피리를 남겨두도록 했다는 내용을 첨가한 것은 피리 연주에 감동한 부하들을 배려하는 임꺽정의 풍모를 드러내기 위함이며, ②에서 칼을 보고 '눈인사'를 하는 임꺽정 무리의 행동을 첨가한 것은 비밀 결사의 긴장된 분위기를 생생하게 전달하기 위함이다. 이처럼 『조선문학사4』에서 "17세기의 선진적 지향을 반영하고 있는 새로운 성과"로 평가되고 있는 〈림꺽정전〉은 서술자의 의도적 첨가에 의해 탄생된 '상상된 텍스트'일 뿐이다.

그렇다면 〈홍길동전〉과 같은 사회비판적 주제를 담아내고 있는 진보적 작품이 있음에도 불구하고 〈림꺽정전〉과 같은 상상된 텍스트가 요구된 것은 왜일까? 그것은 임꺽정의 역사적 일화를 부정적 시선으로 기술하고 있는 박동량의 단편적 서사에서 〈홍길동전〉에서 발견할 수 없었던 매혹적인 '미덕'의 단서를 발견했기 때문일 것이다. 임꺽정이라는 백정 출신의 주인공은 '홍길동'의 계급적 한계를 벗어던지게 할 뿐만 아니라[26] 생활적 화폭으로 그려진 '사실성'은 〈홍길동전〉의 '낭만성'의 제약을 뛰어넘을 수 있게 할 것이라는 미덕. 그리하여 상상된 텍스트인 〈림꺽정전〉은 17세기 소설의 진보적 성취의 수준을 상향시킴으로써 민족적 자부심을 더욱 고양시킬 수 있는 소중한 민족적 '재보(財寶)'로 내세울 수 있을 것이라는 미덕. 이 두 가지 미덕의 단서를 발견하고 〈림꺽정전〉은 탄생된 것이 아닐까.

---

26) 예전에 고정옥은 〈홍길동전〉에 대해 서술하면서 홍길동을 '우리 문학에서 처음으로 등장하는 싸우는 농민'이라 서술한 적이 있는데, 홍길동을 농민이라 한 것은 홍길동의 신분상 한계를 의식했기 때문으로 보인다. 원문을 보이면 다음과 같다; "17세기에 출현하면서 작가들의 안목은 획기적으로 넓어졌다. 우리 문학에서 처음으로 등장하는 싸우는 농민으로서의 홍길동의 거대한 전형적 의의…"(고정옥, 〈조선문학에서의 사실주의 발전의 첫단계는 9세기이다〉, 《조선에서의 사실주의의 산생과 발전》, 작가동맹출판사, 1962, 19면) 이는 최웅권, 『북한의 고전소설연구』(지식산업사, 2000) 56면에서 재인용.

우리나라 고전소설의 주요한 민족적특성은 또한 인민들을 억압착취하는 온갖 사회악을 폭로단죄하는 비판정신이 강하며 인간의 존엄을 귀중히 여기고 진리와 정의를 사랑하고 지지하는 인도주의적지향이 투철한것이다.(163면)

사회악에 대한 투철한 비판정신을 적극 반영하고 있는 우리나라 고전소설의 경향을 민족적 특성과 관련시키고 있는 위의 인용문의 내용으로부터 〈림꺽정전〉의 서술에 작동하고 있는 강렬한 민족주의적 지향을 읽어낼 수 있는 단서를 찾을 수 있다.27) '소설'이라는 장르는 간접적으로든, 직접적으로든 인간의 사회적 관계를 비판적으로 반영하는 특성이 있다는 점을 고려할 때, 이러한 특성을 '민족적' 특성으로 특화하여 강조하고 있는 태도를 '민족주의적'이라 아니할 수 없다. 〈림꺽정전〉을 사회비판적 주제의 '상상적 텍스트'로 서술하는 것은 이러한 민족주의적 지향을 외화(外化)한 것으로, 이 또한 주체를 이상화하는 또 다른 방식이라 할 수 있을 것이다.

## 5.

〈사씨남정기〉는 17세기 소설사에서 대표적으로 내세워지는 작품이다. 남북한을 막론하고 이 작품은 사회 현실의 문제를 비판적이며 사실적으

---

27) 실제로 『조선문학사4』를 집필한 김하명이 1990년에 있었던 제3차 조선학국제학술토론회에서 「17세기 소설발전과 민족적 특성」이라는 제목으로 발표를 하면서 17세기에 소설의 주제영역이 확대되고 사회적으로 의의 있는 다양한 문제들을 주제로 하고 있는 면을 들고 이를 민족적 특성으로 파악하는 태도에서도 이러한 민족주의적 지향을 읽어낼 수 있다.(장효현, 「남북한 고전소설 연구의 쟁점과 전망」, 『민족문화연구』제33호, 고려대 민족문화연구소, 2000, 155-6면)

로 반영한 작품으로 높이 평가된다. 그런데 북한에서는, 『조선문학사4』
에 와서, 대체로 이런 평가를 유지하면서도, 그 평가의 중심축이 급격하
게 전환된다.

> 사씨 부인은 어디까지나 정숙한 부덕(婦德)을 가진 운명에 인종하는
> 인물로 형상화되었으며, 이 반면에 교녀는 온갖 악덕을 갖추어 자기의 과
> 보(果報)를 받는 인물로 형상화되었다. 그리하여 사씨 부인은 작가가 여
> 성의 구감으로 지나치게 이상화시킨 점은 있으나 그가 봉건적 멍에 속에
> 서 비극적 운명을 걷게 된 점에서 또한 조선 여성의 정숙하고 인내성 있
> 는 전통적 측면을 보여 준 점에서 독자들의 깊은 동정을 자아내고 있다.
> 반면에 교녀는 작가의 증오와 경멸의 빠포스[파토스]와 함께 그의 악덕이
> 아주 사실주의적이며, 생동하는 형상으로 묘사되고 있다.(325면) (……)
> 교녀의 형상을 통하여 봉건귀족 가정의 부패상을 사실적으로 폭로 반영
> 한 것으로 특출하다.(326면)

『조선문학통사(상)』에서 사정옥과 교채란의 인물 형상에 대해 서술하
고 있는 대목이다. 사정옥의 인물 형상에서 정숙하고 인내성 있는 전통
적 여성상을 읽어내고 있으며, 교채란의 인물 형상에서 사실주의적이며
생동하는 악인의 형상을 읽어내고 있다. 작품의 주제를 "양반 귀족 가정
의 처첩간의 갈등을 제재로 하여 그들의 추악상과 비극적 운명을 보여
준 작품"으로 파악하고 있는 데서 두 인물의 비중을 등가적으로 인식하
고 있음을 알 수 있다.

그런데 『조선문학사(고대·중세편)』에 오면 〈사씨남정기〉를 평가하
는 데 있어, 평가의 중심축이 교채란으로 급격하게 이동한다. 『조선문학
사(고대·중세편)』에서는 "소설의 사상주제적과제의 실현에서 부정인물
교채란은 중심적위치에 서있다."(350면)고 단정적으로 서술하면서, 사

정옥을 중심으로 한 긍정적 인물들의 비중을 현저히 약화시키고 있다.

이 두 계렬(부정인물계열과 긍정인물계열)의 등장인물들사이의 모순과 충돌은 반동적인 세력과 진보적인 력량간의 갈등과 투쟁을 반영하는 것이 아니라 지배계급내부의 모순과 알륵을 보여주고 있다. 따라서 소설에는 정확한 의미에서의 긍정인물은 없으며 사정옥, 류연수, 두부인, 묘혜 등은 〈악한 사람〉들인 교채란, 동청, 냉진, 엄숭 등과 대립적관계에 놓여있는 〈착한 사람〉들로서 작가의 동정과 지지를 받고있다는 점에서 조건부적 〈긍정인물〉들이라고 말할수 있을뿐이다.(351면)

『조선문학사(고대·중세편)』에서는 사정옥 등을 조건부적 〈긍정인물〉이라 규정하고 있는데, 이는 이들을 통해 진보적인 역량, 즉 진보적인 가치를 읽어낼 수 없다는 것을 의미한다. 이들 조건부적 긍정인물들은 부정인물들과의 관계 속에서 봉건제도의 모순을 드러내는 한에서만 작품의 진보적 의미를 드러내는 데 기여한다는 것이다. 이러한 시각은『조선문학통사(상)』에서 보여준 양가적인 태도와는 구별되는 것이다. 긍정적 인물에 대한 이러한 평가는 사정옥의 형상에 대한 서술에서 확연히 드러난다.

사정옥은 봉건적인 〈부덕〉을 체현한 량반가문의 현모량처형의 인물이다. 작가는 그를 아름답고 현숙하며 재주있고 교양있는 〈리상적인물〉로 내세우고있으나 그의 실지행동은 무위무능을 스스로 폭로하고 있다. 〈삼종지도〉, 〈칠거지악〉을 설교하는 봉건유교사상에 깊이 물젖어 있는 그는 자기가 아이를 낳지 못한다고 하여 자진하여 남편 류연수로 하여금 첩을 얻어들이게 할뿐아니라 첩의 악독한 행동을 견제하지 못하고 집안의 질서를 유지하지 못하며 드디어 교채란의 모함에 빠져 집에서 쫓기여나는 비극적인 처지에까지 이르게 된다.(351면)

『조선문학사(고대·중세편)』에서 사정옥은 유교적 품성을 체득하고 있는 현모양처형의 양반 여성이지만 매우 무능한 인물로 파악된다. 사정옥은 교채란의 악행에 의해 비극적인 처지로 전락함으로써 교채란의 악행에 의해 발현되는 처첩제도의 도순의 희생양이기는 하지만 작품의 주제를 주동적으로 실현하는 주체는 교채란으로 파악하고 있다.

그러나 사정옥을 바라보는『조선문학사(고대·중세편)의 이러한 시각은『조선문학사4』에 와서 급격히 변모한다.『조선문학사4』에서는 "사정옥을 단순히 유교의 삼종지도에 맹목적인 신봉자라고 볼수는 없다"(293면)고 단언하면서, 사정옥을 "자신이 옳다고 생각하는 것은 자기를 희생하면서까지 지키고 실천하는 강의하고 정의감이 센 여성"(293면)으로 파악한다. 이는『조선문학사(고대·중세편)』의 시각을 단호하게 부정하고 있는 것이다.

　⑦ 인간에 대한 이러한 성실한 태도는 작품에서 사정옥의 아름다운 품성을 규정하는 중요한 요인으로 되여있다. 그것은 상하사람들에 대하여 언제나 례절바르고 겸손하며 어려울 때 자신보다 남을 먼저 생각하며 은혜를 갚는데서 생활적으로 뚜렷이 형상되여있다.(294면)

　ⓛ 사씨의 이러한 성품은 시비, 노복 등 당시 봉건사회에서 인간취급을 받지 못하던 천인들에게 인간적사랑으로써 뜨겁게 대하는데서 더욱 뚜렷이 드러나있다.(295면)

　ⓒ 작자는 사정옥에게서 이렇듯 순결성, 검박성, 성실성과 함께 또한 근로애호적인 성품도 보여주려고 관심을 돌린 것으로 보아진다.(295면)

　ⓔ 사정옥의 이러한 성격형상은 우리 인민이 오랜 력사적기간에 형성발전시켜온 전통적인 민족적특성을 일정한 정도에서 구현하고 있다고 보아야 할 것이다.(296면)

『조선문학사4』에서는 사정옥을 성실성, 인간애, 순결성, 검박성, 근로애호성을 지닌 인물로 파악한다. 여기에 그치지 않고 사정옥의 인물 형상에 구현되어 있는 이러한 품성을 인민들이 오랜 역사적 기간 동안에 형성·발전시켜온 인민적 품성으로 파악하면서, 이러한 인민적 품성은 우리 민족의 민족적 특성이라고까지 규정한다. "인민들 특히 봉건시대에 부녀자들이 〈사씨남정기〉를 애독한 것은 바로 사정옥의 형상의 매력과 관련되는것이며 그 형상의 매력은 거기에 체현된 민족적 특성에 대한 공감"(296면) 때문이며, 사람들이 〈사씨남정기〉를 읽고 눈물을 흘리며 감동하는 것은 바로 이러한 사씨의 품성에 공감하기 때문이라고 한다.(296–297면)『조선문학사4』에 와서 사정옥은 무능무위한 양반 여성의 품성을 지닌 인물로부터 민족적 특성이라고까지 말할 수 있는 인민의 품성을 지닌 여성으로 재탄생하게 된 것이라 하겠다.

그렇다면『조선문학사4』에서 사정옥을 이렇듯 재탄생시킨 까닭은 무엇일까? 이는 우리식 사회주의를 보위(保衛)하는 시기의 이념적 좌표라 할 수 있는 '주체사상'을 바탕으로 한 '주체의 문예이론'의 요구를 적극적으로 접목한 결과라 생각된다. 주체의 문예이론에서는 사회주의 사실주의를 구현하기 위한 미학적 자질로 "인민의 생활을 진실하게 반영"하면서 "자기 나라 혁명과 건설의 참된 주인공들의 전형을 창조"[28]하는 것을 우선적으로 요구하는 바, 이에 따라 사정옥을 인민적 품성을 지닌 정의롭고 강의(剛毅)한 실천하는 여성으로 읽어낸 것이다.

하지만 사정옥의 형상에서 유교적 이념에 바탕한 개인적 기득(旣得)을 지켜내기 위해 분투하는 그의 '욕망'을 읽어내려 한 남한의 연구가 있듯

---

28) 사회과학원 문학연구소,『북한의 문예이론-주체사상에 기초한 문예이론』, 인동, 1989년, 18면.(사회과학원 문학연구소,『주체사상에 기초한 문예이론』, 사회과학출판사, 1975)

이,29) 사정옥을 단순히 무위무능한 인물로 파악하는 것은 문제가 있다. 그러나 그렇다고 해서 사정옥의 형상을 민족적 특성으로까지 환원되는 인민적 형상으로 독해하는 것은 지나치다. 사정옥의 욕망과 교채란의 욕망이 서로 부딪치며 갈등하고 이등하는 역사적 맥락과 의미를 온당하게 해석해내는 긴요한 과제를 뒤로 한 채, 사정옥의 형상을 인민성의 차원으로 독해하고 이를 민족성으로 귀결시키는 것은 비역사적인 태도이며, 해석의 임무를 유기(遺棄)한 것이라 할 수 있다.

『조선문학사4』에서 사정옥을 딘족적 특성으로 환원되는 인민적 품성을 구현한 인물로 파악하고 있는 것은, 물론 주체의 문예이론에 바탕한 것이지만, 이 또한 주체를 이상화하고자 하는 의도에서 기인한 것이다. 여기서 주체는 사정옥이기도 하면서 동시에 〈사씨남정기〉이기도 하고 또한 〈사씨남정기〉를 생산한 17세기 소설사이면서 17세기 소설사를 만들어간 우리 민족이기도 하다. 주체를 이상화하고자하는 주체사상, 주체의 문예학의 강렬한 민족주의적 지향이 사정옥을 전혀 다른 인물로 재탄생시켰던 것이다.


6.

이상에서 북한에서 가장 최근에 간행된 『조선문학사』(총 15권, 1991～2000년) 가운데 『조선문학사4』에 서술되어 있는 '17세기 소설사' 부분을 대상으로, 소설사의 지형이 어떻게 그려지고 있으며, 작품의 선택

---

29) 지연숙은 「사씨남정기의 이념과 현실」(『민족문학사연구』제17호, 민족문학사학회, 2000)이라는 논문에서 유교적 이념에 바탕한 개인적 기득(既得)을 지켜내기 위해 분투하는 사정옥의 '욕망'을 읽어내고 있다. 필자는 「사씨남정기」를 교채란의 욕망기로 해석하면서, 교채란의 욕망의 준동을 역사적 맥락에서 살펴본 바 있다.(이 책의 제1부 「〈사씨남정기〉와 욕망의 문제」)

·배치·평가가 이전에 비해 어떻게 변모했는가를 문학사 서술의 이념이라 할 수 있는 주체사상의 민족주의적 지향과 관련하여 살펴보았다. 이를 간략하게 정리하면 다음과 같다.

(1) 『조선문학사4』에서는 17세기 소설사의 지형을 세 가지의 주제적 특성과 두 가지의 형태적 특성으로 구획하고 있는데, 이러한 서술의 구도는 17세기 소설사의 지형을 그려내는 이전 문학사의 구도를 계승하면서 이를 보다 선명하게 드러내주고 있는 것이다.

(2) 세 가지의 주제적 특성 가운데 반침략애국주의 주제적 경향은 북한의 문학사에서 특히 중시되며 우선적으로 서술된다. 이러한 서술의 특징은 주체사상 성립 이후에 서술된 문학사인 『조선문학사(고대중세편)』에서 더욱 분명히 표방되어 『조선문학사4』로 계승되고 있다. 북한에서 서술된 문학사에서 반침략애국주의 주제적 경향을 대표하는 작품으로 내세워지고 있는 것은 〈임진록〉, 〈박씨부인전〉, 〈임경업전〉으로, 이들은 17세기 작품이라 확증하기 어려운 작품들이다. 그럼에도 불구하고 이들 작품을 17세기 소설사를 대표하는 작품으로 선택·배치하고 있는 것은 이들 작품이 17세기 소설사의 기본주제분야가 반침략애국주의임을 드러내고 싶은 의도에 부합되기 때문이라 판단된다.

(3) 『조선문학사4』의 17세기 소설사 서술에서 가장 눈에 띄는 작품은 〈림꺽정전〉이다. 〈림꺽정전〉은 『조선고전소설사연구』에서 주목된 바 있는데, 『조선문학사4』에서 17세기의 선진적 지향을 반영하고 있는 새로운 성과를 보여주는 작품으로 등재되었다. 그렇지만 〈림꺽정전〉은 이러한 평가에 부합되는 작품이라 하기 곤란하다. 〈림꺽정전〉의 해석과 평가에는 작품을 이상화하고자 하는 서술자의 주관이 과도하게 개입하고 있는 바, 〈림꺽정전〉은 서술자의 이념적 의도에 의해 탄생된

'상상된 텍스트'일 뿐이다. 〈림꺽정전〉을 이상화하여 17세기 소설사에서 도드라지게 부조하고 있는 것도 민족주의적 이념을 문학사 서술에 구현하고자 하는 의도 때문이라 판단된다.

(4)『조선문학사4』의 17세기 소설사 서술 부분에서 해석의 중심축을 이동시키면서 이전과는 다른 독해의 시각을 보여주고 있는 작품이 〈사씨남정기〉이다. 이전의 문학사에서 〈사씨남정기〉는 교채란을 중심으로 독해되어 왔으나,『조선문학사4』에서는 사정옥을 중심으로 독해된다.『조선문학사4』에서 사정옥은 무능무위한 양반 여성의 품성을 지닌 인물로부터 민족적 특성이라고까지 말할 수 있는 인민의 품성을 지닌 여성으로 재탄생하게 되는데, 이 또한 주체[인민, 민족]를 이상화하고자 하는 의도에서 기인한 것이다.

『조선문학사4』의 '17세기 소설사' 서술에서 포착되는 이러한 서술 양상 — 무리한 배치, 의도적인 오독. 과잉 해석 — 은 주체를 이상화하고자 하는 강렬한 민족주의적 지향이 서술시각으로 작동했기 때문이라 할 수 있다. 15권집『조선문학사』가 간행된 이후 북한은 '조선 민족 제일주의'를 내세우며 주체를 이상화하고자 하는 이념적 의지를 더욱 강화하고 있다고 한다. 하지만 '이상화된 주체'는 허상일 뿐 실상일 수 없다. 이 글은 17세기 소설사 서술을 검토함으로써 북한의 문학사 서술의 문제가 이러한 민족주의적 지향과 긴밀한 관련이 있음을 드러내고자 했다.

제 2 부

# 〈소대성전〉의 서사체계와 갈등양상

## 1.

〈소대성전〉은 군담소설(軍談小說) 또는 영웅소설(英雄小說)로 유형화되는 조선후기(朝鮮後期)의 작품이다. 두루 알고 있듯이, 군담소설은 조선후기에 소설의 성장을 주도하던 소설 유형으로, 양(量)적인 측면에서만 보아도 그 연구 대상으로서의 의의가 적지 않다. 그러므로 군담소설은 연구자들에게 여러 측면에서 주목되었으며, 그 결과 군담소설과 관련된 연구 성과가 적지 않게 축적되었다.[1]

그렇지만 〈소대성전〉을 대상으로 한 연구 성과는 그리 많지 않다. 군담소설의 대표적인 작품으로 꼽을 수 있는 〈조웅전〉이나 〈유충렬전〉과 비교해 본다면, 〈소대성전〉의 연구 성과는 매우 소략(疏略)하다.[2] 이처럼 〈소대성전〉이 관심의 대상이 되지 못한 것은, 〈조웅전〉이나 〈유충렬전〉에 비해 군담소설의 전형(典型)으로서의 면모를 지니고 있지 않을 뿐만 아니라 따로 주목할 작품적 성취를 보여주지 못하고 있기 때문일 수 있

---

[1] 군담소설의 연구에 대해서는 다음의 논문에서 포괄적으로 정리하고 있음으토 도움이 된다; 이강엽, 「군담소설 연구 방법론」, 연세대학교 대학원 박사학위 논문, 1993. 6.
[2] 〈소대성전〉의 연구에 대해서는 김일렬의 다음 논문에서 포괄적으로 정리하고 있다; 김일렬, 「소대성전」, 완암 김진세 선생 회갑기념논문집 간행위원회 편, 『한국고전소설직품론』, 집문당, 1990.

다.[3] 하지만 〈소대성전〉이 군담소설 내에서 차지하고 있는 위상으로 볼 때 〈소대성전〉에 대한 관심이 좀 더 제고(提高)되어야 한다고 생각한다.

그 이유로 먼저 주목해야 할 것은, 〈소대성전〉이 군담소설 가운데 그 존재시기를 실증할 수 있는 몇 안 되는 작품 가운데 하나라는 점이다. 남아 있는 기록 자료로 볼 때 군담소설 가운데 이른 시기에 창작된 초기 작품임을 알 수 있는데, 이는 군담소설 연구에 있어서 매우 중요한 전제적 사실에 해당된다.[4] 다른 하나는 〈조웅전〉이나 〈유충렬전〉 못지않게 많은 독자에게 흥미를 끌었던 대표적인 작품 가운데 하나라는 점이다. 여러 번에 걸쳐 반복적으로 출판되었던 작품이었을 뿐만 아니라, 군담소설 중에서는 보기 드물게 연작(連作)되었던 작품이기도 하다.[5]

이러한 점들을 고려할 때 연구대상으로서의 〈소대성전〉의 의의는 보다 분명해진다. 무엇보다도 중요한 것은 〈소대성전〉을 통해 초기 군담소설의 특성을 파악할 수 있다는 것이다. 군담소설의 역사적 전개를 실증적으로 구도하기 위해서는 일단 개별 작품의 독자적 특성에 대해 파악한 후 이를 다른 작품과 면밀하게 비교하면서 특성의 지속과 변모를 확인해야 하는데, 이 때 〈소대성전〉은 다른 작품과의 비교를 위한 중요한 거점(據點)의 구실을 할 수 있는 작품에 해당한다. 그러므로 〈소대성전〉의

---

3) 김일렬은 위의 논문에서 〈소대성전〉의 연구가 그리 활발하지 못했던 이유를 작품의 의미와 성격이 그다지 복잡하지 않기 때문이라고 하고 있다.(323면)

4) 〈소대성전〉과 관련된 문헌기록으로는 小田幾五郎의 『象胥記聞』, 趙秀三의 『秋齋集』, 李鈺의 기록 등이 있다. 이중 가장 오래된 기록이 상서기문의 기록인데, 상서기문의 기록 연대(1794)로 보아 〈소대성전〉의 창작 시기를 18세기 중엽 정도로 추정하고 있다. 물론 〈소대성전〉을 영웅소설 초기의 작품으로 보아 17세기 중·말엽으로 추정하는 견해(조동일)도 있으나, 필자는 18세기 중엽으로 추정하는 것이 온당하다고 생각한다.

5) 〈소대성전〉은 필사본, 판각본, 구활자본의 형태로 다수의 이본을 남기고 있는 작품이다. 필자가 조사해 본 바로는 동일 텍스트를 포함해서 거의 55종에 달한다. 〈소대성전〉의 연작 소설은 〈용문전〉이다.

작품적 특성에 대해서 보다 면밀하게 파악하는 것이 요청된다.

본고에서는 〈소대성전〉의 작품적 특성을 파악하기 위해서 일간 서사체계를 분석하고자 한다. 서사체계는 소설적 형상화의 요소를 이루는 구성방식과 인물의 배치·갈등구조를 포괄하는 의미를 지닌 개념으로서, 작품의 소설적 특성을 전면적으로 파악하는데 유용하다. 분석 대상이 되는 텍스트는 〈소대성전〉 이본 가운데 '완판 43장본'이다. 완판 43장본은 〈소대성전〉의 이본 가운데 장형에 해당되는 것으로 〈소대성전〉의 특성을 포괄하고 있기에 선택된 것이다.6)


## 2.

① 대부분의 군담소설이 그러하듯이, 〈소대성전〉 또한 주인공 중심으로 구성되어 있다. 표제명(標題名)이 암시하듯, 〈소대성전〉은 주인공 소대성의 행동에 대한 보고로 이루어져 있다. 몇몇 예외적인 대목을 제외하면, 서술자는 시종일관 소대성의 행동을 예의주시하고 있는데, 이런 의미에서 소대성을 '초점인물(焦點人物)'이라 부를 수 있다. 〈소대성전〉의 서사구성적 특징은 초점인물인 소대성의 행동들이 그의 출생(出生)에서부터 영화(榮華)를 성취하는 데 이르기까지 순차적으로 제시되어 있다는 것이다. 이것은 〈소대성전〉이 소대성이라는 인물의 현실적 성취의 과정을 전언(傳言)하는 것에 관심이 있음을 말해 준다. 이를 통해 〈소대성전〉이 '소대성이라는 인물의 현실적 성취'를 '소대성'이라는 인물을 중심으로 거의 '일대기(一代記)적'으로 서사화하고 있는 작품임을 알 스 있다.

---

6) 〈소대성전〉 완판 43장본의 출처는 다음과 같다; 김동욱 편, 『영인고소설판각본전집』1, 연세대 출판부, 1973. 이하 이 자료를 인용할 때는 『전집』이라 약칭하고자 한다.

〈소대성전〉은 행동들[사건]의 의미단위인 서사단락의 배치를 통해 소대성이라는 인물의 현실적 성취의 과정을 드러내고 있는데, 이러한 서사단락의 배치는 서사적 인과성(因果性)의 논리이면서 또한 서사적 관심을 드러내는 국면들의 추이(推移)에 해당된다. 서사단락의 배치를 선형도(線形圖) 상에 나타내면 다음과 같다.

| (1) 출생 | (2) 고난 | (3) 구조 | (4) 결연 | (5) 박해 | (6) 원조 | (7) 입공 | (8) 영화 |
|---|---|---|---|---|---|---|---|

위의 서사단락의 선형도를 통해 우리는 다음과 같은 〈소대성전〉의 구성적 특징을 확인할 수 있다.

첫째, 서사 전개가 소대성이라는 인물을 중심으로 자연적 시간의 순서에 따라 직선(直線)적으로 이루어지고 있다는 것이다. 이는 주인공 중심의 행동의 평면성(平面性)을 의미한다.

둘째, 고난(苦難)이 박해(迫害)와 분리되어 있다는 것이다. 이는 고난의 특수성에 기인한 것이다. 〈소대성전〉에서 소대성의 고난은 사회적·정치적 관계에 의해 야기된 것이 아니라, 아버지의 우연한 죽음이라고 하는 운명적 요인에 의한 것이다. 따라서 고난이 박해를 동반하지 않고 있는 것이다. 오히려 〈소대성전〉에서 박해는 결연(結緣)으로 인해 야기되는데,[婚事障碍] 이것이 〈소대성전〉의 중요한 구성적 특성이라 하겠다.

셋째, 구조(救助)와 원조(援助)가 분리되어 있다는 것이다. 구조와 원조가 분리되어 있는 것은 구조자와 원조자가 별개의 인물로 설정되어 있기 때문이며, 구조자와 원조자가 별개의 인물로 설정된 것은 구조자의 구조행위에 특별한 서사적 의미를 부여할 필요가 있기 때문이다. 이는 결연에 대한 서사적 관심과 궤(軌)를 함께 하는 것이라 하겠다. 구조와 박해가 결연과 긴밀히 결합되어 있는 것으로 보아 〈소대성전〉의 서사적 관심이 결연의 문제에 집중되고 있음을 알 수 있다.

넷째, 입공(立功)의 양적 비중이 매우 크다는 것이다. 이는 〈소대성전〉의 서사적 관심이 입공에 집중되어 있음을 의미하는 것이다. 주인공의 입공은 외적(外敵)과의 싸움인 군담(軍談)을 통해 이루어진다. 외적은 중국을 침입하는 중국 변방의 오랑캐로서 중국 황제를 중심으로 하는 중세적 국가질서를 위협하는 주체에 해당된다. 주인공의 입공에 서사적 관심이 집중되고 있는 것은 바로 중세적 국가질서의 위기에 대한 관심이 그 만큼 크다는 것을 의미하는 것이다.

다섯째, 고난의 양적 비중이 매우 적다는 것이다. 이는 주인공의 고난이 서사적 관심으로 크게 주목되지 못하고 있음을 의미하는 것이라 할 수 있다.

〈소대성전〉은 초점인물인 소대성의 '결연'과 '입공'에 서사적 관심을 집중하고 있으며, 그 외의 다른 단락은 이 두 단락을 인과적으로 해명하는 구실을 하고 있다. 〈소대성전〉에서 서사적 관심이 집중되는 '결연'과 '입공'은 초점인물인 소대성의 행위지향(行爲志向)의 목표에 해당한다. 따라서 〈소대성전〉은 초점인물인 주인공이 자신의 행위지향의 목표를 달성하는 과정을 인과적으로 해명하고 있는 작품이라고 하겠다. 이 때 주인공의 행위지향은 텍스트 내에서의 인물의 행동을 규정하는 동력에 해당되며, 이러한 동력에 의해 두 개의 중심적인 행동선이 그려지게 되는 것이다.

② 〈소대성전〉이 초점인물인 소대성을 중심으로 행동이 선형적으로 전개되는 구성을 취하고 있다고 해서, 소대성만을 주목해서는 작품의 전모를 파악할 수 없게 된다. 소대성의 행위지향의 목표나 그 과정을 이해하기 위해서는 소대성과 텍스트 내적 관계를 형성하는 주변의 인물들을 주

목할 필요가 있다.

〈소대성전〉에 등장하는 텍스트내적 인물은 거의 30여 명에 달한다. 이들 인물들은 초점인물인 소대성과 서사적 전개의 특정한 국면에서 직접·간접의 관계를 맺게 된다. 이들 인물의 등장을 서사구성의 선형도 상에 표시하면 다음과 같다.7)

| (1) 출생 | (2) 고난 | (3) 구조 | (4) 결연 | (5) 박해 | (6) 원조 | (7) 입공 | (8) 영화 |
|---|---|---|---|---|---|---|---|
| [ I ] | | | | | | | |
| 소양 | (소양) | 이승상 | 채봉 | 왕부인 | 노승 | 천자/호왕 | 채봉 |
| [ II ] | | | | | | | |
| 소양부인 | 구십노인 | | 난영 | 이생 등 | 청의동자 | 서경태/선우 | 난영 |
| 노승 | | | | 정생 | 이승상 | 유문성/굴통 | 왕부인 |
| | | | | 조영 | 옥포선관 | 호첩/호진 | 이생 |
| | | | | | 화덕진군 | 우적/극한 | 조겸 |
| | | | | | | 모세중/겸한 | 태감 |
| | | | | | | 위한/경한 | |
| | | | | | | 성진 | |

각 서사단락에 배치되어 있는 인물들 가운데 [ I ]의 인물들은 초점인 물인 소대성의 서사적 행동과 관련해서 주요한 역할을 하는 인물들이다. 이들 인물들의 행동을 배제한다면, 소대성의 행동은 서사적으로 성립될 수 없다. 소대성의 행동은 이들 인물들에 의해 보장받는 것이라 하겠다. 따라서 이들 인물들은 텍스트의 서사화에 있어서 주요한 역할을 하는 주 요인물들이라 할 수 있다.

[ II ]의 인물들은 [ I ]의 인물들을 대리하거나 보조하는 인물이다. 이

---

7) 아래의 인물들 가운데 밑줄이 그어진 인물들은 여러 단락에 반복적으로 등장하는 인물에 해당된다.

들 인물이 존재하지 않는다고 해서 소대성의 서사적 행동이 성립하지 않는 것은 아니다. 다만 이들에 의해 서사화의 양상이 다채로워지고 풍부하게 되는 것이며, 서사적 관심의 집중도가 달라지는 것이다. 따라서 이들 인물들은 텍스트의 서사화에 있어서 보조적인 역할을 하는 보조인물이라 할 수 있다.

〈소대성전〉의 서사구성과 관련해서 주목해야 할 것은 주요인물인 [Ⅰ]의 인물들이다. 위의 표에서 알 수 있듯이, 소대성의 행동은 서사단락의 각 국면마다 특정한 인물과의 대응관계 속에서 지속되고 있는데, 이는 다음과 같이 정식화될 수 있다.

a. 소대성의 출생에 대한 관심—[소대성]은 [소양]의 가문에서 출생했다.
b. 소대성의 고난에 대한 관심—[소대성]은 [소양]의 죽음으로 인해 고난 받았다.
c. 소대성의 구조에 대한 관심—[소대성]은 [이승상]에게 구조되었다.
d. 소대성의 결연에 대한 관심—[소대성]은 [채봉]과 혼약을 맺었다.
e. 소대성의 박해에 대한 관심—[소대성]은 [왕부인]에게 박해받았다.
f. 소대성의 원조에 대한 관심—[소대성]은 [노승]에게 원조 받았다.
g. 소대성의 입공에 대한 관심—[소대성]은 [천자와 호왕]의 싸움을 통해 입공했다.
h. 소대성의 영화에 대한 관심—[소대성]은 [채봉]과 가족을 이루어 영화를 누렸다.

'a'에서 'h'까지의 정식화를 통해, 서사적 전개의 각 국면마다, 소대성이라는 초점인물과 그 외의 주요인물 사이의 대응이 〈소대성전〉에서 얼마나 긴밀하게 이루어지고 있는가 하는 것을 여실히 알 수 있다. 이것은

바로 〈소대성전〉의 서사적 형식의 형태학(形態學)적 표징(標徵)이라고
할 수 있다. 서사적 전개의 전 과정에 걸쳐 지속적으로 행동하는 주인공
을 중심으로, 그 주인공의 서사적 행동의 지향목표와 과정, 그리고 성취
가 중심인물들과의 일대일 대응의 방식으로 선형적으로 주조(鑄造)된 것
이 바로 〈소대성전〉의 중요한 형식적 특성이라고 할 수 있다.


## 3.

소설의 서사세계 내에는 여러 인물이 존재한다. 이러한 인물들은 텍스
트 내적 존재로서의 개별적인 성격적 특질과 행위지향의 의지를 가지고
있다. 이들은 개별적으로 고립되어 존재하는 것이 아니라 텍스트의 구체
적인 시공간 속에서 직접 혹의 간접의 관계를 맺고 있다. 인물들의 성격
적 특질이나 행위지향의 의지 또한 이러한 서사적 관계 속에서 구체적으
로 발현된다.

대립과 갈등은 이러한 텍스트 내적 인물들의 서사적 관계의 질(質)을
문제 삼는 개념이다. 대립은 개별적인 인물의 성격적 특질이나 행위지향
의 의지가 다른 개별적인 인물의 성격적 특질이나 행위지향의 의지와 동
질적이지 않을 경우, 두 인물의 텍스트 내적 관계를 지칭하는 개념이다.
인물 상호간의 성격적 특질이 상이할 뿐만이 아니라 이로 인해 행위지향
의 의지가 서로 맞서고 있는 관계에 있을 때, 이러한 인물 상호간의 관계
를 대립적 관계라고 할 수 있다. 갈등은 이러한 대립을 기초로 인물 상호
간의 성격적 특질이나 지향의지의 맞섬이 구체적인 행위로 발전하면서
일정한 서사적 사건을 야기할 정도의 수준으로 고양되는 경우의 인물 상
호간의 관계를 지칭한다. 따라서 엄밀히 말해 갈등은 대립의 운동 양상

이라고 할 수 있다.[8]

〈소대성전〉의 텍스트 내적 인물들의 관계에 있어서도 다양한 층위의 대립, 갈등이 존재한다. 이러한 대립·갈등 가운데서도 서사적 사건을 구성하는 데 있어 주요하게 기능하는 대립·갈등이 있는 반면 부차적으로 기능하는 대립·갈등이 있다. 〈소대성전〉의 서사구성을 크게 전반부와 후반부로 나눌 때, 전반부는 운명적 고난을 맞이한 소대성이 이승상에 의해 구조되어 결연하는 이야기이며, 후반부는 원조자를 만나 오랑캐의 중국 침략이라고 하는 중세적 국가질서의 위기를 평정하고 입공하는 이야기이다. 전자는 가정내적 인물들의 상호 관계 속에서 이야기가 전개되며, 후자는 국가적 인물들의 상호 관계 속에서 이야기가 전개된다.

[1] 〈소대성전〉의 전반부 대립·갈등은 택서(擇胥)의 문제를 매개로 한 것이다. 소대성과 채봉의 결연을 둘러싸고, 관련 인물들 사이에 대립·갈등이 나타난다. 소대성과 채봉의 결연으로 인해 관련 인물들 사이에 대립이 야기되는 이유는 무엇보다도 소대성의 천품(天稟)을 지감(知鑑)한 이승상과 소대성의 천품을 지감하지 못하는 왕부인의 행위 의지가 다르기 때문이다. 이승상과 왕부인 사이의 이러한 대립은 본질적으로 천명(天命)이라고 하는 이상적 행위지향의 가치와 가문(家門)의 영달(榮達)이라고 하는 현실적 행위지향의 가치가 대립하는 것이라 할 수 있다. 현재적이고 현상적인 지위와 능력을 중시하는 왕부인의 현실적 입장에서 본다면 미래적이고 본질적인 지위와 능력을 중시하는 이승상의 이상적

---

8) 인물 상호간에 있어서뿐만 아니라 한 인물 내부에서도 성격적 특질과 행위지향의 의지가 분리되면서 대립할 수 있다. 이 경우, 이러한 분리가 심리적인 차원의 동요에 그칠 수도 있으며 구체적인 행위도 표출되면서 행위 자체를 이중화할 수도 있다. 전자의 심리적 대립의 경우에는 심리적 동요 정도로 후자의 행위의 대립의 경우에는 이중적 행위 정도로 개념화할 수 있다.

입장은 용납할 수 없는 것이기 때문이다.

> (가) 부인니 감히 말이지 못ᄒ고 눈을 들어 싱을 보이 얼골니 웅장ᄒ고 풍도 화려ᄒ나 션부의 티은 업는지라 치봉은 년년악질리라 져와 갓튼 아름다온 ᄌ스을 어더 실ᄒ의 질거믈 보랴더니 소싱은 닉 ᄯ과 불가ᄒ니 가탄이로다9)

> (나) 부인 말슴이 엇지 이러틋 무식ᄒ요 ᄌ고로 명인군ᄌ ᄶ을 만나지 못 ᄒ면 초야의 무쳐 남이 알가 숨기난이 소싱은 명가 ᄌ손이라 ᄯ 흉중 의 만고흥망을 품어시이 불구의 일홈이 쳔ᄒ의 진동ᄒᆯ 거신이 우션 미 쳔홈을 혐의ᄒ아 일언 군ᄌ를 바리리요 부인이 오날은 능멸이 역니나 후일의 공경ᄒᆯ 거신이 닉 말을 허도이 여기지 말의소셔10)

(가)와 (나)에서 왕부인과 이승상의 인식상의 차이를 분명히 알 수 있다. (가)에서 왕부인은 소대성을 자신의 뜻과 불가(不可)한 인물이라 말하고 있다. 왕부인이 소대성을 사위로 받아들이지 않으려고 하는 이유는 두 가지로 제시된다. 첫째, 걸인(乞人)이라는 사실이다. 이승상이 소대성을 소개하면서 전직 고관(前職高官)인 소양의 아들임을 이미 밝힌 터이므로 걸인이라는 사실은 신분상의 문제라기보다는 현재적 지위의 미천함과 경제적 능력의 저급함에 대한 불만이라고 할 수 있다. 즉, 왕부인은 현재적 지위와 경제적 능력을 겸비한 인물을 사위로 맞이하고 싶은 욕망을 지닌 인물임을 알 수 있다. 둘째, 아름다운 선비가 아니라는 사실이다. 소대성을 보고 얼굴이 웅장하고 풍도(風度)가 화려하다고 하고 있는 것으로 보아 왕부인이 소대성의 뛰어난 자질을 전혀 인식하지 못하거나 인정하지 않는 것은 아니다. 하지만 이러한 소대성의 자질은 왕부인

---

9) 『전집』, 577면.
10) 『전집』, 576면.

의 뜻과 일치하는 것이 아니므로 문제가 되는 것이다. 왕부인의 뜻은 아름다운 선비를 사위로 맞는 것이다. 아름다운 선비란 다름 아니라 문재(文才)가 뛰어나 과거에 급제하여 문명(文名)을 떨칠, 즉 문관(文官)으로서의 자질을 의미한다. 소대성이 지니고 있는 웅장한 얼굴과 화려한 풍도는 이러한 문관적 자질이라기보다는 무관(武官)적 자질이기 때문에 왕부인의 뜻과 일치하지 않는 것이다. 다시 말하면 왕부인이 소대성을 사위로 받아들이기를 주저하는 것은 그가 현재적 지위나 능력을 갖추고 있지도 못할 뿐만 아니라 문관으로서 입신할 수 있는 미래적 가능성마저 부족하다고 인식했기 때문이다.

이승상은 이러한 왕부인의 불만을 무식하다고 나무란다. (나)에서 이승상은 왕부인의 불만에 대해서 비판한다. 그 이유는 다음과 같다. 첫째, 소대성은 명가(名家)의 자손이므로 신분상의 미천함은 탓할 것이 없다. 둘째, 현재적 지위와 경제적 능력의 미천함은 명인군자(名人君子)의 일시적 고난일 뿐이다. 셋째, 흉중(胸中)에 만고흥망(萬古興亡)을 품은 비범한 인물이므로 불구(不久)에 입신양명(立身揚名)할 것이다. 이러한 이승상의 비판은 왕부인의 불만 가운데 전자의 불만에 대해서는 어느 정도 설득력을 지니고 있다고 할 수 있다. 하지만 미래적 가능성에 대한 불만에 대해서는 아무런 설득력도 지니지 못한 것이다. 이승상이 강조하는 명인군자의 자질은 왕부인에게 전혀 긍정적 자질로 인식되지 못하기 때문이다. 이는 텍스트 내적 의미로 볼 때, 주인공의 천품을 지감한 인물[이승상]과 이를 전혀 지감하지 못한 인물[왕부인]과의 차이에 불과하다. 하지만 텍스트 외적 의미로 볼 때, 이는 문관적 자질을 중시할 것인가 무관적 자질을 중시할 것인가 하는 작자의 서사적 의도와 관련되는 것이며, 〈소대성전〉의 주제적 의미와 관련되는 것이다. 이러한 작자의 서사적 의도는 후일 소대성의 입공과 관련되는 것으로, 소대성의 입공은 중세적 국가질서의 위기를 평정하는 것이므로, 이는 무관적 자질을 필수적으로 요청하는 것이다.

이처럼 이승상과 왕부인의 행위지향의 의지가 상반됨에도 불구하고, 그 대립은 더 이상 발전하지 못하고 이승상의 행위지향을 중심으로 곧 해소된다. 이승상은 소대성과 채봉 사이에 혼약(婚約)을 맺어주며, 혼인(婚姻)을 추진한다. 이승상의 의지에 의해 해소될 수 있었던 것은 이승상이 가족내적 질서의 정점이며 최고 권위자인 가부장(家父長)이기 때문이다. 왕부인이 이승상의 의지에 첨예하게 맞서는 것은 곧 가부장권에 대한 도전이므로 이는 심각한 서사적 갈등을 제기하는 것이 된다. 이승상의 의지에 의해 이승상과 왕부인의 대립이 해소될 수 있었던 것은 가부장적 질서를 옹호하는 작자의 서사적 의도에서 비롯된 것이라 하겠다.

하지만 이는 일시적 해소일 뿐이다. 왕부인의 불만이 완전히 해결된 것이 아니므로 대립은 잠재화된 것일 뿐이다. 그리하여 이승상의 기세(棄世) 이후 이 대립은 다시 소대성을 한 축으로 하여 보다 심각하게 제기된다.

② 이승상과 채봉의 대립은 〈소대성전〉에서 주목되는 대립이다. 이승상은 소대성의 천품을 지감하고 그를 구조하는 인물이며 채봉은 소대성과 결연하는 인물로서 절의(節義)를 지키는 의지적 인물이다. 그러므로 이승상과 채봉은 행위지향의 의지가 동질적이라고 할 수 있다. 그럼에도 불구하고 이승상과 채봉의 대립이 설정되어 있는 것은 작자의 의도에 기인한 것이라 할 수 있다.

채봉은 이승상이 소대성과 상면시키기 위해 내당(內堂)으로 들 것을 명하자 이를 거역한다. 이승상의 명은 소대성과 결연하고자 하는 채봉의 행위지향 의지의 계기이면서 기초가 되는 것이므로 가장의 명을 거역하는 채봉의 행위를 서사화할 필연성은 제기되지 않는다. 다시 말하면 채봉이 이승상의 명을 좇아 순순히 대성과 상면한다 해도 서사적 결구에 파탄을 야기하는 것은 아니라는 것이다. 그럼에도 불구하고 채봉이 이승상의 명을 거역하는 것은 무엇 때문인가?

채봉은 소대성과 상면하기 위해 내당으로 들라는 아버지 이승상의 명을 다음과 같은 이유로 거역한다.

> (다) 야야 평일의 망영되시미 넙더니 엇지 이려틋 ᄒᆞ신요 소싱은 곳 남이라 전일의 부명을 어기미 업ᄉᆞ오디 금일은 절단코 승명치 못ᄒᆞ리로다 칭병ᄒᆞ고 나지 안이ᄒᆞ거늘[11]

채봉은 소대성이 남이므로 상면할 수 없다는 논리를 내세워 이승상의 명을 거역한다. 성장한 남녀가 서로 대면하는 것은 윤리에 어긋난다는 것이다. 혼약이 이루어지지도 않았을 뿐만 아니라 혼약을 위한 정상적인 과정도 거치지 않은 상태이므로 이러한 채봉의 논리는 일견 당연한 것으로 보인다. 하지만 일반적인 혼례의 절차를 지킬 수 없는 특수한 사정이 있는 것을 고려한다면 이는 윤리 자체를 절대화하는 것에 다름 아니다. 무엇보다도 일반적인 혼례의 절차를 밟기 위해서는 소대성이 정상적인 가정의 인물이어야 하는데 그렇지 않으므로 혼례가 정상적으로 이루어질 수는 없는 것이다. 따라서 이러한 비정상적인 상황을 고려한다면, 소대성이 혼약을 하기 이전의 남이라 하더라도, 아버지의 명에 따라 소대성과 상면하는 것은 혼약의 한 과정에 해당되는 것이므로 채봉이 거역할 이유는 없는 것이다.

그럼에도 불구하고 〈소대성전〉에서 채봉이 아버지의 명을 거역하는

---

11) 『전집』, 577면.

화소가 존재하는 것은 채봉의 규범(規範)적 성격을 강화하기 위한 의도에서부터 비롯된 것이다. 윤리적 규범을 고수하기 위해 아버지의 명조차도 거역하는 채봉의 형상은 전형적인 규범적 형상이라고 하겠다. 하지만 이러한 화소가 채봉의 규범적 성격을 강화시키는 의도가 있는 것이라 해서 중세적 질서인 가부장권의 옹호라는 주제적 의미를 파탄 낼 수는 없는 것이다. 그리하여 채봉의 거역으로 인한 이승상과 채봉의 대립은 채봉의 규범적 성격을 부각시키는 지점으로부터 가부장권의 옹호라는 지점으로 이동하여 채봉의 승명(承命)으로 귀결되는 것이다.

> (라) 승상이 시비을 쑤지져 왈 부지천륜지간의 이계 부모명을 거역흔이 이는 오륜니 쓴쳐지고 삼강이 문어지미라 부모 셰 번 불너 좃지 안이 흐면 천륜을 폐흐리라 흐신디 소졔 이 기별을 듯고 아모 말도 못흐고 시비을 쓰라 중당의 일으니12)

(라)는 자신의 명을 거역하자 이승상이 채봉에게 하는 발화이다. 이승상은 중세적 윤리규범인 오륜(五倫)을 내세워 채봉의 행위지향 의지를 좌절시킨다. 아비의 명을 따라야 하는 효(孝)와 여자로서의 도리를 지키고자 하는 절(節)의 대립은 효의 우세로 귀결된다. 이는 소대성과의 대면으로 인해 채봉의 정절이 심각하게 위협받는 것이 아니므로 효를 훼손할 명분이 없기 때문이지만, 보다 근본적인 이유는 가부장권을 옹호하려는 작자의 서사적 의도가 배면(背面)에 자리 잡고 있기 때문이라고 할 수 있다. 이승상과 채봉의 대립을 통해 한편으로는 채봉의 규범적 성격을 강조하면서 다른 한편으로는 이승상으로 대표되는 가부장권을 옹호하는 주제적 의미를 전달하고 있는 것이다.

---

12) 『전집』, 577면.

③ 택서의 문제를 둘러싼 이승상과 왕부인의 대립이 이승상을 옹호하는 쪽으로 일단 해소되었으나, 이승상이 홀연 득병(得病)하여 죽자, 인물들 사이의 대립으로 다시 현상하게 된다. 이승상과 왕부인의 대립에서는 이 승상이 가부장이라는 절대의 권위를 소유한 인물이었으므로 대립이 심 각하게 발전하지 않았으나, 이승상의 죽음 이후에는 소대성을 옹호하던 가부장권의 소멸로 인해 대립이 심각한 갈등으로 발전하게 된다. 대립의 심화는 왕부인과 동질적인 행위지향 의지를 가지고 있는 이승상의 아들 들[이생]과 사위[정생]의 가세(加勢)에 있으나, 그보다 더욱 중요한 것은 이승상의 죽음 이후에 보여준 소대성의 태도가 소대성에 대한 왕부인의 부정적 인식을 더욱 강화시켰기 때문이다. 그리하여 이승상과 왕부인의 대립은 소대성과 왕부인, 이생 등의 갈등으로 증폭된 것이다.

> (마) 이졔 션군이 안이 계신이 가즁만亽을 모친이 쥬장ᄒ실린이 소ᄌ 등 의게 ᄒ문ᄒ실 비 안이로소니다 ᄯ 소싱을 잠간 보니 단졍ᄒ 션비는 안이라 소재의게 욕될가 ᄒᄂ이다13)
>
> (바) 소싱의 거동이 등징ᄒ도다 학업을 젼폐ᄒ고 쥬야의 잠ᄌ기만 슝상ᄒ 니 일어코 엇지 공명을 바라리요 여아의 혼亽을 거졀코져 ᄒᄂ이 너의 등은 소견이 엇더ᄒ요14)

(마)와 (바)는 이승상의 죽음 이후에 소대성이 보여준 태도에 대한 이 생과 왕부인의 발화이다. (마)에서 이생 등은 소대성을 단정한 선비가 아 니라고 말하고 있다. 이러한 발화는 앞서 살펴본 왕부인의 발화와 같은 것으로, 이생 등과 왕부인의 행위지향 의지가 동질적임을 알 수 있게 해 준다. 이생 등이 이렇게 인식한 것은 소대성의 태도에서 기인한 것이다.

---

13) 『전집』, 578면.
14) 『전집』, 578면.

소대성은 이승상의 죽음 이후 자신을 알아주는 인물이 없음을 한탄하며15) 서책(書冊)을 전폐(全廢)하고 잠만 잔다. 따라서 이생 등은 소대성을 긍정적으로 인식할 수 없었던 것이다. 그리하여 이생 등은 가장권이 어머니인 왕부인에게 있음을 환기시킨다. 즉, 아버지가 돌아가셨으므로 어머니에게 가장권이 있다는 것이다. 이는 소대성과 채봉의 혼약을 파기할 수 있는 권위가 어머니에게 있음을 확인시키는 것이라 하겠다.

이러한 이생 등의 인식은 왕부인에게는 이미 마련되어 있던 것이다. 단지 이생 등은 이러한 어머니의 인식을 확인하고 이에 권위를 부여하는 역할만을 할 뿐이다. 그리하여 (바)에서 알 수 있듯이 왕부인은 소대성과 채봉의 혼사를 거절하고자 하는 데까지 이르게 되며, 이생 등에게 "본더 비러먹는 걸인을 승상이 취중의 망영되이 허ᄒ신 비라 여등은 소싱 니칠 꾀을 ᄉ속키 힝ᄒ라"16)고 하명(下命)하게 되는 것이다.

소대성을 내칠 꾀는 급기야 자객(刺客)을 고용하여 소대성을 죽이고자 하는 음모로 발전하게 된다. 왕부인 등과 소대성과의 관계가 죽음을 매개로 한 적대적(敵對的) 관계로까지 변화된 것이다. 하지만 이 양자의 적대적 관계는 소대성이 자객 조영을 죽이고 집을 떠남으로 해소된다. 양자 가운데 어느 한 편의 의지가 소멸되어야 해결될 줄 알았던 것이 소대성의 출가(出家)로 인해 미봉적으로 해소된 것이다. 물론 왕부인의 입장에서는 소대성이 집을 나감으로 인해 채봉과 소대성의 혼인이 좌절된 것으로 판단할 수 있겠지만 실제로 소대성이나 채봉이나 소대성의 출가 이후에도 자신들의 혼인 의지를 굽히지 않고 있다. 따라서 소대성의 가출은 갈등의 해결이 아닌 해소에 불과한 것이 되었다.

---

15) 소대성은 이생 등을 처음 대면하자마자 그들이 이승상만 한 명감(明鑑)이 없는 인물임을 한탄한다.

16) 『전집』, 578면.

소대성의 입장에서 보면 자신을 죽이려 했던 왕부인 등에게 어떠한 방식으로든 위해(危害)할 수도 있었다. 그럴 경우 왕부인과 소대성의 갈등은 해소된다. 그렇지만 채봉은 자기 가족을 위해한 인물과의 결연을 용납할 만한 인물이 아니기 때문에 둘 사이의 결연은 성립할 수 없게 된다. 그러나 소대성은 자신에게 은혜를 베푼 이승상의 가족을 위해할 수 없다는 논리[17]로 왕부인 등을 위해하지 않았다. 그리하여 택서를 둘러싼 갈등은 다시 잠복하게 된다.

소대성과 왕부인의 갈등이 이처럼 심각한 적대적 관계로까지 발전한 것도 역시 작자가 의도한 것일 터인데, 그 의도는 무엇보다도 이러한 적대적 관계를 통해 소대성의 영웅적 능력을 표출하여 자연스럽게 성격화하고자 하는 것이다. 소대성의 영웅적 능력은 자객 조영을 쉽사리 물리칠 수 있는 무력적 능력뿐만 아니라 자신을 위해하는 왕부인 등을 위해하지 않는 비범한 도량까지도 포괄하는 것이다. 그리하여 소대성은 대란(大亂)을 평정할 영웅적 인물로 자연스럽게 성격화된다. 이처럼 혼사갈등은 혼인을 매개로 한 인물들의 대립 그 자체를 문제 삼으면서 동시에 주인공인 소대성의 성격화에 기여하는 방향으로 기능하고 있는 것이다.

④ 이승상의 죽음 이후 이승상과 왕부인의 대립이 소대성과 왕부인 등의 대립으로 전화하였듯이, 소대성의 가출 이후에는 다시 채봉과 왕부인 등의 대립으로 전화된다. 이는 앞서 언급한 것처럼 소대성과 왕부인의 대립이 적대적 갈등으로까지 발전했지만 대립이 해결되지 않고 하소되면서 잠재화되었기 때문이다.

---

17) 졔 비록 무도ᄒᆞ야 원슈을 지어시나 영인부아언졍 무아부인이라 ᄒᆞ니 이졔 졔의 등을 벼여 셜분코져 ᄒᆞ나 연즉 어진 스룸의 후ᄉ을 ᄂᆞᆫ칠지라 아직 피ᄒᆞ리라(『전집』, 579면)

　채봉과 왕부인이 대립하는 것은 소대성과의 혼약을 인정하지 않으려는 왕부인과 소대성과의 혼약을 인정하고 수절하려는 채봉의 행위지향 의지가 이질적이기 때문이다. 앞서 이승상과의 대립에서도 지적했듯이, 채봉이 어머니인 왕부인과 맞서는 것은 효(孝)에 어긋나는 일이 된다. 그렇지만 채봉이 왕부인의 명을 좇는 것 역시 절(節)에 어긋나는 일이 된다. 앞서 이승상과의 대립에서는 이승상의 명을 좇는 것이 채봉의 정절을 심각하게 훼손하지 않는 것이드로 이승상의 의지대로 해결되었지만, 이미 소대성과 혼약한 지금에 와서 왕부인의 명을 따르는 것은 채봉의 정절을 심각하게 훼손하는 것이 된다. 채봉이 일단 이승상과 대립한 것이 채봉의 규범적 성격을 강화하는 것이라고 했듯이, 채봉이 왕부인의 명을 거역하면서 수절의 의지를 굽히지 않고 이를 관철하는 것 역시 이러한 채봉의 규범적 성격을 강화하는 것이다.

(사)
채봉: 듯스오니 소싱이 셔당을 쩌낫다 ᄒ오니 거거의게 응당 ᄒ직이 잇실 거신니 무슴 연고로 나간ᄂᆞ잇가
부인: 너는 규즁처자라 외긱의 유무을 알아 무엇ᄒ리요
채봉: 소여 소싱의 거쳐을 뭇ᄌᆞ오미 여ᄌᆞ의 힝이 안니라 ᄒ오이 젼일 즁헌의셔 무슴 즁간ᄒᆞ여ᄂᆞ잇가 여도졍열은 여ᄌᆞ의 쩟쩟한 일리오니 소싱의 거쳐을 뭇ᄌᆞᄂᆞ이다
부인: 글어면 쇼싱을 위ᄒᆞ야 슈졀코져 ᄒᆞᄂᆞ야 범간 슈졀이 곡졀이 잇난이라 승상취즁의 잠간 어약ᄒᆞᆫ 오륙연의 육예을 갓초와 동상의 예을 일위지 안이ᄒᆞ여시니 소싱은 곳 늄이라 덜어운 말노 가문을 옥되게 말나
채봉: 아아 분명이 즁헌의셔 양인의 예을 일위고 시문을 창화ᄒᆞ여신이 임의 슘죵지의롤 일원난지라 그쩌예 모친계옵셔 증참ᄒᆞ신 일리어널 이졔 소여의 졀힝이 안니라 ᄒᆞ며 가문의 옥된다 ᄒᆞ옵신니 옛날 쵸왕

이 오세 여아을 다리고 희롱ᄒ시되 이 아히 ᄌ라거든 문밧 빅셩의
면나리을 쥬리라 ᄒ시던이 공쥬 장셩ᄒᄉ 부마을 간퇵ᄒ실시 공쥬
엿ᄌ오디 신쳡이 오셰예 부왕이 문밧 빅셩의 며나리 쥬시마 ᄒ시미
빅셩의 거쥬밧들물 쥬야 명염ᄒ여습더이 이졔 들으미 달른디 부마
을 간퇵ᄒ신이 신쳡은 달른디 안니 가옵고 빅셩의 며나리도 기을 죽
기로써 간흔디 초왕이 그 명영을 ᄌ칙ᄒ시고 인ᄒ야 빅셩으로 부마
을 졍ᄒ여씨니 지금 쳔츄의 그 졀힝을 욕된단 말이 업는지라 소여의
연광이 십삼셰라 엇지 오셰 소아만 못ᄒ오릿가
  부인: 니 뜻슬 거스리이 금일부터 모여지정을 쓴으리라[18]

(사)는 왕부인과 채봉의 의지가 대립하는 구체적 발화를 제시한 것이
다. 대립의 핵심은 소대성과 채봉의 혼약을 인정할 수 있느냐에 있다. 왕
부인은 채봉이 소대성의 거처를 묻자 소대성을 외객(外客)이라 하면서
그들의 혼약이 일반적인 혼례의 절차를 밟지 않은 것이므로 인정하지 않
으려고 한다. 이에 비해 채봉은 소대성과의 혼약으로 인해 자신이 이미
삼종지도(三從之道)를 이룬 것이라 주장하며 수절하고자 한다. 고사(故
事)까지 끌어대며 자신의 정당성을 설파하면서 채봉은 왕부인의 명을 거
역한다. 심지어 왕부인이 모녀지정(母女之情)을 끊겠다고 하나 채봉은
이러한 위협에도 자신의 의지를 굽히지 않는다.
  사실 소대성과 채봉의 혼약은 유교적 혼례의 절차를 온전히 갖춘 것이
라 보기 어렵다. 따라서 왕부인의 불인정의 논리 역시 터무니없는 것은
아니다. 그렇지만 소대성과 채봉이 혼약한 것 또한 사실이다. 그러므로
채봉이 수절하고자 하는 것도 정당하다. 중요한 것은 이 두 의지의 논리
적 정당성이 아니라 대립의 향방이 어떠한가 하는 데 있다. 왕부인의 의

---

18) 『전집』, 580면. 필자가 대화체로 재구성했다.

지가 관철되지 못하고 채봉의 의지가 관철되고 있는 것은 '절의'의 윤리를 중시하는 작자의 서사적 의도가 실현된 것이라고 볼 수 있다. 이러한 작자의 서사적 의도는 다음의 채봉과 이생 등의 대립을 통해서 보다 분명히 확인된다.

(아)
이생: 미제 거상 총명ᄒ던이 오날은 엇지 고집ᄒ여 모친의 마음을 불평케 ᄒ는뇨 예스롬의 고집을 본바들 계 안니라

채봉: 거거는 모친을 위ᄒ신 말슴이어이와 군즈의 정직ᄒ신 말슴은 안이로소이다 튱신은 불스이군이뇨 열여는 불경이부라 ᄒ오니 소졔 만일 절힝을 슝상치 안이ᄒ올지라도 올온 말슴으로써 기결ᄒ 거시어늘 어린 동싱의 마음을 탐지ᄒ시니 실노 정도 안이라 그윽키 흔심ᄒ여이다

이생: 옛적 성현도 셰속을 ᄯ라는이 너머 고집을 과도이 말나

채봉: 거거는 됴졍의 올나 식녹ᄒ다가 인스 변ᄒ여 나라이 망케 되면 무릅을 꿀어 젹유의 항복ᄒ실잇가

이생: 이 ᄯ한 권도라 셰상 논의을 쏠을 쩌신니 남의 직키믈 조치리요

채봉: 디장부 셰상의 쳐ᄒᄆᆡ 문무을 겸젼ᄒ야 쏫다온 일홈을 용방 비간의 튱졀을 ᄯ로ᄆᆡ 올커늘 거거의 말슴 갓타면 튱효을 불관이 여기고 소인의 마음을 품어 계신이 한젹 양웅의 당유라 후셰에 남의 춤밧틈을 면치 못ᄒ리로소이다 예보틈 튱신의 문의 효즈 안이는 디 업고 효즈 문의 튱신 안이는 디 업더니 거거는 ᄒ나도 션군의 셩심을 본바든 비 업스니 니는 걸쥬의 포악으로 우탕의 셩덕을 더레이미로소이다 엇지 흔심치 아니ᄒ리요[19]

이생은 채봉이 왕부인의 명을 따르지 않자 채봉이 시속(時俗)을 따르

---

19) 『전집』, 580-1면. 필자가 대화체로 재구성했다.

지 않고 고집을 과도하게 부린다고 나무란다. 이 때 이생이 말하는 시속을 따른다고 하는 것은 이른바 권도(權道)에 해당된다. 권도란 상황이 불가피할 경우 상황에 따라 의지를 변화시킬 수 있음을 말하는 것이다. 비록 소대성과 혼약을 맺었다고는 하나 왕부인이 반대할 뿐만 아니라 소대성이 집을 나가 거처를 모르고 있는 상황이므로 수절을 하는 것은 과도한 고집에 불과하다는 것이다. 따라서 이러한 변화된 상황에 따라 수절을 포기해야 한다는 것이다.

이러한 이생의 나무람에 대해 채봉은 '충절(忠節)'의 논리로 항변한다. 즉 국망(國亡)의 지경에서라도 한 임금을 모셔 충절을 지키는 것이 떳떳한 도리[天道]이듯이 소대성의 거처를 모르는 상황일지라도 수절을 하는 것이 떳떳한 도리라는 것이다. 이러한 채봉의 항변은 단순히 자신의 수절을 옹호하는 것 이상의 의미를 지니는 것이다. 이는 한 지아비를 섬기고자 하는 수절의 논리를 한 임금을 섬기고자 하는 충절의 논리로까지 확장하는 것으로, 가정 내적 윤리의 문제를 국가적 윤리의 문제로까지 확대하면서 충절의 가치를 적극적으로 옹호하고 있는 것이다.

채봉의 이러한 '절의'의 옹호는 작품의 주제적 의미에 해당된다. 채봉에 의해 중세의 윤리적 규범인 절의가 적극적으로 옹호되고 있는 것은 권도에 의한 '훼절'의 시속을 비판하고자 하는 의도에서 비롯된 것이라 할 수 있다. 비록 채봉은 '수절'의 가치를 구현하는 인물에 그쳤지만 그에 의해 함께 옹호되는 '충절'의 가치는 그와 결연하는 소대성에 의해서 구현된다. 앞서 소대성과 왕부인 등의 대립에서와 마찬가지로 혼인을 둘러싼 인물들 간의 대립이 단순히 혼인의 문제만을 서사화하는 것이 아니라 이후에 전개될 국가갈등을 매개하는 서사적 기능까지 동시에 수행하는 것이다.

결국 택서를 둘러싼 대립과 갈등을 통해 〈소대성전〉은 다음과 같은 주제적 의미를 생성해 낸다. 첫째는 가부장권의 옹호이다. 이는 이승상의 명을 좇는 왕부인과 채봉의 행위를 통해 확인할 수 있다. 둘째, '절의'에 대한 옹호이다. 〈소대성전〉은 '수절'과 '충절'이라고 하는 중세적 윤리 규범의 가치를 채봉의 인물 형상을 통해 명확히 제시하고 있다.


4.

〈소대성전〉의 후반부 대립·갈등은 동아시아의 국가적(國家的) 패권(覇權)을 둘러싸고 야기된다. 대립·갈등의 주체인 명(明) 나라 천자(天子)는 바로 동아시아 수직적 국가질서의 중심이며 호왕(胡王)은 이러한 국가질서에 도전하는 인물이다. 이 두 인물 사이의 대립은 성격상 적대적일 수밖에 없다. 천자를 중심으로 한 질서에 대한 도전은 동아시아 중세적 지배이념의 정당성을 그 근저로부터 부정하는 것이므로 어느 한 쪽이 완전히 부정되지 않고서는 해결될 수 없는 것이기 때문이다.

명 천자와 호왕의 대립·갈등의 향방은 이 대립·갈등이 내포하고 있는 질적 성격으로 인해 동아시아 국가질서의 향방에 대한 주제적 의미를 생성하게 된다. 모든 군담소설에 이러한 동아시아 국가질서를 둘러싼 대립·갈등이 비중있게 존재하고 있으므로, 이는 군담소설의 주제를 기본적으로 결정하는 것이라 해도 과언이 아니다.

① 중국의 명 천자와 호왕의 대립은 호왕의 중원(中原) 침략으로 인해 야기된다. 명 천자와 호왕의 대립의 성격을 보다 구체적으로 이해하기 위해서는 호왕이 무엇 때문에 기병(起兵)했는가에 대해 주목할 필요가 있다.[20]

> (자) 나는 북방요호국 응쳔산 왕이라 명을 흐눌계 바다 디병을 거나려 명
>   나라을 멸흐고 쳔흐강산을 건져너려 흐거놀 너의는 엇더흔 기병이관
>   디 쳔의을 아지 못흐고 감히 항거흐는다[21]

(자)는 북흉노(北匈奴)의 왕, 즉 호왕의 발화이다. 호왕은 스스로 명나라를 멸하고자 기병한 것이라 호언한다. 뿐만 아니라 명나라를 멸하는 것은 바로 천하강산(天下江山)을 건져내는 일이라고 말한다. 그리고 이것이 바로 '천의[天命]'임을 주장한다. 이러한 호왕의 발화만으로는 호왕의 기병 논리가 얼마나 정당한 것인가를 판단할 수 없다. 명나라를 멸하는 것이 왜 천하강산을 건져내는 일이며, 그 일이 왜 호왕에 의해 수행되어야 하는지에 대해서는 판단할 수 없다. 단지 알 수 있는 것은 호왕이 자신의 행위를 천의에 의한 것이라 정당화하고 있다는 것뿐이다.

> (차) 무지흔 오랑키야 입을 열어 무슴 말 흐는다 흐눌이 두렵도 안이흐냐
>   쳔지신명흐야 너의 반흐는줄 아르시고 나를 명흐스 너의 등을 소멸케
>   흐실시 디군을 드려 이예 왓는이 네 만일 쳔의를 순종흐면 죄을 용서
>   흐련이와 그러치 안이흐면 셔북 오랑키을 다 합몰흐고 네 머리을 벼혀
>   쳔즈쪄 밧치리라[22]
>
> (카) 반격 호왕은 드르라 네 흔갓 강포만 밋고 쳔의을 모로고 외람흔 의스
>   을 두엇시미 지금 쳔즈 친졍흐스 너을 즈바 죄을 못고져 흐신이 쌜이
>   나와 항복흐라[23]

---

<sup></sup>20) 호왕은 군담소설의 텍스트 내에서 부정적 인물로 고정되어 있다. 따라서 흐왕의 행위지향에 대한 텍스트 내적 해명은 매우 제한되어 있다. 그렇지만 단편적인 발화를 통해 이를 살펴볼 수 있다.

21) 『전집』, 582면.

22) 『전집』, 582면.

23) 『전집』, 585면.

(차)와 (카)는 명 천자의 장수인 호엽과 서성태가 호왕에게 하는 발화이다. 이들의 발화에서도 역시 자신들의 행위를 천의라 주장하고 있다. 즉 호왕을 물리쳐 명을 중심으로 한 중원의 질서를 유지하는 것이 천의라는 것이다. 여기서도 마찬가지로 호왕을 물리쳐 명을 중심으로 한 중원의 질서를 유지하는 것이 어째서 천의인가는 알 수 없다. 단지 자신들의 행위를 천의에 의해 정당화하고 있다는 것만을 알 수 있다.

이렇듯이 적대하는 두 세력이 천의를 내세우며 심각하게 대립한다. 천의를 동아시아 국가질서의 이상이라고 할 때 중국이나 중국을 침입한 외적이나 모두 자신들의 패권이 동아시아 국가질서의 이상을 수립하는 것임을 확언하고 있는 것이다. 이러한 사태는 상당히 충격적인 것이라 아니할 수 없다. 작품의 시간적 배경이 되는 명대(明代)에서 뿐만 아니라 이 작품이 소통되던 조선후기의 역사적 맥락에서 보더라도 동아시아 국가질서의 이상은 중국을 정점으로 하여 변방의 오랑캐들이 수직적으로 질서화되는 것이었다. 그러므로 외적이 중국을 침입하고 자신들의 패권이 동아시아 국가질서의 이상을 실현하는 것이라고 주장하는 상황은 문제적 상황임에 분명하다. 〈소대성전〉의 후반부는 바로 이러한 문제적 상황을 서사적 관심으로 제기하고 있는 것이다.

〈소대성전〉에서는 외적의 침입에 의해 야기되는 중국과 오랑캐의 대립이 매우 첨예하게 형상화된다. 천자가 외적의 침입을 막기 위해 친히 출전해야 할 만큼 위기가 고조되고 있을 뿐만 아니라,[24] 급기야 천자가 외적에게 항복해야 하는 지경에까지 처하게 된다.

---

24) 군담소설에서 천자가 친히 출전하는 경우는 매우 드물다. 대부분의 경우에는 천자를 대신하여 다른 장수가 출전한다. 천자가 친히 출전하는 경우에는 외적과의 대립이 매우 첨예하게 서사화된다.

(타) 호왕이 다라와 숨장과 군스을 다 쥬기고 명졔는 홈졍의 든 범이릭 엇지 망극지 안이ᄒ리요 명졔 ᄒ늘을 우러러 통곡 왈 죽기로는 셥지 안이ᄒ되 스직이 오늘눌 니겨와 망홀 줄 알이요 황쳔의 드러간들 틱종 황졔쎄 ᄒ면목으로 뵈오리요 ᄒ시고 실피 울으실시 호왕이 황졔 탄 말을 질너 것구러 치니 샹이 ᄯᅡ의 쩌러지거눌 호왕이 창으로 샹의 가슴을 젼우며 쑤지져 왈 죽기을 셜워ᄒ거던 항셔을 씨올이라 샹이 총망중의 디답ᄒ시되 지필이 업시니 무엇스로 항셔을 씨리요 호왕이 크계 소리ᄒ여 왈 목슘을 앗길진더 용포을 쩨고 손가락을 ᄭᅵ물나 ᄒ니 츠마 압파 못홀네라 소리 나는 줄 모로고 통곡ᄒ신니 용의 우름소리 구쳔의 스못츠넌지라 ᄒ늘이 엇지 무심ᄒ리요[25]

(타)에서 알 수 있듯이, 외적의 침입에 의해 천자의 위기가 매우 심각하게 조성되고 있다. 외적에게 항복해야 하는 천자의 위기는 바로 중국을 정점으로 하는 동아시아 국가질서의 이상이 동요하고 있음을 서사화하고 있는 것이라 할 수 있다. 이러한 위기 상황에서 중국의 황제인 천자는 매우 무력한 인물로 형상화되고 있다. 앞의 인용에서 알 수 있듯이 외적에게 항서(降書)를 쓰는 천자의 모습은 희화적이기까지 하다. 천자는 위기에 처할 때마다 이를 타개할 방도를 강구하는 적극적 인물로 형상화되지 못하고 있다. 호왕의 침입을 알리는 전언을 듣고 대경실색하는 그의 모습은 자신을 정점으로 하는 지배질서의 수호자로서의 형상이라 하기 어렵다. 천자의 이러한 유약한 모습은 텍스트 내에서 반복적으로 제시된다.[26] 이러한 천자의 인물 형상화는 천자에 대한 우회적인 비판

---

25) 『전집』, 590면.

26) 이를 구체적으로 적시하면 다음과 같다; 디셩이 호왕을 ᄯᅡ라 즈운동의 들며 불이 이러나믈 보시고 ᄒ늘을 우러러 통곡 왈 ᄒ나리 디셩을 쥬시미 과인의 슈족일너니 도로여 망케 ᄒ미라 ᄒ시고 밤이 시도록 발을 구르며 즈탄ᄒ시더라 (……) 급피 원문 밧그로 나아 디셩의 손을 줍고 용누을 흘여 왈 호왕을 좃ᄎ 즈운동의 들며 불리 이러

에 해당된다. 천자의 형상을 통해 천자를 정점으로 한 기존 권력에 대해서 비판하고 있는 것이다.27)

② 명 천자와 호왕의 대립은 소대성과 호왕의 대립으로 전화된다. 이는 소대성의 행위지향의 목표가 현재의 천자를 중심으로 한 중원의 질서를 유지하는 데 있기 때문인데, 소대성은 이를 천명으로 인식하고 있다.

> (파) 앗가 부체임을 ᄯ라 옥경의 일으니 티상노군이 옥황상졔께 엿ᄌ오더 티을셩과 의셩이 셔로 시술ᄒ여ᄊ오니 엇지 ᄒ릿가 ᄒ더 샹졔 ᄒ비로 명ᄒᄉ 의셩을 죄쥬워 인간의 두지 말나 ᄒ여계신니 의셩은 북방 오랑키을 직킨 별리요 ᄌ미셩은 중원 쳔ᄌ을 직킨 별리라 그러무로 난셰된 졸 아ᄂ이다28)

(파)는 소대성의 원조자(援助者)인 노승(老僧)의 발화이다. 이 발화를 통해 중국을 침입한 호왕이 패퇴(敗退)되는 것이 천명임을 알 수 있다. 소대성은 노승의 발화 이전에 이미 천문(天文)을 보고 천명을 지감하고 있었거니와 따라서 소대성에 의한 호왕의 패퇴는 천명의 지상(地上)적 구현이라고 할 수 있다. 호왕을 패퇴시키는 과정에서 소대성이 위기에 처할 때마다 천상(天上)적 인물들에 의해 구조되는 것은 바로 그의 행동이 천명을 구현하는 것이기 때문이다.29) 비록 소대성과 호왕의 대결이

---

나미 쥬그리로다 ᄒ여 짐의 정셩으로 경의 츙셩을 위로코져 ᄒ여더니 이러타시 만눌 줄 엇지 알이요(『전집』, 589면)

27) 이는 다음과 같은 소대성의 발화를 통해서도 알 수 있다; 북방 호적이 중원를 엿보 난쏘다 눌아의 츙양지신이 업시나 눌갓턴 유는 거지두량이나 비록 심만명이 잇시나 무어스 씨리요 니 비록 션부나 명나라 셰록지신의 ᄌ손이라 셰더로 나라 녹을 먹어신 이 엇지 유은을 져바리리요마는 몸이 말이 외의 잇고 젹슈단신이라 엇지 나라 근심을 ᄒ가지로 ᄒ리요(『전집』, 583면)

28) 『전집』, 583면.

여러 차례 반복되면서 심각하게 서사되고는 있지만 이는 이미 예정된 결말을 향해 나아가는 과정일 뿐이다. 싸움의 주체인 소대성뿐만 아니라 그의 행동을 지켜보고 있는 독자들까지도 텍스트 내에서 산발(散發)되는 서사적 정보에 의해 중국을 침입한 호왕이 패퇴하는 것이 천명이라는 것을 알고 있기 때문이다.

천명은 동아시아 국가질서의 이상을 의미하는 것이면서 동시에 소대성과 호왕의 서사적 대립을 구조화하는 개념이기도 하다. 주인공의 입공을 가능하게 하는 군담의 양적 비중이나 군담에서 제시되는 위기의 질적 차이에도 불구하고 주인공과 외적과의 대립은 항상 주인공의 승리로 귀결된다. 소대성과 같은 영웅적 인물이 요청되는 이유도 외적에 의해 조성되는 동아시아 국가질서의 위기를 타개하고자 하는 욕망 때문인데, 이러한 욕망은 사실상 보수적인 것이다. 화이론(華夷論)적 시각에 의해 형성된, 중국을 정점으로 한 수직적 국가질서의 동요는 공고한 중세체제의 균열(龜裂)을 의미하는 것일 수 있으며, 〈소대성전〉에서 문제 삼는 외적의 침입에 의한 위기상황은 실제로 이러한 현실적 경향과 긴밀히 관련된 것이다.

〈소대성전〉에서 서사화하고 있는 국가갈등(國家葛藤)의 보수적 성격은 〈소대성전〉에만 한정되는 것은 아니다. 대부분의 군담소설이 영웅적 주인공에 의해 외적이 패퇴되는 것으로 결구되고 있으므로, 이는 군담소설의 보편적 성격이라 할 수 있다. 그렇다고 해서 이러한 보수적 성격으로 인해 군담소설의 가치를 전면적으로 부정하고 말 일도 아니다. 〈소대

---

29) 이는 호왕과의 싸움에서 최대의 위기라 할 수 있는 자운동 화재에서 소대성을 구조하는 화덕진군의 다음과 같은 발화를 통해 분명히 알 수 있다; 나는 천상 남천문 밧그잇는 화덕진군 일너니 어제 셕가여리쎠옵셔 중국 디장 소디셩이 명일 오시여 즈운동 화지을 볼 거신니 구완ᄒ라 ᄒ시거놀 왓건이와 만일 더듸든들 세존의 부탁이 허스될낫다 무릇 장슈 젹군을 너머 경이 보면 환을 보ᄂ이 호왕은 범상ᄒ 스롬이 안이라(『전집』, 588면)

성전〉을 비롯한 군담소설은 조선후기에 산출된 고전소설이므로, 강고 (强固)한 중세적 이념인 화이관적 국가질서의 틀로부터 자유로운 인식을 드러내기에는 근본적인 한계가 있을 수밖에 없기 때문이다. 오히려 강고한 화이관적 국가질서의 동요와 위기를 포착하여 서사화하고 있는 점을 긍정적으로 평가할 수도 있다고 본다. 특히 〈소대성전〉의 경우에는 외적의 침입에 의해 야기되는 중세적 국가질서의 위기가 매우 심각하게 서사화되면서 그 위기의 주체인 천자를 중심으로 한 기존 권력의 무력함을 비판적으로 드러내고 있는 점을 주목할 필요가 있다.


## 5.

본고에서는 〈소대성전〉 완판 43장본을 대상으로 〈소대성전〉의 서사체계를 분석하면서 그 갈등 양상을 살펴보았다. 논의 결과를 요약하면서 결론에 대신하고자 한다.

〈소대성전〉은 서사화소가 자연적 시간의 순서에 따라 평면적으로 배열되고 있으며, 주요 인물과 주인공이 일대일로 대응하면서 서사단락을 구성하고 있는 작품이다. 이러한 사실은 〈소대성전〉이 매우 단순한 형식임을 말해주는 것이다. 그리하여 소설의 서사적 관심이 분산되지 않고 전반부의 혼사갈등과 후반부의 국가갈등으로 집약되어 있다.

전반부의 혼사갈등과 후반부의 국가갈등은 각각 상대적으로 독립되어 독자적인 사건을 구성한다. 그렇지만 이 두 개의 사건은 상호연관적이기도 하다. 전반부의 혼사갈등을 통해 주인공의 영웅적 인물 성격화가 이루어지며, 채봉의 의지적 성격화를 통해 절의의 문제를 제기함으로써 후반부의 국가갈등과 관련하여 중세적 이념의 동요에 무력한 기존 권력층을 비판하는 주제적 의미를 생성한다. 후반부의 국가갈등을 통해서는 외적의 침입에 의해 야기되는 중세적 국가질서의 위기가 심각하게 서사화되며, 이를 통해 화이관적 국가질서의 위기에 무력한 기존 권력을 비판하는 주제적 의미를 생성한다. 이는 〈소대성전〉에 구현되고 있는 비판적 성격이다.

하지만 영웅적 주인공의 행동이 천명의 대리자로서 외적의 침입을 물리치고 천자를 중심으로 하는 중세적 지배체제를 옹호하는 것이라는 점에서는 보수적이라고 할 수 있다. 하지만 〈소대성전〉을 비롯한 군담소설이 중세의 태내에서 성장한 고전소설이라는 점을 고려할 때 이를 한계로만 이해해서는 곤란하다. 특히 〈소대성전〉의 경우는 군담소설 가운데 초기소설에 속하므로 더욱 그러하다. 우리가 주목해야 할 것은 외적의 침입에 의해 야기되는 중세적 국가질서의 위기를 소설적으로 형상화하고 있는 점이며, 이러한 형상화를 통해 일정한 비판적 의미를 생성하고 있는 점이다.

# 〈조웅전〉의 현실성과 낭만성

## - 갈등양상과 인물형상을 중심으로 -

### 1.

조선 후기(朝鮮後期)에 오면 문학의 한 갈래인 '소설(小說)'이 크게 성장하게 된다. 이 시기 소설의 양적인 성장은 앞 시기와 비교할 수 없을 정도인데, 이러한 양적인 성장을 주도한 것은 '군담소설(軍談小說)' 또는 '영웅소설(英雄小說)'이라는 개념으로 불리는 일군(一群)의 소설들이었다. 영웅의 일생을 서사적으로 구조화하고 있으며 군사적 대결을 중심 내용으로 형상화하고 있는 점이 그 특성으로 주목되고 있는 이러한 일군의 소설들은 지금까지 전해오는 작품의 양으로만 보더라도 소홀하게 여길 수 없는 것이라 하겠다.[1]

하지만 이 소설군들은 우리가 범박하게 조선 후기 소설이라고 말할 수밖에 없듯이 그 발생과 발전의 역사적 자취를 구체적으로 남겨놓지 않고 있을 뿐만 아니라 작품을 창작한 작가조차도 확인할 수 없어서, 이들에 대한 문학적 본질을 해명하는 데에 많은 어려움을 초래하고 있다.[2]

---

[1] 조동일은 영웅소설의 문학사적 의의로 1. 신소설 이전 소설 중에서 어느 유형보다 작품 수가 많고 2. 대단한 인기를 가졌으며 3. 영웅소설의 출현으로 국문학에서 소설이 중심적인 위치를 차지하게 되었으며 4. 판소리계소설, 신소설 등 후대 소설에 깊은 영향을 미친 점을 주목하고 있다; 조동일, 『한국소설의 이론』, 지식산업사, 1977, 272면. 이러한 조동일의 파악으로 볼 때 영웅소설은 조선후기 문학사적 전환의 추이와 양상을 규명하는 데 있어 중심적 연구대상이라 할 수 있다.

물론 작품 자체가 사회현실을 일정하게 반영하고 있으므로 작픔 자체에서 이러한 어려움을 극복할 수 있는 단서가 마련될 수 있는 가능성은 존재한다. 하지만 현실을 반영한다고 했을 때, 현실의 '무엇'을 '어떻게' 반영하는가에 따라 작품의 내용과 현실의 거리가 무한히 벌어질 수도 있으므로 작품 자체만으로는 충분치 못한 것이 사실이다. 이러한 제약을 극복하기 위해서는 관련 자료의 발굴을 기대해야 하겠지만 이와 동시에 작품에 대한 보다 엄정한 접근과 분석이 요망된다. 그리하여 비록 불충분한 것이라 하더라도 일단 작품 자체에서 해결의 실마리를 찾아나가야 한다.

그동안 이들 소설군을 대상으로 한 연구 작업들은 위에서 어려움으로 제기한 문제들을 해명하고자 노력해 왔으며 한편으로는 일정한 성과를 축적한 것도 사실이다.3) 하지만 주요한 연구경향이라고 할 수 있는 구조적 연구, 유형적 연구는 그 연구방법이 가지고 있는 본래적인 관념적·정태적 시각─구조나 유형의 형식적 보편성을 확인하고자 하는 욕구,

---

2) 이러한 어려움은 모든 연구자에게 공통적인 것이겠지만, 특히 역사주의적·현실주의적 시각과 방법으로 이들 소설의 본질을 규명하고자 하는 연구자에게 있어서는 보다 심각한 것이라고 할 수 있다. 문학을 일정한 시기의 사회적 현실의 형상적 반영으로 보는 연구자에게 있어서 작품의 구체적 창작 시기와 사회적 존재로서의 작가에 대한 이해는 작품의 본질을 해명하고 가치를 규정하는 근본적인 준거점이기 때문이다.

3) 다음과 같은 글들이 대표적인 연구 작업이라 할 수 있다; 주명희, 「군담소설 연구」, 서울대 석사학위논문, 1974. 조동일, 『한국소설의 이론』, 지식산업사, 1977. 민긍기, 「군담소설 연구」, 연세대 석사학위논문, 1980. 박일용, 「영웅소설의 유형변이와 그 소설사적 의의」, 서울대 석사학위논문, 1983. 서대석, 『군담소설의 구조와 배경』, 이화여대출판부, 1985. 민긍기, 「영웅소설의 의미체계 연구」, 연세대 박사학위논문, 1985. 임치균, 「영웅소설 연구─탄생과 투쟁을 중심으로」, 서울대 석사학위논문, 1985. 임성래, 「영웅소설의 유형연구」, 연세대 박사학위논문, 1986. 김용범, 「영웅소설에 나타난 도교사상 연구」, 한양대 박사학위논문, 1989. 김경숙, 「군담소설 연구─유형성과 수용적 의미를 중심으로」, 연세대 박사학위논문, 1991. 강상순, 「영웅소설의 형성과 변모 양상 연구─서사구조와 인물 형상화의 양상을 중심으로」, 고려대 석사학위논문, 1991.

보편적 틀 안에서의 기능적 비교—으로 인해 작품 자체에 형상화되고 있는 역사적·현실적 의미들을 충분히 포착해 내지 못했다.

그렇다면 조선 후기에 광범위하게 창작·유통되었으나 그 생산과 수용의 현실적 토대가 모호한 이들 소설들의 문학적 본질을 밝혀내고 이를 소설사에 정당하게 자리매김할 수 있는 길은 무엇인가? 지금 현재로서는 작품 자체일 수밖에 없다. 작품 자체에 대한 진지하고도 꼼꼼한 분석을 통해 작품 자체가 스스로 자신의 정체를 드러내도록 해야 한다.

이 글에서는 군담소설, 영웅소설이라고 불리는 소설들 가운데 〈조웅전〉을 대상으로 그 형상적 반영의 특성을 갈등 양상과 인물 형상을 중심으로 살펴보고 그 역사적·현실적 의미를 따져 보고자 한다. 〈조웅전〉은 지금 남아 있는 이본(異本)의 양(量)으로나 문학적 형상화의 질(質)로나 이들 소설 가운데 대표적인 작품으로 평가받고 있으므로 선택된 것이다. 구체적으로 분석되는 작품은 〈조웅전〉 이본 가운데 [완판 88장본]이다.4)

---

4) 조웅전 이본에 대해서는 조희웅의 토고가 정밀하다; 조희웅, 「조웅전 이본고」, 『조웅전』, 형설출판사, 1982. 조희웅은 이 논문에서 조웅전의 이본으로 완판 10종, 안성판 1종, 경판 4종, 활판 6종이 현재까지 알려진 판본이며, 그 외 필사본은 일일이 제시하기 어려울 정로도 다수 존재하고 있다고 보고하고 있다. 이 이본들을 내용상으로 검토해 보면 단편의 경판계와 장편의 완판계로 분류된다고 하는데, 이 둘 사이에는 근본적인 차이가 없으며, 둘 사이의 양적인 차이는 스토리 전개 상에서 삽화의 다과에 의한 것이 아니라 세부적인 묘사의 첨삭에 의한 것이라 하고 있다. 그러므로 작품 분석의 주 자료로 완판을 선택하느냐 경판을 선택하느냐 하는 것은 큰 의미가 없다고 본다. 그렇지만 완판과 경판 사이에 나타나는 변이가 본고의 논지와 관련될 경우에는 그 둘의 차이를 밝히고자 한다. 본고에서 분석의 주 자료로 선택한 「완판 88장본」은 김동욱 편, 『영인 고전소설판각본전집』3, 연세대 인문과학연구소, 1973.에 수록되어 있는 것이다. 이하 이 자료를 인용할 경우에는 『전집』이라 표기할 것이다. 주 자료를 선택함에 있어 경판과 완판 가운데 어느 것이 선행본인가 하는 문제도 논지에 영향을 미치므로 고려해야 할 사항이나 이를 판별할 명확한 근거가 없어 곤란하다.

2.

　소설이 '자아와 세계의 대결'을 서사화하는 갈래이고, 서사세계에서 이루어지는 이러한 '자아와 세계의 대결'이 현실을 일정하게 반영한 것이라면, 소설 작품 자체의 본질적 의미를 해명하기 위해서는 무엇보다도 소설적 대결 자체를 문제 삼아야 한다. 대결을 '서로 용납할 수 없는 두 주체의 맞섬'이며 그 맞섬의 서사적 양상을 '갈등'이라고 할 때, 소설적 대결은 곧 소설적 갈등이라고 할 수 있다. 소설은 서사적 전개의 전 과정을 통해서 작품에서 문제시되는 갈등이 어떻게 발생되고 발전되며 극복되는가를 제시하고 해명하고 있는 것이라고 해도 과언이 아니다.

　그렇다면 〈조웅전〉의 소설적 갈등은 어떻게 발생되고 발전되며 극복되는가? 〈조웅전〉을 끝까지 읽노라면 우리는 텍스트의 전편에 걸쳐 서로의 의지를 굽히지 않고 서로를 용납하지 않으려고 하는 조웅과 이두병이라는 두 인물을 확인할 수 있다. 조웅은 끊임없이 이두병에게 복수(復讎)를 다짐하고 이를 실천하며, 이두병 또한 조웅을 제거하고자 힘쓴다. 이로 보면 갈등의 핵심은 조웅과 이두병의 대립이라고 할 수 있다.5) 그렇다면 그들이 대립하는 이유는 무엇인가? 조웅과 이두병의 대립을 이해하기 위해서는 먼저 조웅의 아버지인 조정인6)과 이두병의 대립 그리

---

5) 작품의 첫머리부터 제시되고 있는 조웅과 이두병, 이두병의 아들 이관의 다음과 같은 말에서 조웅과 이두병의 첨예한 대결을 읽을 수 있다.
　　이관: 조웅이 벼슬하면 그 부의 원수를 생각하리니 어찌 근심되지 아니하리오. 미리 없앰이 마땅하되 아직 벼슬 아닌 아이를 어찌 죄를 얻으리오.(『전집』 104면)
　　이두병: 이후에 만일 조웅의 말로써 천거하는 자 있으면 죄를 쓰리라.(『전집』 105면)
　　조웅: 모친은 염려치 말으소서. 사람의 사생은 재천하옵고 영욕은 재수하오니 어찌 염려 있사오며 또 남의 자식이 되여 어찌 불공대천지수를 목전에 두고 그저 있사오리까.(『전집』, 104면)
　　『전집』의 인용은 필자가 현대어 표기로 고친 것이다. 이하 마찬가지이다
6) 주요 인물의 이름이 완판과 경판에서 달리 표기되고 있다. 조웅의 아버지는 완판에

고 송나라 황제인 송 문제와 이두병의 대립을 살펴보아야 한다.

> (가) 이적에 간신이 시기하여 우승상 이두병의 참소함을 보고 승상이 미
> 리 음약하여 죽으니, 문제 애통하여 제문 지어 조상하시고 충렬묘를
> 지어 화상을 그려 넣고 시시로 거동하더니[7]

작품에는 조정인과 이두병이 무엇 때문에 대립하는지 분명하게 서술
되어 있지 않다. 단지 이두병의 참소(讒訴)를 당해 조정인이 자살한 사
실만을 알 수 있을 뿐이다. 하지만 위의 (가)에서 이두병을 간신(奸臣)이
라고 한 점으로 미루어 보아 조정인은 충신(忠臣)이라고 할 수 있으므로,
일단 간신과 충신의 대립이라고 파악할 수 있겠다.

그렇다면 충신인 조정인이 왜 자살을 해야만 했는가가 의문이다. 송
(宋) 문제(文帝)가 조정인의 죽음을 애통(哀痛)해 하고 있는 것으로 보
아, 조정인을 총애(寵愛)했음을 알 수 있으므로, 그의 죽음은 더욱 납득
하기 어렵다. 하지만 이러한 의문에 대한 답은 송 문제와 이두병의 대립
을 통해 쉽게 찾을 수 있다. 송 문제는 조정인이 자살한 후에도 자주 조
정인의 묘(廟)에 거동하며, 조정인의 부인을 승품(陞品)하고, 그 아들 조
웅을 불러 다음과 같이 말한다.

> (나) 충신지자는 충신이요, 소인지자는 소인이로다. 내 오늘날 네 거동을
> 보매 충효에 벗어나지 아니하니 어찌 아름답지 아니하리오. 또한 나이
> 칠세라 하니 짐의 태자와 동갑이라 더욱 사랑읍도다.[8]

---

서는 조정인으로 경판에서는 조정으로 표기되어 있으며, 이두병의 아들은 완판에서
는 이관으로 경판에서는 (이)두관으로 표기되어 있고, 조웅의 원조자로 주요한 역할
을 하는 완판의 월경대사, 천관도사도 경판에서는 월정도사, 광산도사로 표기되어 있다.

7) 『전집』, 103면.

8) 『전집』, 103면.

(다) 저 아이는 충신 아무의 아들이라. 너와 동갑이요, 또한 충효를 겸하
였으니 타일에 국사를 도모하라. 짐이 망팔쇠년에 협정지인을 얻었으
니 어찌 즐겁지 아니하리오.9)

위의 송 문제의 말로 미루어 보면 그는 충신을 간절히 바라고 있음을
알 수 있다. 조웅을 보고 협정지인(協政之人)이라고 하는 것도 바로 그
런 이유에서이다. 그렇다면 이두병은 황제와 함께 정사(政事)를 의논할
만한 상대가 아니라는 말인데, 이두병이 조정에서 차지하는 위치로 보아
이는 쉽게 납득할 수 없는 것이다.10) 결국 송문제와 이두병 사이에 갈등
[황권(皇權)과 신권(臣權)의 갈등]이 존재함을 짐작할 수 있는데, 그렇다
면 조정인의 자살은 황제의 권위를 옹호하는 세력[조정인]과 황제의 권
위에 대항하는 세력[이두병] 사이의 권력투쟁에서 황제의 권위를 옹호하
는 세력이 패배했음을 의미하는 것이다. 송 문제와 조정인의 패배는 급
기야 송 문제의 죽음 이후 이두병의 대권 찬탈(大權簒奪)로 귀착된다.

(라) 천하는 비일인지천하요 조정은 무십대지조정이라. 이제 어찌 팔세 동궁
에게 위를 전하리오. 또한 황제 붕하실 때 승상과 협정하라 하온 유언이
계신들, 국무이왕이요 민무이천이오니, 어찌 협정왕을 두리오.11)

(라)는 신하들에 의해서 이두병이 황제로 추대되는 논리이다. 이것으

---

9) 『전집』, 103면.

10) 이두병이 조정에서 차지하는 위치는 이두병의 참소로 인해 황제의 측근인 조정인
이 자살하는 것으로도 충분히 알 수 있다. 그 외에 조정인의 아들인 조웅의 벼슬길을
막는다든가, 아무런 반대 없이 스스로 황제에 오른다든가 하는 데서 이를 충분히 확
인할 수 있다. 텍스트에서도 서술자 개입을 통해 이를 분명히 드러내고 있다; 원래
이두병은 아들이 오형제라. 벼슬이 다 일품에 거한고로 만조제신이 다 형세를 두려워
이관 등 말대로 하는지라.(『전집』, 104면)

11) 『전집』, 105면.

로 "시절이 태평하여 사방에 일이 없고 백성이 평안하여 격양을 일삼던"[12] 송 문제를 정점으로 한 정치질서는 붕괴된 것이다. 조웅과 이두병의 갈등은 정치적 패권을 둘러싼 송 문제·조정인과 이두병의 갈등에 기초하여 발생한 것이며, 조웅은 송 문제를 옹호하던 구정치질서의 대리인 자격으로, 이두병은 구정치질서를 타도한 신정치질서의 대리인 자격으로 갈등하게 되었던 것이다.[13]

<조웅전>에서 서사화되고 있는 대립 양상으로 또한 주목되는 것은 위왕·조웅과 번왕의 대립이다. 오랜 유랑(流浪)의 고난 끝에 월경대사와 천관도사에게 구원(救援)된 조웅은 구정치질서 회복을 위한 싸움을 시작한다. 조웅은 위왕을 도와 서번의 침략을 물리치는 싸움을 시작으로 구정치질서 회복의 서막(序幕)을 연다. 그렇다면 왜 조웅은 위왕을 도와 번왕을 물리치는가? 위왕과 번왕의 대립은 무엇 때문이며, 번왕을 물리치는 일이 구정치질서 회복과 무슨 관련이 있는가?

> (마) 네 저를 아는다. 아무 별은 저러하고 아무 방은 이러하고, 중국은 이러하고 각성 방위가 두성을 정치 못하니 시절이 크게 요란한지라. 즉금 서번이 강성하여 대국을 취하려 하니 네가 대공을 이루되 형세를 보아 위국을 돕고, 인하여 대공을 회복하라.[14]

(마)는 천관도사의 발화이다. 천관도사는 조웅에게 서번이 강성(強盛)

---

12) 『전집』, 103면.

13) 이러한 정치적 패권과 관련된 갈등의 근저에 자리잡고 있는 것이 바로 조웅의 복수의식이다. 조웅의 복수의식은 정치적 패권과 관련된 갈등의 소산이면서 또한 정치적 패권과 관련된 갈등이 극복됨으로써 해소되는 것이므로, 갈등의 중심인물로서의 조웅의 행위를 개인적인 의식지향으로만 파악하는 것은 일면적인 이해에 불과하며, 이러한 이해는 <조웅전>의 주제 자체를 왜곡할 가능성이 있다.

14) 『전집』, 119면.

하여 대국(大國)을 취하려 하니 나가 싸워 대공(大功)을 이루라고 한다. 오랑캐인 서번이 중국을 침략하려 하니 물리쳐야 한다는 것이다. 위왕을 도우라고 하는 것으로 보아, 위왕은 조웅이 연대(連帶)할 인물임을 알 수 있다. 서번왕이 위왕을 공격한 것은 대국을 취하려고 하는 데 위왕이 장애가 되기 때문이다. 이러한 장애는 단순한 지형적 장애가 아니라 정치적 장애를 의미한다. 위왕은 중국 황제를 정점으로 한 지배질서를 추종(追從)하므로, 번왕에게 있어서는 먼저 제거해야 할 대상에 해당된다. 그러므로 조웅이 위왕을 도와 서번왕을 물리친 것은 구정치질서 회복을 위한 정치적 세력 규합의 의미를 지니고 있는 것이다.[15)

이상에서 조웅과 이두병의 대립을 중심으로 갈등의 구체적 내용에 대해 살펴보았다. 이를 핵심적으로 압축해 표현한다면 '황권(皇權)을 둘러싼 지배질서의 문제'라 할 수 있다. 그렇다면 이러한 갈등을 서사화한 이유는 무엇인가? 현실의 어느 부면(部面)을 이러한 서사적 갈등으로 반영한 것인가? 여기서 우리가 분명히 짚고 넘어가야 할 것은 대권(大權)을 둘러싼 지배질서의 문제는 전란(戰亂)의 경험이라든가 한 인물의 몰락과 상승을 최상위(最上位)에서 규정하고 있는 것이라는 점이다. 대권을 둘러싼 지배질서의 문제는 텍스트에 서사화되고 있는 군담(軍談)의 궁극적인 추동인(推動因)이면서, 인물의 몰락과 상승의 폭을 제한하는 본질적인 것이라 할 수 있다. 따라서 갈등의 현실적 의미를 파악하는 길은 곧 갈등의 핵심적 내용인 '대권을 둘러싼 지배질서의 문제'가 현실적으로 의미하는 바가 무엇인가를 질문하는 것에 다름 아닌 것이다.

---

15) 완판본에서는 조웅이 나타나 이두병의 찬탈을 말해주기까지 위왕이 그 사실을 모르고 있었던 것으로 되어 있으나, 경판본에서는 위왕이 그 사실을 알았으나 어찌하지 못했음을 자탄하고 있는 것으로 되어 있다. 이 부분은 경판이 보다 합리적이라고 할 수 있다. 조웅과 번왕의 대립은 완판본이 매우 긴 분량으로 자세하게 서술하고 있는 데 비해 경판본은 간략하게 축약되어 있다. 하지만 대립의 구도상 둘 사이에 차이는 없다.

## 3.

〈조웅전〉에서 조웅과 이두병의 대립을 중심으로 서사화되고 있는 '대권(大權)을 둘러싼 지배질서의 문제'가 현실의 어느 부면과 연관되는 것인가를 해명하는 것이 과제라 했다. 이것을 해명하기 위해서 먼저 주목해야 할 것은 〈조웅전〉의 공간배경이 중국이라는 점이다. 중국이 배경인 작품은 비단 〈조웅전〉뿐만 아니다. 군담소설의 범주에 포함되는 대부분의 작품들은 중국을 배경으로 하고 있다. 그렇다면 왜 중국을 배경으로 설정한 것일까?

민긍기는 군담소설의 공간배경을 중국으로 설정한 이유를 '이조소설(李朝小說) 독자들의 경향'에서 찾았다. 즉, 이조소설 독자들이 소설에서 역사적 실재성을 요구하는 경향(주인공의 실재성)을 가지고 있었으며, 역사를 설화의 구조로 인식하려는 경향(사건전개의 필연성)을 가지고 있었고, 소설의 주인공이 부귀영화를 실현하는 것을 봄으로써 만족감을 맛보려했다(독자들의 취향)는 점을 들어 그 이유를 해명하고 있다.[16] 김용범은 소설의 배경을 장소적 요소 이상의 의미를 지니지 않는 허구적 공간개념으로 파악해야 한다고 하면서, 배경을 중국으로 설정함으로써 보다 자유로운 공간해방을 얻을 수 있었으며, 독자들에게 소설적 허구를 인식시켰다고 설명하고 있다.[17]

하지만 이런 설명은 불충분하다. 배경이 되는 공간은 인물이 행동하고 서사적 갈등이 전개되는 물리적인 장소(場所)로, 서사적 의미를 생성하는 데 있어 핵심적인 요소에 해당된다. 그러므로 민긍기의 경우 독자들의 경향으로부터 배경 설정의 이유를 해명하기 이전에 먼저 작품의 서사

---

16) 민긍기, 「군담소설 배경고」, 『마산대학논문집』제4집, 1982, 92면.
17) 김용범, 『도교사상과 영웅소설』, 문학아카데미, 1991, 35-37면.

적 맥락 속에서 배경 설정의 의미를 질문해야 했다. 김용범의 경우에는 소설의 허구성을 들어 배경 설정의 의미를 질문하는 것조차 회피하고 있으나 이는 결과적으로 소설의 허구가 현실적 개연성을 바탕으로 그축(構築)되어진 것임을 무시한 것일 뿐이다.

중국이 배경으로 설정된 것은 작품 자체의 갈등이 중국을 문저 삼고 있기 때문이다. 대립의 기축(基軸)을 형성하고 있는 인물인 황제와 신하, 황제와 제후 등 봉건적 지배질서의 수직적 신분관계를 표상하는 인간들의 관계를 동아시아적 차원에서 펼쳐 보이려면 당연히 그 배경은 중국이어야 한다. 또한 그 인간들의 관계가 변화하는 양상을 구체적으로 펼쳐 보이기 위해서도 당연히 그 배경은 중국이어야 한다. 황제를 중심으로 한 구지배질서가 이두병[신하], 서번왕[제후] 등에 의해 도전 받고 심지어 붕괴되는 위기에 직면하며 이러한 위기는 영웅적 주인공어 의해 극복된다. 이러한 중세적 지배질서의 전변(轉變)을 전면적으로 펼쳐 보이기 위해서는 지배질서의 중심적 위상(位相)을 차지하고 있는 중국이 그 배경이 되는 것은 당연하다.

그렇다면 중국을 배경으로 설정하여 전면적으로 드러내고자 했던 동아시아 지배질서의 위기의 현실적 토대는 무엇인가? 그것은 16세기 말~17세기 중엽에 걸쳐 진행됐던, 조선(朝鮮), 중국(中國), 일본(日本), 만주족(滿洲族)이 모두 관여된, 1592년부터 본격적으로 시작된 조선에서의 임진왜란으로부터 1644년의 청(淸)나라의 중국지배로 종결된, 엄청나면서 충격적인 바로 그 동아시아의 전란(戰亂)이다. 임진왜란은 조선에 국한된 전쟁이었지만, 그것이 당시의 동아시아 지배질서에 끼친 영향은 대단한 것이었다. '정명가도(征明假道)'를 명분으로 한 일본의 조선침략은 동아시아의 수직적 지배질서의 재편을 가져왔을 뿐만 아니라 봉건이념의 위기를 초래했다. 동아시아 봉건적 지배질서의 정점(頂點)인 중국의 명나라가 오랑캐인 일본의 정벌 대상으로 선언된 것은 일종의 반란이며, 지배질서를 동요시킨 것이다. 북방의 오랑캐인 만주족에게 조선이 항복했으며, 명(明)나라가 패망하고 만주족이 중원을 차지한 것 또한 반란이며, 이로써 지배질서는 붕괴되었다.[18)

청나라의 중국 지배는 중화(中華)를 중심으로 한 동아시아의 수직적 지배질서를 이념적 이상으로 신봉했던 조선에 매우 중대한 위기를 조성했다. 이러한 위기를 극복하는 길은 구지배질서의 이념과 명분을 더욱 강화하여 균열을 봉합하거나 아니면 새로운 지배질서를 구축하기 위해 새로운 이념을 안출하는 것이었는데, 조선의 봉건지배층은 전자의 길로 나아갔다. 구봉건질서를 더욱 강화하는 방향으로 지배질서를 구축하고자 했던 봉건지배세력은 이미 붕괴된 수직적 질서의 정점인 명나라를 대신한다는 소중화(小中華) 사상을 명분으로 내세워 지배력을 계속 유지할 수 있었다. 그들은 이러한 명분을 당파(黨派)를 통한 이론투쟁으로 표출했는데, 이론투쟁은 관혼상제(冠婚喪祭)의 의례(儀禮)에 관한 성리학적 해석인 '예론(禮論)'을 매개로 이루어졌으며, 붕괴된 구지배질서를 회복을 명분으로 한 '북벌론'을 통해 헤게모니를 장악해 나갔다.

> (바) 연달아 갑신년(인조 22, 1644)의 변란을 만나서 황경이 전복하여 천하에 임금이 없게 되었으니, 이는 비록 이 오랑캐의 소행이 아니라 하나 시기를 타서 악을 마구 부려 우리의 침묘(寢廟)를 쓸어 버리고 우리의 황족(皇族)을 섬멸하였으니, 가슴 아픈 일입니다. 홍광황제(弘光皇帝)에 이르러 남쪽에서 즉위하여 대통(大統)이 존재하고 있으니, 우리나라가 비록 빙향(聘享)의 예를 행한 일은 없으나 이는 우리 신종황제(神宗皇帝)의 골육인데, 군신(君臣)의 큰 의리를 어찌 멀리 있다고 하여 간격

---

18) 『한국민중사 I 』(풀빛, 1986)에서는 "동요하던 중세적 질서는 완전히 해체의 길로 접어 들었다."(269면)고 서술하고 있다.

을 두겠읍니까. 그런데 어찌 하늘이 재앙을 계속 내려 역적 오랑캐가 다시 시역(弑逆)을 자행할 줄을 생각하였겠니까. 일월(日月)이 비치고 상로(霜露)가 떨어지는 곳에 사는 모든 성명(性命)을 가진 유라면 그들과 한 하늘 밑에 함께 살 수 없는 의리를 가지지 않는 자가 없을 터인데, 더구나 우리나라는 신종황제의 은혜를 힘입어 임진년의 변란에 종사가 이미 폐허가 되었다가 다시 존재되고, 생민이 거의 다 없어질 뻔하다가 다시 소생되지 않았읍니까. 우리나라의 풀 한 포기 나무 한 그루, 백성의 머리털 하나까지도 황은(皇恩)을 입은 것입니다.[19]

(바)는 북벌론의 이념적 리더였던 송시열(宋時烈, 1607~1689)이 쓴 「기축봉사(己丑封事)」의 한 부분이다.[20] 명나라를 정점으로 한 구지배질서의 붕괴에 대한 원독(怨毒), 통분(痛憤)을 직접적으로 표출하고 있는 이 글에서, 그는 대명의리론[中華中心主義]을 바탕으로 오랑캐[淸]를 정벌하고자 하는 북벌론(北伐論)의 대립 구도를 분명히 드러내고 있는데, 이러한 대립 구도는 〈조웅전〉을 비롯한 군담소설에서 문제 삼고 있는 동아시아 지배질서의 문제와 그대로 조응하는 것이다. 따라서 〈조웅전〉과 같이 중국을 배경으로 동아시아 지배질서의 위기와 그 회복의 과정을 서사화하고 있는 군담소설 텍스트의 현실적 기초를 '북벌론'이라 할 수 있다. 물론 이때의 현실이란 지배이념 차원의 현실을 의미한다. 실제로 '북벌'이란 역사적 사건은 실행된 바 없으며, 따라서 경험할 수 없었던 관념에 불과했던 것이다.

조동일은 〈조웅전〉에서 서사화되고 있는 갈등의 현실적 기초를 당쟁

---

19) 「己丑封事」, 『國譯 宋子大全』, 민족문화추진회, 1988, 卷5, 273－274면.

20) 북벌론과 송시열에 관해서는 다음의 논문을 참고하면 자세히 알 수 있다; 이영춘, 「우암 송시열의 존주사상」, 『청계사학』2, 한국정신문화연구원 청계사학회, 1985. 이경찬, 「조선 효종조의 북벌운동」, 『청계사학』5, 한국정신문화연구원 청계사학회, 1988.

(黨爭)이라 한 바 있다. 물론 조동일도 또한 동아시아 지배질서의 위기를 영웅소설을 이해하는 데 있어 간과할 수 없는 것임을 언급하고는 있지만 그 언급의 맥락은 갈등의 현실적 기초인 국내 통치 질서의 위기[당쟁]의 배경을 설명하기 위한 것이었을 뿐이다.

> (사) 당쟁이 격화되면서 당쟁에서 패하여 몰락하게 될 위기를 방지하기 위해서 또는 몰락한 자가 다시 상승의 기회를 포착하기 위해서 대의명분을 둘러싼 사상적 논쟁을 격화시키지 않을 수 없게 된 것이다. 그리하여 영웅소설에서 충신과 역적 사이의 싸움이 벌어지듯이, 충신이냐 역적이냐 하는 싸움이 벌어졌고, 소설에서나 실제 정치에서나 이 싸움은 몰락의 위기와 결부되어 타협의 여지가 없는 격렬한 양상을 띠게 되었다.[21]
>
> (아) 노론의 영수로서 당쟁의 선두에 섰던 송시열로서는 철학적 논쟁과 정권을 장악하기 위한 투쟁이 구별될 수 없었다. 이러한 사정은 대부분의 영웅소설에서 자아와 세계의 대결이 조정에서의 권력투쟁 때문에 벌어지는 당론적 성격을 띤 것과 대응된다.[22]

이러한 조동일의 언급에서, 그가 갈등 양상의 현실적 기초를 당쟁으로 파악하고 있음을 분명히 확인할 수 있다. 하지만 당쟁의 문제는 체제내(體制內) 문제인 것이다. 당파적 갈등은 왕[황제]을 정점으로 하는 수직적 지배질서를 온존시킨 채, 그 안에서 갈등하는 것이다. 하지만 〈조웅전〉의 갈등은 '이두병의 찬탈'이나 '번왕의 침입'에서 드러나듯이 체제내 갈등이 아니다. 충신과 간신(奸臣)의 대립에 의해 조성된 갈등이 아니라 충신과 역신(逆臣)의 대립에 의해 조성된 갈등이며, 중국의 황제를 긍정하면서 조성된 외적의 침입이 아니라 중국의 황제를 근본적으로 부정하

---

21) 조동일, 앞의 책, 362면.
22) 조동일, 위의 책, 380-381면.

면서 조성된 외적의 침입이라는 것이다. 이러한 충신과 역신의 대립, 중국 황제의 중심성을 부정하는 외적의 침입은 곧 중세적 이념이나 중세적 질서의 근본적 위기를 표상하는 것이라 보아야 한다.

앞서 언급했듯이, 이러한 위기의 표상은 북벌론과 연관된다. 붕괴된 동아시아의 수직적 지배질서를 회복하려는 열망이 북벌론의 이념적 내용이기 때문이다.23) 그러므로 〈조웅전〉 갈등양상의 현실적 기초는 동아시아의 수직적 지배질서의 복원을 지향하는 북벌론에 있는 것이다.


4.

〈조웅전〉 갈등양상의 현실적 기초가 '북벌론'이라 했다. 하지만 이것

---

23) 임성래는 이미 〈조웅전〉 갈등 양상의 현실적 기초를 북벌론으로 파악한 바 있다. (『영웅소설의 유형 연구』, 연세대 박사학위논문, 1986) 필자는 임성래의 이러한 파악을 작품의 서사적 갈등 양상의 심화된 분석을 통해 구체적으로 입증하고자 하는 것이다. 그렇다고 해서 임성래와 필자의 생각이 전적으로 동일한 것은 아니다. 임성래가 〈조웅전〉을 인륜수호형 영웅소설이라 유형화한 데서 알 수 있듯이, 그는 작품의 서사적 전개의 핵심을 '주인공이 부친의 원수를 갚는다는 인륜에 바탕을 둔 복수'에 있다고 파악한다. 이에 비해 필자는 동아시아 지배질서의 붕괴와 회복에 그 핵심이 있다고 파악한다. 이 차이는 갈등양상의 현실적 반영을 얼마나 적극적으로 해석해 낼 수 있느냐 하는 점에서 매우 중요하다. 김경숙과 강상순은 〈조웅전〉 갈등양상의 현실적 기초를 '세도정치(勢道政治)'로 파악하기도 했다.(김경숙, 「군담소설 연구-유형성과 수용적 의미를 중심으로」, 연세대 박사학위논문, 1991. 6. 강상순, 「영웅소설의 형성과 변모양상 연구」, 고려대 석사학위 논문, 1991, 12.) 이들은 이두병의 전횡에 주목하여 이를 18세기 말 이래 19세기 전반의 세도정치 상황의 반영으로 파악하고 있다. 이러한 이들의 파악은 다음과 같은 문제가 있다. 첫째, 작품의 서사적 갈등에서 볼 때 이두병의 전횡이 아니라 이두병의 찬탈에 서사적 갈등이 집중되고 있는 것이다. 둘째, 이들은 〈조웅전〉의 창작 시기를 18세기 말에서 19세기 초·중엽으로 설정하고 있는데, 세도정치가 시작된 것은 순조(1800~1843) 때, 즉 19세기부터이다. 〈조웅전〉이 19세기 들어와 비로소 창작된 것이라고 주장한다면, 〈조웅전〉은 창작될 당시의 정치적 모순을 직접적으로 반영한 작품이 되는데, 과연 그럴 수 있는지 의문이다.

을 지적하는 것만으로는 갈등양상의 현실적 의미를 파악하는 데 불충분하다. 한 편의 소설 작품의 의미를 온당하게 이해하고자 했을 때, 작품이 현실의 어느 부면을 반영하고 있는 것인가를 우선 따져보아야 하지만 동시에 이러한 현실을 어떻게 반영하고 있는가 하는 반영의 방식에까지 관심을 확대해야 한다. 즉 반영의 토대로서의 현실과 작품 속에 반영된 현실과의 차이까지도 문제 삼아야 한다는 것이다.

작품에 반영된 현실을 파악하고자 할 때 우선 주목해야 할 것은 인물이다. 인물은 갈등의 당사자로 갈등의 방향을 규정하는 동인이기 때문이다. 〈조웅전〉에는 여러 인물이 등장한다. 작품의 주인공인 조웅을 중심으로 생각한다면, 이두병으로 대표되는 적대자(敵對者), 월경대사로 대표되는 구조자(救助者), 천관도사로 대표되는 원조자(援助者), 강백으로 대표되는 보조자(補助者), 장소저로 대표되는 결연자(結緣者) 등으로 인물들을 구분할 수 있다. 이러한 인물들의 관계 속에서 갈등이 발생하고 발전하며 극복된다. 이때 이러한 인물들의 형상적 특성은 바로 갈등의 질을 규정하는 요인이 된다.

먼저 조웅의 인물형상에 주목해 보자. 조웅은 아버지 조정인과 이두병의 대립의 결과 유복자(遺腹子)로 태어났다. 이러한 그의 출생 조건은 그의 삶을 '복수(復讐)'라는 윤리적 명령과 긴밀히 결합시키게 되며, 이러한 윤리적 명령은 곧 현실의 정치질서와 맞서야 하는 역사적 명령으로 전화하게 된다. 조웅은 일곱 살이라는 어린 나이에 이미 이러한 자신의 사명을 자각하고 있는 것으로 그려진다.

> (자) 모친은 염려치 말으소서. 사람의 사생은 재천하옵고 영욕은 재수하오니 어찌 염려 있사오며, 또 남의 자식이 되어 어찌 불공대천지수를 목전에 두고 그저 있사오리까. 복망 모친은 조금도 염려치 말으소서.[24]

(차) 하교지하에 극히 황공하오나, 소신이 나이 어리옵고 또한 국체자별
   하오니 어찌 벼슬없는 여가 아이 궐내에 거처하오리까. 국정에 극히
   미안하옵고, 또 국사 지중하옵거늘, 이제 폐하 어린아이를 대하옵시
   고 국사를 의논하옵시니 어찌 두렵지 아니하오리까. 복원 폐하는 소신
   이 물러가와 입신 후에 다시 현알하오리다.[25]

(카) 모친은 불효자를 생각지 마옵시고, 천금귀체를 안보하소서. 꿈같은
   세상에 유한한 간장을 상케 말으소서. 일생일사는 제왕도 면치 못하옵
   거늘, 어찌 한 번 죽음을 면하리까. 짐작하옵건대 이두병은 우리 원수
   요 우리는 저의 원수 아니오니, 어찌 조웅이 이두병의 칼에 죽사오리
   까. 조금도 염려치 말으소서.[26]


(자)로 볼 때 조웅은 자신의 사명에 대하여 분명히 자각하고 있음을 알
수 있다. 자각에 그치고 있는 것이 아니라 자신에 차 있기까지 하다. 이
러한 조웅의 형상은 사회적 존재로서의 모습이다. 이미 어린 나이에 사
회적 존재로서의 모습을 훌륭히 갖추고 있는 것이다. (차)에서 사회적 존
재로서의 조웅의 모습이 다시 확인된다. 국체(國體)니 국정(國政)이니
국사(國事)니 하는 말을 서슴없이 하면서 분별력을 보여주고 있는 조웅
은 예사 어린아이가 아님이 분명하다. 어찌 보면 이러한 조웅의 형상은
비현실적인 것이라 생각되기도 한다. 하지만 이는 유교적(儒敎的) 사회
화(社會化)의 과정에서 충분히 나타날 수 있는 모습이기도 하다.
  조웅이 사회적 존재로서의 모습을 훌륭히 갖추고 있다고 해서, 자신에
게 부여된 사명을 완수할 수 있는 능력을 지니고 있는 것은 아니다. 황제
가 된 이두병을 공격하는 벽서(壁書)를 붙이고 난 후 쫓기는 조웅의 모습

---

24) 『전집』, 104면.
25) 『전집』, 103면.
26) 『전집』, 105면.

은 왜소하기만 하다. 도적(盜賊)에게 아버지의 화상(畵像)을 빼앗기지 않기 위해 매달리기도 하고, 어머니의 삭발(削髮)을 도우며 하염없이 눈물을 흘리기도 한다. 이처럼 조웅에게는 사회적 존재로서의 자신의 사명에 대한 자각과 신념은 있을지언정, 이러한 사명을 달성할 수 있는 현실적 능력은 결여되어 있는 것이다. 한 나라의 대권을 쥐고 있는 이두병과 맞서기는커녕 하찮은 도적조차 물리칠 힘이 없는 것이다.

사회적 존재로서의 자각과 신념은 갖추고 있으나 왜소한 개인에 불과한 조웅이, 왜소한 개인으로부터 역사적 인간으로 변모하는 데 있어서 결정적인 역할을 하는 것이 바로 조웅의 구원자이다. 조웅은 이들 구원자를 통해 현실의 고난을 극복할 뿐만 아니라 자신의 사명을 달성할 수 있는 능력을 얻게 된다. 이들 구원자 가운데 결정적인 역할을 하는 인물은 월경대사와 천관도사이다.

월경대사는 조웅과 그의 어머니가 이두병에게 쫓겨 죽음을 눈앞에 두고 있을 때, 이들 모자를 구조(救助)하여 거처를 제공하고 조웅에게 글과 술법을 가르쳐 준다. 또한 조웅이 고난을 당할 것을 미리 내다보면서, 앞으로 조웅이 어떠한 삶을 살아가게 될 것인가를 알고 예언(豫言)하기도 한다. 즉 비범한 중이라고 하겠다. 천관도사는 조웅에게 결정적인 능력을 제공하는 인물이다. 월경대사는 조웅을 스스로 찾아 만났지만, 천관도사는 조웅을 시험하여 선택한다. 이는 조웅의 능력 획득에 있어서 천관도사가 차지하는 비중을 단적으로 보여주는 것이다. 조웅은 천관도사로부터 술법(術法)을 익히고 비로소 왜소한 개인으로부터 벗어나게 된다. 천관도사는 조웅에게 능력을 부여해줄 뿐만 아니라 그의 능력이 실현될 것임을 운명적으로 예언하기도 하며 그 시기를 일러주어 조웅으로 하여금 행동하게 한다. 즉 천관도사는 비범한 도인(道人)이라고 하겠다.

사회적 존재로서의 자신의 운명을 자각했지만 왜소한 개인에 불과했던 조웅은 비범한 중인 월경대사와 비범한 도인인 천관도사를 만나 비범한 인간으로 변모한다. 왜소한 개인인 조웅의 인물형상은 작품의 현실성(現實性)의 기초가 된다. 작품의 핵심적인 갈등인 지배질서의 문제가 현실적인 문제라면 왜소한 개인으로서의 조웅이라는 인물은 이러한 현실성의 차원에서 설정된 현실적 인물이라고 할 수 있다. 월경대사나 천관도사 그리고 비범한 조웅과 같은 비범한 인물은 작품의 낭만성(浪漫性)의 기초가 된다. 이러한 작품의 낭만성은 작품의 갈등의 차원에 놓여 있는 것이 아니라, 핵심적 갈등을 해결하는 차원에 놓여 있는 것이다.

지금까지 소설 작품의 반영 방식으로서의 현실성과 낭만성의 문제를 인물형상을 중심으로 살펴보았다. 문제는 〈조웅전〉으로 대표되는 군담소설에 있어서 현실적 갈등과 낭만적 해결을 어떻게 이해해야 하느냐는 점이다.

(타) 영웅소설에서는 자아와 세계의 대결이 天理 또는 道德的 當爲로서의 理에 입각해서 해결된다고 했는데, 天理가 어떻게 작품화되어 있는가 살펴볼 필요가 있다. 天理는 우선 天上界로 나타나 있다. 天理는 자아와 세계의 대결이 이루어지는 차원을 넘어서서 존재한다는 점을 분명하게 하기 위해서 天上界의 설정이 필요한 것이다. 地上界는 陰陽 二氣가 대결하는 차원이라면, 天上界는 陰陽 二氣의 대결을 넘어서 있는 理의 영역이다. 陰陽 二氣의 대결과 그것을 넘어서 있는 理의 二元性을 나타내는데 있어서 地上界와 天上界를 설정하는 것 이상으로 효과적인 방법을 찾기 어려울 것이다. 天理라고 할 때의 天은 원래 공간적인 개념도 아니고 인격적인 것도 아니다. 그러나 소설은 무엇이든지 구체화하고 가시적인 것으로 만들어야 하기 때문에, 地上界 위에 있는 天上界라는 공간을 설정하고, 天上界를 다스리는 上帝와 仙官들을 등장시켰다. 이러한 표현은 理氣哲學 자체와 무관한 것이나,

그것이 의미하는 바는 바로 天理는 陰陽 二氣의 대결을 넘어서 있는 초월적인 것이라는 주장이다. 天上界를 설정하기 위해서는 道敎的·佛敎的 요소가 다채롭게 이용되었다. 道敎的·佛敎的 요소들이 없다면 天上界가 구체화될 수 없을 것이다. 그렇다고 해서 道敎的·佛敎的 요소들을 들어서 영웅소설은 儒·佛·仙 三敎의 사상을 두루 표현하고 있다고 하는 것은 미흡한 해석이다. (……) 道敎的·佛敎的 요소들은 天上界가 地上界에 대해서 초월적인 영역임을 강조하고, 天上界가 근원적인 것임을 말해준다. 地上界에서의 대결이 天上界에서 마련되고 天上界에서 예정된 방향으로 전개된다고 하는 설정은 太極이 陰陽 二氣와 별개의 것이면서 萬化의 樞紐이고 萬品의 根底라는 주장을 소설적으로 표현한 것이다.[27]

(파) 理는 運用·造作을 하지 않고, 發하는 것은 오직 氣라는 것은 이원론적 주기론의 핵심적 주장이다. 이 말은 존재의 원리로서의 理에만 해당하지 않고, 도덕적 당위로서의 理에도 해당한다. 그런데 도덕적 당위로서의 理 또는 天理가 運用·造作하지 않는다는 사실은 天上界의 입장에 선 道僧이 자아와 세계의 대결에 직접 참여하는 當爲者가 아니라는 설정으로 구체화되어 있다. 道僧이 대결의 當爲者라면, 자아는 세계의 도전 때문에 패배를 겪지 않고 세계의 악을 쉽사리 물리칠 것인데, 이와 같은 전개는 찾아볼 수 없다. 道僧은 언제나 나서서 싸우지 않고 산 속에 隱居해 있으며 주인공이 찾아갈 때까지는 그 존재가 확인되지 않는다. 이것은 도덕적 당위로서의 理가 쉽사리 드러나지 않는 것과 같다. 그러면서도 道僧은 불가결한 존재이다. 道僧은 싸움의 당사자가 아니고 자아와 세계의 대결을 초월해 있지만, 道心을 실현하기 위해 싸우는 자아에게 사태를 판단할 수 있는 지혜를 주고 세계를 물리칠 수 있는 힘을 주는 지극히 중요한 역할을 한다.[28]

---

27) 조동일, 앞의 책, 396-397면.
28) 위의 책, 397-398면.

조동일은 〈조웅전〉을 비롯한 영웅소설의 서사 구조를 이원론적 주기론(二元論的 主氣論)의 사유 구조와 상동(相同) 관계로 파악하고 있다. 도심(道心)의 입장에 선 자아가 인심(人心)의 입장에 선 세계에 패배하나 궁극적으로는 도덕적 당위인 이(理)에 의해 도심의 입장에 선 자아가 승리하는 행복한 결말로 끝나는 구조라는 것이다. 이때 도심의 입장에 선 자아는 구체적으로 조웅을 의미하는 것이며, 인심의 입장에 선 세계는 이두병을 의미한다. 또한 도덕적 당위인 이(理)는 구체적으로 말하면 천상계나, 천상계의 입장에 선 도승을 의미하는 것이다. 이렇게 볼 때 영웅소설은 그야말로 철학적·사상적 개념의 물화(物化) 혹은 의인화(擬人化)라 할 수 있다. 다시 말하면 영웅소설에 등장하는 인물은 형상의 외피를 쓴 개념이라고 할 수 있다.

하지만 굳이 이기철학의 사변적인 논리를 따지고 들지 않더라도 인물 형상에 대한 조동일의 이러한 분석은 온당하지 않다. 〈조웅전〉만 가지고 보면 천상계라는 이(理)의 물화는 나타나지 않는다. 적어도 이(理)의 물화로서의 천상계는 말 그대로 비현실적인 관념상의 공간이어야 할텐데, 〈조웅전〉에서는 이러한 관념상의 공간이 설정되고 있지 않다. 월경대사가 거주하고 있는 강선암이나 천관도사가 거주하고 있는 초당모옥(草堂茅屋)은 현실의 공간임이 분명하다. 또한 천상계의 입장에 선 월경대사나 천관도사와 같은 비범한 인물은 그 내용(질)에 있어서는 몰라도 그 형식(양)에 있어서는 엄연한 현실적 인물이다. 단지 그들에게는 남다른 비범한 능력(도술이나 예언)이 있다는 점만이 다를 뿐이다.

조웅이라든가 월경대사, 천관도사가 지니고 있는 비범한 능력은 바로 현실의 이데올로기적 상상인 것이다. 이러한 이데올로기적 상상에 내포되어 있는 내용이 바로 도술(道術)이며 예언(豫言)인 것이다. 실제로 유학자들에게 있어서는 이러한 상상이 결여되어 있다. 유학자들은 현실태 속에서 자신의 이념을 구축하고자 하는 현실적 지향을 지니고 있다[格物致知]. 유교적 현실주의가 바로 이것이다. 그렇기 때문에 그들은 철저하게 소설을 배격했다고도 볼 수 있다. 주제로 충효(忠孝)를 내세우고 유교적 지배이념을 복원(復元)하고 있다 하더라도 그들에게 있어서 소설은 황당(荒唐)한 것에 불과한 것이다. 그러므로 영웅소설에 나타난 낭만성의 기초라고 할 수 있는 도술이나 운명에 대한 예언은 존재원리나 도덕적 당위로서의 이(理)의 물화된 형상이라고 보는 것은 무리가 있다.

임병양난 후의 조선사회에는 불교와 도교가 미신화(迷信化)된 민간신앙의 형태로 광범위하게 유포되어 있었다. 이러한 미신화된 민간신앙형태로서의 불교와 도교 이데올로기는 현실구복(現實求福)적 예언이나 현실도피(現實逃避)적인 도술을 내용적 핵심으로 담고 있었으며, 그리하여 사회적·현실적 문제들도 이러한 예언이나 도술로 해결하려는 탈사회적 지향들이 표출되고 있었다.29) 임병양난 직후에 대거 쏟아져 나온 비기참서(秘記讖書)들이 이러한 현상을 단적으로 보여주는 것이다. 이러한 사실을 고려할 때 〈조웅전〉 등과 같은 군담소설 작품의 낭만적 결구는 바로 이러한 불교와 도교의 이데올로기적 상상이 개입된 것이라고 보는 것이 온당하리라 여겨진다.

유교적 지배이념의 위기라는 현실적 문제가 불교적·도교적 상상에

---

29) 김의환은 「동학사상의 사회적 기반과 사상적 배경」(『한국사상』제7집, 1964)에서 불교와 도교의 미신화 경향과 광범위한 유포를 여러 가지 자료를 들어 입증하고 있다. 김의환의 다음과 같은 말은 이에 대한 직접적인 언급이다; "李朝에서 排斥받고 있는 佛敎가 迷信的인 讖緯思想과 혼합되어 가고 있었으며 또 이같은 迷信的 民間信仰 가운데서 一縷의 生命을 維持하게 되는 것이다."(127면) "이수광의 芝峰類說을 보면 當時 高名人士들도 仙人을 자처하는 사람들이 많이 보이는데 이것도 亦是 當代의 時代風을 反映한 것이라 하겠다. 壬辰亂을 계기로 道敎는 公的 性格을 잃고 완전히 民間信仰化하게 되는데 이같은 信仰이 李朝末 즉 高宗때 民間뿐만 아니라 宮殿내의 支配層까지에도 그것이 流行했는가 하는 것은 ……"(134-135면)

의해 해결 전망을 획득한다는 텍스트의 결구(結構)는 매우 역설적이며 의미심장하다. 갈등 자체에서 이미 유교적 이념 자체의 위기를 현실적으로 드러내고 있듯이, 갈등의 해결 방식에서도 유교적 이념으로 현실의 문제를 극복할 수 없다는 이념의 위기를 드러내고 있다. 중세적 지배질서의 위기를 이중적으로 드러내고 있는 것이다. 하지만 불교나 도교의 이데올로기를 통해 현실의 사회적 질서를 구체적으로 상상하지는 못했다. 이는 조선후기의 민간신앙형태들이 탈사회화되었다는 점과 무관하지 않다. 〈조웅전〉에서 현실의 위기를 복구하는 방식이 유교적 질서를 복원하는 것일 수밖에 없었던 사정이 여기에 있었던 것이다.


5.


이상에서 〈조웅전〉을 대상으로 그 갈등 양상의 핵심은 '중국[황제]을 둘러싼 지배질서의 문제'이며, 그 현실적 기초는 '16세기 말~17세기 중엽 동아시아 전란'과 '북벌론'이라는 점을 살펴보았다. 새로운 보수적 지배이념으로 등장한 '북벌론'은 실학의 발전에 의해 '북학론(北學論)'이 제기되면서 그 허위성(虛僞性)이 비판되기까지 절대적인 권위를 누리면서 자신의 논리를 폭력적으로 관철하게 된다.[30] 역신과 외적의 반란을

─────────────────────

[30] 흔히 북벌론은 효종(1649~1659)의 재위 기간 동안에만 활발했던 것으로 인식하고 있으나, 북벌론이 상부구조의 이데올로기로서 관철되었던 기간은 이보다 훨씬 오랫동안이었다. 효종이 죽고 현종(1659~1674)이 즉위한 이후 효종대의 집권세력인 서인(西人)이 패하고 남인(南人)이 득세한 이후에도 북벌론이 활발히 제기되었으며, 그 중심인물은 송시열에 대해 비판적이었던 윤휴(尹鑴)였다.(이영춘, 앞의 글, 153면) 이것은 북벌론이 당파적 차이에 관계없이 지배층에 의해 통치이데올로기로 이용되었다는 것을 의미한다. 북벌론이 지배이데올로기로서의 영향력을 점하 상실하게 된 것은 북학론이 대두되면서부터로, 북학론에 입각한 본격적인 저술인 박제가의 『북학의』가 1798년에 완성된 것으로 볼 때, 적어도 18세기 말까지는 북벌론의 대항이념의 형

제압하면서 중국 황제 중심의 구질서를 보수·옹호하는 군담소설은 이러한 현실의 문제와 인식에 바탕해 성행했던 것이다.

---

성이 미약했다고 말할 수 있다.

# 〈유충렬전〉과 '가족애'

## 1.

　조선 후기 군담소설(軍談小說) 가운데 〈유충렬전(劉忠烈傳)〉은 군담소설의 두 가지 서사적 관심인 '국가(國家)의 문제'와 '가족(家族)의 문제'를 대등하게 결합하고 있는 혼합 유형의 작품이다.1) 특히 〈유충렬전〉은 강렬한 '가족애(家族愛)'를 바탕으로 '가족의 문제'를 각별하게 서사화하고 있는 특징을 지니고 있다. 기존의 연구에서도 해석의 관건적 요소로 '가족의 문제'를 주시한 바 있으나, '가족의 문제'를 드러내는 〈유충렬전〉 특유의 양상에 대해 보다 정밀하게 포착하지 못했으며, 이로 인해

---

1) 〈유충렬전〉과 텍스트적 특성을 공유하는 일군의 소설을 '영웅소설'이라 개념화하기도 하고 '군담소설'이라 개념화하기도 한다. 이 두 개념 모두 방법적 유효성을 지니고 있는 것이지만, '영웅소설'은 '군담소설'보다 그 추상성의 위계가 높고 외연의 폭이 넓은 개념이어서, 텍스트적 특성과 소설사적 변화를 구체적으로 포착하는 데 한계가 있다고 판단된다. 군담소설은 천자(天子)를 포함한 천자의 가족들의 고난에 서사적 관심을 집중하는 구국형(救國型)과 주인공과 주인공의 가족들의 고난에 서사적 관심을 집중하는 성가형(成家型), 이 두 유형의 특성이 결합되어 공존하고 있는 혼합형(混合型)으로 분류할 수 있는데, 〈유충렬전〉은 혼합 유형에 해당되는 작품이다. 천자를 포함한 천자 가족들의 고난의 정도는 텍스트의 서사 세계에서 조성되는 국가적 위기와 매우 긴밀하게 조응되는 것이므로, 이 두 유형의 결합을 '국가의 문제'와 '가족의 문제'의 결합이라 할 수 있다. 이상 군담소설의 개념과 유형에 대한 보다 상세한 논의는 김현양, 『조선조 후기의 군담소설 연구-개념, 유형, 성격 문제를 중심으로』(연세대 박사학위논문, 1994)를 참조하라.

그 성취와 한계를 선명하게 해명하지 못했다.[2]

〈유충렬전〉의 연구사를 검토해 보면, '역사적 현실 혹은 현실을 구성하는 의식'의 반영으로 텍스트를 독해하는 '반영론적 입장'과 '향유층의 인식 혹은 세계관'의 수용으로 텍스트를 독해하는 '수용론적 입장'이 맞서면서 의미있는 성과를 제출해 왔음을 알 수 있다.[3] 반영론적 입장은

[2] 〈유충렬전〉에서 '가족의 문제'를 주시한 기존의 연구 가운데 특히 주목되는 것은 주명희, 서인석, 진경환, 강상순, 박일용이다. 주명희는 황제를 구출하고 가족을 회복하는 후반부의 이야기를 통해 주인공의 개인적 욕망을 읽어냈으며, 서인석은 가족 회복 서사의 구성적 대칭성을 명징하게 드러냈다. 강상순은 부모 자식 간의 유대의식을 드러내는 발화를 통해 효(孝)가 주인공의 행동 동기의 핵심이 된다고 했으며, 진경환은 아버지(가족)를 내세워 황제를 비판하는 유충렬의 발화를 통해 중세적 질서를 비판적으로 인식하는 의식 주체로서의 개인을 주목했다. 박일용은 유충렬의 고난 극복과 가족의 재회가 구성의 핵심이며 이들 통해 하층민의 체험과 소망을 투영하고 있는 서술시각을 읽어낼 수 있다고 했다. 이들의 연구를 통해 '가족 문제'가 〈유충렬전〉의 구성(구조)과 해석에서 차지하는 지위가 정당하게 인식될 수 있었다. 그렇지만 '가족의 문제'를 드러내는 〈유충렬전〉 특유의 양상을 보다 정밀하게 전면적으로 포착하지 못했으며, '가족의식'을 '개인의식'으로 치환하는 문제를 드러냈다. 강상순은 '효'를 '가족 이기주의'로 해석하는 통찰을 보여주었으나, 이를 유충렬의 가족에게만 한정하여 전면화시키지 못했다; 주명희, 「군담소설연구」, 서울대 석사학위논문, 『국문학연구』 제23집, 1974. 서인석, 「고전소설의 결말구조와 그 세계관」, 서울대 박사학위논문, 1984. 강상순, 「영웅소설의 형성과 변모양상 연구」, 고려대 석사학위논문, 1991. 진경환, 「영웅소설 통속성 재론」, 『민족문학사연구』3, 창작과 비평사, 1993. 박일용, 「〈유충렬전〉의 서사구조와 소설사적 의미 재론, 『고전문학연구』8, 1993.

[3] 연구사를 검토해 보면 기존 논문에서 반영과 수용의 차이를 크게 의식하지 않고 있거나 명백하게 표명하지 않아서, 이 둘의 방법론으로 확연히 구분하기 어려운 경우가 많다. 하지만 작가 의식 혹은 역사적 현실의 반영과 독자의 기대지평의 수용이라는 측면에서 텍스트의 의미를 해석하려 했던 의도가 거의 대부분의 논문에서 발견된다. 90년대를 넘어서면서 반영론과 수용론의 입장을 보다 분명하게 드러내는 논문들이 중요한 성과로 제출되는데, 텍스트를 텍스트가 생산된 역사적 현실 혹은 의식의 반영으로 해석하려는 경향은 진경환과 김현양, 이상구에게서 포착된다. 그 가운데 이상구는 가장 적극적이라 할 수 있는데, 〈유충렬전〉을 봉건해체기, 보다 정확하게 말하면 19세기 중엽 이후의 역사적 현실에 대한 민중의 비판적 의식을 반영한 텍스트로 해석한다. 텍스트를 향유하는 독자의 기대지평의 수용으로 해석하는 수용론적 입장은 강상순과 임성래, 박일용에게서 뚜렷이 포착된다. 특히 박일용은 군담소설이 대중

인물들 사이의 대립 관계를 작품이 생산된 현실의 문제에 대한 인식의
소산으로 해석하며 이를 텍스트 외부의 구체적인 역사적 현실과 조응시
키고자 한다. 이에 비해 수용론적 입장은 텍스트 내부의 서사적 대결 구
조와 이를 서술하는 서술자의 시각을 주목하며 이를 텍스트 외부에 존재
하는 향유층의 의식 지평에서 해석하고자 한다. 이러한 방법론적 차이로
인해, 〈유충렬전〉은 전반부를 중심으로 '국가의 서사'로 읽혀지기도 하
고 후반부를 중심으로 '가족의 서사'로 읽혀지기도 한다.4)

　이 두 입장의 차이는 여러 지점에서 발견되는데, 이를 전형적으로 보
여주는 것이 '천명(天命)'에 대한 해석이다. 천명은 '꿈이나 예언을 통해
제시되는 영웅적 주인공의 현실적 성취의 과정과 내용, 즉 하늘로부터
부여받은 영웅적 인물의 운명적 삶'이라 할 수 있는데, 반영론적 입장에
서는 이를 '영웅을 대망하는 민중들의 꿈'이라 해석하며 현실의 문제를
비판적으로 인식하고 이를 극복하고자 하는 민중들의 현실적 소망과 관
련시킨다. 하지만 수용론적 입장에서는 '추상적인 대결구조와 관념적 서

---

독자들에게 통속적으로 향유되던 텍스트라는 점을 주목하여 텍스트의 서사구조를 중
층적으로 파악하고 각각의 층위에서 수용론적 서술시각을 도출해 이를 해석의 기반
으로 삼고 있다; 위에서 언급한 논문 이외에 이상구, 「〈유충렬전〉의 갈등 구조와 현
실 인식」, 『어문논집』34, 고려대 국문과, 1995. 임성래, 「『유충렬전』의 대중소설적
연구」, 『연민학지』2집, 연민학회, 1994.

4) 반영론적 해석은 텍스트와 반영적 관계에 있는 역사적 현실이, 수용론적 해석은 텍
스트와 수용적 관계에 있는 향유층이 전제될 때 그 타당성을 주장할 수 있게 된다.
하지만 〈유충렬전〉을 비롯한 군담소설은 텍스트가 생산된 역사적 시기나 텍스트를
향유한 계층의 범주가 분명하지 않다. 그렇기 때문에 오히려 텍스트를 통혀 시기나
계층 등을 역으로 추론하고 있는 형편이다. 이는 텍스트의 해석이 매우 열려져 있음
을 의미하는 것이다. 반영론적 입장은 텍스트에 서사화된 인물 간의 대립과 갈등을
역사적 현실과 관련하여 해석하므로 인물의 대립과 갈등을 비중있게 서사화하고 있
는 〈유충렬전〉의 전반부를 해석의 중심에 놓는다. 수용론적 입장에서는 〈유충렬
전〉을 수용하고 있는 향유층을 하층이라 파악하고 주인공의 하층체험이 가장 두드러
지게 나타나는 후반부를 중시한다.

술시각의 추동력'으로 해석하며 향유층의 낭만적·통속적 환상과 관련시
킨다.5)

그렇지만 두 입장의 논의를 정밀하게 따져보면 그 거리는 그다지 멀지
않다. 수용론적 입장에서도 외적(外敵)의 침입과 역신(逆臣)의 반란으로
조성된 서사 세계의 문제가 역사적 현실의 문제를 반영한 것임을 부정하
지는 않는다. 또한 반영론적 입장에서도 가족의 이산과 고난, 재회의 서
사적 내용이 향유층인 민중의 역사적 경험과 무관하지 않음을 인정하고
있다. 문제는 이러한 부분적인 서사의 국면을 텍스트의 총체적·본질적
의미로 선택적으로, 과도하게 규정하고 있다고 여기는 데에 있다.

사정이 그렇다면 연구사의 진전을 위해 요구되는 작업은 '과도함'에
대한 검증일 터이다. 과도함에 대한 검증은 텍스트 내부와 외부를 구성
하는 다양한 요소들에 대한 천착과 그 요소들의 관련 방식에 대한 엄밀
한 해명으로 이루어져야 하겠지만, 무엇보다 가능하면서 시급히 이루어
져야 할 일은 <유충렬전>을 구성하고 있고 국가의 서사와 가족의 서사를
전면적으로 검토하면서 두 서사 층위의 연관 속에서 작품의 의미 혹은

---

5) 진경환은 '천명'에서 '소박한 민중적 낙관주의'를 읽어내고 있으며, 이상구는 부정적
현실에 저항하는 "영웅 대망의 소망"을 읽어내고 있다. 이는 <유충렬전>을 보수적
성격의 작품으로 규정하는 것에 맞서 그 진보적 계기를 일층 강조한 것이었다. 박일
용은 <유충렬전>에서 '통속적 환상'과 '민중적 체험'의 거리를 확인하고 이를 분리하
고자 했다. 보수성을 담보하고 있는 층위와 진보적 계기를 내포하고 있는 층위를 분
리함으로 인해, <유충렬전>에서 전일적으로 보수성 혹은 진보성을 읽어내려 했던 기
존 연구의 한계를 극복하고자 한 것이다. 김현양은 '천명'을 '천자를 중심으로 한 수직
적 지배질서를 옹호·보수하고자 하는 인식'으로 군담소설의 보수적 층위를 구성하는
표징이라 했으며, 진보적 계기를 읽어낼 수 있는 텍스트의 부면 혹은 층위는 작품마
다 다르다고 했다. 진경환과 이상구처럼 '천명'의 배면에서 진보적 계기를 적극적으로
읽어낼 수 있지만, 그렇다고 해서 천자를 중심으로 한 수직적 지배질서를 옹호·보수
하는 층위를 괄호 안에 넣을 수는 없다. 군담소설의 기본 지향은 보수적이며 작품마
다 보수성과 길항하는 진보적 계기 혹은 층위가 일률적이지 않은데, <유충렬전>은
여러 층위에서 보수성과 길항하는 진보적 계기를 문제시할 수 있는 작품이다.

성격을 포착하고 그 성취와 한계를 선명하게 해명하는 것이다. 특히 가족의 서사는, 기존 연구에서 해석의 관건적 요소로 주시한 바 있으나, 국가의 서사와 관련하여 전면적으로 분석·검토되지 못했다.

가족의 서사와 국가의 서사가 해석상의 접점을 이루는 국면을 주목한 기존 연구는 이러한 작업의 방향을 시사한다. 〈유충렬전〉의 본질적 의미를 포착하고자 기존 연구에서 어김없이 주목했던, 유충렬이 "아비 원수 갚으려고" 왔다고 하면서 황제의 혼암(昏暗)을 비판하는 대목이 바로 국가의 서사와 가족의 서사가 접점을 이루는 국면에 해당된다.6) 이때 유충렬에 의해 비판되는 황제의 혼암은 역사적 현실의 문제, 즉 국가의 서사를 구성하는 핵심적인 의미 요소가 된다. 또한 아비 원수 갚으러 왔다는 유충렬의 발화는 가족의 문제, 즉 가족의 서사를 구성하는 핵심적인 의미 요소가 된다. 그 행위 지향은 부정적 현실을 극복하고자 하는 공동체의 이념에 닿아있지만 그 행위 동기는 자신의 가족으로 제한되는 이 부조화의 지점에서 〈유충렬전〉을 구성하고 있는 두 가지 서사적 관심의 연관 관계와 의미에 대한 의문이 발생한다. 이 불현듯 튀어나온 부조화—

---

6) 황제의 혼암을 비판하는 유충렬의 발화는 다음과 같다; "소장은 동성문 내 거하던 정언 주부 유심의 아들 충렬이옵더니 주류개걸하여 만리 밖에 있삽다가 아비 원수 갚으려고 여기 잠깐 왔삽거니와 폐하 정한담에게 곤핍하심은 몽중이로소이다. 전일에 정한담을 충신이라 하시더니 충신도 역적 되나이까? 그 놈의 말을 듣고 충신을 원찬하여 다 죽이고 이런 환을 만나시니 천지 아득하고 일월이 무광하옵니다."(〈유충렬전〉 완판 86장본, 『영인고소설방각본전집』2, 김동욱 편, 연세대 인문과학연구소, 1973, 355면) 이 발화가 '국가의 서사'와 '가족의 서사'의 접점을 이루고 있는 대목이라 했는데, 천자를 비판하는 이 발화의 맥락이 위기에 처한 천자의 구출과 관련되기 때문이다. 천자의 구출은 외적의 침입과 역신의 반란으로 구성되는 '국가의 서사'의 한 극점이며 황제의 비판은 아비의 구출로 구성되는 '가족의 서사'의 한 극점으로, 이 두 극점이 만나는 지점이 바로 여기이다. 본고에서 분석 대상으로 삼은 텍스트는 위에서 인용한 완판 86장본이며, 이하 텍스트를 인용할 경우 현대어법으로 바꾸어 그 면수만을 제시할 것이다.

황제와 유충렬의 대립이라고까지 말할 수 있는- 가 〈유충렬전〉에서 폭넓게 포착될 수 있는 것이라면, 그리고 이것이 국가의 문제와 가족의 문제를 대등하게 결합하고 있는 〈유충렬전〉의 구조 혹은 구성상의 특징과 관련되는 것이라면, 우리는 이를 분명히 직시하고 그 연관의 문제를 다시 질문해야 한다.


## 2.

　구조적인 혹은 구성적인 측면에서 〈유충렬전〉을 '가족관계의 해체와 복구'의 서사로 읽는 독해의 시각은 이미 일반화된 듯하다. 작품을 전·후반으로 나눌 때, 전반은 유충렬 일가의 해체와 고난을 서사화하고 있으며, 후반은 해체되었던 일가의 만남과 영화를 서사화하고 있으므로, 해가(解家)에서 성가(成家)로의 변모 과정을 구조화하여 파악하는 것은 어쩌면 너무도 당연한 것일지 모른다.[7]

　그런데 〈유충렬전〉은 '가족 관계의 해체와 복구'에 서사적 관심을 집중하는 다른 군담소설에서보다 더욱 폭넓게, 더욱 집요하게 이 문제에 대한 관심을 표명한다. 폭넓게 관심을 표명한다는 말은 영웅적 주인공의 가족에만 관심이 국한되지 않는다는 것이다. 〈유충렬전〉에서는 주인공의 가족뿐만 아니라, 황제의 가족, 더 나아가 일반 백성의 가족에게까지 시선이 미치고 있다. 집요하게 관심을 표명한다는 말은 가족 관계의 회

---

7) 〈유충렬전〉에서 '가족의 문제'를 주시했던 연구자 가운데 '가족관계의 해체와 복구' 혹은 '가족관계의 상실과 회복'을 구조적·구성적 측면에서 드러낸 연구자는 서인석과 강상순이다. 특히 서인석은 가족관계의 상실과 회복이 전·후반 대칭 구조를 이루고 있음을 명징하게 해명했다. 최근의 연구 가운데 심우장은 가족관계의 분리-결합의 반복 양상을 매우 정치하게 분석한 바 있다; 심우장, 「〈유충렬전〉의 담론 특성과 미학적 의의」, 『관악어문연구』, 서울대 국문과, 2003.

복이 영웅적 주인공의 입공(立功) 이후에까지 해결되어야 할 문제로 연장된다는 것이다. 다른 군담소설의 경우에는 군사적인 대결을 통한 주인공의 입공과 거의 동시에 성가(成家)가 이루어진다. 하지만 〈유충렬전〉의 경우에는 입공의 시점에서 성가의 문제가 완전히 해결되지 않으며, 해결해야 할 새로운 과제로 제시되고 추구된다.8)

이처럼 〈유충렬전〉에서 표명되고 있는 가족의 문제에 대한 관심은 특별하다. 사실 모든 군담소설은 가족의 문제에 대해 일정한 관심을 가지고 있다. 정도와 비중의 차이는 있지만 모든 군담소설에는 영웅적 주인공의 탄생—가족으로부터의 분리와 고난—가족의 회복이라는 핵심적 화소가 계기적으로 결합되어 있으며, 이를 통해 '계손(系孫)'과 '영화(榮華)'에 대한 선험적 욕망이 강렬하게 표출되고 있다.9) 영웅적 주인공의

---

8) 군담소설 가운데 천자와 주인공이 외적과의 군사적 대결에서 심각한 위기를 경험하는 '구국형(救國型)'의 경우에는 주인공 가족들의 고난이 비중있게 서사화된다 하더라도 외적과의 군사적 대결 이전에 해결되면서 국가의 문제[외적의 침입에 의해 야기된 중세적 지배질서의 문제]에 종속된다. 이와 반대로 '성가형(成家型)'의 경우에는 외적의 침입에 의한 주인공과 외적의 군사적 대결이 서사화된다 하더라도 이에 서사적 관심이 집중되지 않는다. 서사적 관심이 집중되지 않는다는 것은 서사화의 비중이 소략할 뿐만 아니라 천자나 주인공이 군사적 대결 과정에서 심각한 고난을 경험하지 않는다는 것을 의미한다. 그렇지만 주인공 가족들의 고난에 대한 서사적 비중은 크며, 주인공이 공명을 획득하는 입신단락이나 입공단락 뒤에 상봉단락이 비중있게 위치한다. '혼합형(混合型)'인 〈유충렬전〉은 천자의 심각한 위기 속에서 군사적 대결이 이루어지면서도 주인공 가족들의 고난에 대한 서사적 비중이 크며 상봉단락이 입공단락 뒤에 비중있게 위치한다. '상봉형'에 속한 다른 군담소설과 비교해서도 〈유충렬전〉에서는 상봉단락이 아주 특별하게 서사화되고 있다. 이상 군담소설의 유형과 구성 양상의 관계에 대해서는 김현양의 앞의 글 167-177면을 참조하라.

9) 〈유충렬전〉에서 '계손(系孫)'과 '영화(榮華)'에 대한 선험적 욕망은 특히 아버지인 유심과 장인인 강희주의 발화를 통해 표출된다. 해당 대목을 적시하면 다음과 같다; ["슬프다! 나의 몸이 무슨 죄 있어 국록을 먹거니와 자식이 없으니 세상이 좋다한들 좋은 줄 어찌 알며 부귀가 영화롭되 영화된 줄 어찌 알리. 나 죽어 청산에 묻힌 백골 뉘라서 거두오며, 선영향화를 뉘라서 주장하리."(355면) "이 아해 상을 보니 천인적강 적실하고 만고영웅 분명하며 전일 황상께옵서 도읍을 옮기고자 하여 창해국 사신

탄생은 이러한 욕망 실현의 바탕을 마련하는 것이며, 가족으로부터의 분리와 고난은 이러한 욕망 실현의 바탕이 와해 혹은 무화되는 것을 의미한다. '계손'과 '영화'에 대한 욕망은 절대적인 존재론적 가치여서, 그것의 무화는 곧 존재의 무화이며, 그것의 와해는 곧 존재의 와해이며 존재의 불안인 것이다.10) 이러한 욕망은 자기 홀로 단독적으로 실현할 수 있는 것이 아니라 '가족'이라는 관계를 형성함으로서만 실현할 수 있으며, 자기만을 위해 실현하고자 하는 것이 아니라 가족을 위해 실현하고자 하

임경천더러 물으시니 임경천이 아뢰기를 북두정기는 남경에 하강하고 자미원 대장성이 황성에 떨어졌으니 미구에 신기한 영웅이 나리라 하더니 이 아해가 적실하니 어찌 아니 즐거우리까 오래지 아니하여 대장 절월을 요하에 횡대하고 상장군 인수를 금낭에 넌짓 넣고 부귀영화는 선영에 빛내그 맹기영풍은 사해에 진동할 제 뉘 아니 칭찬하리오. 산신은 깊은 은덕 사후에도 난망이요 백골인들 잊을쏘냐."(337면)](이상 유심의 발화) [승상이 달래여 왈, "부모가 구몰한데 너조차 죽는단 말인가. 세상 사람들이 자식 나 좋다하는 것이 후사를 끊지 아니함이라. 너조차 죽게 되면 유주부 사당에 일점향화 있을쏘냐. 잔말 말고 따라가자."(345면)](강희주의 발화)
10) 가족으로부터의 분리와 고난이 존재의 무화이며 존재의 불안임은 <유충렬전>에서도 여러 인물의 발화를 통해 구체적으로 확인할 수 있다; [팔자도 무쌍하고 신세도 망측하다. 수대 장상서 규중 여자로 유씨에게 출가하여 연광이 반이 넘도록 무자녀하다가 천행으로 자식 하나 두었더니 만리 연경에 가군 잃고 천리 해상에 자식을 잃었으되, 모진 목숨 죽지 못하고 도적놈에게 잡혀와 이 지경이 되었도다. 분벽사창 어디 두고 도적놈의 토굴 방에 앉았으며, 천금 같은 자식 잃고 만금 같은 가군 이별하고 나 혼자 살아나서 구천에 돌아간들 유부주부들 어찌 보며, 인간에 살아 있은들 도적놈을 어찌 볼고.(341면,)](유충렬의 어머니 장부인의 발화) [부인이 낭자의 신세 생각하니 정신이 아득하여 이제 비록 도망하여 왔으나 청춘 여자를 데리고 어디로 가 살며 혹 살아난들 승상과 현서를 이별하그 살아서 무엇하리 차라리 이 물에 빠져 죽으리라.(348면)](유충렬의 장모 소부인의 발화) [우리 부친이 연경으로 갔는 줄만 알았더니 이 물에 빠졌도다. 나 혼자 살아나서 세상에 무엇하리. 회수에 모친 잃고 멱라수에 부친 잃었으니 하면목으로 세상에 살아날고. 나도 함께 빠지리라.(345면) 대인은 소자를 생각하와 가자 하옵시나 소자는 천지간 불효자라 살아서 무엇하며 또한 모친이 변양 회수 중에 죽삽고, 부친은 이 물가에 죽었사오니 소자 혼자 살 마음이 없나이다.(345면)](유충렬의 발화) [이 몸이 하늘께 득죄하여 나라가 망케 되었다가 충신 그대를 얻어 회복되게 되었으나 부모처자를 되놈에게 보내고 나 혼자 살아 무엇하리.(362면)](황제의 발화)

는 것이므로, '가족'은 이러한 욕망 실현의 동기이자 목적이라 할 수 있
는 것이다. 군담소설은 가족 관계의 회복을 통해 이러한 가치를 실현한
존재의 이상을 제시하며 종결된다.

그렇다면 〈유충렬전〉에서 가족의 문제에 대해 더욱 특별한 관심을 보
이는 것은 무엇 때문일까? 앞서 언급했듯이, 〈유충렬전〉에서는 가족의
문제에 대한 관심이 주인공의 가족에만 한정되지 않고 확장된다. 이는
가족의 문제가 특별한 누군가에게만 심각하게 제기되는 특수한 문제가
아니라, 모든 사람들에게 두루 해당되는 보편적인 문제라는 것을 의미하
는 것이다.

(가) "이 몸이 하늘께 득죄하여 나라가 망케 되었다가 충신 그대를 얻어
회복되게 되었으나 부모처자를 되놈에게 보내고 나 혼자 살아 무엇하
리. 천하를 그대에게 전하나니 그리 알라. 과인은 이제 죽어 혼백이나
호국에 들어가 모친을 만나보면 구천에 들어가도 여한이 없으리라."
하고 궐내 백화담에 빠져 죽고자 하거늘 원수 붙들어 용상에 앉히고
여쭈오되, "소신이 충성이 부족하여 이 지경이 되었으나 이때를 당하
여 신자 도리에 호국을 그저 두오리까. 소신이 재주 없사오나 호국에
들어가 호종을 함몰하고 황태후를 편히 모셔 돌아오리이다." 천자 원
수 손을 잡고 낙루하며 부탁하되, "경이 충성을 다하여 호국을 쳐 멸
하고 과인의 노모와 처자를 다시 보게 하면 살을 베어도 아깝지 아니
하리오."(362~363면)

(나) 소인이 동성문 내 사옵더니 삼대독신으로 소인에게 미쳐 삼자일녀를
낳아 놓고 귀히 길러 제 몸이 장성터니 만고역적 정한담이 도성을 쳐
파하고 용상에 높이 앉아 자칭 천자하고 만민을 도탄할 제, 소인의 자
식 둘을 군사에 충수하여 전장에 싸우다가 자식 하나를 죽였더니, 옥
황이 남경을 도우사 장군님을 남경에 점지하여 도적을 치라하고 진중

에 달려들어 적장 정문걸을 반합에 베어 들고 천자를 구완하시거늘,
소인의 끝의 자식을 성중에 두었다가는 정한담에게 죽일 듯하여 중군
조정만에게 야간 도망하여 장군님 진중에 보내고 북두칠성 전에 일년
삼백 육십 일에 밤마다 축수하며, '우리나라 장수님이 승전하게 하옵
소서.' 이렇듯이 축수하옵더니 장군님의 힘을 입어 명진 군사는 하나
도 상치 않고 왔기로 소인의 끝의 자식이 살아나서 이 손자를 두었으
니 이놈은 장군님 자식과 다름이 없는지라, 이제는 소인이 죽어도 백
골엄토할 자식이 있고 선영향화 받들 손자 있사오니 이는 모두다 장군
님의 덕이오매 소인이 죽을 날이 머지 아니하온지라 다만 술 한 잔을
장군님 전에 올리나니 만세무량하옵소서. 이제 죽어도 여한이 없을까
하여 손자를 이끌고 왔나이다.(367면)

(가)는 황제의 발화이다. 유충렬이 역신 정한담의 반란을 평정하고 패
망의 위기에 처한 나라를 구한 뒤, 황제는 다시 새로운 문제를 제기하며
황제의 자리에서 물러나겠다고 말한다. 황제가 새롭게 제기한 문제는 물
론 가족의 문제이다. 오랑캐에게 자신의 가족―황후, 태후, 태자가 잡혀
가 있는 상황을 가슴 아파하며 황제의 자리를 버리고 죽음을 택해 혼백
이나마 가족을 만나러 가겠다는 것이다. 설령 빈말이라 하더라도, 혼란
에 빠졌던 나라의 질서가 이제 비로소 겨우 회복된 시점에서 그 나라를
버리겠다는 황제의 말은 사실 황제로서는 해서는 안 될 부적절한 발화임
에 분명하다. 하지만 그러한 발화가 부적절하면 할수록 황제의 가족애는
더욱 도드라지게 부조되며, 가족의 문제는 더욱 중요한 문제로 부상하게
된다. 황제뿐만 아니라 황제의 어미인 황후의 입에서도 자신의 가족에게
닥친 불행을 걱정하는 발화가 이어진다.11) 헤어진 아들, 위기에 처한 손

─────────────────

11) 황후의 발화를 구체적으로 적시하면 다음과 같다; 황후 태후 태자 수레에서 내려
   황후는 태후의 목을 안고 태자는 황후의 목을 안고 삼인이 한 몸 되어 백사장 넓은

자와 며느리의 안위(安危)를 염려하며 탄식하는 황후의 발화는 이념이나 논리를 넘어서는 어떤 정서적인 연민을 불러일으키는데, 이는 그 바탕에 가족애가 자리 잡고 있기 때문이다.

중세적 질서의 최상층에 위치한 황실(皇室)뿐만 아니라 하층의 백성의 입을 통해서도 가족의 문제가 심각하게 제기된다. 개선하는 유충렬을 맞이하는 군중 속에서 엉금엉금 기어 나와 유충렬을 칭송하는 백발노인의 삽화는 대표적인 예에 해당된다. (나)를 통해 알 수 있듯이, 전장(戰場)에서 두 아들을 잃은 이 백발노인은 하나 남은 아들이 살아 돌아와 후사(後嗣)를 잇게 된 것에 감격한다. 유충렬을 나라를 구한 구국의 영웅으로서가 아니라 자신의 아들의 목숨을 구해준 생명의 은인으로 칭송한다. 가족에 대한 사랑, 가족을 보존하고자 하는 강렬한 염원을 담은 백성의 발화는 〈유충렬전〉의 후반부 곳곳에 배치되어 가족의 문제를 반복적으로 환기하고 있다.12)

---

들에 엎어져 땅을 치며 방성통곡하는 말이, "전생에 무슨 죄로 백발노구 홍안소부 어린 손자 앞세우고 되놈에게 잡혀 와서 한 칼 끝에 다 죽으니 북방천리 멀고 먼 길에 무주고혼 되단 말인가. 피골상연 이내 몸은 되놈에게 자식 잃고 청춘소부 내 며느리 되놈에게 낭군 잃고 혈혈단신 내 손자 되놈에게 아비 잃어 만리 호국 험한 땅에 뉘 보려고 예 왔다가 세 몸이 한 몸 되어 자객 손에 죽게 되니 천만년이 지나간들 이런 변을 다시 볼까. 광대한 천지간에 흉악하고 불칙한 게 우리 셋의 팔자로세. 도적에게 황성 잃고 우리 아들, 정한담을 피하여 북문으로 도망터니 죽었는가 살았는가 혼백이나 떠서 둥둥 떠서 늙은 어미 죽는 줄을 귀신이나 알런마는 창망한 구름 속에 사람 소리뿐이로다."(364면)

12) 백성들의 발화를 구체적으로 적시하면 다음과 같다; "이봐 벗님네야 가세 어서 가세. 만고 역적 정한담을 우리 원수 장군님이 사로잡아 두 팔 끊고 전후 죄목 물은 후에 백성들을 뵈이려고 장안시에 베인다니 바삐 바삐 어서 가서 그 놈의 살을 베어 부모 잃은 사람은 부모 원수 갚아주고 자식 잃은 사람은 자식 원수 갚아주세." 백발노구 손자 없고 홍안소부 자식 품고 전후좌우 나열하여 어떤 사람은 달려들어 한담을 호령하고 어떠한 여인들은 한담의 상투를 잡고 신짝을 벗어 양귀 밑을 찰딱찰딱 치며, "네 이놈 정한담아! 너 아니면 내 가장이 죽었으며, 내 자식이 죽을쏘냐?"(368면) "천운이 순환하여 대명이 밝았으니 만고에 어진 영웅 뉘 집에 났단 말가. 동성문 다

이처럼 〈유충렬전〉은 다른 군담소설에서 영웅적 주인공의 일가를 중심으로 제기되던 가족의 문제를 상하로 확장하여 그 문제의 보편성을 확인시킨다. 그것은 가족의 보존이라는 지향 가치가 수직적인 차별적 질서를 뛰어넘어 균등화되는 과정이기도 하면서, 다른 가치에 비해 종속적이거나 부차적인 것이 아니라는 것을 확인시켜 주는 과정이기도 하다.

〈유충렬전〉에서 가족의 문제는 국가갈등(國家葛藤)이나 정쟁갈등(政爭葛藤)이 해결된 이후까지 연장되면서 추구되는데, 이는 가족의 문제가 외적의 침입을 물리치고 역신의 반역을 제압함으로써 자동적으로 해결될 수 있는 것이 아님을 의미하는 것이다. 외적과 결탁한 역신 정한담에 의해 위기에 처한 황제를 구원한 후 유충렬은 '아비 원수 갚으려고' 여기에 왔다고 하면서 전일 황제의 혼암(昏暗)을 비판한다. '개인의 이해관계'를 내세워 현실에 대한 비판의식을 드러내고 있는 것으로 해석되는 유충렬의 이 발화는 〈유충렬전〉이 가족의 문제를 얼마나 독자적 가치로 인식하고 있는가를 잘 드러내주그 있다.[13]

이 발화에서 유충렬은 황제를 내세우지 않고 자신의 아비를 내세우고

---

리 안에 유상공의 집이로다. 역적이 때 모르고 뽕나무 활을 매니 원수의 가진 칼이 사해에 밝았도다. 승전곡 한 소리에 함몰 도적하여 천하가 태평하니 호국에 죽은 군 친 고향에 살아오고 여염에 있는 처자 보모 함께 동락하니, 우리 인군 덕이 높아 일도 춘광호시절에 백화만발 피었으니 화전하는 백성들이 뉘 아니 송덕하리. 우리 유원수 부모 만나 다남다녀 하옵소서."(373-4권) 이 때 장안 만민이 남적에게 잡혀갔던 며느리며 딸이며 동생들이 본국에 돌아온단 말을 듣고 호산대 십리 뜰에 빈틈없이 마주 나와 각각 만나 옥수 나삼 부여잡고 그리던 그 정곡 못내 즐겨하여 울음소리 웃음소리 반공에 뒤섞이어 호산대가 떠나 갈 듯 원수를 치사하고(376면)
13) 유충렬의 이 발화를 '개인적'인 지향 가치의 표출로 해석하는 시각은 일면 타당하고 일면 부당하다. '개인'이라는 말을 자연인인 유충렬 '개인'을 지시하는 의미로 사용하는 경우에는 타당한 면이 있으나, 공동체 혹은 공동체적 가치에 일방적으로 종속되지 않는 의식 주체로서의 '개인'이라는 의미로 사용하는 경우에는 부당하다. 아비의 원수 갚는 일은 자연인인 유충렬 개인의 문제이지만, 이러한 개인의 문제를 제기하는 유충렬의 의식은 가족이라는 공동체의 가치에 철저하게 기반하고 있다.

있다. 그런데 유충렬이 황제가 위기에 처한 그곳에 오게 된 과정을 되짚어보면 유충렬은 황제를 구하기 위해 그곳에 온 것이 분명하다. 유충렬은 백룡사 노승의 인도로 천문(天文)을 보고 황제가 위기에 처할 것을 예감하고는 황제가 있는 황성을 향해 달려갔던 것이다.14) 유충렬이 위기에 처한 황제를 구원하리라는 것은 이미 운명처럼 정해진 것이었으므로,15) '아비 원수 갚으려고' 왔다는 발화는 오히려 의아한 것일 수 있다.

---

14) 이를 구체적으로 적시하면 다음과 같다; "상공이 금일 천문을 보았나이까?" 충렬이 놀래어 급히 나와 보니 천자의 자미성이 떨어져 명성원에 잠겨 있고, 남경에 살기 가득하였거늘 방으로 들어와 한숨 짓고 낙루하니 노승이 왈, "남경에 병란은 났거니와 산중에 피난하는 사람이 무슨 근심이 있으리까?" 충렬이 울며 왈, "소생은 남경 세록지신이라 국변이 이러하니 어찌 근심이 없으리오마는 적수단신이 만 리 밖에 있사오니 한탄한들 어찌하리오."(353면) 하직하고 그 말 위에 높이 앉아 남경을 바라보며 구름을 가르쳐 말더러 경계 왈, "하늘은 나를 내시고 용왕은 너를 낼 제 그 뜻이 모두 다 남경을 돕게 함이라 이제 남적이 황성에 강성하여 천자의 목숨이 경각에 있다 하니 대장부 급한 마음 일각이 여삼추라 너는 힘을 다하여 남경을 순식에 득달하라."(354면)

15) 유충렬이 태어나 위기에 처한 나라를 구할 것임은 이미 〈유충렬전〉의 시작부터 운명처럼 예고된 것이었다. 군담소설 단락구성의 문법으로 볼 때, 영웅적 주인공의 출생단락 이전에 위치하는 전(前)출생단락은 그 텍스트의 궁극적인 서사적 관심을 복선처럼 암시하는데, 〈유충렬전〉의 전출생단락은 바로 위기에 처한 나라를 구하는 신기한 영웅의 탄생에 관한 임경천의 예언이다. 이 운명론적 책무는 출생단락에서 다음과 같이 반복적으로 환기된다; 주부를 청입하여 아기를 보이며 선녀의 하던 말을 낱낱이 고하니 주부 공중을 향하여 옥황께 사례하고 아기를 살펴보니 웅장하고 기이하다. 천정이 광활하고 지각이 방원하여 초상 같은 두 눈썹은 강산 정기 쏘였고 명월 같은 앞가슴은 천지조화 품었으며, 단산의 봉의 눈은 두 귀밑을 돌아보고 칠성에 쌓인 종학 용준용안 번듯하다. 북두칠성 맑은 별은 두 팔뚝에 박혀있고 뚜렷한 대장성이 앞가슴에 박혔으며, 삼태성 정신별이 배상에 떠있는데, 주홍으로 새겼으되 '대명국 대사마 대원수'라 은은히 박혔으니 웅장하고 기이함은 만고에 제일이요, 천추에 하나로다. 주부 기운이 쇄락하여 부인을 돌아보아 왈, "이 아해 상을 보니 천인적강 적실하고 만고영웅 분명하며 전일 황상께옵서 도읍을 옮기고자 하여 창해국 사신 임경천더러 물으시니 임경천이 아뢰기를 북두정기는 남경에 하강하고 자미원 대장성이 황성에 떨어졌으니 미구에 신기한 영웅이 나리라 하더니 이 아해가 적실하니 어찌 아니 즐거우리까 오래지 아니하여 대장 절월을 요하에 횡대하고 상장군 인수를 금낭에 넌짓 넣고 부귀영화는 선영에 빛내고 맹기영풍은 사해에 진동할 제 뉘 아니 칭찬하리

물론 유충렬이 아비의 복수를 내세울 수 있었던 것은 황제의 곤핍함을 모르는 척했기에 가능한 것이었다. 그럼에도 불구하고 굳이 이렇게 발화의 상황까지 의도적으로 조성해가며 아비의 복수를 앞서 내세우고 있는 것은 가족의 문제를 국가의 문제와 분리하여 전면화하려는 의도가 개입된 것이라 할 수 있다. 적진의 토굴 속에 갇혀 절규하는 황후와 태후를 구조한 후 유충렬이 또다시 "아비 원수 갚으려고" 이곳에 왔다고 발화하고 있는 것에서, 이러한 의도를 거듭 확인할 수 있다.[16]

　이러한 의도는 비단 유충렬의 발화에서만 발견되는 것은 아니다. 앞서 언급한 바 있듯이, 나라를 버리고 가족을 찾겠다는 천자의 발화, 나라에 대한 염려보다 가족의 안위를 염려하는 황후의 발화는 물론, 유충렬을 구국의 영웅으로서가 아니라 생명의 은인으로 칭송하는 백발노인의 발화에서도 국가의 문제는 괄호 안에 넣어진 채 가족의 문제가 전면화되고 있다. 이 백발노인이 자신의 아들을 정한담의 휘하에서 유충렬의 진중으로 도망케 한 이유는 오직 아들의 목숨을 보전하기 위해서일 뿐이다. 유충렬을 만나자 가족을 만날 수 있음에 감격해 한 후 천자의 안위를 묻는 조낭자의 발화는 가족의 문제를 전면화하는 데서 더 나아가 가족의 문제를 상위의 가치로 우선시하는 의식의 편린을 드러내고 있는 것이다.[17]

---

오. 산신은 깊은 은덕 사후에도 난망이요 백골인들 잊을쏘냐."(336-7면) 군담소설의 전출생단락에 대한 보다 자세한 논의는 김현양의 앞의 글 3장을 참조하라.

16) 이를 구체적으로 적시하면 다음과 같다; 이 때 황후 태후 적진에 잡혔다가 토굴 속에서 소리하여 하는 말이, "저기 가는 저 장수는 행여 명나라 장수거든 우리 고부 살려주소." 원수 분기등등하여 적진에 횡행타가 슬픈 소리 나며, 천사마 그 곳을 행하거늘, 급히 가보고 말에서 내려 왈, "소장은 동성문 내 거하던 유주부 아들 충렬이옵더니 아비 원수 갚으려고 불원천리 달려와서 정문걸을 한 칼에 베이고 이곳에 왔사오니 소장과 함께 본진으로 가사이다."(358면)

17) 조낭자는 개선하는 유충렬을 칭송하는 백발노인의 딸로 귀양간 강희주를 보필하는 인물이다. 조낭자의 발화를 구체적으로 적시하면 다음과 같다; 조낭자 곁에 앉았다가 원수란 말을 듣고 앞에 달려들어 왈, "장군님이 어찌 알고 와서 죽은 사람을 살려내어

3.

〈유충렬전〉에 등장하는 여러 인물들에게서 강렬하게 표출되고 있는 '가족애'는 절대적인 것이어서 '가족주의'라 호명한다 해도 과언이 아닐 정도이다.[18] 그 '가족애'는 '계손(系孫)'과 '영화(榮華)'라는 공동의 목표를 실현하기 위한 혈연적 관계의 보존에 대한 열망을 내포한 것이기도 하기에, 유교적 이념의 정서적 등가물이라 판단할 수도 있다. 그렇지만 〈유충렬전〉의 '가족애'는 이러한 판단을 용납하지 않는다. 무엇보다도 〈유충렬전〉의 이 보편적 '가족애'는 '국가'라고 하는 유교적 이념의 절대적 가치와 대립한다.[19] 유교적 이념의 역내(域內)에서 국가는 확대된 가족의 형태로, 가족은 축소된 국가의 형태로 행복하게 동거했으며, 그렇기에 국가와 가족은 연속선상에 놓여져 있는, 둘로 분리될 수 없는 하나로 인식되었던 것이다. 〈유충렬전〉과 마찬가지로, 정적(政敵)에 의해 아비를 잃은 조웅의 영웅적 행적을 서사화하고 있는 〈조웅전〉의 어디에서도 가족과 국가를 대립시키는 의식의 지점을 발견할 수 없는 것은, 〈조

---

고국산천 다시 보고 부모 동생 다시 보게 하니 이런 일이 또 있을까, 천자님도 살아 계십니까?"(370면)

18) 가족주의는 가족과 가족 관계를 중시하는 가치 체계이며, 가족이 어떤 집단과 비교할 수 없을 정도로 중시되면서 개인은 가족에서 독립하지 못하고 가족 내의 관계가 여타의 사회관계를 지배할 때 그 사회를 가족주의의 논리에 기초해 있다고 말할 수 있다고 한다.(김원식, 「동아시아의 가족주의 전통과 민주주의」, 『사회와 철학』5집, 2003, 132면, 김동춘, 「유교(儒敎)와 한국의 가족주의」, 『경제와 사회』55집, 2002, 97면. 참조.) 그러므로 가족애를 바탕으로 가족 문제의 보편성과 독자성을 강렬하게 환기하는 〈유충렬전〉은 가족 혹은 가족 관계를 중시하는 가치 체계인 '가족주의'를 텍스트에 담아내고 있다고 말할 수 있다.

19) 유교 전통 속에서 국가는 확대된 가족의 형태이며 군신 관계는 확장된 부자 관계로 이해되었으며,(김원식, 위의 글, 139면) 따라서 가족과 국가는 대립되는 것이 아니라 연속선상에 있는 것이라고 한다.(조경란, 「중국의 전통과 근대에서 개체와 집단의 문제」,『철학연구』49집, 철학연구회, 2000) 그렇기에 〈유충렬전〉에서 국가와 가족의 대립을 드러내는 것이 문제적일 수 있는 것이다.

웅전〉의 바탕에 국가와 가족의 이 행복한 동거가 자리 잡고 있기 때문이다.[20] 하지만 〈유충렬전〉에서 국가와 가족은 불연속적이다. 그 둘은 하나인 듯하지만 하나가 아니다. 가족의 보존이 가능하지 않은 상황에서 가족애가 강렬하게 발동되면서, 국가는 버려질 수도 잊혀질 수도 덜 중요할 수도 있는 상대적인 가치로 전락한다.

〈사씨남정기〉 역시 이런 점에서 〈유충렬전〉과 비교될 수 있다. 중심(이념)의 혼암(昏暗) ― 가족으로부터의 분리와 고난 ― 가족의 회복으로 결구(結句)된 〈사씨남정기〉는 서사구조적으로 〈유충렬전〉과 유사하다. 그런데 〈사씨남정기〉에서는 가족으로부터 분리된 고난의 당사자들이 그 중심의 가치를 전혀 훼손하지 않는다. 유연수는 황제의 가치를 훼손하지 않으며, 사정옥은 유연수의 가치를 훼손하지 않는다.[21] 〈사씨남정기〉에서 중심의 가치는 버려질 수도 잊혀질 수도 없는 절대성을 지닌다. 〈유충렬전〉은 '가족'의 가치를 절대화함으로써 '국가'라는 이념(중심)의 절대성을 상대화했다. 상대화했기에 그 둘은 텍스트의 배면에서 서로의 가치를 내세우며 버티면서 맞선다. 하층의 백성으로부터 상층의 황제에 이르기까지 '국가'로 표상되는 유교적 이념의 절대성으로부터 자유로워질 수 있도록 한 것, 이것을 〈유충렬전〉의 성취라 할 수 있다.

---

20) 유교적 이념 혹은 질서를 보수·옹호하는 〈조웅전〉의 이러한 면에 대해서는 이 책의 제1부 「〈조웅전〉의 현실성과 낭만성」, 198-203면을 참조하라.

21) 〈사씨남정기〉에서 유연수가 귀양 가는 것은 황제의 혼암 때문이며, 사정옥이 폐출당하는 것은 남편인 유연수의 혼암 때문이다. 〈유충렬전〉에서 유심이나 강희주가 귀양 가는 것이 황제의 혼암 때문인 것과 마찬가지이다. 그런데 〈유충렬전〉에서 황제의 혼암을 비판하는 것과는 달리 〈사씨남정기〉에서는 전혀 비판하지 않는다. 오히려 사정옥은 남편과 재회하자 "죄를 지은 사람이 지금까지 죽지 않고 살아 있었습니다. 상공과 다시 만날 줄은 스스로도 짐작하지 못했던 일입니다."(이래종 옮김, 『사씨남정기』, 태학사, 1999, 139면)라고 말한다. 오히려 자신이 죄인임을 내세우고 있는 것이다.

〈사씨남정기〉는 유교적 이념의 절대성을 훼손하지 않기 위해 이념의 도전자를 서사적으로 탐구한다. 그 서사적 탐구의 시선은 대단히 세심해서 이념에 도전하는 반란하는 욕망 그 자체의 내면뿐만 아니라 내면의 욕망을 야기하는 제도에까지 미치고 있다. 절대성을 훼손하지 않기 위한 진지한 모색이 자신에 대한 성찰의 계기로 작동하고 있는 것이다.[22] 그런데 〈유충렬전〉은 이념의 절대적 중심으로부터 빠져 나와 이를 상대화했지만, 가족이라는 가치는 더욱 견고하게 배타적으로 절대화했다. 그 결과는 '외적'이나 '역신' 등 가족이라는 가치를 훼손하는 대상에 대한 전면적인 부정으로 표출되었다. '간(肝)을 씹고' '살점을 도려내는' 철저한 증오와 잔인한 복수는 가족이라는 절대적 가치를 훼손하는 대상에 대한 전면적인 부정 의식으로부터 비롯된 심리적 반응이라 할 수 있다.

〈유충렬전〉에서 절대화되고 있는 '가족애'는 16세기 후반에서 17세기 전반의 시기에 역사적으로 경험했던 고통스런 '동아시아 전란의 기억'에 의해 잉태된 것이며, 그 자장(磁場) 안에 놓여져 있는 것이다.[23] 그렇기

---

22) 이에 대해서는 이 책의 제1부 「<사씨남정기>와 욕망의 문제」를 참조하라.

23) 잘 알고 있듯이, 16세기 후반에서 17세기 전반의 시기에 역사적으로 경험했던 동아시아 전란이란 '임진왜란'과 '병자호란'을 지칭하는 것이다. 이 두 전란은 중국을 중심으로 한 동아시아 지배질서의 균열 혹은 해체를 의미하는데, <유충렬전>을 포함한 모든 군담소설에서 서사화되고 있는 기본 갈등인 국가갈등은 이와 조응하는 것이다. 특히 <유충렬전>에서 유심과 정한담의 대립은 흡사 병자호란 당시의 주화론과 주전론의 대립을, 천자가 외적에게 항복하는 위기는 병자호란의 치욕을 연상하게 한다. 외적에게 끌려간 황족과 백성들의 고난 역시 병자호란 이후의 역사적 상황과 흡사하다. <유충렬전>의 가족애를 전란의 기억에 의해 잉태된 것이라 한 것은 이러한 역사적 경험과 텍스트와의 긴밀한 관련을 염두에 두고 한 말이다. 그렇다고 해서 <유충렬전>이 창작된 시기를 이 전란 직후인 17세기로 파악하고 있는 것은 아니다. 앞서 말했듯이 <유충렬전>과 역사적 현실 사이의 반영 관계는 열려져 있는 것이어서, 구체적인 하나의 역사적 시점으로 고정하기 어렵다. 유심과 정한담의 정치적 갈등을 당쟁이라는 18세기 역사적 현실과 관련시켜 해석할 수도 있으며, 정한담의 전횡을 19세기 세도정치와 관련하여 해석할 수도 있고, 이러한 정치적 혼란과 이를 극복하고자 하는

에 이 절대화된 가족애는 전란에 의해 초래되는 고통의 무게를 더욱 실감하게 한다. 〈유충렬전〉의 독자는 유충렬이라는 영웅적 인물이 그 고통스러운 기억을 하나하나 지워나가는 것에 환호했던 것이며, 그 고통스러운 기억을 안겨준 외적과 역신에 퍼부어진 증오와 분노에 공감했던 것이다.

가족의 가치를 절대화하는 맹목적인 가족애는 폐쇄적인 가족주의로 견인되기 쉽다. 폐쇄적인 가족주의로 견인되지 않기 위해서는 가족 중심주의의 확장을 제어하는 보편적인 다른 가치와의 동행이 필요하며, 이를 통해 스스로를 성찰하면서 가족 외적 관계를 새롭게 인식해 나가야 한다.

동아시아 전란의 기억 속에서 창작된 〈최척전〉은 〈유충렬전〉과 마찬가지로 강렬한 가족애를 드러내고 있지만 동시에 그 가족애를 보편적인 '인간애'와 병행시키고 있다. 〈최척전〉은 최척 일가를 돕는 중국인 '주우(朱祐)'와 일본인 '돈우(頓于)', '늙은 오랑캐[老胡]' 등의 형상을 통해, 최척 일가의 가족애 옆에 인간애를 병행함으로써, 가족애를 절대화하지 않는다.24) 〈유충렬전〉은 이것을 결여하고 있다.

---

지향을 19세기의 역사적 현실 혹은 민중 의식과 관련하여 해석할 수도 있다. 또한 조선 후기의 역사적 현실을 구성하는 이념적 층위인 '북벌론'이나 '소중화론'과 관련하여 해석할 가능성도 있다고 본다. 전란에 대한 기억의 자장 안에 놓여져 있다고 한 것은 17세기로 한정해 〈유충렬전〉의 해석을 닫아 놓지 않으려 한 것이다.

24) 〈최척전〉이 16세기말~17세기초 동아시아 전란으로 인한 조선 민중의 고난을 가족애를 바탕으로 극복해나가는 과정을 탁월하게 서사화한 작품이라는 것은 선행 연구에서 이미 반복적으로 확인된 바 있다. 그렇지만 〈최척전〉에는 '가족애'뿐만 아니라 '인간애'가 핍진하게 그려지고 있으며, 이 인간애를 표출하는 주역들이 바로 동아시아의 민중이라는 사실은 그 동안 주목되지 못했다. 최척 일가가 전란으로 인한 그들의 고난을 극복할 수 있었던 바탕에는 동아시아 민중의 연대의식[인간애]이 자리잡고 있었는데, 이는 〈최척전〉이 이룩한 또 다른 값진 성취라 할 수 있다. 이에 대해서는 이 책의 제1부 「〈최척전〉, '희망'과 '연대'의 서사」를 참조하라.

## 4.

〈유충렬전〉의 매우 중요한 특징은 강렬한 가족애를 표출하고 있는 것이다. 이러한 가족애를 바탕으로 가족 문제의 보편성과 독자성을 드러내고는 있지만 그렇다고 해서 가족의 문제만이 〈유충렬전〉의 본질적 서사라고 말할 수는 없다. 비록 유충렬이 위기에 처한 황제를 구한 뒤 "아비 원수 갚으러" 왔다고는 했으나 그의 영웅적 행위가 지향하고자 하는 궁극적인 목표에는 국가의 문제를 해결하고자 하는 욕망이 포함되어 있다. 유충렬이 자신을 구원(救援)한 백룡사 노승과 함께 지내다 국가에 변란(變亂)이 났음을 알게 되는 과정을 전언하는 다음의 서술에서 이를 구체적으로 확인할 수 있다.

> 이 때 유충렬이 서해 광덕산 백용사에 있어 노승과 한가지로 지음이 되어 세월을 보내더니, 이 때는 부흥 십삼년 추칠월 망간이라. 한풍은 소소하고 낙목은 분분한데 고향을 생각하며 신세를 생각할 제 월경야삼경에 홀로 앉아 비감하더니, 노승이 일어나 밖에 갔다 들어오며 충렬을 불러 왈, "상공이 금일 천문을 보았나이까?" 충렬이 놀래어 급히 나와 보니 천자의 자미성이 떨어져 명성원에 잠겨 있고, 남경에 살기 가득하였거늘 방으로 들어와 한숨 짓고 낙루하니 노승이 왈, "남경에 병란은 났거니와 산중에 피난하는 사람이 무슨 근심이 있으리까?" 충렬이 울며 왈, "소생은 남경 세록지신이라 국변이 이러하니 어찌 근심이 없으리오마는 적수단신이 만 리 밖에 있사오니 한탄한들 어찌하리오."(352-3면)

유충렬은 노승과 함께 지내면서 '고향'을 생각하고 '신세'를 생각하며 '비감(悲感)'에 젖는다. 유충렬을 비감케 하는 '고향'과 '신세'가 의미하는 것이 무엇인지는 명확하지 않다. '고향'은 '가족의 부재' 또는 '간신의 전횡'으로 치환될 수도 있으며, '신세'는 '홀로 된 처지' 혹은 '자신의 무능'으로 치환될 수도 있다. 이 두 가지 의미 층위―'국가의 문제'와 '가족의 문제'와 모두 관련될 수도 있을 것이며 또는 그 중에 어느 하나일 수도 있을 것이다. 그런데 비감에 젖어 있는 유충렬에게 노승이 '병란(兵亂)'이 났다고 하자 충렬은 국변을 '근심'하며 신세를 '한탄'한다. 노승이 말한 것처럼 자신의 안위만을 생각한다면 산중에 피난해 있으므로 '근심'도 '한탄'도 쓸데없는 것일 수 있다. 하지만 유충렬은 '국가의 위기'를 근심하며 '자신의 무능'을 한탄한다. 유충렬의 내면에 '가족의 문제'뿐만 아니라 '국가의 문제'를 해결하고자 하는 욕망이 내재되어 있음을 텍스트는 우리에게 이렇게 알려주고 있는 것이다.

국가의 문제를 해결하고자 하는 욕망은 간신[혹은 역신]과 외적에 의해 조성된 지배질서의 위기를 극복하고자 하는 것이며, 텍스트는 그렇게 결구된다. 전(前)출생단락을 통해 작품의 시작부터 인상적으로 환기하고 있는 서사적 관심 또한 국가의 문제이다.25) 비록 가족의 문제가 국가의 문제와 병치되면서 국가의 문제를 상대화하는 해석의 부면들이 포진되어 있지만, 그렇다고 해서 그것이 국가의 문제를 해결하고자 하는 유충렬의 열망을 거짓된 혹은 위장된 욕망으로 무화시키지는 않는다. 〈유충렬전〉에서 '국가'와 '가족'은 서로의 가치를 내세우며 버티면서 맞서는 길항(拮抗)적 관계로 교직되어 있는 것이다.

---

25) 전(前)출생단락에 대해서는 주14)에서 이미 언급한 바 있다. 군담소설의 전출생단락에 대한 보다 자세한 논의는 김현양의 앞의 글 3장을 참조하라.

# 조선 후기 '화이관(華夷觀)'의 동향과 〈적성의전〉

## 1.

〈적성의전〉은 우리 고전소설 가운데 그리 주목되지 못한 작품이다. 〈적성의전〉을 대상으로 한 연구 성과가 빈약하다는 사실은 이를 반증한다.[1] 그 이유는 〈적성의전〉에 구현된 문학적 성취 수준의 저급함 때문이라 할 수 있겠지만[2] 그것을 관심의 영역으로 끌어들여 연구의 대상으로 포괄해 내고자 하는 학적 의욕의 부재 또한 지적하지 않을 수 없다. 지금까지 남아 있는 이본(異本)의 양으로 보거나[3] 불교설화(佛敎說話)로부터 출발하여 개인 창작의 한문소설(漢文小說)로 이어지는 장르사적 궤적으로 볼 때[4] 〈적성의전〉은 조선 후기 당대(當代)에 상당한 독자층

---

1) 〈적성의전〉만을 대상으로 한 연구 성과는 다음과 같다; 인권환, 「〈적성의전〉 근원설화 연구–인도설화의 한국적 전개」, 『인문논집』8, 고려대, 1967. 신동익, 「적성의전에 관한 한 고찰–적성의와 채란공주의 결연담을 중심으로」, 『국어국문학』75, 국어국문학회, 1977. 양한석, 「〈적성의전〉에 나타난 탐색주지」, 충남대 교육대학원 석사논문, 1981. 남상면, 「〈적성의젼〉 연구」, 한양대 석사논문, 1985. 조춘호, 「〈적성의젼〉 연구」, 『국어교육연구』제15집, 경북대 사범대 국어교육과, 1983. 최정락, 「적성의전」, 『한국고전소설작품론』, 집문당, 1990.

2) 김기동은 『이조시대소설론』(정연사, 1969)에서 "構成으로 보나 表現으로 보나 主題上으로 보나 아무런 特性을 찾아볼 수 없는 幼稚한 作品에 不過하다"고 평가하고 있다.(384면)

3) 지금까지 조사된 바로는 필사본 10종, 방각본 6종, 구활자본 3종 등 총 19종의 판본이 확인된다. 이러한 이본의 양은 다른 작품들에 비해 적은 것이 아니다.

을 확보했던 소설이었으며 급기야 소설을 배격했던 사대부의 시야에까지 포착된 주목할 만한 소설이었음을 알 수 있다. 이런 점을 고려할 때 결코 소홀히 할 수 없는 작품이라 하겠다.

〈적성의전〉을 대상으로 한 연구는 김태준(1905~1949)으로부터 출발한다. 김태준은 그의『조선소설사』에서 〈적성의전〉과 관련하여 두 가지 중요한 특징을 지적한다. 첫째는 "想像의 世界를 假構한" "朝鮮에서 드물게 보는 佛臭가 濃厚한" 작품이라는 점이며, 둘째는 "作者의 意圖가 雄大한 것"으로 "廣大한 世界에 奇想을 마음대로 다한 者"라는 점이다.[5] 전자가 〈적성의전〉의 '불교적 특성'을 지적한 것이라면, 후자는 '서사적 특성'을 지적한 것이라 하겠다. 이후의 연구는 김태준의 이러한 언급을 준거(準據)로 하여 이루어졌다. 인권환은 인도(印度)의 불교설화로부터 〈적성의전〉에 이르기까지의 근원설화(根源說話)의 계보를 파악하고, 불교설화로부터 소설로의 이행 과정에서 어떤 변화가 있었는가를 따져, 불교설화의 요소가 〈적성의전〉에 이르러 유교윤리(儒敎倫理)를 강조하는 것으로 완전히 탈색되고 변질되었음을 밝혔다.[6]

인권환의 연구는 〈적성의전〉의 서사적 전통이 불교설화로부터 근원한 것이라는 점을 실증적으로 해명했을 뿐만 아니라, 〈적성의전〉이 불교적 성격의 작품이라기보다는 오히려 유교적 성격의 작품임을 밝혔다는 점에 그 의의가 있다. 이는 김태준의 언급을 뛰어넘는 것이라 하겠다. 하지만 그렇다고 해서 작품의 전모를 제대로 밝힌 것이라 할 수는 없다. 작품이 유교윤리와 관련되는 것이라 할 때, 그 소설적 형상화의 다층적 양상

---

4) 〈적성의전〉은 김소행에 의해 수용되어 〈육미당기〉로 재창작되었다. 이와 관련하여 다음의 논문이 참고가 된다; 이강옥,「불경계 설화의 소설화 과정에 대한 고찰」,『고전문학연구』제4집, 한국고전문학회, 1988.

5) 김태준,『조선소설사』, 학예사, 1939. 142-3면.

6) 인권환, 앞의 글, 325면.

이 보다 전면적으로 분석되어야 하며, 유교윤리가 소설적 형상화의 핵심으로 존재하게 된 현실 연관이 해명되어야 하기 때문이다.

서사적 특성의 해명과 관련해서는 이강옥, 최정락 두 연구자가 주목된다. 이강옥은 불교설화인 〈선사태자입해품(善事太子入海品)〉과 〈적성의전〉을 비교하여, 〈적성의전〉에 이르러 새롭게 조성된 서사적 특성을 밝혔다.7) 여기에서 주목해야 할 것은, 그가 불교설화의 소설화 과정을 수용론(受容論)적으로 해명하면서 '가족관계의 상실과 회복'을 중시하고 〈적성의전〉에 와서 가족관계의 면이 비중있게 강화되고 있음을 힘주어 강조하고 있는 점이다. 하지만 〈적성의전〉의 서사적 관심이 가족관계 자체에 집중되고 있다고 보기는 어렵다. 가족관계를 중심으로 한 〈선사태자입해품〉과 〈적성의전〉의 친연성(親緣性)을 주목하는 의도는 이해할 수 있으나, 작품 자체의 실상을 왜곡하는 것이어서는 곤란하다.8)

최정락은 〈적성의전〉이 탐색 주지(探索主旨)를 가진 서사 유형임에 주목하여, 왕위 계승을 둘러싼 대립을 탐색 과정을 매개로 한 주인공의 힘의 획득에 의해 해결하는 것이 소설의 서사적 의미이며, 이는 왕위 계

---

7) 이강옥에 의해 밝혀진 〈선사태자입해품〉과 〈적성의전〉의 차이는 다음과 같다; 첫째, 전생담을 시간적으로 현생담으로 바꿈으로써 이야기의 시간 차원과 독자의 현실적 생활의 시간 차원을 접근하게 만들어 리얼리티를 확보했다. 둘째, 천상계나 초월적 존재가 더욱 빈번하게 서사 진행 과정에 개입하여 중요한 역할을 하게 되었다. 셋째, 가족관계면이 더욱 강조되어 큰 비중을 차지하게 되었다.(앞의 글, 155-158견)

8) 이강옥이 가족관계를 중심으로 한 서사적 친연성을 주목하는 의도는 당대의 소설 수용층이 주자학의 가족주의 이념에 의거하여 그러한 유형의 소설을 요구했기 때문이라는 것을 밝히고자 하는 데 있다. 그리하여 선행 불교설화 가운데 가족관계를 서사적 특성으로 갖추고 있는 것만이 소설화되었을 뿐만 아니라 소설화되면서 가족관계의 면이 비중있게 강화되었음을 밝히고 있는 것이다. 이강옥이 파악한 대로 소설화되면서 가족관계의 비중이 강화된 것은 사실이다. 하지만 이것만을 강조하는 것은 소설화의 근원에 집착한 나머지 〈적성의전〉 자체의 서사적 핵심을 협애화하는 것이다. 이는 뒤에 자세하게 언급될 것이다.

승에 대한 기존 관념의 흔들림을 반영하고 있는 것임을 밝혔다.[9] 이러한 그의 연구는 〈적성의전〉의 소설적 의미를 탁월하게 분석한 것이라 평가된다. 하지만 이러한 소설적 의미가 소설이 창작되고 수용된 조선 후기의 역사적·현실적 토대와 어떻게 관련되는가에 대해서 해명하지 못하고 있는 점이 문제이다.

김태준으로부터 최정락에 이르기까지의 연구사의 궤적은 〈적성의전〉의 소설적 본질에 접근하는 진전을 보여주고 있다. 〈적성의전〉이 단순한 불교소설이 아니라는 점을 분명히 확인했을 뿐만 아니라, 소설에 반영된 의식의 현실 연관을 밝히는 데까지 연구의 관심이 심화·확장되었다. 앞으로의 과제는 소설에 반영된 의식을 보다 정밀하게 밝히고, 소설이 창작되고 수용된 조선 후기의 역사적·현실적 토대와의 관련을 보다 구체적으로 해명하는 것이다. 이를 통해 〈적성의전〉의 소설사적[문학사적] 가치를 보다 객관적으로 자리매김할 수 있을 것이다.

이러한 과제를 해결하기 위해 본 논문에서는 다시금 〈적성의전〉의 소설적 성취가 무엇인가에 주목하고자 한다. 불교설화인 〈선사태자입해품〉이 소설화되면서 새롭게 획득된 서사적 특성을 명확히 분석한 후, 이러한 서사적 특성을 갖추고 있는 〈적성의전〉의 소설적 가치를 조선 후기의 역사적·현실적 토대와의 연관 속에서 해명하고자 한다. 본 논문에서 분석의 대상이 된 작품은 『현우경(賢愚經)』소재의 〈선사태자입해품〉과 〈적성의전〉 완판 74장본 및 경판 30장본이다.[10]

---

9) 최정락, 앞의 글.

10) 〈선사태자입해품〉은 대한불교조계종 역경위원회에서 편찬한 『한글대장경』5(동국 역경원, 1968)에 수록된 것을 자료로 이용하고자 한다. 〈적성의전〉은 김동욱이 편한 『영인고소설판각본전집』3(연세대 인문과학연구소, 1973)에 수록된 것을 이용할 것이다. 〈적성의전〉 구활자본은 경판본과 거의 동일하므로, 경판본으로 대신한다. 이하 위의 자료를 인용할 경우, 각각 『대장경』, 『전집』으로 약칭할 것이다.

2.

〈선사태자입해품〉과 〈적성의전〉은 다음과 같은 서사 화소(敍事話素)[11])들로 구성되어 있다.

(가) 〈선사태자입해품〉

* 아아난다가 부처에게 부처를 해치려 하는 데바닷타를 사랑하는 이유를 묻다.

[부처의 설법]

1. 잠부드비아파의 늑나발미 왕이 꿈에 하늘신의 계시를 얻어 두 아들을 낳다.

2. 선사, 사람들이 의식을 해결하기 위해 중생을 죽이는 죄를 지는 것을 탄식하다.

3. 선사, 왕의 창고를 열어 중생에게 보시하다.

4. 선사, 중생에게 보시하기 위하여 바다 용왕궁으로 여의주를 구하러 가다.

5. 선사, 여의주(찬다나마니)를 얻다.

6. 선사, 배가 침몰되자 악사를 구해 주었으나 악사에게 해를 입어 눈이 멀다.

7. 목우인, 선사를 구원하고, 선사 이사발타국 왕의 동산지기가 되다.

8. 부왕, 선사가 사랑하던 기러기를 날려 편지를 보내고, 선사 답장하다.

9. 이사발타국 공주, 후원에서 선사를 보고 사랑하여 결혼하다.

---

11) 서사적 전개에 있어서 서사 화소는 인물의 단일한 행동과 이로 인해 야기되는 결과를 단위로 해 도출한 것이다. 각 화소를 제시하면서 인물을 앞세웠는데, 이는 행동의 주체를 의미한다.

10. 선사와 공주, 사랑과 자비를 맹세하자, 선사 눈뜨다.

11. 부왕과 왕비, 기러기 편지를 받고 악사를 옥에 가두고 사신을 보내다.

12. 선사, 본국으로 돌아와 악사를 용서하고 여의주를 찾아 중생에게
    보시하다.

* 부처가 아아난다에게 이것이 자신의 전생담임을 말해 주다.


(나) 〈적성의전〉

 1. 강남 안평국 왕에게 두 아들(항의, 성의)이 있어 세자 책봉 문제로
    갈등하다.

 2. 성의, 왕비가 갑자기 병이 나자 일영주를 구하러 가다.

 3. 성의, 서천에 가서 일영주를 구하다.

 4. 성의, 돌아오는 길에 항의에게 일영주를 빼앗기고 눈이 멀다.

 5. 호승상, 성의를 구원하여 황궁 후원에 머물게 하다.

 6. 황제와 공주, 성의를 친애하다.

 7. 안평국 왕비, 기러기를 날려 성의에게 소식 전하고, 성의 눈뜨다.

 8. 성의, 과거에 급제하여 한림학사가 되고 공주와 결혼하다.

 9. 성의, 본국으로 돌아가 항의를 처단하고 다시 중국으로 돌아오다.

10. 황제, 성의를 세자로 책봉하다.

11. 성의, 본국에 돌아와 왕이 되다.


(가)12)는 *화소를 포함해서 모두 14개의 화소로 이루어져 있다. *화
소는 12개의 화소를 포유(包有)하고 있는 액자(額字)단락이라고 할 수
있는데, 이는 부처와 아아난다의 대화로 이루어져 있는 부처의 현생담

---

12) 〈적성의전〉과 〈선사태자입해품〉을 비교할 때, 〈선사태자입해품〉은 (가)로 〈적
   성의전〉은 (나)로 약칭하고자 한다.

(現生談)이다. 액자단락에 포유되어 있는 12개의 화소는 부처가 아아난다에게 행한 설법으로, 이는 부처의 전생담(前生談)이다. (가)의 단락 구성은 부처의 현생담이 서사단락으로 독립되어 전생담과 결합되어 있는 것이 특징이다.

액자단락에 포유되어 있는 12개의 화소는 3개의 서사단락으로 구성되어 있다. 1에서 5까지는 중심인물이 설정되면서, 주인공인 선사(善事)가 출가하여 여의주를 구해오는 이야기이며, 6에서 10까지는 주인공인 선사가 적대자인 악사(惡事)에게 위해(危害)를 당하고 구원되는 이야기이다. 이 구원 단락에서 주인공의 고난과 결연이 이루어진다. 11에서 12는 주인공이 본국으로 귀환하면서 갈등이 해결되는 이야기이다.

(나)는 11개의 화소로 이루어져 있는데, 11개의 화소는 3개의 서사단락으로 구성되어 있다. 1에서 3까지는 중심인물이 설정되면서, 주인공인 성의(成義)가 출가하여 일영주를 구해오는 이야기이며, 4에서 8까지는 주인공인 성의가 적대자인 항의(抗義)에게 위해를 당하고 구원되는 이야기이다. (나)의 구원단락에서도 역시 주인공의 고난과 결연이 이루어지며 동시에 능력 획득이 이루어진다. 9에서 11까지는 주인공이 본국으로 귀환하면서 갈등이 해결되는 이야기이다.

이상 서사단락의 구성을 비교해 볼 때 우선 주목되는 것은 서사적 형식의 친연성이다. (가)의 액자단락을 제외한 '선사의 이야기'[부처의 전생담]와 (나)의 '성의의 이야기'[성의의 현생담]는 서사적 의미와 위상이 거의 동일한 3개의 서사단락으로 구성되어 있다. 하지만 (가)와 (나)의 서사단락이 반드시 일치하고 있는 것은 아니다. 무엇보다도 (가)의 액자단락이 (나)에서는 독립된 서사단락으로 설정되어 있지 않다는 점이 눈에 띈다.13)

(가)와 (나)가 단락구성의 형식적 친연성을 공유하고 있다는 사실을

확인하고 이에 주목하는 것은 우리 고전소설의 역사적 성립을 해명하는 데 있어서 매우 중요하다. 우리 고전소설이 어떠한 서사적 근원으로부터 성립한 것인가를 밝힐 수 있는 하나의 단서가 될 뿐만이 아니라, 소설 수용층의 기대를 도출해 낼 수 있음으로 해서 소설 그 자체의 특성을 밝힐 수 있기 때문이다.

하지만 소설로서의 (나)의 특성을 본질적·전체적으로 구명(究明)하고자 한다면, (가)와 (나)의 차이에 주목하는 것이 보다 긴요하다. (가)와 (나)의 형식적 친연성으로부터 연구자의 시각을 심화·확장하여 유사한 형식에 담겨 있는 내용의 질적 차별성에로 관심을 전이시켜야 한다는 것이다. 내용의 질적 차별성은 (가)와 (나)에 서사화된 갈등은 무엇이며, 갈등의 해결에 의해 환기되는 주제적 의미는 무엇인가를 구체적으로 확인함으로써 드러나게 된다. 갈등의 양상은 서술자의 의도에 의해서 인물이 배치되고 인물이 행위하는 시·공간적 배경이 설정됨으로 해서 형상적으로 구현되는 것이므로, 인물의 배치나 배경의 설정 또한 주목하지 않을 수 없다.

(가)에서 서사적 갈등의 주체는 선사와 그 동생인 악사이다. 늑나발미 왕은 왕위를 계승할 아들이 없음을 근심하다가 꿈에 하늘신의 계시를 받고 성 밖 숲속에 있는 두 선인(仙人)을 찾아가 자신의 아들로 태어나 줄 것을 부탁한다. 그리하여 두 선인은 늑나발미 왕의 첫째 부인과 둘째 부인에게서 태어난다. 이들이 바로 선사와 악사이다. 선사와 악사는 극히 대조적인 인물로 설정되는데, 이는 이들의 출생 뒤에 일어난 두 가지 이

---

13) (나)에서 성의의 전생담은 독립된 서사단락으로 구성되어 있지 않고, 성의에게 일영주를 주는 보탑존사의 대화의 형태로 암시될 뿐이다; "네 위친지셩이 지극ᄒᆞ야 만경창파에 천신만고 ᄒᆞ야 오ᄂᆞᆫ 줄을 아랏거니와 내 이졔 약을 주ᄂᆞ니 슈히 도라가 모친을 구ᄒᆞ라 너ᄂᆞᆫ 본디 ᄒᆞ계 ᄉᆞ롬이 아ᄂᆞ라 젼셰에 합일셩과 극흔 혐의 잇기로 금셰에 형뎨되여 허다 곤익을 격그미 잇스나 필경은 원한이 풀니이라"(『전집』, 3면)

상한 일을 통해서 구체적으로 제시된다.

> (다)-1. 이 태자 어미는 본래 질투하고 미워하는 성질이 있어 남의 허물을 좋아해 함부로 남의 음행을 드러내며, 남의 착함을 보면 마음으로 기뻐하지 않았다. 그런데 아기를 밴 뒤로는 본래 성질이 고쳐져 사람됨이 인자하며, 어리석음을 가엽이 여기고 지혜로움을 사랑하며, 보시 행하기를 좋아하고 평등한 마음으로 사람을 보호하였다.[14]
>
> (다)-2. 이 태자의 어머니는 본래 성질이 진실하고 선량하며, 사람됨이 인자하고 남의 착한 일을 선전하기를 좋아하였다. 그런데 아기를 밴 뒤로는 나쁜 일을 좋아하여, 어질고 능한 이를 질투하고 착한 일을 보면 좋아하지 않았다.[15]

두 아들의 이름을 짓기 위해 불러 온 상(相)장이에게 왕이 한 말이다. 이를 통해 알 수 있듯이, 선사와 악사라는 두 인물은 바로 인간의 '선(善)'과 '악(惡)'을 대표하는 상징적 존재이다. 작품의 갈등은 이러한 두 인물의 대립적 성격을 토대로 하여 비롯된다. 선사와 악사는 자신들에게 구유된 본래적 자질인 선과 악을 구체적인 행위로써 구현한다.

선사는 의식(衣食)을 해결하려고 중생을 살상하는 백성들의 죄를 덜어주기 위해 여의주를 구해와 보시(布施)하기로 결심한다. 그리하여 마침내 여의주를 구한다. 하지만 악사는 선사를 위해하고 여의주를 빼앗는다. 선사에 대한 위해는 선사 개인에게 가해진 악행이지만, 여의주를 탈취하여 선사의 보시행을 좌절케 한 것은 백성들에게 가해진 악행이라고도 할 수 있다. (가)의 서사적 갈등은 보시행[善]을 실현하고자 하는 선사와 이를 질투하는 악사[惡]의 대립에서 비롯되는 것임을 알 수 있다.

---

14) 『대장경』, 209면.
15) 『대장경』, 210면.

악사가 형인 선사와 대립하는 이유는 부모의 사랑을 차지하고자 하는 욕망에서 비롯된다. 이는 다음과 같은 악사의 진술을 통해 분명히 알 수 있다.

> (라) 우리 부왕은 사랑이 두루하지 못하여, 내 형만 치우쳐 사랑하고 내게는 생각이 없다. 지금 우리 형제가 함께 바다에 들어 왔다가, 형은 진기한 보배를 얻고 나만 빈손으로 돌아가면, 그때부터는 틀림없이 나를 더욱 천대할 것이니 나는 어떻게 하면 좋을까. 형이 잠든 틈을 타서 가만히 형을 죽이고, 저 보배구슬을 가지고 돌아가 부왕에게 형은 바다에 빠져 죽었읍니다고 말하자. 그러면 그때에는 나를 특별히 사랑하고 생각하리라.[16]

(라)를 통해 알 수 있듯이, 형의 눈을 멀게 하는 악행의 근저에는 부모의 사랑을 차지하고자 하는 욕망이 있다. 비록 이와 같은 욕망에 의해 형을 위해하는 그릇된 결과가 초래되었지만 본질적으로 욕망 그 자체에 문제가 있는 것은 아니라고 할 수 있다. 욕망은 생(生)의 충동 그 자체이며, 이는 생의 불가결한 내용이기 때문이다. 하지만 (가)는 이러한 생의 욕망 자체를 부정한다. 선사는 중생을 살생하는 백성들의 죄를 덜어주기 위해 보시행을 결심하지만, 중생을 살생하는 백성들의 죄란 다름 아닌 생을 유지하고자 하는 일상적인 경제활동[17]이며 이는 생을 유지하고자 하는 욕망이다. 따라서 (가)의 서사적 갈등의 핵심은 인간의 욕망의 문제라 할 수 있다.

선사의 선행은 악사로부터 여의주를 되찾아 중생에게 보시하고, 자신

---

16) 『대장경』, 218면.

17) 선사는 거지가 구걸하는 것, 백정들이 짐승을 죽이는 것, 농부가 땅을 파는 것, 사냥꾼이 새를 잡는 것, 고기잡이가 고기를 낚는 것을 보고는 백성들이 살생의 죄를 범하고 있다고 고민한다.

을 위해한 악사를 용서하는 것으로 완결된다. 선행의 완결은 작품의 갈등을 해결하는 것이기도 하면서, 인간의 욕망의 문제를 바라보는 작품의 주제적 의미를 드러내는 것이기도 하다. 보시와 용서를 포괄적으로 자비행(慈悲行)이라 한다면, (가)는 인간의 욕망은 악행의 기초이며, 인간의 욕망에 의해 비롯된 악행의 문제는 선한 자의 자비행으로 해결될 수 있다는 주제적 의미를 생성하고 있는 작품이다.

(나)에서 서사적 갈등의 주체는 성의와 그의 형인 항의이다. (나)의 중심인물인 성의와 항의의 갈등은 누가 안평국(安平國)의 왕위를 계승할 것인가 하는 문제이다. 왕위 계승의 문제와 관련하여 갈등이 야기되는 이유는 두 가지인데, 근본적인 것은 성의와 항의의 자질(資質) 차이이다. 성의는 "텬품이 순후ᄒ고 긔골이 쥰수ᄒ미 왕에 부뷔 광이하고 일국이 흠션ᄒ"는 인물이나 그의 형인 항의는 "미양 불측ᄒ 마음으로 셩의에 인효ᄒ믈 싀기ᄒ야 미양 히홀 쯧을 두"는 인물이다.[18] 왕비의 득병(得病)으로 인해 이러한 자질 문제가 보다 구체적으로 제기된다. 어머니인 왕비가 병이 나자, 두 아들의 태도가 대조적으로 드러난다. 세자(世子)인 항의는 "돈연 무려ᄒ되" 차자(次子)인 성의는 "주야로 불탈의더하고 시탕ᄒ며 하늘에 츅슈"하며 마침내 어머니의 약을 구하러 서천(西天)으로 떠난다.[19]

(나)에서 성의는 "츌쳔디효"의 인물로 형상화되어 있다. 작품의 곳곳에서 여러 인물의 입을 통해 그의 '효성'이 강조되곤 한다.[20] 성의에게

---

18) 『전집』, 1면.
19) 『전집』, 1면.
20) 성의의 효성을 언표(言表)하는 인물로는 왕비의 병을 살피고 일영주의 처방을 내리는 도사, 일영주를 찾아 나선 성의를 서천으로 인도하는 선관, 항의로부터 위해를 당하고 위기에 처한 성의를 구하는 태연 등이 대표적이다. 뿐만 아니라 서술자 또한 텍스트의 곳곳에서 성의의 "츌쳔디효"를 언표한다.

일영주를 주는 서천 영보산 청룡사 천성금불보답존사의 다음과 같은 말에서 이를 분명히 확인할 수 있다.

> (마) 니 일즉 수도ᄒ여 천하계국 중싱의 션악을 보난지라 이졔 네 효도ᄒ여 위친지셩이 지극ᄒ여 극낙셔역이 창ᄒ히 누말이여날 부모의 호드(효도— 필자)ᄒ미 위친지셩으로 질을 삼마 금일로 올 졸을 알아던이 과연 오도다[21]

실제로 성의는 자신이 고난을 겪고 있는 와중에서도 끊임없이 어머니를 걱정한다. 이에 비해 항의는 자신의 정치적 입지를 확보하기 위해 동생이 얻어온 약을 빼앗을 뿐만 아니라 눈을 멀게 하고, 이를 부모에게 거짓 고하는 '패륜(悖倫)'적 인물로 형상화되어 있다. "부왕과 모휘 셩의를 본디 ᄉ랑ᄒ시거늘 만일 셩의 약을 어더올진더 더욱 효셩을 아름다이 녁이실 것시오 일국이 ᄯᅩᄒᆫ 칭복홀 터이니 내게 졈졈 유한이 되리라"[22]는 항의의 걱정에서 이를 분명히 알 수 있다. 하지만 이러한 자질의 차이만으로 갈등이 성립될 수는 없다. 갈등이 발생하기 위해서는 자질 면에서 우월한 성의에게 왕위계승자로서의 결함이 제기되어야 하기 때문이다.

> (바)-1. ᄌ고로 국가는 장ᄌ로 셰ᄌ를 봉ᄒ는거시 쩟쩟ᄒ옵거늘 이졔 ᄎ례를 걸너 셰ᄌ를 봉코ᄌᄒ사 윤리를 상코ᄌᄒ시니 ᄉ례에 불가ᄒ나이다[23]
>
> (바)-2. 디왕이 셩덕이 천지의 가득하시미 세자 형계를 두어 게시니 만민의 복이요 사족의 다힝여날 이졔 젼하 엇지 천명을 박구려 하시니

---

21) 『전집』, 17면.
22) 『전집』, 3면.
23) 『전집』, 1면.

신등은 ……24)

왕이 성의를 세자로 책봉하고자 하자 신하들이 반대하는 이유이다. 차자인 성의를 세자로 책봉하는 것은 윤리를 상하게 하는 일이며, 천명(天命)을 바꾸는 일이라는 것이다. 이로 보면 성의와 항의의 대립은 자질을 중시할 것인가 그렇지 않으면 천명으로 표상되는 유교적 장자 상속(長子相續)의 논리를 중시할 것인가라는 권력 승계(權力承繼)의 문제로부터 비롯된 것이며, 이는 중세적 지배질서를 유지하기 위한 중요한 정치적 쟁점이라고 할 수 있다.

왕위계승(王位繼承)을 둘러싼 '장자(長子)의 논리'와 '효자(孝子)의 논리'의 맞섬은 작품의 결말부에 와서야 비로소 해결된다. 성의를 후원하고 있던 중국의 황제에 의해 성의가 세자로 책봉되고 안평국 왕이 됨으로써, 지금까지의 장자의 논리와 효의 논리의 대립이 해결된다. 중국 황제의 세자 책봉에 의해서 안평국 내부의 왕위 계승의 문제가 해결되는 것으로부터 (나)의 주제적 의미가 생성된다. 이는 중국 주변의 나라인 안평국 내부의 왕위 계승 문제는 궁극적으로 동아시아의 중세적 지배질서의 중심이라고 할 수 있는 중국과의 관계 속에서 해결될 수 있다고 하는 의식을 드러내는 것이다.

앞서 (가)와 (나)의 단락구성을 비교하면서 둘 사이에 형식적 친연성이 있음을 지적한 바 있다. 하지만 이러한 형식적 친연성에도 불구하고 서사적 내용의 핵심이라고 할 수 있는 갈등양상과 이로 인해 환기되는 주제적 의미는 커다란 차이를 보여주고 있다. 이것은 (나)가 (가)의 설화적 맥락에서 벗어나 새로운 소설적 성취를 이룩한 작품임을 말해 준다. (나)에서 (가)의 액자단락이 탈락한 것 역시 이러한 소설적 성취를 위한

---

24) 『전집』, 13면.

서사적 구도이다.

(나)에서의 액자단락의 탈락은 소설의 시·공간적 배경을 현실화한다. 즉, 작품의 시·공간을 현재적 삶 이전[前生]으로부터 현재적 삶[現生]으로 옮겨오기 위해 액자단락이 탈락된 것이다. 이는 물론 (나)에 서사화되고 있는 갈등의 현실적 성격과 관련되는 것이다.

(가)에서의 시간적 배경은 관념의 시간으로 설정되어 있다. 선사가 행동하는 시간은 "그 옛날 수 없고 한량없고 헤아릴 수 없는 이승지 겁전"25)의 시간이다. 이에 비해 (나)에서 성의가 행동하는 시간은 중국 촉나라 때26)로 설정되어 있다. (가)의 시간이 관념의 시간이라면 (나)의 시간은 역사의 시간이며 현실의 시간이다.

시간적 배경 설정의 변화와 대응하여 공간적 배경 설정 역시 변화한다. 시간과 공간은 서로 분리될 수 없는 것이므로 이는 당연하다. (가)에서 선사태자가 행동하는 공간은 불교적 관념의 세계이다. 선사태자는 불교적인 관념의 나라인 파라나국의 왕자이며, 그가 중생들을 보시하기 위하여 여의주를 찾아 나선 곳 역시 관념의 공간인 용궁이다. 또한 동생인 악사로부터 위해를 당하고 눈이 멀어 찾아간 곳 역시 불교적인 관념의 공간인 이사발타국이다. 이렇듯 (가)의 공간적 배경은 모두 현실에 존재하지 않는 관념의 공간이다.

하지만 (나)의 공간적 배경은 (가)에 비해 현실적 공간이거나 현실적 개연성이 있는 공간으로 설정된다. 성의는 중국 동남쪽에 위치하고 있는 안평국의 왕자인데, 안평국은 실제로 있는 곳은 아니라 하더라도 실제로 있을 수 있는 허구의 공간이다.27) 또한 그가 형인 항의로부터 위해를 당

---

25) 『대장경』, 208면.
26) 『전집』, 20면.
27) 다만 (나)에서도 관념의 공간이 설정되고 있는데, 이는 성의가 어머니의 병을 구하

하고 눈이 멀어 찾아간 곳은 구체적인 현실의 공간인 중국으로 설정되어 있다.

(가)에서 선사가 피난한 곳인 이사발타국은 (가)의 서사적 갈등과 관련하여 아무런 서사적 기능도 하지 못한다. 하지만 (나)에서 성의가 피난한 곳인 중국은 안평국 내부의 왕위 계승과 관련된 정치적 갈등을 해결할 수 있는, 정치적 영향력을 행사할 수 있는 곳으로 설정되어 있다. (나)에서 공간적 배경이 서사적 갈등과 얼마나 긴밀히 관련되는 것인가를 알 수 있다.

소설적 성취를 위한 서사적 구도의 변화는 중심인물의 설정에서도 나타난다. (가)와 (나) 모두 갈등의 주체인 중심인물을 형제로 설정하고 있는 점은 동일하다. 하지만 두 인물 사이의 가족적 위계(位階)는 달라진다. (가)에서, 갈등의 두 주체인 선사와 악사가 형제이며 선사가 형이고 악사가 동생이라는 사실은 갈등과 관련하여 아무런 의미도 가지지 못한다. 갈등의 두 주체가 형제가 아니라 하더라도, 선사가 동생이고 악사가 형이라고 해도 갈등 자체의 의미가 변모되지 않는다. 오직 자비를 행하려는 의지를 지닌 인물과 욕망을 실현하기 위해 이와 맞서는 인물만 배치하면 그만이다. 둘 사이의 관계는 어떠해도 무방하다. 장자냐 차자냐 하는 가족적 위계 또한 어떠해도 무방하다. 가족적 위계의 문제 역시 작품의 갈등과 무관하기 때문이다. 하지만 (나)의 경우는 다르다. (나)의 갈등의 핵심은 왕위계승의 문제이므로, 성의와 항의의 가족적 위계가 어떻게 설정되느냐에 따라 갈등의 질이 변화한다. 성의가 형이고 항의가

---

기 위하여 일영주를 얻으러 간 곳인 '서역(西域)'이다. 이곳은 기러기 털도 가라앉으므로 그 누구도 건널 수 없다고 하는 전설상의 강인 약수 저편에 있는 그야말로 관념의 공간이다. 하지만 서역의 공간은 작품의 서사적 전개에서 극히 한정적인 공간의 기능을 하고 있을 뿐이다.

동생으로 설정된다면 갈등은 생성되기 어렵다. 이러한 구도 하에서 갈등이 발생한다면 이는 정치적인 문제로서가 아니라 윤리적인 문제로서이다. 이는 (가)와 같은 것이다.[28)]

중심인물뿐만 아니라 보조인물의 배치에 있어서도 마찬가지이다. 보조인물의 경우는 중심인물의 관계에 따라 배치되는데, (가)의 경우 모든 보조인물은 선사와의 관계 속에서만 배치된다. (가)에서는 선사가 여의주를 찾는데 길안내를 하는 장님 길잡이, 눈 먼 선사를 치료하고 공양하는 소치는 사람, 선사를 왕궁 동산에 있도록 하는 동산지기, 선사와 결혼하는 공주, 공주의 결혼을 반대하는 이사발타국 왕, 선사에게 기러기를 보내고 악사를 징계하는 부왕(父王) 등이 보조인물로 설정되어 있다. 이러한 보조인물들이 설정된 것은 선사의 선행이 실현될 수 있는 토대를 마련하기 위해서이다. 장님 길잡이의 경우는 선사의 보시행을 가능하게 하는 원조자(援助者)의 기능을 하며, 소치는 사람과 동산지기는 악사의 위해에 의해 곤경에 처한 선사를 구원함으로써 선사의 선행이 좌절되지 않도록 하는 구조자(救助者)의 기능을 하며, 선사와 결혼하는 공주와 이

---

28) 이강옥은 "동복형제끼리 싸우게 만들고 동생을 잘 포용하여 지도해 주어야 할 형을 더 악한 쪽으로 변형시킨 까닭은 그만큼 작품 속의 가족관계를 부자연스럽게 만들어 정상적 가족관계에 더 큰 충격을 주기 위함이다. 이는 서술자나 독자가 가족관계에 대해 대단한 의의를 부여하고 독자들의 관심을 끌기 위하여 가능한 한 파격이나 충격을 작품내적 가족관계에 가했다고도 해석할 수 있다. 그 부자연스러움이나 충격은 결말에서 결국 해소된다. 이는 일상적 가즉질서에 충격을 주어 관심을 끌고 흥미를 유발하기는 하되 결국은 그들을 일상적 가족질서로 되돌아가게 함으로써 현실적 안도감 혹은 위안을 주어야 했기 때문이다."(이강옥, 「육미당기」, 827-8면)고 하여 성의와 항의의 갈등을 가족관계의 문제로 국한시켜 해석한다. 성의와 항의의 갈등이 가족관계를 매개로 하고 있는 것은 사실이지만 갈등의 핵심은 왕위계승의 문제이다. 최정락도 <적성의전>이 "왕조사회에서 통치의 정점인 왕위계승의 문제, 왕위에 오를 사람의 자격에 관한 문제를 문제점으로 제기하고 있는 작품"(최정락, 앞의 글, 818면)임을 분명히 지적하고 있다.

를 반대하는 이사발타국 왕은 갈등을 해결할 수 있는 선사의 능력[善, 慈悲]을 확인해 주는 기능을 하며, 선사의 부왕은 선사의 능력이 발휘될 수 있는 상황을 조성해 주는 기능을 한다.

하지만 이들 보조인물은 갈등 해결의 주체인 선사를 돕거나, 그의 능력을 확인하거나, 능력이 발휘될 수 있는 상황을 조성하는 기능을 할 뿐 갈등 해결과 관련하여 아무런 직접적인 기능을 하지 않는다. 이들이 하는 기능이란 선사의 능력을 보존하는 것일 뿐, 그에게 새로운 능력을 부가하는 것은 아니다. 오직 갈등의 해결은 본래적으로 구유(具有)된 선사의 능력에 의해 이루어진다.

이러한 보조인물의 배치와 기능의 부여에서도 인간의 욕망으로부터 비롯된 문제는 본래부터 선성(善性)의 자질을 부여받은 자에 의해서만 해결될 수 있다는 (가)의 주제적 의미를 확인할 수 있다. 이는 인간의 악행이 인간의 현실적인 관계 속에서가 아니라 본연의 욕망으로부터 기인한 것이라고 하는 인식과 동궤의 것이라 하겠다.

(나)는 (가)보다 보조인물의 수가 많아지고 다양해진다. (나)에서는 성의가 본래적으로 효의 천품(天稟)을 지니고 있는 인물임을 알고 성의에게 일영주를 주는 보탑존사, 악의에게 위해를 당하고 곤경에 처한 성의를 구원하는 호승상, 성의의 피리 부는 솜씨에 호감을 갖고 그를 친애하는 중국 황제, 성의의 자질을 사랑하여 마침내 그와 결혼하는 공주, 성의의 편에 서서 항의를 처단하는 태연, 항의의 편에 서서 성의에 대항하는 적불과 적문 형제 등이 중요한 보조인물로 등장한다.

이들 (나)의 보조인물은 (가)에서와 달리 성의에게 새로운 능력을 부가하거나, 갈등의 해결과 관련해 능동적으로 행위 하는 등 직접적인 기능을 하는 인물로 설정되어 있다. 앞서 언급했듯이, 성의가 구유하고 있는 본래적 자질은 '효'이며, 이는 성의가 갖추고 있는 능력이다. 왕위계승의 문제와 관련해 갈등이 야기된 것도, 보탑존사로부터 일영주를 얻을 수 있었던 것도, 고난에서 구원될 수 있었던 것도, 그가 '효'라는 인륜적 자질을 본래적으로 구유하고 있었기 때문이다. 하지만 성의가 갖추고 있는 '효'라는 인륜적 자질은 왕위 계승과 관련된 기존의 가치관과 대립하면서 갈등을 지속시키는 조건이기는 하나 이로써 갈등을 해결할 수 있는 것은 아니다. 왜냐하면 갈등의 핵심은 가족관계 내부에서 비롯되는 윤리적 문제가 아니라 왕위 계승이라그 하는 정치적 문제이기 때문이다. 따라서 이러한 정치적 문제를 해결하기 위해서는 성의에게 새로운 능력이 부가될 필요가 있는 것이다.

(나)에서 공주와 중국 황제와의 만남은 성의에게 새로운 능력을 부가하는 계기가 된다. 어머니의 편지를 받고 눈을 뜨게 된 성의는 곧 과거에 합격하여 한림학사(翰林學士)라는 벼슬을 하게 되며, 이후 황제의 부마(駙馬)가 된다. 성의의 이러한 정치적 지위의 변화는 곧 성의가 '충(忠)'이라고 하는 윤리적 자질을 새로운 능력으로 획득했음을 의미한다.[29] 황제가 성의를 안평국의 세자로 책봉할 수 있었던 것은 바로 성의에게 이러한 자질이 새로운 능력으로 부가되었기 때문이다. 즉, 성의에게 '충'이라는 새로운 자질을 부가한 것은 이러한 자질[능력]을 통해 갈등을 직접적으로 해결하기 위한 것이 아니라 갈등을 해결하는 데 있어서 유효한 힘을 이끌어내기 위한 매개가 필요했기 때문이다. (가)가 선사의 본래적인 능력에 의해서 갈등이 해결되고, 선사의 능력이 보조인물과의 만남을 통해 부가되지 않는 것과는 대조적이라 하겠다.

(나)의 보조인물은 갈등 해결과 관련하여 능동적으로 행동한다. 황제가 성의를 세자로 책봉하는 행위도 이에 해당된다. 하지만 주목되는 것

---

29) 황제는 성의를 부마로 삼은 뒤 성의를 "충효인지"라 칭한다. 이는 성의가 '효'와 더불어 '충'의 자질을 갖추게 되었음을 언표한 것이다.

은 성의가 본국으로 귀환하면서 벌어지는 군담(軍談)과 관련된 보조인물의 기능이다. (가)에서는 선사가 본국으로 귀환하는 것 자체가 갈등의 해결이다. 하지만 (나)에서는 성의가 본국으로 귀환하는 것으로 인해 항의와의 대립이 또 다른 형태를 띠고 표출된다. 이는 항의의 무력(武力)에 의한 저항인데, 이때 항의의 편에 서서 저항하는 인물이 적불, 적문 형제이다.[30] (가)의 경우 악사와의 관계 속에서 보조인물이 전혀 설정되지 않고 있는 것과 매우 대조적이다. (나)의 이러한 보조인물의 배치는 갈등을 둘러싼 대립을 고조시키며 흥미를 배가하는 기능을 할 뿐만 아니라 갈등 자체가 개인의 윤리적 자질에 의해서가 아니라 현실적 힘에 의해서 해결되는 것이라는 인식을 드러내는 것이기도 하다.

적불, 적문 형제의 무력적 저항에 맞서 싸우는 인물로 공주가 설정되어 있는 것도 흥미롭다.[31] 여성이 갈등 해결의 현실적 힘의 역할을 하고 있다는 점이 그것이다. 하지만 공주를 여성이라고 하는 성(性)적 의미항으로만 파악해서는 곤란하다. 공주는 갈등 해결을 위해서 반드시 요구되는 중국의 위력을 상징하는 정치적 의미항이기 때문이다. 공주의 위력에 의해 항의의 저항이 무산되는 것은 중국 황제에 의해 성의가 세자로 책봉되는 것과 동일한 의미를 지니고 있는 것이다.

갈등 해결에 능동적인 역할을 하는 보조인물로서 태연이라는 인물을 설정한 것 역시 주목할 필요가 있다. 태연은 성의의 귀환(歸還) 시에 등

---

30) 이는 완판의 경우이다. 경판에서는 적문은 등장하지 않고 적불이 격부피란 이름으로 등장한다. 이에서 알 수 있듯이 완판은 경판보다 군담이 확대되어 있다. 등장하는 인물이 많아질 뿐만 아니라 싸움의 과정 또한 경판에 비해 장황하다. 완판은 군담뿐만이 아니라 결연담도 확대되어 있다. 군담과 결연담은 소설적 흥미와 밀접하게 관련되는 삽화이므로 경판에 비해 완판이 소설적 흥미소가 강화되어 있음을 알 수 있다.

31) 이도 완판의 설정이다. 경판은 대국[중국] 군관 중 일인이 무찌르는 것으로 되어 있다. 인물의 변동은 있으나 의미상 큰 차이는 없다.

장하여 항의를 처단하고는 자살한다. 태연이 항의를 처단한 것은 항의가 "동긔를 몰나보고 골육상징 ᄒ"[32)는 자이기 때문이다. 태연은 항의를 처단하고는 "니 이졔 힝의를 죽이미 장부의 울기는 더러스나 왕자를 죽여스니 나도 죽는 거시 올토다"[33) 하고 스스로 목숨을 끊는다. 동생을 위해하고 골육상쟁하는 항의를 처단한 태연의 자살은 언듯 보아 이해하기 어려운 행동이다. 이러한 태연의 행동에 대한 의문은 곧 성의에 의해 해명된다. 성의는 태연이 자살하였다는 말을 듣자 "티연이 일졀일역이로다 졔가 셰자을 죽여쓰니 엇지 살기을 바리리요"[34)라고 하며 그의 죽음을 당연한 것으로 받아들인다. 이는 태연이 왕위를 계승할 세자인 항의를 죽였으니 역적이고 따라서 죽는 것은 당연하다는 인식으로부터 비롯된 것이다.

태연에 의한 항의의 처단과 태연의 자살을 통해 (나)의 주제적 의미를 더욱 명확히 이해할 수 있다. 태연이 항의를 처단한 것은 항의가 형제간의 '우애(友愛)'의 윤리를 저버린 자이기 때문이다. 마찬가지로 성의가 항의를 처단하는 것 역시 형제간의 우애의 윤리를 훼손하는 것이다. 그러므로 태연이 항의를 처단하는 보조인물로 설정된 것은 성의가 구유하고 있는 윤리적 자질을 훼손하지 않으려는 의도에서 비롯된 것이라 할 수 있다. 항의의 자살에 대해서 성의가 이를 당연하게 받아들이는 것 역시 마찬가지이다. 태연이 비록 자신의 적대자인 항의를 죽였으나 이러한 태연의 행위는 군신간의 '충'의 윤리를 훼손한 것이 된다. 그러므로 태연의 자살은 유교적 지배이념인 '충'의 윤리를 옹호하고자 하는 의도에서 비롯된 것임을 알 수 있다.

(나)의 서사적 갈등의 핵심은 왕위 계승의 문제이다. (나)의 전편에 걸

---

32) 『전집』, 12면.
33) 『전집』, 46면.
34) 『전집』, 47면.

쳐서 서사적 관심은 성의가 과연 왕위에 오를 수 있겠는가에 집중된다. 이는 성의가 고난의 상황[눈이 멈, 집을 떠남]을 어떻게 극복하는가에 대한 관심이라고도 할 수 있다. 이러한 (나)의 핵심적 갈등은 중국 황제의 세자 책봉에 의해서 해결된다. 그리하여 (나)는 일차적으로 중국 주변국의 왕위 계승의 문제가 중국과의 정치적 관계 속에서 해결될 수 있다는 주제적 의미를 생성하고 있다. 하지만 성의가 중국 황제라고 하는 현실적 힘을 획득할 수 있었던 것은 무엇보다도 성의에게 '효'와 '충'과 '우애'라는 유교윤리의 자질이 갖추어져 있었기 때문이다. 성의의 왕위 계승은 이러한 유교윤리가 현실 속에서 관철되어 실현되었음을 의미하는 것이다. 이로부터도 또 다른 층위의 주제적 의미가 생성된다. 즉 왕위는 유교적 자질을 온전히 구유한 자에게 계승되어야 한다는 것이다.

(나)에서 윤리적 덕목을 구현하는 주체는 안평국 왕자인 성의이다. 성의에 의해 윤리적 덕목이 구현된다는 사실은 공간적 배경이 안평국에 한정되지 않고 중국에까지 연장됨으로써 더욱 문제시된다. 이는 중국[華] 주변 국가[夷]의 인물이 동아시아 정치적 지배질서의 중심부에 편입되면서 그 윤리를 구현하는 주체로 설정된 것이기 때문이다. (나)의 주제적 의미인 윤리의 문제는 보편적 윤리 그 자체로 추상적으로 제기되고 있는 것이 아니라 동아시아의 정치적 지배질서의 수립과 그 윤리의 구현이라고 하는 실천적인 문제와 긴밀히 결합되면서 그 속에서 특수하게 생성되고 있는 것이다.[35] (나)에서 서사화되고 있는 갈등과 이를 통해 환기되는 주제적 의미는 매우 현실적인 것이다. (나)가 이룩한 소설적 성취의 핵심은 바로 이것이다. 이러한 갈등 양상과 주제적 의미를 구체화해 내기 위해 왕위 계승 문제의 두 주체인 성의와 항의의 가족내적 위계가

---

35) 이는 3장에서 자세하게 언급될 것이다.

(가)와 달리 뒤바뀌어 설정되었고. 보조인물의 서사적 기능 또한 강화되었던 것이다. (가)에서와는 달리 서사적 공간이 관념의 공간에서 현실의 개연성 있는 공간으로 설정된 것 역시 작품의 핵심적 갈등을 해결하기 위한 인물의 설정을 위해 필연적으로 요청된 것이었다고 하겠다.


## 3.

〈적성의전〉은 불교설화인 〈선사태자입해품〉을 서사적 근원으로 하여 창작된 것이지만 설화적 맥락으토부터 이탈하여 뚜렷한 소설적 성취를 보여주고 있는 작품이다. 〈적성의전〉이 획득한 소설적 성취의 핵심은 '서사적 구도의 현실성'으로 집약된다. 현실성에 기초한 인물의 배치와 배경의 설정으로부터 갈등이 발생하며 갈등의 해결 역시 현실적인 관계 속에서 이루어진다.

앞서 분석한 바 있듯이, 〈적성의전〉은 인물들의 대립을 통해 왕위 계승의 문제를 핵심적으로 서사화하고 있다. 중국 주변에 위치해 있는 소국(小國)인 안평국의 왕위가 인륜적 자질을 구유하고 있는 인물인 성의에게 계승되어야 하는가 그렇지 않으면 장자이지만 반인륜적 인물인 항의에게 계승되어야 하는가가 서사적 관심으로 제기된다. 〈적성의전〉은 이에 대해 인륜적 자질을 구유한 인물이 왕위를 계승해야 한다고 응답한다. 이러한 응답에 주목할 때 〈적성의전〉은 성의에게 구유된 인륜적 자질인 유교윤리의 가치를 옹호하는 윤리소설이 된다.[36] 하지만 〈적성의전〉의 소설적 성취는 유교윤리의 가치를 옹호하고 있는 것에 한정되지 않는다. 이는 〈적성의전〉의 성취를 일면적으로 파악하는 것이다. 〈적성

---

36) 김기동은 『이조시대소설론』에서 〈적성의전〉을 '도덕소설'로 분류하고 있다.

의전〉이 획득한 성취로서 무엇보다도 주목해야 할 점은 유교윤리의 가치를 구현하고 있는 주체의 설정, 유교윤리의 가치를 옹호하는 방식의 특수성이다.

〈적성의전〉에서 유교윤리의 가치를 구현하고 있는 주체는 물론 안평국의 왕자인 성의이다. 성의를 '왕자'라는 점에서 보면 성의는 고귀한 신분의 인물이다. 하지만 성의를 '중국 주변국'의 왕자라는 점에서 브면 고귀하지 않은 인물이기도 하다.

> (사) 소국 천인이 옥주의 하히지틱으로 관더하심을 입사오니 그 은덕을 싱각흐오면 틱산 낫차옵고 하히가 얕은지라 결초보은하려 흐옵더니 천도 유의하사 고목이 싱화흐고 절쳐의 봉싱흐여 두 눈이 열여 만무를 다시 보고 부모의 안후을 듯사오니 깃분 마음 츙양이 업사오나 자금 이후로 화산이 기리 멀고 약수가 깁사오니 다시 뵈올 긔약이 묘연한지라 창결흐물 엇지 츙양하오릿가 그러나 귀체 안강하옵소셔[37]

(사)는 성의가 기러기가 전해준 어머니의 편지를 받고 공주에게 하직 인사하는 말이다. 여기에서 성의는 스스로를 "소국 천인"이라 칭한다. 어머니의 편지를 통해 안평국의 왕자라는 사실이 이미 밝혀진 상황임에도 불구하고 성의는 자신을 소국의 천인이라 비하(卑下)하고 있는 것이다. 이는 성의가 중국과 안평국과의 차별성을 인식하고 있기 때문이다. 왕자인 성의는 고귀하지만 안평국 왕자인 성의는 미천한 것이다. 고귀하나 미천한 인물, 이것이 바로 〈적성의전〉〉에 형상화된 성의의 존재적 특성이다. 〈적성의전〉에서 유교윤리의 가치가 옹호되는 방식은 궁극적으로 중국과의 정치적 관계에서이다. 성의가 중국의 과거에서 급제하여 벼

---

37) 『전집』, 32~33면.

슬을 하고, 공주와 결혼하여 부마가 되며, 중국 황제로부터 세자로 책봉되는 것은 중국과의 정치적 관계 수립을 의미한다. 이로써 성의가 구유하고 있는 유교윤리의 가치가 옹호될 수 있었던 것이며, 그 결과 안평국은 중국을 사대(事大)하는 부마의 나라가 된 것이다. 〈적성의전〉의 소설적 성취의 핵심은 바로 여기에 있다. 유교윤리의 가치를 관념적·추상적 차원에서 옹호하고 있는 것이 아니라, 중국 주변의 소국의 인물을 주체로 내세워 중국과 그 주변 국가를 포괄하는 정치적 지배질서 수립의 이상을 제시하면서 현실적이고 구체적인 차원에서 옹호하고 있는 것이다.

이러한 〈적성의전〉의 소설적 성취는 조선 후기 '화이관(華夷觀)'의 동향과 긴밀히 대응된다. 조선 후기의 화이관은 임진왜란과 병자호란으로 인해 야기된 중세적 지배이념의 동요와 동아시아의 정치적 지배질서의 붕괴에 대응하기 위한 지배이데올로기였다. 세계의 중심이며, 동아시아의 정치적 지배질서의 중심인 중국이 오랑캐인 일본에게 도전받고 급기야 만주족에게 굴복하여 청나라가 수립된 것은 그야말로 미증유의 대사건이었다. 이는 문명[중국]과 야만[오랑캐]의 차별적 위계를 통해 세계의 질서가 유지되어 간다는 전통적인 유교적 가치관을 철저하게 부정하는 것이며 인간다운 삶을 보장해 주는 문명의 실종을 의미하는 것이었다. 그리하여 조선의 지배층은 조선을 중국의 문명을 계승한 소중화(小中華)로 자부하면서 중국을 중심으로 한 동아시아의 정치적 지배질서의 복원을 지배이념으로 내세우며 역사적 전환을 거부했다. 이것이 바로 조선 후기 화이관의 내용인 소중화론(小中華論)과 북벌론(北伐論)이다.[38]

〈적성의전〉에서 유교윤리의 가치가 중국과의 정치적 관계 속에서 옹호되고 있는 것은 소중화론에 입각한 화이관적 이상이 반영된 것이다.

---

38) 필자는 <조웅전>을 조선 후기 '북벌론'과 관련하여 해명한 바 있다; 이 책의 제2부 「<조웅전>의 현실성과 낭만성」.

안평국 내부의 왕위 계승의 문제가 중국 황제의 세자 책봉에 의해 해결되고, 중국 황제로부터 세자로 책봉된 성의가 안평국 왕이 됨으로 인해, 동아시아의 정치 질서가 중국을 중심으로 형성된다. 그리하여 중국은 세계의 중심이 되며 유교윤리의 옹호자가 된다. 역사적 현실 속에서 붕괴된 중국의 지위가 소설을 통해 복원된 것이다.

하지만 〈적성의전〉의 소설적 가치는 이 점에 있는 것이 아니다. 조선 후기에 산생된 중국을 배경으로 하는 대부분의 소설들 역시 이와 같은 화이관의 이상이 반영되어 있기 때문이다.39) 〈적성의전〉의 소설적 가치는 이러한 화이관의 이상이 안평국이라고 하는 중국 주변의 소국의 인물인 성의에 의해 실현되고 있다는 점에 있다.

화이론적 인식의 논리는 중국을 중화(中華)·중하(中夏) 또는 화하(華夏)라고 칭하면서 중국 주변의 제국(諸國)을 이만융적(夷蠻戎狄)으로 야만시(野蠻視)하는 관념이다. 이러한 화이관에 입각해서 볼 때 중국 주변의 나라는 유교윤리의 가치인 도리(道理)를 구유하지 못한 금수(禽獸)와 같은 존재에 불과하다. 소중화론은 바로 이러한 화이론적 인식을 바탕으로 한 것이다.40) 중국 주변의 여러 나라 가운데 조선만을 차별적으로 인식하는 것이 소중화론이다. 즉, 중국의 자리에 조선이 대체되는 것일 뿐이다.

병자호란이 일어나고 청나라가 수립된 17세기 중엽 이후 중국과 조선을 중국 주변의 동아시아 여러 나라와 차별화하려는 의식은 현실 속에 폭력적으로 관철되었다. 임진왜란을 통해 전란의 온갖 고통을 경험했을 뿐만 아니라 병자호란을 통해 민족적 자존심에 상처를 입은 조선의 전후 상황 또한 이러한 지배이념이 관철될 수 있는 토양을 제공했다. 그리하

---

39) 군담소설이나 가문소설에 속하는 작품이 대표적인 경우이다.

40) 손승철, 「17-8세기 한국사상의 진보성과 보수성의 갈등에 관한 연구(1)」, 『강원사학』제1집, 강원대 사학과, 1985, 51면.

여 소중화론은 이데올로기로서 조선의 지배층을 비롯한 여타의 많은 계급·계층의 사람들을 사상적으로 감염시켰던 것이다. 하지만 이러한 상황은 18세기에 이르러 서서히 변화하기 시작했다.

18세기에 들어서면서 노론학계에서 철학 논쟁의 형태로 제기된 인물성동이논쟁(人物性同異論爭)은 화이관이 심성론(心性論)적 관심의 형태로 표출된 것이었다. 인물성이론[湖論]은 '理同而性異'라는 논리에 입각하여 금수(禽獸) 초목(草木) 등 물(物)에는 인의예지신(仁義禮智信)의 오상(五常)이 편재(偏在)한다고 함으로써 오상을 모두 갖춘 인성(人性)과 그렇지 못한 물성(物性)은 근본적으로 다를 수밖에 없다고 주장하였다. 여기에 대해 인물성동론(人物性同論)[洛論]은 '性同而氣異'라는 논리에서 인과 물에 모두 오상이 갖추어져 있다고 하여 인·물의 근본적 차별성을 부정하였다.

이러한 심성론적 관심이 철학적 논쟁의 형태를 띠고 제기된 것은 병자호란 이후의 당시 조선 사회가 당면하였던 주체의 위기—청(淸)에의 현실적 굴복과 문화적 우월감과의 괴리—를 극복하는 방안으로서의 실천적 의미를 지니는 것이었다. 현재는 조선을 굴복시킨 청이 언젠가는 멸망되고 중화문화가 회복되어야 한다는 것은 신념이고 천리(天理)이므로 이것이 설명되고 밝혀지지 않으면 안 되었다. 조선민(朝鮮民)은 금수와 같은 오랑캐와 구별되는 존재로서 월등한 문화적·정신적 가치를 지녔음이 확인되어야 했다. 이를 위해서는 인간 심성의 연구에 의해 '人之所以爲人'이 규명되어야 했고 그것은 주체의 존립근거이므로 실천적 의미를 지니는 것이었다.[41] 인물성이론이 인성과 물성의 차별성을 철학적으로 해명하고자 한 이유가 여기에 있었다.

---

41) 유봉학, 「북학사상의 형성과 성격-담원 홍대용과 연암 박지원을 중심으로」, 『한국사론』8, 서울대 국사학과, 1982, 198-9면.

인물성동론도 역시 인성과 물성의 차별성을 부정하는 것은 아니었다. 하지만 인물성동론의 경우 본성이 기(氣)로 현상하여 구체화될 경우에만 달라지는 것이지 본성 그 자체는 동일한 것이라고 함으로써 경화(硬化)된 화이관으로부터 벗어나는 길을 열었다. 이는 금수인 오랑캐와 중화인 중국과의 차별을 부정할 수 있는 사상적 단초를 마련한 것이라고 할 수 있다. 그리하여 18세기 후반에 오면 담헌(湛軒: 洪大容, 1731~1783)과 연암(燕岩: 朴趾源, 1737~1805) 등의 실학자들은 이러한 낙론적 교양으로부터 '人物均', '人物莫辯'의 논리를 끌어내게 되었으며, '華夷一也'라고 하는 새로운 화이론적 시각을 정립하게 되었던 것이다.[42]

〈적성의전〉에서 중국 동남쪽에 위치한 오랑캐의 나라인 안평국의 왕자를 유교윤리의 가치를 실현하는 인물로 형상화한 것은 이러한 새로운 화이론적 시각이 반영되었기 때문이다. 〈적성의전〉이 윤리소설로 이해될 정도로 성의의 윤리적 자질을 강조하고 있는 것도 이와 같은 인식으로부터 비롯된 것이라 하겠다. 〈적성의전〉의 소설적 가치는 바로 이 점에 있다. 조선 후기의 사상사적 궤적이 성리학적 유교 이념을 기초로 한 부단한 철학적 모색과 반성으로부터 근대지향적인 인식의 단초를 도출해 내었듯이 우리의 고전소설사 역시 성리학적 유교 이념에 기초한 중세적 질서 자체를 새롭게 전망하고자 하는 부단한 모색을 보여주고 있는 것이다. 〈적성의전〉은 유교이념에 기초한 동아시아 지배질서의 수립을 소설의 핵심적 내용으로 형상화하고 있으나, 동아시아 지배질서 수립의 주체와 그 방식을 새롭게 문제 삼음으로써 그 독자적 가치를 확보할 수

---

42) 화이론의 동향과 관련하여 앞의 손승철, 유봉학의 논문 외에 다음의 논문이 참고가 된다; 손승철, 「북학의 중화적 세계관 극복」, 『강원대논문집』15, 강원대, 1981. 유봉학, 「18·9세기 대명의리론과 대청의식의 추이」, 『한신대논문집』제5집, 한신대, 1988. 한형조, 「정약용의 화이관」, 『정신문화연구』통권 제36호, 한국정신문화연구원, 1989.

있었던 것이다.

그렇다고 해서 〈적성의전〉을 이러한 새로운 동향의 세계관적 높이를 전면적으로 반영하고 있는 소설이라고 할 수는 없다. 〈적성의전〉이 이러한 동향을 일정하게 반영하고 있는 것은 사실이지만, 그 반영의 수준은 매우 제한적이라는 사실 또한 지적하지 않을 수 없다. 무엇보다도 작품의 내용 자체가 조선 후기 화이관의 동향과 관련된 구체적 현실을 직접적으로 형상화하고 있는 것이 아니라 간접화함으로 인해 구체적인 현실이 상징화되었으며 서술자의 인식 또한 추상화되었다는 점이다. 즉, 작품 자체가 현실 연관을 명백하게 표명하지 않고 있다는 점이다. 또한 작품에 반영된 화이관적 인식 역시 중국 중심의 세계관에서 결코 벗어나 있지 않다는 점이다. 중국 주변국에 대한 새로운 인식을 드러내고는 있으나, 이는 중국 중심의 세계관의 틀 안에서이다. 이런 점으로 볼 때 〈적성의전〉은 조선 후기 새로운 화이관의 동향을 그야말로 일정하게 제한적으로 반영하고 있는 소설이라고 할 수 있다.

# 제 3 부

# 19세기 판소리사의 성격
## ―'영향력 중심의 이동' 문제를 중심으로―

1.

이 글은 19세기 판소리사의 성격 문제와 관련하여 서로 다른 견해를 제기하고 있는 일련의 논문들을 검토하면서, 거기서 드러나는 쟁점들을 정리하고, 그 문제를 바라보는 온당한 시각을 모색하기 위해 시도된다.[1] 19세기 판소리사의 성격 문제가 쟁점으로 부각되고 있는 것은, 그것이 논쟁적인 형태로 제출되어 서로 다른 견해가 뚜렷이 대립하고 있기 때문만이 아니라, 문제의 소재 자체가 대단히 중요한 문학사적 의미를 지니고 있기 때문이다. 이를 구체적으로 적시하면 다음과 같다.

첫째, 19세기 판소리사의 성격 문제는 '판소리' 양식의 문학사적 위상 설정 혹은 그 성취와 평가의 문제와 밀접히 관련된다. 판소리문학이 우리 중세문학의 문학적 성취와 진보성을 드러내는 지표의 구실을 해오고 있는 사정을 고려할 때, 19세기 판소리사의 성격이 어떻게 규정되느냐 하는 것은 매우 중요한 문학사적 의미를 지닌다고 하겠다.

---

[1] 이 글에서 검토될 논문들은 다음과 같다; 김흥규, 「19세기 전기 판소리의 연행환경과 사회적 기반」, 『어문논집』 제30집, 고려대 국어국문학연구회, 1991. 김흥규, 「판소리의 사회적 성격과 그 변모」, 한국사회과학연구소 편, 『예술과 사회』, 민음사, 1979. 박희병, 「춘향전의 역사적 성격 분석」, 임형택·최원식 편, 『전환기의 동아시아문학』, 창작과 비평사, 1985.

둘째, 19세기 판소리사의 성격 문제는 갈래와 담당층, 갈래를 둘러싼 사회적 환경이라고 하는 문학의 역사적 운동의 제 요인들이 갈래 운동의 향방에 구체적으로 어떠한 규정력을 발휘하는가라는 문학사의 일반이론적인 문제를 구체적으로 검증하는 대표적인 사례에 해당된다.

셋째, 19세기 판소리사의 성격 문제는 중세에서 근대로의 문학사적 전환의 양상을 해명하는 중요한 관건적 사례 혹은 지표에 해당된다. 판소리가 중세에서 근대로 이행한 몇 안 되는 갈래 가운데 하나인 점을 염두에 둔다면, 19세기 판소리의 역사적 성격을 규명하는 일은 바로 이러한 전환을 예비하는 갈래운동의 복합적인 요인과 두루 관련된다는 것을 쉽게 짐작할 수 있다.

19세기 판소리사의 성격 문제가 갖고 있는 이러한 문학사적 의미를 고려할 때, 이 문제에 대한 접근이 그리 간단치만은 않음을 알 수 있다. 게다가 판소리 양식의 경우 텍스트의 구비전승에 따른 자료적 제약이 있는 점까지 고려한다면, 그 어려움은 실로 큰 것이라고 하겠다. 그러므로 이 문제를 오랫동안 고심하면서 경청할 만한 견해를 제기하고 있는 여러 논자들의 견해는 어느 것이나 쉽사리 지나쳐 버릴 수 없는 소중한 것이라는 점은 분명하다. 이 글은 이러한 점을 염두에 두면서, 가능한 논자들의 견해와 논거를 객관적으로 전달하면서 논리적인 문제나 관점상의 문제를 비판적으로 검토하고자 한다.


## 2.

판소리의 전체적인 역사적 전개 구도 속에서 19세기 판소리의 성격을 변별적으로 인식해야 한다는 견해가 제출된 것은 김흥규의 「판소리의 사회적 성격과 그 변모」에서였다. 이는 그가 그 이전 해에 제출했던 논문인 「신재효 개작 춘향가의 판소리사적 위치」[2]와 그 궤를 함께 하는 것이었다. 이 두 논문의 기본 시각은 "역사적 변모의 구도 안에서 판소리의 사회적 성격을 이해"해야 한다는 것이었다. 이러한 그의 시각은 이전까지의 판소리 연구자들이 가지고 있었던 판소리사의 전개와 그 성격에 대한 전일적인 이해 방식에 대한 비판이기도 한 것이었다.[3]

이러한 시각에 입각하여 김흥규는 판소리의 역사적 전개를 그 사회적 기반의 변화를 근거로 다음의 세 시기로 나누었다.

제1기: 대략 <u>17세기 말</u>까지로 추정되는 판소리의 초기적 형성기에는 <u>일반 평민</u>들이 그 사회적 기반이었던 것으로 보인다.

제2기: 판소리가 보다 발전된 창악으로 정립되는 <u>18세기</u>에 들어서면서 <u>양반층</u>은 점차 이에 흥미를 가졌고, 판소리의 청중으로서 비중이 증대하기 시작하였다. 이와 함께 지속된 <u>평민적 기반</u>도 18세기 판소리사에서는 중요한 역할을 유지하였다.

제3기: <u>19세기</u>에는 명창들의 계보가 확립되면서 판소리가 매우 세련된 창악으로 발전하고 <u>양반층</u>의 후원을 바탕으로 하여 질적 변화를 이룩한 시기이다. 이 단계에 이르러 판소리는 <u>양반층</u>을 보다 중요

---

2) 김흥규, 「신재효 개작 춘향가의 판소리사적 위치」, 『한국학보』10, 일지사, 1978. 이 논문에서 그는 신재효에 대한 기존의 우호적·긍정적 평가 시각을 비판하고, 신재효의 신분적 특수성[중인]을 핵심 논거로 내세워 판소리사에서의 그의 역할을 비판적·부정적으로 규정했다.

3) 다음의 인용문에서 이러한 김흥규의 기본 시각을 구체적으로 읽을 수 있다; "이처럼 다양했던 판소리의 청중들은, 그러나, 어느 시기에 있어서나 고르게 분포되어 있었던 것은 아니다. 판소리사의 흐름을 통해 이들 청중의 구성 비율이나 판소리에의 관련도는 적지 않은 변화를 보였던 것으로 생각된다. 이처럼 판소리 청중들의 구성이 시대를 따라 달라졌고 그들의 관련이나 영향력 또한 이와 함께 변모하였다면, 판소리의 사회적 기반은 이에 근거하여 구별할 수 있는 몇 개의 상이한 단계를 가졌으리라 봄이 타당하다."(1979, 59면)

<u>한 기반으로 삼게 되었고, 이에 따라 기존 판소리 전승의 일부 탈락 및 개작·윤색·순화가 이루어졌다.</u>[4](밑줄 필자)

판소리의 역사적 전개를 바라보는 김흥규의 시각에서 주목되는 것은 제1기와 제3기의 서술 부분이다. 제1기에서 보여주는 시각은 그 이전의 대표적인 판소리 연구자인 김동욱과 사뭇 다르다. 김동욱은 광대와 양반의 결합[tie-up]에 의해 판소리가 형성되었으며, 그 시기를 18세기로 보고 있다.[5] 여기에서 형성 시기가 17세기인가, 18세기인가 하는 것은 그리 중요하지 않다. 김동욱도 형성 시기가 소급될 수 있음을 언급하고 있기 때문이다.[6] 문제는 형성기부터 일반 평민 이외의 다른 사회적 기반을 상정할 수 있는가라는 점이다.[7]

제3기를 파악하는 시각에서도 차이를 보인다. 양반층을 '판소리의 보다 중요한 사회적 기반'으로 인식하는 점은 다르지 않으나, 보다 중요한 사회적 기반으로서의 양반층의 개입이 19세기 판소리사에 끼친 영향력에 대한 평가는 매우 다르다. 김동욱의 시각은, 제1기의 관점을 유지하면서, 이미 양반층과의 결합에 의해 평형을 이룩한 판소리가 이 시기에 오면서 최고로 발전하게 되었다고 보는 '발전적 관점'이라 할 수 있다. 이에 비해 김흥규의 시각은 양반층의 개입에 의해 기존에 확보되어 있던

---

4) 위의 글, 72면.

5) 김동욱, 「판소리사 연구의 제문제」, 『인문과학』2, 연세대 인문과학연구소, 1968.

6) 같은 글, 72면. 인용은 조동일·김흥규 편, 『판소리의 이해』(창작과비평사, 1978)에 수록되어 있는 같은 논문에 의거한 것이다.

7) 판소리의 형성을 양반과 광대의 결합으로부터 파악하는 김동욱의 시각은 판소리의 성격을 규명하는 데 핵심적인 부분이라고 할 수 있는 주제 연구에도 침투하여 주제의 양면성 논의를 낳고 있는데, 김흥규는 이러한 연구시각은 역사적 사고의 불철저함에서 기인하는 것이라고 하면서, 자신도 그 책임의 일단을 져야 한다고 스스로를 비판하고 있다.

판소리의 민중적 성격이 약화 혹은 퇴화되었다고 보는 '퇴행적 관점'이라 할 수 있다. 김흥규의 시각에서 주목해야 할 점은 약화 혹은 퇴행을 야기하는 주체가 바로 이 시기 판소리의 중요한 사회적 기반이라고 할 수 있는 양반층이라는 판단이다. 제3기에 오면 판소리 양식의 갈래운동을 야기하는 주체는 양반층이며 민중층은 주변화되고 있다고 파악하고 있는 것이다.[8]

19세기 판소리의 역사적 전개를 퇴행적으로 바라보는 김흥규의 시각은 판소리 7마당의 실전(失傳) 이유에 대한 해명과 신재효가 판소리사에서 차지하는 위치에 대한 부정적 평가로 구체화된다. 김흥규는 7마당의 실전 이유를 양반층과의 관련에서 찾고 있다. 양반적 가치의식과 화합하기 어려운 성향에 철저한 작품들이기에 7마당이 실전되었다는 것이다. 즉 "19세기 판소리사에서 소실된 7마당의 판소리는 양반청중들이 지배적 비중을 차지하기 이전의 18세기적 기반에서 성립·발전한 것"으로 "이들은 실제로 전체적 성격이나 세계이해에서 양반적 가치의식과는 화합하기 어려운 성향에 철저한 작품들인 것"이었기에 실전되었다는 것이다.[9] 또한 신재효에 대해서는, 아전층의 상층문화 지향의식과 보수성을 반영하여 작품을 개작한 인물로 매우 부정적으로 평가했다.

판소리의 실전 이유에 대한 논의가 본격적으로 이루어지기 이전이었으므로 이는 접어둔다 하더라도, 신재효에 대해서는 대다수의 연구자가 긍정적으로 평가하고 있었으므로,[10] 김흥규의 이러한 견해는 기존의 시

---

8) 김흥규(1979), 83면; "우리가 논의하는 핵심 과제인 판소리의 세계이해와 사회적 성격의 차원에서 19세기 판소리사는 대체로 전진적 활력의 감퇴 및 부분적 제거가 행해진 시기였다는 판단이 불가피하다."라는 언급에서 이를 분명히 확인할 수 있다.
9) 김흥규(1979), 80면. 여기에서 양반적 가치의식과 화합하기 어려운 성향이란 구체적으로 "이야기의 기본 줄거리에서부터 철저하게 세속적인 세계의 표현―그것도 극히 희극적으로 강조된 표현"을 의미한다고 한다.

각을 정면에서 비판한 것이었다. 따라서 김흥규에 의해서 새롭게 제출된 이러한 견해는 충분한 논쟁점을 내포하고 있는 것들이라고 할 만하다. 그 가운데 핵심적인 문제는 무엇보다도 19세기 판소리사를 그 이전과 질적으로 구분하여 파악하게 하는 핵심적 논거인 '양반층의 개입에 의한 영향력 중심의 이동' 문제라 할 수 있으며, '신재효에 대한 평가' 문제와 '판소리의 실전 이유'에 대한 해명 문제는 이 문제와 밀접히 관련되어 제기되는 문제라 할 수 있다. 그러므로 이 글에서는 19세기 판소리사 연구의 쟁점 가운데 가장 중심적인 위치에 있는 '영향력 중심의 이동' 문제를 우선적으로 검토해 보고자 한다.

## 3.

앞서 살펴본 바와 같이 김흥규는 판소리사의 전개 속에서 19세기를 변별해서 보아야 한다고 했으며, 그 주요한 논거는 양반층의 개입에 의한 판소리 연행환경의 변화이며, 이로 인해 영향력 중심이 양반층으로 이동한다는 것이었다. 이러한 견해에 대한 본격적인 반론은 박희병에 의해서 제기되었다.

> (가) 19세기에 접어들어 일부 양반층이 판소리에 적극적으로 관심을 보이기 시작한 것은 사실이나, 憲宗·哲宗 연간까지는 여전히 민중이 그 중심적인 향수층으로서 그것의 예술적 성격을 결정짓고 있었던 것으로 판단된다. 판소리의 문학적 내용이 양반 향수층의 개입에 따라 다

---

10) 김태준, 강한영, 김동욱 등을 대표적으로 들 수 있다. 신재효의 평가문제는 김대행, 「신재효에 대한 평가」, 장덕순 외, 『한국문학사의 쟁점』(집문당, 1986)에 잘 정리되어 있다.

소 변질되는 것은 대원군 집정기와 고종 연간에 이르러 비로소 시작된다고 본다. 이러한 사실들은 대표적인 판소리 문학의 하나인 「춘향전」의 異本史를 더듬어 볼 경우 어렵지 않게 검증될 수 있다. 현전하는 「춘향전」의 이본들은 대개 19세기의 소산으로서 그 각 시기의 판소리 사설들이 그대로 정착되거나 소설로 발전된 것이라 할 수 있는데 申在孝本, 完板84張本, 朴起弘調 「춘향전」 등 대원군 집정기, 고종 연간에 생산된 서너 개의 後代本들을 제외하고는 대부분의 이본들은 여전히 그 특유의 민중적 기반 위에 서있다. 특히 그 성립연대가 확인되는 南原古詞(1864~1869)의 경우 양반적 취향으로 속화되는 면보다는 「춘향전」 본래의 진보적 계기나 反지배 · 反수탈의 민중지향이 일층 강렬하게 확대, 발전됨을 보여준다. 따라서 양반층의 판소리 수용과 관련하여 19세기 말엽에 야기되는 「춘향전」 내용의 개작 문제는 한 특수한 역사적 현상일 뿐, 그것 때문에 「춘향전」 애초의 민중적 발생배경이나 민중적 성격이 달라지는 것은 아니다.[11]

(나) 이러한 「춘향전」의 성격상 그 향수층(享受層)은 의당 민중이 될 수밖에 없었지만, 19세기 중말(中末) 무렵에 이르러선 양반 향수층도 적지 않게 형성되고 있었던 것으로 보인다. 민중이 소설 「춘향전」이나 판소리 「춘향전」(춘향가) 그 모두의 향수자로 될 수 있었음에 반해, 양반은 다만 판소리 「춘향전」(춘향가)의 향수자로 될 뿐이다. 이 경우 민중이 민중적 입장에서 「춘향전」의 본질을 깊이있게 이해하고 수용한다면, 양반은 양반적 입장에서 「춘향전」의 외관만을 피상적으로 수용할 따름이다. 동일한 작품을 놓고 수용자의 사회적 입장에 따라 그 수용양상이 전혀 상이해지는 것이다. 양반의 「춘향전」 수용은, 양반 신분의 두 인물이 한 미기(美妓)를 놓고 경쟁을 하여 결국 그 중 한 인물이 그 기녀를 차지하게 된다는 줄거리의 야사류(野史類)에 표출되어 있는 천박한 양반적 속물근성에 벗어나지 않는다. 그러므로 양반

---

11) 박희병(1985), 85면.

이 「춘향전」에서 흥미와 공감을 느꼈다면 그것은 주로, 자기 신분 출신의 인물이 비천한 한 미기(美妓)와 기이한 염사(艶事)를 벌인다는 것, 이 기특한 행위에 대한 보상으로 그 기녀는 양반의 정실(正室)로 맞이된다는 것 등의 사실에 있을 뿐이다. 말하자면 「춘향전」은 하나의 엽기물(獵奇物)로 수용될 뿐인 것이다.[12]

장황하지만 박희병의 견해를 구체적으로 살펴보기 위하여 핵심적 주장을 그대로 인용하였다. 위의 인용으로부터 다음과 같은 견해를 도출할 수 있다.

첫째, 19세기에 들어와 일부 양반층이 판소리에 적극적인 관심을 보이기 시작한 것은 사실이다.

둘째, 헌종·철종 연간까지는 여전히 민중이 그 중심적인 향수층으로서 판소리의 본질적 성격을 결정짓고 있었던 것으로 판단된다.

셋째, 판소리의 문학적 내용이 양반층의 개입에 따라 다소 변질하는 것은 대원군 집정기와 고종 연간에 이르러 비로소 시작되었다.

넷째, 양반층이 판소리[춘향전]를 수용한 것은 양반적인 속물근성에 근거한 엽기적인 관심 때문이었다.

결국 박희병의 견해는 19세기 중말(中末)까지는 18세기와 달리 판소리사에서 어떠한 질적 차이도 발생하지 않았으며 판소리는 '특유의 민중적 기반' 위에 서 있었다는 것으로 요약된다. 박희병은 이러한 주장의 근거로, 19세기에 산생된 〈춘향전〉 텍스트가 여전히 민중적 세계관의 기반 위에서 형상화되었음을 논증하고 있다.[13]

---

12) 위의 글, 138-139면.

13) 박희병의 논문은 '판소리사'에 촛점을 맞춘 것은 아니다. 그의 논문은 춘향전의 성격을 작품 분석을 통해 도출하려는데 집중되어 있다. 따라서 19세기 판소리사의 성격과 관련된 위의 언급은 춘향전 이본의 성격을 기초로 한 판단이다. 하지만 문학사의

김흥규는 이전에 제출했던 자신의 견해가 "기본적 타당성은 아직도 유효"하다고 생각하여, 이를 보다 구체적으로 실증하는 논문을 발표하여 박희병의 견해를 반박하였다.14) 김흥규가 박희병의 견해에 대해 우선 문제 삼고 있는 것은 자료 근거의 타당성이다. 그는 박희병이 '춘향전의 역사적 성격'을 논하는 데 있어서 자료로 선택한 판소리계소설은 '19세기 판소리사의 전개 양상'을 입증하는 근거로 삼을 수 없는 것이라고 비판한다. 즉 '판소리'와 '판소리계소설'을 구별해야 한다는 것이다.15)

김흥규의 이러한 문제 제기는 논리적인 면에서는 일단 타당하다고 할 수 있다. 하지만 현실적으로 판소리와 판소리계소설을 구별하여 판소리만을 자료로 삼는다고 할 때, 18세기와 19세기의 변별을 유효하게 수행할 수 있는 텍스트가 온전하게 남아 있지 않은 점이 문제이다. 따라서 논리적으로는 타당성이 있지만 현실적으로는 타당하지 않은 지적이라고 할 수 있다. 그렇다면 여러 가지 사정을 감안할 때, 방법은 판소리계소설을 판소리사 연구 자료로 활용할 때 나타나는 문제점을 두루 고려하면서, 판소리계소설을 자료로 활용하는 것일 수밖에 없지 않을까 한다.

김흥규가 박희병의 견해를 문제 삼는 또 다른 하나는 박희병이 작품내적 해석을 통해 도달한 결론에 상응하는 판소리의 사회적 존립기반과 그에 상응하는 보상체계에 대한 객관적 증거를 제시하지 못했다는 것이다. 다시 말하면 박희병이 작품내적 해석을 통해 도달한 결론—19세기 중말까지 판소리는 여전히 민중적 기반 위에 자리 잡고 있었다—을 뒷받침할 만한 외부적 증거를 제시하지 못하고 있다는 것이다.16)

---

질적 변화를 판단하는 최종 심급은 '작품'이므로, 그의 이러한 판단은 매우 중요한 의미를 지니는 것이라고 할 수 있다.

14) 김흥규, 「19세기 전기 판소리의 연행환경과 사회적 기반」, 『어문논집』 제30집, 고려대 국어국문학연구회, 1991.

15) 위의 글, 5면.

물론 박희병은 그의 논문에서 민중적 기반의 구체적 증거를 내세우고 있지는 못하다. 이는 박희병의 논문 자체가 작품 내적 해석에 궁극적인 목표를 두고 있기 때문이기도 하지만, 실제로 판소리의 민중적 기반을 구체적으로 입증할 만한 자료를 확보하는 것이 쉽지 않은 일이기 때문이기도 하다. 이는 판소리만에 국한된 것이 아니라 구비전승에 입각한 모든 갈래에 공통적으로 놓여져 있는 문제라 할 수 있다.

그리하여 김흥규는, 박희병이 작품 내적 해석을 통해 도달한 결론을 반박하는 외부적 증거를 제시하면서, 이러한 외부적 증거를 통해 19세기 전기(前期)에 판소리의 성격 변화를 주도하는 영향력 중심이 이동했다는 결론에 도달하고 있다. 그는 1860년 무렵 이전까지 판소리 창(唱)의 현장이나 창자— 청중의 만남에 관한 기록 자료 33조목(條目)을 제시하고, 이를 통계적으로 처리하여,[17] 이를 양반·중인 및 부호층으로 영향력이 이동[18]했음을 보여주는 증거로 삼았다. 그리하여 그는 다음과 같은 결론에 도달했다.

> (다) 19세기 전기에 이미 판소리는 〈1〉 다수의 양반·중인·부호 청중을 획득해 나아갔고, 〈2〉 이에 상응하여 '소수인에 의한 多額'의 物的 보상관계가 확대되었으며, 〈3〉 창자들의 지향은 기량의 연마와 명성 획득을 통해 '또랑광대'의 평면으로부터 솟아올라 '御前名唱, 國唱'의 예

---

16) 같은 글, 7면.

17) 양반관료층 좌상객 앞에서 연창한 경우(25조목 30여회), 중인·이속층을 상대로 한 경우(4회), 특정한 좌상이나 후원자가 불분명한 소리판에서 불특정 다수의 청중들을 대상으로 연창한 사례(2조목), 국왕 앞에 나아가 판소리를 한 경우(4인)(같은 글, 14면)

18) 여기에서 그가 이전의 논문에서 19세기 판소리의 사회적 기반으로 추정했던 청중의 범위가 양반층에서 양반, 중인, 부호층으로 확장되고 있음을 주목할 필요가 있다. 하지만 이러한 청중층의 확장이 그의 관점을 근본적으로 변화시키지는 않고 있다. 논외지만 판소리의 청중층의 확장을 실증적으로 밝혀낸 점은 이 논문이 얻은 성취임에 분명하다.

술적·사회적 대우를 받는 쪽으로 모아졌던 것이다.[19]

하지만 이러한 그의 결론 역시 그가 박희병에게 제기했던 방식 그대로 문제점을 지적할 수 있다. 즉 그에 의해 구명된 19세기 전기의 연행환경과 사회적 기반의 변화는 곧 영향력의 중심이동이 초래되었다는 결론으로 나아가게 하는 근거가 되는데, 영향력 중심이동은 작품 자체의 질적 변화에서 최종적으로 검증될 수 있는 것이라는 점이다. 따라서 김흥규에 의해서 제시된 사실들은 양반이나 중인 및 부호층의 판소리 개입이 증대되었다는 것만을 나타낼 뿐, 이로 인해 영향력의 최종 심급이라 할 수 있는 작품의 질적 변화가 야기되었다는 것을 보증할 수는 없는 것이라는 점이다.

게다가 그가 영향력 이동의 논거로 들고 있는 기록 자료 역시 많은 한계를 내포한 것이라는 점이다. 그도 언급한 바 있듯이 "한문으로 기록된 자료는 그 기록언어의 계층적 제약성으로 인해 사대부와 중인층에 관련된 일을 많이 담게" 되며, 또 "『朝鮮唱劇史』 등에 정착된 회고담과 逸話도 사회적 변별도가 높은 인물들과의 사이에 일어난 일들을 더 중시하는 경향"이 있기 때문이다.[20]

김흥규의 견해 가운데 19세기에 들어오면서 일반 평민층과는 구별되는 양반이나, 중인 및 부호층이 판소리의 연행에 더욱 빈번하게 참여했다는 것에 대해서는 충분히 동의할 수 있다. 하지만 이러한 개입을 영향력의 중심이 이동한 확고한 증거로 보기에는 미흡하다. '또랑광대'와 관련된 연행기반 혹은 연행환경에 대한 간접 자료에 해당하는 다음의 기록을 통해 그 역(逆)의 추론도 얼마든지 가능하기 때문이다.

---

19) 김흥규(1991), 15-16면.
20) 위의 글, 15면.

(라) 孫化中은 전라우도에서 屠漢, 才人, 驛夫, 冶匠, 僧徒 등 평일의 가
     장 천류로만 한 接을 별도로 설치하였는데 그 사납고 용맹함이 누구도
     대항할 수 없어 사람들이 가장 두려워하였다.[21]

(마) 金開南은 도내의 唱優, 才人 천여 명으로 一軍을 만들어 그들을 두
     터이 예우해서 그들의 사력을 얻음을 도모했다.[22]


위의 기록은 갑오농민전쟁에 관한 기록이다. 우리는 19세기 후반의 이
기록에서 판소리의 기반과 관련된 중요한 단서를 포착할 수 있다. 농민군
지도자 중의 한 사람인 손화중이 천민(賤民)들만으로 구성한 접(接)에 재
인이 포함되어 있었다는 사실, 또 다른 지도자인 김개남이 도내의 창우
·재인으로 구성한 부대의 병졸 수가 천여 명이나 되었다는 사실이 그것
이다. "도내의 창우 재인 천여 명으로 일군을 만들"었다는 기록은, 다소
과장되었다 하더라도, 19세기 후반인 당시까지 상당히 많은 수의 '또랑광
대'들이 존재하고 있었음을 말해주는 것이라고 할 수 있다.

그렇다면 이러한 또랑광대들을 존립하게 했던 사회적 기반은 무엇일
까? 이들의 존립을 가능하게 했던 사회적 기반은 바로 옥외(屋外)의 크
고 작은 소리판에서 만나는 일반 평민, 즉 민중층일 수밖에 없다. 비록
당시의 일부 명창이나 국창이 양반이나 중인 및 부호층을 물적 토대로
삼았다 하더라도, 대다수의 또랑광대들은 여전히 일반 평민들을 물적 토
대로 하고 있었음을 이 기록을 통해 충분히 짐작할 수 있는 것이다.

손화중 부대에 소속된 '천민 출신의 접'에 대한 기록에서 또한 주목해
야 할 점은 이들 천민 출신들이 정부군이 가장 두려워할 정도로 "사납고

---

21)  孫化中在右道, 聚屠漢·才人·驛夫·冶匠·僧徒平日最賤之流, 別設一接, 寧悍無前,
     人尤畏之.(황현, 『오하기문』, 제2필의 97면)
22)  初開男, 選道內唱優·才人千餘人, 爲一軍厚禮之翼得死力.(황현, 『오하기문』, 제3필
     의 23면)

용맹스러웠다"는 것이다. 이들 천민들의 이러한 용맹성은, 황현은 이를 사납고 용맹스러웠다고 표현했지만, 투쟁의 선도성(先導性)을 의미하는 것으로 해석될 수 있다.[23] 대체로 투쟁의 선도성은 투쟁의 의미를 각별하게 인식하고 있는 것으로부터 비롯되는 것이므로, 그렇다면 여기에 소속된 또랑광대들 또한 갑오농민전쟁의 역사적 의미에 대해 각별하게 인식하고 있었을 것이라 추측할 수 있으며, 이를 판소리의 민중적 세계관과 관련지을 수도 있을 것이다. 이들 천류들로 구성된 부대를 고창의 재인인 홍낙관이 지휘하고 있었던 사실은 이러한 추측을 더욱 뒷받침해 주는 증거로 삼을 만하다.[24]

이상의 기록을 통해서 19세기 후반까지 민중층은 여전히 판소리 전승에서 중요한 사회적 기반이었으며, 이러한 사회적 기반을 기초로 상당히 많은 수의 또랑광대들이 존립할 수 있었음을 짐작할 수 있다. 그렇다고 한다면, 19세기 판소리사에 있어서 '영향력의 중심이 양반이나 중인·부호층으로 이동했다'라는 견해는 19세기 판소리사의 실상을 전면적으로 포괄해 내고 있는 것이라 하기 어렵다. 영향력의 중심이동이라는 것은 연행과 관련된 사회적 기반의 변화와 이로 인해 야기되는 예술적 질의 변화를 주도하는 주체의 이동을 의미할 터인데, 양반이나 중인·부호층이 판소리를 향유했다는 기록은 연행과 관련된 사회적 기반이 변화한— 엄밀하게 말하자면 확장된— 결과를 보여주는 것일 뿐 변화를 주도한 주체가 이동했음을 나타내 주는 것은 아니기 때문이다. 그렇다면 19세기

---

23) 위의 기록은 갑오농민전쟁을 동비(東匪)들의 난(亂)으로 규정하는 황현에 의해 기술된 것이라는 점에 유의할 필요가 있다. 즉 위의 기록은 투쟁의 선도성을 비속하게 표현한 것이라는 점이다. 투쟁의 선도성은 의식의 수준과 밀접히 관련되는 것이므로, 이를 통해 판소리 광대를 포함한 소위 '천류'들의 의식의 수준을 짐작할 수 있다.

24) 初化中選道內才人, 爲一布, 洪洛官將之. 洛官者, 高廠才人, 隷化中, 其部下數千人, 喬捷精銳.(황현, 『오하기문』, 제3필의 35면)

판소리의 사회적 기반이 양반이나 중인·부호층에까지 확장될 수 있었던
것은 앞서 살펴 본 바와 같이 판소리가 그 특유의 민중적 기반을 튼튼히
확보하고 있었기 때문이라고 보아야 온당하며, 그것이 일반적인 예술사
의 발전 방향과도 부합되는 것이 아닐까 한다.

이 문제는 양반층이 판소리를 수용·감상한 이유와도 긴밀히 관련된
다. 양반층이 판소리와 교감했던 이유는 판소리 향유층으로서의 그들의
위상을 보다 분명히 확인해 줄 것이기 때문이다. 앞서 인용했듯이 박희
병은 양반층의 판소리 수용 이유를 "양반적인 속물근성에 입각한 엽기적
관심"이라고 한 바 있다. 이에 대해 김흥규는 다음과 같이 비판한다.

> (바) 그는 판소리에 관심을 가졌던 양반층이 주자학적 세계관과 중세적
> 윤리의식·미의식에 철저한 양반층과 아무런 어긋남없이 일치하는지
> 에 관해 주의하지 않았으며, 결과적으로 둘 사이의 차이와 그 예술사
> 적, 문화사적 의미를 외면했다.[25]

위의 언급을 통해 양반층의 판소리 수용 이유를 어떻게 생각하고 있는
지를 알 수 있다. 즉, 판소리를 수용한 양반층은 주자학적 세계관과 중세
적 미의식·윤리의식에서 벗어난 사람들이었으며, 이는 예술사적, 문화
사적으로 매우 중요한 의미를 지닌 것이라는 것이다. 그리하여 박희병의
견해를 "이념형적 양반 인식에 근거한 청중관"으로서 "조선 후기의 사회
·문화적 변동과 이에 연관된 사대부 문화의 변이 양상을 생각하지 않은
정태적 시각의 소산"[26]이라 비판한다. 그리하여 신위(申緯, 1769~1847)
와 이유원(李裕元, 1814~1888)의 사례를 중심으로 양반층의 판소리 수

---

25) 김흥규(1991), 7면.
26) 위의 글, 8면.

용을 검토한 후, 양반층의 판소리 수용을 "탁월한 기예를 갖춘 예인과 열정적인 애호·감응의 안목을 지닌 좌상객의 호응"으로 파악하고, 이를 "일시적인 호기심의 수준을 훨씬 넘어서는 것"27)으로 평가하고 있다.

이러한 김흥규의 견해는 오랫동안의 판소리 연구에서 축적된 혜안(慧眼)의 소산으로, 양반층의 수용을 '엽기적 관심'의 산물로 단순하게 파악하는 지점으로부터 한 걸음 나아간 것이라고 생각한다. 판소리를 수용한 양반층 가운데는 일부 엽기적인 관심에서 판소리를 수용하기도 했을 터이지만, 김흥규가 사례로 소개하고 있는 신위나 이유원과 같은 양반층은 적어도 이러한 엽기적인 관심의 수준을 훨씬 벗어나 있었다고 보아야 할 것이다. 물론 이때 '벗어났다'고 하는 말은 이미 그들의 안목이 중세적 지평 너머에 다가가 있었다는 의미이다.

> (사) 판소리의 놀라운 음악적 형상력과 절묘한 轉移·變換의 흐름에 대한 이유원의 인식은 신위가 보인 관찰과 경탄에 못지 않다. 별도의 연구를 통해 다루어야 할 사항이지만, 판소리의 이와 같은 특징은 高雅·悠長한 분위기가 지배하는 전통적 사대부 음악의 高踏性과 平板性에 견주어 그야말로 새로운 세계가 눈앞에 열리는 신선함을 느끼게 했던 것이다.28)

여기서 우리가 따져보아야 할 것은 신위나 이유원 같은 양반층들이 과연 판소리를 음악적·심미적 차원에서만 애호·감응했겠는가라는 점이다. 다시 말하면 판소리의 사설은 무시한 채 음악적인 측면에서단 판소리에 경사되었겠는가라는 점이다. 물론 이들에게 있어서 판소리가 제공하는 음악적 차원의 예술체험이 보다 소중한 것이었다고 할 수는 있으

---

27) 같은 글, 26면.
28) 같은 글, 32면.

나, 그 예술체험이 판소리 사설을 생략한 채 이루어지는 반쪽 체험에 국한된 것이었다고 생각할 수는 없을 것이다. 다시 말한다면, 음악적으로는 중세적 지평 너머의 새로운 세계가 열리는 신선함을 체험하면서 문학적으로는 중세적 의식의 소산인 '엽기적 관심'의 울타리에 갇혀 있었다고 볼 수는 없다는 것이다. 따라서 이들의 판소리 수용에는 판소리의 문학성과 음악성을 아우르는 측면에서의 판소리의 '새로움'[진보성]에 대한 애호와 감응이 있었다고 보는 것이 온당하리라 생각된다.

그렇다고 한다면 판소리는 그 산생의 원천인 민중적 기반에 의해 진보성을 획득한 이래, 갈래 운동의 역사적 과정 속에서 양반층에 이르기까지도 그 진보성에 교감할 수 있게끔 성장해 나갔다고 해야 할 것이다. 이렇게 본다면, 판소리는 갈래 운동의 역사적 노정(路程)에서 그 영향력의 중심을 양반층으로 이동시킨 것이 아니라, 일부 양반층까지도 자신의 민중적 기반에 기초한 영향력의 자장(磁場) 안으로 끌어들인 것이며, 판소리를 심도 있게 애호한 양반 청중은 그런 의미에서 진보적 지식인이었다고 볼 수 있을 것이다.

## 4.

지금까지 19세기 판소리사의 성격 규명과 관련하여 쟁점이 되고 있는 '영향력 중심의 이동' 문제를 정리하면서, 이 문제를 바라보는 온당한 시각이 무엇이겠는가를 생각해 보았다.

초기 연구자라고 할 수 있는 김동욱에 의해 판소리사가 양반과 광대의 결합에 의한 발전사로 파악된 이후, 논의의 핵심은 양반층과 민중층의 관련 양상을 역사적 전개의 국면 속에서 보다 구체적으로 해명하는 것으로 모아졌다고 할 수 있다. 그리하여 19세기를 분기로 하여 그 이전에는 민중층을, 그 이후에는 양반층을 판소리사의 주체로 설정하여 그 양자의 관련이 명확하게 분리되기도 했으며, 18세기 이래 19세기까지 전일적으로 민중층을 주체─영향력의 중심으로 설정하기도 했다.

그렇지만 무엇보다도 중요한 것은, 판소리사는 민중층을 바탕으로 양반층은 물론 중인층과 부호층까지도 그 사회적 기반으로 참여하면서 향유층이 확장되는 방향으로 진행되었으며, 이것이 판소리의 예술사적 발전 방향이었다는 점이다. 19세기를 18세기와 변별하고자 했던 견해는, 이러한 확장운동에 새롭게 가입하는 새로운 향유층의 출현과 성장에 주목한 나머지, 이러한 19세기적 현상을 가능하게 했던 토대를 도외시했다. 또한 판소리사를 전일적으로 민중층과 관련하여 해명하고자 했던 견해는 새로운 향유층의 출현이라는 19세기적 현상에 대해 충분히 고민하지 않았다. 그렇지만 전자는 판소리사에서의 19세기적 현상을 보다 분명하게 인식할 수 있는 계기를 마련해 주었으며, 후자는 판소리의 예술적 발전의 근본적인 토대가 무엇인가 하는 기본 시각을 튼튼히 마련해 주었다. 이를 바탕으로 향유층의 확장이라고 하는 판소리사의 19세기적 특수성의 역사적 의미를 보다 구체적으로 보다 풍부하게 해명하는 일이 앞으로의 과제이다.

# 신재효 판소리사설의 변주 양상과 그 성격
## - 〈남창 춘향가〉와 〈토별가〉를 대상으로 -

### 1.

판소리사에서 신재효(申在孝, 1812~1884)가 차지하는 위치는 매우 중요하다. 그에 대한 평가가 어떻게 내려지느냐에 따라 판소리사에 대한 인식이 달라질 정도이다. 그런 만큼 그에 대해 깊이있고 폭넓은 접근이 이루어져야 함은 당연하다. 연구 성과가 지속적으로 산출되면서 다양한 견해가 제기되고 활기차게 논의되어 온 것 또한 이런 까닭에서이다.

그간 연구사적으로 신재효에 다한 평가는 여러 차례 굴곡이 있었다. 대체로 그 굴곡은, 판소리사에 남긴 그의 족적 전체를 아울러 긍정일변도로 평가했던 첫 번째 단계, 그의 개작 판소리 사설을 보다 치밀하게 분석하여 긍정적 또는 부정적 평가로 뚜렷하게 대립했던 두 번째 단계, 부정적 평가와 긍정적 평가를 모두 인정하면서 절충하는 양상을 보이고 있는 세 번째 단계로 나눌 수 있다. 특히 두 번째 단계에서는 앞의 긍정 일변도의 입장에 맞서 대항 논리를 제기한 부정적 입장이 논의의 주도권을 행사하고 있었으므로, 신재효에 대한 평가는 긍정적 입장에서 부정적 입장을 거쳐 절충적 입장에 이르렀다고 하겠다.[1]

---

[1] 신재효의 평가 문제는 김대행, 「신저효에 대한 평가」, 장덕순 외, 『한국문학사의 쟁점』(집문당, 1986)에 잘 정리되어 있다. 본 논문에서의 단계 구분은 필자에 의해 시도된 것으로, 둘째 단계는 설성경과 김흥규에 의해 주도된 70년대 후반의 논의를,

평가의 궤적이 이와 같다면, 여기서 우리는 다음과 같은 의문을 제기해 볼 수 있다. 첫째, 입장의 변화가 초래된 요인은 무엇인가? 둘째, 절충적 입장의 성과와 한계는 무엇인가? 첫 번째의 의문은 신재효를 평가하는 연구자의 접근 시각과 관련되며, 두 번째의 의문은 현 단계의 연구사적 과제를 도출하는 것과 관련된다. 기실 이 두 의문은 상호 긴밀히 연관되는 것이다. 절충적 입장 또한 선행 연구의 한계를 극복하고자 하는 문제의식 속에서 마련된 것이며, 그 성과와 한계 또한 접근 시각으로부터 배태된 것이기 때문이다.

먼저 입장의 변화가 초래된 요인으로부터 논의를 시작해 보기로 하자. 두루 알고 있듯이, 판소리사에서 신재효가 주목되었던 이유는 그의 판소리 작업이 판소리사에서 하나의 돌출이었기 때문이었다. 그가 판소리 사설을 개작한 것은 구전성(口傳性)에 기초한 판소리의 유동성(流動性)을 고정시킨 것이었으며, 적층성(積層性)의 주체를 광대 이외의 신분으로 확장시킨 것이었다.2) 신재효에 대한 평가의 문제도 여기서부터 출발한다. 그에 의해 초래된 주체의 확장에 의한 판소리의 고정화가 판소리사에서 어떻게 자리매김 되느냐에 따라 판소리사의 구도와 인식이 달라질 수 있다는 것이다. 그리하여 접근 시각의 근본 요소로 부각된 것이 '개작'과 '신분'이었다.

신재효를 평가하는 데 있어 이 두 가지 요소는 마치 동전의 양면과 같

---

셋째 단계는 서종문, 정병헌, 정하영 등이 활발히 활동하던 80년대를 염두에 둔 것이다.
2) 19세기에 들어오면서 판소리의 기반이 민중층으로부터 확장되는 양상은 김홍규, 「19세기 전기 판소리의 연행환경과 사회적 기반」, 『어문논집』 제30집(고려대 국어국문학연구회, 1991)에서 전면적으로 정리한 바 있다. 이 글에서 김홍규는 19세기 전기에 "판소리를 각별히 좋아하고 감식안이 있으면서 창자들의 발굴, 양반 좌상객에의 중개, 후원, 조언 등에 많이 관여한 인물들"(21면)을 '前申在孝'라 개념화하고 있는데, 이를 통해서도 새로운 주체[기반]로서의 신재효의 중요성을 확인할 수 있다.

이 굳건히 결합하여 동행하였다. 개작의 양상이 신재효를 평가하는 데 있어 결정적인 근거로 내세워졌다면, 신분적 특성은 개작의 양상을 분석하는 유일한 방법적인 도구로 활용되었다. 그 결과 개작 사설인 텍스트는 텍스트에 접근하는 연구자가 신재효의 신분적 특성을 어떻게 이해하고 있는가에 따라 분석되고 평가되었다.

신재효를 긍정적으로 평가하는 입장에서는 중인(中人)이라는 그의 신분적 특성—지배계급인 양반과 피지배계급인 민중을 매개하는 중간자적인 존재적 특성 가운데 민중적 속성[현실 비판]을 중시한 반면, 신재효를 부정적으로 평가하는 입장에서는 양반적 속성[지배체제 옹호]을 중시했으며, 텍스트 또한 그렇게 읽혀졌다.[3] 이것이 신재효에 대한 인식에 하나의 굴곡을 남겨 놓았다. 그렇지단 동일한 방법적 도구[신분적 특성]로 동일한 대상[개작 사설]을 분석한 결론이 이렇듯 모순될 수 없음은 자명한 것이다. 두 입장 가운데 어느 한 입장의 텍스트 읽기가 잘못 되었던가, 아니면 두 입장 모두 어느 일면을 일방적으로 내세운 혐의를 면하기 어려운 것이 사실이다. 절충적인 입장은 이러한 불만으로부터 제기되어진 것으로, 신재효의 개작 사설에 민중적 속성과 양반적 속성이 함께 혼재되어 있다고 보았다. 신재효에 대한 인식에 또 하나의 굴곡이 남겨지게 된 것이다.[4]

현상적으로 보면, 절충적 입장의 이러한 결론은 중인이라고 하는 신분

---

3) 설성경과 김흥규의 논의가 대표적이다. 특히 설성경은 『춘향전의 통시적 연구』(서광학술자료사, 1994)에서 신재효 개작 사설의 민중적 속성을 지역성과 관련하여 더욱 강조하고 있다.

4) 서종문, 정병헌, 정하영의 논의가 대표적이다; 서종문, 「신재효 판소리 사설 연구」, 『판소리 사설 연구』, 형설출판사, 1984. 정하영, 「신재효 개작 판소리 사설 심청가」, 『문학사상』 146, 문학사상사, 1984. 정병헌, 『신재효 판소리 사설의 연구』, 평민사, 1986.

적 특성으로부터 도출된 접근 시각에 가장 충실히 부합되는 것이라 할 수 있다. 적어도 소박한 수준에서 신재효의 개작 사설에 지배체제를 옹호하는 의식의 편린으로 해석될 수 있는 요소와 현실을 비판적으로 인식하는 의식의 편린이 함께 적출될 수 있다는 사실을 있는 그대로 인정하고 있는 점에서는 진실되다고 할 수 있다. 하지만 절충적 입장은 앞의 두 입장을 단지 기계적으로 결합시킨 것으로, 앞의 두 입장과 본질적으로 동질적인 것이다. 이는 앞의 두 입장에서 일방적으로 내세워진 민중적 속성과 양반적 속성을 그대로 승인한 것에 불과할 뿐이다. 신재효 개작 사설에 이질적인 두 지향이 독자성을 유지한 채 혼재되어 있다면, 그리고 이것이 중인이라고 하는 존재적 특성에 기인한 것이라고 한다면, 중인인 신재효는 이곳에서는 양반의 의식을 저 곳에서는 민중의 의식을 혼란스럽게 노출하는 의식분열자일 수밖에 없기 때문이다. 게다가 절충적 입장을 취할 경우 신재효에 대한 평가는 매우 모호하게 될 수밖에 없다.

사정이 이와 같다면, 신재효의 개작 사설의 성격을 온당하게 규명하면서 개작의 의의를 객관적으로 자리매김할 수 있는 새로운 접근 시각이 절실히 요청된다. 앞에서의 논의를 염두에 두면서 새로운 접근 시각을 모색해 볼 필요가 있다.

무엇보다도 먼저 생각해 보아야 할 것은 신재효 텍스트를 분석하는 데 있어 방법적 도구로 절대시되었던 그의 신분적 특성＝중인에 대한 전제적 고려가 유용한 것이었는가 하는 점이다. 중인을 중간자적·이중적 존재로서 규정하고 이를 텍스트 속에서 확인하고자 했지만, 그 결과는 양반적 또는 민중적 속성으로 환원하거나 그 두 가지 속성을 기계적으로 결합하는 것에 불과했다. 중인을 중간자적·이중적 존재라 했을 때, '중간자'나 '이중'의 함의는 다른 집단의 서로 대립되는 의식을 통일시키는 매개적 의식이면서 동시에 다른 사회 집단의 의식으로 환원될 수 없는 그 집단 고유의 의식을 의미하는 것이어야 한다. 따라서 중인이라는 신재효의 신분을 방법적 도구로 하여 텍스트를 읽는 것은 신재효의 판소리 사설에 혼재되어 있다고 분석되고 있는 두 이질적인 지향을 매개하는 특수한 의식적 정향을 해명하는 것이어야 하는 것이다.

다른 한편, 중인이라는 방법적 도구를 유보할 것을 신중히 고려해 볼 필요도 있다. 중인이라는 방법적 도구를 유보하는 대신, 신재효의 다른 존재적 특성— 이를테면 부민(富民) 혹은 시민(市民)의 측면이나 지식인(知識人)적인 측면 등을 새롭게 주목할 필요가 있다. 19세기의 역사적 지평 속에서 신재효의 개작 사설에 반영되어 있는, 이질적인 지향을 매개하는 특수한 의식적 정향은 오히려 부민 혹은 시민의 측면이나 지식인 적인 측면과 정합될 수 있기 때문이다.[5]

새로운 접근 시각을 모색하기 위해 다음으로 생각해 보아야 할 것은 신재효의 텍스트를 판소리의 역사적 시간 속에서 읽어내야 하지 않겠는

---

[5] 김종철(시민의 측면), 정출헌(부민의 측면), 조성원(지식인적인 측면)의 연구가 이에 해당된다; 김종철, 「19세기-20세기초 판소리 변모 양상 연구」, 서울대 박사학위논문, 1993. 정출헌, 「신재효의 판소리를 재론한다」, 『역사비평』 1994년 가을. 조성원, 「<남창 춘향가>의 개작의식」, 『판소리 연구』 제6집, 판소리학회, 1995. 이들의 논의는 신재효를 새롭게 이해하는 데 있어 매우 주목할 만한 견해를 제기하고 있다. 하지만 김종철의 경우에는 '중인층이지만 평민부호층의 입장까지 자신의 입장으로 아울러 현실을 인식'(176면)한 신재효의 특수한 의식적 정향을 구체화하지 못하고 있는 점에서, 정출헌의 경우에는 신재효의 개작을 '민중과의 결별'로 파악하고 있는 점에서, 조성원의 경우에는 춘향의 신분 변이에서는 보수성을 읽어내고 이어사의 남원행에서는 진보성을 읽어내는 이원적 태도를 드러내고 있는 점에서 본 논문과 차별되는 면이 있다. 조성원의 경우, 신재효의 개작의식을 대원군의 정치 이념과 관련시키고 있는 점은 주목할 만하다. 필자도 또한 1993년에 민족문학사연구소 고전국문분과에서 19세기 판소리사의 쟁점을 검토하는 글을 발표한 바 있으며, 그 중 일부를 이 책의 제3부에 수록된 「19세기 판소리사의 성격」이라는 논문으로 발표했다. 미발표된 부분에서 신재효에 대한 평가 문제를 다뤘던 바, 거기에서 필자는 신재효의 개작 텍스트를 대원군의 정치적 입장인 '점진적 개혁주의'와 관련시켜 논의했다.

가 하는 점이다. 신재효의 돌출을 너무도 의식한 나머지 그에 의해 새롭게 '개작'된 부면에 시각이 고정된 결과, 신재효의 텍스트에 여전히 남아 생동하는, 광대[민중]들의 의식이 집적되어 있는, '계승'된 부면이 도외시되었다. 이러한 '계승'된 부면들 또한 신재효의 의식을 구성하는 일부분으로, '개작'된 부면과 균형있게 읽혀져야 하며, 그래야 신재효의 개작을 보다 객관적으로 평가할 수 있게 된다.

마지막으로 새로운 접근 시각을 모색하기 위해 생각해 보아야 할 것은 역사적 평가의 관점 문제이다. '보수적' 또는 '진보적' 혹은 민중과의 '연대' 또는 '결별'이 그간 신재효를 평가하는 관점의 핵심적 개념이었다. 평가의 잣대로서 이러한 개념은 물론 여전히 유효한 것이지만, 평가의 관점 속에 내재된 일면성과 경직성은 극복되어야 한다고 생각한다. 신재효 개작 사설의 일 부면만을 주목하고 이를 가장 이상적인 역사적 운동의 기대 지평이라는 관념의 거울에 비추어 보려 해서는 개작의 의의라는 상(像)이 제대로 맺혀질 수 없다. 이질적인 듯이 보이는 부분들의 의미 연관을 전면적으로 파악해 내면서, 19세기 중후반의 역사적 운동의 복잡성을 충분히 고려하여, 그 성과와 한계를 보다 유연하게 규정할 필요가 있다.

이 글은 이러한 새로운 접근 시각 하에 신재효 사설의 성격과 개작의 의의를 보다 온당하게 규명하고자 시도되는 것이다. 그것은 신재효의 개작 사설이 이전의 판소리 전통을 어떻게 계승하고 있는가를 따져보는 것으로부터 출발하여, 개작의 양상이 어떠한 특수한 의식적 정향을 보여주고 있는가를 살펴보는 과정을 거쳐, 신재효 사설의 성격과 개작의 의의를 19세기 중후반의 역사적 지평 속에서 자리매김 하는 것으로 마감된다.

신재효가 개작한 판소리는 〈춘향가〉(남창·동창), 〈심청가〉, 〈박타령〉, 〈토별가〉, 〈적벽가〉, 〈변강쇠가〉 등 여섯 마당이다. 이들 작품 가운데 특히 〈남창 춘향가〉와 〈토별가〉는 신재효에 대한 평가와 관련하여 첨예하게 논의가 대립되는 작품이다. 그러므로 논의의 대상을 이들 두 작품에 한정하고자 한다. 텍스트는 강한영이 교주한『신재효판소리사설집』에 수록된 것이다.6)


## 2.

신재효 판소리 사설의 성격을 규정하고자 할 때 반드시 확인되어야 할 전제임에도 불구하고 그간 도외시되었던 것이 개작 사설의 계승적 측면이다. 신재효 판소리 사설은 '창작'된 것이 아니라 기존의 판소리 사설을 '개작'한 것이므로, 기존 판소리 사설의 의미가 연장되어 수용되었음은 너무도 당연한 것이다. 따라서 너무도 당연하므로 주목하지 않았다고 볼 수도 있다. 하지만 기존 판소리의 의미를 수용하는 것도 개작자의 승인에 의한 것이며, 이 또한 개작 의식의 일부분을 분명히 구성한다. 오히려 '변형'된 부면에서보다 '승인'된 부면으로부터 기존 판소리와 신재효의 개작 사설 사이의 상거(相距)를 일차적으로 확인할 수 있다.

신재효에 의해 승인된 계승적 측면들을 확인하기 위해서 〈춘향가〉와 〈토끼전〉의 기본 구조를 살펴보기로 하자.7) 여기서 구조란 작품에 형상화된 갈등 관계를 의미하는 바, 인물들 사이의 대립적(對立的) 관계와 상보적(相補的) 관계를 포괄하는 의미로 사용된다. 기본 구조란 다양한 이본이 적층되는 판소리 문학의 특성에 의해 도출된 개념으로 각 이본 사이에 공유되고 있는 불변하는 구조를 의미하는 바, 각 이본들에 공유

---

6) 강한영 교주,『신재효판소리사설집(全)』, 보성문화사, 1978. 이하 이 책에 의해 작품 인용을 할 경우에는『사설집』이라 약칭하고 자세한 서지사항은 다시 밝히지 않는다.
7) 여기서 〈춘향가〉는 신재효가 〈남창 춘향가〉를 개작하기 이전에 전승되던 광대들의 춘향가群을 총칭하는 명칭으로 사용된다. 〈토끼전〉 또한 마찬가지이다.

되고 있는 인물들 사이의 대립적 관계와 상보적 관계의 총체라 하겠다.8)

먼저 〈춘향가〉의 경우를 보자. 〈춘향가〉에서 인물의 대립적 관계로 주목되는 것은 춘향과 변부사의 관계이다. 춘향은 이도령과의 사랑을 성취하기 위해 자신의 의지를 굽히지 않는 인물이며, 변부사는 이러한 춘향의 의지를 용납하지 않고 자신에게 수청 들기를 강요하는 인물이다. 이 두 인물은 행동이나 의지가 전혀 이질적일 뿐만 아니라 적대적이기까지 해서 춘향이 죽음을 각오할 정도이다. 이 때 변부사는 탐학한 봉건관료로 부정적으로 형상화되며 춘향은 자신의 인간적 권리를 쟁취하고자 하는 민중적 전형으로 긍정적으로 형상화된다.

〈춘향가〉에서 인물의 상보적 관계로 주목되는 것은 춘향과 이도령의 관계이다. 이도령은 춘향에게 고난을 야기한 인물이면서 동시에 춘향의 고난을 해결하는 인물이다. 이 두 사람은 서로 진정으로 사랑하는 사이이므로 그 의지와 행동은 동질적이다. 바로 이러한 동질성의 기초 위에서 춘향과 변부사의 대립적 관계가 발생하고 해결된다는 점이 〈춘향가〉의 매우 중요한 특성이다. 이 때 이도령은 춘향으로 전형되는 민중의 고난을 해결하는 진보적 지식인으로 형상화된다.9)

〈토끼전〉에서 인물의 대립적 관계로 주목되는 것은 용왕과 토끼의 관

---

8) 이상 인물의 대립적 관계와 상보적 관계의 개념은 김현양, 「조선조 후기의 군담소설 연구–개념, 유형, 성격 문제를 중심으로」, 연세대 박사학위논문 1994, 32–34면. 참고.

9) 주지하다시피 신재효 이전 시기의 판소리 사설은 완전하게 전해지는 것이 없다. 따라서 신재효 이전에 적층되어 오던 판소리 사설의 기본 구조를 파악하고자 하는 의도는 실제로 검증될 수 없는 것이다. 그렇지만 기존 논의에서 신재효 이전 시기의 판소리계소설과 신재효 이후의 판소리 창본들을 두루 검토하면서 기본 구조를 논의한 성과가 있다. <춘향가(전)>의 경우는 박희병의 논의(1985)가 대표적이며, <토별가>의 경우는 인권환의 논의(「토별가에 나타난 신재효의 작가의식」, 『문학사상』146, 문학사상사, 1984)가 대표적이다. 본 논문에서의 기본 구조 논의는 이들 두 연구자의 성과를 기초로 한 것이다.

계이다. 용왕은 자신의 병을 고치기 위해서 토끼의 간을 필요로 하는 인물이며, 토끼는 자신의 간을 지켜내어 생명을 유지하고자 하는 인물이다. 토끼의 간을 놓고 용왕과 토끼의 목숨이 왔다 갔다 하는 형국이니 두 인물의 관계가 대립적임은 두말할 필요가 없다. 이때 용왕은 우둔한 군주의 형상으로 부정적으로 풍자되며 토끼는 지혜로써 위기를 극복하는 민중적 전형으로 긍정적으로 형상화된다.

〈토끼전〉에서 인물의 상보적 관계로 주목되는 것은 용왕과 자라의 관계이다. 자라는 용왕의 병을 낫게 하기 위해 토끼의 간을 구하러 가는 충신이니, 곧 자라는 용왕의 의지를 대리하는 인물이라 할 수 있다. 용왕이 풍자의 대상인 것과 마찬가지로 충신인 자라 역시 어리석은 인물로 부정적으로 풍자된다. 토끼가 자신의 지혜만으로 갈등을 해결하는 것이 〈토끼전〉의 매우 중요한 특징이다.

지금까지 〈춘향가〉와 〈토끼전〉의 기본 구조를 거칠게 살펴보았던 바, 우리는 이 두 작품에서 구조적 일치를 발견하게 된다. 〈춘향가〉의 구조가 봉건 관료인 변부사와 민중적 전형인 춘향, 그리고 이 둘 사이에 위치하는 이도령의 삼각 구조인 것과 마찬가지로, 〈토끼전〉 역시 봉건 군주인 용왕과 민중적 전형인 토끼, 그리고 이 둘 사이에 위치하는 자라의 삼각 구조로 이루어져 있는 것이 그것이다. 게다가 변부사나 용왕이 부정적 인물로 형상화되고 춘향과 토끼가 긍정적 인물로 형상화되면서 궁극적으로 변부사나 용왕이 패배하고 춘향과 토끼가 승리하는 방식으로 서사화가 이루어져 있는 점도 동일하다. 그렇기에 이들 작품이 당대 민중의 의식을 반영하고 있는 작품으로 높이 평가되고 있는 것이다.

〈춘향가〉와 〈토끼전〉의 차이는 매개적 인물이라 할 수 있는 이도령과 자라의 서사적 기능에서 볼 수 있다. 앞서 언급했듯이 이도령은 춘향의 승리를 가능하게 하는 구원자적 인물로 기능하면서 긍정적으로 형상화되는 데 반해 자라는 용왕의 대리자로서 풍자의 대상으로 기능하면서 부정적으로 형상화되고 있는데, 이러한 차이는 두 작품의 서사적 전망이 무엇인가를 드러내는 것이다. 〈춘향가〉의 서사적 전망을 사랑을 매개로 한 민중적 전형인 춘향과 진보적 지식인인 이도령의 연대라 한다면, 〈토끼전〉의 서사적 전망은 용왕과 자라로 표상되는 봉건 권력의 횡포에 맞서는 민중(토끼)의 주체적 승리라 할 수 있다. 이러한 서사적 전망의 차이만을 놓고 본다면, 〈토끼전〉이 우의와 상징을 벗어던지고 현실을 보다 핍진하게 그려냈더라면, 오히려 〈춘향가〉 이상의 작품적 성취가 가능하지 않았겠는가 하는 생각을 해 볼 만도 하다.

그렇다면 신재효의 개작 사설은 이러한 기본 구조로부터 이탈하고 있는 것인가? 이러한 질문에 대답하기란 그리 어렵지 않다. 신재효의 개작 사설을 읽어 본 독자라면 누구나 신재효의 개작 사설에서도 위에서 살펴본 기본 구조를 충실히 계승하고 있음을 확인할 수 있기 때문이다. 〈남창 춘향가〉 역시 봉건관료인 변부사와 민중적 전형인 춘향 그리고 이 둘 사이에 위치하는 이도령의 삼각 구조로 이루어져 있으며, 춘향과 이도령이 긍정적 인물로, 변부사가 부정적 인물로 형상화되어 있다. 〈토별가〉에서도 봉건 군주인 용왕과 민중적 전형인 토끼 그리고 이 둘 사이에 위치하는 자라의 삼각 구조가 굳건히 자리 잡고 있으며, 용왕과 자라가 부정적 인물로, 토끼가 긍정적 인물로 형상화되어 있다. 물론 춘향과 토끼가 승리하고 변부사와 용왕이 패배하는 서사적 결구 또한 어김없이 지켜지고 있다. 이처럼 신재효의 개작 사설이 이전의 광대들에 의해 적층된 기본 구조를 계승하고 있는 것은, 판소리 사설에 담겨있는 민중적 세계관에 대한 용인으로부터 신재효 개작 사설이 출발하고 있음을 의미하는 것이다. 각각의 이본마다 이러저러한 화소가 출입하고 삼각 구조의 한 꼭지점을 차지하는 주요 인물의 성격이 약화 혹은 강화되는 등의 변이를 보이면서 변주되고는 있지만, 이러한 변주 또한 민중적 세계관을 담보하는 기본 구조의 토대 위에서 가능하게 되는 것이다.[10]

신재효의 개작 사설이 이처럼 민중적 세계관을 담보하는 기본 구조의 토대 위에서 변주되는 것이라 한다면, 그의 개작 사설을 민중과의 결별을 드러내는 보수적 성격으로 해석하는 것은 무리가 있다. 〈남창 춘향가〉에서는 "춘향의 신성한 배후와 고귀한 출생을 강조하고 현실의 고난에 초월적 동기를 결부시키는 방향으로 판소리 전승을 수정했으며", "춘향을 정열부인이나 정실로 신분 상승시키지 않고" 결말 처리하고 있으며, "이도령과 춘향을 품위 있고 숭고·우아한 인물로 그리"고 있고,[11] 〈토별가〉에서는 "재래의 이본에서 용왕의 권위를 비하시키면서 희화하고 있는 것이 비교적 완화"되어 있으며, "忠을 고취하는 내용으로 변장"하고 있다고는 하지만,[12] 이러한 특성은 말 그대로 기본 구조를 계승한 바탕 위에서 변주되고 있는 것일 뿐, 기본 구조를 일탈하고 있는 것은 아니다. 춘향의 신분을 어떻게 설정하고, 결말에 있어서 춘향의 신분 변동을 어떻게 처리하며, 춘향과 이도령을 어떻게 성격화하는가 하는 등의 문제는 개별 작품이 실현하고 있는 고유한 변주적 의미를 해석해 내는 데 있어 충분히 주목해야 하는 것이지만, 그렇다고 해서 이것이 춘향과

---

10) 김현양은 「19세기 판소리사의 성격」에서 19세기 후반까지 여전히 민중층을 기반으로 한 또랑광대가 판소리사의 중심을 차지하고 있었다는 논지를 전개한 바 있는데, 신재효의 개작 사설이 판소리 광대들에 의해 적층된 기본 구조를 충실히 계승하고 있는 점은 이러한 논지를 보완하고 있는 것이라 하겠다. 정병헌도 고소설연구회 제 30차 연구발표회 발표문(「판소리계소설의 형성과 전개」, 원광대, 1995.8.18.)에서 '아무리 변화시켜도 골격을 변화시킬 수는 없는 것이며' 변화하는 것은 '기존의 향유층을 배제하는 것이 아니라 그러한 속성을 찾는 계층을 끌어들이는 것일 뿐'이라는 견해를 밝힌 바 있다.
11) 김홍규, 「신재효 개작 춘향가의 판소리사적 위치」, 『한국학보』10, 일지사, 1978.
12) 인권환, 앞의 글. 임형택, 「판소리사에 있어서 신재효와 토끼전」, 『한국문학사의 시각』, 창작과 비평사, 1984.

변학도의 대립과 춘향과 이도령의 연대를 무화시키지 않는 범위 내에서 개작이 이루어지고 있다는 사실을 간과하도록 허용하고 있는 것은 아니라는 점을 분명히 해 둘 필요가 있다. 〈토별가〉에서 용왕에 대한 비판의 약화나 자라의 충(忠)에 대한 강조 역시 기본적으로 용왕·자라와 토끼의 대립을 무화시키지 않는 범위 내에서 이루어지고 있는 점 또한 마찬가지이다.

이상의 논의를 통해 우리는 신재효의 개작 사설이 민중적 세계관을 토대로 한 기본 구조를 수용하고 있다는 것을 확인했다. 그러므로 일차적으로 신재효의 개작 의식에는 일정하게 민중적 세계관에 대한 암묵적 동의가 전제적으로 깔려 있다고 볼 수 있다. 그렇기 때문에 신재효의 개작 사설을 민중적 세계관에 반하는 보수적 성격으로 규정하는 것은 온당치 못하다. 그렇지만 신재효의 개작 사설이 기본 구조를 수용하고 있는 것으로부터 신재효의 개작의식을 민중적 세계관 자체와 전적으로 동일시할 수는 없다. 이는 기본 구조의 범위 내에서 이루어지고 있는 신재효 개작 사설의 변주적 특성을 간과한 것이기 때문이다. 신재효 개작 사설의 성격과 의의를 보다 온당하게 규명하게 위해서 그 변주적 특성을 보다 세밀히 파악해야 하는 것이 다음의 과제이다.


## 3.

이제 신재효 판소리사설인 〈남창 춘향가〉와 〈토별가〉가 어떠한 방향으로 개작되었는가를 살펴볼 차례이다. 개작 방향의 검토는 기본 구조를 이루고 있는 주요 인물의 성격적 변모를 중심으로 하면서 부차적 인물들의 기능적 변모를 부수적으로 언급하는 방식을 취하기로 한다.

1 〈남창 춘향가〉에서는 춘향의 성격화와 관련하여 두 가지 중요한 서사적 정보가 제시되고 있다. 하나는 춘향의 전생(前生)이 직녀성군(織女星君)의 시녀로서 적강(謫降)한 인물이라는 것이며,13) 다른 하나는 현생(現生)의 춘향의 신분이 양인(良人)으로 설정된 것이다.14) 춘향을 직녀성군의 시녀로서 적강한 인물로 성격화한 것은 춘향을 이상화하려는 작가의 의도가 개입된 것이라 할 수 있으며, 이는 춘향에 대한 작가의 우호적 태도가 반영된 것이다. 봉건 관료인 변부사에 맞서 자신의 인간적 권리를 주장하는 춘향을 이상적 인물로 성격화한 것은 춘향의 승리와 변부사의 패배라고 하는 〈춘향가〉의 서사적 의미를 보다 노골화한 것이므로, 이는 작가가 기존 〈춘향가〉의 서사적 의미를 보다 적극적으로 용인한 것이라 할 수 있다. 더욱이 춘향의 전생에 대한 정보가 제시되는 시기가 변부사의 수청을 거부하고 옥에 갇힌 상황에서라는 점을 고려한다면,15) 춘향의 이상화는 결국 춘향의 고난이 극복되어야 한다는 당위적 인식의 소산이며, 그 자체에 매우 낙관적인 전망을 내포하고 있는 것이라 하겠다.

하지만 춘향을 이상적 인물로 성격화함으로 인해 변부사의 폭압에 의해 체험되는 춘향의 절망은 매우 약화된다. 거지꼴이 되어 찾아온 이도령을 옥중에서 상면하는 상황에서도 춘향은 자신과 이도령의 운명적 결연을 확고히 내세우며 오히려 삶의 희망을 내비친다.16) 이는 끝 모를 절망의 심연에서 죽음을 예견하면서 꿋꿋이 자신의 후일을 당부하는 그런 춘향의 형상과는 사뭇 다른 것이다. 춘향의 절망이 변부사와의 대립을

---

13) 『사설집』, 50면.
14) 『사설집』, 2면.
15) 『사설집』, 50면.
16) 『사설집』, 78면.

더욱 첨예하게 드러내는 것이라면, 춘향 자신이 스스로 자신의 미래에 대해 낙관하고 있는 것은 오히려 구원자로서의 이도령에 대한 굳은 신뢰를 나타낸 것이라 할 수 있다.

춘향을 양인의 신분으로 성격화한 것은 춘향과 이도령의 사랑의 성취를 현실의 개연성을 기초로 서사화하려는 작가의 의도가 개입된 것이라 할 수 있으며, 이는 작가의 합리적 태도가 반영된 것이다. 〈남창 춘향가〉에서 춘향은 퇴기(退妓)의 딸로 출생했으나 대비속신(代婢贖身)하여 기안탁명(妓案託名)하지 않은 여염(閭閻)의 처녀로 설정되어 있다. 이는 이도령의 명을 받아 자신을 부르러 온 방자에게 하는 춘향의 다음과 같은 호기있는 말을 통해 알 수 있다.

> (가) 츈향이 발연 변식 명분도 즁컨니와 예법도 즁ᄒ니라 니가 비록 쳔인이나 기안탁명ᄒ 일 업고 여렴의 쳐녀 명식 빅쥬더도 조인즁의 무신 면목 취여들고 너와 함긔 가자나냐[17]

춘향이 이처럼 기안탁명한 일 없는 여염의 처녀임을 강조하는 것은 이른바 노류장화(路柳墻花)로 비유되는 기생의 비인간적 삶에 대한 단호한 거부의 의지를 드러내는 것이다. 비록 사또의 자제라 할지라드 자신의 주체적 의사를 무시한 일방적인 강요라면 이는 용납할 수 없다는 의지가 위의 발화에는 내재되어 있으며, 이러한 춘향의 의지를 뒷받침하는 현실적 명분으로 여염의 처녀라고 하는 양인의 신분이 내세워지고 있는 것이다.

그렇지만 춘향이 양인의 신분이라 해서 그의 주체적 의지가 제약되지 않는 것은 아니다. 춘향이 대비속신한 양인의 신분이라는 것을 외면한

---

17) 『사설집』, 10면.

채 춘향을 기생으로만 여겨 수청을 강요하는 변부사의 편견과 폭압은 차치(且置)하고라도, 춘향과 진실한 사랑으로 맺어진 이도령조차도 춘향과 헤어져 서울 본댁에 올라가 재상댁에 성혼할 수밖에 없었으니,[18] 자신과의 사랑을 성취하고자 모진 옥고를 견뎌낸 춘향을 데려다가 "아들나코 쌀을 나코 오복겸비 빅년히로"[19]했던들, 춘향은 결국 이도령의 정실이 될 수는 없었던 것이다. 변부사의 폭압에 자신의 의지를 굽히지 않고 맞서는 당찬 춘향이라 하더라도 기생의 딸이라는 천한 태생으로 이제 막 면천한 자신의 신분적 한계를 뛰어 넘을 수는 없었으며, 이는 이도령과 이별하던 때 그 이별을 당연한 것으로 받아들이던 춘향의 태도[20]에서 예견될 수 있던 것이었다.

이처럼 한편으로 춘향을 양인의 신분으로 설정하여 주체적 의지를 실현할 현실적 명분을 갖추어 놓고는 다른 한편으로 넘을 수 없는 신분적 제약을 그대로 인정하고 있는 것이 〈남창 춘향가〉의 특징이다. 항거의 명분은 그것대로 마련하면서도 현실적 개연성 없는 관념적 비약에 대해서는 경계하는 것, 바로 이것이 춘향의 성격화와 관련된 개작의 한 방향이었던 것이다. 춘향을 이상적 인물로 성격화하면서 다소의 비현실적 관념이 노출되기는 하였지만, 그렇다고 해서 이러한 비현실적 관념이 작품의 서사적 전개에서 개연성 없는 비약에 봉사하고 있는 것은 아니다. 그것은 다만 이도령에 의해 춘향의 고난이 극복되어야 한다는 당위적 소망의 표현에 다름 아니며, 작품은 철저히 현실적 개연성을 토대로 합리적으로 서사화된 것이라 하겠다.

결말 처리에 있어서 춘향을 정열부인으로 신분 상승시키지 않고 있는

---

18) 『사설집』, 54면.
19) 『사설집』, 96면.
20) 『사설집』, 28면.

것도 같은 맥락에서이다. 춘향의 절행(節行)이 아무리 뛰어난 것이었다고 하더라도 봉건적 신분 관계가 엄존하던 당시의 현실에 비쳐볼 때 춘향을 정열부인의 신분으로 상승시키는 것은 현실적 개연성에서 벗어나는 것이다. 춘향을 굳이 정열부인으로 신분 상승시키지 않는다 해도 춘향의 절행이 손상될 리 없으며, 그 절행의 은유적 의미인 신분 차별이라는 중세적 질곡에 대한 항거가 무화될 리 없다. 오히려 춘향을 정열부인으로 신분 상승시킴으로 인해 절행과 봉건적 보상 사이의 대응으로 인한 오해 ─ 봉건적 의미의 신분 상승을 목적으로 한 춘향의 작위적 행위로 춘향의 절행을 해석하고자 하는 오해를 증폭시킬 수도 있는 것이다. 그러므로 춘향을 정열부인으로 신분 상승시키지 않고 있는 것이 "중세적 사회체제의 완강한 질서를 유례없이 견고하게 유지"[21]하고자 하는 신재효의 보수적 의식이 반영된 것이라 해석하는 것은 온당치 못하다. 춘향의 신분 상승 여부와 관계없이 춘향은 변학도와의 대립을 통해 이미 중세적 사회체제의 완강한 질서를 부정하는 인물로 형상화되고 있는 것이며, 춘향의 신분 상승은 단지 서사화에 있어서 현실적 개연성의 문제에만 제한적으로 관련되는 것이다. 따라서 춘향의 신분 문제는 현실적 개연성 속에서 항거의 명분과 의미를 마련하고자 하는 작가의 합리적 의식의 소산일 뿐 그것 자체로 보수적인 의식의 투사 여부를 판별할 수 있는 것은 아니다.

〈남창 춘향가〉에서 변부사가 부정적 인물로 형상화되고 있는 것은 다른 이본과 마찬가지이다. 하지만 〈남창 춘향가〉에서는 변부사의 부정성이 화자나 인물의 발화를 통해 더욱 강도 높게 제시된다. 이는 봉건 관료의 수탈과 폭압으로 인해 야기된 현실의 제 모순에 대한 비판적 인식이 더욱 철저히 반영된 것이다.

---

21) 김흥규, 앞의 글, 66면.

〈남창 춘향가〉에서 변부사의 부정성이 핵심적으로 드러나는 것은 물론 춘향과의 대립적 관계를 통해서이다.

> (나) 네 쇼문 ᄒ 장ᄒ야 경향의 늉자키로 밀양 셔홍 마다ᄒ고 간신이 셔드러셔 남원부ᄉ ᄒ엿더니[22]
>
> (다) 어허 이런 시졀 보쇼 기싱 수졀ᄒ단 말은 뉘가 아니 요졀ᄒ리 니 분부를 거졀키는 간부 사졍 간졀ᄒ야 필연 곡졀 잇ᄂ터니 그 쇼위가 졀졀 가통 형장 아릭 긔졀ᄒ면 네 쳥츈이 속졀업다 쥰졀이 호령ᄒ니[23]

위의 인용은 춘향에게 하는 변부사의 발화이다. 자신에게 수청 들게 하기 위해 한편으로는 춘향을 추커세우기도 하고 한편으로는 위협하기도 하는 변부사의 간교함이 드러나는 대목이다. 춘향의 소문을 듣고 다른 곳 마다하고 남원으로 도임했다는 변부사의 말을 있는 그대로 받아들일 필요는 없지만, 한 여인에게 환심을 사기 위해 공사(公私)를 분별하지 못하고 헛말을 해대는 변부사의 형상은 타락한 봉건 관료의 모습 그 자체이다. 게다가 이미 춘향이 면천한 양인이란 말을 들었음에도 불구하고 이를 인정하지 않으려고 하는 완고함까지 지니고 있으니,[24] 변부사는 그야말로 불건강한 보수주의자의 전형이라 할 만하다.

하지만 〈남창 춘향가〉에서 형상화되고 있는 변부사의 부정성은 이에 그치지 않는다. 한 여인에 대한 사적인 탐욕을 충족하기 위해 부사로서의 공적인 지위를 남용하는 것과 마찬가지로 자신의 공적인 지위를 이용하여 백성들의 재물을 수탈하기까지 한다.

---

22) 『사설집』, 38면.
23) 『사설집』, 40면.
24) 『사설집』, 34면.

(라) 돈은 미우 발키 보제 어스쏘 반기 무러 엇지ᄒ여 그러ᄒ오 굼디 안는
   빅셩덜을 날날마다 쳥ᄒ여셔 더고돈을 쮜라다가 슈이 허락 다니ᄒ면
   엄형 엄슈 쎄셔가고 송ᄉᄂ 엇덜넌디 돈을 쥬면 이겨쥬고 감영의셔 환상
   한 셤 말 가옷식 작젼 오면 고을셔ᄂᆞ 작젼 녹키 ᄒᆞᆫ 셤의 칠팔 두식 셰곡
   ᄒᆞᆫ 셤 열 량 ᄒ면 관슈갑션 열두셕 량 향교 소임갑 밧드니 오른 ᄉᆞᆷ
   홀 슈 업고 ᄒᆞ긔 직고 쇼임 파니 아젼도 살 슈 업셔 츌퓌보고 ᄂᆞ형ᄒ고
   간활향리 슈족 삼아 우리 남원 ᄉ십팔방 돈이라고 숨긴 거슨 아ᄒᆡ 고름
   치인 것도 씨업시 다 글거시니 일후의나ᄂᆞ 아ᄒᆡ 돈 얼골 모르지요[25]

   변부사의 수탈을 원망하는 (라)의 농민의 발화에서 알 수 있듯이, 한
고을의 관장으로서 변부사가 하는 행위란 부민 빈민 가리지 않고 자행하
는 민중 수탈 그 자체이며, 그러기에 백성들의 입에서 "부ᄌᆞᄂᆞ 퓌망 아젼
은 도망 빅셩은 원망 츌퓌ᄂᆞ 양망 그게 ᄉᆞ망 아니요"[26]라는 말이 나올
수밖에 없었던 것이다. 비록 변부사의 민중 수탈이 핵심적인 하나의 사
건으로 핍진하게 서사화되지 않은 채 농부의 발화를 통해 정보제시적으
로 전달되고 있기는 하지만, 〈남창 춘향가〉가 폭넓은 사회적 지평 속에
서 변부사의 부정성을 포착하고 있음을 보여주는 것이라 하겠다.
   〈남창 춘향가〉에서 가장 주목되는 인물은 이도령이다. 〈남창 춘향가〉
에서 이도령은 사대부적인 풍모를 간직하고 있으면서도 결코 고루하거
나 편벽되지 않아 현실의 동향을 직시할 수 있는 안목을 갖춘 인믈로 성
격화되고 있다. 춘향에 대한 이도령의 태도가 변부사의 완고한 보수성에
서 벗어난 것임은 말할 필요도 없거니와 〈남창 춘향가〉에서의 이도령은
이러한 진전된 의식을 사회적인 차원으로 확장시킨다. 어사로서 남원에
내려와 변학도의 민중 수탈을 낱낱이 탐지하는 그의 모습은 민중의 편에

---

25) 『사설집』, 62-64면.
26) 『사설집』, 58면.

서서 그들의 원망을 해결하고자 하는 의지로부터 비롯된 것이다. 다른 이본에서와는 달리 〈남창 춘향가〉에서 이도령이 방자와 같은 민중적 인물들에게 풍자의 대상으로 희화화되지 않으면서 이상적 인물로 형상화되고 있는 것은 그를 친민중적인 구원자의 모습으로 전형화하려는 의도의 소산이다.

〈남창 춘향가〉에서 이도령을 친민중적인 구원자로서 전형화하기 위한 서사적 배려는 다양하게 표출된다. 비록 사대부의 풍모를 온전히 갖춘 이상적 인물로 형상화되고 있지만 그렇다고 해서 사대부적 권위에 사로잡혀 있는 경직된 모습으로 그려지지는 않는다. 오히려 사대부적 풍모와는 어울리지 않는 발랄함을 갖추고 있어서 친근감마저 들게 한다.

> (마) 그 즁의 죠ᄌᆞ긔싱 부득이 압페 와셔 ᄉᆞ긔접시 모쥬 부어 어ᄉᆞ또씌 드릴 젹의 바로 보기 뇌ᄒᆞ다고 고ᄀᆡ를 외로 틀고 권쥬ᄀᆞᄂᆞᆫ 과ᄒᆞ다고 시죠로 권ᄒᆞ난듸 허우가 안 나와셔 반말로 부르것다 ᄌᆞ부란씌 자부란씌 이 슐 ᄒᆞᆫ 잔 자부란씌 쌕쌕쥬승다탕이 과긱의게 그도 과체 엥간ᄒᆞᆫ교 쎄지 말고 잔 어셔 바더란씌 어ᄉᆞ또 쇽죠키ᄂᆞᆫ 쳔싱의 긔싱셔방 쇽 안죠코 긔부되면 오신 명을 ᄒᆞᄂᆞᆫ구나 슐잔을 바다 잡슈시며 시죠 사셜 쳑마츄와 반말노 ᄃᆡ답ᄒᆞ야 슐맛이사 엇쩟턴지 큼직ᄒᆞᆫ 입ᄉᆞ발의 펄펄 넘게 쳐 달란씌 기싱 ᄀᆞ긱 통인덜이 우슘의 못 젼듸여 입ᄀᆡ리고 요졀ᄒᆞᆫ다[27]

허름한 모습으로 변부사의 잔치에 끼어들어 기생, 가객, 통인들을 요절시키는 이도령의 이러한 모습은 사대부적 권위와는 거리가 먼 것이다. 더구나 잠시 후 어사 출도를 추상같이 호령할 것이라는 점을 염두에 둔다면 이도령의 이와 같은 행동은 오히려 그의 풍모를 훼손시키는 것일

---

27) 『사설집』, 84-86면.

수도 있다. 그럼에도 불구하고 이도령의 발랄함을 이처럼 부각시키고 있는 것은 그의 사대부적 풍모가 체면과 권위로 경직화된 보수적 사대부의 그것과는 차별되는 것임을 드러내고자 했기 때문이다. 사대부적 규범성은 그것대로 갖추고 있으면서 사대부적 규범성에 얽매여 경직화되지 않고 있는 인물이 바로 〈남창 춘향가〉에 형상화된 이도령인 것이다.

이처럼 규범성과 발랄성을 동시에 지니고 있는 인물이기에 이도령은 단지 춘향의 현실적 고난만을 해결하는 인물로 한정되지 않는다. 발랄성이 현실과 밀착되기 위해 필요한 자질이라면 규범성은 현실의 문제를 해결하기 위한 권위 혹은 힘을 담보케 하기 위한 자질이라 할 수 있는 바, 이도령의 인물 형상을 이렇듯 세심하게 배려하고 있는 것은 현실에 밀착하여 현실의 문제를 전면적으로 인식할 수 있는 인물, 현실의 문제를 확고하게 해결할 수 있는 인물로서의 기능을 의도한 것이기 때문이다. 변학도를 "봉고(封庫)한" 후 춘향과의 사사로운 정을 억제하고 "문브 스실 민장 제스 삼일유련"한 후 "츈향의 집 밤의 단여 정담동포" 하고 "부지거쳐 잠힝ᄒ야 좌우도롤 단이시며 출두로문하난 공사"[28]를 수행하는 이도령의 풍모는 춘향의 구원자로부터 민중의 구원자로 확장되는 서사적 기능과 그대로 대응되는 것이라 할 수 있다.[29]

(바) 몬져 뇌인 열 죄인이 외슴문밧 느러셔셔 츔을 츄며 노리불너 어스쏘
     의 명빅덕화 숑덕더를 ᄒ는구나 죠홀시고 죠홀시고 우리 인싱 죠홀시
     고 죽을 목슘 사랏시니 죠홀시고 업는 돈을 뛰라 ᄒ니 오쪽키 답답ᄒ

---

28) 『사설집』, 98면.
29) 〈남창 춘향가〉의 최대의 특징이 이도령을 고통받는 민중의 구원자로 형상화한 것임은 설성경에 의해 누차 분석되고 강조된 바 있다; 설성경, 「신재효론」, 황패강 외, 『한국문학작가론』, 형설출판사 1977, 437면. 설성경, 『춘향전의 통시적 연구』, 서광학술자료사, 1994, 126면.

며 응식을 쎄시랴니 이 원통이 엇쩌컨나 보기도 실은 놈을 후더를 엇
지ᄒ리 무죄ᄒᆫ 이 이싱들 횡액을 함긔 만나 형문치고 곤쟝치니 살과
쎄가 다 숭ᄒᆫ다 큰 칼 씨고 고치ᄒ니 똥오좀을 눌 슈 잇나 이슬 갓튼
이 목슘이 벅큼갓치 쩌질 것슬 일월 갓튼 우리 임금 명견말리ᄒ시던가
명빅ᄒ신 어ᄉᆞᄶ를 쳬쳔힝명 보니셧니 부혜모혜 장ᄒᆞ 덕틱 지싱지은
입엇시니 셕비쳘비 다 각ᄒ야 만셰불망ᄒ야보시[30]

화자의 장면 제시와 함께 울려 퍼지는 민중의 발화— 변부사의 학정에
대한 고발, 자신들의 고통에 대한 하소연, 죽음과 같은 고통에서 해방된
기쁨, 구원에의 송덕, 이런 것들이 어울려 있는 위의 인용은 〈남창 춘향
가〉에서 새롭게 창조한 이도령의 형상 속에 담긴 의미를 고스란히 드러
내면서 신재효가 개작하고자 했던 의도의 핵심을 너무도 선명히 전언해
주고 있다.

② 다음으로 〈토별가〉의 개작 방향에 대해 살펴보기로 하자. 〈토별가〉
의 개작 방향, 즉 그 변주적 특성을 파악하고자 할 때, 우선 주목되는 것
이 기본 구조에 대응되는 대응 구조의 확장이다. 앞서 〈토끼전〉의 기본
구조는 용왕과 토끼의 대립적 관계와 용왕과 자라의 상보적 관계가 자라
를 매개로 삼각을 형성하고 있는 것이라 했다. 이 때 용왕과 토끼는 부당
한 가해와 피해의 당사자로 대립하며, 자라는 용왕을 대리하는 대리자로
토끼와 대립하게 된다. 그런데 〈토별가〉에서는 기본 구조의 각 꼭지점에
위치하고 있는 인물인 용왕·자라·토끼와 대응될 수 있는 인물이 확장
적으로 제시되고 있다. 사람[포수]과 사냥개·너구리[모족]의 관계, 산
군[호랑이]과 여우·다람쥐[멧돼지]의 관계가 〈토별가〉에서 확장되고 있

---

30) 『사설집』, 96면.

는 대응 구조의 예에 해당된다.

　용왕의 병으로 인해 자신의 생명을 위협받게 된 토끼와 마찬가지로 너구리는 사람에게 희생되어야 하는 처지이며, 다람쥐와 멧돼지는 호랑이에게 식량과 자식을 바쳐야 하는 처지이다. 자라가 용왕의 의지를 대리하는 것과 마찬가지로 사냥개와 여우는 사람과 호랑이의 의지를 대리하는 인물이다. 사냥개는 같은 모족(毛族)으로 "굴 속의 들엇시되 긔여이 물어너"는 충성을 보이며, 여우는 다람쥐의 밤과 도토리뿐만 아니라 멧돼지의 '큰ᄌ식'까지 호랑이의 먹이로 주선하는 등 "쥬관ᄒ난 ᄉ람의게 비우만 마쥬"어 생존을 도모하는 교활함을 보이는 인물이다.[31]

　이러한 대응 구조의 확장은, 대다수의 신재효 연구자들이 이미 지적했듯이, 봉건 권력의 민중 수탈이라고 하는 역사적 현실의 모순을 우회적으로 반영하고 있는 것이다. 〈토별가〉에서 기본 구조가 이처럼 확장되고 있는 것은 봉건 권력의 민중 수탈이라고 하는 역사적 현실의 모순에 대한 신재효의 강한 비판적 관심이 표출된 것에 다름 아니다. "시쇽의 비ᄒ면은 슨군은 슈령 갓고 여우난 간물출픠 슨힝기난 셰도안젼 너구리 멧ᄯ시며 쥐와 다람이난 굼찌 안난 빅셩이라"[32]는 곰의 발화는 봉건 권력[수령]과 그 대리자[출패·아전], 민중[백성]으로 구성되는 봉건적 수탈체계에 대한 신재효의 비판적 인식을 명확히 드러내 주고 있는 것이다.

　그런데 여기서 우리가 좀더 세심하게 살펴보아야 할 것은 봉건적 수탈체계의 구성 요소 가운데 특히 봉건 권력의 대리자에 대해 신재효의 비판이 집중되고 있다는 사실이다.

　(사) ᄉ람이ᄅ ᄒ난 거슨 김싱 줍아 먹난테니 ᄉ람 숀의 준난 거슨 죠금도

---

31) 『사설집』, 280-284면.
32) 『사설집』, 284면.

셜준ㅎ나 순힝기라 ㅎ난 거슨 갓탄 우리 모쪽으로 기식인가 ㅎ엿시니 달은 기와 갓튼 힝셰 쏭이나 먹어쥬고 도적이나 직켜시면 주인 은혜 갑풀텐듸 무신 얼의 아당으로 니 잘 만난 즈랑ㅎ여 심순궁곡 충암절벽 찻고 츠져 들어와셔 엇그젹끠 지닌듸도 니를 부쳐 질을 츠져 져 굴속의 들엇시되 긔여이 물어늬여 졔 아무리 이써시나 피 흔 먹음 고기 흔 졈 맛시나 볼 슈 잇쇼 졔 몸의 이도 업고 동계만 술히ㅎ니 그놈 쇼위 가살이라[33]

위의 인용은 사냥개의 악행을 고변하는 너구리의 발화이다. 짐승을 잡아먹는 '사람'보다 사람을 대리하여 같은 모족을 살해하는 '사냥개'에게 너구리의 원망이 집중되고 있다. 사람이 짐승을 잡아먹는 것은 당연지사이니 사람 손에 죽는 것은 조금도 서럽지 않으나, 피 한 모금 고기 한 점 맛볼 수 없으면서도 동족인 사냥개가 자신들을 살해하는 것은 가살(可殺)할 일이라고 원망하는 너구리의 발화 속에는 당대 아전의 행악(行惡)에 대한 경고가 담겨있다.[34] 봉건적 수탈체계에 대한 분명한 인식을 보여주었던 앞의 곰의 발화도 "오날 젼역 쏘 지니면 여우 눈의 못 괴인 놈 무슨 환을 쏘 당할지 그 놈의 우슘쇼리 쪄졀여 못 듯것너"[35]라고 마감되고 있는 바, 이 역시 호랑이보다 그 대리자인 여우에 의해 닥쳐올 환란을 경계하고 있는 것이다.

이렇듯 〈토별가〉에서 비판이 집중되는 대상은 수탈의 주체라 할 수 있는 인간이나 호랑이가 아니라 이들의 의지를 대리하고 있는 대리자인 사냥개와 여우이다. 이는 신재효 자신이 아전의 신분임에도 불구하고 자기

---

33) 『사설집』, 280-282면.
34) 〈남창 춘향가〉에서도 아전에 대한 부정적 인식을 드러내고 있다. 변부사의 수탈을 비판하는 농부의 발화 속에 "간활향리 슈족 삼아"(『사설집』, 62면)라는 구절이 있다.
35) 『사설집』, 284면.

계층의 부정성을 더욱 문제시하여 단호하게 이를 비판하는 태도를 보여 주고 있는 것이라 하겠다. 이를 통해 그의 현실 인식 내부에 얼마나 철저한 자기비판이 각인되어 있는가를 실감할 수 있으며, 자기 자신을 역사와 현실 앞에 고스란히 드러내 놓는 그의 성실한 자기 성찰의 태도를 엿볼 수 있다.

대응 구조의 확장을 통한 민중 수탈의 현실 반영, 봉건 권력의 대리자인 매개적 인물에 대한 단호한 비판, 이것이 〈토별가〉의 개작 방향임은 분명하다. 그렇지만 매개적 인물에 대한 비판의 단호함 속에는 동시에 매개적 인물의 순기능적 역할에 대한 기대가 잠복되어 있음을 간과해선 안 된다. 사냥개를 원망하는 너구리의 발화에서 우리가 주의 깊게 살펴볼 것은 똥이나 먹어 주고 도적이나 지키는 '다른 개'와 냄새 잘 맡는 자랑을 하면서 굴 속에 은신한 동족까지 물어내서 죽이는 '사냥개'를 분별하고 있는 점이다. 이것은 수령을 보좌하여 행정 실무를 담당하는 아전의 순기능과 민중 수탈을 앞장서서 자행하는 아전의 역기능에 대한 분별에 다름 아닌 것이다.

이러한 분별력이 세심하게 작동되면서 성격화되고 있는 인물이 바로 〈토별가〉에서의 자라다. 기본적으로 자라가 용왕을 대리하여 토끼를 죽음으로 인도하는 부정적 형상인 것은 사실이지만, 〈토별가〉에서는 이러한 자라의 부정성은 그것대로 용인한 채 봉건 신료로서의 자라의 '충성'을 인물 성격의 중요한 특질로 부각시키고 있다.

토끼의 간을 구해 오라는 용왕의 명령에 임무를 떠넘기며 싸움질을 해대는 문무(文武)의 다른 신하들과는 달리 "평싱 모도 멸시ᄒ던"36) 주부 자라는 스스로 선대(先代)의 충성을 내세우며 자천(自薦)으로 소임을 맡

---

36) 『사설집』, 266면.

는 인물이다. 자라뿐만이 아니라 자라의 어미와 그의 아내 역시 충문(忠門)의 일원으로서의 모습을 보여준다. 약을 구하지 못하면 죽고 돌아오지 말라는 자라 어미의 비장한 발화[37]나 늙은 어미와 어린 자식 걱정 말고 다녀오라는 자라 아내의 희생적 발화[38] 모두 충신 자라의 형상과 관련되면서 자라의 성격을 강화시키는 요소들이다. 이렇듯 자라의 충성을 중요한 성격적 특질로 부각시키고 있는 것이 〈토별가〉의 개작 방향 가운데 하나이다.

〈토별가〉에서 충신으로서의 자라의 성격이 부각되어 있는 점은 이미 기존 연구에서 각별히 지적되었던 것이다. 기존 연구에서는 이를 근거로, '신재효가 작품의 중심을 토끼 중심에서 자라 중심으로 이동시켰으며' '중세적 가치관념을 지향하는 방향으로 개작했다'고 평가했다.[39] 이러한 평가는 일면 타당한 점이 없지 않으나 개작 방향과 의도의 정곡을 짚어낸 것은 아니다. 〈토별가〉에서 충신으로서의 자라의 성격이 부각되어 있는 것은 사실이지만, 그렇다고 해서 작품의 중심이 토끼 중심에서 자라 중심으로 이동되었다고 보기는 어렵다. 〈토별가〉에서도 여전히 '용왕과 자라에 의해 조성된 토끼의 곤경이 어떻게 극복되는가'가 서사적 관심의 중심에 놓여 있으며, '토끼의 지혜'를 중심으로 서사적 관심이 해명되고 있다. 또한 인물 성격 면에서도 토끼의 우월함과 자라의 열등함이 견지되면서 풍자의 미적 효과가 굳건히 자리 잡고 있다. 자라의 우둔함을 나무라는 다음의 토끼의 발화는 이를 명백히 보여주는 것이다.

(아) 네 이놈 즈리야 네 죄목을 의논ᄒ면 살지무석 괘씸ᄒ다 용왕의 의ᄉ

---

37) 『사설집』, 270면.
38) 『사설집』, 270면.
39) 인권환, 앞의 글, 156–158면.

잇기 날갓치 총명ᄒ고 너의 구변 업기 용왕갓치 미련터면 약가온 이
너 목슘 슈즁원혼 되것구나 동너박의 칙을 본니 김싱의 미련ᄒ기 어이
슈이 갓다 ᄒ되 인족의 미련ᄒ기 모족보단 더 ᄒ더라 오즁의 부튼 간
을 엇지 츌납ᄒ것나냐 네 쇼위 시야리면 순즁으로 즙어다가 우리 동무
다 모와셔 준치를 비셜ᄒ고 네 놈을 푹 살마셔 빅쇼쥬 안쥬가음 쵸즁
찌거 먹을테나 본ᄉ를 싱각ᄒ면 쳑션이 폐요ᄒ고 게포가 ᄒ즈리 각위
기쥬ᄒ엿기로 십분 짐작ᄒ여시며 허물며 만경충희 네 등으로 왕니ᄒ
니 시지동거ᄒ얏기예 목슘 살여 보너쥬니 그리 알고 도라가되 죠흔 약
보너기로 네 왕의게 허락ᄒ니 졈잔흔 너 도리의 엇지 식언을 ᄒ것나냐
너의 쏭이 즁이 죠와 쳥열을 흔다 ᄒ고 ᄉ람더리 쥬어다가 역아드를
멕이나니 네 왕의 두 눈망울 열기가 과ᄒ더라 갓다フ 먹겨시면 병이
곳 나을이라40)


위의 토끼의 발화에서 분명히 알 수 있듯이 용왕과 자라는 그 미련함
으로 인해 〈토별가〉에서 여전히 풍자의 대상으로 존재하고 있다. 자라의
충성이 강조되어 있기는 하지만, 그로 인해 어떠한 서사 구조의 변화도
초래되고 있지 않다.

그렇다면 굳이 〈토별가〉에서 충신으로서의 자라의 성격을 부각시키고
있는 이유는 어디에 있는 것일까? 그것은 다름 아니라 자라와의 대비를
통해서 어족(魚族)의 다른 봉건 신료들의 부정성을 환기하고자 했기 때문
이다. "임금의게 죠테면 제 몸 죽기 불고"41)하는 자라와 "져의 집 셰력으
로" "쳥요흔 베살흔"42)는 기회주의적인 다른 봉건 관료와의 차별화를 통
해 봉건 권력의 부패와 무능을 자연스럽게 비판하고자 했던 의도가 인물

---

40) 『사설집』, 318-320면.
41) 『사설집』, 258면.
42) 『사설집』, 262면.

성격화의 배면에 자리 잡고 있었던 것이다. 결국 〈토별가〉에서 자라는 신재효의 비판적 인식을 표출케 하는 하나의 경로로서 기능하고 있는 셈이다. 산중 세계의 민중 수탈이 자라의 관찰자적 시각으로 전언되고 있을 뿐 아니라, 어족 세계의 부패하고 무능한 봉건 권력의 속성이 자라의 성격화를 매개로 표출되고 있기 때문이다. 그러므로 자라의 '충'에 대한 강조를 중세적 가치 관념의 지향으로 읽기보다는 현실의 모순을 보다 폭넓게 드러내기 위한 하나의 서사적 전략으로 이해하는 것이 온당할 것이다.

이런 시각에서 본다면 〈토별가〉 결말의 의미 또한 자연스럽게 해석될 수 있다. 자라에게 똥을 주어 용왕의 병을 낫게 하는 결말의 처리는 그야말로 고도의 풍자에 다름 아니다. 용왕의 병이 민중으로 전형되는 토끼의 '간'[생명]을 위계로 빼앗음으로써 치유되는 것이 아니라 토끼의 생명 활동의 부산물인 '똥'으로써 치유된다는 것은, 용왕의 권위를 철저히 부정하는 것이면서 민중 세계의 건강한 생명 활동을 토대로 왕권이 유지될 수 있다는 의미의 상징적 표현에 다름 아니다. 따라서 결말 처리에 있어서 강조점은 자라와 용왕에 대한 긍정에 놓여 있기보다는 민중적 토대를 중시하는 비판적 인식에 놓여져 있는 것이며, 충신으로서의 자라는 여전히 이러한 비판적 인식을 표출하는 경로로서 기능하고 있는 것이다.

하지만 다른 이본에 비해 화자의 시선이 자라에게 동정적이면서 우호적인 것만은 분명하다. 자라의 '장한 충성'과 토끼의 '많은 의사'를 동시에 긍정하는 화자의 마지막 발화는 이를 단적으로 보여주는 것이다.[43] 이처럼 〈토별가〉에서 자라가 토끼와 함께 긍정되는 까닭은 물론 일차적으로 자라의 텍스트 내적 성격화나 서사적 기능과 관련되는 것이지만,

---

43) 『사설집』, 320면. 그렇다고 해서 〈토별가〉가 자라 중심의 텍스트라 할 수는 없다. 비록 다른 이본에 비해 자라의 충성이 부각되어 있다고는 해도 이는 토끼의 지혜를 근간으로 해서 덧보태어진 것에 불과하다.

한편으로는 봉건 권력과 민중을 매개하는 이상적인 매개자에 대한 기대와 열망의 감정이 숨어 있기 때문이다. 비록 말직에서 멸시를 당하던 처지였지만 자라가 보여주는 미련스러우면서도 우직한 성격은 부패하고 무능하며 기회주의적인 어족의 다른 봉건 신료들과 차별되는 것이며, 그렇기에 자라의 행위를 끝내 장한 '충성'으로 긍정했을 것이다. 하지만 이 경우 우리가 반드시 기억해야 할 것은 단순히 군왕에 대한 순수하고 맹목적인 복종만으로 자라의 충성이 완성된 것은 아니라는 사실이다. 자라의 충성이 완성될 수 있었던 것은 토끼의 간이 아닌 토끼의 똥을 용왕에게 전달한 때문이었으며, 결국 자라의 '충'은 민중의 이해와 처지를 올바르게 대변하는 민중의 대리자가 갖추어야 할 이상적 자질과 관련되는 것이라 할 수 있다. 자라를 끝내 긍정한 데에는 민중의 이해를 대변하는 이상적인 인물에 대한 기대와 열망이 숨어있다고 한 것은 바로 이런 까닭에서였던 것이다.


4.

지금까지 우리는 신재효의 판소리 사설 가운데 〈남창 춘향가〉와 〈토별가〉를 중심으로 개작 방향을 살펴보았다. 그렇다면 그 개작의 요체란 무엇인가? 〈남창 춘향가〉와 〈토별가〉에서 공통적으로 적출되는 변주적 특성은 다음 두 가지로 요약된다.

첫째, 봉건 권력의 폭압과 수탈로 인해 야기된 현실의 문제에 대한 비판적 관심이 매우 적극적으로 반영되어 있다는 것이다. 이는 부차적 인물들의 발화의 형태로 표출되고 있는 바, 〈남창 춘향가〉에서 변부사를 원망하는 농민들의 발화나 〈토별가〉에서 사냥개와 여우를 원망하는 너구리와 곰의 발화가 이에 해당된다.

둘째, 삼각 구조를 이루는 주요 인물 가운데 봉건 권력과 민중을 매개하는 매개적 인물의 성격화에 매우 세심한 배려를 하면서 이들 인물들을 부각시키고 있다는 것이다. 〈남창 춘향가〉에서의 이도령과 〈토별가〉에서의 자라는 각각 '친민중적 구원자'로서 그리고 '충신'으로서 다른 이본에서보다 더욱 적극적으로 성격화되고 있다.

그런데 여기서 우리가 각별히 유의해야 할 것은 위의 두 가지 사실이 매우 긴밀하게 결합되어 있다는 점이다. 이도령이나 자라 모두 농민들이나 너구리, 곰의 비판적 발화를 전언하는 서사적 경로의 기능을 하고 있는 데서 이 점을 확인할 수 있다. 특히 이도령의 경우에는 단순한 관찰자적 위상을 넘어서 의도적으로 현실의 문제를 '탐문'하고 이를 '해결'하는 인물로 형상화되고 있으므로, 현실의 문제에 대한 비판적 관심과 매개적 인물에 대한 강조적 부각이라는 신재효 텍스트의 변주적 특성이 분리될 수 없는 통일된 의식적 지향의 표출임을 보여 준다. 자라의 경우에는, 그 긴밀도는 떨어지나, 현실의 문제를 제시하는 관찰자로서의 기능과 민중[토끼]의 의지를 대리하는 대리자로서의 기능이 신재효 텍스트에 내재되어 있는 통일된 의식적 지향과 대응되는 것이라 할 수 있다.

그렇다면 신재효의 텍스트에 내재되어 있는 통일된 의식적 지향이란 구체적으로 무엇인가? 그것은 다름 아니라 봉건 권력의 수탈과 횡포에 의해 노정된 현실의 문제를 보다 폭넓게 드러내면서 민중과 긍정적 봉건 관료와의 연대를 통해 이의 수정을 꾀하자는 것으로, 일종의 개혁적 지향이라 할 수 있다. 물론 여기서 개혁의 실질적인 주체는 긍정적 봉건 관료에 해당된다. 〈남창 춘향가〉에서는 이도령이 춘향을 포함한 민중의 고난을 해결하는 주체로서 서사화되고 있으며, 〈토별가〉에서는 자라가 토끼로 전형되는 민중의 의지를 대리하도록 함으로써 자라에게 문제를 해결하는 주체로서의 역할을 일정하게 부여하고 있다.44) 신재효의 텍스트에서 이도령과 자라의 성격화에 세심한 배려를 하면서 이들 인물을 부각시키고자 했던 이유가 여기에 있었던 것이다. 특히 자라의 경우, 그에 대해 우호적이면서 동정적인 시각이 계속 유지됐던 것도 이러한 의식적 지향이 배면에 자리 잡고 있었기 때문이었다.

신재효가 기존의 판소리 사설을 이러한 개혁 지향 의식을 요체로 개작한 것과 관련하여 우리는 몇 가지 그의 개인사적 기록을 주목할 필요가 있다. 우선 그가 고창 관아의 아전으로서 호장(戶長)의 직책을 수행했다는 사실이다. 호장이 주로 재인(才人), 광대(廣大), 기녀(妓女) 등을 통제하고 관장했다는 사실을 상기한다면 그가 얼마나 기존의 민중연회의 전통과 밀접한 관계를 맺어왔는가를 충분히 짐작할 수 있다.45) 뜨한 사(私)적으로 판소리 광대들을 육성하는 후견인의 역할을 수행하기까지 했으니 그와 판소리 광대가 얼마나 밀착되어 있었는가는 더 이상의 군말이 필요 없을 정도이다.

그런데 여기서 우리가 생각해 보아야 할 것은 판소리 혹은 판소리 광대가 신재효에게 미친 영향의 측면이다. 지금까지는 주로 신재효가 판소리나 판소리 광대에 어떤 영향을 미쳤는가 하는 측면만을 주시해 왔다. 하지만 역으로 그가 판소리에 심취하여 단순한 주재자로부터 후견인·개작자로 변모해가기까지 판소리나 판소리 광대가 그에게 미친 영향에 대해서도 주시할 필요가 있다. 그것은 바로 판소리 광대들의 예술적 활동

---

44) <토별가>에서 문제 해결의 주체는 물론 토끼이다. 여기서는 단지 신재효의 개작 사설에서 이러한 주체의 역할을 자라에게 일정하고 부여하고 있는 면을 환기하고자 했을 뿐이다. 그렇지만 비록 미미한 것일망정, 자라에게 이러한 역할을 부여하고자 하는 신재효의 의도는 물론 그의 개작 의식으로 주목되어 마땅한 것이다.

45) 민중 연희의 주재자로서의 호장의 역할에 대해서는 이훈상, 「조선후기의 향리집단과 탈춤의 연행」, 『동아연구』제17집, 서강대 동아연구소, 1989. 참조.

에 대한 지지, 판소리 사설에 내재한 민중의 삶과 민중적 세계관에 대한 승인을 의미하는 것으로, 19세기를 관류하는 판소리의 도도한 물결에 그가 합류되고 있음을 말해주는 것이다. 그렇기에 그가 개작한 판소리 사설도 광대들에 의해 불리던 이전의 판소리 사설의 기본 구조를 그대로 승인하면서 계승되었던 것이다. 따라서 신재효의 판소리 작업은 민중층을 토대로 한 판소리사를 굴절시킨 사례가 아니라 오히려 민중층을 토대로 한 판소리가 자신의 갈래적 영향력을 확장시킨 사례라 할 수 있다.

다음으로 주목할 것은 신재효와 흥선대원군(興宣大院君: 李昰應, 1820 ~1898)과의 관련이다. 전언(傳言)에 의하면. 신재효는 흥선대원군이 경복궁(景福宮)을 재건할 때 원납전(願納錢)을 냈고 그 결과 통정대부(通政大夫) 등의 직함을 얻었으며, 대원군은 그에게 경복궁 낙성 공연을 주관케 했고, 그는 경복궁 낙성을 기념하기 위해 〈명당축원가〉〈성조가〉〈방아타령〉 등을 지었다고 한다.46) 이러한 일화는 신재효와 흥선대원군의 긴밀한 관련성을 암시한다. 또한 신재효가 판소리를 개작한 시기[대체로 1865년에서 1875년 사이로 추정]47)와 대원군의 집정기(1864~1873)가 거의 일치하고 있는 점까지 고려한다면, 신재효의 판소리 개작이 대원군과의 교류와 어떤 관련이 있는 것이 아닌가 추측해 볼 만도 하다.

주지하다시피, 대원군 집정 이전까지 조선 봉건 체제는 심각하게 균열되어가고 있었다. 안동 김문(安東金門)을 중심으로 한 척족(戚族)세력에 의해 중앙의 국가권력이 파행적으로 유지되고 있었으며, 이에 편승한 지방관과 향족들에 의해 민중 수탈은 점차 가중되고 있었다. 이러한 지배 구조 하에서 실학(實學)·천주학(天主學)·동학(東學) 등이 대항 이념으로 제기되는 한편, 크고 작은 민중의 저항이 거세게 일어나는 등 전반적

---

46) 조동일, 『한국문학통사』4, 지식산업사, 1986, 49면.
47) 강한영 교주, 『사설집』, 「해설」 참조.

으로 봉건 체제 자체의 위기가 고조되던 시기였다.[48]

홍선대원군 정권은 19세기 중반의 고조되던 체제의 균열을 양반 지배층의 기득권의 일정한 포기와 부패한 양반층의 쇄신에 의해 수습하고자 했던 일종의 개혁 정권이었다.[49] 앞서 신재효의 개작 사설의 요체가 봉건 권력의 수탈과 횡포에 의해 노정된 현실의 문제를 민중과 긍정적 봉건 관료와의 연대를 통해 해결하고자 한 것이었다고 했거니와, 이는 심각하게 조성되고 있었던 사회적 모순과 갈등을 위로부터의 개혁을 통해 수습하고자 했던 대원군 정권의 성격과 조응된다. 그렇다면 신재효의 판소리 개작은 대원군 정권에 대한 기대 혹은 지지를 표현한 것으로, 신재효와 대원군과의 교류는 이러한 개혁적 지향을 공유했기에 가능할 수 있었던 것이었다. 다시 말하자면 신재효의 판소리 개작은 19세기 지식인으로서 현실의 문제에 대한 자신의 정치적 입장을 실천적으로 표현한 것이었다고 하겠다.[50]

---

48) 대원군 집정 이전의 정치사회적 배경에 대해서는 안외순, 「대원군집정의 정치사회적 배경」, 『온지논총』 제1집, 온지학회, 1995. 참조.

49) 대원군의 개혁 정책에 대해서는 성대경, 「대원군정권성격연구」, 성대 박사학위논문, 1984.에 잘 정리되어 있다. 성대경은 이 논문에서 대원군의 개혁 정책의 한계에 대해 비판하고 있는데, 그렇다고 해서 대원군정권이 개혁을 표방하고 있는 점이 부정되는 것은 아니다.

50) 대원군의 개혁은 그 정치적 이상만으로 볼 때 현실의 사회적 모순을 수습하는 하나의 방안으로 평가할 수 있으며, 따라서 진보적 의미를 일정하게 담보하고 있는 것이라 할 수 있다. 그렇지만 역사적으로 검증되었듯이 대원군 정권이 실제로 사회적 모순을 수습하면서 일정한 역사적 진전을 이루었느냐 하면 그렇지 못했다. 그렇기에 대원군 정권의 역사적 한계에 대한 비판(성대경, 앞의 글)이 강하게 제기되고 있는 것이다. 하지만 그렇다고 해서 신재효가 그의 개작 사설에서 표현하고 있는 개혁적 지향을 '보수적인 의식'인 것으로 규정하는 것은 온당치 못하다. 신재효가 개작사설에서 담아내고자 한 것은 일정하게 진보적 의미를 담지하고 있는 개혁의 이상[이념] 그 자체였기 때문이다. 조성원은 <남창 춘향가>의 주제를 賢王에의 열망=고종에게 바라는 정치적 희망의 반영이라 보고, 이를 극우적 개혁의지(321면)라 규정하고 있는데, 온당치 못하다. '극우적 개혁'이라는 말이 형용 모순일 뿐만 아니라, 작품의 구조적

신재효가 이처럼 개혁적 입장에서 판소리를 개작한 것은 판소리사에 있어서 매우 중요한 의미를 지니는 것이다. 그것은 19세기 중반에 와서 판소리에 내재된 사회적 주제가 특수한 정치적 입장 속에서 재해석되는 변화를 보인다는 것이며, 이러한 변화는 판소리가 근대적 갈래로 전환되기 위해서 필연적으로 경험해야만 하는 하나의 과정이었던 것이다.

신재효의 개작 판소리는 실제로 창으로 널리 불리지 못했다고 한다.[51] 이는 창으로 부르기에 적합하지 않았기 때문이었을 것이다. 그럼에도 불구하고 〈장자백 창본〉이 신재효의 개작 사설을 수용하고 있는 것은 신재효의 영향력 못지않게 그의 개작 사설의 영향력도 상당했음을 반증하는 것이다.[52] 오늘날의 창자들에게 전해지고 있는 창본 가운데 동편제의 창본에 신재효 개작 사설의 자취가 남아 있는 것이나,[53] 〈장자백본〉의 뒤를 이어 〈84장본 열녀춘향수절가〉나 〈옥중화〉에서도 수용되고 있는 것에서, 19세기 후반의 판소리사에서 신재효 혹은 그의 개작 사설의 영향력을 충분히 짐작할 수 있다.

---

핵심으로 자리 잡고 있는 이도령의 의미를 사소한 상투어인, 전혀 구조적인 의미를 부여할 수 없는 聖上(고종이라 하는데 이도 불확실하다)이라는 단어에 종속시켜 버리고 말았다.

51) 이와 관련하여 다음과 같은 기존 연구자의 발언을 상기할 필요가 있다; "그의 개작본들이 판소리창으로 불려지지 않은 점은 그의 개작이 판소리의 발전에 기여하지 못한 것으로 결론지을 수 있는 근거가 된다."(정하영, 「신재효 개작 판소리 사설 심청가」, 『문학사상』146, 문학사상사, 1984) "그의 판소리 개작은 사설의 최고본을 만들려는 시도였으나 소리판을 서사물로 화석화시킨 독특한 사설을 이룩하는데 그쳤다."(서종문, 『판소리 사설 연구』, 형설출판사, 1984)

52) 이에 대해서는 이 책의 제3부 「＜장자백 창본 춘향가＞의 텍스트적 연원」을 참조하라.

53) 동편제의 창본에 남아 있는 신재효의 영향에 대해서는 '제1회 보성소리 학술대회 및 강산제 성우향 ＜심청가＞ 출반 기념회'(1998년 6월 21일, 서울대 호암생활관 컨벤션홀)에서 설성경(「김세종판 춘향가의 성립과 특징」)과 유영대(「보성 소리의 판소리사적 의의와 성우향의 소리」)가 자세히 논의한 바 있다.

## 5.

지금까지 신재효 개작 사설이 판소리 광대들에 의해 적층된 기존 판소리의 기본 구조를 계승하면서 동시에 변주하는 특수한 양상을 살펴보고, 개작 사설의 성격과 의의에 대해 논의했다. 논의의 결과를 요약하면 다음과 같다.

첫째, 신재효의 개작 사설은 봉건 권력의 폭압과 수탈로 인해 야기된 현실의 문제를 적극적으로 반영하고 있으며, 주요 인물 가운데 봉건 권력과 민중을 매개하는 매개적 인물의 성격화에 매우 세심한 배려를 하면서 이들 인물들을 부각시키고 있는 점을 확인했다.

둘째, 이러한 변주적 특성은 봉건 권력의 수탈과 횡포에 의해 노정된 현실의 문제를 보다 폭넓게 드러내면서 민중과 긍정적 봉건 관료와의 연대를 통해 이의 수정을 꾀하자는 개혁적 지향을 표현한 것으로 규정했다.

셋째, 신재효의 개작 사설에 내재된 개혁적 지향은 흥선대원군 정권의 정치적 이상과 조응되는 것으로 일정하게 진보적인 의미를 지닌 것으로 평가했다.

이러한 이 글의 논의는 신재효의 개작의식을, 개작 사설의 변주적 특성에 대한 분석을 기초로 '개혁적 지향'이라는 구체적인 역사적·정치적 의식으로 파악하면서 그 실험적 실천의 의미와 한계를 규명했다는 점에 의의가 있다.

요약컨대, 신재효의 판소리 개작은 양반층의 보수적 의식을 반영하여 판소리의 중심을 민중층으로부터 양반층으로 이동시킨 사례라 할 수 없으며 또한 양반층의 보수적 의식과 민중층의 진보적 의식을 기계적으로 결합시키고 있는 중인의 분열된 의식을 반영하고 있는 것이라 평가해서도 곤란하다. 신재효의 판소리 개작은 증대하던 봉건 권력의 폭압과 이로 인해 노정된 현실의 제 문제를 해결하기 위한 19세기 지식인으로서의 자기 실천의 하나였으며, 그 안에는 일정하게 진보적 계기가 내재되어 있었던 것이었다. 그러므로 신재효의 개작 사설을 근거로 판소리사의 굴절과 주체의 이동을 언급하는 것은 타당하지 않다고 생각한다.

# 〈장자백 창본 춘향가〉의 텍스트적 연원
## -19세기 후반 판소리사의 구도와 관련하여-

1.

　본고의 목표는 〈장자백(張子伯) 창본(唱本) 춘향가〉1)를 대상으로 그 텍스트 형성의 연원(淵源)을 밝히고, 이를 통해 19세기 후반기 판소리 문학의 역사적 전개구도를 파악해 보고자 하는 것이다.

　주지하고 있듯이, 판소리 문학은 '유동(流動)의 문학'이요 '적층(積層)의 문학'이다. 판소리 텍스트는 하나의 고정된 불변의 실체로 존속되어 온 것이 아니라, 텍스트가 소통되는 특수한 상황과 조건 속에서 끊임없이 생성되어 왔다. 지금까지 남아 있는 수많은 판소리 문학의 텍스트는 바로 이러한 특수한 각 편의 생성물들이다. '유동의 문학'이라 하는 것은 바로 이런 의미에서이다. 그렇지만 그 특수한 각 편의 생성물들은 서로 격절(隔絶)되어 있는 것이 아니다. 텍스트와 텍스트의 관계는 계승적(繼承的)이어서, 선행하는 텍스트의 요소가 지속되기도 하면서 동시에 확장, 축소, 탈락, 삽입 등의 복잡한 변이를 거쳐 후행하는 텍스트가 생성된다. '적층의 문학'이라 하는 것은 바로 이런 의미에서이다.

---

1) 〈장자백 창본 춘향가〉는 1987년에 姜漢永 선생에 의해 처음으로 학계에 공개된 필사본이다. 본고에서는 이 필사본을 활자화하여 간행한 김진영·김현주 역주, 「춘향전」(박이정, 1996)을 자료로 이용하고자 한다. 이하 〈장자백 창본 춘향가〉를 지칭할 경우 편의상 〈장자백본〉이라 하기로 한다.

〈장자백본〉은 19세기 후반기의 「춘향전」 텍스트 가운데 하나인데,[2] 그런 점에서 19세기 중반 이후 판소리 문학[판소리사]의 역사적 추이를 조망할 수 있는 거점으로서의 위상을 차지한다. 선행하는 텍스트와 〈장자백본〉의 계승적 관계, 그 지속과 변이의 변주 양상을 섬세하게 점검함으로써 19세기 중반 이후 판소리 문학의 역사적 추이를 보다 구체적으로 파악할 수 있게 된다. 〈장자백본〉의 연원을 밝히고자 하는 궁극적인 의도는 결국 19세기 후반 판소리 문학의 역사적 구도를 해명하고자 하는 거시적인 목표와 관련되는 것이다.

〈장자백본〉의 연원, 그 적층성을 파악하기 위해서는 텍스트를 분석하고 이를 선행하는 텍스트와 비교하는 일이 요구되는데, 이러한 분석·비교의 방법론적 틀은 이미 오래 전에 김동욱 등에 의해 마련되어 시도된 바 있다.[3] 텍스트를 '장면' 단위로 나누고, 각 장면 단위로 여러 텍스트

---

2) 〈장자백본〉은 표지에 '乙丑年'이라 刊記가 쓰여 있어 1865년이나 1925년에 필사되었을 것으로 추정되고 있다. 〈장자백본〉을 譯註한 김진영과 김현주는 〈장자백본〉의 '古拙性'을 주목하여 필사연도가 1865년일 가능성에 대해 조심스럽게 추정했다.(위의 책, 4면) 김종철은 작품 내용상 〈열녀춘향수절가〉와 가까운 점으로 보아 19세기 후반기의 창본으로 판단하고 있으며, 필사된 것은 1925년일 것이라 했다.(김종철, 『판소리사 연구』, 1996, 230면) 신동흔은 1865년에 필사된 것이라면 장자백의 활동기간과 맞지 않을 뿐 아니라, 내용상으로도 신재효본이나 84장본보다 앞선 것으로 보기 힘들다는 점을 이유로 1925년에 필사된 것으로 보고 있으며, 이를 근거로 〈장자백본〉을 20년대 중반쯤의 텍스트로 다룬 바 있다.(신동흔, 「〈춘향전〉 주제의식의 역사적 변모 양상」, 『판소리 연구』 제8집, 1997, 252면) 김진영·김현주와 김종철이 〈장자백본〉을 19세기의 텍스트로 보고 있는 데 비해, 신동흔은 20세기의 텍스트로 보고 있어 문제가 되는데, 필자는 〈장자백본〉을 20세기의 텍스트로 다루는 것은 온당치 못하다고 생각한다. 필사연도를 그 텍스트의 성립연도와 동일하게 취급하는 것은 잘못된 것으로, 설사 1925년에 필사된 것이라 하더라도, 19세기 후반기의 텍스트로 다루어야 한다는 것이 필자의 생각이다. 필자는 〈獄中花〉의 계보를 밝히는 논문에서 〈옥중화〉와 〈장자백본〉의 관련성을 고찰한 바 있는데, 〈옥중화〉의 창작 연도가 1912년이므로 〈장자백본〉의 성립연도는 1912년을 넘어서지 못할 것이다.(이 책의 제3부 「〈옥중화〉의 계보」)

를 비교하는 것이 방법의 요체라 할 수 있는데, 본고에서도 이러한 방법론을 원용한다. 다만 본고에서는 김동욱 등에 의해 마련된 비교 단위로서의 장면이 다소 불편하고 불합리한 점이 있다고 여겨 새롭게 '서사단락'을 나누고 이에 따라 비교하기로 한다.[4]

본고에서 〈장자백본〉과 일차적으로 비교되는 텍스트는 〈33장본 열녀춘향수절가〉[5]이다. 〈장자백본〉과 〈84장본 열녀춘향수절가〉와의 친연성은 이미 지적된 바 있는데,[6] 〈84장본 열녀춘향수절가〉에 계통적으로 선행하는 텍스트가 〈33장본〉이다.[7] 친연성이 높은 계통의 선행본과 비교함으로써, 그 비교의 효과를 더욱 극대화할 수 있을 것이라 기대한다.

앞서 언급했듯이 〈33장본〉과의 비교는 궁극적으로 〈장자백본〉에 적층되어 있는 연원을 밝히고자 하는 데 있다. 이를 위해 본고에서는 '서사

---

3) 김동욱 외, 『춘향전비교연구』, 삼영사, 1979.

4) 텍스트간의 비교 연구를 수행하기 위해서는 비교의 단위가 엄정하게 설정되어야 한다. 그런데 김동욱 등에 의해 시도된 작업에서는 비교의 단위가 엄정하게 설정되지 못했다. 또한 각각의 비교 단위가 전체적인 서사적 전개의 흐름을 잘 드러내지 못하고 있을 뿐만 아니라, 비교의 단위가 전체 춘향전을 포괄할 수 있을 정도로 설정되지 못했다. 텍스트 비교의 방법론이 보다 타당성 있고 엄밀하게 수립되어야 할 필요가 있는데, 이에 대한 자세한 논의를 본고에서 할 수는 없으므로, 별고(別稿)로 미룬다.

5) 본고에서 이용한 자료는 설성경, 『춘향전』(시인사, 1986)에 수록된 것이다. 이하 <33장본 열녀춘향수절가>를 지칭할 경우에는 편의상 <33장본>이라 하기로 한다.

6) 앞의 김진영·김현주와 김종철에 의해 <84장본 열녀춘향수절가>와의 친연성이 지적된 바 있다. 자세한 내용은 앞의 책을 참고하라.

7) <33장본>은 刊記가 '丙午'로 되어 있어 <병오판 열녀춘향수절가>라고도 불린다. 병오년을 내용상으로 1846년으로 보는 견해(김동욱·설성경)와 문헌학적으로 1906년(유탁일)으로 보는 견해가 대립하고 있으나, 앞서 <장자백본>의 성립 시기에 대해 언급한 바와 마찬가지로, 텍스트의 성립 시기는 필사본에 대한 문헌학적 접근으로 해결될 수 있는 것은 아니다. <33장본>이 <30장본>과 맺고 있는 친연성으로 볼 때, 1846년에 성립된 텍스트라 보는 것이 온당하다. 이 점은 신동흔도 지적한 바 있다. (앞의 글, 223면) <33장본>에 대해서는 설성경, 『춘향전의 통시적 연구』, 서광학술자료사, 1994, 186-188면을 참고하라.

단락'의 비교를 통해 〈33장본〉과 〈장자백본〉의 차별성을 파악한 뒤, 이러한 차별성과 선행하는 텍스트와의 관련을 밝힐 것이며, 이를 토대로 19세기 후반 판소리 문학의 역사적 구도를 해명할 것이다.[8)

## 2.

〈33장본〉과 〈장자백본〉과의 비교를 수행하기 위해서는 비교의 단위를 마련해야 한다. 비교의 단위는 이야기의 서사적 전개의 의미 마디들로 나누어 설정하는 것이 유용한데, 이러한 서사적 전개의 의미 마디들을 '서사단락'이라 할 수 있다. 「춘향전」의 경우 춘향과 이도령의 이별을 축으로 전반부 – 후반부로 크게 나누기도 했고, 만남 – 사랑 – 이별 – 고난 – 재회의 다섯 단락으로 나누기도 했는데, 이렇게 구분된 서사단락은

---

8) 미리 말하자면, 〈33장본〉 이외에 〈장자백본〉의 텍스트 성립에 연원이 된 선행 텍스트는 〈남원고사〉와 〈신재효본 남창 춘향가〉이다. 이에 대해 〈장자백본〉은 '판소리 창본인데 어떻게 필사된 소설본과 연원 관계에 놓여질 수 있겠는가?'라는 의문을 제기할 수 있을 것이다. 사실 이러한 의문은 〈33장본〉(방각 소설본)과의 비교에 있어서도 제기될 수 있는 것이다. 그런데 이와 관련하여 꼭 염두에 두어야 할 것은 20세기 이전의 창본으로 지금까지 남아 있는 텍스트가 거의 전무하다는 사실이다. 그러므로 일단 창본과 창본의 비교는 원천적으로 불가능하다. 그렇다면 창본과 소설본의 비교는 성립될 수 없는 것인가? 필자는 그렇지 않다고 생각한다. 창본 자료가 거의 남아 있지 않기 때문만이 아니라, 설사 남아 있다 하더라도 창본과 소설본의 비교는 가능하며 꼭 수행되어야 할 작업이다. 창본과 소설본의 비교가 가능한 것은 소설본이 창본과 매우 밀접한 관련을 맺고 있기 때문이다. 완판이 판소리 창본과 친연성이 높다는 것은 이미 익히 알려진 사실이며, 경판의 원조격인 〈남원고사〉 역시 판소리의 구성 원리에 충실한 텍스트라는 사실 또한 보고된 바 있다.(김종철, 「〈남원고사〉의 골계적 정신에 대한 연구」, 『판소리 연구』제8집, 판소리학회, 1997) 다시 말한다면 판소리 창본이나 판소리계 소설본은 판소리문학의 자장 안에서 동거하고 있는 같은 혈족이므로 비교가 가능하다고 생각한다. 창본과 소설본의 비교는 반드시 수행되어야 하는데, 이는 창본과 소설본을 포함한 거시적인 판소리문학사의 구도 속에서 판소리사에 대한 이해가 필요하기 때문이다.

비교의 단위로서는 너무나 커서 효율적으로 비교를 수행하기 어렵다. 따라서 이야기 전개의 흐름을 명료히 나타내면서도 비교를 효율적으로 수행할 수 있는 보다 작은 단위로 구분할 필요가 있는데, 본고에서는 만남 −사랑− 이별− 고난− 재회의 대단락 아래에 14개의 상위단락을 설정하고, 다시 14개의 상위단락 아래에 73개의 하위단락을 설정하여, 이를 비교의 단위로 삼고자 한다.9) 두 텍스트를 비교함에 있어 상위단락 또는 하위단락의 확장, 축소, 탈락, 삽입뿐만이 아니라 단락의 구성, 행문 전개와 표현상의 차이에 대해서도 세심하게 유의하고자 한다. 텍스트의 변이는 단락의 차원에서만 야기되는 것이 아니며 오히려 행문 차원에서의 변이를 통해 텍스트가 변주되는 그 독특한 미감과 인식을 포착할 수 있기 때문이다.

이제, 14개의 상위단락 별로 특징적으로 포착되는 변이의 양상을 순차적으로 검토해 보기로 하자.

## [1] 서사

(가) 「서사」 단락은 (1) 배경 제시 (2) 춘향의 성격화 (3) 이도령의 성격화로 구성된다. 〈33장본〉과 〈장자백본〉 모두 (1)과 (3)으로 구성되어 있다. 춘향을 성격화하는 단락이 선행하는 텍스트도 있으나, 두 텍스트 모두 이도령의 성격화가 선행되고 있다.

(나) "숙종대왕 즉위 초에"(33장:35)10)로 시작되는 배경 서술이 동일하

---

9) 73개의 하위단락은 필자가 설성경에 의해 유형화된 별춘향전 계통, 남원고사 계통, 옥중화 계통의 대표적인 텍스트를 분석하여 도출한 것이다. 그 분석과 도출의 과정을 상세히 보고하여 하위단락 설정의 타당성을 검증받아야 하겠지만, 본고의 핵심적인 주제가 아닐 뿐만 아니라 그것을 보고할 지면도 충분하지 않으므로 다른 논문으로 미룬다.

10) 텍스트를 인용할 경우에는 편의상 인용문 뒤에 텍스트와 면수를 기재하고 괄호로 묶는다. 해당 텍스트는 〈33장본〉일 경우에는 '33장'으로, 〈장자백본〉일 경우에는

다. "숙종대왕 즉위 초에"로 시작되는 배경 서술은 대체로 완판의 특징이므로, 〈장자백본〉은 일단 완판의 텍스트적 전통 위에 놓여져 있다고 할 수 있다. 그러나 〈장자백본〉에서는 배경 서술이 "산하에 남은 기운 존비가 없것구나"(21)로 끝맺음되고 있는데, 이는 '신분 문제'를 환기하는 내용이라 할 수 있다. 〈장자백본〉의 서사적 관심으로 '신분 문제'가 놓여져 있음을 암시받을 수 있다.

(다) 이도령을 성격화하는 데 있어서 〈33장본〉은 "사또 자제 이도령이 연광은 이팔이요 풍채는 두목지라 문장은 이태백이요 필법은 왕희지라"(35)라고 서술하고 있다. 〈장자백본〉은 단순히 "풍류기남자라"(23)라고 서술하고 있는 것으로 보아, 〈33장본〉이 〈장자백본〉에 비해 이도령을 이상적으로 성격화하고 있음을 알 수 있다.


## [2] 광한루에서의 만남

(가) 「광한루에서의 만남」 단락은 (1) 광한루 구경 이전 (2) 광한루:춘향 발견 이전 (3) 광한루:춘향 발견 이후의 순서로 구성된다. 〈33장본〉과 〈장자백본〉 모두 동일한 구성을 보이고 있다.

(나) (1)에서 광한루 구경 이전의 이도령의 동향만을 서술하고 있는 것도 〈33장본〉과 〈장자백본〉이 동일하다.

(다) 〈장자백본〉의 (2)에는 수행한 하인들과 이도령이 광한루에서 함께 술을 마시는 대목이 있는데, 〈33장본〉에는 없다. 이 대목은 방자에 의해 이도령이 희화화되는 골계적인 부분이므로, 〈장자백본〉은 이도

---

'장본'이라 축약하여 지칭한다. 해당 텍스트를 지시하는 서술이 있어 혼동될 염려가 없을 경우에는 괄호 안에 면수만 기재한다. 이하 마찬가지이다. 〈장자백본〉의 서두는 "숙종대왕 즉위하사"(장본:21)로 시작된다.

령의 희화화에 더욱 적극적이라 할 수 있다.

(라) (3)은 이도령이 추천하는 춘향을 발견하고 방자를 시켜 춘향을 불러
오는 대목이다. 그런데 〈33장본〉과 〈장자백본〉은 이 대목이 매우 상
이하다.

(a) 우선 주목되는 것이 춘향의 신분이다. 〈33장본〉에서 방자는 춘향
에 대해 "이 고을 기생 월매딸 춘향이란 기생아이 낮이면 추천하고
밤이면 풍월 공부하여 도도하기로 일읍에 낭자하여이다"(45)라고
전언한다. 춘향이 기생 신분이라는 것이다. 그러나 〈장자백븐〉에서
는 "이 골 기생의 월매 딸 춘향이~기생 구실 마다하고 대비넣고 물
너나와~춘향의 설부화용 호래척거 어렵습니다"(39)라고 전언한다.
춘향이 기생이 아니라는 것이다. 〈장자백본〉은 이 단락에서 이도령
에게 가자고 조르는 방자에게 "내가 지금 시사 아니요 여염집 사람
인데"(45면)라고 사양하는 춘향의 발화를 통해 춘향이 기생이 아님
을 재차 강조한다.

(b) 〈33장본〉의 춘향은 기생이므로 이도령의 부름에 대체로 순응하는
편인데, 〈장자백본〉에서는 그렇지 않다. 〈장자백본〉에서 방자의 권
유에 춘향이 모친을 핑계로 불응하고 거절하는 대목과 불응하면 월
매가 고통을 당할 것이라 방자가 협박하는("네가 만일 아니 가면 너
의 모친 잡아다가":47) 대목은 기생이 아닌 춘향의 규범적 성격을
강조하기 위해 마련된 것이다. 〈33장본〉에서 춘향이 이도령데게 자
신의 집을 친절히 안내하는 것과는 달리 〈장자백본〉에서의 춘향이
"소녀의 집은 방자가 알아요"(51)라고 새침을 떠는 것도 이러한 까
닭에서이다. 〈장자백본〉과는 달리 〈33장본〉에서 광한루에서 춘향
을 만나자마자 이도령이 혼인을 제의할 수 있는 것도 춘향디 기생

신분이기에 가능한 것이다.

(c) 〈33장본〉에서 춘향은 이도령의 심부름으로 자신을 부르러 온 방자에게 "너다려 춘향이니 오향이니 고양이니 잘양이니 종다리새 열씨 까듯 다 외워 바치라더냐"(43)라고 거칠게 쏘아 부친다. 춘향의 이러한 어투는 그의 신분과도 무관하지 않으리라 생각된다. 그렇다면 〈장자백본〉은 어떠한가? 〈장자백본〉은 춘향을 규범화·이상화하고 있다고 했으므로 춘향의 어투도 매우 조신할 것이라 생각했다면, 이는 오산이다. 같은 대목을 비교해 보아도 춘향은 한 술 더 떠 "춘향이니 난향이니~이 두더지 잡년의 자식아"(43)라고 오히려 육담(肉談)을 해댄다. 방자가 춘향을 부르자 "애고, 호들갑스럽게 생긴 자식, 너의 선산에 불이 났느냐. 눈깔이 생긴 것이 얼음에 미끄러져 죽은 검은 소 눈깔처럼 생긴 자식, 하마터면 낙상할 뻔 보았다"(41)라고 욕설을 마구 해댄다. 기생이 아닌 신분으로 규범화·이상화되면서도 동시에 〈33장본〉을 능가하여 춘향을 희화화하고 있는 것이다.

## [3] 이도령과 춘향의 귀가

(가) 「이도령과 춘향의 귀가」 단락은 (1) 춘향의 귀가 (2) 이도령의 귀가로 구성되며, 광한루에서 헤어진 이도령과 춘향이 각자 집으로 돌아간 이후의 정황을 보여준다. 〈33장본〉과 〈장자백본〉이 동일하게 이도령의 귀가 후 정황만을 서사화하고 있다.

(나) 광한루에서 춘향과 헤어져 집으로 돌아온 이도령은 온통 춘향 생각뿐이다. 경전(經典)을 펼쳐 들어도 춘향 생각에서 헤어나지 못한다. 「보고지고」와 「천자풀이」 사설은 이러한 이도령의 상태를 희화적으로

보여준다. "춘향과 나와 혀를 물고 쪽쪽 빨아도 남을 여자 이 아니냐"(33장, 51)는 구절은 희화적 표현의 대표적인 예라 할 수 있다.11) 〈33장본〉과 〈장자백본〉이 동일하다.

(다) 그런데 〈장자백본〉에서는 이도령에 대한 희화적 형상화가 더욱 강화되고 있다. 〈장자백본〉에서 이도령은 춘향에게 달려가고자 이부사가 퇴청하여 취침하기를 학수고대한다. 참다못한 이도령은 창에 침발라 구멍을 뚫고 방안을 들여다보기도 하고, 이부사가 잠들었는지 확인하기 위해 "손가락으로 사또 눈을 요롱요롱"(63) 하기도 한다. 그런데 이부사의 반응이 가관이다. 장난질 치는 이도령을 나무라기는커녕 "야가 이러다 내 속눈을 찌르지"(65)라고 엉뚱하게 반응한다. 한편의 코미디라고 할 수 있다. 이부사가 아들 이도령의 "보고지고" 소리를 듣고 공부를 열심히 하는 아들이 자랑스러워 목낭청에게 자랑하는 희화적 대목은 〈33장본〉과 〈장자백본〉에 동일하게 서사화되고 있다. 그런데 〈33장본〉에 비해 〈장자백본〉은 더욱 더 확장적으로 서술되고 있다. 희화화가 이도령뿐만 아니라 그의 아버지 이부사에게까지 강화되고 있는 것이다.

(라) 〈33장본〉에 비해 〈장자백본〉에서 이도령과 이부사에 대한 희화화가 강화되었지만, 이러한 희화화를 경계하는 서술 의식이 동시에 작동하고 있는 것도 간과해서는 안 된다. 아들 자랑하는 이부사와 목낭청의 희화적 대화 끝에 "이런다 하였으나 무슨 그럴 리가 있으리오"(63면)라는 발화나 장난질치는 이도령에게 이러다가 속눈을 찌르겠다고 반응하는 이부사의 희화적 언술의 말미에 "이랬다 하되 광대

---

11) "춘향과 나와 혀 마주 물고 아드득 쪽쪽 빨거드면 법중 려자 이 아니냐, 보고지고" (장:59)

망설이었다"(65)라는 발화는 모두 서술자의 개입이다. 〈장자백본〉에는 인물을 희화화하고자 하는 지향과 이를 경계하고자 하는 지향이 동시에 공존하고 있는 것이다.

### [4] 이도령과 춘향의 혼약

(가) 「이도령과 춘향의 혼약」 단락은 (1) 춘향집 가는 길 (2) 춘향집 치레사설 (3) 춘향집 정원사설 (4) 이도령과 방자의 문답 (5) 춘향방 들어가기까지 (6) 춘향방 치레사설 (7) 술대접 (8) 혼약 (9) 술대접 (10) 초야의 순서로 구성된다. 〈33장본〉과 〈장자백본〉 모두 (4)와 (7)이 서술되지 않고 있다. 〈33장본〉에서는 (1)과 (2)가 서술되지 않고 있고(〈장자백본〉에서 (2)는 광한루에서 이도령이 춘향에게 집을 물어볼 때 서술된다), (5)와 (9), (10)의 서술은 〈장자백본〉과 일치하지 않는다.

(나) (5)는 이도령이 방자와 함께 춘향집에 도착하여 춘향방에 들어가기까지의 과정을 서사화하고 있는 대목이다. 〈33장본〉에서는 이도령이 춘향의 집에 도착하여 춘향의 탄금소리를 듣고 이에 화답하자 월매가 이 소리를 듣고 이도령과 문답한다. 춘향이 이도령의 소리를 듣고 나와 "소매를 부여 잡고"(53) 자신의 방으로 인도한다. 기생으로서의 춘향의 성격을 보여주는 대목으로, (6)에서의 "광충다리 춘화 그림을 역력히 그렸는데"(66)라는 서술도 이러한 춘향의 성격과 부합되는 것이다. 이에 반해 〈장자백본〉에서는 방자가 춘향에게 이도령이 왔음을 전언하자 춘향은 "가슴이 우둔우둔 속이 월렁월렁 부끄럼을 못 이기어"(67) 월매에게 달려가 고하고, 이에 월매가 이도령을 영접한다. 〈33장본〉의 춘향에 비해 규범적 인물로 이상화되고 있음을 알 수 있다. "다른 기생같으면 엉정벙정 벌였을 터이로되 춘향이는 학(學)하

는 춘향이요 나이어린 계집애라 방안 세간이 별로 없어~춘향절개 알
리로다"(69/71)라는 서술자의 발화 또한 이러한 춘향의 성격화에 부
합되는 것이다.

(다) (8)은 이도령과 춘향이 혼인을 약속하는 대목이다. 〈33장본〉에서는
이도령이 춘향에게 혼인을 요청하고 둘은 신물[석경과 옥지환]을 교
환한다. 이에 비해 〈장자백본〉에서는 이도령이 월매에게 혼인을 요청
한다. 이에 대해 월매는 "자하골 성참판이~칠세에 소학 읽혀 수신제
가 화순심을 나날이 가르치니 근본이 있는고로~내 지체 부족하여 재
상가 부당이요 사서인은 부족이라~그런 말씀 말으시고 놀으시다 가
옵소서"(71/73)라고 거절한다. 근본이 있는 춘향이가 왜 재상가에 부
당할까? 월매의 뜻을 춘향이 재차 밝혀 거절한다. "내 평생 먹은 뜻이
열불경이부절을 본받고저 원이온데 도련님 같이 귀공자를 춘향이가
섬기다가 후일에 버리시면 그런 적원이 있사리까~그런 말씀 말으시
고 놀으시다 가옵소서"(73)라는 춘향의 발화에서 알 수 있듯이 지체가
서로 달라 버림받을 것을 염려하기 때문이다. 그런데 이 때 월개가 돌
연히 지난 밤의 몽조(夢兆)를 떠올리고는 두 사람의 혼인을 승낙한다.
〈장자백본〉은 〈33장본〉과 달리 이도령과 춘향의 혼약이 월매의 승낙
하에 성사되도록 했는데, 이 또한 춘향의 규범성을 의식한 것이다.

(라) (9)와 (10)은 이도령과 춘향이 혼인을 약속한 뒤 술을 마시고 초야
를 치루는 대목이다. 〈33장본〉에서는 춘향이 직접 술상을 차려 와 술
을 마신 뒤 이도령과 첫날밤을 보낸다. 〈장자백본〉에서는 월매가 향
단에게 술상을 차리게 한 뒤 이도령은 물론 통인과 방자에게까지 술
대접을 한다. 〈33장본〉이 빠른 속도로 초야로 진입하여 신혼 첫날밤
에 어울리지 않는 이도령과 춘향의 질탕한 사랑놀음을 보여주는 데

비해, 〈장자백본〉은 월매와 이도령의 심회를 술회하게 할 뿐만 아니라 이도령의 「연분사설」까지 집어넣어 초야를 더디게 만든다. 게다가 〈33장본〉의 초야는 질탕한 데 비해[사랑가, 업음질사설, 금옥사설, 서방타령, 말농질] 〈장자백본〉의 초야는 다소 심심하다. "도련님과 춘향이 둘이만 있어 놓으니 그 일 어찌 되겠느냐. 일빈일소 교태하여 밀치락 달치락 사양을 받으며 춘향의 의복을 공교히 잘 벗겨 흠흠히 안고 잘 잤구나. 그 가운데 이력이야 오죽 진진하였으리오."(79/81) 이처럼 〈장자백본〉은 진진한 이력을 은밀히 감싼 채 풀어헤치지 않고 있다. 성급하지 않고 음란하지 않은 〈장자백본〉의 초야 서술. 이것 역시 이상적 지향의 소산인 것이다.

(마) 〈장자백본〉의 (9)는 초야를 지체시키고 있다고 했는데, 이와 관련하여 서술자 개입을 주목할 필요가 있다. "통인 방자 물러간 후에 대문 중문 닫아 걸고 춘향 어미가 처음 보는 사위를 밤새도록 이야기로 날을 새우기로 드니 도련님이 헛배도 않고 어쩌고 하되 알심있게 늙은 춘향 모친이 그럴 리가 있겠느냐"(79)는 서술자 발화는 춘향과 이도령의 초야를 지체시키는 월매의 서사적 역할에 대해 부정적인 태도를 보여주고 있다. 초야를 지체시키고자 하나 정도에 지나치지 않도록 하고자 하는 균형감각을 이에서 읽어낼 수 있다.

## [5] 이도령과 춘향의 사랑 나눔

(가) 「이도령과 춘향의 사랑 나눔」 대목은 (1) 사랑놀이 (2) 맹세로 구성된다. 〈33장본〉은 초야에 질탕한 사랑놀음을 서술한 바 있으므로, 다시 서술하지 않고 있다. (2)는 〈33장본〉과 〈장자백본〉에서 모두 빠져 있다.

(나) 〈장자백본〉에서 (1)은 초야 이후의 상황이다. 〈장자백본〉은 이 대

목에서 초야에서 풀어 헤치지 않은 '진진한 이력'을 마음껏 풀어 헤쳐 춘향과 이도령의 사랑놀음을 질탕하게 그려내고 있는데[옷벗기기, 사랑가, 정자노래, 궁자노래, 업음질사설, 금옥사설, 서방타령, 말농질], 이에 앞서 규범적 지향에 어긋나지 않도록 복선을 깔아둔다. "여러 날이 되더니 어린 사람들이 신맛이 간간하여 자연히 사랑가가 되엇것다"(81, 밑줄 필자)는 서술자의 발화가 이것으로, '여러 날'의 시간적 경과를 주도면밀하게 확인시킴으로써, 두 사람의 질탕한 사랑놀음이 규범성과 배치되지 않음을 강조하고 있다.

### [6] 이도령과 춘향의 이별

(가) 「이도령과 춘향의 이별」 단락은 (1) 선치 승차 (2) 이부사의 통고와 꾸중 (3) 대부인 꾸중 (4) 춘향에게 이별 알림 (5) 오리정 이별 (6) 이별 후 이도령 탄식 (7) 이별 후 춘향의 탄식 (8) 이부사와 대부인의 춘향 위로로 구성된다. 이 가운데 (1)과 (8)은 〈33장본〉과 〈장자백본〉에는 서술되지 않고 있으며, 〈33장본〉에는 (6)이, 〈장자백본〉에는 (5)가 서술되지 않고 있다.

(나) 「이도령과 춘향의 이별」 단락에서 특히 주목되는 것은 이도령과 춘향의 이별이 이루어지는 공간이 〈33장본〉과 〈장자백본〉이 서로 다르다는 점이다. 〈장자백본〉에서는 춘향의 집에서 이별이 이루어지는데, 〈33장본〉에서는 오리정에서 이별이 이루어진다. 〈장자백본〉에 (5)가 빠져 있는 것은 이러한 까닭에서이다. 그러므로 〈장자백본〉에서는 춘향에게 이별을 알리는 대목인 (4)가 확장되어 있다. 이별 소식을 접한 뒤의 춘향과 월매의 발악이 확장되어 있을 뿐만 아니라 춘향을 요여(腰輿)에 태워가겠다는 이도령의 궁색한 제안에 춘향이 이별을 용인하

고 한탄과 다짐을 나눈 뒤 신물을 교환하는 대목이 첨가되어 있다.

(다) 「이도령과 춘향의 이별」 단락에서 또 주목해야 할 것은 '이별의 이유'와 '이별 통고 뒤 춘향의 태도'이다. 〈33장본〉에서는 이도령이 춘향과 오리정에서 이별하면서 이별해야만 하는 이유를 다음과 같이 말한다; "내 너 데려갈 줄을 모르랴마는 양반의 자식이 하방에 천첩하면 문호에 욕이 되고 사당 참예 못하기로 못 데려가나니 부디 부디 좋이 있거라"(71) 문호에 욕이 된다는 것은 결국 벼슬길이 막힌다는 것이고 사당 참예 못한다는 것은 집안에서도 쫓겨난다는 것이다. 이는 〈장자백본〉도 마찬가지다. 그런데 〈장자백본〉에서는[〈장자백본〉은 오리정에서가 아니라 춘향집에서이다] "원수로다 원수로다 양반 근본 원수로다"(101)라는 이도령의 발화가 덧보태져 있다. 신분 문제를 환기하는 발화라 할 수 있다. 〈장자백본〉에서는 이별 통고 뒤 춘향이 매우 격렬하게 반응한다. "붉으락 푸르락 눈썹이 꼿꼿"(101)해져 "치마자락도 짝짝 찢어"(101) 버리고 "머리끄뎅이도 아드득 쥐어 뜯"(101)고 "면경 체경도 두리쳐 안아다가"(101) 모조리 부숴 버린다. 이에 비해 〈33장본〉의 춘향은 이별에 실망하고 이도령을 원망하기는 하지만 〈장자백본〉에 비해서는 조용히 이별을 받아들이는 편이다.

## [7] 변학도의 남원 도임

(가) 「변학도의 남원 도임」 단락은 (1) 변학도의 형상 (2) 신연관속 현신 (3) 신관 행차 위의 (4) 신관 행차 노정기 (5) 신연 관속 치레 (6) 관속 영접으로 구성되어 있다. 〈33장본〉과 〈장자백본〉 모두 단락 구성은 동일하나 〈장자백본〉이 〈33장본〉에 비해 큰 폭으로 확장되어 있다.

(나) 「변학도의 남원 도임」 단락에서는 변학도의 성격화가 어떻게 이루

어지고 있는가를 주목해야 한다. 〈33장본〉은 "자학골 막바지 변학도라 하는 양반이 있으되 성정이 혹독하여 음정이라 하면 범연치 아니하더니, 이때 남원부가 색향이란 말 듣고 염문하여 춘향의 어진 이름 반겨 듣고 마음을 진정치 못하던 차에"(73)라 서술하고 있는터, 한마디로 치민에는 관심이 없고 춘향에게만 관심이 있는 못된 인물이라는 것이다. 이는 〈장자백본〉도 마찬가지이다. 그런데 〈장자백본〉에서는 서술자 개입을 통해 변학도의 부정성을 더욱 환기하고 있다. (2)에서 변학도는 현신하는 관속에게 춘향에 대해서 먼저 묻는데, 이에 대해 서술자는 "다른 사또 같으면 '오 잘 올라왔으며 내 골 민폐나 없느냐?' 이리 할 일이로되"(119) 변학도는 춘향에 대해서만 묻는다고 비아냥거린다. 변학도에 대한 비판적 의식이 더욱 강하게 표출되고 있는 것이다.

## [8] 춘향의 수청거부와 하옥

(가) 「춘향의 수청거부와 하옥」 단락은 (1) 도임 좌기 (2) 육방하인 점고 (3) 기생점고 (4) 춘향 대령 (5) 변학도의 회유와 춘향의 항거 (6) 춘향 하옥 (7) 옥중 춘향 탄식과 꿈으로 구성된다. 〈33장본〉과 〈장자백본〉이 대체로 동일하나, (4)와 (5)는 〈장자백본〉이[행수기생, 다짐쓰기], (6)은 〈33장본〉이[남원 한량 옥방 인도] 다소 확장되어 있다.

(나) 〈33장본〉에서는 남원에 도임한 변학도가 삼일 후에 육방하인 점고 받고 기생 점고 하는 것으로 되어 있다. 그런데 〈장자백본〉은 "육방하인 점고는 삼일 뒤에 점고할 것이니 우선 기생 점고 먼저 하라"(127)고 되어 있다. 〈장자백본〉이 변학도의 부정성을 더욱 강조하고 있음을 알 수 있다.

(다) 〈33장본〉은 (5)에서 곤장을 치기 전에 집장사령이 "여봐라 춘향아,

어쩔 수가 없구나. 요 다리는 요리 틀고, 저 다리는 저리 틀어라.”(87)
라고 춘향에게 우호적인 태도를 보이나 〈장자백본〉은 그렇지 않다.
〈장자백본〉에서는 〈십장가〉 대목 이전까지 기생이나 사령 등의 인물들
이 춘향에게 우호적인 태도를 보이지 않는다. 〈십장가〉 이전의 행수기
생의 태도와 이후의 기생들의 태도가 달라지는 것도 동일한 맥락이다.

(라) 이 단락에서 〈33장본〉과 〈장자백본〉은 동일하게 희화적 대목들을
공유하고 있다. 춘향이 사령을 회유하는 대목, 변학도와 낭청의 문답
대목, 봉사 문점하는 대목 등이 그것이다. 그런데 〈장자백본〉은 봉사
문점하는 대목 가운데 봉사 장처 만지는 부분은 소거되어 있다. 이는
춘향의 이상화와 관련되는 것이다.


## [9] 이도령 과거 급제

(가) 「이도령 과거 급제」 단락은 (1) 상경 후의 이도령 태도 (2) 과장 (3)
급제와 삼일유가 (4) 어사 제수로 구성된다. 〈33장본〉과 〈장자백본〉
이 동일하다.

(나) 하위 대목이나 행문까지도 유사하다. (1)에서 춘향에 대한 사랑으로
공부에 열중하는 태도를 보여주는 것이나 (2)에서 과제가 ‘춘당춘색
고금동’인 것이나 (4)에서 왕이 전라어사를 제수하는 것 등 핵심 표지
들이 모두 동일하다.


## [10] 이어사 남원행

(가) 「이어사 남원행」 단락은 (1) 노정기 (2) 이어사 복색치레 (3) 서리와
역졸에게 당부 (4) 어사 염탐 (5) 도중에서의 만남으로 구성되어 있다.

(나) (4)는 〈33장본〉에서 염탐 대신에 「어사 노정기」로 대신하고 있다. 〈장자백본〉에서는 "약속을 정한 후에 이리저리 내려올 제, 부모불효 하는 놈과 형제화목 못하는 놈, 국곡투식하는 자와 강상에 범한 놈들, 낱낱이 염문하며 남원읍으로 속히 올라 올 제"(185)라 서술하고 있다. 〈장자백본〉이 〈33장본〉에 비해 현실에 대한 관심을 더욱 강하게 표출하고 있다. 〈33장본〉에서는 농부와의 문답에서 "원님은 노망이요, 좌수는 주망이요, 아전은 도망이요, 백성은 원망이니 사망이 물밀 듯하지요"(111)라는 비판적 발화가 표현된다. 〈장자백본〉 역시 마찬가지이다. 그런데 〈장자백본〉은 「농부가」 속에 "여보 농부들 말 듣소. 우리 남원이 사판일세/어이하여 사판인가/우리 고을 원님은 농판이요, 상청좌수는 퇴판이요, 육방관속은 먹을 판이 났으니, 우리 백성들은 죽을 판이로다/얼럴럴 상사뒤"(189)라는 현실비판적 내용을 삽입하고 있어, 비판성이 더욱 강하게 표출되고 있음을 알 수 있다.

(다) (5)에서 〈33장본〉과 〈장자백본〉 모두 남원으로 내려오는 도중에 여러 인물들과 만나는 대목을 서술하고 있다. 그 중 서울로 편지 전하는 아이와 만나는 대목을 보면, 〈33장본〉에서는 춘향 편지를 전하는 한 아이를 만나 그 편지를 보고 방성대곡하고는 이어사 스스로 자신의 정체를 알려주는 것으로 서술하고 있다. 〈장자백본〉도 마찬가지이다. 그런데 〈장자백본〉에서는 이어사가 자신의 정체를 말하자 편지 전하는 아이가 이어사를 알아보나 〈33장본〉에서는 그렇지 않다. 〈장자백본〉에서 편지를 읽고 난 이어사의 발화 가운데 "수절이라 하는 것이 상하가 없건마는 제 낭군 수절한 데 무슨 죄가 대단하여 형문삼치가 웬 말인고"(203)라는 부분을 주목할 필요가 있다. 춘향의 절의와 신분 문제를 연관시키고 이를 환기하는 말이다. 〈33장본〉에는 없다.

(라) (5) 가운데 춘향의 무덤인 줄 알고 엉뚱한 곳에 가서 방성대곡하는 이어사를 희화적으로 서사화하는 「초분 삽화」가 있는 것은 〈33장본〉이나 〈장자백본〉이 동일하다. 그런데 〈장자백본〉은 이 「초분 삽화」가 매우 확장되어 있으며, 그 희화화의 정도가 매우 강렬하다.

## [11] 옥중 상봉

(가) 「옥중 상봉」 단락은 (1) 남원 당도 (2) 춘향집 (3) 춘향의 꿈 (4) 옥중 상봉 (5) 귀로로 구성되어 있다. 〈33장본〉과 〈장자백본〉이 대체로 동일하다.

(나) 「옥중 상봉」 단락에서는 거지꼴로 나타난 이어사와 상면한 월매와 춘향의 반응이 주요한 서사적 관심이라 할 수 있는데, 강한 절망감에서 행악하는 월매와, 절망과 체념을 교묘히 배합하고 있는 춘향의 태도가 서사적 형상화의 핵심이라 할 수 있다. 〈33장본〉과 〈장자백본〉 모두 이 핵심에서 벗어나지 않고 있는데, 특히 〈장자백본〉은 확장적으로 서술되면서 그 깊이를 더하고 있다. 춘향이 이도령을 알아보고 옥방 앞쪽으로 나가는 대목에서도 〈33장본〉은 "만수비봉에 흩어진 머리 그렁저렁 집어 얹고 이리 비틀 저리 비틀 간신히 나와서"(127)라고 서술하고 있는데 〈장자백본〉은 "만수비봉에 흐트러진 머리 구비구비 걷어 얹고, 한 손으로 칼머리 들고, 또 한 손으로 땅을 짚고, 한 번 기고 한숨 쉬고 두 번 기고 눈물지며 옥문 구멍을 당도하여"(219)라고 매우 곡진하게 서술하고 있다.

(다) 〈33장본〉의 (5)에서는 이어사가 월매를 따라 '춘향집'으로 돌아가는데 〈장자백본〉에서는 '여가(旅家)'로 가는 것으로 되어 있어 차이를 보인다. 역졸들과 만나 약속하는 대목은 〈33장본〉과 〈장자백본〉에

동일하게 서술되지 않고 있다.


## [12] 변부사 생일연

(가) 「변부사 생일연」 단락은 (1) 생일잔치 광경 (2) 이어사 상청 (3) 이어사 행악 (4) 변부사 주담 (5) 이어사 작시 (6) 수령들 퇴청으로 구성된다. 〈33장본〉과 〈장자백본〉이 모두 동일하다. (4)가 서술되지 않는 것도 마찬가지이다.

(나) 대체로 〈33장본〉에 비해 〈장자백본〉이 확장적으로 서술되어 있다. 특히 이어사 행악 대목은 이어사의 민중적 발랄성을 보여주는 대목인데, 〈장자백본〉에서의 이어사는 권주가 부르는 기생이 자신을 박대하자 "이 감자 먹여 죽일 년"(233)이라고 욕설을 해대며 도복 소매에다 술을 부어 활활 뿌리는 등 활달하게 그려지고 있다. 〈33장본〉은 이에 비한다면 점잖다.


## [13] 어사 출도

(가) 「어사 출도」 단락은 (1) 어사 출도 (2) 어사 좌기 (3) 이어사의 기생 점고 (4) 죄인 방송 (5) 춘향과 문답 (6)춘향과 상면 (7) 춘향과 월매의 환희 (8) 주변 인물들의 태도 (9) 변부사 처리로 구성된다. 〈33장본〉과 〈장자백본〉이 대체로 동일한 편이다. (3)과 (4), (9)가 서술되지 않고 있는 것도 동일하다.

(나) 「어사 출도」 단락은 어사 출도의 장쾌함과 춘향 구원의 후련함이 전달되어야 하는 부분이다. 〈33장본〉에서는 출도 후 좌기한 이어사가 "네 골에 죄인이 몇이나 갇히였느냐?"(137)고 묻자 "다른 죄인 없

사옵고 이 골 기생 춘향이 관가에서 포악하였기로 옥중에 있읍니다"(137)고 대답한다. 〈장자백본〉에서는 이어사가 "국곡의 범한 죄인과 도내 이수죄인은 명일 추열할 터이니 본읍 죄인 춘향 올려라"(239)고 명령한다. 둘 다 이어사와 춘향을 빨리 상면시키고자 하는 의도의 반영이다. (3)과 (4)가 서술되지 않고 있는 것과 같은 맥락이다. 그런데 〈33장본〉에 의하자면 남원 고을의 옥에는 춘향 이외의 죄인이 없다고 하니 그렇다면 변학도가 선치(善治)했단 말인가? 그래도 〈장자백본〉에서는 옥중 죄인을 내일 심문하겠다고 하니 변학도가 선치한 것이 아닌 것이 됐지만, 빨리 춘향과 상면시키고자 하는 조급증이 성격화에 파탄을 초래했다.

(다) (4) 죄인 방송 대목이 서술되지는 않고 있지만 〈33장본〉은 (10) 변부사 처리 대목 이후에 "갇혔던 죄인들이 춤을 추며 어사를 송덕하여 만세를 부르더라"(141)고 서술하여 그 흔적을 보여주고 있다. 〈장자백본〉도 "수다히 많은 죄인 상벌간 치죄 후에 백방으로 놓으시고"(247)라고 서술하고 있다. 변부사가 어떻게 처리되는가도 「춘향전」의 매우 중요한 서사적 관심 가운데 하나인데, 〈33장본〉은 "본관의 전후죄목 낱낱이 적어내어 나라에 장계"(141)한 것으로만 서술되고 있으나 〈장자백본〉은 이어사가 변학도를 "삭탈관직"(247)한 것으로 서술하고 있다.

## [14] 영화

(가) 「영화」 단락은 (1) 춘향 상경 (2) 이어사 상경 (3) 이어사와 춘향의 지위 (4) 자손으로 구성되어 있다. 〈33장본〉과 〈장자백본〉 모두 상경 후의 이어사와 춘향의 지위만을 서술하고 있다.

(나) 〈33장본〉에서 춘향은 '정렬가좌'를, 이어사는 '병조판서'를 제수 받는다. 〈장자백본〉에서는 '정절부인'과 '대제학'을 제수 받는다.


## 3.

〈장자백본〉은 대략 4만 3~4천자에 이르는 장편으로, 그 사설의 양이 〈33장본〉의 배 이상에 달하는 텍스트이다.[12] 그러므로 단순히 사설의 양으로만 판단하더라도 〈장자백본〉과 〈33장본〉이 그대로 일치하지는 않을 것이라는 점을 쉽게 짐작할 수 있다. 하나의 예를 보도록 하자.

"글공부 세우는 도련임이 경처 알어 무엇하시려오?"
이도령 하시는 말이,
ⓐ"어허, 이놈! 네 모른다. 시중천자 이태백은 채석강에 놀아 있고 적벽강 추야월에 소자첨 놀았으니 아니 노든 못하리라."
방자 다시 여짜오되,
ⓑ"서울로 이를진대 자문밖 내달아 칠성암 청련암 세금정이 어떠한 지 몰라와도 전라도 오십삼관중에 남원이라 하는 고을 광한루라 하는 곳이 놀음직하나이다."
이도령 이른 말이,
"광한루 구경가게 행장을 차리어라!"(33장:37, 밑줄 필자)

"공부하시는 도련님이 경처 찾아 무엇하시려오?"
ⓐ"네가 모르는 말이로다~내 이를게 들어 보아라. 기산영수별건곤 소부 허유 놀아 있고~내 또한 호협사로 동원도리편시춘하니 아니 놀고 무엇하리. 잔말 말고 일러라"

---

12) 김진영·김현주, 앞의 책, 5면.

방자 여쭈오되,

ⓑ"동문 밖 나가면 금수청풍에 백구는 유양하고~ 남문 밖 나가오면 광
한루 오작교 영주각이 있사오되 삼남의 제일승지니 처분하여 가옵소서."

"이 애, 네 말로 듣더라도 광한루가 좋을 듯하니 나귀 안장 잘 지어 삼
문 밖으로 대령하라."(장:23/25/27, 밑줄 필자)

광한루 구경 이전에 이도령이 방자와 문답하는 대목이다. ([2]−(1))[13]
위의 예에서 알 수 있듯이, 〈33장본〉과 〈장자백본〉의 행문 전개와 표현
이 거의 그대로 일치함을 알 수 있다. 그런데 결정적으로 차이가 나는
대목은 ⓐ와 ⓑ의 부분이다. 〈장자백본〉에서는 바로 이 부분이 매우 확
장되어 있다.

앞서 Ⅱ장에서 〈33장본〉과 〈장자백본〉을 비교하면서 14개의 상위단
락 아래에 속해 있는 73개의 하위단락이 동일하거나 혹은 대체로 동일하
게 구성되어 있다고 했는데, 이 때 동일하게 구성되어 있다는 표현은 하
위단락의 출입과 전개가 같다는 것을 의미한다. 위의 예에서 행문의 전
개와 표현이 거의 일치하면서도 부분적으로 행문이 확장되는 것을 볼 수
있었듯이, 14개의 상위단락의 경우에도 하위단락의 구성과 전개가 동일
하더라도 하위단락이 확장될 수 있음은 물론이다. 〈장자백본〉이 〈33장
본〉과 하위단락의 구성과 전개가 대체로 동일함에도 불구하고 사설의
양이 배 이상 많은 것은 하위단락과 하위단락을 구성하는 사설의 행문이
확장되었기 때문이다.

14개의 상위단락에 속하는 73개의 하위단락이 동일하거나 혹은 대체
로 동일하게 구성되어 있는 것으로부터 〈33장본〉과 〈장자백본〉의 계승
적 관계를 입증할 수 있다. 〈33장본〉과 〈장자백본〉이 계승적 관계라는

---

13) 괄호 안의 숫자는 서사단락의 표시이다. 이하 마찬가지이다.

것은 〈장자백본〉 텍스트 성립의 1차적 연원이 되는 것이 〈33장본〉이라는 것을 의미한다. 그렇지만 〈장자백본〉의 연원이 되는 텍스트가 〈33장본〉에 한정되는 것은 아니다. 〈33장본〉과 〈장자백본〉을 비교했던 앞의 2장에서 이미 살펴보았듯이 하위단락의 구성이나 전개, 행문상의 변이를 보여주고 있는 예들이 적지 않은데, 이러한 변이의 원천으로 수용되고 있는 텍스트가 〈남원고사〉와 〈신재효본 남창 춘향가〉이다.[14]

〈남원고사〉가 변이의 원천으로 수용되고 있는 부분은 골계적·희화적 지향이 강화되는 대목에서이다.[15] 〈장자백본〉에서는 '풍류기남자'([1])인 이도령이 광한루에서 방자에게 희화화되고 있을 뿐만 아니라([2]) 자기 스스로를 희화화하기도 한다([3]). 이도령의 희화화는 여기서 그치지 않고 이어사로 변화된 뒤에도 지속된다.([10]초분삽화,[12]변부사 생일연) 이도령의 심부름으로 춘향을 부르러간 방자에게 욕설을 해대는 춘향

---

14) 〈남원고사〉는 "완판 33장본 이후에 성립된 점과 필사시기로 미루어 보아 1830년 대 경에 이루어진 것으로 추정"(설성경, 앞의 책, 191면)되는 텍스트이며, 〈신재효본 남창 춘향가〉는 1860년대 후반에서 1870년대 초반 경에 이루어진 것으로 추정(강한 영, 『신재효판소리사설집』, 보성문화사, 1978, 14면)되는 텍스트이다. 위의 추정대로 라면 〈남원고사〉가 〈장자백본〉의 선행본임은 분명하다. 그렇지만 〈신재효본 남창 춘향가〉의 경우에는 선행본이라 단정하기 어렵다. 그렇지만 필자는 〈신재효본 남창 춘향가〉가 〈장자백본〉에 선행하는 텍스트라 생각한다. 〈장자백본〉은 명창 장자백 의 창본으로, 장자백은 동편제의 명창이었음을 상기할 필요가 있다. 신재효가 동편제 의 명창인 김세종에게 영향을 주었으며, 이러한 신재효의 영향이 오늘날 불려지고 있 는 동편제의 창본에 그 흔적을 보이고 있는 점을 고려한다면, 〈장자백본〉에서 포착 되는 규범적·이상적 지향은 신재효의 영향에 의한 것이라 판단하는 것이 온당하다. 이하 〈신재효본 남창 춘향가〉를 지칭할 경우에는 〈신재효본〉이라 하고자 한다. 〈신재효본〉의 인용은 강한영의 『신재효판소리사설집』에 의거하며, 〈남원고사〉는 김동욱 외, 『춘향전비교연구』에 의거한다.

15) 〈남원고사〉의 골계적·희화적 성격에 대해서는 김동욱이 〈남원고사〉를 처음 소 개하면서 지적한 이래 많은 연구자들에 의해 거듭 지적되어 오고 있는데, 특히 성현 경, 「남원고사본 춘향전의 구조와 의미」, 김병국 외편, 『춘향전 어떻게 읽을 것인가』 (서광학술자료사, 1993)에 잘 정리되어 있다.

을 보여주는 대목이나([2]), 이도령에게 이별 소식을 듣자 발악하는 춘향을 보여주는 대목([6]) 역시 〈남원고사〉를 원천으로 하는 대목이다. 이부사가 희화화되는 대목([3]) 역시 〈남원고사〉를 원천으로 하고 있는 것이다.

〈신재효본〉이 변이의 원천으로 수용되고 있는 부분은 규범적·이상적 지향이 강화되는 대목에서이다.16) 〈33장본〉과는 달리 〈장자백본〉에서의 춘향 신분은 '非기생'으로 설정되어 있으며([2]), 이로 인해 〈33장본〉에서보다 규범적·이상적으로 형상화된다. 이도령이 광한루에서 혼인을 제의하지 않는 것([2])도 이와 관련되는 것이며, 혼약이 월매의 주도와 승인 아래 이루어지는 것([4])도 같은 맥락에서이다. 이도령이 집으로 찾아오자 부끄러워하는 춘향의 모습이나, 초야가 성급하지 않고 음란하지 않게 서술되고 있는 것([4])이나, 초야 이후로 여러 날이 지난 이후에야 본격적인 '사랑놀음'을 보여주는 것도 규범적·이상적 지향의 소산이다. 봉사 문점하는 대목에서 봉사가 춘향의 장처 만지는 부분을 소거한 것([8])도 이러한 지향과 배치되기 때문이다. 더욱이 〈장자백본〉은 여러 차례 서술자가 개입하면서([3],[4],[7]) 서사의 합리성을 추구하는 면을 보여주고 있는데, 이 역시 〈신재효본〉이 원천으로 작동하고 있음을 보여주는 표징에 해당된다.17)

---

16) 〈신재효본〉의 이상적·규범적 지향에 대해서는 김흥규가 이를 보수적 성격이라 지적한 이래 많은 연구자에 의해 거듭 지적되어 왔다. 필자는 이 책의 제3부에 수록된 「신재효 판소리사설의 변주 양상과 그 성격」에서 김흥규가 보수적 성격이라 규정한 것과는 달리 개혁적 성격이라 규정한 바 있다.

17) 서술자 개입의 예를 〈신재효본〉과 〈장자백본〉에서 하나만 보이면 아래와 같다; 「사또가 도임초에 춘향 행실 모르고서 처음에는 불렀으나, 하는 말이 이러하니 기특하다 칭찬하고 그만 내어 보냈으면 관촌 무사할 것인데, 생긴 것이 하도 예쁘니 욕심이 잔뜩 나서 어린 계집아이라고 얼러 보면 혹시 될까 節字를 가지고 한 번 잔뜩 얼러 댄다.」(신:41) 「다른 사또 같으면, "오, 잘 올라왔으며, 네 골 민폐나 없느냐?" 이리 할 일이로되, "오, 너의 올라올 줄은 알거니와 춘향 아씨 잘 있으며, 혹 내게 서간 장이나 없더냐? 이방 부르라."」(장:119)

〈남원고사〉와 〈신재효본〉이 〈장자백본〉 성립의 원천임을 보다 분명히 보여주는 구체적인 예 하나만을 더 보기로 한다. 앞에서 살펴본 바 있지만, 이도령이 추천하는 춘향을 보고 한 눈에 반해 방자를 시켜 춘향을 불러오게 하는 대목을 다시 주목해 보자. 〈33장본〉에서는 춘향이 기생의 신분으로 설정되어 있으며, 이도령의 부름에 대체로 순응하는 편이라 했다. 그러나 〈장자백본〉에서의 춘향은 방자의 권유에 '여염집 사람'임을 들어 거절한다. 방자가 다시 간청을 해도("나도 네 덕에 소년수노나 오래 하여":45) 모친을 핑계로 거절하지만 방자가 협박하자("네가 만일 아니 가면 내일 아침 朝仕 끝에 너의 모친 잡아다가":47) 마지못해 이도령에게 나아간다. 이도령에게 나아간 후에도 춘향은 새침을 떨며 자신의 집조차 가르쳐 주지 않으려 한다.

그렇다면 이도령의 부름에 순응하여 따라가는 〈33장본〉의 춘향으로부터 마지못해 따라가는 〈장자백본〉으로의 변이의 원천은 무엇일까? 〈33장본〉의 춘향에 비해 〈장자백본〉의 춘향이 '여염집 사람'임을 이유로 거절하는 등 보다 규범적으로 형상화되고 있으므로 그 원천이 〈신저효본〉일 것이라 생각하기 쉽다. 〈장자백본〉의 춘향이 '여염집 사람'으로 설정된 것은 물론 〈신재효본〉을 원천으로 하고 있는 것이지만, 그 이후의 행문의 전개는 〈신재효본〉과는 전혀 다르다. 〈신재효본〉의 춘향은 방자를 통해 이도령에게 "文王이 求呂尙 皇叔이 訪孔明"(15)이라는 서신을 보내고는 집으로 돌아간다. 그렇다면 〈장자백본〉으로의 변이의 원천은 무엇일까? 그것은 다름 아닌 〈남원고사〉이다. 〈남원고사〉는 이 대목의 행문 전개가 〈장자백본〉과 동일하다. 방자의 전갈에 춘향이 거절하자 방자가 다시 간청하고("네 덕에 나도 관청고자나 하여":78, 현대어 표기— 필자) 춘향이 다시 거절하자 방자가 협박하여(만일 수에 틀리면 네 어미 월매까지 生急煞을 먹을 것이니:78, 현대어 표기— 필자) 춘향이 방자를 따라

나서게 된다. 〈장자백본〉과 행문의 전개가 동일함을 알 수 있다.

그렇지만 〈장자백본〉의 이 대목에서 〈남원고사〉의 어조나 분위기와
는 다른 지향이 감지되는데, 이는 왜 일까? 그 이유는 행문이 전개되는
사이사이에 끼어 있는 춘향의 거절 발화 때문이다.

> 아니 가면 누구를 엇지 하나? 날을 죽이나? 생으로 발기나? 비오는데
> 소꼬리처럼 부딪치지 말고, 날 궂은 날 개새끼처럼 지근지근이 굴지 말
> 고, 말하기 싫으니 어서 가거라. (남:78)
> 내가 지금 時仕아니요 여염집 사람인데, 呼來斥去 부를 일도 없고, 부
> 른다고 갈 일도 없다마는, 네가 당초에 말을 잘못 듣고 왔으니, 다시 가
> 알아 보아라. (장:45)

〈남원고사〉와 〈장자백본〉을 비교해 볼 때 춘향의 어투는 이처럼 다르
다. 뿐만 아니라 〈남원고사〉에서는 광한루에서 춘향을 만난 이도령이 춘
향에게 혼인 제의를 하고 급기야 사랑가를 부르며 함께 논다. 마지 못
해 광한루로 나아가 이도령을 만났으나 끝내 새침을 떨며 자신의 집조차
스스로 가르쳐 주지 않는 〈장자백본〉의 춘향의 태도와는 전혀 다르다.
〈장자백본〉에서의 춘향의 어투와 태도는 규범적이라고 할 수 있는데, 이
는 〈신재효본〉의 규범적 지향을 수용한 것이라 할 수 있다. 이러한 예는
〈남원고사〉와 〈신재효본〉이 동시에 변이의 원천으로 수용된 아주 특수
한 경우라 할 수 있는데, 다른 경우에는 보통 〈남원고사〉를 원천으로 수
용해 골계적 희화화가 강화되거나 혹은 〈신재효본〉을 원천으로 수용해
이상적 규범화를 지향하는 방향으로 변주가 이루어진다.

지금까지 우리는 〈장자백본〉이 〈33장본〉을 1차적 연원으로 하여 텍스
트 성립의 기본 토대를 마련하면서 〈남원고사〉와 〈신재효본〉을 2차적
연원으로 하여 변주되고 있는 텍스트임을 살펴보았다. 그런데 〈장자백

본〉이 19세기 중반 전후에 성립된 이질적인 두 텍스트인 〈남원고사〉와 〈신재효본〉을 연원으로 하여 변주를 이루어내고 있다는 사실은 19세기 중반 이후에 전개되는 판소리문학의 역사적 구도와 관련하여 매우 중대한 의미를 내포하고 있는 것이다.

〈남원고사〉는 춘향의 신분을 기생으로 설정하고 있는 이른바 '기생계' 「춘향전」 가운데 가장 뛰어난 성취를 보이고 있는 작품으로 평가되고 있는 텍스트이며, 〈신재효본〉은 춘향의 신분을 기생이 아닌 것으로 설정하고 있는 '비기생계' 「춘향전」의 효시가 되는 텍스트이다. 주지하고 있듯이, 춘향의 신분은 「춘향전」 해석학의 관건적 요소인데, 춘향의 신분이 기생으로 설정된 경우에는 춘향과 변부사의 대립은 보다 심각한 문제의식을 내포하게 된다. 중세 체제의 규범적 시각에서 볼 때, 춘향의 신분이 기생이라면 변부사의 수청 요구는 정당한 것이 되며, 춘향의 수청 거부는 체제에 대한 심각한 도전이 된다.[18] 춘향이 기생이 아닌 여염의 여성이라면 변부사의 수청 요구는 관장의 횡포이며 따라서 춘향의 수청 거부는 정당한 것이 된다. 그러므로 기생 춘향을 옹호하고 관장을 징치하는 것은 체제 자체를 부정하는 혁명적 의식의 표출이라 할 수 있으며, 기생이 아닌 춘향을 옹호하고 관장을 징치하는 것은 체제를 유지하면서 현실의 문제를 개량하고자 하는 개혁적 의식의 표출이라 할 수 있다.[19] 〈남원고사〉와 〈신재효본〉은 '춘향 이야기'를 서로 다른 지평에서 해석하고 있는 대표적인 텍스트인 것이다.

그렇다면 〈장자백본〉이 이러한 상이한 두 텍스트를 함께 수용하면서 변주를 이루어내고 있는 것을 어떻게 이해해야 할 것인가? 앞에서 〈장자

---

18) 박희병, 「춘향전의 역사적 성격 분석—봉건사회 해체기적 특징을 중심으로」, 임형택·최원식 편, 『전환기의 동아시아 문학』, 창작과비평사, 1985.
19) 이 책의 제3부 「신재효 판소리사설의 변주 양상과 그 성격」.

백본〉은 〈남원고사〉와 〈신재효본〉에 후행하는 19세기 후반의 텍스트라한 바 있는데, 후행본인 〈장자백본〉에 선행하는 상이한 지향의 두 텍스트가 함께 공존하고 있는 것은 '춘향 이야기'를 해석하고 있는 상이한 두시각 가운데 어느 것도 도외시할 수 없는, 다시 말하면 상이한 지향을보이는 두 텍스트 가운데 어느 한 쪽에 일방적인 지지를 보낼 수 없는상황을 반영한 것이라 생각된다.

여기서 우리가 특히 주목해야 할 것은 〈장자백본〉이 〈신재효본〉을 수용하고 있는 점이다. 사실 〈신재효본〉은 실제 창으로 불리지는 않았다고한다. 신재효의 개작 사설이 창으로 부르기에 적합하지 않았기 때문이다. 그럼에도 불구하고 〈장자백본〉이 〈신재효본〉을 수용하고 있는 것은신재효의 영향력 못지않게 〈신재효본〉의 영향력도 상당했음을 반증하는것이다. 오늘날의 창자들에게 전해지고 있는 창본 가운데 동편제의 창본에 〈신재효본〉의 자취가 남아 있는 것이나,[20] 〈장자백본〉의 뒤를 이어〈84장본 열녀춘향수절가〉나 〈옥중화〉에서도 〈신재효본〉이 수용되고 있는 것에서, 19세기 후반의 판소리사에서 〈신재효본〉이 영향력있는 텍스트로서의 역할을 하고 있었음을 짐작할 수 있다.

〈남원고사〉는 여러 종의 필사본과 경판 방각본이 남아 있어 19세기 후반기에도 그 영향력이 지속되고 있었음을 알 수 있다. 그런데 〈장자백본〉과 같은 창본에까지 〈남원고사〉가 수용되고 있는 것은 〈남원고사〉의영향력을 반증하는 것에 다름 아니다.[21]

---

20) 동편제의 창본에 남아 있는 신재효의 영향에 대해서는 '제1회 보성소리 학술대회및 강산제 성우향 〈심청가〉 출반 기념회'(1998년 6월 21일, 서울대 호암생활관 컨벤션홀)에서 설성경(「김세종판 춘향가의 성립과 특징」)과 유영대(「보성 소리의 판소리사적 의의와 성우향의 소리」)가 자세히 논의한 바 있다.

21) 창본인 〈신재효본〉이 소설본인 〈완판 84장본열녀춘향수절가〉에 수용된 것도 마찬가지 경우이다. 사실 그 동안 우리는 창본과 소설본을 너무 확연히 구별하여 판소

〈장자백본〉이 이러한 상이한 두 텍스트를 함께 수용한 것은 두 텍스트가 대립·경쟁하면서 공존하고 있었던 19세기 후반기 판소리문학의 역사적 구도를 반영하고 있는 것이라 판단된다. 즉 19세기 중반 이후로부터 판소리[혹은 판소리문학]의 역사적 추이는 '남원고사적 지향'(민중적 지향)과 '신재효적 지향'(시민적 지향)이 대립하는 이원적 구도로 전개되었던 것이다.[22]

논의를 마치면서 한 가지 첨언할 것은 〈장자백본〉이 〈남원고사〉와 〈신재효본〉을 수용하면서 변주된 텍스트라 해서 이질적인 텍스트가 마구 뒤섞여 있는 저급한 텍스트라 생각해서는 안 된다는 것이다. 〈장자백본〉은 일정한 서사의 원칙 하에 〈남원고사〉와 〈신재효본〉을 적절히 수용하면서 '춘향 이야기'에 대한 독자적인 미학적 해석을 추구하는데, 이를 요약하면 '안배와 균형의 미학'이라 말할 수 있을 것이다. 〈남원고사〉와 〈신재효본〉의 과도함을 요령있게 덜어내면서 동시에 이별과 수난으로 인한 춘향의 고통을 강화함으로써 정서적 울림을 최대한 증폭시키고 있는 〈장자백본〉의 성취는 「춘향전」史에서 소중한 것임에 틀림없다. 〈장자백본〉의 이러한 특성은 〈84장본열녀춘향수절가〉와 〈옥중화〉로 이어지는데, 이에 대해서는 별도의 논문을 통해 자세히 다룰 예정이다.

---

리사를 바라보는 시각을 확장하지 못했다. 소설본인 〈남원고사〉도 판소리의 구성 원리에 충실한 텍스트이므로, 소설본의 토대가 된 것은 분명 창본이었을 것이다. 지금은 남아 있지 않지만 〈남원고사〉 계통의 창본이 분명히 있었을 것이다. 소설본인 완판 방각본과 판소리 창본과의 친연성은 더 이상 언급할 필요가 없을 정도로 두루 인정되고 있다.

22) 그런데 19세기 후반기 판소리사가 '남원고사적 지향'과 '신재효적 지향'의 이원적 대립 구도로 전개되었음을 〈장자백본〉으로부터 확인하면서, 이러한 이원 구도가 중세 체제를 극복하고자 했던 조선 후기의 두 가지 전망 — 시민적 코스와 민중적 코스 — 과 묘하게도 일치하고 있다는 것을 발견하게 된다. 〈장자백본〉은 변혁적 전망의 얽힘과 대립을 충실하게 반영하고 있었던 셈이다.

# 〈옥중화〉의 계보

## 1.

이해조(李海朝, 1869~1927)의 〈옥중화(獄中花)〉[1]는 많은 「춘향전(春香傳)」 이본(異本) 중에서 각별하게 주목되는 텍스트 가운데 하나이다. 〈옥중화〉가 각별하게 주목되는 것은 무엇보다도 20세기 초 문학사의 지형에서 차지하는 비중 때문일 것이다. 그 전대보다도 오히려 이 시기에 「춘향전」이 더욱 활발하게 간행·소통되었다는 것은 익히 알려져 있는 사실인데, 이러한 「춘향전」의 성장을 주도했던 것이 바로 〈옥중화〉였다. 〈옥중화〉는 1910년대 대량으로 간행된 구활자본 고전소설 출판의 시발이었을 뿐만 아니라, 활자본으로 간행된 여러 「춘향전」 이본들에 저본(底本)이 되기도 했다. 뿐만 아니라 신소설 작가로 유명한 이해조와의 인연으로 인해 중세문학에서 근대문학으로의 전환 양상을 규명하는 핵심적 자료로 주목되어 왔다.[2]

그런데 우리가 〈옥중화〉를 20세기 초의 「춘향전」 텍스트로 다룰 때,

---

1) 〈옥중화〉는 1912년 1월 1일부터 3월 16일까지 『매일신보』에 연재되다가 그 해에 보급서관에서 구활자본으로 간행되었다. 본고에서는 편의상 구자균이 교주한 「春香傳」(교문사, 1984)에 활자화되어 수록되어 있는 것을 텍스트로 삼고자 한다.

2) 설성경, 『춘향전의 형성과 계통』, 정음사, 1986. 설성경, 『춘향전의 통시적 연구』, 서광학술자료사, 1994. 권순긍, 「1910년대 구활자본 고전소설 연구」, 성균관대학교 대학원 박사학위논문, 1990.

반드시 짚고 넘어가야 할 문제가 있다. 그것은 〈옥중화〉의 텍스트로서의 독자성 문제이다. 대체로 〈옥중화〉는 이해조에 의해 독자적으로 성립된 20세기 초의 텍스트로 다루어지고 있으나, 그 독자성을 부정하는 견해 또한 만만치 않다. 이해조의 〈옥중화〉는 「박기홍조 춘향가」를 저본으로 하여 그것을 거의 그대로 전사(轉寫)한 것이므로 텍스트로서의 독자성을 인정할 수 없다는 것이다.3) 만일 그렇다면 〈옥중화〉를 대상으로 하여 20세기 초 「춘향전」의 특성이나 이해조의 작가의식을 고구(考究)하는 것은 무의미한 것이 된다.

　〈옥중화〉의 텍스트로서의 독자성 문제를 판단하기 위해 우리가 검토해야 할 대상은 두 가지이다. 하나는 19세기 말~20세기 초에 주로 활동한 명창 박기홍(朴基洪)의 창본이며4), 다른 하나는 권영철 소장본인 박기홍(朴起弘)의 창본이다.5) 「권영철본 朴起弘調 춘향가」는 현재 실물(實物)이 남아 있는 텍스트로, 〈옥중화〉의 저본이라 주장되는 것이다. 「朴基洪 唱本 춘향가」는 현재 실물이 전해지지 않고 있지만, 〈옥중화〉의 저본일 것이라 추정되는 것이다. 본고에서는 우선 실물이 남아 있는 「권영철본 朴起弘調 춘향가」와 〈옥중화〉를 대비하여 그 선후관계를 규명한 후, 「朴基洪 창본」과의 관계에 대해 추정하고자 한다. 「朴基洪 창본」과의 관계

---

3) 〈옥중화〉의 텍스트로서의 독자성을 부정하는 견해를 제기한 대표적인 연구자로는 설성경과 윤용식, 김종철을 들 수 있다. 설성경과 윤용식은 현재 전해지고 있는 「권영철본 朴起弘調 춘향가」를 〈옥중화〉의 저본이라 판단하고 있으며, 김종철은 현재 전해지고 있지는 않지만 〈옥중화〉가 신문에 연재될 당시에는 존재하고 있었을 명창 朴基洪의 창본이 〈옥중화〉의 저본이었을 것이라 추정하고 있다. 특히 김종철은 이 「朴基洪 唱本 춘향가」를 그대로 전사한 것이 〈옥중화〉일 것으로 추정하고 있어, 텍스트로서의 〈옥중화〉의 독자성을 전혀 인정하지 않고 있다. 자세한 내용은 (2)장을 참조하라.

4) 朴基洪에 대해서는 김종철, 「「옥중화(獄中花) 연구(1)」, 『관악어문연구』제20집 (서울대 국어국문학과, 1995, 180면)을 참고하라.

5) 이 텍스트는 김동욱 외, 『春香傳寫本全集一』(명지대 출판부, 1977)에 수록되어 있다.

추정을 위해 본고에서 주목하는 텍스트는 「張子伯 창본 춘향가」이다.[6]


## 2.

  (가1) 조선 자래로 전해오난 타령 중 춘향가 심청가 박타령 토끼타령 등
은 본래 유지한 문장재사가 충효의 절의 좋은 취지를 포함하야 징악창
선하난 큰 기관으로 저술한 바인데 광대의 학문이 부족함을 인하야 한
번 전하고 두 번 전함에 정대한 본뜻은 잃어버리고 음란 천착한 말을
징연부익하야 하등 무리의 찬성은 받을지언정 초유 지각한 사람의 타
매가 날로 더하니 어찌 개탄할 바가 아니라 하리오. 이럼으로 <u>본 기자
가 명창광대 등으로 하야곰 구술케 하고 축조 산정하야</u> (……) 아모쪼
록 광대타령이라고 등한히 보지 말으시고 그 타령 저술한 옛 사람의
좋은 뜻을 깊이 살피시우[7] (밑줄 필자)

  (가2) 만고열녀 춘향의 사적은 세상에서 책과 노래로 전하였으나 책은 모두
간략하고 노래난 너무 음탕할새 <u>지금 소설에 유명한 대가가 그 사적을
조사하여 유명한 노래와 참조하야 써 옥중화가 되었으니</u>[8] (밑줄 필자)


  (가1)은 『매일신보』 1912년 4월 27일자 〈연의각(燕의脚)〉 예고 광고
이다. 기자가 「춘향가」「심청가」「박타령」「토끼타령」 등의 판소리를
명창광대에게 구술케 하여 축조(逐條) 산정(刪正)했다고 했다. (가2)는

---

6) 「朴基洪 창본」은 현재 전해지지 않고 있으므로 〈옥중화〉와 실제로 대비할 수 없
다. 이러한 어려움을 해결하는 하나의 방편으로 본고에서 주목하는 것은 「張子伯 창
본 춘향가」이다. 장자백은 박기홍과 같은 동편제의 명창이며, 「장자백 창본 춘향가」
는 〈옥중화〉와 유사한 면을 다수 공유하고 있다. 본고에서는 김진영·김현주 역주,
『명창 장자백본 춘향가』(박이정, 1996)를 자료로 이용하고자 한다.

7) 『每日申報』, 1912. 4.27., 〈연의각〉 예고.

8) 『두견성』 하권, 보급서관, 1912. 뒷표지에 실린 〈옥중화〉의 광고문.

1912년 보급서관에서 간행된 〈두견성(杜鵑聲)〉의 뒷표지에 실린 〈옥중화〉의 광고문이다. 소설의 대가가 유명한 노래를 참조하여 〈옥중화〉가 되었다고 했다. '본 기자'나 '소설에 유명한 대가'는 이해조를 지칭하는 것이므로, 결국 이해조의 개작 텍스트는 광대에 의해 불리던 기존의 판소리 사설을 기초로 해 성립된 것임을 알 수 있다.

그렇다면 이해조가 참조했던 기존의 판소리 사설은 무엇일까? 〈옥중화〉의 표지에는 "명창(名唱) 박기홍조(朴起弘調) 해관자산정(解觀子刪正)"이라고 밝히고 있어, 「朴起弘調 춘향가」를 기초로 〈옥중화〉가 성립되었음을 알려주고 있다.

그런데 필사본으로 전해지는 「朴起弘調 춘향가」가 있어, 이 텍스트와의 관련이 문제가 된다. 이 텍스트는 권영철 소장본으로, 표지어 '名唱 朴起弘調 춘향갸 春香傳'이라 표기되어 있으며 〈옥중화〉와 거의 동일한 행문(行文)을 보이고 있어, 〈옥중화〉의 저본이 아닌가 논란이 되고 있다. 일찍이 김동욱은 이 텍스트를 〈옥중화〉를 대본으로 해 전사(轉寫)한 이본이 아닌가 추측한 바 있다.9) 그런데 설성경과 윤용식은 이와 상반되는 결론을 내렸으며,10) 최원식 역시 이러한 판단에 동조한 바 있다.11) 그런데 다시 김종철은 「권영철본 춘향가」가 〈옥중화〉를 대본으로 해 전사된 것이라 하였다.12)

---

9) 김동욱, 「춘향전이본고(續)」, 『춘향전사본선집』 I , 명지대출판부, 1977, 23면.

10) 설성경, 『춘향전의 형성과 계통』, 정음사, 1986, 143면.(1980년 연세대 박사학위 논문을 간행한 것임) 윤용식, 「신재효판소리사설과 이해조 판소리계 작품과의 비교연구」, 서울대 석사논문, 1982, 45-8면.

11) 최원식, 「이해조의 문학세계」, 『한국근대문학사론』, 창작과비평사, 1986, 149면.

12) 김종철, 앞의 글. 김종철은 월매가 이도령에게 춘향의 성장 내력을 말하는 대목과 어사가 남원으로 내려오다 편지 들고 상경하는 방자를 만나는 대목을 비교하여 「권영철본 춘향가」가 〈옥중화〉에 비해 행문의 맥락이 자연스럽지 못함을 이유로 「권영철본 춘향가」가 〈옥중화〉를 전사한 것이라 판단한 바 있다. 필자 또한 김종철의 이

만일 〈옥중화〉가 「권영철본 춘향가」를 대본으로 하여 전사된 것이라면, 〈옥중화〉는 텍스트로서 독자적인 가치를 인정받기 어렵게 된다. 윤용식은 플롯 상 많은 합리성을 가지고 있으며, 이도령과 춘향을 중용적 성격의 인물로 창조한 것을 〈옥중화〉의 우수한 점으로 지적한 바 있다.[13] 또한 최원식은 작가의 개입 부분과 개작 부분을 예로 들면서 그 의의와 한계를 지적한 바 있다.[14] 그렇지만 〈옥중화〉의 독자성으로 지적되는 이러한 특징들은 「권영철본 춘향가」에서도 그대로 발견되는 내용들이다. 먼저 〈옥중화〉에서 작가의 개입 부분을 살펴보자.

① 道令님 허허 웃고 놀나시면 내 탓이냐 百姓의 呼冤쇼리는 몰느도 그런 쇼리는 一手 드르신다더냐 이는 다 광더의 妄發이라 그럴 理가 잇느냐[15]

② 春香母는 술盞이나 醉흔 中에 道令님과 春香을 스랑ᄒ야 건너가지 아이ᄒ고 쓸더업는 잔소리로 놀을 시기로 드니 道令님이 憫惘ᄒ야 꾀비도 알코 헷酒症도 흔다 ᄒ되 알심잇는 春香母가 그럴 리가 잇나[16]

③ 近來 스랑歌에 情字노리 風字노리가 잇스되 넘오 亂ᄒ야 風俗에 關係도 되고 春香烈節에 辱이 되깃스나 넘오 무미ᄒ닛가 大綱大綱 ᄒ던 것이엇다[17]

④ 이쩌 그 兒孩 볼짝쇠는 南原冊房 房子로 春香에게 靑鳥되야 오리 擧

---

러한 판단에는 동의하고 있다. 그런데 김종철이 내세운 논거는 이러한 판단을 뒷받침하기에는 빈약하다고 생각한다. 본고에서 다시 「권영철본 춘향가」와 〈옥중화〉의 관계를 문제 삼는 것은 이러한 까닭에서이다.

13) 윤용식, 「신재효 「춘향가」(남창)와 이해조 〈옥중화〉와의 비교연구」, 『한국 판소리·고전문학연구』, 아세아문화사, 1983.

14) 최원식, 앞의 책, 150-154면.

15) 〈옥중화〉, 구자균 교주, 「춘향전」, 교문사, 1984, 468-9면. 이하 이 텍스트를 인용할 경우에는 〈옥중화〉라 한다.

16) 〈옥중화〉, 477면.

17) 〈옥중화〉, 479면.

行ᄒ엿스니 十年이 되얏기로 御使道를 몰나볼 리가 잇깃느냐 이것은
모다 광디의 弄談이던 것이이엿다18)
⑤ 春香이가 臺上에 쮜어올나 御使道를 안ㅅ고 울며 춤츄고 논다ᄒ되
春香이가 무슴 그럴 리가 잇나냐19)


①-⑤ 가운데 「권영철본 춘향가」에서 동일하게 확인되는 것은 ②와
③이다.20) ①과 ④와 ⑤는 「권영철본 춘향가」에서는 보이지 않는 부분
이다. ①이 보이지 않는 것은 이 대목이 「권영철본 춘향가」와 일치하지
않는 부분에 속해 있기 때문이다. 「권영철본 춘향가」와 〈옥중화〉는 이
도령이 춘향집을 찾아가자 월매가 춘향의 성장 과정을 말하는 대목까지
는 행문이 다르나 그 이후부터는 거의 일치하는데, ①은 바로 행문이 다
른 부분에 속해 있다. ④는 방자가 춘향의 편지를 전하러 서울로 상경하
는 도중에 이어사를 만나는 대목에서의 작가의 개입이다. 「권영철본 춘
향가」에서는 방자가 이어사를 보자 문안하는 것으로 되어 있다. ⑤는 춘
향이 옥에서 나와 이어사를 상면하는 대목에서의 작가의 개입이다. 「권
영철본 춘향가」에서는 춘향의 눈물에 대한 화자의 서술로 대치되어 있
다. 그런데 이 대목에서 주목할 부분이 있다.


춘향이 디상의 쮜여올나 디상을 물그름히 슬펴보며 구슬ㄱ흔 눈물이
두눈으로 소ㅅ흘너 옷깃슬 젹시며 사룸이 긔믹힐 일을 당ᄒ면 스ㅅ로 악
ᄒ야지고 조코 반가온 일 잇스면 ㅈ연 셔름이 느는디라 이 울음은 오중육
보와 육천마듸 비속의 ㅈ근ㅈ근 울이여 느온 울음이라21) (밑줄 필자)

---

18) 〈옥중화〉, 522면.
19) 〈옥중화〉, 555면.
20) ②는 「권영철본 춘향가」 239면, ③은 240면. 이하 이 텍스트를 인용할 경우에는
　「권영철본」이라 한다.
21) 「권영철본」, 291면.

위 위용문의 밑줄친 부분을 보면 처음에는 춘향이 대상(臺上)에 뛰어 올라가는 것으로 서술하다가 갑자기 대상을 물끄러미 살펴보는 것으로 바뀌었다는 것을 알 수 있다. 대상에 뛰어올라 대상을 물끄러미 살펴보는 것은 서술상의 파탄이다. 이러한 파탄은 작가가 '춘향이 대상에 뛰어올라' 다음에 '이도령을 안고 춤추며 논다'는 내용이 이어지는 것을 승인하기 어려워 서술의 방향을 바꾸면서 야기된 것이다. 〈옥중화〉에서처럼 작가가 직접적으로 개입하지는 않았지만,「권영철본 춘향가」에서도 작가의 개입을 간접적으로 감지할 수 있다.[22] 그렇다면 〈옥중화〉에서 발견되는 작가 개입 대목 가운데 서술이 일치하지 않는 부분에 속해 있는 ①을 제외한 나머지 가운데 ② ③ ⑤는「권영철본 춘향가」에서도 발견된다고 할 수 있다.[23] 만일 〈옥중화〉가「권영철본 춘향가」를 대본으로 하여 전사된 것이라면, 화자의 개입 부분을 〈옥중화〉의 독자적인 특징으로 지적하는 것은 온당치 못한 것이 된다.

다음으로 개작의 부분을 보자. 〈옥중화〉에서 개작 부분으로 특히 주목되는 것은 아래의 네 대목이다.

① 농부가를 개작한 '장부사업가' 대목 — 이 노래를 통해 개량주의를 선전하고 있다.
② 이어사와 농부의 대화 대목 — 짚둥우리나 사발통문 등을 통해 민란의 공기를 생생히 암시하고 있다.
③ 과부 등장(等狀) 대목 — 갑오농민전쟁의 역사적 경험이 판소리에 소극

---

22) 이러한 파탄으로부터도「권영철본 춘향가」가 〈옥중화〉를 대본으로 전사된 것임을 알 수 있다.

23) ④와 같은 화자의 개입이「권영철본 춘향가」에서 직접적으로 보이지 않는 것은 〈옥중화〉를 전사하는 과정에서 필사자가 〈옥중화〉의 작가 의도에 순응하여 행문을 변모시켰기 때문이라 판단된다. 그렇다고 한다면 ④의 작가 개입 부분도「권영철본 춘향가」에서 그 자취를 보이고 있다고 할 수 있다.

적이나마 반영된 것이다.

④ 변학도를 용서하는 대목—〈옥중화〉의 절충주의는 끝내 거짓 화해로
귀결되었다.[24)

①-④는 〈옥중화〉의 특징을 전형적으로 드러내 주는 개작 부분으로
거론되는 예이다. ①은 〈옥중화〉의 작자인 이해조와 관련하여 "자신의
입장을 은근히 합리화"한 것이라 부정적으로 평가되는 대목이며, ②와
③은 "춘향가 전승사에서 『옥중화』가 차지하는 의의"로 긍정적으로 평
가되는 부분이다. ④는 "「춘향전」 전체의 의미를 왜곡"시켰다고 하여 부
정적으로 평가되는 부분이다.[25)

그런데 〈옥중화〉의 성격을 특징적으로 드러내 주고 있다는 위의 예 가
운데, ②를 제외한 나머지 예들은 「권영철본 춘향가」에서 그대로 발견
된다.[26) 앞서 작가 개입 부분을 검토하면서도 언급했지만, 만일 〈옥중
화〉가 「권영철본 춘향가」를 대본으로 하여 전사된 것이라면, 〈옥중화〉
의 성격을 특징적으로 드러내 주는 예로서 거론된 위의 대목들은 〈옥중
화〉의 성격을 드러내 주는 예가 아니라 「권영철본 춘향가」의 성격을 드
러내 주는 예에 해당될 것이며, 〈옥중화〉의 독자성이란 ②의 '이어사와
농부의 대화 대목' 정도로 한정되어야 할 것이다.[27)

사정이 이러함에도 불구하고, 기존의 논자들은 〈옥중화〉를 「권영철본
춘향가」의 전사본으로 추정하면서도, 「권영철본 춘향가」에 이미 존재하
고 있었던 특성들을 〈옥중화〉의 특성으로 파악하는 논리적 모순을 범했

---

24) 최원식, 앞의 책, 150-4면.

25) 최원식, 같은 곳.

26) ①은 「권영철본」, 274면, ③은 289-290면, ④는 294면.

27) ②도 사실은 〈옥중화〉만으로 한정될 수 있는 것이 아니다. (3)장에서 자세히 논의
되겠지만 「권영철본 춘향가」는 〈옥중화〉를 전사(轉寫)한 텍스트이다. 전사의 과정
에서 ②의 탈락이 일어난 것이다. 이에 관해서는 (3)장을 참조하라.

던 것이다. 여기서 우리는 춘향전 텍스트로서 〈옥중화〉를 연구하고자 할 때 무엇보다도 먼저 〈옥중화〉와 「권영철본 춘향가」의 선후 문제를 해명해야 함을 절감하게 되는 것이다.

## 3.

〈옥중화〉와 「권영철본 춘향가」와의 밀접한 관련을 말하곤 하지만, 서두 부분은 두 텍스트가 매우 다르다. 우선 화자의 정보제시적 서술로 시작되는 도입 서사(序詞) 부분을 비교해 보자.

> (나1) 슉종디왕 직위초의 세화연풍ᄒ고 국틱민안ᄒ야 강구도의 격양가롤 일솜는더라 잇써 이할임 지상이 잇스디 젼ᄒ게셔 이휼히 너기사 즉시 남원부스로 제슈ᄒ신더 남원부스 ᄋ돌 이도령 연광은 이팔리요 풍치ᄂ 두목지오 문장은 이빅을 엽두ᄒ더라 평싱의 허랑ᄒ야 명긔명충 풍유쇽의 놀기만 힘써더르[28]

> (나2) 絶對佳人 삼겨날졔 江山精氣 타셔난ᄃ 苧羅山下若耶溪에 西施가 鐘出ᄒ고 群山萬壑赴荊門에 王昭君이 生長ᄒ고 雙角山이 秀麗ᄒ야 綠珠가 삼겻스며 錦江滑膩蛾眉秀에 薛濤文君幻出이라 湖南左道南原府ᄂ 東으로 智異山 西으로 赤城江 山水精神 어리어셔 春香이가 삼겨잇다 春香母 退妓로셔 三十이 넘은 後에 春香을 쳐음 빌졔[29]

(나1)은 「권영철본 춘향가」의 도입 서사 부분이다. '숙종대왕 즉위 초에'로 시작되는 도입 서사는 「춘향전」의 가장 일반적인 형태라 할 수 있다. 그렇지만 〈옥중화〉의 도입 서사 부분인 (나2)는 '절대가인 생겨날

---

28) 「권영철본」, 229면
29) 〈옥중화〉, 461면.

때'로 시작된다. 이는 〈신재효본 남창 춘향가〉의 도입 서사에 해당된다. (나1)은 이도령에 대한 서술로부터 시작되지만 (나2)는 춘향에 대한 서술로부터 시작되는 것도 사뭇 다르다.

「권영철본 춘향가」와 〈옥중화〉의 차이는 이에서 그치지 않고 계속 된다. 「권영철본 춘향가」에서는 이도령이 광한루에 나가 춘향을 발견하고 방자에게 불러오게 하자, 춘향은 방자의 말을 듣고 광한루로 온다. 이도령은 춘향의 손을 덥석 잡으며 "평싱가약"을 맺자고 하며, 춘향에게 집이 어딘지 물어본다.[30] 그렇지만 〈옥중화〉는 이와 전혀 다르다. 도입 서사가 〈신재효본 남창 춘향가〉의 형태로 시작되는 데서 짐작할 수 있듯이, 〈옥중화〉에서 춘향은 광한루에 가 이도령을 만나지도 않으며 따라서 이도령이 춘향에게 집을 물어보는 대목도 없다. 사소한 것이지만, 「권영철본 춘향가」는 〈옥중화〉와 달리 이도령과 방자가 함께 술 마시는 대목이 춘향이 광한루에 오고 난 뒤에 나오며, 이도령이 책방에 돌아와 '보고지고' 소리를 지르자 이부사가 사실을 심문하는 대목이 없다. 또한 이도령은 방자가 아니라 통인과 〈천자풀이〉를 주고받는다.

이처럼 「권영철본 춘향가」와 〈옥중화〉는 서두 부분이 전혀 다른 모습을 보여준다. 그렇지만 이도령이 춘향의 집을 찾아가, 월매가 이도령에게 춘향의 성장 과정을 전언하는 발화의 부분에서부터 두 텍스트는 서술이 거의 일치하기 시작한다.

> (다1) 츈향모 ㅎㄴ마리 그런 말슴 마르시오 츈향 비록 니쌀노셔 칠셰예 소학일혀 수신제가 화슌한 ㅁ음을 낫낫치 ㄱ르치니 근본이 잇ㄴ고로 만ㅅ가 달통이ㄹ 삼강힝실 인의예지 누가 니쏠리ㄹ ㅎ오리가 ㄴ 지별 부족ㅎ야 지상가 부둥ㅎ고 상쳔빈ㄴ 부족ㅎ니 넘고쳐져 상ㅎ불급 혼

---

30) 「권영철본」, 232면.

인이 느껴 주야로 걱정이나 도련님은 양반으로 츈졀 느븨 꼿 본드시
아직 사랑 춰커니와 느죵의 바리시면 동슉공방 쇼년졍졀 속졀업시 늘
글진디 져인들 아니 불상ㅎ오 젼후사룰 싱각ㅎ녀 후회막급 듸오리니
그런 말슴 마르시고 놀으시드 돌아가오31)

(다2) <u>春香母</u> 그말 듯고 <u>顔色</u>을 <u>不變</u>ㅎ고 <u>天然</u>이 <u>ㅎ는말이 나의 쫄 春香</u>
<u>이가</u> 常스롬이 아니라 會洞成參判令監이 補外로 南原에 坐定ㅎ야 一
色名妓 다 바리고 늙은 나를 守廳키 ㅎ시니 뫼신지 數朔만에 吏曹參
判 升差ㅎ야 內職으로 드러갈졔 느를 가즈 하옵시나 老父가 계신고로
짜라가지 못ㅎ옵고 離別흔 그달브터 져것 빈줄 짐작하고 緣由로 告目
ㅎ니 졋줄셸만 ㅎ게 되면 다려간다 ㅎ시더니 그딕 運數 不吉ㅎ야 令
監이 別世ㅎ니 春香을 못보니고 져만치 길너닐졔 <u>七歲에 小學읽혀 修</u>
<u>身齊家和順心을 낫낫치 가라치니 根本이 잇는고로 萬事가 達通이라</u>
<u>三綱行實 仁義禮智 누가 니쫄이라 ㅎ오릿가 내 地閥不足ㅎ니 宰相家</u>
<u>不當ㅎ고 常賤輩논 不足ㅎ야 上下不及 婚姻 느껴 晝夜로 걱정이나</u>
<u>道令任은 兩班으로 春節 나뷔 꼿 본 듯이 아즉 사랑 춰커니와 來終에</u>
<u>바리시면 獨守空房 少年貞節 속졀업시 늘글진더 져인들 아니 불상ㅎ</u>
<u>고 前後事를 生覺ㅎ여 안키만 못ㅎ오니 그런 말슴 말으시고 놀으시다</u>
<u>도라가오</u>32) (밑줄 필자)


위의 인용문을 비교해 보면 (다1)과 (다2)의 밑줄친 부분의 행문이 거
의 일치하고 있음을 알 수 있다. 이러한 양상은 이후로부터 마지막까지
지속되는데, 이로 볼 때 두 텍스트를 동일본이라 보아도 큰 무리는 없다.
그렇지만 두 텍스트의 행문이 그대로 일치하고 있는 것은 아니다. (다1)
과 (다2)에서처럼 대체로 「권영철본 춘향가」는 〈옥중화〉를 축약한 형태
를 띠고 있다.

---

31) 「권영철본」, 237면.
32) 〈옥중화〉, 475면.

(라) 너는 예셔 느드라 임파 옥구 금졔 만경 함열 부안 영광 함경 무안
　　나쥬 영암 희남 쥿흥 보셩 홍양 낙안 슌쳔 광양 구예 드려 곡셩둔여
　　금월 십오일 오시의 남원 광할루로 디령흐라(……) 분부롤 맛치시고
　　느려올졔(……) 방즈가 노상이셔 어스도롤 비읍고 문안흔 후 젼딕속
　　의 셔간을 올니고 츈향의 젼후사졍 낫낫치 고흐거늘[33]

(라)는 「권영철본 춘향가」에서 이도령이 어사를 제수받은 뒤 발행(發
行)하여 남원으로 내려오는 도중에 방자를 만나기까지의 대목이다. (라)
에서 말줄임 표시가 있는 부분은 〈옥중화〉에서 부연되어 있는 부분이다.
「권영철본 춘향가」에서는 이어사가 역졸에게 일러주는 노정(路程)이 단
하나가 제시되어 있지만 〈옥중화〉에서는 역졸의 노정을 하나 더 제시할
뿐만 아니라 이어사 자신의 노정을 말하고 탐문(探聞)의 내용까지도 알
려주고 있다. 또 방자를 만나기 전까지의 이어사의 염탐(廉探)과 수령들
의 동향까지 서술되어 있다. 이처럼 「권영철본 춘향가」는 〈옥중화〉를
축약 서술하고 있는 것이다.

　그렇다고 「권영철본 춘향가」에서 부연 서술되고 있는 부분이 없는 것
은 아니다.

(마1) 츈향모 혀를 차며 져 잘된 것 보고 담박 밋쳐는고나 츈향이 흐는
　　마리 못듸여도 니낭군 줄듸여도 니낭군 고관디작 니사 실코 만종녹도
　　니사실코 어머님이 졍한 비필 조코 굿고 웬말리오 느를 츠자오신 낭군
　　엇지 그리 괄시흐오 츈향이 디시 상둔이롤 불너 흐는 마리[34] (밑줄 필자)
(마2) 春香母 그말 듯고 春香 듯지 안이흐게 감안이 辱흐겟다
　　　 뎌런 빌어도 못 먹을 년 질알흔다

---

33) 「권영철본」, 270-271면.
34) 「권영철본」, 281면.

(春) 香丹이 게 잇ᄂ냐[35]

위의 인용문은 옥중 춘향이와 월매와의 대화 부분이다. (마1)이 「권영철본 춘향가」인데, 밑줄친 춘향의 발화가 부연 서술되어 있다. 이처럼 「권영철본 춘향가」에서 〈옥중화〉보다 부연 서술되고 있는 부분도 발견된다. 하지만 「권영철본 춘향가」에서 부연 서술되는 부분은 많지 않다.

「권영철본 춘향가」가 〈옥중화〉를 축약한 형태의 텍스트라는 점은 분명하다. 그렇다고 해서 이러한 사실로부터 「권영철본 춘향가」와 〈옥중화〉의 선후관계를 명확히 판단하기란 어렵다. 두 텍스트의 긴밀한 관련으로 보아 두 텍스트 가운데 하나의 텍스트가 다른 텍스트를 대본으로 하여 성립되었을 것이라는 점은 분명하지만, 어느 텍스트를 선행하는 텍스트로 보아야 하는가는 분명하지 않다. 「권영철본 춘향가」를 대본으로 하여 〈옥중화〉가 부연 서술되었을 수도 있고, 반대로 〈옥중화〉를 대본으로 하여 「권영철본 춘향가」가 축약 서술되었을 수도 있기 때문이다. 그렇기에 두 텍스트의 선후관계를 밝히기 위해서는 다른 증거가 필요하다.

(바1) 천ᄒ언지시며 지ᄒ언지시리오 고지즉응ᄒᄂ니 감이슈통ᄒ쇼셔 디인즌ᄂ (……) 합긔명ᄒ며 (……) 여귀신합긔길홍ᄒ니 틱셰을츅오월갑즌삭이십일갑인오시희동조션절나좌도남원봉듁면거ᄒᄂ는셩츈향 옥중의 ᄀᆺ치여 슈월신고ᄒ오니 언의날 노이며 경셩삼청동이도령 언의날 맛ᄂ며 ᄉ성길홍이 엇더ᄒ올ᄂ디 복걸제션싱은 정졔ᄒ옵소셔[36]

(바2) 天何言哉시며 地何言哉시리오마ᄂ 告之則應ᄒᄂ니 感而遂通ᄒ쇼셔 夫大人者ᄂ 與天地合其德ᄒ며 與日月合其明ᄒ며 與四時合其序ᄒ며 與鬼神合其吉凶ᄒᄂ니 太歲乙丑五月甲子朔二十日甲寅午時海東

---

35) 〈옥중화〉, 539-540면.
36) 「권영철본」, 273면.

朝鮮全羅左道南原府鳳竹面降仙洞居壬子生成春香  獄中에  갓치어  數
月辛苦ᄒ오니 언의날 노이며 京城三淸洞李夢龍을 언의날 만ᄂ며 死生
吉凶이 엇더ᄒ올는지 伏乞諸先生은 勿秘昭示勿秘昭示37) (밑줄 필자)

위의 인용문은 옥중에 갇힌 춘향에게 봉사가 점을 치기 위해 축사(祝
辭)를 외는 대목이다. (바2)의 밑줄 친 부분이 (바1)의 말줄임표 부분에
생략되어 있다. 이러한 생략은 축사의 문장 구조와 의미를 훼손시키는
것으로 자연스럽지 못하다.

(사1) (농부다려 물어 왈) 이 고을 사쏘기셔 공사가 엇더ᄒᆫ가 농부 허허
    웃고 졔가 어ᄉ인듯시 공ᄉ를 문넌고나 공사는 이러ᄒ지 밥 줄 먹고
    슐 잘 먹고 (……) 그우의 명관업고 열여춘향을 명일명일 존치 후 쩌
    려쥭인ᄃ지 (……) 어ᄉ도 그 말은 모로ᄂ 쳬 ᄒ고38)
(사2) 御使道 짐짓
    즈네 이골 원님 公事가 엇더ᄒᆫ가
    農夫 허허 웃고
    졔가 御使인 듯이 公事뭇고 公事 엇지ᄒ야 밥 잘 먹고 술 잘 먹고
    홈의질 잘 ᄒ고 갈 키질 잘 ᄒ고 甚至於 소시랑질ᄭ지 잘 ᄒ니 그우에
    名官업고 烈女春香을 明日 잔채 後 ᄶ려쥭인 다든가 이년셕 春香을
    쥭이기만 쥭여라 집둥우리 ᄒ나면 호강ᄒ리라 이 사롬 명슘이 「어一」
    즈네 沙鉢通文보앗나 「보앗네」 四十八面 머슴만 ᄒ야도 여러 千名일
    네 「쉬 막셜ᄒ소」
    御使道 그 말은 모로ᄂ 톄 ᄒ고39) (밑줄一 필자)

---

37) 〈옥중화〉, 526면.
38) 「권영철본」, 274면.
39) 〈옥중화〉, 529-530면.

위의 인용문은 이어사와 농부의 문답 대목이다. (사2)의 밑줄친 부분이 (사1)의 말줄임표 부분에 생략되어 있다. 첫 번째 생략 부분을 보면 '밥 잘 먹고 술 잘 먹고'라는 발화에 뒤이어 '그 위에 명관없고'가 이어지고 있는데, 변부사의 탐학을 의미하는 (사2)의 '호미질 잘하고 갈키질 잘하고 심지어 쇠스랑질까지 잘 하니'가 생략됨으로써 '명관'이라는 반어적 풍자의 의미가 온전하게 전달되지 못하고 있다. 두 번째 생략 부분은 이른바 민란의 공기를 생생히 전달해 주고 있다고 평가되는 부분이다. (사2)에서와 같이 '집둥우리'나 '사발통문'과 같은 민란을 상징하는 과격한 언사를 듣고 이어사가 '그 말을 모르는 체'했다고 해야 자연스러운데, (사1)에서는 이를 생략함으로 인해 '춘향이를 때려죽인다'는 말을 모르는 체 한 것이 되었다.

> (아1) 샹둔아 문젼의 누가 춧나 느가 보으라 샹둔이 디답ᄒ고 느으가셔 뉘신이가 <u>어스도 닉일다</u> 샹둔이 ᄌ셰히 보더니 익고 이게 누심니가[40]
> (밑줄 필자)
> (아2) 香丹아 門前에 누가 춧나 나가 보아라
> 香丹이 나온다 香丹이가 나온다 아장아장 나오며 초마자락으로 눈물을 씩고
> (香) 게 누구오
> (御) 닉일다
> (香) 닉이라니 뉘심닛가
> 香丹이가 仔細히 보더니
> (香) 익고 이게 누구십닛가[41]

---

40) 「권영철본」, 276면.
41) <옥중화>, 531면.

위의 인용문은 이어사가 남원에 당도하여 춘향집으로 가 월마와 상면하는 대목이다. (아2)에서는 발화 인물을 괄호 안에 표시하고 인물의 직접 발화로 대화를 연결하고 있다. 〈옥중화〉의 이러한 대화체 서술 방식은 「권영철본 춘향가」에서는 보이지 않는다. 「권영철본 춘향가」에서는 화자가 발화 주체를 '000이 ᄒᆞ는마리'라고 내세우고 인물의 발화를 연결시키는 방식을 취하고 있다. 그런데 (아1)의 밑줄 친 부분에서는 '어사도 내일다'라고 하여, 「권영철본 춘향가」의 발화 서술 방식에서 벗어나 매우 어색하게 처리하고 있다. 이러한 어색한 대화체 서술 방식은 위의 예에서뿐만 아니라 여러 곳에서 발견되는데, 이는 〈옥중화〉의 직접 대화체를 간접 대화체로 바꾸면서 일어난 혼란이라 판단된다.

> (자1) 궁궐리 깁고 사희가 막막ᄒᆞ니 불승홀ᄉ 백셩이라 충생의 질고ᄉ롤 낫낫치 술피랴고 <u>입도어ᄉ</u> 보늬는ᄃᆡ 너의 싱긴 위모보고 너의 지은 글을 보니 사직의 ᄃᆞ힝이오 빅셩의 복이로다 나은 비록 졀머스나 동후쳑을 둠칙ᄒᆞ야 호남어ᄉ 특ᄎᆞ하니 빅셩을 사랑ᄒᆞ고 슈령방빅 치불치와 효ᄌᆞ 졀부 누구누구 유루업시 장긔흔 후 됴심ᄒᆞ야 ᄃᆞᆫ여오라42) (밑줄－필자)
>
> (자2) 宮闕이 깁고깁허 四海가 漠漠ᄒᆞ니 불상홀샤 百姓이라 蒼生의 疾苦事 ――히 숣히려고 <u>八道御使</u> 보늬는ᄃᆡ 兩司文臣 가리나니 너의 싱긴 貌樣보고 너의 지은 글을 보니 社稷에 多幸이오 百姓의 복이로다 너는 비록 졀머스나 同休戚을 擔任식여 湖南御使 特差ᄒᆞ니 百姓을 사랑ᄒᆞ고 守令牧伯 治不治와 孝子節婦 누구누구 유루업시 狀啓흔 後에 操心ᄒᆞ여 단여오라43)  (밑줄－필자)

위의 인용문은 이도령이 과거에 급제하여 어사를 제수 받는 대목이다.

---

42) 「권영철본」, 269-270면.

43) 〈옥중화〉, 519면.

(자2)의 '팔(八)도어사'가 (자1)에서는 '입(入)도어사'로 표기되어 있다. '八'을 '入'으로 잘못 읽은 것이다. (자1)에서 '입도어사'로 표기한 것을 보면 (자1)은 한문본을 토대로 필사된 것임을 알 수 있다. 〈옥중화〉는 한문(漢文)을 주(主)로 하고 국문을 종(從)으로 하여 표기되어 있는데, 결국 〈옥중화〉의 한문을 잘못 읽어 이러한 오기(誤記)가 발생한 것이라 하겠다.

지금까지 살펴본 바, 「권영철본 춘향가」는 〈옥중화〉를 대본으로 하여 필사된 것임이 분명하다. 〈옥중화〉를 대본으로 하여, 부분적으로 자구(字句)를 바꾸고, 때로는 서술 방식을 변화시키고, 일부 내용을 첨가하기도 했지만, 대체로는 〈옥중화〉를 축약하는 방향으로 전사(轉寫)했던 것이다. 그러므로 「권영철본 춘향가」를 대본으로 〈옥중화〉가 성립되었을 것이라는 견해는 잘못된 것이다.

〈옥중화〉가 「권영철본 춘향가」를 대본으로 하여 성립된 것이 아니라면, 〈옥중화〉 성립의 연원이 되는 창본(唱本)은 과연 무엇일까? 이해조가 '名唱 朴起弘調'를 축조산정(逐條刪正)했다고 했으므로, 현전하는 「권영철본 춘향가」가 아닌 다른 창본을 저본으로 했음은 분명하다. 그런데 19세기말에서 20세기초에 주로 활동한 명창 가운데 동편제의 법제를 고수했던 '朴基洪'이란 이가 있으니, 아마도 〈옥중화〉의 저본이 된 텍스트는 '朴基洪'의 창본이리라 생각된다. 그렇다면 '朴基洪'의 창본과 〈옥중화〉의 관계는 어떠했겠는가?


## 4.

앞에서 「권영철본 춘향가」와 〈옥중화〉를 비교하면서 두 텍스트가 서두 부분이 서로 다르며, 〈옥중화〉의 도입 서사는 〈신재효본 남창 춘향가〉와 동일하다고 했다. 이 도입 서사의 동일함은 우리로 하여금 〈옥중화〉의 성립 연원이 〈신재효본 남창 춘향가〉가 아닐까 하는 생각을 갖게 한다. 실제로 〈옥중화〉와 〈신재효본 남창 춘향가〉를 비교해 보면 두 텍스트에서 동일하거나 또는 유사한 부분을 적지 않게 발견할 수 있게 된다. 도입 서사 부분뿐만이 아니라 춘향에 관한 서술이 선행하면서 춘향의 신분이 비(非)기생인 양인(良人)으로 설정되어 있는 것도 동일하며, 춘향이 이도령의 부름에 응하여 광한루로 가지 않으며 따라서 광한루에서 춘향과 이도령이 수작하는 대목이나 이도령이 광한루에서 불망기를 써주는 대목, 춘향이 이도령에게 자기 집을 알려주는 대목 등이 소거되어 있는 것도 동일하다.

〈옥중화〉와 〈신재효본 남창 춘향가〉의 관련은 서두 부분에만 한정되는 것이 아니다. 텍스트의 전편에 걸쳐 동일하거나 유사한 부분이 적지 않게 포착되는 바, 이를 적시하면 다음과 같다.

(a) 이도령의 아버지인 이부사가 이도령이 책방에서 글 읽는 소리를 듣고 아들의 문필과 문장을 자랑하는 내용이 없다.

(b) 이도령이 춘향집 찾아가는 노정이나, 춘향집 치레 사설이 먼저 나오는 것이 유사하다.

(c) 간략화되어 있는 춘향집 정원 사설, 춘향방 사벽화 사설이 유사하다.

(d) 변학도가 춘향을 보고 매혹되는 발화가 유사하다; "밀양 서홍 마다 하고"

(e) 변부사가 낭청에게 중신들라고 수작하는 발화가 없다.

(f) 춘향의 수청 거부에 변학도가 으름장을 놓는 대목에서의 서술자 개입과 춘향의 발화가 유사하다; 사또가 도임초에 춘향 행실 모르고서……, 예양의 본을 받아……, 수절부녀 억탈하면……

(g) 이도령이 어사가 되어 남원으로 가는 도중에 춘향의 무덤인 줄 알고 통곡하는 '초분사설'이 없다.

(h) 춘향의 꿈을 해몽하는 봉사가 희화화되지 않는다.

(i) 이어사가 춘향을 상면하기 전에 죄인을 방면한다.

이처럼 〈옥중화〉에서 〈신재효본 남창 춘향가〉와 관련되는 부분을 여러 곳에서 포착할 수 있다. 그렇지만 〈신재효본 남창 춘향가〉에서 전혀 찾아볼 수 없는 부분은 이보다 훨씬 많다. 대표적인 예가 이도령을 성격화하는 부분이다.

> (차1) 此時 使道 姉弟 道令님이 계시되 일홈은 夢龍이오 年光은 十六歲라 風采는 杜牧之오 얼골은 冠玉이라 爲人이 早達ㅎ야 詩律風流와 愛酒探花ㅎ야 밤이면 東嶺明月을 玩賞하고 낫이면 花柳風流에 놀기를 됴화ㅎ니 可謂 豪俠한 奇男子라[44]
>
> (차2) 사쏘 자제 도령임이 연광은 이팔인듸 얼골은 관옥이요 풍치는 두목지라 이쳥련의 문장이요 왕우군의 필법이라[45]

(차1)은 〈옥중화〉에서 이도령을 성격화하는 대목이며 (차2)는 〈신재효본 남창 춘향가〉에서 이도령을 성격화하는 대목이다. (차2)에서와 달리 (차1)에서는 이도령이 놀기 좋아하는 풍류남아로 설정되어 있다. 〈옥중화〉에서 이도령을 풍류남아로 성격화한 것은 〈신재효본 남창 춘향가〉에서 이도령을 이상화하고자 하는 지향과는 매우 어긋나는 것이다.[46]

---

44) 〈옥중화〉, 461면.

45) 강한영 교주, 『신재효판소리사설집』, 보성문화사, 1978, 2/4면.

46) 필자는 이 책의 제3부 「신재효 판소리사설의 변주 양상과 그 성격」에서 〈신재효본 남창 춘향가〉의 특성으로 이도령과 춘향의 이상화를 지적하고 그것의 의미를 고찰한 바 있다.

〈옥중화〉에서 이도령이 방자와 파탈(擺脫)하고 격의 없는 농(弄)을 하며 술잔을 주고받을 수 있는 것도, 그녀를 뛰는 춘향을 발견하고 "精神黯黯一身을 벌벌"[47] 떠는 인물로 그려지는 것도 모두 〈신재효본 남창 춘향가〉의 이상적 지향에서 벗어나 있기 때문이라 할 수 있다.

이러한 점은 춘향의 성격화에서도 발견된다. 〈옥중화〉의 춘향은 〈신재효본 남창 춘향가〉에서처럼 기생이 아닌 인물로 설정되었지만 〈신재효본 남창 춘향가〉와는 달리 이상화되지 않고 있다. 방자가 이도령의 명을 받고 춘향을 부르러 가 춘향을 놀려대는 발화를 한다든가, 변학도의 명을 받고 춘향을 데리러 온 행수기생이나 사령이 춘향에 대한 반감을 표출한다든가, 춘향이 사령의 손을 잡고 환대하며 호제(呼弟)하는 인물로 그려진 것 역시 〈신재효본 남창 춘향가〉의 이상적 지향에서 벗어나 있기 때문이다.

이도령과 춘향의 성격화가 〈신재효본 남창 춘향가〉의 이상적 지향에서 벗어나 있으므로, 〈옥중화〉에서는 〈신재효본 남창 춘향가〉와는 달리 이도령과 춘향의 '초야(初夜) 사설'과 이어지는 '사랑놀음'이 소거되지 않았다. "넘오 亂ᄒ야 風俗에 關係도 되고 春香烈節에 辱이 되깃스나" 이를 소거하면 "넘오 무미ᄒ닛가 大綱大綱 ᄒ던 것이엇다"[48]라는 작가의 개입은 〈신재효본 남창 춘향가〉를 의식하면서도 이를 전적으로 승인하지 않는 태도를 보여주는 것이다.

결국 〈옥중화〉는 「신재효 남창 춘향가」의 이상적 지향을 의식하면서 이러한 이상적 지향에 의해 소거된 부분까지도 아우르면서 성립된 텍스트라고 할 수 있다. 「신재효 남창 춘향가」의 이상적 지향에 의해 소거된 부분은 인물을 탈규범화 또는 희화화하는 해학적·풍자적 지향을 드러내

---

47) 〈옥중화〉, 464면.
48) 〈옥중화〉, 479면.

는 부분이라 할 수 있으므로, 〈옥중화〉는 이상화와 골계화의 결합을 지향하고 있는 텍스트라고 할 수 있다.

그렇다면 전승되는 춘향적 텍스트 가운데 〈옥중화〉의 이러한 지향의 연원이 되는 텍스트는 무엇일까? 최원식은 이를 〈신재효본 남창 춘향가〉와 「신재효본 동창 춘향가」의 결합으로 파악한 바 있다.49) 하지만 골계적 지향을 대표하는 텍스트는 「신재효본 동창 춘향가」가 아니라 「남원고사」이다. 「남원고사」는 19세기 초반에 개인작가에 의해 창작된 텍스트로서50) 「신재효본 동창 춘향가」보다 성립 시기가 앞선다. 뿐만 아니라 「신재효본 동창 춘향가」가 오리정 이별 대목에서 종결되는 불완전한 텍스트임에 비해 「남원고사」는 풍부한 삽입가요와 독특한 사설 구성으로 장면을 확장시켜 대략 10만 자에 해당되는 거편(巨篇)을 이룬 텍스트이다.51) 〈신재효본 남창 춘향가〉가 창작된 19세기 중후반 이후에 비기생계로 대표되는 〈신재효본 남창 춘향가〉와 기생계로 대표되는 「남원고사」가 상호 대립·경쟁하면서 판소리사가 전개되고 있었던 바, 〈옥중화〉는 상이한 이 두 지향이 공존하고 있는 텍스트의 일종이라 할 수 있다.

〈옥중화〉가 성격을 달리하는 〈신재효본 남창 춘향가〉와 「남원고사」의 지향이 공존하는 텍스트의 일종이라 했을 때, 〈옥중화〉 창작 이전에 이미 이 두 지향을 결합하여 성립된 텍스트가 존재하고 있었음을 상기할 필요가 있다. 필자는 「장자백창본 춘향가」가 〈신재효본 남창 춘향가〉와 「남원고사」의 상이한 두 지향을 결합하여 성립된 텍스트임을 보고한 바 있는데,52) 〈옥중화〉는 이 「장자백창본 춘향가」를 연원으로 하여 성립

---

49) 최원식, 앞의 책, 151면.
50) 설성경, 「19세기형 개작장편 남원고사에 나타난 생활문화의 형상화」, 『한국고전소설의 본질』, 국학자료원, 1991.
51) 김동욱 외, 『춘향전비교연구』, 삼영사, 1979.
52) 이 책의 제3부 「<장자백 창본 춘향가>의 텍스트적 연원」.

된 것이라 판단된다.

(카1) 아나 엿다 츈향아 (말노) 불러 논이 츈향이 쌈작 놀너여 근의 아릭
  쑥 쩌러지며 익고 호접시럭게 삼긴 즈식 너의 션산의 불이 낫는야 눈
  쌀치 싱긴거시 어름의 밋쓰러져 죽은 거멍 쇠 눈쌀쳐로 싱긴 즈식 한
  마트면 낙상할 변 보왓짜 방즈 긔가 믹켜 허허 다 드러봅쇼 스스삼경
  다 단여도 쏠쏠리란 문즈 쳡 듯고 하로 졈도락 질을 가도 쇼 썩쑤로
  탄 놈 쳡 보고 암기가 셔답츠고 평풍의 도토리 방구를 싹 그려 붓쳐짜
  는 말은 드러씨되 십육세된 게집아히가 낙태하엿짜네 이 즈식아 낙상
  이라 ᄒ엿제 낙틱라 ᄒ든야 이 익가 둘너 붓칠 속은 오유월 피마 쏭쑤
  녁이로구나 그러나 일이 낫다 일이란니 무신 일이 낫쓰란 말린야 스쏘
  즈제 도련님이 광한누 나옷셧다 너 노난 거동을 보시고 급피 블너 오
  라 ᄒ얏씬이 어서 밧비 건너가즈53) (밑줄 필자)
(카2) 春香아
  부르니 春香이 쌈짝 놀나 그네 아릭 너려셔며
  익고 고녀석 조곰 ᄒ더면 落傷홀 쩐 ᄒ엿지
  房子 씰씰 우스며
  (房) 世上이 엇지 되야 열더여섯살 먹은 게집ᄋ희가 落胎란 말이냐
  (春) 밋친 여석이로구나 내 언제 落胎라 ᄒ더냐 落傷 흔번 ᄒ얏다
ᄒ엿지
  (房) 그난 우숨의 말이로더 修身ᄒᄂᆫ 게집ᄋ희가 三南大道邊에 鞦
韆이 當ᄒ며 오ᄂᆫ 사룸 가는 사룸 너만 보고 精神업시 가지안코 안져
보지 네 行實이 隱全ᄒ냐 使道子弟 道令님이 廣寒累 구경왓다 너를
보고 부르라니 二三次 엿쥬어도 종시 듯지 아니시고 불너오라 ᄒ시기
로 홀 수 업셔 왓스니 어셔 밧비 갓치가자54)

---

53) 김진영 · 김현주 역주, 『명창 장자백본 춘향가』, 박이정, 1996, 40/42면.
54) 〈옥중화〉, 465-6면.

위의 인용문은 이도령의 명을 받고 방자가 춘향을 부르러 가 춘향과 수작하는 대목이다. (카1)의 밑줄친 부분이 (카2)에 대응되고 있다. 위 인용문에서 방자가 춘향을 골려먹는 발화의 핵심어는 '落胎'이며 춘향의 대응 발화의 핵심어는 '落傷'이다. 이 낙태와 낙상의 핵심어를 내포하는 춘향과 방자의 대화는 「장자백창본 춘향가」에 고유한 것이다. 골계적 지향의 대표적 텍스트인 「남원고사」에서도 방자와 춘향의 골계적 대화가 존재하지만 대화의 내용은 이와 다르다. 「장자백창본 춘향가」가 〈옥중화〉의 연원이 되었음을 알 수 있다.

> (타1) 토인 방즈 물너간 후의 디문 즁문 다다 걸고 <u>츈향 어모가 쳐음 보난 스외를 밤싀도록 이익이로 날을 싀우기로 든이 도련님이 헛비도 알코 엇쪄고 ㅎ엿짜 ㅎ되 알심잇게 늘근 츈향 모친이 그럴 이가 잇깃는다</u>55) (밑줄-필자)
>
> (타2) <u>春香母는 술盞이나 醉흔 中에 道슈님과 春香을 스랑ㅎ야 건너가지 아이ㅎ고 쓸디업는 잔소리로 놀을 싀기로 드니 道슈님이 憫惘ㅎ야 꾀비도 알코 헷酒症도 흔다 ㅎ되 알심잇는 春香母가 그럴 리가 잇나</u>56) (밑줄-필자)

위의 인용문은 이도령과 춘향의 결연을 승낙한 뒤 월매의 행동에 대한 작가의 개입 부분이다. 춘향과 이도령의 초야를 방해하고 월매가 방을 나가지 않아 이도령이 꾀배를 앓는 내용의 춘향가도 있으나 생각이 깊은 월매가 그럴 리가 있겠냐는 작가의 생각을 드러내고 있다. (타1)과 (타2)에서 이러한 작가 개입이 동일하게 발견되는 바, 〈옥중화〉가 「장자백창본 춘향가」를 연원으로 하고 있음을 보다 분명히 확인할 수 있다.

---

55) 「장자백」, 78면.
56) 〈옥중화〉, 477면.

〈옥중화〉와 「창자백창본 춘향가」 사이의 연원 관계는 행문의 차원에서만 확인되는 것이 아니다. 장면의 서사적 전개의 측면에서도 두 텍스트 사이의 긴밀한 관련을 확인할 수 있다. 이도령이 춘향집으로 와 월매에게 춘향과의 결연을 간청하고 허락을 받아내는 대목의 전개를 보자.

〈옥중화〉
① 사벽화 사설
② 이도령의 태도
③ 이도령의 청혼
④ 월매의 거절
⑤ 이도령의 맹세
⑥ 월매의 몽사 생각과 허락
⑦ 불망기

〈옥중화〉에서 이도령이 월매에게 춘향과의 결연을 승낙받는 장면은 위의 순서대로 서사적 전개가 이루어진다. 물론 「장자백창본 춘향가」도 위와 동일하다. 위의 서사 단락 가운데 두 텍스트의 연원 관계와 관련하여 특히 주목해야 할 것은 ④와 ⑥이다. ④에서 월매는 이도령의 청혼을 거절하면서 춘향의 출생과 성장 내력을 이도령에게 이야기하는데, 앞서 「권영철본 춘향가」와 〈옥중화〉의 텍스트를 비교하면서 행문이 일치하기 시작한다고 했던 월매의 발화(다1, 다2)가 바로 이 부분에 위치해 있는 것이다. 「장자백창본 춘향가」는 〈옥중화〉와 더욱 유사한 바,[57] 「장

---

57) 〈옥중화〉와 「장자백창본 춘향가」의 행문을 구체적으로 제시하면 다음과 같다; "春香母 그말 듯고 顔色을 不變ㅎ고 天然이 ㅎᄂ말이 나의 똘 春香이가 常스롭이 아니라 會洞成參判令監이 補外로 南原에 坐定ㅎ야 一色名妓 다 바리고 늙은 나를 守廳키 ㅎ시니 뫼신지 數朔만에 吏曹參判 升差ㅎ야 內職으로 드러갈졔 ᄂ를 가즈 하옵시

자백창본 춘향가」가 〈옥중화〉의 연원이 되는 텍스트라는 사실을 이에서도 확인할 수 있다. ⑥은 월매가 간밤에 꾸었던 용꿈과 이도령의 ‘夢龍’이라는 이름을 관련시키면서 이도령과 춘향의 결연을 허락하는 대목이다. 「장자백창본 춘향가」와 〈옥중화〉가 ‘용꿈 화소’를 포함하고 있는 이 서사 단락을 공유하고 있는 것도 두 텍스트의 연원 관계를 보여주는 것이다. 〈옥중화〉 이전의 춘향전 텍스트 가운데 ④와 ⑥의 서사 단락을 포함하면서 위의 순서대로 서사 단락이 전개되는 텍스트는 「장자백본 춘향가」 이외에 찾아볼 수 없다. 서사적 전개의 측면에서도 「장자백창본 춘향가」가 〈옥중화〉의 연원이 되는 텍스트임을 확인할 수 있다.

「장자백창본 춘향가」가 〈옥중화〉의 성립에 있어 연원이 되는 텍스트임을 확인할 수 있는 증거들은 일일이 나열하기 어려울 정도이다. 〈옥중화〉와 「장자백 창본 춘향가」의 연원 관계를 확인한 이 지점에서 우리가

---

나 老父가 계신고로 따라가지 못ᄒᆞ옵고 離別ᄒᆞᆫ 그달브텨 져것 빈줄 짐작하고 緣由로 告目ᄒᆞ니 졋줄쎌만 ᄒᆞ게 되면 다려간다 ᄒᆞ시더니 그딕 運數 不吉ᄒᆞ야 슈監이 別世ᄒᆞ니 春香을 못보너고 져만치 길너닐졔 七歲에 小學읽혀 修身齊家和順心을 낫낫치 가라치니 根本이 잇ᄂᆞᆫ고로 萬事가 達通이라 三綱行實 仁義禮智 누가 너쏠이라 ᄒᆞ오릿가 내 地閥不足ᄒᆞ니 宰相家 不當ᄒᆞ고 常賤輩ᄂᆞᆫ 不足ᄒᆞ야 上下不及 婚姻 느져 晝夜로 걱졍이나 道令任은 兩班으로 春節 나뷔 꼿 본 듯이 아즉 사랑 취커니와 來終에 바리시면 獨守空房 少年貞節 속졀업시 늘글진딕 져인들 아니 불상ᄒᆞ고 前後事를 生覺ᄒᆞ여 안키만 못ᄒᆞ오니 그런 말슴 말으시고 놀으시다 도라가오”(〈옥중화〉, 475면) “말삼은 황송ᄒᆞ오나 너 사졍을 드러보오 (엇머리) 작꼴 셩찬판 영감께옵셔 보의로 남원을 좌졍ᄒᆞ여 게실 쩌여 쇼로긔를 미로 보고 슈쳥 들나 하옵기여 관장영을 못어기여 모신 졔 셕달만의 도로 불여가신 후의 싱각박쯔 슈티ᄒᆞ여 나은 게 져것시라 그 연유로 고목한이 졋줄 쎌만ᄒᆞ면 다려가마 ᄒᆞ시던이 불향ᄒᆞ여 그 양반이 셰상을 바리신이 보너지 못ᄒᆞ옵고 져것셜 길너닐 졔 어려셔난 잔병좃ᄎᆞ 그리만코 칠셰의 쇼학일켜 슈신졔가화슌심을 나나리 가르친이 근본이 잇난고로 만사가 달통이요 인의예지 삼강힝실 뉘가 너쏠리라 ᄒᆞ오리가 십육셰가 되엿씨나 너 짓톄 부죡ᄒᆞ와 지상가 부당이요 스셔인은 부죡이라 상ᄒᆞ불급 혼인이 느져가 쥬야로 근심이나 도련님 ᄒᆞ신 말삼 참시 참졍의로 신졍이 미흡ᄒᆞ여 퇵년기약한단 말삼 드러난 외슈온이 그런 말삼 마르시고 노르시다 가옵쇼셔”(「장자빅」, 70/72면)

상기해야 할 것은 장자백과 박기홍이 공히 동편제의 명창이란 사실이다. 장자백의 주요 활동 시기는 19세기 중후반이고 박기홍의 주요 활동 시기는 19세기 말~20세기 초이므로, 박기홍은 장자백의 뒤를 잇는 동편제의 명창이라 할 수 있으며, 동편제의 법제를 고수한 박기홍의 창본은 장자백의 창본과 큰 차이가 없을 것이라 추정할 수 있다.58) 그렇다면 〈옥중화〉는 「朴基洪 창본」을 매개로 하여 「남원고사」의 골계적 지향과 「신재효본 춘향가」의 이상적 지향을 결합하고자 했던 「장자백 창본」의 「춘향전」 해석 시각을 계승하면서 정착된 것이라 할 수 있다.

여기서 한 가지 확인해 두고자 하는 것은 「장자백창본 춘향가」가 〈옥중화〉와 동일한 텍스트냐 하면 그건 그렇지 않다는 점이다. 〈옥중화〉가 「장자백창본 춘향가」와 동일하거나 또는 유사한 많은 부분들을 공유하고 있는 것은 사실이지만 「장자백창본 춘향가」와는 다른 〈옥중화〉만의 독자적인 부분 또한 적지 않다. 〈옥중화〉는 「장자백창본 춘향가」를 연원으로 하여 성립했지만, 단순 전사한 텍스트가 아니라 의도적인 개작을 통해 독창적인 변주를 이루어낸 독자적인 텍스트인 것이다. 이러한 사실은 「朴基洪 창본」과의 관계에서도 그대로 적용될 수 있을 것이라 생각된다. 앞서 박기홍은 동편제의 법제를 고수했던 인물이었으며 따라서 그의 창본 역시 「장자백창본 춘향가」와 별반 다르지는 않을 것이라 했는데, 그렇다면 이해조가 저본으로 했던 「朴基洪 창본」과 〈옥중화〉 역시 동일한 텍스트는 아니었을 것이라 생각된다.

---

58) 「장자백 창본 춘향가」의 필사 연대는 1865년 혹은 1925년으로 추정되고 있다. 혹자는 「장자백 창본 춘향가」의 필사 연대를 1925년으로 추정해, 「장자백 창본 춘향가」를 20세기 중반쯤의 텍스트로 다루기도 하지만 이는 온당하지 못하다고 생각된다. 필사 연대를 그 텍스트의 성립 연대와 동일하게 취급하는 것은 잘못된 것으로, 행문상의 '고졸성(古拙性)'으로 보아, 설사 1925년에 필사된 것이라 하더라도, 19세기 중후반의 텍스트로 다루어야 한다.

김종철은 "기존에 이해조의 개작으로 보았던 것 중 대다수가 박기홍의 「춘향가」의 원래 모습이었을 가능성"59)에 대해 언급하면서 〈옥중화〉의 독자성에 대해 부정적인 평가를 내린 바 있는데, 이는 온당하지 못하다고 생각된다. 이해조가 「연의각」(흥부전). 「강상련」(심청전), 「토의간」(별주부전)은 모두 '명창 아무개 구술'이라고 한 데 반해 〈옥중화〉는 '명창 박기홍조'라 한 것도 심상히 보아 넘길 것은 아니다. '명창 박기홍조'라 한 것을 보면, 다른 텍스트와는 달리 광대의 구술을 직접 들은 것이 아니며 그가 참조한 것이 꼭 박기홍의 창본이 아닐 수도 있다. '박기홍조'라 한 것은 박기홍과 같은 계통이나 유파를 이은 다른 명창의 사설을 기초로 했기 때문으로, 박기홍의 명성을 빌린 것일 수도 있다. 더구나 이해조 자신이 '박기홍조'를 '산정(刪正)'했다고 했으니, 이해조의 개작 의식이 텍스트에 개입했을 가능성은 농후하다. 연원은 연원대로 밝혀 그 역사적 전승의 맥락을 살피면서 텍스트의 독자성은 그것대로 인정하는 것이 「춘향전」 텍스트로서의 〈옥중화〉를 대하는 바른 태도라 생각한다.


## 5.

「남원고사」와 〈신재효본 남창 춘향가〉의 창작은 「춘향전」 전승사의 두 방향을 정립했다는 점에서 그 의의가 막중하다. 현재 남아 있는 「춘향전」 텍스트로 미루어 볼 때, 19세기 중후반 이후 「춘향전」 전승사는 두 상이한 창작적 지향이 대립·경쟁하는 구도 속에서 전개되는데, 「장자백창본 춘향가」는 이 두 상이한 창작적 지향을 하나의 텍스트로 결합하고자 하는 의도를 드러내 준 것이었다. 〈옥중화〉는 「장자백창본 춘향

---

59) 김종철, 위의 글, 193면.

가」를 연원으로 하여 성립되었던 바, 「장자백창본 춘향가」의 의도를 계승한 것이라 할 수 있다.

〈옥중화〉는 20세기, 구체적으로 말하자면 1910년대 이후에 생산된 「춘향전」의 창작적 원천이 되어 하나의 「춘향전」 이본 계열을 형성케 했던 영향력 있는 텍스트라 할 수 있는데, 이것은 20세기 「춘향전」의 전승사 또한 두 상이한 지향의 공존을 모색하는 방향으로 전개되었음을 의미하는 것이라 할 수 있다.

본고에서는 〈옥중화〉의 계보가 「남원고사」와 「신재효본 춘향가」의 결합을 의도했던 「장자백창본 춘향가」에 연결된다는 사실을 밝히는 데에 목표를 두어, 〈옥중화〉의 독자적인 성격을 해명하는 데까지는 나아가지 못했다. 「남원고사」와 「신재효본 춘향가」의 두 상이한 지향을 결합하는 의도를 지닌 텍스트라 하더라도 「장자백창본 춘향가」와 〈옥중화〉는 그 결합의 양상을 통해 드러내고자 하는 「춘향전」의 해석 시각이 다르다. 이 점은 우리가 반드시 검토해야 할 문제인데, 이는 다음의 과제로 남긴다.

# 〈게우사〉의 서술시각과 그 성취

## 1.

19세기 중엽의 텍스트라 추정되는 〈게우사〉[1]는 '왈자형(曰者型) 인물'[2]을 텍스트의 중심인물로 설정하여 왈자의 방탕(放蕩)을 풍자적으로

---

1) 〈게우사〉 텍스트는 『박순호교수 소장본 한글필사본고전소설자료총서』(오성사, 1986) 제1권에 영인 수록되어 있는데, 1991년 김종철에 의해 창과 사설이 전해지지 않던 판소리 〈왈자타령〉 또는 〈무숙이타령〉의 사설정착본임이 보고 되었다.(김종철, 「〈게우사〉의 자료적 가치」, 『한국학보』 제65집, 일지사, 1991년 겨울) 텍스트의 筆寫記를 통해 필사된 연대가 1890년경으로 추정되었지만, 텍스트의 성립 시기는, 그 내용으로 볼 때, 1860년을 넘어서지 않을 것으로 추정되고 있다. 처음의 보고에서 김종철은 〈게우사〉를 〈왈자타령〉(〈무숙이타령〉)의 사설정착본이라 했지만, 후행연구를 통해 판소리사설에서 소설로 전화된 텍스트로 파악되었다. 어쨌든, 판소리 〈왈자타령〉(〈무숙이타령〉)과 상당한 근친관계에 있는 텍스트임은 분명한데, 〈왈자타령〉이 宋晩載의 〈관우회〉(1843년)에 전해지고 있으며, 정노식의 『조선창극사』에 철종～고종 연간의 명창 김정근이 〈무숙이타령〉을 잘 불렀다는 기록이 있는 것으로 보아, 19세기 중엽의 역사적 맥락 속에 놓여져 있는 텍스트라 할 수 있다. 성립 시기 문제를 비롯하여 〈게우사〉와 관련된 제반 논의는 김준형, 「게우사 연구의 몇 가지 문제에 대하여」(『한국문학논총』27집, 한국문학회, 2000)에 잘 정리되어 있다. 〈게우사〉는 본고의 주텍스트라 할 수 있는데, 본고에서 〈게우사〉를 인용할 경우에는 『박순호교수 소장본 한글필사본고전소설자료총서1』에 의거할 것이며 따로 출처를 밝히지 않고 인용 면수만 밝힐 것이다.

2) '왈자형 인물'이라 할 때, '왈자'란 범박하게 '無爲徒食하는 者'를 일컫는 말이다. '아직 武科에 오르지 못한 낮은 신분의 武班이나, 퇴임한 鄕吏 등과 같은 中庶層'이 이러한 부류 가운데 대다수를 차지한다고 한다.(『한국민속대사전』) 하지만 양반의 신분이라 하더라도 無爲徒食의 행태를 보여주는 자는 '왈자'의 범주에 귀속시킬 수 있다.

비판(批判)·교정(矯正)하는 내용의 작품이다. 〈게우사〉에서 중심인물로 설정되어 있는'왈자형 인물'은 이른바 '돈 잘 쓰고, 놀기 좋아하고, 여색(女色)을 밝히는 허랑방탕한 오입장이'로 형상화되어 있는데, 이러한 오입장이 왈자의 형상은 조선후기 성장하는 도시의 유흥적·소비적 시정세태(市井世態)의 일 부면을 전형적으로 드러내고 있다. '왈자형 인물'은 조선후기의 사회사적 변화 속에서 특수하게 포착된 인물이라 할 수 있는 것이다.3)

이러한 '왈자형 인물'의 소설적 형상화는 비단 〈게우사〉에 국한된 것만은 아니다. '왈자형 인물'은 〈게우사〉 이외에도 〈이춘풍전〉이나 〈흥부전〉, 〈남원고사〉, 〈삼선기〉 등에도 등장한다. 하지만 〈흥부전〉, 〈남원고사〉, 〈삼선기〉 등의 경우에는 '왈자형 인물'이 중심인물로 설정되지 않고 보조적 인물로 설정되어 주변적이고 부차적인 역할만을 수행할 뿐만 아니라, 텍스트의 서사구조 또한 전혀 이질적이어서, 〈게우사〉와 같은 범주의 작품으로 취급하기는 곤란하다. 하지만 〈이춘풍전〉은 〈게우사〉와 마찬가지로 '왈자형 인물'이 중심인물로 형상화되어 있으며, 서사단락의 구성 방식이 동일하고, 인물들의 상보적·대립적 관계의 서사체계인 서사구조4) 또한 동질적이어서 같은 범주의 작품이라 할 수 있다.

갈래상으로는 구별되지만, 〈게우사〉의 서사적 특성을 상당 부분 공유하고 있는 텍스트도 다수 존재한다. 판소리인 〈왈자타령〉[〈무숙이타

---

3) 유흥에 탐닉하는 '오입장이'는 역사의 어느 일정한 시기에만 특수하게 존재했던 것은 아닐 것이다. 하지만 여기서 '조선후기의 사회사적 변화 속에서 특수하게 포착된 인물'이라 말하고 있는 것은, 조선후기의 경제적 성장 국면, 유흥적 문화와 이러한 오입장이 왈자의 형상이 매우 밀접한 관련을 맺고 있는 것임을 지적한 것이다 조선후기 유흥문화의 양상에 대해서는 강명관, 「조선후기 서울의 중인계층과 유흥의 발달」(『민족문학사연구』 제2호, 민족문학사연구소, 1992)을 참고하라.

4) 김현양, 「조선조 후기의 군담소설 연구–개념, 유형, 성격 문제를 중심으로」 연세대 박사학위논문, 1994, 31–34면.

령>], 가사인 〈우부가〉와 〈계우사〉, 봉산탈춤 노장마당의 일부인 〈취발이거리〉 등은 '왈자형 인물'이 중심인물로 설정되어 있으며 서사구성이나 서사구조의 측면에서 〈게우사〉와 상당한 친연성(親緣性)을 보여주고 있는 텍스트라 할 수 있다. 특히 판소리 〈왈자타령〉[〈무숙이타령〉]과 가사 〈계우사〉는 이미 〈게우사〉의 텍스트 성립에 있어 상당히 긴밀한 관계을 맺고 있는 것으로 보고된 바 있다.5)

〈이춘풍전〉을 필두로 하여 〈왈자타령〉[〈무숙이타령〉)], 〈우부가〉, 〈계우사〉, 〈취발이거리〉 등은 〈게우사〉의 서사적 특성을 일정하게 공유하고 있는 '관련텍스트'들이라 할 수 있는데,6) 이들 관련텍스트 역시 〈게우사〉

---

5) 김준형, 앞의 글. 최원오, 「<무숙이타령>의 형성에 대한 고찰」, 『판소리연구』5, 판소리학회, 1994.

6) <이춘풍전>은 성산본, 나손본, 가람본, 박순호본, 김기동본 등 여러 종이 있는데, 그 가운데 본고에서는 성산본[장덕순 소장본, 1905년 필사]을 텍스트로 하고자 한다. 성산본은 현대활자화되어 여러 책에 수록되었는데, 그 가운데 본고에서는 『한국고전소설선』(고전소설간행회, 새글사, 1966)에 수록된 것을 이용할 것이다. <왈자타령>은 이혜구 선생이 「宋晩載의 觀優戱」(『중앙대학교30주년기념논문집』, 1955)에서 처음으로 소개한 바 있는데, 텍스트에 대한 한시(漢詩)로 기록된 정보에 불과할 뿐이어서 <왈자타령> 텍스트는 사실상 전승되는 것이 없다고 할 수 있다. 이 <왈자타령>을 정노식의 『조선창극사』에서는 <무숙이타령>이라 했는데, <왈자타령>과 <무숙이타령>은 동일한 텍스트를 지칭하는 다른 이름일 뿐이다. 본고에서는 송만재의 『관우희』(1843)에 기록된 한시를 <왈자타령>이라 부를 것이다. <우부가>는 조선후기에 상당히 널리 읽혀졌던 작품이라고 하는데(정재호, 「우부가고」, 『어문논집』제19·20합집, 1977. 『주해초당문답가』, 박이정, 1996, 9면) 강명관은 보다 구체적으로 작품의 창작 연대를 19세기 중반 경으로 보고 있다.(강명관, 「<우부가> 연구」, 『조선시대 문학예술의 생성공간』, 소명출판, 1999, 344면) <우부가>의 이본은 여러 종류가 있는데, 본고에서는 정재호 등이 엮은 『주해 악부』(고려대 민족문화연구소, 1992)에 실려 있는 것을 텍스트로 이용할 것이다. <계우사>는 『長篇歌集』과 『高大本 樂府』, 『相思別曲』 등에 3편이 전하는데, 본고에서는 정재호 등이 엮은 『주해 악부』(고려대 민족문화연구소, 1992)에 실려 있는 것을 텍스트로 이용할 것이다. <취발이거리>는 『봉산탈춤』 가운데 일부분이다. 『봉산탈춤』은 크게 중마당군, 양반마당, 할미마당으로 구성되어 있는데, <취발이거리>는 그 가운데 중마당군의 넷째마당인 노장마당의 넷째거리에 해당된다.(김현양, 「봉산탈춤의 구성과 주제에 관한 연구」, 연세

와 마찬가지로 19세기의 역사적 지층에 놓여져 있다. 이로써 소비적 유흥에 탐닉하는 '왈자형 인물'의 방탕과 교정이 19세기의 역사적 맥락에서 상당한 서사적 관심을 불러일으킨 사회적 주제였음을 확인할 수 있다.

그렇다면 이러한 '왈자형 인물'의 방탕과 교정이 서사적 관심을 촉발시킨 까닭은 어디에 있는가? '왈자형 인물'의 방탕은 조선후기 생산력의 발전에 의해 축적된 부(富)의 향방과 관련됨으로 문제적이다. 즈선후기 사회에서 축적된 부는 현실적으로 커다란 사회적인 힘을 발휘하는데, 부를 매개로 한 신분질서의 변동은 부의 현실적 위력을 보여주는 대표적인 예라 할 수 있다. 축적된 부를 현실의 기득(既得)을 강화하는 쪽으로 사용하느냐 그렇지 않으면 현실의 기득을 상실하는 쪽으로 사용하느냐 하는 문제는 개인적인 부침(浮沈)과 관련되는 것일 뿐만 아니라 사회적 관계의 변화, 사회발전의 전망과도 관련되는 것이다.

뿐만 아니라 '왈자형 인물'의 방탕은 중세이념의 외피를 뚫고 나오는 개인의 욕망과 관련됨으로써 문제적이다. 방탕은 검약(儉約)과 치가(治家)를 바탕으로 하고 있는 중세이념과 대립적이며, 따라서 대부분의 문제적인 고전 작품은 규범적 이념의 균열된 틈으로 흘러나오는 욕망을 그려내게 된다.7) 하지만 '왈자형 인물'의 방탕을 경계하고 교정하는 이들 텍스

---

대 대학원 석사학위논문, 1987)『봉산탈춤』은 20세기에 들어와서 그 대본이 여러 종류 채록되었는데, 본고에서는 그 채록본들 가운데 가장 이른 시기에 채록된「임석재본」을 텍스트로 이용하고자 한다.(임석재,「봉산탈춤 대사」,『국어국문학』13호, 국어국문학회, 1957) 이들 〈게우사〉 관련 텍스트들은 앞으로 본고에서 분석 대상으로 이용될 것인데, 이들을 인용할 경우 따로 출처를 밝히지 않을 것이며, 인용문 뒤에 면수만을 밝힐 것이다.

7) 소설다운 소설이 본격적으로 등장하는 17세기에 와서 이념의 억압을 뚫고 분출하는 인간의 욕망이 사회적 관계 속에서 본격적으로 그려지게 되는데, 대부분의 문제적인 중세의 고전소설은 이념과 욕망의 문제를 화두로 삼고 있다고 해도 과언이 아니다. 이 책의 제1부「〈사씨남정기〉와 욕망의 문제」는 이에 대한 탐색 가운데 하나이다.

트의 경우에는 오히려 욕망의 분출을 경계하고 있다. 욕망의 분출을 경계
하고 있는 점에서는 중세의 보수적 인식을 드러내고 있는 것처럼 보이지
만, 욕망 자체를 부정하고 욕망을 중세이념으로 억압하고자 하는 의도에
서 벗어나, 과잉된 욕망에 내재되어 있는 절대적이며 폭압적인 자기중심
성을 환기하고 있는 점에서는 오히려 선진적(先進的)이기조차 하다.[8]

　본고는 '왈자형 인물'의 방탕을 문제 삼는 이들 텍스트들을 대상으로
욕망의 과잉 분출에 대해 각각의 텍스트는 어떠한 서술시각을 보여주고
있는가를 파악해 보고자 한다. 서술시각은 과잉욕망의 주체라 할 수 있는
'왈자형 인물'에 대한 서술자의 시선, 욕망 실현 혹은 교정의 과정에서
'왈자형 인물'과 관계 맺는 상대 인물의 성격 부여, 인물들 사이의 관계
속에서 구현되는 욕망의 실현 또는 교정의 방식 등을 통해 파악될 것이다.

　본고에서 '왈자형 인물'의 방탕을 문제 삼는 이들 텍스트들의 서술시
각을 파악하고자 하는 것은 궁극적으로 〈게우사〉의 작품적 성취를 드러
내기 위해서이다. 〈게우사〉는 창(唱)이 전승되지 않는 실전(失傳) 판소
리 〈왈자타령〉의 사설정착본으로 취급되어, 실전될 수밖에 없었던 부정
적 요인과 관련하여 해석됨으로써, 그 작품적 성취를 온당하게 평가받지
못한 면이 있다.[9] 본고에서 〈게우사〉를 '왈자형 인물'의 방탕을 문제 삼

---

8) 같은 실전판소리계 작품 가운데 〈강릉매화타령〉은 이념적 허위를 문제 삼고 있다
　는 점에서 대비적이다. 이른바 남성훼절소설 역시 규범적 이념에 사로잡혀 욕망을 부
　정하고 있는 '貞男'을 풍자하고 조롱함으로써 이념의 허위성을 폭로하고 있는 점에서
　〈강릉매화타령〉과 마찬가지의 지향을 보여주고 있다고 할 수 있다.

9) 인권환은 판소리 사설이 창본(唱本)이나 소설본(小說本으)로 전해지고 있는 경우
　'실전'이란 음악적인 면에서의 '창의 실전'을 의미한다고 하고 있으나(인권환, 「실전
　판소리 사설 연구」, 『동양학』제25집, 단국대학교 동양학연구소, 1996) 창본이 아닌
　소설본이 전해지는 경우는, 엄밀하게 말하자면, 창과 함께 사설도 온전히 전승되지
　않고 있는 것이라고 말할 수 있다. 비록 매우 긴밀한 관련을 맺고는 있지만, 〈게우
　사〉를 〈왈자타령〉 혹은 〈무숙이타령〉의 온전한 사설정착본으로 볼 수는 없으므로,
　〈게우사〉 역시 사설이 전승되지 않고 있다고 말할 수 있다. 전승되는 판소리와 실전

는 관련텍스트와의 대비 속에서 파악하고자 하는 것은, 전승되고 있는 판소리 사설과의 대비가 아닌 '왈자형 인물'의 방탕을 문제 삼는 관련텍스트와의 대비를 통해, 〈게우사〉의 작품적 성취가 보다 분명하게 드러날 수 있다고 판단했기 때문이다.[10]

## 2.

〈게우사〉와 〈이춘풍전〉은 서사구성과 인물설정의 측면에서 많은 공통점을 가지고 있다. 서사구성에 있어서 두 텍스트는 모두 기생과의 결연─주인공의 방탕─주인공의 고난─주인공의 성격변화로 이루어져 있으며, 등장하는 인물 역시 왈자[이춘풍/김무숙]─기생[추월/의양]─아내[춘풍처/김씨]로 설정되어 있다. 현상적인 분석에 그친다면 이 두 텍스트는 〈게우사〉가 〈이춘풍전〉에 비해 결연이나 방탕, 고난의 과정을 다소 풍부하게 묘사하고 있는 점 이외에는 거의 차별성이 없다고 판단할 수도 있다. 하지만 두 텍스트를 꼼꼼히 분석하면 차이가 그리 단순하지만은 않다는 사실을 발견하게 된다.

두 텍스트의 서사적 전개의 궁극적 동인은 주인공의 성격변화라고 할 수 있다. 등장하는 인물의 모든 연속되는 행위는 주인공의 성격변화를 향하여 집중되고 있다고 해도 과언이 아니다. 따라서 주인공의 성격변화가 어떻게 이루어지느냐 하는 문제는 두 텍스트의 서술시각을 파악하는

---

된 판소리를 우열의 관계로 파악하는 시각은 다음의 글을 통해 확인할 수 있다; 김종철, 「실전 판소리의 종합적 연구」, 『판소리연구』제3집, 판소리학회, 1992., 김헌선, 「무숙이타령과 강릉매화타령의 형성 소고」, 『경기교육논총』 3호, 1993.

10) 필자는 일찍이 〈게우사〉를 〈이춘풍전〉과 대비하여 그 작품적 성취를 주목했던 바 있는데[민족문학사연구소 '조선후기소설연구반'의 월례발표회(1991. 11. 9)] 본고는 서술시각의 측면에서 이를 확대·부연한 것이다.

데 있어서 핵심적이라고 할 수 있다. 주인공의 성격변화는 주인공을 둘러싸고 있는 인물들과의 관계 속에서 야기된다. 그러므로 주인공의 성격변화의 질적 차별성을 규명하기 위해 우선 텍스트에 설정된 인물의 성격과 역할을 인물과 인물과의 관계를 중심으로 살펴보기로 하겠다.

〈이춘풍전〉과 〈게우사〉의 주인공은 왈자인 이춘풍과 김무숙이다. 텍스트의 전편에 걸쳐 이들의 행위가 서술자에 의해 전달되며, 이들의 성격 변화의 추이가 중심적인 서사적 관심으로 집중되고 있다. 즉 서술자에 의해 서사적으로 탐구되는 인물이 바로 왈자인 이춘풍과 김무숙이며 이런 의미에서 주인공이라고 할 수 있다. 이들이 주인공으로 등장하는 것은 그들의 행위가 문제적이기 때문이다.

> (가)-1 이때 서울 다락골 한 사람이 있으되 성은 이요 명은 춘풍이라 형세 가장 요부하여 장안의 거부로서 다만 혈육이 춘풍뿐이라 부모 매양 사랑하여 교동으로 길러내니 인물이 옥골이요 헌헌장부라 타인과 달리 못할 것이 없더라(441면)
>
> (가)-2 그렇듯 지내다가 양친이 일시에 구몰하니 춘풍이 망극하여 삼상을 마친 후 강근친척이 없어 춘풍을 경계할 이 없으매 춘풍이 외입하여 하는 일마다 방탕하고 세전지물 누만금을 남용하여 없이할 제 남북촌 외입장이와 한가지로 섭실려 다니며 호강하여 주야로 노닐적에(441면)
>
> (나)-1 디방왈즈 김무슉이 지체로 논지ᄒ면 중촌의 (……) 즁안 갑부 (……) 능쇼능디 빅집ᄉ의 가감니요 큰 활 원ᄉ 편ᄉ 일슈 십팔게가 달통ᄒ고 노리 가ᄉ 명충니요 거문고 싱황 단쇼 오음 육율 쇽을 알고 션쇼리 쇽멋슬 알고 즙기 쇽도 알만 ᄒ되 츤타 ᄒ야 본 쳬 안코 인긔가 니러ᄒᄂ 부죡ᄒ 게 지식니요 허랑ᄒ 게 마음니라(434-435면)
>
> (나)-2 니 니 몸 무슉니가 어려셔부틈 호화즈로 즈랄 젹의 부모임 은덕으

로 호의호식커날 젹의 독셔당 글 비올 졔 지죠 잇다 니르던니 양친니
구몰ᄒᆞᆷᄆᆡ 문필 지죠 삭어지고 이젼과는 팔경니요 언쪈코 곤흔 줄을 입
쏘까지 젼혀 몰ᄂᆞ(440면)

위의 인용은 춘풍과 무숙이 문제적 인물임을 암시한다. 춘풍과 무숙은
부모로부터 물려받은 재산은 있으나 사회적 존재로서의 자기정향(自己定
向)이 수립되지 않은 인물이라고 할 수 있다. 다시 말하면 사회적 관계
속에서 일탈된 인물로 파악된다. 이러한 일탈은 조선후기 생산력의 발전
에 의해 축적된 부(富)의 향방과 관련됨으로 문제적이다. 춘풍은 다락골
상인의 아들로 파악되며 무숙은 분명하지는 않으나 시중(市中) 부호(富
豪)의 아들로 판단되는데, 이들의 선대(先代)에 축적된 재산은 즈선후기
의 경제변동 속에서 축적된 것으로, 이들의 일탈된 행위는 이러한 부의
향방과 관련되어 있다.11) 앞서 언급했듯이, 축적된 경제적 부는 개인적인
부침(浮沈)과 관련되는 것일 뿐만 아니라 사회적 관계의 변화, 사회발전
의 전망과도 관련되는 것이다. '왈자형 인물'의 사회적 교정이라는 문제가
텍스트의 중심내용으로 형상화되고 있는 것도 이러한 이유에서이며, 우
리가 춘풍과 무숙을 주목해야 하는 것도 이 때문이다.12)

'왈자형 인물'의 사회적 교정이 어떠한 방식으로 이루어지느냐에 대한
이해는 이들 텍스트의 서술시각을 파악하는 데 있어서 관건이 되는 것이

---

11) 강명관, 앞의 글. 강명관은 〈게우사〉의 무숙이, 〈이춘풍전〉의 이춘풍을 상인으로
   파악하고 있다; "상인의 경우를 들자면, 『이춘풍전』의 이춘풍, 『게우사』의 무숙이, 그
   리고 「개자이석주전(丐者李錫周傳)」의 주인공 이석주가 있다."(187면)

12) 춘풍과 무숙에 대하여, '허랑한 춘풍이' '철없는 춘풍이' '잡놈 춘풍이' '천하잡놈 무
   숙이'와 같이 부정적인 시각으로 서술자가 개입하는 것은 춘풍과 무숙이가 부를 소유
   하고 있는 사회적 존재로서 일정한 자기정향을 획득하기를 바라는 의식을 표출하고
   있는 것으로, 이에는 축적된 부의 향방에 대한 사회적 관심과 요구가 반영되어 있다
   고 할 수 있다. 이에 대해서는 다시 후술할 것이다.

라 할 수 있다. 이것은 텍스트 속에서 '왈자형 인물의 성격이 어떠한 관계와 계기 속에서 변화 하는가'라는 질문으로 환원된다. 텍스트 속에서 주인공으로 설정되는 '왈자형 인물'이 사건의 서사적 전개 속에서 성격이 변화하는 입체적 인물이라면, '왈자형 인물'의 성격변화와 이런저런 관계를 맺고 있는 인물들은 성격이 변화되지 않는 평면적 인물이라고 할 수 있다.

이야기를 전달하는 서술자의 입장에서 볼 때 텍스트 속의 인물들은 다시 부정적 인물과 긍정적 인물로 나누어진다. 〈이춘풍전〉의 경우 부정적 인물은 춘풍과 춘풍의 방탕과 고난을 야기시킨 추월(秋月)이라는 기생으로 설정되어 있으며, 긍정적 인물은 춘풍의 방탕과 고난을 해결하는 춘풍처(春風妻)와 평양감사(平壤監司)로 설정되어 있다. 〈게우사〉의 경우, 부정적 인물은 주인공인 무숙만으로 설정되어 있고, 긍정적 인물은 무숙의 고난을 야기하거나 방조하는 기생 의양과 무숙의 처 김씨로 설정되어 있다. 이상의 인물설정으로만 보아도 〈이춘풍전〉과 〈게우사〉의 인물설정에 차이가 있음을 알 수 있다.

먼저 〈이춘풍전〉에서 부정적 인물로 형상화되어 있는 추월을 보자.

> (다) 추월이는 수천냥을 홀리려고 교태하여 이른 말이 통한단 쌍문초 도리 불수 능라단 초록 저고리감만 날 사주오 은죽절 금봉채 가진 노리개 날 해주게 두리소반 주전자 화로 양푼 대야 날 사주게 동래반상 안성유기 구첩반상 실굽다리 날 사주오 요강 타구 새옹 남비 청동화로 날 사주게 백통대 은대 금대 수복담배대 날사주게 문어 전복 편포 안주하게 날 사주게 연안 백천 상상미로 밥쌀하게 팔아주게 동래 울산 장각해의 날 사주게 온가지로 헤어내니 허랑한 이춘풍이 일호나 사양할가 수천여량 돈을 비일비재 내어주니 청산유슈 아니어든 오랠손가 일년이 못다가서 낭탁이 비어구나 철없는 춘풍이 의식을 염려없이 추

> 월에게 부쳐두고 배부르게 자빠져서 추월의 간교를 추호나 알을손가
> (453면)

(다)에서처럼 추월이는 춘풍의 장삿돈을 홀리려고 간교를 부리는 부정적 인물로 형상화되어 있다. 게다가 추월은 춘풍의 돈이 다 떨어지자 괄시하며 내치기도 하고 사환(使喚)으로 부리기까지 한다.

이러한 기생 추월의 형상은 19세기 조선의 시정 기방(妓房)에서 흔히 볼 수 있는 인물일 것이다. 재물의 현실적인 힘을 인식하고 있으며 의리나 정보다도 재물을 더 소중히 여기는 기생 추월은 매우 현실적인 인물임에 틀림없다. 〈이춘풍전〉의 서술자는 이러한 추월의 현실성을 매우 부정적으로 형상화하고 있거니와 이와는 대조적으로 추월에게 재물을 바치고 사환 노릇을 하는 춘풍에게는 매우 동정적인 서술태도를 취하고 있다. 즉, 이 세상물정 모르는 오입장이를 거덜나게 한 추월을 바로 '왈자형 인물'인 춘풍의 고난을 야기한 인물로 비판적으로 바라보고 있는 것이다.

추월의 성격이 이와 같이 부정적으로 형상화된 것은 춘풍의 고난을 해결하는―춘풍의 성격을 변화시키는 문제해결방식과 긴밀히 연관된다. 〈이춘풍전〉에서 문제해결은 긍정적 인물인 춘풍처의 적극적인 행위를 통해 이루어진다. 춘풍처는 평양기생 추월의 집에서 남편이 사환노릇을 하고 있다는 말을 듣고, 이웃에 사는 참판댁(參判宅)을 드나들며 환심(歡心)을 산다. 이후 참판이 평양감사로 부임하게 되자 비장(裨將)으로 따라가 변복(變服)하고 남편과 추월을 징치(懲治)한다. 게다가 한양(漢陽)으로 돌아와서도 정신을 못 차리는 남편을 비장으로 변복하여 경계한다. 이러한 춘풍처의 적극적 성격은 기존의 연구자들에게 긍정적인 의미로 해석되기도 했으며, 〈이춘풍전〉의 소설적 가치를 담보해 주는 것으로 받아들여졌다.[13) 하지만 다음과 같은 점을 비판적으로 주목할 필요가 있다.

첫째는 비장변복이라는 속임의 문제이다. 춘풍처가 춘풍의 고난을 해결하고 춘풍의 성격을 변화시키는 데 있어, 이 비장변복은 핵심적인 화소(話素)에 해당된다. 이러한 비장변복 화소가 설정될 수밖에 없었던 것은 바로 추월을 부정적 인물로 형상화한데서 기인한 것이라 할 수 있다. 그런데 문제는 비장변복의 속임이 성립되기 위해서는 비장변복을 가능하게 하는 현실적 조건이 필요하다는 것이다. 감사의 도움은 이러한 차원에서 설정된 것이다. 따라서 감사의 도움을 기초로 한 비장변복이라는 속임의 방식은 문제해결의 주체를 춘풍처로 설정할 수밖에 없게 하며, 이는 춘풍처를 여성영웅형 인물로 형상화하게 되는 서사적 필연이라고 할 수 있다. 그리하여 문제해결의 과정에서 춘풍이나 기생 추월의 능동적 역할은 거의 사라지게 되며 서사가 단순화된다.

둘째는 추월의 징치 문제이다. 춘풍처는 비장변복을 하고 추월을 심문하여 위력(威力)으로 추월에게 돈을 빼앗아 낸다. 그것도 춘풍의 장삿돈에다가 이자(利子)까지 보태어 빼앗는다. 이것은 춘풍처가 관권(官權)의 대리인 역할을 하고 있으며 문제해결방식이 중세적인 폭력에 기초해 있음을 보여주는 것이다. 이는 왈자의 세태에서 포착되는 부정성을 기생에게 전가하는 서술자의 시각을 드러내는 것이라 할 수 있다.

〈게우사〉의 문제해결방식은 〈이춘풍전〉의 문제해결방식과는 사뭇 다

---

13) 춘풍처의 소설적 기능과 성격에 대해 긍정적으로 평가하고 있는 대표적인 연구자들로는 김종철, 최숙인 등을 들 수 있다. 김종철은 춘풍처를 변동하는 현실에 적극적으로 대처하는 긍정적 인물로 평가했으며, 최숙인은 억압받는 현실 속에서 꿈을 이뤄내는 능력 있는 여성으로 평가했다; 김종철(1992), 앞의 글. 김종철, 「배비장전 유형의 소설 연구」, 『관악어문연구』10, 서울대 국문과, 1985. 최숙인, 「이춘풍전 연구」, 『이화어문논집』5, 이화여대 한국어문학연구소, 1982. 이러한 시각과는 달리 최혜진은 『판소리계소설의 미학』(역락, 2000)에서 〈이춘풍전〉은 기생 추월을 수탈하는 춘풍처를 긍정적으로 그리고 있는 보수적 사고를 보여주는 작품이라 평가하고 있어 주목할 만하다.

르다. 〈게우사〉에서는 기생 의양과 무숙의 처 김씨라는 두 사람의 긍정
적 인물이 설정되어 있다. 우선 기생 의양을 주목해 보자

> (라) 좌중 셔방임네 감권ᄒ신 어진 말슴 황숑ᄒ고 감격ᄒ되 평싱 니십 세
> 의 본 지쳬는 죠쌋오ᄂ 외가가 쵸라ᄒ와 일싱 포한니 다름 안니오라
> 탁신교방 니 니 몸니 숙망니면 졈고 맛기 힝슈의게 핀존 듯기 슈로 호
> 령 달쵸ᄒ기 츈ᄒ츄동 ᄉ시졀을 관문의 붓미니여 안니쏩고 다랍고 치
> ᄉ흔 일만 당코 허다흔 더신 관중 문드러진 오입즁니 츙셩니 고홀가
> ᄒ고 비단 은치 죠흔 지물 금은 진보 가진 픠물 무슈니 션급ᄒ되 니
> 지쳬을 싱각ᄒ냐 히후지기 바든 니리 읍고 입쩌까지 음양지낙니 웃던
> 쥴을 모로난듸 승원 독쵹 관ᄌ 홀 슈 읍셔 올ᄂ온니 드러오던 그 날부
> 텀 별감방 보두부즁링 오입즁니 셔방임네 니 속 아러 길 쓰리라 호령
> 핀존 니마질과 여츠ᄒ면 가슴 틱고 ᄉᄌ ᄒ는 셔방임네 일시 츙졍 죠
> 틱 흔덜 빅연희로 살 낭군을 속을 ᄌ세 몰나 보고 홈부로 허신ᄒ냐 신
> 명을 맛치릿가(450–451면)

(라)에서 의양이는 기생의 몸이지만 몸가짐을 단정히 하려고 노력하며
남편을 신중히 선택하고자 하는 인물로 그려져 있다. 재물보다는 자신의
의지(意志)을 중시하는 인물임을 알 수 있는데, 앞서 살펴 본 〈이춘풍
전〉의 추월과는 대조적인 인물이라 하겠다.

〈게우사〉의 의양은 주인공인 무숙의 성격을 변화시키는 데 결정적인
역할을 하는 인물로 설정되어 있다. 의양은 무숙을 변화시키기 위해, 재
물을 모두 탕진한 무숙과 헤어지자고 한다. 또한 거지꼴이 된 무숙이 하
인 막득이와 만나 다시 찾아오자, 사환으로 부리며 고생을 시키고 친구
들에게 망신 준다. 이러한 의양의 행위는 무숙과의 새로운 만남을 위한
속임이라 할 수 있다.

의양의 속임은 〈이춘풍전〉에서의 춘풍처의 속임과는 그 성격이 다르다고 할 수 있다. 춘풍처의 속임은 춘풍의 고난과 관련되지 않고 고난의 해결과 관련되어 있는데, 의양이의 속임은 무숙이의 고난과 관련되어 있다. 또한 춘풍처의 속임은 자신의 주체적 의지만으로 성립될 수 없는 것임에 비해 의양의 속임은 자신의 주체적 의지만으로 성립될 수 있는 성질의 것이기도 하다.

이러한 속임의 성격적 차이는 바로 문제해결방식의 차이로 귀결된다. 〈이춘풍전〉에서는 감사의 도움을 기초로 한 위력(威力)에 의해 문제가 해결되었으나 〈게우사〉에서는 고난을 경험하는 주인공 무숙의 각성(覺醒)을 통해 문제가 해결되는 것이다. 그리하여 〈게우사〉에서는 무숙의 고난과정이 비중있게 서술되면서 사건이 세부적으로 전개되는 것이다.

무숙의 성격이 변화하는 과정에서 또한 주목되는 것은 의양의 협력자로 설정되어 있는 무숙의 처, 의양의 하인 막득이, 무숙의 친구 김선달, 김철갑과 같은 일군의 인물들이다. 무숙의 처가 〈이춘풍전〉에서 춘풍처와 같은 적극적 인물로 형상화되지 않고 있는 것은 무숙을 변화시킬 만한 현실적 힘을 소유하고 있지 못하기 때문이다. 춘풍처는 춘풍이 방탕으로 가산을 탕진하자 "사시장철 주야로 쉴 새 없이 사오년을 모은 돈을 장변이며 일수 놓아 수천금을"(445면) 모으는 적극적인 인물로 설정되어 있으나, 무숙처는 막일을 하면서도 자식들 끼니조차 해결하지 못하는 인물로 설정되어 있다. 무숙처를 이렇게 소극적인 인물로 설정해 놓은 것은 의양을 긍정적인 인물로 형상화하고 있는 것과 관련해 이해할 수 있다. 즉 기생 의양의 적극적인 의지와 무숙의 각성을 통해 문제를 해결하려는 서술자의 서술시각이 개입한 결과라고 할 수 있다.

또 다른 협력자들인 막득이, 김선달, 김철갑은 〈이춘풍전〉에서 감사의 위상과 대응되는 위치에 놓여진 인물들이다. 이들은 감사가 춘풍처에게 제공한 것만큼의 현실적 힘을 부여하지는 못하나 의양의 의지가 관철될 수 있는 조건을 제공해 주는 인물들임은 분명하다. 막득이의 경우에는 기생의 하인이지만 왈자의 부정성을 인식하고 있어 무숙이를 교정하고자 하는 의양의 속임에 적극적으로 협력한다. 김선달이나 김철갑은 왈자의 부류에 속해 있지만 왈자의 부정성을 자각하고 있는 인물로 파악된다. 김철갑은 대전별감의 직위에 있는 무반(武班)이며, 김선달은 선달(先達)이라는 호칭이 암시하듯 아직 무과에 급제하지 못한 인물인데, 모두 시정의 유흥문화를 주도하는 중간계층에 속해 있으며 무숙과 교유하는 처지이지만, 무숙을 교정하고자 하는 의양에게 협력한다.

이러한 인물들의 협력을 바탕으로 문제가 해결되는 것은, 관권을 소유한 여성영웅형 인물의 적극적 행위를 통해 문제가 해결되는 〈이춘풍전〉과 질적으로 구별되는 것이다. 의양을 중심으로 한 무숙처, 김선달, 김철갑, 막득이의 협력은 문제를 해결하기 위한 일종의 '연대(連帶)'라 할 수 있는데, 이러한 연대의 전략은 바로 〈계우사〉 서술시각의 핵심에 해당된다. 이 연대의 전략 속에는 유흥적 방탕이라고 하는 과잉된 욕망을 바라보는 다양한 계층적 이해가 내장되어 있는데, 이에 대해서 다른 관련텍스트와의 대비 속에서 좀 더 구체적으로 파악해 보도록 하자.


3.

관련텍스트 가운데 〈계우사〉의 직접적인 선행텍스트는 송만재(宋晩載, 1769~1847)에 의해 한시의 형태로 남게 된 〈왈자타령〉이다. 〈계우사〉와 〈왈자타령〉의 관련성은 무엇보다도 〈왈자타령〉의 줄거리와 등장인물이 〈계우사〉와 유사한 점이 있다는 것이다.[14]

| 遊俠長安號曰者 | 유협은 장안에서 왈자라 부르는데 |
| 茜衣艸笠羽林兒 | 붉은 옷에 초립을 쓴 우림아들이라네 |
| 當歌對酒東園裏 | 노래하고 술 마시는 동원 안에서 |
| 誰把宜娘視獲驪 | 누가 의랑을 차지하여 제 구실을 할 것인가15) |

위의 시적 진술을 통해 왈자들에 의해 주도되는 노래하고 술 마시는 유흥적 분위기, 왈자들에게 경쟁적 관심의 대상이 되고 있는 의랑(宜娘)이라는 여성 인물 등을 포착해 낼 수 있는데, 이는 〈게우사〉의 전반부에서도 마찬가지이다. 하지만 〈왈자타령〉은 단지 시적 압축을 통해 단편적인 서사적 정보만을 제시하고 있을 뿐, 서사적 전개의 양상이라든가, 서사적 관심에 대한 서술시각 등을 표출하고 있지는 않다.

그런데 봉산탈춤 노장마당의 〈취발이거리〉 또한 〈왈자타령〉의 서사적 관심을 공유하고 있는 텍스트여서 흥미롭다. 〈왈자타령〉의 서사적 관심은 결구에 표현된 "누가 의랑을 차지하여 제 구실을 할 것인가"에 집약되어 있는데, 이를 통해 의랑이라는 인물을 둘러싼 경쟁적인 서사적 관계의 추이가 서사적 관심의 핵심임을 짐작할 수 있다. 〈취발이거리〉 역시 '누가 소무를 차지할 것인가'에 극적 관심이 집약되어 있다.

〈취발이거리〉는 소무를 둘러싼 노장과 취발이의 대결ー취발이의 승리와 소무의 출산으로 구성되어 있는데, 여기서 소무는 의랑과 대응되는 인물이며 노장과 취발이는 왈자들에 대응되는 인물이다. 취발이는 원래부터 '놀기 좋아하는 오입장이'이며, 노장은 원래 '법력(法力)이 높은 고

---

14) 박순호 필사본 〈게우사〉과 〈왈자타령〉[〈무숙이타령〉]과의 관련에 대해서는 김종철이 자세히 언급한 바 있다. (김종철, 앞의 글, 1992, 63-69면)

15) 김준형은 〈관우희〉 결구의 '獲驪' 부분을 '獲麟'의 오자로 판단하여 '누가 의랑을 차지하여 태평성대임을 보일 것인가'로 해석했으나, 서사적 의미의 맥락으로는 '누가 의랑을 차지하여 제 구실을 할 것인가'로 이해하는 것이 온당하다고 본다.

승(高僧)'이었다가 세속적 욕망을 추구하는 인물로 변화된 자인데, 세속적 욕망을 추구하는 이 두 인물이 욕망의 대상인 소무를 사이에 두고 대결하는 것이다.16)

〈왈자타령〉은 경쟁 혹은 대결의 추이에 대해 전언하지 않았지만, 〈취발이거리〉는 대결의 추이를 극적으로 보여줌으로써 서술시각17)을 드러내고 있다. 〈취발이거리〉에서 서술시각과 관련하여 주목해야 할 것은 우선 노장을 부정하고 취발이를 긍정하고 있는 점이다. 취발이와 노장의 대결은, 젊음[여름]과 늙음[겨울]의 대결로 상징적으로 해석되기도 하지만, 타락한 욕망과 건강한 욕망과의 대결로 해석될 수 있다. 노장은 소무와의 만남 이후 세속적 이해를 대표하는 신장수의 신 값도 잘라먹을 정도로 타락하는데, 취발이의 승리는 이러한 타락한 욕망에 대한 부정적 인식의 표출이라 할 수 있다. 다음으로 주목할 것은 노장과의 대결에서 승리한 이후 취발이의 변모이다. 취발이는 소무와의 사이에서 자신을 쏙 빼닮은 아이를 얻게 되는데, 기쁨에 들뜬 취발이는 아이를 안고 '천자 뒷풀이' '언문 뒷풀이'를 흥얼대며 교육한다. 놀기 좋아하는 오입장이에서 자식의 미래를 걱정하는 아버지로 변모한 것인데, 이는 건강한 욕망을 긍정하는 인식을 표출한 것이라 할 수 있다.18)

봉산탈춤의 중마당군(群)은 여러 마당에 걸쳐 집요할 정도로 욕망의 문제에 천착한다. 노장과 목중과의 대결을 통해서는 욕망 자체를 근본적

---

16) 김현양, 「봉산탈춤의 구성과 주제에 관한 연구」,(연대 석사학위논문, 1987, 44-59면)
17) 서술시각이라는 개념은 극적 장르를 분석하는 개념으로는 적절하지 않다. 하지만 본고에서는 서사체인 〈게우사〉의 서술시각을 드러내는데 목표가 있으므로, 대비의 편의상 서술시각이라는 개념을 그대로 사용하고자 한다. 뒤에 분석할 가사 텍스트의 경우에도 이러한 문제가 있으나, 마찬가지 이유로 일관되게 서술시각이라는 개념을 사용할 것이다.
18) 이에 대해서는 김현양, 「봉산탈춤의 구성과 주제에 관한 연구」,(연대 석사학위논문, 1987, 44-59면)에 자세하게 분석되어 있다.

으로 부정하는 종교적 관념을 부정하더니, 노장과 취발이의 대결을 통해서는 과잉된 욕망의 타락한 세속성을 부정하고 있다. 이 부정의 부정의 과정을 통해 봉산탈춤 중마당군은 욕망을 절대적으로 억압하는 중세적 이념성으로부터 벗어나면서 동시에 이념의 규율로부터 자유로워진 욕망의 과잉 분출을 경계하는 절묘한 균형을 이루어내고 있다.[19]

하지만 이러한 균형이 안정적으로 구현되고 있는 것은 아니다. 중마당군의 종결부에 해당되는 사자마당에 여전히 이러한 균형을 무너뜨리는 편향된 시각이 남아 있다는 사실을 간과해서는 안 된다. 사자마당은 사자가 등장하여 목중들을 징계하려고 하자 목중들이 회개하고 함께 어울려 춤을 추고 퇴장하는 데서 마당이 종결되는데,[20] 사자의 징계를 모면하려는 목중의 다음과 같은 발화를 통해 욕망에 대한 편향된 시각이 여전히 온존되고 있음을 알 수 있다.

> (마)-1 우리 스님 수도하여 온 세상이 생불이라 이르더니 우리가 음탕한
> 길로 꾀어내어 파계가 되셨다고 석가여래 부처님이 우리를 징계키로
> 이 세상에 너를 보내시더냐.
>
> (마)-2 우리가 무슨 죄가 있느냐. 실상은 취발이가 우리 스님을 시기하
> 여 그렇게 만든 것이 아니냐. 그러면 우리들은 이왕 잘못한 것을 씻어
> 버리고 곧 회개하자꾸나.
>
> (마)-3 사자야 너의 온 뜻을 잘 알았다. 우리는 회개하여 이제부터는 부
> 처님을 잘 섬길 터이니 우리들의 이왕의 잘못한 것을 용서하여다오.
> 그리고 마지막으로 너도 우리와 함께 춤이나 함께 추고 헤어지자꾸

---

19) 김현양, 위의 글.
20) 사자춤이 등장하는 다른 가면극의 경우에는 사자가 징계자로 등장하여 극적 구성
   에 연관되지 않고 단순히 춤으로써 흥취를 더해주는 역할을 하는 데 비해 봉산탈춤에
   서는 목중을 징계하는 역할을 함으로써 극적 구성과 일정한 연관을 갖고 있는 것이
   특징적이다.

나.(338-340면)

(마) 1-3은 사자를 향한 목중들의 변명과 회개의 발화이다. 목중들에게 사자가 나타나자 목중들은 자신들이 노장을 파계시켜 이를 징계하러 온 것이라 생각한다. 그리고는 자신의 잘못을 취발이에게 전가하는 변명을 하며 회개할 것을 다짐한다. 욕망의 부정과 욕망의 과잉 사이에서 절묘한 균형을 찾아내더니 종결에 이르러 다시 종교적 이념의 우위를 선언해 버린 것이다.

본래 사자마당은 중년에 봉산탈춤에 끼어든 것이라 한다.[21] 사자마당이 하나의 연행 마당으로 성립하게 된 것이 언제인지 분명히 알 수는 없지만, 어쨌든 사자마당은 종교적 이념의 우위라는 극적 시각을 바탕으로 기존의 마당과 결합되는 방식을 취하고 있음은 분명하다. 사자마당이 봉산탈춤에 자리잡은 것은 '사자놀음'이 지니고 있는 흥행성 때문이었겠지만, 이러한 흥행적 요소 또한 극적 시각으로 해석되면서 자리 잡게 되었던 것이다.

그렇다면 여러 마당에 걸쳐 어렵게 이루어낸 균형을 이토록 허무하게 포기하는 방식으로 사자마당이 결합되고 있는 것은 무엇을 의미하는 것일까? 이는 욕망의 문제에 대한 균형 잡힌 시각이 안정적으로 확보되지 않았으며, 여전히 과잉욕망과 욕망의 부정이라는 양극단 사이를 왕복하는 상황이 지속되고 있음을 의미하는 것이다. 여기서 우리는 욕망에 대한 중세의 보수적 시각과 이러한 보수적 시각에서 벗어나고자 하는 지향이 치열한 대립 구도를 형성하고 있음을 읽어낼 수 있다.

가사인 〈우부가〉 역시 '왈자형 인물'의 방탕을 문제 삼고 있는 텍스트이다. 〈우부가〉에는 '개똥이, 꼼생원, 꾕생원'등의 '왈자형 인물'이 등장

---

21) 임석재, 356면.

하는데, 이 가운데 특히 주목되는 것은 '개똥이'이다.

> (바) 남촌 활량 기똥이는 부모 덕에 편이 놀고 호의호식 무식허고 미련허
> 고 용통흥야, 눈은 놉고 손은 커셔 가량 업시 쥬져넘어 시체 짜라 의관
> 허고 남의 눈만 위허것다. 장장춘일 낫줌 자기 조셕으로 반찬 투정 미
> 팔즈로 무상출입 미일 장취 게트림과 이리 모야 노름 놀기 져리 모야
> 투전질에 기싱첩 치가흐고 외입장이 친구로다. (659면)

개똥이는 〈게우사〉의 무숙과 그대로 대응되는 인물이다. 부모에게 물
려받은 재산이 있어 일은 하지 않고 놀고먹으면서 술과 놀음, 투전에 오
입으로 허송하는 모습이 영락없는 무숙이다. 물려받은 가산을 몽땅 탕진
하는 것은 물론 더 나아가 주위 사람들에게 온갖 행악(行惡)을 일삼는데,
이러한 윤리적·도덕적 타락상은 오히려 무숙을 능가할 정도이다.[22]

그래서인지, 〈우부가〉는 이들 '왈자형 인물'들에 대해 철저하게 비판
적이며 냉소적이다. 가사체 특유의 열거법을 통해 이들 '왈자형 인물'들
의 유흥적 방탕과 경제적 몰락, 도덕적 타락을 일일이 지적하기만 할 뿐,
이들의 성격 변화의 가능성에 대해서는 냉담하다.

> (사)-1 남에 문젼 걸식흐며 역질 핑게 졔수 핑게 야속허다 너의 인심 원
> 망헐스 팔즈타령. (660면)
> (사)-2 안악은 친졍사리 즈식드른 고싱사리 일가에 눈이 희고 친구의 손
> 가락질 부지거쳐 나가더니 소문이나 드러 볼가. (660면)
> (사)-3 도망산의 뫼를 쎳나 져녁 굶고 쏘 나간다. 포쳥 귀신 되엿는지 듯
> 도 보도 못헐네라. (661면)

---

22) 강명관은 「〈우부가〉 연구」에서 경제적 몰락은 물론 윤리적·도덕적 타락을 섬세하
게 읽어내고 있다.(『조선시대 문학예술의 생성공간』, 소명출판, 1999, 343-371면)

1은 '개똥이'의 말로(末路)이다. 개똥이는 이 핑계 저 핑계를 대며 문전 걸식하는 걸인이 되었다. 세상인심을 원망하며 자신의 팔자를 한탄하는 개똥이는 여전히 구제불능의 모습이다. 2는 '꼽생원'의 말로이다. 가족을 모두 잃고 일가친척과 친구에게도 버림받았다. 꼽생원이 세상을 버린 것 같으나 사실 세상이 꼽생원을 내친 것이다. 3은 '꿩생원'의 말로이다. 꿩생원 역시 세상에서 종적을 감추었다. "포청 귀신 되엿는지"라는 구절에서는 참담한 죽음을 예견하는 차가운 시선을 느낄 수 있다. 과잉욕망의 주체인 이들 '왈자형 인물'의 말로를 이렇듯 절망적으로 전언하고 있는 〈우부가〉는 과잉욕망의 문제에 대단히 비판적이고 부정적임을 알 수 있다.

가사 〈계우사〉 또한 '왈자형 인물'의 방탕을 문제 삼고 있는 텍스트이다. 〈계우사〉의 '나' 역시 유흥적 방탕으로 인해 가산을 탕진하는 인물이지만,23) 〈계우사〉는 '나'의 유흥적 방탕만을 문제 삼지 않으며, 이러한 유흥적 방탕으로부터 벗어나는 '나'의 성격 변화를 주시하고 있는 점이 특징적이다.

〈계우사〉에서 '나'의 성격은 자신의 '부(富)'를 모두 소진한 이후 스스로 변화하게 되는데, 이는 존재 조건의 변화 속에서 자신을 둘러싸고 있는'사람'들을 새롭게 바라보게 되었기 때문이다. '나'의 발화의 형식으로 제시되는 다음의 대목에서 '나'의 자각의 계기를 구체적으로 읽어낼 수 있다.

(사) 痛忿코 이달거든 참다가 못참아 춤 밧타 손에 쥐고 셩결의 일은 말이, 이년드라 드러 보라 니 흔말 흐올리라. 네 本是 娼女로셔 路柳墻

---

23) 해당 대목을 보이면 다음과 같다; "어려셔 비혼 글을 漠然이 아죠 잇고, 兩班 虎班 馬後陪며 藥契奉事 지친군을 밤낫즈로 作黨흐여 前程을 아죠 잇고, 一兩ㄴ기 榜鬪賤 二兩ㄴ기 出斂 曲會흐기, 各宅계집 通直이며 新通清隱君子와 丘史 私婢 內醫女며 슛보기 모젼집을 간 딕마다 줏차 보고, 어든 쪽쪽 집 스쥬고 衣服丹粧 믄져 흐고 汁物 치례 마저 흐니(408면)

花 아니련가. (……) 前程을 아조 잇고 汁種 세간 장만ᄒ고 百年을 ᄉ
ᄌ더니 千金 珠玉 다 盡ᄒ니 外親內疎 ᄒᄂ구나. 白馬金鞭 논일 적에
嬌態 사랑 밧쳣더니 囊乏一錢 ᄒ여스니 利盡情疎 ᄒᄂ구나.(409면)

(사)에서, ‘나’의 성격이 변화하는 데 근본적인 계기가 된 것은 자신의
과잉욕망의 중요한 대상이었던 기생들의 변심이었음을 알 수 있다. 기생
들은 ‘나’의 재물이 모두 “소진되자 ‘外親內疎’하는데, 이를 ‘나’ 스스로
‘利盡情疎’라 한탄하고 있다. 하지만 ‘나’의 성격 변모에 있어 결정적인
계기가 된 것은 자신의 과잉욕망의 최대 피해자라 할 수 있는 아내의 항
심(恒心)이었던 것이다.

> (아) 우리 안히 거동 보소 慘酷히 되야셰라. 桃夭芳年 곱든 얼골 하마 거
> 의 老矣로다. 白玉 갓튼 두 귀 밋틔 飛蓬短髮 덥혀셰라. 어린 子息 졋
> 물니고 ᄌ란 子息 ᄌ부면셔 흔슘 짓히 눈물지고 혼ᄌ 사셜 뿐이로다.
> 아기 어미 말슘 보소. (……) 靑樓酒肆에 豪强으로 노이다가 行身이
> 그릇 되고 니 몸이 孤單ᄒ니 不顧廉恥 드러온지 有情糟糠 ᄎᄌ온가.
> 계셔도 헤여 보소. 니 설음 엇더할고. (……) 시앗연의 貢을 ᄒ고 남
> 의 집 헌 것 깁기 이웃집 용졍방아 손곳 불고 계슈ᄒ여 母子 糊口 ᄒ
> 올 젹에, 동지달 긴긴 밤에 칩긴들 아니ᄒ며 夏至長日 긴긴 날에 빈들
> 아니 고풀손가. 갑갑흔 셜음이야 하날밧게 ᄯ 잇ᄂ가. (……) 셜은 말
> 맛듯 마듯 식은 밥 더여 노코, 날 치운디 어셔 먹쇼. 비 고푼디 어셔
> 먹쇼.(409면)

(아)는 빈털털이가 되어 돌아온 ‘나’의 시각에 포착된 아내의 모습이
다. 우선 ‘나’는 아내의 “慘酷히 되”어버린 모습을 보고 놀란다. 그리고는
가족을 부양하며 남편 없는 외로운 서러움을 달래던 사연을 듣는다. 뿐

만 아니라 아내는 여전히 자신을 남편으로 따뜻이 대접하고 있음을 확인한다. 나는 이러한 아내의 '通達홈'을 자신의 '庸劣홈'과 견주면서 스스로 변화하게 된 것이다.[24)]

〈계우사〉는 〈원부사〉, 〈규중가〉, 〈규원탄〉 등의 '규중자탄가(閨中自歎歌)'류의 가사 문학 전통을 계승하고 있는 것이라 판단된다. '규중자탄가'류의 텍스트는 공통적으로 규중 여인이 화자가 되어 부재한 남편에 대한 그리움과 원망을 토로하는 방식을 취하는데, 텍스트에 따라 남편에 대한 그리움에 강조점이 놓이기도 하고 남편에 대한 원망에 강조점이 놓이기도 한다.[25)] 그런데 이들 텍스트 가운데는 남편뿐만 아니라 남편을 자신에게서 앗아간 다른 여인을 원망의 대상으로 설정하고 있기드 하다.

> (자) 서른 辭說 지져귀니 소리 소리 哀怨이라. 臥龍潭 집흔 물에 靑머구리 지져괸다. 갓다가(득에)나 心亂흔더 줌 못들어 어이 흐리. 벼기 밀고 이러안즈 혼즈 말노 歎息흐니 長安城中 百万家에 奇男子가 만컨만는 怪異흔 져 妖物이 남의 丈夫 誘惑흐니 前生에 무슴 罪로 몹슬 人生 되단 말가. 남의 任 아사다가 졔 품안에 길이 두니 此生에 무슴 罪로 몹슬 罪를 지엿눈가. 알낙네로 낙을 슴아 奸邪이 얼니는 듯, 這 南山 絶壁上에 九年 묵은 靑녀구리 가슴아리 鬼神이라. 이럿틋 흐는 모양

---

24) 개심하는 해당 대목을 보이면 다음과 같다: "졔 비록 女子라도 通達흐기 이러흔더 느는 丈夫라도 事事의 庸劣흐다. 父母게 得罪흐고 兄弟의게 눈에 느고 鄕黨에 責妾 듯고 妻子의 셜름 뵈니, 以後야 盟誓흐야 벗 스괼 쥴 이즐노다. 西施가 다시 온들 눈의나 써 볼숀가. 니 숀죠 호미 메고 山田을 다스리고 金谷繁華事을 춤 밧고 取흐리라. 압뜰 露積흐고 뒷庫을 치와스니 大富는 在天이요 小富는 在勤이라. 늦게야 끼다르니 더욱 生覺 이달너라."(409-410면)

25) 남편에 대한 그리움에 강조점이 있는 것은 <규중가>이고, 남편에 대한 원망에 강조점이 있는 것은 <규원탄>, <원부사>다. 남편에 대한 그리움에 강조점이 있는 <규중가>는 정철의 가사와 맥락이 닿는 것으로 보인다. 앞으로 이들 텍스트의 인용은 『주해 악부』(고려대 민족문화연구소, 1992)에 수록되어 있는 것으로 하고, 인용문 뒤에 면수만을 밝힐 것이다.

옷소미 옷고름을 휘휘친친 감아쥐고 남의 任 아사간 것 눈 압해 버렷
눈 듯, 精神이 恍忽ᄒᆞ여 좀 못드러 寃讐로다.(715-716면)

(자)는 가사 〈규원탄〉의 한 대목이다. 위에서 화자는 남편의 부재 상
황을 초래한 다른 여인을 '요물', '귀신'이라 부르며 원망한다. 남편에 대
한 그리움을 토로하다가, 이것이 다시 남편에 대한 원망으로 이어지고,
남편에 대한 원망은 다시 자신에게서 남편을 앗아간 '시앗'에게로 향하게
되는데, 이것이 규중자탄가류의 전통적인 화법이다. "怪異혼 져 妖物이
남의 丈夫 誘惑ᄒᆞ니"라고 하는데서 알 수 있듯이, 원망의 초점이 궁극적
으로는 '시앗'에게 맞추어져 있다. 남편의 부정성이 고스란히 '시앗'에게
전가되고 있는 것이다.

'규중자탄가'류의 이러한 시각은 매우 당연한 것이다. 이러한 텍스트
의 발화자는 항상 남편에게서 소외된 여성인데, 남편을 절대적으로 부정
하지 않는 것은 남편의 부정성을 '시앗'에게 전가해야만 자신의 소외된
처지가 극복될 수 있을 것이라는 희망을 가질 수 있기 때문이다. 이러한
발화자의 의식은 중세의 남성중심적인 지배질서 속에서 자연스럽게 배
태된 것이라 할 수 있다.

〈계우사〉는 규중자탄가류의 이러한 전통적인 시각을 보다 철저하게
계승하고 있다. '왈자형 인물'인 '나'의 부정성을 문제 삼고는 있지만, 이
러한 부정성을 '나'와 '아내'의 시각을 통해 자연스럽게 기생에게 전가하
면서 나의 부정성을 교정하고 있다. 아내의 절대적인 긍정성과 기생의
절대적인 부정성을 대립적으로 파악하면서 아내의 절대적인 긍정성을
'나'로 하여금 확인케 하는 이러한 화법은 철저하게 봉건이념적이다.

〈이춘풍전〉 또한 〈계우사〉와 동일한 시각에 의해 서술되고 있다. 다
른 점이 있다면 〈계우사〉의 '나'가 현실에 대한 새로운 인식을 통해 스스

로 변화해 가는 데 비해, 〈이춘풍전〉의 춘풍은 그렇지 않다는 것이다. 춘풍은 궁극적으로 '아내의 변복'으로 상징되는 중세이념의 위력에 굴복하게 되는데, 이러한 화법은 욕망의 과잉을 이념적 강제를 통해 해결하고자 하는 시각을 드러내고 있는 것이다.

〈게우사〉나 〈이춘풍전〉과 가장 대척적인 위치에 놓을 수 있는 텍스트는 〈우부가〉이다. 〈우부가〉는 '왈자형 인물'의 부정성이 교정될 수 있는 가능성의 통로를 전혀 마련하지 않고 있다. 과잉욕망의 주체인 '왈자형 인물'은 절대적으로 부정되어야 할 존재일 뿐이다. 그런 점에서 전통적인 규중자탄가류의 시각과 전적으로 배치된다고 할 수 있다. 〈우부가〉가 이처럼 규중자탄가류의 전통적인 시각과 배치될 수 있었던 것은, 앞서 언급한 바 있듯이, 남편의 긍정적 가능성을 열어 놓은 채 남편의 부정성을 다른 여인에게 전가하는 '아내'의 시각과 철저히 단절했기 때문이다. 이런 점에서 〈우부가〉의 서술시각은 '왈자형 인물'과 적대적이라 할 수 있으며, 서술의 주체는 '왈자형 인물'과 적대적인 관계에 있음을 짐작할 수 있다.

〈게우사〉는 〈우부가〉와 〈계우사〉·〈이춘풍전〉 사이에 있다. 〈게우사〉는 〈계우사〉와 〈이춘풍전〉처럼 '왈자형 인물'의 부정성을 교정하고자 한다. 오히려 〈계우사〉와 〈이춘풍전〉보다 더욱 인내하며 끈기 있게 교정을 시도한다. 그렇다고 해서 〈게우사〉가 〈계우사〉나 〈이춘풍전〉처럼 전통적인 '아내'의 시각을 그대로 계승하고 있는 것도 아니다. 〈게우사〉에서는 '왈자형 인물'의 부정성이 기생에게 전가되지 않고 있을 뿐만 아니라, 오히려 기생인 의양이 교정의 주체로서 중심적으로 기능한다. 의양이 교정의 주체로서 기능하면서도 무숙의 아내와 결코 대립적이지 않은 점이 〈게우사〉의 중요한 특징이다.

그렇다면 '왈자형 인물'의 교정을 포기하지 않으면서 교정의 주체를 과잉욕망의 대상인 기생으로 설정하고 대립적인 관계로 파악되던 아내와 기생의 관계를 상보적인 것으로 변화시킨 〈게우사〉의 서술시각은 어떻게 마련될 수 있었던 것인가? 이와 관련하여 우리는 〈게우사〉의 텍스트에서 '왈자'를 바라보는 길항적 시각을 확인할 필요가 있다.

> (차)-1 의양나난 슈인지티 아미을 단정ᄒ고 묵묵불언 안져넌듸 왈ᄌ 혼
> 분 ᄂ안져 좌중의 통ᄒ 후의 의양을 권ᄒ넌듸(447면)
> (차)-2 졔 남북촌 왈ᄌ더리 슈십 명 드러 오며 이 ᄌ식 무슉니 잇넌냐
> 무슉니 니러나 여러 친구 숀길 줍고 호ᄌ 긱담 욕셜ᄒ며 슈일 못 본
> 인ᄉ 후의 왈ᄌ 혼 분 나 안지며 말을 ᄒ되(455면)
> (카)-1 어진 안이 무슉의 흐린 마음 중위가 뒤틀니고 능청부가 눈의 가며
> 집의 들면 셩화 갓고 집의 일시 익기 시려 남의 밥 남의 금침 계 거ᄉ
> 로 지ᄂ간니 니런 줍놈 쏘 잇슬가(437면)
> (카)-2 구실을 쩌여도 긴ᄒ 곳슬 싱각ᄒ야 혼 군디만 쳥을 ᄒ도 쎌 일리
> 연만은 이 줍놈이 협협ᄒ고 일 모로고 졔 형셰만 싱각ᄒ야 상의원 침
> 션비게 슴빅여 양 쳥을 ᄒ고(458면)

(차)의 1과 2는 서술자에 의해 '왈자'가 경칭(敬稱)되고 있는 대목이다. 이 대목은 〈게우사〉가 판소리사설과 깊은 관련이 있음을 단적으로 보여주는 것으로, 왈자 앞에서 연창(演唱)하는 광대(廣大)를 떠올리게 한다. 왈자 앞에서 연창하는 상황은 아니더라도 왈자를 대단히 의식하고 있음은 분명하다. 중간계층이면서 유흥문화의 주도층이라 할 수 있는 왈자를 판소리 광대가 의식하고 있는 것은 어쩌면 당연한 것이기도 하다.

(카)는 무숙에 대한 서술자의 부정적인 시각을 단적으로 나타내고 있는 대목이다. 서술자가 직접적으로 개입하여 무숙을 '잡놈'이라 부르고 있는데, 1에서는 남편으로서의 부정성을 2에서는 사리를 모르는 과잉욕

망의 주체로서의 부정성을 못마땅하게 인식하고 있음을 드러내고 있다.

(차)가 왈자를 긍정하는 시각을 보여주는 것이라면 (카)는 무숙을 부정하는 시각을 보여주고 있는 것이라 하겠는데, 여기에서 우리는 왈자 일반과 무숙을 변별적으로 인식하고자 하는 시각을 포착할 수 있다. 유흥문화 자체를 부정하지는 않으나 과잉욕망으로 인해 남편으로서 또는 부를 소유한 자로서의 존재적 자기정향성을 상실한 행태에 대해서 〈게우사〉의 서술 주체는 비판적인 시각을 표출하고 있는 것이다.

이러한 〈게우사〉의 특수한 시각은 유흥문화의 생산 주체인 광대와 소비 주체인 여항부호층 사이의 공존과 대립 관계가 반영된 결과이다. 앞서 (카)에서 확인했듯이 광대의 부정적 시선은 가족에게 고통을 주며 유흥적 소비에 가산을 탕진하는 왈자의 세태를 날카롭게 주시하고 있는데, 여기에서 광대와 부호층의 대립 관계를 읽어낼 수 있다. 이러한 대립적 시선만으로 왈자의 생활세태를 강하게 비판하고 있는 텍스트는 〈우부가〉이다. 〈우부가〉에 왈자의 부정성을 교정하고자 하는 의지가 전혀 없는 것은 이 때문이다. 하지만 〈게우사〉에서 왈자의 부정성을 왈자 일반에 대응시키지 않으면서 부정성을 교정하고자 하는 의지를 강하게 표출하고 있는 것은 광대와 부호층의 공존 관계가 반영된 것이다. 교정의 협력자로 김선달과 김철갑을 내세우고 있는 것에서도 이 공존 관계를 읽어낼 수 있다.

광대와 부호층의 공존 관계는 단지 유흥문화의 생산 주체와 소비 주체이기 때문만은 아니다. 왈자가 유흥문화의 소비 주체가 될 수 있었던 것은 사회적 부를 소유하고 있기 때문인데, 왈자의 부정성을 교정하고자 하는 의지 속에는 사회적 부를 소유하고 있는 계층의 행태와 사회적 부의 향방에 대한 사회적 관심과 요구가 반영되어 있는 것이라 할 수 있다. 〈이춘풍전〉과 〈계우사〉 등의 여러 텍스트가 〈게우사〉와 함께 공존하고 있는 것

은 이를 반증하는 것이다. 존재적 자기정향을 상실한 왈자와 존재적 자기
정향을 견지하고 있는 왈자를 변별하고자 하는 〈게우사〉의 서술시각은
단지 광대와 부호층의 이해를 특수하게 반영하고 있는 데 그치는 것이
아니라, 사회적 부의 향방에 대한 사회적 관심과 요구를 반영한 것이다.
  그렇지만 〈게우사〉에서 우리가 무엇보다 주목할 것은 교정의 주체와
연대(連帶)의 서술전략이다. 의양을 중심으로 무숙처, 김선달, 김철갑,
막득이가 협력하여 문제를 해결하는 연대의 서술전략은 '왈자형 인물'의
부정성, 그 욕망의 과잉 분출, 사회적 부의 소비적 탕진 문제에 대한 일
종의 사회적 연대이며, 〈게우사〉는 그 연대의 필요성을 강조하고 있다.
더 나아가 〈게우사〉는 그 연대의 중심에 기생인 의양이를 세우고 있는
데, 이는 그 과잉욕망의 분출로 인한 최대의 피해자가 바로 과잉욕망의
대상이라는 사실을 정확히 인식하고 있었다는 것을 의미한다. 그리하여
〈이춘풍전〉과 〈계우사〉에서 계승되고 있었던 전통적인 보수적 시각에
서 빠져 나와, 〈게우사〉의 기생 '의양이'는 이미 피해자로 눈물을 흘리고
있던 무숙의 '아내'와 손을 잡을 수 있었던 것이다.


## 4.

  이상에서 사치와 유흥에 탐닉하는 '왈자형 인물'의 부정성을 비판하고
이를 교정하고자 하는 내용의 판소리계소설인 〈게우사〉를 대상으로 서
술시각을 분석하고 그 작품적 성취를 살펴보았다. 〈게우사〉의 서술시각
의 핵심은 기생 의양이를 중심으로 한 사회적 연대를 통해 '왈자형 인물'
인 무숙의 과잉욕망을 조정하는 것이라 요약할 수 있는데, '왈자형 인물'
의 방탕을 비판 혹은 교정하고자 하는 내용을 공유하고 있는 관련텍스트

들과 대비해 볼 때, 이러한 서술시각은 긍정적인 성취를 보이고 있다고 평가할 수 있다.

이러한 긍정적 성취로 가장 먼저 지적해야 할 것은 남성[왈자]의 부정성을 여성[기생]에게 전가하여 여성 사이[본처와 첩 혹은 기생]의 대립의 문제로 바라보던 전통적인 보수적 시각을 〈게우사〉는 완전히 극복했다는 점일 것이다. 다음으로 지적해야 할 것은 욕망 자체를 부정하는 중세의 보수적 시각과는 달리 〈게우사〉는 욕망[왈자]은 그 자체로 인정하면서 과잉욕망[무숙]의 부정성을 부정하고 있다는 것이다. 과잉욕망의 부정성을 부정하고자 하는 것은 사회적 부의 향방과 관련된 것인데, 〈게우사〉에서의 보여주고 있는 연대(連帶)의 서술전략은 이에 대한 사회적 관심과 요구를 반영한 것이라 할 수 있다. 그 동안 〈게우사〉는 전승되고 있는 판소리 텍스트와 대비되면서 이러한 성취를 주목받지 못했으나, 〈게우사〉의 성취는 그것대로 분명히 확인해 둘 필요가 있다.

〈게우사〉는 판소리 〈왈자타령〉의 온전한 사설정착본은 아니지만, 19세기 판소리사를 이해하는 데 있어 중요한 문제 가운데 하나인 '실전(失傳) 현상'과 깊은 관련을 맺고 있는 텍스트임은 분명하다. 지면의 제한으로 인해 여기서는 언급하지 않았지만, 본고에서 분석한 텍스트의 서술시각은 실전 현상을 이해하는 하나의 준거로서 활용될 수 있을 것이라 생각한다.

제 4 부

# 1910년대 구활자본 고전소설의 존재 양상과 그 특성
## ‒〈옥중화〉, 〈봉황대〉, 〈신유복전〉을 대상으로‒

### 1.

본 연구는 1910년대 구활자본 고전소설의 소설사적 위상을 점검하는 하나의 시론(試論)이다. 이는 근대소설의 발아기(發芽期)라 할 수 있는 시기인 1910년대에 고전소설의 존재 의의는 과연 무엇인가에 대한 모색이기도 하다.

소설사[또는 문학사]를 단선적인 진화론적 시각에서 파악하고자 하는 입장에서 본다면, 이러한 시도는 매우 어리석어 보일지도 모른다.[1] 1910년대에 구활자본 고전소설이 활발하게 출판된 것은 퇴영적인 복고 취향의 발현이며, 따라서 이에 대한 관심은 이미 시효를 마감한 것을 붙잡고 부질없는 탐색에 골몰하는 것에 다름 아니라고 생각할 수 있기 때문이다.

물론 이러한 시각에 일면 타당한 점이 없는 것은 아니다. 1910년대를 경과하면서 우리 소설사는 ‘고전소설’이라 불리는 전통적인 소설 양식의 관습으로부터 상당히 벗어나게 되었으며, 근대소설이 본격적으로 창작

---

[1] 전광용의 다음과 같은 언급은 이러한 시각을 대표적으로 보여주는 하나의 예이다; “갑오경장 후에 쓰여지고 또한 신문잡지에 발표되거나 단행본으로 출간된 고대소설이 없는 바는 아니지만, 신소설 발아 이후의 고대소설은 이미 문학사적인 의의를 상실하게 되는 것이며, 이러한 논거는 결국 기미 운동 이후에 발표된 신소설이 없지 않으나, 이 또한 문학사적인 논의의 대상에서는 제외될 수밖에 없다는 역사적인 객관조건을 수반하지 않을 수 없게 되는 것이다.”(『신소설연구』, 새문사, 1986, 13면)

되는 1920년대에 이르게 되면 고전소설의 문법은 이제 더 이상 현실을 전유(專有)하고 인식하는 방식으로서 그 존재 의의를 내세울 수 없게 되었기 때문이다. 그러므로 1910년대 소설사의 핵심적인 화두는 전통적인 고전소설의 문법에서 벗어나면서 1920년대의 본격적인 근대소설을 예비한 새로운 동향에 주목하고 그 의미를 탐색하는 것에 집중되었던 것이며, 1910년대 구활자본 고전소설을 도외시한 생각의 이면에는 이러한 시각이 자리 잡고 있었던 것이다.[2]

그렇지만 우리가 여기서 분명히 확인해야 할 것은 1910년대의 소설사의 지형 속에서 구활자본 고전소설은 매우 넓은 영역을 차지하고 있었다는 사실이다. 양적으로만 보면, 그것은 20년대의 본격적인 근대소설과 직접적인 선을 그을 수 있는 신소설류의 작품들보다 동일한 출판 형태를 통해 더욱 많이 간행되었으며, 독자층 또한 상대적으로 많이 확보하고 있었다. 이런 점을 주목한다면 1910년대의 소설사는 전통적인 고전소설의 양식으로부터 벗어나 본격적인 근대소설을 예비한 '과도기'일 뿐만 아니라, 전통적인 고전소설의 양식과 이로부터 벗어나고자 하는 새로운 소설 양식이 상호 공존했던 '교체기'라고 할 수 있다.

그러므로 1910년대 소설사를 보다 동태적·객관적으로 기술하기 위해서는 이 시기 활자본으로 출판된 고전소설 양식의 존재 양상과 그 특성을 면밀히 살펴보고, 전통적인 고전소설 양식으로부터 벗어나고자 하는 새로운 소설 양식과의 관련 속에서 그 공존과 교체의 의미를 해명하는 작업이 요청된다. 본 논문은 이러한 작업을 위한 초보적 고찰에 해당된다.

---

2) 임화를 시작으로 현대소설을 전공하는 연구자들은 1910년대를 '과도기의 시대'로 규정한다. 이인직(李人稙)의 <혈의루>(1906)를 효시로 한 신소설이 발생한 이후 이광수(李光洙)의 <무정>(1917)을 단초로 한 20년대의 본격적인 근대소설로 넘어가는 과정에서 1910년대의 소설이 징검다리의 역할을 했다는 것이다.

지금까지 1910년대 구활자본 고전소설을 대상으로 한 본격적인 연구
는 소략한 편이다. 현대소설 연구자들은 전통적인 고전소설 양식으로부
터 벗어나고자 하는 새로운 소설사적 동향에만 주목하여 이 시기 구활자
본 고전소설의 존재를 도외시했으며, 고전소설 연구자들은 연구 대상의
범위를 이 시기까지 확장하지 못했다.3) 그렇지만 몇몇 고전소설 연구자
들의 작업을 통해 이 시기 구활자본 고전소설 연구의 기반이 구축되어
가고 있다.

이 시기 구활자본 고전소설을 대상으로 한 연구는 크게 두 가지 방향
에서 이루어졌다. 첫 번째 방향은 구활자본 고전소설의 간행과 유통 상
황을 실증적으로 정리하고자 한 것이었는데,4) 아직까지 완전한 것은 아
니지만 구활자본 고전소설의 상세한 서지 목록이 작성됨으로써 구활자
본 고전소설의 전모를 파악할 수 있게 되었다. 두 번째의 방향은 개작되

---

3) 이주영은 이 시기 구활자본 고전소설 연구의 장벽으로 첫째, 문학사적 의의를 찾기
  어렵다는 생각 둘째, 이 시기 구활자본 고전소설이 저급한 통속소설이라는 생각 셋째,
  텍스트 자체가 연구 대상으로 결함을 가지고 있다는 생각을 제시하고 있다.(「구활자
  본 고전소설의 간행과 유통에 관한 연구」, 서울대 박사학위논문, 1997, 1-5면) 첫 번
  째와 두 번째는 동어 반복으로, 대체로 현대소설 연구자들이 가지고 있는 생각이라
  할 수 있다. 세 번째는 고전소설 연구자들이 가지고 있는 생각이라 할 수 있는데, 이
  는 고전소설 연구자의 일반적 견해라 하기는 어려울 것이다. 보다 중요한 요인은
  1910년대로까지 연구의 영역을 확장할 여유가 없었기 때문이라 판단된다.
4) 구활자본 고전소설에 대한 목록 정리는 이능우로부터 시도되었고, 이주영에 의해
  종합적으로 정리되었다. 주요 업적은 다음과 같다; 이능우, 「<고대소설> 구활자본
  조사목록」, 『숙명여대 논문집』8, 1968. W. E. Skillend, 『고대소설(Kodae Sosol): A
  Survey of Korean Traditional Style Popular Novel』, Univ. of London. 1968.
  하동호, 「개화기소설의 서지적 정리」, 『동양학』7, 1977. 하동호, 「속칭 얘기책 서지고
  략」, 『근대서지고습집』, 탑출판사, 1986. 우쾌제, 「구활자본 고전소설의 출판 및 연구
  현황 검토」, 한국고전문학회 편, 『고전소설연구의 방향』, 새문사, 1985. 권순긍, 「1910
  년대 구활자본 고전소설 연구-그 개작 · 신작의 역사적 성격」, 성균관대 박사학위논
  문, 1990. 소재영, 『고전소설통론』, 3판; 반도출판사, 1995. 이주영, 「구활자본 고전소
  설의 간행과 유통에 관한 연구」, 서울대 박사학위논문, 1997.

거나 신작되어 출간된 구활자본 고전소설을 대상으로 그 변모의 양상을 파악하면서 구활자본 고전소설의 성격과 의미를 규명하고자 하는 것이 었는데,5) 이 시기 구활자본 고전소설을 통속적이고 봉건적인 성격으로 규정하고 그 의미를 부정적으로 파악하는 입장과 1910년대의 변화된 환경 속에서 의미 있는 변모를 보이고 있는 점을 중시하여 그 의미를 긍정적으로 파악하고자 하는 입장이 대립되고 있다.

1910년대 구활자본 고전소설의 성격과 의미를 규정하고자 했던 연구 성과들이 연구 대상에 대해 대립적인 시각을 노정하고 있는 것은 문제적이다. 이러한 대립은 물론 생산적인 것이지만, 대립을 극복하는 것 역시 긴요한 일이라 할 수 있다. 대립을 극복하기 위해서는 공유할 수 있는 시각의 거점을 마련해야 하는데, 이와 관련하여 다음과 같은 점을 유념할 필요가 있다.

첫째, 1910년대에 와서 구활자본 고전소설이 부흥했다는 보는 관점은 온당하지 못하다는 것이다. 부흥했다는 것은 쇠퇴를 경험했다는 것인데, 실상은 그렇지 않다. 우리 고전소설은 본격적으로 성장하기 시작했던 17세기 이래로부터 20세기에 이르기까지 쇠퇴를 경험하지 않았다. 그러므로 20세기에 와서, 더 정확히는 1910년대에 와서 고전소설이 부흥한 것이 아니라 고전소설이 매체의 영역을 확장하면서 양적으로 팽창하게 되었던 것이다.

---

5) 주요 논문은 다음과 같다; 이은숙, 「활자본 신작 구소설에서의 애정소설 연구」, 정신문화연구원 석사논문, 1986. 장효현, 「근대전환기 고전소설 수용의 역사성」, 『근대전환기의 언어와 문학』, 고려대 민족문화연구소, 1991. 권순긍, 「1910년대 고전소설의 부흥과 그 통속적 경향」, 『한국근대문학사의 쟁점』, 창작과비평사, 1993. 김교봉, 「구활자본 고전소설의 출현과 그 소설사적 의의」, 『소재영교수환력기념논총 고전소설사의 제문제』, 집문당, 1993. 이은숙, 「항일 우의 신작 구소설 연구」, 정신문화연구원 박사논문, 1994. 김현양, 「1910년대 활자본 군담소설의 변모양상」, 『연민학지』4, 연민학회, 1996.

둘째, 고전소설은 고전소설일 뿐이라는 것이다. 고전소설이 구활자본으로 간행된다고 해서 또는 개작 혹은 신작된다고 해서 고전소설이 아닌 것은 아니다. 그러므로 고전소설을 근대소설을 바라보는 잣대로 평가해서는 곤란하다는 것이다. 이러한 잣대는 매우 엄격한 것이어서 자칫 고전소설이 갖추고 있었던 미덕조차 송두리째 간과하게 할 수 있다.

셋째, 구활자본으로 간행된 고전소설 사이의 편차에 대해 세심하게 유의해야 한다는 점이다. 신소설의 경우에도 작품의 편차가 있거니와 구활자본 고전소설의 경우에도 작품의 편차는 분명히 존재한다. 그러므로 극히 제한적인 작품에서 포착되는 특징들을 구활자본 고전소설의 일반적인 특성으로 규정해서는 곤란하다. 신소설 작품들 사이의 편차를 통해 근대를 지향하는 소설사의 내적 동향을 파악할 수 있듯이 구활자본 고전소설 작품들 사이의 편차를 통해서도 근대를 지향하는 소설사의 내적 동향을 파악할 수 있는 것이다. 물론 이것은 1910년대가 여전히 중세에서 근대로의 전환기적 성격을 지니고 있으므로 가능한 것이다.


## 2.

1910년대는 중세의 태내에서 성장한 고전소설 양식과 근대적인 소설 양식이 공존하던 시기였다. 고전소설은 필사본이나 방각본의 형태로 유통되고 있었으며, 구활자본으로도 유통되고 있었다. 구활자본으로 출판되어 유통되던 고전소설은 1910년대에 257종에 이르고 있었다.[6) 신소설을 필두로 한 근대적인 소설 양식은 신문이나 잡지에 게재되어 간행되기도 했으며, 구활자본으로 출판되어 유통되기도 했는데, 간행된 총량이

---

6) 권순긍은 195종이라 했고, 이주영은 257종이라 했다.

364종에 달하였다.[7]

〈표〉 1910년대 신·구소설의 연도별 발행 상황[8]

| 연도 | 구활자본 고전소설 | 근대적인 소설류 |
|---|---|---|
| 1910 |  | 21 |
| 1911 |  | 18 |
| 1212 | 12(9) | 103 |
| 1913 | 33(32) | 58 |
| 1914 | 28(14) | 38 |
| 1915 | 49(38) | 23 |
| 1916 | 42(31) | 18 |
| 1917 | 42(30) | 32 |
| 1918 | 46(37) | 35 |
| 1919 | 5(4) | 18 |
| 계 | 257(195) | 364 |

 1910년대에 간행된 구활자본 고전소설과 근대적인 소설들의 연도별 발행 상황을 알려주는 위의 표는 신규 발행을 기준으로 한 것이다. 얼핏 보면 근대적인 소설류가 364종, 구활자본 고전소설이 257종으로 근대적인 소설류가 훨씬 더 많이 간행된 것이라 생각하게 된다. 하지만 구활자본 고전소설이 1910년과 1911년에 간행되지 않았으며, 1912년에 간행된 근대적인 소설류가 1910년대에 간행된 전체 근대적인 소설류 가운데 거의 1/3에 가깝고, 근대적인 소설류에 포함된 작품 가운데는 고전소설이나 신작 고전소설이 일부분 포함되어 있는 점을 고려한다면, 구활자본 고전

---

7) 김영민이 작성한 「한말-1910년 서사 문학 작품 목록」에 의거한 것이다.(『한국근대 소설사』, 솔, 1997)

8) 구활자본 고전소설의 발행 상황은 이주영이 정리한 것이다. ( )안의 숫자는 권순긍에 의해 정리된 것이다. 근대적인 소설류는 김영민의 목록에 의거한 것이다.

소설이 결코 근대적인 소설류보다 적게 출판되었다고 하기 어렵다. 신규 발행 횟수가 아닌 전체 발행 횟수로 따져보면 오히려 사정이 다르다. 구활자본 고전소설의 전체 발행 횟수는 1000회에 가까우므로,9) 이로 보면 구활자본 고전소설이 근대적인 소설류보다 훨씬 많은 양이 출판되었다고 할 수 있다. 이는 고전소설의 독자가 근대적인 소설류의 독자층보다 더욱 많았다는 사실을 대변하는 것이다. 여기에다가 구활자본이 아니라 필사본이나 방각본의 형태로 소통되던 것까지 보탠다면 고전소설의 총량은 훨씬 더 증가하게 된다. 양적으로만 본다면, 구활자본 고전소설의 출판까지 보태어져 1910년대는 여전히 고전소설의 번성기라 할 만하다.

1910년대에 출판된 구활자본 고전소설은 이전에 필사본이나 방각본으로 소통되고 있던 것을 그대로 간행한 경우도 있었으며, 개작하여 간행한 경우도 있었고, 고전소설의 소설 문법을 습용하면서 새롭게 창작하여 간행한 경우도 있었다. 좀 더 정밀한 고찰이 요구되지만, 대체로 개작하거나 신작한 경우보다 이전의 필사본이나 방각본을 그대로 간행하는 경우가 훨씬 많았다.

1910년대 구활자본 고전소설의 발행은 시기별로 변모하는 양상을 보여 준다.10) 발행 초기라 할 수 있는 1912~1913년의 시기는 판소리계 소설이나 몽자류(夢字類) 소설, 중국소설의 번역 혹은 번안작이 활발히 간행되었다. 특히 주목되는 것은 이 시기에 개작, 신작이 많다는 점인데, 전래의 판소리를 개작한 이해조(李海朝, 1869~1927)의 〈옥중화〉가 구활자본 고전소설 출판의 서막을 열었다는 사실은 의미심장하다. 〈옥중

---

9) 이주영, 앞의 글, 18면.

10) 권순긍과 이주영은 구활자본 고전소설의 역사적 변모를 시기별로 고찰한 바 있다. 권순긍은 1910년대에 한정해서 고찰했으며, 이주영은 구활자본 고전소설이 출판된 전 시기를 대상으로 고찰했는데, 권순긍의 정리를 주로 참조했다. 이는 1910년대만을 한정해서 다루는 본고의 범위와 부합하기 때문이다.

화〉는 이후 구활자본으로 출판된 춘향전에 가장 많은 영향을 주어 하나의 계통을 성립시켰으므로, 특히 주목할 필요가 있다. 〈옥중화〉뿐만 아니라 최남선(崔南善, 1890~1957)에 의해 개작된 〈고본 춘향전〉 역시 주목되어야 한다. 대부분 이 시기 개작 양상을 다루면서 〈옥중화〉만을 주목하곤 했다. 하지만 〈옥중화〉 못지않게, 중시해야 할 작품이 〈고본 춘향전〉이다. 비록 〈고본 춘향전〉은 〈옥중화〉와 같이 하나의 계통을 성립시킬 만큼 후대에 미친 영향이 크지 않았지만, 〈옥중화〉와 여러 면에서 대조되면서 중요한 개작 의식을 보여주는 작품이다.

구활자본 고전소설의 출판이 시작되는 첫 해에 군담소설인 〈봉황대〉[〈이대봉전〉]가 간행된 것도 주목할 점이다. 이전 시기에 군담소설이 차지하는 비중으로 볼 때 군담소설이 첫 해에 간행되었다는 것은 지극히 정상적인 것이지만, 군담소설 가운데 〈이대봉전〉이 선택되었다는 것은 이례적이다. 다른 군담소설 작품에 비해 〈이대봉전〉은 소수의 이본만이 남아 있는데, 이는 이전 시기에 〈이대봉전〉이 크게 주목받지 못한 작품이었음을 의미하는 것이기 때문이다.

1914~1916년의 시기에 가장 주목되는 것은 군담소설이 본격적으로 출판되었다는 것이다. 1912~1913년의 시기에도 〈봉황대〉, 〈홍계월전〉, 〈유충렬전〉 등의 군담소설이 출판되었는데, 이 시기에 와서는 〈소대성전〉, 〈조웅전〉, 〈김진옥전〉, 〈장백전〉, 〈양주봉전〉, 〈양풍운전〉, 〈장풍운전〉, 〈일대용녀 남강월〉, 〈임호은전〉, 〈장국진전〉, 〈장경전〉 등 군담소설의 대표적인 작품들이 대거 간행되었다. 이것은 이 시기에도 군담소설이 여전히 독자들에게 인기를 끌고 있었다는 것을 말해주는 것이다.

이 시기에 따로 주목해야 할 것은 〈임경업실기〉, 〈박태보실기〉 등 역사적으로 실재했던 우리나라 인물들의 행적을 그리고 있는 이른바 역사 실기류 소설이 출판된 점이다. 〈장자방실기〉, 〈화용도실기〉, 〈강태공실기〉, 〈이태백실기〉, 〈진시황실기〉 등 중국의 인물들의 행적을 담고 있는 번역(안) 실기류 소설들은 이전 시기부터 꾸준히 간행되고 있었으나, 우리나라 인물들의 역사적 행적을 그리고 있는 작품을 출판한 것은 1916년에 들어와서이다.

1917~1918년의 시기는 대체로 이전 시기의 경향이 그대로 지속된 시기였다. 〈언문 춘향전〉, 〈일선문 춘향전〉, 〈현토한문 춘향전〉, 〈옥중가인 춘향전〉, 〈절대가인 춘향전〉 등의 춘향전 작품들이 계속 간행되었으며, 〈신유복전〉, 〈김원전〉, 〈용문전〉, 〈쌍두장군전〉[〈곽해룡전〉], 〈유문성전〉 등 군담소설의 출판도 지속되고 있었다. 주목되는 것은 앞 시기보다도 이 시기에 중국소설의 번역(안)작이 많이 등장했다는 점인데, 고전소설 출판이 점차 활력을 잃고 흥미 위주로 전변되고 있음을 토여주는 것이라 하겠다. 이 시기에 출판된 〈홍경래실기〉(1917)는 전대의 〈임경업실기〉, 〈박태보실기〉를 계승한 것으로, 다음 시기에 등장하는 역사소설과 관련하여 주목할 필요가 있는 작품이다.

1919년 이후의 시기는 새로운 작품이 줄어들면서 구활자본 고전소설의 출판 자체가 침체되었던 시기였다. 구활자본 고전소설은 이 시기에 그 역사적 생명을 마감하는 것이라 할 수 있다. 물론 1920년대 전반기에 다시 활기를 찾는 듯하지만, 이는 역사적 소재의 전(傳)이나 역사실기류에 국한된 것이었다.

이상에서 우리는 1910년대 구활자본 고전소설의 존재양상을 그 양적인 측면과 시기적 변모의 측면을 중심으로 살펴보았는데, 이를 통해 연구의 과제와 방법을 도출할 수 있다.

첫째, 1912~1913년의 시기에는 판소리계소설, 군담소설, 동자류소설, 번역(안)소설 등 이전의 고전소설을 대표하는 다양한 유형의 작품이 골고루 간행되었다고 했는데, 이 유형의 소설들은 구활자본 고전소설이

출판되는 전 시기에 걸쳐 지속적으로 간행되었다고 할 수 있다. 1914
~1916년의 시기에는 군담소설이, 1917~1918년의 시기에는 번역(안)소
설이 특히 많이 간행되었다고 했지만, 그렇다고 해서 다른 유형의 소설
이 간행되지 않은 것은 아니다. 그러므로 1910년대 구활자본 고전소설의
위상을 규명하기 위해서는 이들 대표적인 유형을 고루 대상으로 삼는 것
이 좋다.

둘째, 1912~1913년의 시기에 개작·신작 등 전통적인 고전소설 텍스
트를 변화시키고자 하는 모색이 특히 두드러졌다고 했는데, 사소한 변화
까지 포함하는 소극적인 개작까지 생각한다면, 1910년대 구활자본 고전
소설은 전대의 텍스트를 변모시키고자 하는 의식이 개입되어 있는 텍스
트라 할 수 있다. 설사 전대의 텍스트를 그대로 간행하는 경우라 해도
전대의 이본 가운데 어떤 이본을 수용하고 있는가 하는 문제 또한 중요
하며, 전대에 주목되지 못했던 텍스트가 구활자본 고전소설로 간행되면
서 주목받았다면 이 또한 간과해서는 안 될 문제라 할 수 있다.

셋째, 전대와 구별되는 구활자본 고전소설의 변모 양상을 일반화할 수
있다면, 이를 신소설을 중심으로 하는 1910년대 근대소설류의 특성과 비
교·대조할 필요가 있다.

1910년대 구활자본 고전소설의 소설사적 위상을 온당하게 규명하기
위해서, 나아가서는 1910년대 소설사가 동태적·객관적으로 기술되기
위해서는 위에서 제시한 연구 과제들이 치밀하고도 깊이있게 탐구되어
야 한다. 그렇지만 이러한 과제를 만족할 만하게 수행하기 위해서는 전
대의 고전소설과 1910년대의 고전소설의 거의 총량(總量)을 연구의 대
상으로 삼아야 하며, 근대소설류 또한 그 대상이 되어야 한다. 하지만 전
대의 고전소설의 상세한 작품 목록이 완비(完備)되지 않았으며, 1910년
대 구활자본 고전소설에 착독한 연구 성과가 아직도 소략한 시점에서,

이러한 작업이 전면적으로 수행되기란 어렵다.

　이러한 사정으로 본 연구에서는 1910년대 구활자본 고전소설 가운데 한정된 몇몇 주요 텍스트만을 대상으로 그 특성을 살펴보면서, 이를 토대로 시론적인 수준에서 신소설을 중심으로 한 근대소설류와의 관련 하에 1910년대 구활자본 고전소설의 소설사적 위상을 가늠해 보고자 한다. 앞서 구활자본 고전소설로 출판된 네 유형을 고루 대상으로 할 필요가 있다고 했으나, 본 연구에서는 우선 판소리계소설과 군담소설 유형만을 대상으로 하고자 한다. 판소리계소설 가운데 본 논문에서 주목하는 작품은 〈옥중화〉11)이며, 군담소설 가운데 주목하는 작품은 〈봉황디〉12)와 〈신유복전〉13)이다.


## 3.

[1] 〈옥중화〉의 도입 서사는 〈신재효본 남창 춘향가〉14)와 동일하다. 이 도입 서사의 동일함은 우리로 하여금 〈옥중화〉의 성립 연원이 〈남창〉이 아닐까 하는 생각을 갖게 한다. 실제로 〈옥중화〉와 〈남창〉를 비교해 보면 두 텍스트에서 동일하거나 또는 유사한 부분을 적지 않게 발견할 수 있게 된다. 도입 서사 부분뿐만이 아니라 춘향에 관한 서술이 선행하면

---

11) 〈옥중화〉는 박문서관에서 1912년에 출판되었다. 본고에서는 구자균 교주 『춘향전』 (교문사, 1984)에 수록된 것을 이용하였다. 앞으로 〈옥중화〉의 인용은 이 책에 의해 이루어질 것이며, 자세한 출판 사항은 생략한 채 인용 면수만을 (　) 안에 밝힐 것이다.

12) 〈봉황대〉는 유일서관에서 1912년에 출판되었다. 본고에서는 김용범 편, 『고활자본소설총서』2(민족문화사, 1983)에 수록되어 있는, 유일서관에서 1916년이 간행한 텍스트를 이용하였다.

13) 〈신유복전〉은 광문서시에서 1917년에 간행되었다. 본고에서는 김기동 편, 『활자본고전소설전집』4(아세아문화사, 1976)에 수록된 텍스트를 이용하였다.

14) 이하 〈신재효본 남창 춘향가〉를 〈남창〉이라 약칭한다.

서 춘향의 신분이 비(非)기생인 양인(良人)으로 설정되어 있는 것도 동일하며,[15] 춘향이 이도령의 부름에 응하여 광한루로 가지 않으며 따라서 광한루에서 춘향과 이도령이 수작하는 대목이나 이도령이 광한루에서 불망기를 써주는 대목, 춘향이 이도령에게 자기 집을 알려주는 대목 등이 소거되어 있는 것도 동일하다.[16]

〈남창〉에서 춘향이 양인(良人)의 신분으로 설정되어 있는 것은 춘향과 이도령의 사랑의 성취를 현실의 개연성을 기초로 서사화하려는 작가의 합리적 태도가 반영된 결과이다.[17] 춘향의 신분이 양인이어야만 변학도의 수청 요구에 항거할 수 있는 현실적 명분을 부여할 수 있다고 생각한 것이다. 〈옥중화〉가 〈남창〉를 계승하고 있는 것은 이해조 자신이 신재효의 합리성을 중시했기 때문이라 할 수 있다. 실제로 〈옥중화〉에서는 〈남창〉보다 더욱 적극적으로 합리적 개작을 시도한다. 〈사랑가〉의 위치가 〈남창〉에서는 결연 첫날밤에 나오지만 〈옥중화〉에서는 결연 10여일 후에 나오는 것도, 변부사가 도임하는 시기가 〈남창〉에서는 춘향과 이도령이 오리정에서 이별한 뒤이지만 〈옥중화〉에서는 이도령의 아버지인 이부사가 떠나가고 다른 신관이 도임한 이후 1년이 경과한 뒤로 설정되어 있는 것도 모두 이해조의 적극적인 합리적 개작의 표징이다.

---

15) 최원식은 〈옥중화〉의 시작 부분에 있는 "기생의 자식이나 근본이 있난 고로"라는 서술을 보고, 〈옥중화〉는 "동창처럼 그냥 기생의 자식으로 되어 있다"고 파악했는데,(「이해조 문학 연구」, 『한국근대소설사론』, 창작과비평사, 1986, 151면) 이는 착오이다. "기생의 자식이나 근본이 있난 고로"라는 서술은 어머니는 기생이며 아버지는 양반이라는 사실을 알려주는 것일 뿐이다. 〈옥중화〉에서 춘향은 '代婢贖身하여 免賤한 良人'으로 설정되어 있다.

16) 〈옥중화〉와 〈남창〉의 관련은 서두 부분에만 한정되는 것이 아니다. 텍스트의 전편에 걸쳐 동일하거나 유사한 부분이 적지 않게 포착된다.

17) 이 책의 제3부 「신재효 판소리사설의 변주 양상과 그 성격」, 293면.

합리적 서사화는 이야기 세계를 현실 세계의 논리와 맥락에 부합되게 창조함으로써 서사적 진실성을 획득하고자 하는 작가 정신에 의해 구현되는 것이다. 그러므로 합리적 서사화는 흔히 고전소설의 부정성으로 지적되는 '황당무계(荒唐無稽)함'으로부터 벗어나고자 하는 작가 정신의 표출로 보아도 무방하며, 이는 1910년대 구활자본 소설이 이룩한 하나의 성취라 해도 과언이 아니다. 그렇지만 이러한 합리성을 지향하는 작가의 의도가 오히려 현실 세계의 논리와 맥락에서 벗어나면서 현실 세계의 모순이나 불합리를 환기하고자 하는 창조적 상상력을 제한하는 것으로 표출된다면 이는 그리 바람직한 것이라 하기 곤란할 것이다.

〈옥중화〉에서 이도령과 춘향이 이별한 뒤 이도령의 아버지인 이부사와 그의 어머니가 춘향을 찾아와 삼천 냥의 돈을 주고 춘향을 위로하며 훗날을 기약하는 화소라든가, 춘향과 이별한 이도령이 남원에 있는 춘향에게 편지를 보내 소식을 알리는 화소는 〈옥중화〉 이전의 「춘향전」 이본에서는 찾아볼 수 없는 〈옥중화〉만의 특징적인 개작 부분이라 할 수 있는데, 바로 이러한 화소가 합리성을 지향하는 작가의 의도가 바람직하지 않게 표출된 예에 해당된다고 할 수 있다. 〈옥중화〉의 이러한 개작 화소는 이도령과 이별한 뒤에도 자신의 의지를 굽히지 않는 춘향의 '절의'를 보장해 주는 안전판을 마련하고자 하는 의도의 소산이라 판단되는데, 이로 인해 오히려 '절의'의 순수성과 그 순수성으로 인해 강하게 환기되는 인간 해방의 주제적 의미를 퇴색시키게 된다. 현실 세계의 통속적 논리에 의거한다면 미래에 대한 아무런 기약이 없는 상태에서 오로지 순수한 사랑의 정열만으로 목숨을 버린다는 것은 비합리적인 태도라 생각하는 것이 타당하며, 이해조가 염려했던 것도 바로 이러한 것이었으리라 추측된다.[18] 하지만 현실 세계에서 이러한 통속적 합리성을 뛰어 넘어, 비합리한 것처럼 보이는 의식과 행위를 통해 아직 삶의 규준으로 인정되지 못하고 있는 삶의 본질을 추구하는 경우를 전혀 찾아볼 수 없는 것은 아니다. 진정한 작가가 추구하는 궁극의 것은 바로 이러한 거짓 합리를 뛰어 넘는 진정한 합리의 세계이며, 서사 세계는 이러한 진정한 합리의 개연성 있는 세계가 창조되는 자유로운 공간일 수 있는 것이다. 이해조는 이 점을 통찰하지 못했으며, 그 결과 〈옥중화〉는 「춘향전」의 핵심적인 주제적 의미를 퇴색시켰다.

〈옥중화〉는 〈남창〉의 합리성을 계승하고자 하는 지향을 보여주는 텍스트라 했는데, 〈남창〉의 합리성은 춘향과 이도령의 이상화와 매우 밀접한 관련을 맺고 있다.[19] 〈남창〉의 합리성은 춘향을 양인의 신분으로 설정하여 춘향을 매우 규범적인 여성으로 성격화하고 있으며, 춘향의 상대역인 이도령 역시 매우 규범적인 사대부 남성으로 성격화하고 있다. 그리하여 〈남창〉의 춘향과 이도령은 주변 인물들에 의해 희화화되지 않고 있으며, 이도령의 규범성은 더욱 확장되어 봉건적 폭압을 자행하는 변학도를 징계하는 과정에서 봉건 관료의 폭압으로 인해 야기된 현실의 제모순에 대해 강도 높게 비판하는 진취적인 사대부의 형상으로 그려진다.

〈옥중화〉에서도 춘향과 이도령을 이상화하고자 하는 지향이 계승되고 있다. 춘향과 이도령의 초야 장면에서 "너모 난하야 풍속에 관계도 되고 춘향 열절에 욕이 되겠으나 너무 무미하니까 대강대강하던 것이었다"(479면)고 작가가 개입하는 것이라든가, 어사 출도 후 춘향과 이도령의 상봉 장면에서 "춘향이가 대상에 뛰어 올라 어사또를 안고 울며 춤추고 논다 하되 춘향이가 무삼 그럴 리가 있나냐"(555면)라고 개입하고 있는 부분이

---

18) 하지만 이것도 본질적으로는 매우 불합리한 것이다. 이도령의 풋사랑의 상대인 賤妓의 딸을 서울로 승차하여 가는 이도령의 부모가 찾아올 리 있겠는가?

19) 신재효본의 합리성과 이상화와의 관계는 이 책의 제3부 「신재효 판소리사설의 변주 양상과 그 성격」을 참조하라.

〈옥중화〉가 이상화의 지향을 계승하고 있음을 단적으로 보여주는 예이다.

그렇지만 〈옥중화〉에서의 이상화 지향은 매우 불완전한 것이라 할 수 있다. 대표적인 예가 이도령을 성격화하는 부분이다.

> (가1) 此時 使道 姉弟 道令님이 계시되 일홈은 夢龍이오 年光은 十六歲라 風采는 杜牧之오 얼골은 冠玉이라 爲人이 早達ᄒ야 詩律風流와 愛酒探花ᄒ야 밤이면 東嶺明月을 玩賞하고 낫이면 花柳風流에 놀기를 됴화ᄒ니 可謂 豪俠한 奇男子라(461면)
>
> (가2) 사쏘 자제 도령임이 연광은 이팔인듸 얼골은 관옥이요 풍치는 두목지라 이쳥련의 문장이요 왕우군의 필법이라[20]

(가1)은 〈옥중화〉에서 이도령을 성격화하는 대목이며 (가2)는 〈남창〉에서 이도령을 성격화하는 대목이다. (가2)에서와 달리 (가1)에서는 이도령이 놀기 좋아하는 풍류남아로 설정되어 있다. 〈옥중화〉에서 이도령을 풍류남아로 성격화한 것은 〈남창〉에서 이도령을 이상화하고자 하는 지향과는 매우 어긋나는 것이다. 〈옥중화〉에서 이도령이 방자와 파탈(擺脫)하고 격의 없이 농(弄)을 하며 술잔을 주고받을 수 있는 것도, 그네를 뛰는 춘향을 발견하고 "精神黯黯 一身을 벌벌"(464면) 떠는 인물로 그려지는 것도 모두 〈남창〉의 이상적 지향에서 벗어나 있기 때문이라 할 수 있다.

이러한 점은 춘향의 성격화에서도 발견된다. 〈옥중화〉의 춘향은 〈남창〉에서처럼 기생이 아닌 인물로 설정되었지만 〈남창〉과는 달리 이상화되지 않고 있다. 방자가 이도령의 명을 받고 춘향을 부르러 가 춘향을 놀려대는 발화를 한다든가, 변학도의 명을 받고 춘향을 데리러 온 행수기생이나 사령이 춘향에 대한 반감을 표출한다든가, 춘향이 사령의 손을 잡고 환대하며 호제(呼弟)하는 인물로 그려진 것 역시 〈남창〉의 이상적

---

20) 강한영 교주, 『신재효판소리사설집』, 보성문화사, 1978, 2/4면.

지향에서 벗어나 있는 예이다.

이도령과 춘향의 성격화가 〈남창〉의 이상적 지향에서 벗어나 있으므로, 〈옥중화〉에서는 〈남창〉과는 달리 이도령과 춘향의 '초야(初夜) 사설'과 이어지는 '사랑놀음'이 소거되지 않았다. "넘오 亂ᄒ야 風俗에 關係도 되고 春香烈節에 辱이 되깃스나" 이를 소거하면 "넘오 무미ᄒ닛가 大綱大綱 ᄒ던 것이엇다"(479면)라는 작가의 개입은 〈남창〉를 의식하면서도 이를 전적으로 승인하지 않는 태도를 보여주는 것이다.[21]

〈옥중화〉가 〈남창〉의 특성인 서사적 합리성은 매우 적극적으로 계승하고 있으면서도 또 다른 주요한 특성인 인물의 이상화는 불완전하게 혹은 불철저하게 계승하고 있는 것은 왜 일까? 그것은 춘향과 이도령의 초야 사설 대목의 "넘오 亂ᄒ야 風俗에 關係도 되고 春香烈節에 辱이 되깃스나 넘오 무미ᄒ닛가 大綱大綱 ᄒ던 것이엇다"라는 작가의 개입 부분에서 짐작할 수 있듯이, 이상화로 인해 야기되는 '무미(無味)', 즉 흥미성의 반감(半減)을 우려했던 것이라 할 수 있다. 대중적인 신소설 작가인 이해조로서는 대중적인 인기와 관련되는 흥미성을 도외시할 수 없었던 것이다.

---

21) 결국 〈옥중화〉는 〈남창〉의 이상적 지향을 의식하는 한편 이러한 이상적 지향에 의해 소거된 부분까지도 아우르면서 성립된 텍스트라고 할 수 있다. 〈남창〉의 이상적 지향에 의해 소거된 것은 인물을 탈규범화 또는 희화화하는 해학적·풍자적 지향을 드러내는 내용이라 할 수 있으므로, 〈옥중화〉는 이상화와 골계화의 결합을 지향하고 있는 텍스트라고 할 수 있다. 〈남창〉이 창작된 19세기 중후반 이후에 비기생계로 대표되는 〈남창〉과 기생계로 대표되는 〈남원고사〉가 상호 대립·경쟁하면서 판소리사가 전개되고 있었던 바, 〈옥중화〉는 상이한 이 두 지향을 아우르면서 성립된 것이라 할 수 있다.〈옥중화〉가 성격을 달리하는 〈남창〉과 〈남원고사〉를 아우르면서 성립된 것이라 했지만, 〈옥중화〉 창작 이전에 이미 이 두 지향을 결합하여 성립된 텍스트가 존재하고 있었음을 상기할 필요가 있다. 필자는 〈장자백창본 춘향가〉가 〈남창〉과 〈남원고사〉의 상이한 두 지향을 결합하여 성립된 텍스트임을 보고한 바 있는데, 〈옥중화〉는 이 〈장자백창본 춘향가〉를 연원으로 하여 성립된 것이다. 이에 대해서는 이 책의 제3부 「〈옥중화〉의 계보」, 「〈장자백 창본 춘향가〉의 텍스트적 연원」에서 상세히 다루고 있다.

앞서 〈남창〉의 합리성은 춘향과 이도령의 이상화와 매우 밀접한 관련이 있으며, 춘향과 이도령를 이상화하고자 하는 작가 의식에는 이도령을 매개로 봉건 관료의 폭압으로 인해 야기된 현실의 제 모순에 대해 비판하고자 하는 의도가 내재되어 있음을 지적한 바 있다. 〈옥중화〉에서도 이도령이 어사가 되어 남원으로 가는 노중(路中)에 농부와 만나 대화하는 장면에서, 농부의 입을 통해 현실에 대한 비판적 인식을 표출하고 있다. 농부의 발화 속에서 '짚둥우리', '사발통문'이라는 단어로 '민란의 공기'를 표상하고 있는 것이 그것인데,22) 이는 신재효가 〈남창〉에서 의도했던 비판적 의도에 조응하는 것이다. 그렇지만 〈옥중화〉는 〈남창〉과는 달리 이도령을 민중의 구원자로 그 성격을 확장하지 못하고 있다. 〈옥중화〉에서 이도령은 어사 출도 후 춘향을 옥에서 구해내지만 변학도는 매우 관대하게 용서한다. 춘향과의 재회가 이루어지는 순간 '민란의 공기'는 사실상 도외시되어 버린 것이다. 신재효의 경우에는 춘향과 이도령을 이상화하여 흥미성을 소거하면서까지 현실의 모순을 비판하는 진보적 사대부의 형상을 창조하고자 했으나, 이해조의 경우에는 춘향과 이도령의 철저한 이상화를 포기하면서 흥미성을 유지했으나 그 결과 이도령을 통한 철저한 현실의 비판은 무화(無化)되고 말았던 것이다.23)

---

22) 최원식, 앞의 책, 153면.

23) 박순호 편(編) 『한글필사본고전소설전집』 99권에 실려 있는 '옥중화' 계열 〈춘향전〉의 다음 후기를 통해 당시 독자들이 변학도를 용서하는 것을 얼마나 못마땅해 했는가를 알 수 있다; "책 보는 법이 책을 다 보앗스면 무슨 감상이 이서야만 인간이라 흐는대 여런분 이 책을 보고 감상이 엇더하오. 남즈로는 신관스도와 갓흔 듣수와 다름업는 인간이 안이 대기을 맹세흐며 어스도와 갓흔 널분 마음 가지기을 맹서흐며 여즈로는 춘향과 갓흔 졀행은 못할지라도 속마은맛굼 나도 한변 실행하겟[ ]는 마음맛굼 가지게 된다면 이 책 지은 이 사람으로 대단 감스하다 흐오리다. 끗흐로 본관스도 쳐벌 온이흔 것이 유감이나 어스도 널분 마음□ 싱각흐야 여러분 분흔 마음 눌너 참으□□ 끗〃네 보♀주시기 부탁함이라."

② 〈봉황대〉는 전래의 고전소설인 〈이대봉전〉이 구활자본으로 간행된 것이다. 〈이대봉전〉은 구활자본으로 20회 정도 출간되었는데, 이는 〈소대성전〉, 〈유충렬전〉, 〈조웅전〉, 〈장백전〉과 함께 매우 인기있던 작품이었음을 알려주는 것이다.

그런데 군담소설의 다른 대표적인 작품들과는 달리 〈이대봉전〉의 인기는 구활자본으로 간행된 뒤에 얻어진 것이라는 사실을 주목할 필요가 있다. 〈소대성전〉〈유충렬전〉〈조웅전〉〈장백전〉 등은 구활자본으로도 여러 차례 간행되었을 뿐만 아니라 필사본이나 방각본으로도 다수의 이본을 가지고 있는 작품이다. 그렇지만 〈이대봉전〉은 구활자본으로 여러 차례 간행된 것과는 달리 소수의 필사본과 완판 방각본 1종만이 전해지고 있다. 이것은 〈이대봉전〉이 구활자본으로 간행되기 이전에는 군담소설의 다른 대표적인 작품들에 비해 그리 환영받지 못했음을 의미하는 것이다.

그럼에도 불구하고 〈이대봉전〉은 〈봉황대〉란 이름으로, 구활자본 고전소설이 간행되기 시작한 첫 해인 1912년에 다른 군담소설보다도 먼저 간행되었다. 그 이유는 어디에 있을까? 이는 〈이대봉전〉이 지니고 있는 독자적인 특성을 통해 설명될 수 있다.

〈이대봉전〉 역시 외적의 침입으로 야기된 중국 중심의 중세적 지배질서의 위기를 영웅적 주인공에 의해 수습하는 보수적 성격의 작품이라는 점에서는 다른 군담소설 작품과 마찬가지이다. 하지만 다른 군담소설 작품에 나타나는 여러 개별적 특성들을 균형적·통합적으로 서사화하고 있는 점에서 독자적이다. 대개의 군담소설 작품에서는 영웅적 행위를 하는 주인공이 남성으로 설정되어 있으며, 여성이 영웅적 주인공으로 설정되어 있는 작품의 경우에는 여성 주인공의 능력이 상대역인 남성보다 우월하게 그려지곤 한다. 이에 비해 〈이대봉전〉에서는 남성 주인공인 이대봉

과 여성 주인공인 장애황의 영웅적 행동이 대등하게 균형을 유지하며 서
사화된다. 뿐만 아니라 장애황의 경우에는 과거 시험을 통해 입신한 후에
외적을 물리치기 위해 출전하는 입상출장(入相出將)의 형태로, 이대봉의
경우에는 외적을 물리치고 입공하는 출장입상(出將入相)의 형태로 그려
지고 있어 군담소설에서 주인공의 입신(立身)과 입공(立功)의 대표적인
두 형태를 공존시키고 있다. 또한 군담소설의 주요한 단락인 배우자와의
결연, 정적과의 정쟁, 외적과의 대결, 가족과의 상봉이 고루 비중있게 서
사화되고 있으며, 어느 단락 하나라도 생략되거나 약화되어 있지 않으므
로 인해, 가족적 이상과 국가적 이상이 균형있게 표출되고 있다.[24]

   구활자본이 간행되던 첫 해에 군담소설을 그 간행 대상 작품으로 선정
한 것은 당연하다. 전통적 고전소설 가운데 독자들에게 가장 환영을 받
던 유형이 군담소설이었기 때문이다.[25] 그 가운데 특히 〈이대봉전〉이
우선 선정된 것은 군담소설의 양식적 특성을 가장 균형있게 구현하고 있
는 작품이기 때문이라 할 수 있다. 이는 고전소설을 구활자본으로 간행
하고자 했던 간행 주체들이 전통적 고전소설의 양식적 특성에 대해 매우
심오한 감식안을 지니고 있었다는 사실을 말해주는 것이다.

   고전소설의 간행 주체들은 감식안뿐만 아니라 작품의 핵심적 의미에
대해서도 본질적으로 이해하고 있었다. 국가갈등을 기본갈등으로 서사화
하고 있는 군담소설은 중국을 중심으로 한 동아시아 국가들 사이의 지배

---

24) 필자는 「조선조 후기의 군담소설 연구」(연세대 박사학위논문, 1994)에서 가족적
    이상을 그리고 있는 작품을 성가형(成家型)으로, 국가적 이상을 그리고 있는 작품을
    구국형(救國型)으로, 이 둘이 균형을 유지하고 있는 것을 혼합형(混合型)으로 유형
    분류한 바 있는데, 「이대봉전」은 혼합형에 해당된다고 할 수 있다.
25) 조동일은 『한국소설의 이론』(지식산업사, 1977)에서 19세기에 가장 인기있던 작품
    이 군담소설인 〈조웅전〉이었다고 한 바 있다. 지금까지 남아있는 전대의 소설 가운데
    이본을 포함해서 가장 많이 전해지고 있는 것이 군담소설 유형에 해당되는 작품이다.

질서 문제를 서사의 핵심적 의미로 구현하고 있는 작품군이라 할 수 있는데,26) 1916년 유일서관에서 간행된 〈봉황대〉의 표지 뒷면에 중국을 중심으로 한 아시아 지도가 인쇄되어 있어, 간행 주체들이 군담소설의 내용을 아시아 제국(諸國)의 국가 관계 문제로 파악하고 있었음을 보여준다.

군담소설에서 배경이 중국으로 설정되고 있는 것에 대해서는 여러 가지 설명 방식이 있어 왔다. 조선의 현실을 그리기 어려우므로 중국을 배경으로 설정했다는 설명 방식도 있으며, 자유로운 공간 해방을 얻을 수 있기 때문에 중국을 배경으로 설정했다는 설명 방식도 있다. 그렇지만 〈봉황대〉의 표지 뒷면에 중국을 중심으로 한 아시아 지도가 인쇄되어 있었다는 것은 작품 자체가 중국을 중심으로 한 동아시아의 공간을 문제 삼고 있음을 반증하는 것이다. 필자는 군담소설이 중국을 배경으로 설정하고 있는 것은 작품 자체의 갈등이 중국을 문제 삼고 있기 때문이라 한 바 있거니와, 실제로 군담소설 작품에서 대립의 축을 형성하고 있는 인물은 황제와 신하, 황제와 제후 등 동아시아의 봉건적 지배질서의 수직적 신분관계를 표상하는 인물들이며, 이들의 갈등은 동아시아 국가 권력의 향방을 둘러싸고 벌어지고 있는 것이다. 군담소설이 중국을 배경으로 설정하고 있는 것은 바로 군담소설의 기본 갈등인 국가갈등과 관련된 것으로 외적의 침입에 의해 야기되는 중세적 지배질서의 위기를 서사화하고자 했기 때문이다.27) 〈봉황대〉의 간행 주체는 군담소설의 주제적 의미의 핵심을 정확히 간취하고 있었던 것이다.

③ 〈신유복전〉은 전대의 텍스트가 남아 있지 않아 신작(新作)으로 추정되는 군담소설이다. 〈신유복전〉에서 주목되는 점은 소설의 주요 공간이

---

26) 이에 대해서는 김현양의 앞의 글(1994)을 참조하라.

27) 이 책의 제2부 「〈조웅전〉의 현실성과 낭만성」, 198-199면. 김현양, 「조선조 후기의 군담소설 연구」, 연세대 박사학위논문, 1994, 81-82면.

'조선(朝鮮)'으로 설정되면서 조선 인물인 신유복이 구원병대도독(救援兵大都督)으로 중국으로 가 외적을 물리치는 점이다. 군담소설의 배경 설정이 어떠한 의미를 지니는 것인가에 대해서는 이미 언급했거니와, 중국 배경으로부터 조선 배경으로의 변모는 심중한 의미를 지니고 있는 것이다. 뿐만 아니라 〈신유복전〉은 인물의 발화를 통해 화이론(華夷論)에 기초한 중세적 인식틀로부터 벗어나는 전환을 보여주고 있어 더욱 주목되는 작품이다.

> (나) 지금 중국이 위티ᄒ야 구원홈을 쳥ᄒ얏ᄉ오니 구원을 보니지 아니ᄒ면 린국더졉이 아니옵고 가달이 만일 중국을 멸ᄒ오면 죠션도 순망치한으로 어려오니 밧비 구원병을 보니여 중국을 구원ᄒ야 쥬고 죠션의 위엄을 뵈오미 조흘가 ᄒ나이다[28]

위의 인용은 〈신유복전〉에서 중국으로의 출병(出兵)을 요청하는 신유복의 발화이다. 신유복은 위의 발화에서 중국으로의 출병 이유를 제시하고 있는데, 그 내용을 주목할 필요가 있다. 우선 출병의 이유를 화이론에 입각한 명분으로서가 아니라 동아시아 국가질서의 국제정치적 이해의 측면에서 제시하고 있는 점이 주목된다. 이는 동아시아 국가질서의 문제를, 중국이 동아시아 국가질서의 중심이 되어야 한다는 당위적 관념으로서가 아니라 조선의 현실적 이해의 측면에서 바라보는 것이므로, 중국 중심의 인식틀로부터 조선 중심의 인식틀로의 전환을 보여주는 것이라 할 수 있다. 이것은 위의 발화에서 중국을 단순히 '린국(隣國)'으로 지칭한다든가 '중국을 구원'하여 주고 '조선의 위엄'을 보여주자고 하는 것에서 확인할 수 있다.

---

28) 김기동 편, 『활자본고전소설전집』4, 아세아문화사, 212면.

〈신유복전〉의 경우를 통해 단적으로 알 수 있듯이 군담소설에서 주인 공의 국적이 중국에서 조선으로 변화되는 것은 중국 중심의 화이론적 시 각으로부터 탈피하고자 하는 의식의 반영이라고 할 수 있다. 비록 중국 을 중심으로 하는 동아시아 국가질서를 옹호·보수하는 국가갈등의 서사 적 추이가 달라진 것은 아니지만, 조선을 중심으로 동아시아의 국가질서 를 옹호하고 보수하는 주체와 논리를 마련함으로써 일정하게 조선의 자 주성을 고양시키고 있는 것이라 하겠다. 전대의 군담소설에 내재되어 있 었던 핵심적인 주제적 의미를 정확히 간취했던 〈봉황대〉로부터 출발하 여 〈신유복전〉에 이르게 되면서 그 주제적 의미에 대한 주체적인 해석이 가능하게 되었던 것이다.

## 4.

판소리계소설인 〈옥중화〉와 군담소설인 〈봉황대〉, 〈신유복전〉을 대 상으로 이들이 구활자본으로 간행되면서 전대와는 다른 어떤 변모를 보 이는가를 논의했다. 논의 내용을 통해 구활자본 고전소설의 특성을 정리 하면 다음과 같다.

첫째, 구활자본 고전소설에서는 전대에 비해 더욱 철저히 서사의 합리 성이 추구되었다. 합리성의 추구는 근대소설로의 전환에 있어서 무엇보 다도 요청되는 텍스트적 자질 가운데 하나이다. 〈옥중화〉는 물론이고, 본고에서 다루지는 않았지만, 〈옥중화〉와 쌍벽을 이루는 최남선의 〈고본 춘향전〉에서도 합리성의 추구는 핵심적인 서사적 특성으로 자리 잡고 있 다.29) 구활자본으로 간행된 고전소설의 특성으로 '통속성(通俗性)'을 지 적하곤 하지만, '통속성'에 앞서 '합리성(合理性)'을 주목해야 한다.

둘째, 구활자본 고전소설은 강한 민족적 지향을 보여주고 있다. 〈신유복전〉은 민족적 지향을 드러내고 있는 대표적인 텍스트라 할 만하다. 중국을 중심으로 한 화이론적 인식에서 벗어나고자 하는 군담소설 텍스트 역시 넓은 의미에서는 민족적 지향을 보여주고 있다고 할 수 있다. 본고에서 다루지는 않았지만, 〈임경업전〉 등과 같은 역사실기소설도 민족적 지향을 보여주는 텍스트라 할 수 있다. 활자본으로 간행된 고전소설의 특성으로 '친일성(親日性)'을 지적하는 경우가 있으나, 이 또한 온당한 것이 아니다. 〈고려강시중전〉 등에서 일부 이러한 양상을 찾아닐 수 있으나, 이는 활자본 출판 초기 텍스트에 한정될 뿐이다.

셋째, 구활자본 고전소설의 특성뿐만이 아니라 '무엇을 계승할 것인가'라는 문제의식이 구활자본 고전소설의 출판에 내재되어 있었구는 점을 주시해야 한다. 판소리계소설의 경우에는 전대의 이본 가운데 무엇을 기반으로 할 것인가가 고민되었으며, 군담소설의 경우에는 어떠한 작품을 간행할 것인가가 고민되었다. 이는 구활자본 고전소설의 간행이 상업적 이윤 획득의 동기 안에서만 이루어진 것이 아니라, 전대의 유산을 어떻게 계승할 것인가라는 문제의식 속에서 이루어진 것이기도 하다는 것을 지적하는 것이다.

이상에서 정리한 내용은 활자본으로 간행되면서 모색된 특징적인 면들이라 할 수 있다. 합리성의 추구나, 강한 민족적 지향 등은 근대전환기 계몽 담론(啓蒙談論)의 내용들이라 할 수 있으므로, 결국 구활자본 고전소설은 근대를 추구하는 계몽 담론의 자장(磁場) 안에서 변모되었다고

---

29) 최남선의 <고본 춘향전>은 춘향전史에서 비록 <옥중화>만큼의 영향력을 발휘하지는 못했지만 <옥중화> 못지않게 주목해야 할 텍스트이다. 본 논문에서는 <고본 춘향전>을 대상 작품으로 다루지 못했는데, 그 특성과 춘향전史에서 차지하는 위상과 의미에 대해 별고를 통해 고찰할 예정이다.

할 수 있다. 자신의 양식적 생명을 마감하는 시기에서도 역사적 현실의 요구를 체화(體化)하고자 했던 것이다.

1910년대는 근대적인 소설과 구활자본 고전소설이 공존하던 시기였다. 근대적인 소설은 신소설, 역사·전기소설, 1910년대 〈단편소설〉, 1910년대 〈장편소설〉이라는 양식으로 존재했다.[30] 이들 양식들은 어떤 방식으로든 소설적 형상화의 내부에 '계몽적 의지'를 담고 있었는데, 이것은 작가 또는 내포 작가가 독자의 우위에 서서 텍스트를 매개로 독자에게 이념을 강요한다는 점에서 고전소설 양식의 내부에 자리 잡고 있는 교화주의 혹은 교훈주의와 일맥상통하는 바가 있다. 특히 신소설이나 역사·전기소설의 경우에는 계몽성이 더욱 강하게 자리 잡고 있는 양식이라 할 수 있는데, 그렇기에 신소설이나 역사·전기소설은 고전소설과는 달리 당대성(當代性)을 철저히 구현하고 있음에도 고전소설의 양식적 관습에서 멀리 벗어나지 못했던 것이다. 주목할 만한 단편소설과 장편소설 「무정」이 창작되기 시작했던 1917년 이전까지는, 신·구소설은 동형이체(同形異體)의 모습으로 공존했던 것이다. 중국소설의 번역(안) 작품이 대거 등장하면서 구활자본 고전소설이 활력을 잃은 것이 바로 1917년부터라는 사실은 우연이 아니다.

---

30) 이 시기 근대적인 소설의 지형도에 대해서는 다음의 연구 성과를 참조했다; 양문규, 『한국근대소설사연구』, 국학자료원, 1994. 김영민, 『한국근대소설사』, 솔, 1997. 한기형, 「신소설의 근대문학적 위상」, 성균관대 박사학위논문, 1997.

# 19세기 말~20세기 초『제국신문』의「론셜」연구
## -「서사적 논설」의 존재양상과 그 위상에 대하여-

### 1.

　1898년을 전후하여 출현한 대표적인 신문들인『독립신문』,『미일신문』,『제국신문』,『皇城新聞』의「론셜」란에는 오늘날 우리가 알고 있는 '논설(論說)'과는 그 서술의 양상이 전혀 다른 단형(短型)의 '이야기'들이 다수 게재되어 있다.「서사적 논설」이라 명명된1) 이러한 이야기들은 근대적인 매체라 할 수 있는 개화기(開花期) 신문에서 발견되는 최초의 이야기 형태라 할 수 있다. 근대소설사(近代小說史)를 객관적이고 온당하게 기술하기 위해서는 이들 이야기의 성격을 밝혀내고 그것이 근대전환기(近代轉換期) 서사문학사에서 차지하는 위상을 규명하는 일이 긴요하다.2)

---

1)「서사적 논설」이라는 명칭은 김영민에 의해 처음 사용되었으며, 그 뒤를 이어 정선태가 사용한 바 있다.「단편서사물」이라는 용어를 사용하기도 하나(한기형),「서사적 논설」과「단편서사물」은 그 개념의 내포와 외연이 다르다.「단편서사물」은 김영민이 사용하는「서사적 논설」과「논설적 서사」를 아우르면서 동시에 여항소설까지도 포함하고 있는 개념이다. 본고는 19세기 후반에서 20세기 초에 걸쳐『제국신문』의 '론셜'란에 게재되었던 단형(短型)의 이야기를 연구 대상으로 하고 있는데, 이는 김영민이「서사적 논설」이라 지칭했던 대상과 일치하는 것이다.「서사적 논설」과「단편서사물」에 대해서는 다음을 참고하라; 김영민,『한국근대소설사』, 솔, 1997, 23-50면. 정선태,『개화기 신문논설의 서사 수용 양상』, 소명, 1999, 114-120면. 한기형,「신소설의 근대문학적 위상」, 성대 박사학위논문, 1997, 18-41면.

본고에서 주목하고자 하는 대상은『제국신문』「론셜」란에 소재(所載)
되어 있는「서사적 논설」이다.『제국신문』은『皇城新聞』과 함께 1898
년에 창간되어 10년 넘게 국문(國文)으로 간행된 신문으로, 그 주된 독
자층은 하층민과 부녀자들이었으며.3) 1910년 3월 폐간될 때까지 개화를
통한 근대국가의 수립을 위해 국민계몽에 진력하였다.4)『제국신문』이
이야기 형태의「서사적 논설」을「론셜」란에 게재한 것도 국민계몽의 일
환이었으며, 이는『독립신문』·『미일신문』·『皇城新聞』 등도 마찬가지
였다. 그렇지만 본고에서 특히『제국신문』에 한정하여 주목하고자 하는
것은『제국신문』이「서사적 논설」을 게재하고 있는 국문신문을 대표하
기 때문이다. 게재된「서사적 논설」텍스트의 양으로만 본다면 물론『皇
城新聞』이 월등히 많지만,5)『皇城新聞』은 양반(兩班) 및 유생(儒生) 등

---

2) 위의 김영민, 정선태, 한기형의 연구 성과 이외에 주목할 만한 성과는 다음과 같다;
   설성경,「최초의 신소설에 대한 새로운 접근」,『문학과 의식』27호, 1995.(『신소설 연
   구』, 새문사, 2005) 조남현,「개화기 소설의 생성과 전개」,『소설과 사상』제10호,
   1995년 봄. 권영민,「개화 계몽 시대 서사 양식의 장르 분화」,『한국문화』17집, 서울
   대 한국문화연구소, 1996. 김영민,「한말의 <서사적 논설> 연구」,『작가연구』제2호,
   1996. 정선태,「계몽의 담론-개화기 문학적 서사담론의 정치적 리얼리즘에 관한 연
   구 시론」,『외국문학』, 1997년 여름. 정선태,「개화기 신문논설의 문학적 성격 연구-
   『미일신문』을 중심으로」,『한국학보』89집, 1997년 겨울. 한기형,「신소설 형성의 양
   식적 기반-'단편서사물'과 신소설의 관계를 중심으로」,『민족문학사연구』14, 소명,
   1999.
3) 최기영,『대한제국기 신문연구』, 일조각, 1991, 11면.『제국신문』의 독자층에 관해서
   박은식은 다음과 같이 기록한 바 있다; "余見近日, 巡檢·兵丁·井井商賈之民, 以至婦人·
   女子及隷役之屬, 無不能讀, 帝國新聞者, 每過而廳之未嘗不喜文化有進機也……"(『朴
   殷植全書 中』, 단국대 동양학연구소, 1975, 17면)
4)『제국신문』은 일본의 국권침탈이 본격화되면서 더욱 국민계몽을 중시하였다. 국문
   을 중시하였고 법률의 공정한 시행과 풍속개량을 국가발전의 요체로 보았으며, 특히
   여성문제에 관심이 많았다.『독립신문』,『황성신문』과 더불어 대표적인 개화 계몽의
   민족지였으나, 경영난으로 인해 친일 세력이 간여하면서 성격이 다소 변질되다가 결
   국 폐간되었다.(최기영, 위의 책)
5) 정선태의 보고에 의하면『독립신문』에 30편(문답식 구성 17편/토론식 구성 2편/일

당시 관료층과 지식인층을 주 계몽대상으로 하여 국한문(國漢文)으로 간행된 신문이므로,6) 근대소설사적 관심과 보다 부합되는 것은 국문으로 간행된『제국신문』이라 할 수 있다. 또한 국문신문 가운데『제국신문』이「서사적 논설」텍스트를 가장 많이 게재하고 있으므로,『제국신문』을 우선 주목하고자 한다.7)

『제국신문』「론셜」소재「서사적 논설」을 대상으로 본고에서 논의하고자 하는 것은 다음의 두 가지이다.

첫째,『제국신문』「론셜」소재「서사적 논설」의 텍스트 목록을 보다 정밀하게 작성하는 것이다. 최근에 보고된 기존의 연구에서 이미『제국신문』「론셜」란에 게재된「서사적 논설」의 목록이 작성된 바 있지만, 완전하지 못하다.8)

둘째,『제국신문』의「서사적 논설」텍스트를 대상으로 이것이 근대전환기 서사문학사에서 차지하는 위상을 파악하는 것이다. 이와 관련하여 본고에서는 우리 소설사[서사문학사]의 전통에 대한 온당치 않은 시각을 문제 삼고자 한다.『제국신문』소재「서사적 논설」의 위상을 올바로 자리매김 하기 위해서는 근대로의 전환을 모색하는 이 시기까지 우리 소설

---

화식 구성 11편),『미일신문』에 27편(문답식 구성 8편/토론식 구성 1편/일화식 구성 18편),『황성신문』에 134편(문답식 구성 41편/토론식 구성 50편/일화식 구성 43편)이 수록되어 있다고 한다.『제국신문』에는 37편(문답식 구성 10편/토론식 구성 3편/일화식 구성 24편)이 수록되어 있다고 하니『황성신문』에 가장 많은「서사적 논설」이 수록되어 있다고 하겠다.

6)『皇城新聞』에 대해서는 이광린,「『皇城新聞』研究」,『開化派와 開化思想 研究』, 일조각, 1989. 참고.

7) 본고에서『제국신문』의 자료로 이용하고자 하는 것은 아세아문화사 영인본이다. 아세아문화사 영인본은 창간호부터 1902년까지 2책으로 1986년에 간행되었다.

8) 앞서 언급한 바 있는 정선태의 보고를 지칭하는 것이다. 완전하지 못하다는 것은「서사적 논설」의 목록에 더 올라갈 수 있는 자료가 누락되었다는 것이다. 이에 대해서는 뒤에 자세히 논의할 예정이다.

사가 이룩한 역사적 성취에 대한 정당한 이해가 뒷받침되어야 하는데, 최근의 논의는 이러한 전제적 이해의 기반이 부실해, 결과적으로 「서사적 논설」의 위상을 제대로 파악하지 못했다. 본고의 중심적인 문제의식은 여기에 있다.[9]

## 2.

『제국신문』의 「론셜」란에 게재되어 있는 '단형(短型)의 이야기' 텍스트를 「서사적 논설」이라고 하는 양식적 개념으로 확정하기 위해서는 그 기준이 필요하다. 이와 관련하여 그 기준이 제시된 바 있다.

「서사적 논설」의 텍스트 확정과 관련하여 제시된 첫 번째 기준은 '문학성'이다. "문학적인 글이 구비해야 할 최소한의 요건으로 사실의 허구적 재구성과 일상 언어의 재조직화"[10]를 들고, 이에 부합되지 않는 것들을 「서사적 논설」의 범위에서 제외했다. '문학적인 것'에 대한 판단은 매우 복잡하고 미묘한 문제들을 내포하고 있는 것이지만, '일상 언어를 매개로 한 허구적 형상화'를 문학 텍스트의 기본 요건이라 규정하는 것은 일반론적인 차원에서 타당한 것이라 생각된다.

텍스트 확정의 두 번째 기준은 '서사성'이다. "서술자의 역할이 뚜렷하

---

9) 근대소설을 바라보는 관점은 크게 두 가지로 나눌 수 있다. 첫째는 전통적인 견해로 군담소설[영웅소설]이나 판소리계소설과 같은 중세의 대표적인 국문소설의 전통이 신소설로 이어진다는 관점이다. 둘째는 고전소설에서 근대의 「서사적 논설」이나 <논설적 서사>와 같은 단형 서사 양식의 매개적 단계를 거쳐 신소설로 전환된다는 것이다. 이 가운데 두 번째의 논의는 특히 김영민에 의해 최근에 보다 체계적으로 정리되어 보고된 바 있는데, 본고가 중심적인 논의의 대상으로 삼고 있는 것은 바로 이러한 시각이다.
10) 정선태, 앞의 책, 20면.

며, 일정한 상황하에 사건이 진행되고 있"[11])는 특징을 지니고 있는 텍스트를 「서사적 논설」의 범주에 포함시키고 있는데, 「서사적 논설」은 '서사' 텍스트이므로, '서사'의 기본 요소인 '화자[서술자]'와 '사건'을 주목하는 것은 당연하다. 그렇지만 서사적 특성을 보인다고 해서 「서사적 논설」의 범주에 반드시 포함시키고 있지는 않다. 「서사적 논설」 텍스트가 「론셜」란에 게재되어 있는 것에서 알 수 있듯이, 「서사적 논설」은 '계몽적 의도'를 전달하기 위한 목적과 긴밀하게 결합되어 있다. 따라서 '서사적 특성을 보이는 론셜' 가운데는 서사성보다 계몽성, 즉 교술성이 월등히 우세한 경우도 있는데, 이러한 경우에는 대부분 화자의 교술적 주장이나 설명, 독백이 큰 비중을 차지하면서 사건이 미약하게 형상화되거나 사건의 서사적 긴장이 미미하게 그려지게 된다. 이런 경우 「서사적 논설」의 텍스트 범주에서 제외되는 것은 당연하다 할 수 있다.[12])

선행 연구는 이러한 기준에 의거해『제국신문』소재 「론셜」 가운데 「서사적 논설」의 범주에 속하는 텍스트를 37편으로 확정했으며, 이를 다시 두 사람의 대화로 일관하되 말하는 사람이 우월한 입장에서 새로운 정보를 전달하고 있는 문답식 구성의 논설(10편), 둘 또는 그 이상의 인물이 등장하여 하나의 사건이나 주제를 두고 논란을 벌이는 토론식 구성의 논설(3편), 이 둘을 제외한 일반적인 이야기 형식을 따르고 있는 일화식 구성의 논설(24편)로 분류했다.[13])

(가) ⓐ엇던 학쟈님 훈분이 머리에는 수십년된 큰 갓슬 쓰고 몸에 눈 수삼

---

11) 정선태, 위의 책, 68면.

12) 「서사적 논설」의 범주 확정과 관련된 구체적인 논의는 정선태의 위의 책 64-145면을 참고하라. 김영민 역시 서사를 논설의 일부로만 활용하는 경우에는 「서사적 논설」의 범주에서 제외해야 한다고 했다.(앞의 책, 29면)

13) 정선태, 위의 책, 68-70면.

년된 헌 도포롤 닙고 손에는 쳥여쟝을 집고 호즁짜흐로 브터 와셔 인ᄉ
흔후에 희희탄식 ᄒ여 왈 ⓑ지금 셰샹이 엇지 이리 요요ᄒ고 법도 이
젼법이 아니오 의관도 이젼 의관이 아니니 이갓치 되다가 ᄂ죵에는 엇
지되랴노 ᄒ거늘 내가 무러왈 녯젹에토굴에셔 살엇스니 지금 사롬도
능히 ᄒ겟ᄂᄂ뇨 그럿치 못ᄒ다 녯젹에 나무 열미만 먹엇스니 지금 사롬
도 능히 ᄒ겟ᄂᄂ뇨 그럿치 못ᄒ다 녯젹에 풀노 옷슬 ᄒ여 닙엇스니 지금
사롬도 능히 ᄒ겟ᄂᄂ뇨 이것도 ᄯ또흔 능히 못 ᄒ리라 그러 ᄒ면 지금 셰
계가 녯젹 셰계가 아니오 지금 사롬이 녯젹 사롬이 아니어눌 셰계와
사롬은 다 녯젹이 아니고 능히 이젼 법을 힝ᄒ리오 (……) 근일 슈구
흔다는 사롬들은 ᄌ긔 혼쟈나 잘슈구 ᄒ면 됴흐련마는 무워시 부죡ᄒ
야 셰샹을 ᄭ꾸즛고 셰샹을 원망ᄒ야 쳔단만단으로 셰샹을 흔ᄃ눈고 ᄌ
긔ᄂ ᄌ긔오 셰샹은 셰샹이어눌 ᄒ들며 ᄌ긔ᄂ 풍쇽의 죵이 된줄을 스
스로 아지 못ᄒ고 오히려 영화로 녁이고 셰샹을 ᄂᄆ라니 엇지 우습지
아니 ᄒ리오 오눌날 셰샹의 힝ᄒᄂ 법이 필연 후일에 수구ᄒᄂ 사롬들
도 편리ᄒ다 ᄒ리다 ⓒᄒ니 그 학쟈님이 아모 말도 업시 가더라14)

(나) ⓐ일젼에 엇더흔 친구가 셔로 슈작ᄒᄂ 말슘을 드른즉 가장 이상ᄒ
기로 좌에 긔지ᄒ노라 흔사롬이 ᄀᆯ으디 ⓑ우리나라 사롬은 평싱에 문
겨니 고루ᄒ야 아모일이 던지 홀수업ᄂ니 녯글에 니른바 우물밋헤 긔
골이라 흥샹 말ᄒ기를 하눌이 젹다ᄒ야 뎌 본것만 올타ᄒ데 흔사롬이
ᄀᆯ으디 우리나라 빅셩은 새ᄌ데 눈은 반들 반들ᄒ고 말은 지작지작ᄒ
야 짓거리기는 잘도ᄒ고 ᄶ쎄를 지여 모히기도 잘ᄒ나 실샹은 쐬도업고
겁도만하 아모일도 못ᄒᄂ니 녯글에 닐너스되 연작(燕雀)이당에 쳐ᄒ
야 구구히 셔로 즐거훌시 부엌고래에 불꼿시올나 집이 쟝춧 타것마는
연쟉은 화가 몸에 밋츨줄 모로고 낫빗슬 변ᄒ지 아니흔다 ᄒ여스니 실

---

14) 『제국신문』, 1899년 4월 26일, 91호, 「론셜」.
　중략 표시와 알파벳 표기는 필자가 한 것이다. 이하 『제국신문』 「론셜」란의 「서사
적 논설」을 인용할 경우에는 발행연월일과 호수만을 제시할 것이다. 인용문의 加筆
에 대해서도 따로 언급하지 않을 것이다.

샹 그와굿데 (……) 흔사롬이 골ㅇ디 달관흔 사롭들은 물새와 굿데 륙
디에셔 싱쟝흔 즘싱들은 다만 물속에 잇는것만 보고 물에잇는 고기들
은 다만 물속에 잇는것만 알거니와 물시라 ㅎ는 즘싱은 물에도 드러가
고 들에도 도니면셔 본것도 만커니와 지죠도 신통흔데 두 사롬이 말을
맛치지 못흐야 압길에 셕양이 빗긴지라 흔탄흐여 골ㅇ디 기고리도 만
히잇고 탁목됴도 만컨마는 물시는 어디잇노 분운흔 이셰샹에 승평일
월 언제볼쬬 ⓒ일쟝을 통곡흐고 각각도라 갓다더라15)

(다) ⓐ최샹샤 산일션싱은 본리 문학이 유여 ㅎ고 셰스를 즈탄ㅎ더니 비
스로 이글을 지어 보냇기로긔지ㅎ노라 ⓑ녯적에 엇던 사롬이 첩첩 산
중에셔 살아 붉으면 화뎐이나 파고 어두오면 잠이나 즈고 리웃 집이
ㅎ나 라도 잇슬가 셰샹 사롬 ㅎ나라도 오는 이가 잇슬가 평싱을 혼자
사논대 즈식 나셔 점점 쟝셩ㅎ매 그즈식 의 안목이 아비의 싱애는 화뎐
파고 어미의 싱야는 습뵈 나흐며 음식은 감즈나 먹고 집은 수삼간 토실
이 뎨일 됴흔 줄만 알고 의복은 셕새 뵈옷시 웃듬 인줄 알고 어미가
무웟 신지 아비가 무웟신지 졔 싱긴대로 즈라 아비가 무슴 일노 싸즈
지면 그 ㅇ히도 졔 아비와 갓치 싸즛고 어미가 무슴 일노 싸리면 그
ㅎ(ㅇ)히도 어미와 갓치 싸리 거놀 (……) 셰샹에 나가 소금 쟝스의
모양과 효힝을 본즉 이즈식이 그젼에 잘못흔 죄도 알고 부모의게 봉양
흘바를 알겟ㄴ이다 ㅎ고 그후로 효즈가 되야 힘써 소금 쟝스를 ㅎ야
지물을 모화 가지고 션싱 소금 쟝스 사는 동리에 됴흔집과 뎐답을 사셔
그 부모의 감즈 먹던것과 뵈옷 닙던것슬 곳처 고량 진미와 룽라 쥬의로
편케ㅎ고 토실에 잇던거슬 고대광실에 뫼셔셔 즈식 도리를 다ㅎ엿다
ㅎ니 ⓒ당쵸에 소금 쟝스 아니면 이ㅇ히가 엇지 번화흔 짜에 나와 놈
보다 더 잘 살니오 이말이 쇽담이나 보면 감동 홈이 잇슬듯 ㅎ오16)

---

15) 1989년 12월 24일, 115호.
16) 1899년 4월 12일, 79호.

위의 인용문 (가)-(다)는 각각 「문답식 구성」, 「토론식 구성」, 「일화식 구성」을 보여주는 텍스트로 제시된 것들 가운데 하나이다. (가)는 1899년 4월 26일자 「론셜」르, 나와 수구(守舊) 학자와의 대화를 통해 새로운 시대에는 새로운 법이 필요함을 역설하면서 변화의 당위를 밝히고 있다. (나)는 1889년 12월 24일자 「론셜」로, 친구들끼리의 대화를 통해 우리나라 사람의 부정적 행태를 비판하고 있다. (다)는 1899년 4월 12일자 「론셜」로, 소금장수의 가르침을 통해 세상살이를 깨우친 아들의 예화(例話)를 들어 문명을 여찬하고 있다. 대화 혹은 예화를 통해 근대 문명의 가치를 계몽하고자 하는 의도를 드러내고 있는 바, 계몽기의 「서사적 논설」이라 할 만하다.

그런데, 위의 각각의 텍스트는 공통적으로 세 마디의 서사단락으로 구성되어 있다는 점을 주목할 필요가 있다. (가)와 (나)는 인물의 대화를 전언하는 형식의 텍스트로, ⓑ가 이 부분에 해당된다. ⓑ의 앞, 뒤로 배치되어 있는 ⓐ와 ⓒ는 각각 대화적 상황의 제시, 대화의 결과와 의미 해석 부분이라 하겠는데, ⓑ가 서술자의 개입이 자제되는 부분이라면, ⓐ와 ⓒ는 서술자가 적극적으로 개입하는 부분이라 할 수 있다. (다)의 경우는 예화를 전언하는 형식의 텍스트인데, (가)·(나)와 마찬가지로 ⓑ가 전언되는 예화에 해당되는 부분이며, ⓐ와 ⓒ는 전언의 계기 제시,[17] 예화의 의미 해석 부분이다. ⓐ와 ⓒ에서 서술자의 개입이 적극적이라는 점도 역시 마찬가지이다. 텍스트에 따라서 ⓑ가 확장되면서 ⓐ와 ⓒ가 약화되기도 하지만,[18] 일반적으로 제시 단락 — 대화 혹은 예화 단락

---

17) 텍스트에 따라서는 전언의 계기뿐만이 아니라, 그 의미까지도 제시하곤 한다.

18) ⓐ와 ⓒ의 비중이 강화되고, 오히려 ⓑ가 미약하게 자리 잡고 있는 텍스트도 있는데, 이러한 텍스트는 「서사적 논설」이라 하기 어려우며, 따라서 「서사적 논설」의 텍스트 목록에서 제외되어야 한다. 김영민과 정선태도 이미 이같은 기준을 범주 확정 기준으로 제시한 바 있다.

- 의미 해석 단락을 공식 단락으로 하여 순차적으로 구성되어 있다고 할 수 있다.

선행 연구에서는 『제국신문』 소재 「론셜」 가운데 「서사적 논설」의 범주에 속하는 텍스트를 37편으로 확정했는데, 대화나 예화를 포함하면서 공식적 구성을 보여주는 텍스트는 이보다 훨씬 많다. 선행 연구의 목록에는 포함되어 있지 않지만, 문답식 구성, 토론식 구성, 일화식 구성이라 할 수 있는 텍스트의 예를 하나씩만 보도록 하자.

(라) ⓐ그 잇흔날 쥬긱이 다시 언약을 좃차 흔곳에 모히여 슐존을 기우리며 챠를 나오와 시스를 담론홀시 긱왈 ⓑ작일에 그더의 말을 드르니 가장 슈상흔지라 그러나 동양 나라의 일은 동양학문으로 말홈이 가흔즉 셔양 민쥬국의 풍쇽으로 토론홈은 원흔지 안노라 쥬인왈 로형이 근본 동양학문에 병이 깁허셔 각국물졍은 듯기도 슬허ᄒ니 엇지 흉즁에 막힌거슬 긔벽홀수 잇스리오 그러나 로형을 위ᄒ야 동양 스젹이나 대강 의론ᄒ리니 형의 소견더로 말슴ᄒ라 엇더케 ᄒ여야 나라 졍치의 병든거슬 곳치고 문명흔 텬하가 되겟ᄂ뇨 (……) 이제 로형도 다만 공밍즈의 말슴만 밋고 텬하의 형세를 듯지도 못ᄒ고 알지도 못홈이니 쳥컨더 각국스긔와 학문을 더 공부ᄒ시면 됴홀듯 ᄒᄂ이다 ⓒ로션싱이 묵묵히 말이업시 믈너가더라[19)]

(마) ⓐ엇던 사름 둘이 서로 맛나 슈작ᄒᄂᆫ대 흔사름의 셩은 쟝씨오 쏘(흔)사름의 셩은 황씨라 그 두사름이 근본 쥭마고구로 졍분이 미우 교밀 ᄒ더니 즁년에 쟝씨는 어느 시골노 나려가셔 산슈지간에 한가이 살고 황씨는 인ᄒ여 경셩에 살어셔 남북촌에 츌입ᄒ며 세티 렴량과 시쇽 물졍을 익슉히 알더니 쟝씨가 몃희만에 셔울을 놀나와셔 황씨의 집에 ᄎ져가니 황씨가 만갑게 영졉ᄒ야 손을 잡고 인스흔 후에 셔로 녯날에

---

19) 1898년 12월 13일, 105호.

지니던 정의와 중간에 격조흔 회포를 담론ᄒ다가 쟝씨가 기리탄식ᄒ
야 ᄀᆞ르ᄋᆞ디 ⓑ오호라 인싱셰간이 불과 빅년인디 우리 량인이 임의 빅
발이 셩셩ᄒ야 남은히가 얼마가 되지 아니ᄒ엿신즉 셰샹만ᄉ가 도시
싱전에 흔잔슐만 ᄀᆞ지 못ᄒ니 그렁 져렁 셰월이나 보너엿지 이제는 무
슴 일이던지 경영홀 ᄆᆞ음이 업더라 흔디 황씨 쏘흔 탄식ᄒ야 ᄀᆞ르ᄋᆞ디
우리가 몃히만에 샹봉ᄒ야 이러케 말 ᄒ는 것이 박졀흔듯 ᄒ나 최션ᄒ
는 것은 붕우의 도리라 셰샹 사름이 다 로형갓치 ᄌᆞ포ᄌᆞ기 ᄒ는 ᄭᆞ닭
에 우리 나리이 졈졈 빈약 ᄒ도다 내싱각에는 (……) 쟝씨 갈아디 그
디의 고명흔 언론을 드른즉 내의 마음이 샹쾌ᄒ거니와 종금이후로는
나도 쏘흔 이젼싱각은 다 바리고 무삼 ᄉ업을 경영ᄒ겟노라 ⓒᄒ고
쟝황 량인이 일쟝셜화를 장황이 ᄒ다가 서로 허여졋다더라[20]

(바) ⓐ아라ᄉ국이 지금은 뎌렷케 강대흔 나리이로대 이젼의 형편을 말
홀진대 이빅년전에 그나라 디방이 지금보다 절반이 지나지 못ᄒ고 나
라가온대 남북으로 ᄲᅧ친 산믹이 잇고 그 남아는 모다 평원광야흔 ᄯᅡ이
북방이 갓가온 곳인고로 귀후가 대단이 차셔 일년이면 아홉둘은 긔쳔
에 얼음이 녹지안코 온화흔 날은 일년에 석둘뿐이오 중앙과 남방은 ᄯᅡ
이 좀나어셔 가히 무엇슬 심을듯ᄒ나 들 가온대 모리가 밀녀셔 전답을
만들지 못ᄒ는 곳이 비비ᄒ고 삼님과 큰물이 심히만은대 그인민들이
야만과 갓허셔 사난곳이 뎡쳐가 업고 쏘흔 싱이도 업시 다만 즘싱이나
잡아 먹고 고기나 잡아 먹으며 말 졋슬시게 만들어 ᄭᅳ여셔 슐 디신으
로 먹더니 그후에 챠챠 집 짓고 밧갈고 셩곽을 만들쥴을 아는지라 ⓑ
삼빅여년에 아력극ᄉ란 님군이 졍ᄉ를 잘ᄒ야 빅셩으로 더부러 회락
을 흔가지ᄒ며 도로를 슈리ᄒ여 샹로를 통ᄒ고 광산을 기통ᄒ며 누어
농ᄉ를 힘쓰며 방젹을 힘ᄡᅵ 나라이 크게 다ᄉ리더니 그 님군이 죽고
피득이란 님군이 셔셔 나라 빅셩이 문을닷고 타국사름으로 더부러 샹
통ᄒ지 앗는거슬 불가타 ᄒ고 개화의 마음을 두고 ᄯᅳᆺ을 결단ᄒ야 각항

---

20) 1900년 2월 16일, 33호.

슈업을 비호고 닉히는대 (……) 낙셩ᄒ후에 례비당을 시로 지어 예슈
씌 샤례ᄒ고 반년후에 하란국 샹션이 쳐음으로 왓거늘 왕이 깃버셔 친
이 그비에 가셔 션쥬를 관디ᄒ고 쳥ᄒ여 궁즁에셔 잔치ᄒ고 얼마 못되
여 영국과 하란 각국 샹션이 리왕ᄒ며 무역이 흥왕ᄒ미 빅셩이 시법이
유익홈을 씨다라 나라이 날노 흥왕ᄒ엿스니 ⓒ일이란거슨 샤롬이 ᄒ
기에 잇는거슬 가히 알겟더라 셩현이 말삼ᄒ되 무릇 빅셩이 힝홀거슬
내가 먼져 몸소힝ᄒ면 령을 나리지 안어도 힝흔다ᄒ엿스니 대뎌 빅셩
의 일이란거슨 몸소갓부게 흔즉 빅셩을 비록 브즐언ᄒ게 식히더리도
원망이 업느니 피득 황뎨가 가위 몸소 먼져 힝ᄒ는 님군이오 ᄯ 피득
황뎨가 셩명을 곤치고 타국으로 가셔 비에 함쟝 노릇슬 ᄒ여가며 시법
을 비와가지고 돌아와셔 그나라 인민을 가라쳐스니 진실노 셰샹에 듬
은 큰 사롬이 아니냐 ᄒ고 쳥국 엇던 션비가 말ᄒ엿기로 대강 번역ᄒ
여 그나라 형편을 알게ᄒ노라[21]

(라)는 1898년 12월 13일자「론셜」이다. 요순공맹(堯舜孔孟)의 법을
본받아야 한다는 객(客)의 주장에 대해 주인이 시세(時勢)의 변화를 일
깨우며 신법(新法)의 필요성을 역설하는 내용이다. ⓐ에서는 주객 사이
의 대화 상황을 제시하고 있고, ⓑ에서는 각각 구법(舊法)과 신법의 필
요성을 주장하는 대화 내용이 서술되고 있으며, ⓒ에서는 대화의 결과를
제시하고 있다. 문답식의 구성을 취하고 있는 전형적인「서사적 논설」
이라 할 수 있다.

(마)는 1900년 2월 16일자「론셜」이다. 고령(高齡)과 정치의 폐해(弊
害)를 이유로 세상 구제(救濟)의 뜻을 접고자 하는 시골 장씨와 세상 구
제의 필요성을 역설하는 서울 황씨와의 대화가 주된 내용이다. 이「론셜」
역시 종로에서 전차 구경을 한 장씨가 자신의 생각이 잘못됐음을 깨우치

---

21) 1899년 10월 12일, 228호.

고 사업 경영을 다짐하는 것으로 끝맺고 있는데, 두 사람이 대화를 주고 받으며 한 사람이 다른 한 사람을 깨우치고 있다는 점에서는 문답식 구성이라고도 할 수 있겠으나, 두 사람의 대화가 단순 문답이 아니라 각자의 소견을 독자적으로 제시하는 것이므로 토론식 구성이라 보는 것이 합당하다. 시골 장씨의 깨우침이 서울 황씨의 언설(言說)에 의해 이루어지지 않고, 종로의 전차 구경에 의해 이루어지는 것도 두 사람의 대화가 토론의 성격을 지니고 있는 것이라는 점을 말해 준다. (마)도 역시 대화의 상황을 제시하는 ⓐ, 대화에 해당하는 ⓑ, 대화의 결과를 제시하는 ⓒ로 이루어져 있다.

(바)는 1899년 10월 12일자 「론셜」로, 아라사 피득 황제의 개화 사적(事跡)을 전언하는 내용이다. ⓐ는 전언의 계기와 의미 제시에 대응되는 부분이며, ⓑ는 전언되는 예화이고, ⓒ는 예화의 의미 해석 부분으로, 일화식 구성의 공식적 틀을 그대로 보여주고 있는 「서사적 논설」의 예라 할 수 있다.[22]

이상에서 선행 연구에서 작성된 『제국신문』 소재 「서사적 논설」의 목록에 속해 있지는 않지만, 「서사적 논설」의 범주에 포함될 수 있는 문답식 구성, 토론식 구성, 일화식 구성의 예를 각각 한편씩 제시하고 살펴보았지만, 실제는 이보다 훨씬 그 수가 많다. 앞서 예로 들었던 것까지 포함하여 문답식 구성 8편, 대화식 구성 3편, 일화식 구성 21편을 목록에 추가할 수 있으니, 기존 목록에 빠져 있는 텍스트가 총 32편에 달한다. 여기에 그 목록을 적시하면 다음과 같다.

---

22) 비록 ⓐ가 공간적 배경을 도드라지게 드러내는 서사적 도입의 서술 양상을 보여주고 있어, 전언의 계기와 의미 제시라는 일화식 구성 시작 단락의 공식적 틀에서 다소 벗어나고 있는 것처럼 보이기는 하지만, 이 역시 일정하게 서사의 의미를 암시하는 기능을 하고 있으므로, 일화식 구성의 공식적 틀에서 벗어났다고 하기는 어렵다.

○ 문답식 구성

1898. 11. 9.(76호) 인재 양성과 개화 교육[23]

1989. 12. 13.(105호) 신법의 필요성[24]

1900. 7. 9.(153호) 청국 정세

1900. 8. 6.(177호) 북경풍운

1900. 8. 29.(196호) 학문의 필요성

1900. 10. 2.(224호) 은행의 필요성

1900. 10. 30.(248호) 운명론 비판

1901. 1. 18.(12호) 시골 형편


○ 토론식 구성

1898. 11. 4.(72호) 동양 형편

1900. 2 16.(33호) 개화에 대한 기대

1901. 6. 15-6.(130-1호) 세상 형편


○ 일화식 구성

1989. 9. 30.(43호) 파사국 국왕 이야기

1898. 12. 15.(107호) 유럽 부자 목승은 이야기

1899. 10. 12.(228호) 아라사 피득 황제의 사적

1900. 2. 10.(28호) 공방씨 이야기

1900. 3. 22.(61호) 육국 시절 정곽군 이야기

1900. 7. 14.(158호) 쥐와 고양이의 우화(황국신문 번역)

---

23) 제목은 필자가 내용을 고려하여 임의로 붙인 것이다.

24) 「론셜」란에서 '전호련속'이라 했으니, 2회로 分載된 것임을 알 수 있다. 하지만 영
인본에 전호가 결락되어 있어 확인하지는 못했다.

1900. 10. 5-6.(227-8호) 일본인 복택유길의 행적

1900. 10. 27.(246호) 청극 강유위의 행적

1900. 11. 1.(250호) 대궁자의 일화(황성신문 번역)

1901. 1. 23.(16호) 온달이야기

1901. 2. 2.(24호) 한 선비 이야기

1901. 2. 6.(27호) 재물을 탐내지 않은 농부 이야기

1901. 2. 15.(35호) 신의있는 사람 이야기

1901. 3. 12.(51호) 당나귀 이야기, 여우와 사자 이야기

1901. 3. 13.(52호) 비단장사 이야기

1901. 4. 1.(67호) 발자암 임금 이야기

1901. 4. 4.(70호) 명나라 렴홍이야기

1901. 4. 11.(76호) 義犬이야기

1901. 7. 26.(165호) 날개간 사람의 아들

1901. 8. 27.(192호) 미국 워싱톤 이야기

1902. 11. 8.10-13.(255호-159호) 영국 빅토리아 여왕 성덕기(번역)

위의 목록 가운데 일화식 구성에 속하는 텍스트들은 독창성이 떨어지는 것들이라 할 수 있다. 특히 황국신문을 번역한 〈쥐와 고양이의 우화〉와 〈대궁자의 일화〉, 출처를 밝히지는 않았지만 번역임을 명시하고 있는 〈영국 빅토리아 여왕 성덕기〉는 엄밀하게 말해『제국신문』소재「서사적 논설」의 목록에 포함되기 어렵다. 나머지의 것들도 대체로 동서양의 고사(故事)나 인물 전기(傳記), 동물 우화(寓話)를 계몽적인 의도와 결합시키고 있는 것들이어서 독창성은 떨어지지만「서사적 논설」의 범주에서 제외되어야 하는 것은 아니다. 따라서 번역하여 게재한 3편을 제외한다면, 기존 목록에서 빠져있는 텍스트는 총 29편이라 할 수 있다.

## 3.

　『제국신문』의「론셜」을 검토한 결과 '문학적 서사'라 할 수 있는「서사적 논설」이 66편 정도 게재되어 있음을 확인할 수 있었다.「론셜」의 전체 양으로 본다면 이들「서사적 논설」의 비중은 미미한 것이라 할 수 있지만, 대화나 예화를 전언하는 서사적 방식을 활용하면서 계몽적 의도를 전달하고 있는 특징을 보여준다는 점에서 계몽기의 특수한 서사체로 이를 주목할 필요가 있다. 특히 중세에서 근대로의 서사문학사적 전환과 관련하여 그 위상을 온당하게 파악하는 것이 무엇보다 긴요하다.

　한국 근대문학의 연구사에서 근대전환기의 신문 소재 단형서사를 주목한 것은 이재선으로부터 비롯된다. 대부분의 연구자들이 신소설을 근대소설의 출발로 인식하고 있을 때,25) 이재선은 〈향객담화〉〈소경과 앉음뱅이의 문답〉〈거부오해〉 등『대한매일신보』소재 단형서사를 근대소설의 효시로 보았다.26)

　부분적인 차이가 있기는 하지만, 이러한 이재선의 생각은 조남현과 김영민에 의해 계승되고 있다. 조남현은 개화기 신문의「론셜」이 '소설의 한 탯줄'이었으며,27) 1900년 이후의 단형서사 텍스트 가운데 본격적인 소설이라 부를 수 있는 것이 등장하게 되었다고 보았다.28) 신소설과 신

---

25) 김태준의『조선소설사』(학예사, 1939)나 임화의『신문학사』(『인문평론』, 1940.11~
　1941.4.) 등 소설사[문학사]의 선구적인 작업을 필두로 해, 그 이후에 서술된 대부분
　의 한국 근·현대문학사 관련 저서들이 신소설을 한국 근대소설의 출발로 설정하고
　있다. 이러한 관점은 김윤식·정호웅의『한국소설사』(예하, 1993)로 이어지고 있다.
26) 이재선,『한말의 신문소설』, 한국일보사, 1975. 이재선,『한국개화기소설연구』, 일
　조각, 1982.
27) 조남현,「개화기 소설의 생성과 전개」,『소설과 사상』제10호, 1995년 봄, 311면.
28) 조남현, 위의 글, 316면. 조남현은 여기서 "「소설」이라고 불리웠든「신소설」이라고
　불리웠든, 또 신문에 게재된 것이든 단행본으로 나온 것이든 소설작품들이 본격적으
　로 나온 것은 1900년대에 들어서였다."고 했다.

문 소재 단형서사를 근대소설의 발생과 관련하여 단선적으로 연관짓고 있지는 않지만, 한국 근대소설의 성립과 관련하여 신문 소재 단형서사를 중시하는 태도를 보여주고 있다.

근대소설의 성립과 관련하여 신문 소재 단형서사를 가장 적극적으로 주목하고 근대소설사[서사문학사]의 체계 속에서 그 위상을 가장 분명하게 규정하고 있는 연구자는 김영민이다. 김영민은 "한국 문학사에서 근대적 면모를 갖춘 서사는 독자적 서사양식으로 나타나는 것이 아니라 논설과 결합한 서사양식으로 나타나는 것"29)으로 파악하여, 논설과 결합한 서사양식을 「서사적 논설」과 「논설적 서사」로 구분한 뒤, 서사적 논설 → 논설적 서사 → 신소설로 이어지는 근대소설 성립의 계통을 수립했다. 그는 「서사적 논설」을 근대적인 독립된 서사문학으로 가는 첫 단계로 규정했으며,30) 「서사적 논설」에서 "편집자 주 혹은 편집자적 해설이 사라지면서 독립된 서사 양식으로 성립"된 「논설적 서사」에서부터 근대소설이 성립했으며, 「논설적 서사」는 논설 중심 계열의 신소설[〈금수회의록〉, 〈경세종〉, 〈자유종〉]과 서사 중심 계열의 신소설[〈혈의루〉, 〈귀의성〉, 〈은세계〉]로 이어진다고 근대소설의 역사적 계통을 파악하고 있다.31) 「서사적 논설」의 토대를 중세 산문인 전(傳)이나 야담(野談)으로 파악하고 있으므로, 결국 근대소설의 역사적 계통은 중세 산문인 전과 야담의 전통으로부터 비롯하여 신소설로 이어지는 것이 되며, 「서사

---

29) 김영민, 앞의 책, 170면.

30) 김영민, 앞의 글(1996), 173면.

31) 김영민, 앞의 책. 김영민의 뒤를 이어 정선태는 신문 소재 「서사적 논설」의 범위를 확정하고 그 유형을 분류하는 연구 성과를 제출한 바 있는데, 이 시기 「서사적 논설」의 범위에 드는 텍스트를 포괄적으로 확정함으로써 연구의 자료적 토대를 마련했다. 정선태의 연구는 비록 근대소설사의 기술과 「서사적 논설」과의 관련을 해명하는 데까지는 도달하지 못했으나, 「서사적 논설」 텍스트가 근대소설사를 기술하는 데 있어 간과해서는 안될 것임을 환기시키고 있다.

적 논설」은 중세 산문과 근대소설을 이어주는 가교(架橋)가 된다.

근대소설사의 역사적 전개를 바라보는 김영민의 이러한 구도는 내재적 발전론(內在的發展論)의 시각에 기초한 '양식(樣式)의 발전사'라 할 수 있다. 그렇다면 김영민의 이러한 구도는 온당한 것인가? 이에 대한 전면적 검토는 본고에서 감당하기 힘든 일이지만, 본고의 관심과 관련하여 한정한다면 '「서사적 논설」은 조선 후기 서사문학과 근대소설을 이어주는 가교적인 양식이며 직접적인 원천인가?'라는 문제로 좁혀 검토할 수 있다.

이와 관련하여 우리는 먼저 「서사적 논설」의 양식적 특성이 전대 서사문학의 전통과 어떻게 관련되는가를 확인할 필요가 있다. 앞에서 「서사적 논설」을 「문답식 구성」, 「토론식 구성」, 「일화식 구성」으로 분류했으니, 각각의 유형이 전대의 서사문학의 전통과 어떻게 관련 되는가 살펴보기로 하자.

「문답식 구성」의 텍스트는 문답의 상황 제시-문답-문답의 결과와 그 의미의 순서로 서술 단락이 구성된다. 특정한 화제와 관련하여 문답이 일어나게 된 상황을 서술자의 발화로 드러낸 후, 문답의 내용을 대화체로 전언하고는 문답의 과정을 통해 인식된 의미나 혹은 야기된 상황을 정리하면서 종결된다. 「문답식 구성」의 텍스트에서 문답을 주고받는 두 인물은 대체로 인식적인 측면에서 수직적인 상하관계에 놓여 있게 되는데,32) 화제와 관련하여 잘못된 인식을 하고 있는 질문자를 답변자가 교정하는 방식을 취한다.

이러한 특성을 지닌 「서사적 논설」의 「문답식 구성」은 그 서술의 연

---

32) 정선태는 "「문답식 구성」은 두 사람의 대화로 일관하되 말하는 사람이 우월한 입장에서 새로운 정보를 전달하고 있는 논설"이라 했다(앞의 책, 68면) 그렇지만 질문자의 기능에 따라 질문자가 적극적인 기능을 수행하지 못하는 유형과 질문자가 적극적인 기능을 수행하면서 질문자와 답변자가 동등한 위치에서 문답을 주고받는 유형으로 분류하고 있다.(같은 책, 72면)

원이 매우 오래 된 것으로, 그 연원을 조선 후기의 전(傳)과 야담(野談)에서 찾는 것은 온당하지 않다. 하나의 예를 보자.

어떤 사람이 역옹에게 말하기를 "그대는 전집(前集)에서 조종(朝宗) 세계(世系)의 원근(遠近)과 이름난 공경(公卿)의 언행에 대해 서술한 것을 많이 실었으나 골계로써 끝을 맺었다. 후집의 기술에는 경사(經史)에 대해 언급한 것은 거의 없고 나머지는 모두 장구(章句)를 다듬어 꾸민 것뿐이다. 왜 특별히 볼 만한 내용이 없는가? 어찌 품행이 단정한 선비나 장부가 마땅히 할 바가 되겠는가?" 했다.

답하기를 "둥둥 북을 친다는 내용도 『시경·국풍(國風)』에 들어 있고, 너울너울 춤추는 모습도 『시경·소아(小雅)』에 들어 있다. 하물며 이 기록은 본래 무료하고 답답함을 쫓아 없애기 위하여 붓가는 대로 지은 것이니, 희언(戱言)이 있은들 무엇이 괴이한가? 공자께서도 '장기나 바둑두는 것이 아무 것에도 마음을 쓰지 않는 것보다는 낫다'고 여기셨으니, 장구(章句)를 다듬어 꾸미는 것이 장기나 바둑두는 것과 비교해 보건대 오히려 낫지 않은가? 또 내용이 이렇지 않다면 '패설'이라 이름하지 않았을 것이다."하였다.

중사(仲思)가 서문을 쓰다.[33]

이제현(李齊賢, 1287~1367)의 『역옹패설(櫟翁稗說)』「서문(序文)」이다. 문답의 상황 제시와 문답의 의미 제시 부분이 잘 드러나지는 않았으나, 『역옹패설』에 골계담(滑稽談)이 있음을 비난하는 질문에 '골계'의 효용을 내세우는 답변으로 이루어져, 문답식 구성을 보여주고 있다. 『역옹패설』「서문」은 고려 말의 자료이지만, 서거정(徐居正, 1420~1488)의 「태평한화골계전서(太平閑話滑稽傳序)」, 강희맹(姜希孟, 1424~1483)

---

의 「촌담해이자서(村談解頤 自序)」, 성현(成俔, 1439~1504)의 「촌중비어서(村中鄙語序)」 등은 문답식 구성을 전형적으로 보여주고 있는 조선초의 자료들이다. 여말선초(麗末鮮初)의 문집에서 보이는 이러한 자료들이야말로 「문답식 구성」의 연원이 되는 것이라 할 수 있다.

「토론식 구성」은 대화를 주고받는다는 점에서는 「문답식 구성」과 흡사하나, 대화의 주체가 서로 대등하다는 점에서는 「문답식 구성」과 구별된다. 둘 또는 그 이상의 인물의 대화가 단순 문답이 아니라 각자의 소견을 독자적으로 제시하는 것으로 이루어진다.[34]

이러한 「토론식 구성」 역시 그 서술의 연원이 짧지 않다. 단순 문답이 아니라 둘 혹은 그 이상의 인물이 서로 대등하게 토론식 대화를 주고받는 텍스트로 우선 떠오르는 것이 김시습(金時習, 1435~1493)의 『금오신화(金鰲新話)』 가운데 「남염부주지(南炎浮洲志)」이다. 익히 알고 있듯이, 「남염부주지」는 주인공 박생(朴生)이 염부주의 염마왕(閻摩王)과 만나 귀신설(鬼神說), 천당지옥설(天堂地獄說), 윤회설(輪回說), 통치철학 등을 문답하는 내용이다. 대체로 박생이 묻고 염마왕이 대답하는 것으로 되어 있어 문답의 형식을 취하고 있는 것 같으나, 박생과 염왕의 관계가 대등하게 설정되어 있어 「토론식 구성」이라 할 수 있다.[35] 「토론식 구성」이 우리 소설사의 초기 단계에서부터 핵심적으로 활용되고 있었음을 알 수 있다.

「토론식 구성」의 연원으로 또한 간과할 수 없는 것이 임제(林悌, 1549~1587)의 「원생몽유록(元生夢遊錄)」이다. 주인공 원자허(元子虛)

---

34) 정선태, 앞의 책, 68면/92-3면.

35) 「남염부주지」의 이러한 특징에 대한 보다 자세한 논의는 다음 논문을 참고하라; 설성경, 『한국고전소설의 본질』, 국학자료원, 1991, 47-90면. 박희병, 「『金鰲新話』創作의 淵源과 背景」, 『고전문학연구』제10집, 1995, 329-330면. 윤채근, 「『금오신화』의 미적 원리와 반성적 주체」, 『고전문학연구』제14집, 1998, 153-162면.

가 꿈속에서 단종(端宗)과 사육신(死六臣)을 만나는 서사적 구성을 통해 세조의 찬탈(篡奪)을 비판하는 내용을 담아내고 있다. 여러 명의 등장인물의 심회(心懷)를 시로 토로하고 있어, 본격적인 토론체라 하기 어려우나, 「토론식 구성」의 맹아적 형태라 하기에는 충분하다. 이 「원생몽유록」의 뒤를 이어 꿈 속 장치를 통해 현실적 경험을 토로하고 대화하는 '몽유록' 양식이 대거 창작되었으니, '몽유록'이야말로 「토론식 구성」의 직접적인 연원이라 할 만하다.36) 뿐만 아니라 조선 후기에 널리 소통되었던 중·장편의 소설들에서 대립하는 인물들 사이의 논쟁을 어렵지 않게 찾아볼 수 있으며,37) 단편 소설집인 『삼설기(三說記)』에서는 토론이 핵심적인 구성 원리로 작동하고 있으니,38) 「토론식 구성」의 연원이 천단(淺短)치 않음은 되풀이 말할 필요가 없다.

「일화식 구성」은 계몽적인 주제에 부합되는 예화를 전언하는 형식이다. 전언의 상황을 제시한 후 예화를 서술하고는 그 예화의 주제적인 의미를 서술자가 표명하는 방식으로 서사화가 이루어진다. 정선태는 「일화식 구성」을 "일반적인 이야기 형식을 따르고 있는 논설"39)이라 한 바 있는데, 이러한 형식의 서술을 일반적인 이야기 형식이라 할 수 있는 것은, 우리의 서사 전통 속에서 쉽게 찾아볼 수 있기 때문이다.

---

36) 이강엽, 『토의문학의 전통과 우리소설』, 태학사, 1997, 180-207면.
37) 조선 후기에 가장 널리 성행했던 소설 유형은 군담소설이라 할 수 있다. 군담소설은 국가갈등, 정쟁갈등, 혼사갈등을 기본갈등으로 서사화하고 있는데, 국가갈등에서 중국을 침입한 외적과 영웅적 주인공 사이의 설전(舌戰)이라든가, 정쟁갈등에서 적대하는 두 정치세력 사이의 논쟁(論爭), 혼사갈등에서 혼인을 둘러싼 인물들 사이의 논전(論戰) 등은 토론식 구성을 활용하고 있는 대표적인 예라 할 수 있다. 군담소설에 관해서는 김현양, 『조선조 후기의 군담소설 연구』(연세대 박사학위논문, 1994)를 참고하라.
38) 이강엽, 앞의 책, 230-258면.
39) 정선태, 앞의 책, 68면.

ⓐ 기유년(己酉年) 중춘(仲春)에 어떤 일로 해서 옛 서울에 이르니 모든 곳이 폐허가 되었고, 대관전 옛 터에는 오동나무가 외롭게 자라고 있었는데 이때 한아름이나 되었다. 해가 저물자 자규(子規)가 서쪽 산기슭에서 울고 있는데 흘러 내리는 눈물을 주체할 수 없었다. 새벽에 일어나 보니 벽 사이에 두 수의 절구시가 있어 중수도감(重修都監)의 서리(胥吏)에게 이 시가 누구의 작품인가 물으니, 이는 부사(副使) 안진(安摺)이 지은 것이라고 했다.

ⓑ 그 한 수에 이르기를 (……) 라고 했고, 또 한 시에 이르기를 (……) 라고 했다.

ⓒ 이 두 수의 시는 비록 경책(警策)은 아니지만 사실을 맞아 즉시 읊어 상세히 묘사했으니 슬픔을 느낄 만하다.[40]

최자(崔滋, 1188~1290)의 『보한집(補閑集)』에 수록되어 있는 시화(詩話) 가운데 하나이다. 시를 인용한 ⓑ부분에 서사적인 예화를 대입하면 「일화식 구성」과 그대로 일치한다. 고려로부터 조선에 이르기까지 우리의 시화 전통은 매우 풍부한데, 「서사적 논설」의 「일화식 구성」이 형식상 시화와 매우 유사하다는 것은 그 형식의 바탕이 풍부하다는 것을 말해 준다.

시화뿐만이 아니라 서사적 예화를 전언하고 있는 자료 또한 일일이 나열하기 어려울 정도로 많다. 하나의 예를 보자.

김개인(金盖人)은 거녕현(居寧縣) 사람으로 개 한 마리를 키웠는데 아주 귀여워 했다. 일찍이 하루는 집을 나서 길을 가는데 개가 또한 그를 따라 나섰다. 개인이 술에 취하여 길가에 드러누워 잠에 깊이 빠진 사이에 들에 불이 붙어 곧 개인을 덮칠 기세였다. 개가 곧 길가의 냇물로 달려

---

40) 崔滋, 『補閑集』下, 박성규 역, 계명대출판부, 1984, 276-7면.

가 몸에 물을 적셔 와서는 풀밭에 뒹굴기를 여러 번 하여 불길을 끊었으나 개는 기운이 다하여 죽었다.(……) 진양공(晉陽公)이 문객(門客)에게 그 전기(傳記)를 짓게 하여 세상에 전해졌으니 그것은 세상에 은혜입은 자들로 하여금 보은(報恩)의 도리를 알게 하고자 한 것이다.[41]

『보한집』에 수록되어 있는 '의견(義犬) 이야기'이다. 전언의 상황을 제시하는 부분이 빠져있으나 「일화식 구성」이라 할 만하다. 이 '의견 이야기'는 『제국신문』「론셜」란에도 게재된 것으로, 앞서 「일화식 구성」의 텍스트 목록에서 제시한 바 있다.[42] 『제국신문』의 해당 「론셜」에서는 서양의 이야기라고 전언하고 있으나, 『보한집』에 수록되어 있는 이야기이다.[43]

이러한 「일화식 구성」을 보여주는 예를 하나만 더 보도록 하자.

내가 소싯적에 같이 공부하는 동무 이삼 명과 더불어 절에 놀러 갔다가 부처를 그린 그림 한 폭을 보았는데, 그 그림에는 「孔子讚, 吳道子畵, 蘇軾書」라고 씌여 있었다. 동무 중 한 사람이,

"야, 옛날 그림이로군. 이는 반드시 명화일거야. 소매 속에 넣어 가지고 가세나그려"

하니, 곁에 있던 또 한 사람이 (……)

---

41) 위의 책, 207-8면.

42) 1901년 4월 11일자.(76호)

43) 곤경에 처한 주인을 구하고 죽은 의견(義犬) 이야기는 설화의 형태로 인구(人口)에 회자(膾炙)되고 있는데, 가장 대표적인 이야기가 「오수 의견 이야기」이다. 오수(獒樹)는 남원 바로 옆에 있는 지역인데, 그곳에는 의견(義犬)을 기리는 동상이 세워져 있다. 「의견 이야기」 이외에 「박제상 이야기」(1900. 3. 23. 62호), 「김유신 이야기」(1900. 3. 30. 68호), 「온달 이야기」(1901. 1. 23. 16호) 등도 『三國史記』와 『三國遺事』에 실려 전해오는 이야기들이다. 일화식 구성의 「서사적 논설」 양식의 연원이 오래되었음을 이로도 알 수 있다.

후에 어떤 귀공자 집에서 이 그림을 보았다. 고금에 제일로 치는 명화라 하여 화보(畵譜)의 첫머리로 간직하여 두었다. 이때에 나는 다시금 살펴보며 생각했다. 공자찬이란 것은『열자(列子)』의 이른바 「공자가 이르기를 서방에 큰 성인(聖人)이 있으니 부처라고 한다. 부처는 말하지 않아도 사람들이 그를 믿으며, 하는 것이 없어도 사람들이 교화된다」는 말이 있다. 소식이 이것을 인용하여 쓴 것이다. 이렇게 나는 생각하고 전날에 절에서 억지로 자의적인 해석을 내세운 자의 말을 일소에 부치고 말게 되었다.

후세에 사람들이 흔히 지나간 일의 본말을 알지 못하고 주관에만 흘려 억지로 해석을 부치는 자 모두 이런 류에 떨어질 것이다.[44]

조선 초 서거정(徐居正, 1420~1488)의『필원잡기(筆苑雜記)』에 수록되어 있는 이야기이다. 불화(佛畵)를 감식하는 예화를 통해 서술자는 본말(本末)을 제대로 알고 대상을 객관적으로 판단해야 함을 강조한다. 이 또한 예화를 전언하고 그 의미를 해석하는 「일화식 구성」을 보여주고 있다.

지금까지 우리는 주로 여말선초(麗末鮮初)의 서사산문 자료를 통해 「서사적 논설」의 양식적 연원을 살펴보았다. 우리가 확인한 바와 같이 「서사적 논설」의 양식적 연원은 조선 후기의 전과 야담으로 한정되지 않는다. 「서사적 논설」의 양식적 연원이라 할 수 있는 전이나 일화류의 패사소품체(稗史小品體)는 오히려 고전소설의 발생에 선행하는 양식으로 고전소설 성립의 양식적 연원이라 할 수도 있다.[45]

---

44) 徐居正,『筆苑雜記』.

45) 중국의 경우는 소설의 발생을 당 전기(唐傳奇)로부터 찾는 것이 일반적이며, 한국의 경우도 <최치원(崔致遠)>으로 보든 아니면『금오신화(金鰲新話)』로 보든 소설의 발생을 전기(傳奇)에서 찾고 있다. 전기를 소설로 볼 것이냐 하는 문제가 남아 있기는 하지만, 전기의 양식적 연원이 되는 것이 전이므로, 전은 고전소설의 발생에 선행하는 양식이라 할 수 있다. 전과 소설의 관련에 대해서는 Sheidon Hsiao-Peng Lu, From Historicity to FicTionality-The chinise poetics of narrative, Califonia

근대소설이 본격적으로 성립되기 이전에 고전소설의 주제적 지향과는 다른 성격의 계몽성을 담아내기 위해 고전소설과는 별개로 오랜 연원과 전통을 가지고 있는 전통 양식을 적극적으로 활용하였음은 사실로 인정할 수 있지만, 이것을 고전소설에서 근대소설로의 이행의 간과할 수 없는 주요한 한 계기로 파악하는 것에는 동의할 수 없다. 「서사적 논설」은 본격적인 근대소설의 성립 이전에 근대소설의 계몽적 지향을 선행하여 담아내고자 하였지만, 그렇다고 해서 이것이 고전소설에서 근대소설로의 이행을 매개한 것은 아니다.

근대소설의 성립 이전까지 고전소설은 현실인식을 드러내고 현실을 전유하는 하나의 방법으로서 「서사적 논설」과는 비교할 수 없는 차원의 성취를 이룩하였다. 중세적 삶의 질곡에서 벗어나고자 하는 다기한 지향을 다채로운 형식으로 표출하고 있었으며, 자신의 물적 토대를 탄탄히 구축해 나가고 있었다. 굳이 전이나 야담으로 비껴갈 필요 없이 근대소설의 물적, 양식적 토대가 된 것은 고전소설이었다.

그럼에도 불구하고 근대소설 성립의 경로에 전과 야담을 끼워 넣은 것은 왜인가? 확언하기는 어렵지만 추측컨대 근대소설의 아버지로서 고전소설을 인정하지 않으려고 하는 동기가 작동하고 있는 것은 아닌가 한다. 이러한 추측은 근대소설의 성립에 있어서 「서사적 논설」을 주시하고 그 위상과 비중을 강조하는 연구자들이 자주 그리고 곳곳에서 중세문학 혹은 고전소설에 대한 온당치 못한 편견을 토로하고 있는 것으로부터 가능하다.

(사) 동양 특히 중국문화권의 글쓰기 전통에서는 철학과 문학을 분명하게 구분하지 않았다. (……) 이것은 문학적인 글쓰기이고 저것은 철학적

---

:Stanford University Press, 1994. 참조.

인 글쓰기이다라는 개념적 구별조차 전통적 지식인들의 의식 속에는
존재하지 않았다고 보는 것이 옳을 것이다. (……) 사상적(철학적) 글
쓰기와 문학적 글쓰기가 선명하게 분화되지 않은 조건 아래에서, 이들
은 논설란을 통해 사상적 메시지를 구조화(構造化)하는 여러 방식들
을 이리저리 찾아보았던 것이고, 그 중에서 우리는 서사-문학적 성
격을 띤 글들을 상당수 발견할 수 있다.[46]

(아) 특별히 '소설란'이 설정되지 않은 상황에서, 다시 말해 근대적 제도
로서의 문학이 그 독립적인 영역을 확보하지 못한 미분화의 상태에서
서사문학은 논설란을 빌어 명맥을 이어가면서 그 가능성을 실험했다
고 할 수 있을 것이다.[47]

(사)는 중세문학의 독자성을 부정하는 내용이며, (아)는 중세서사문학
의 자립성을 부정하는 내용이다. 중세문학은 철학으로부터 독립되지 못
한 채 미분화 상태에 있었으며, 근대적인 문학 제도가 성립되기 이전이
었으므로 서사문학[소설] 역시 양식적인 독립성을 확보하지 못하고 있었
다는 것이다. 중세에서 근대로의 전환기의 서사문학을 전공하는 현대문
학 전공자가 중세문학에 대해 이처럼 파악하고 있다는 것은 참으로 놀랄
일이 아닐 수 없다. 나아가 "1905년을 전후한 시기에 이르러 문학적 글
쓰기가 비로소 의식되기 시작"[48]했다고까지 말하고 있으니 현대문학 전
공자들이 지니고 있는 중세문학에 대한 오해 혹은 편견이 어느 정도인가
를 짐작할 수 있다.

물론 중세문학은 근대문학이 아니다. 그러므로 중세문학은 근대적인
문학 제도의 소산이 아님은 자명하다. 그렇지만 문학의 독자성이 근대적

---

46) 정선태, 앞의 책, 37-43면. 해당 면 중에서 여기저기를 발췌·인용했다.
47) 정선태, 위의 책, 191면.
48) 정선태, 위의 책, 43면의 주53.

인 문학 제도의 성립과 더불어 인식된 것은 아니다. 중세의 '文'개념이
근대의 '文學'개념과 그 내포와 외연이 그대로 일치하지 않았음은 분명
하다. 중세의 '文'은 근대의 철학적·역사적·문학적 글쓰기를 포함하고
있었다. 중국사람 유협(劉勰, 465~522)이 지은『문심조룡(文心雕龍)』
이나 조선 초기에 서거정(徐居正)이 편찬한『동문선(東文選)』을 보면 중
세의 '文'개념은 근대의 '文學'개념에 비해 그 외연이 훨씬 더 확장적이었
음을 알 수 있다. 그러나 그렇다고 해서 중세의 문학적 글쓰기가 철학
적·역사적 글쓰기와 미분화된 상태였다고 할 수는 없다. 중세의 '文'개
념은 오늘날의 '문학'개념과 대응되는 것이 아니라 포괄적인 의미의
'글'(Writing)과 대응되는 것이며, 근대의 '文學'개념은 '文'의 하위양식
으로 인식되었던 것이다. 규범적인 양식이라 할 수 있는 '詩'나 '辭', '賦'
와 같은 양식은 그 독자성이 인정되고 있었으며, 비규범적인 양식이라
할 수 있는 '小說' 따위의 서사양식들은 규범적인 양식 체계 속에서 배제
되어 있었지만, 그 독자성이 무시되지는 않았다. 소설류와 같은 서사 양
식에 대한 비판적 질타가 중세를 청산하는 19세기 후반기까지 끊임없이
이어져 오고 있었음은 이를 역으로 반증하는 것이라 할 수 있다.49)

중세의 문학적 글쓰기는 철학적 글쓰기와 미분화 상태에 있었던 것이
아니라, 철학적 글쓰기와 분화되어 있었지만 끊임없이 철학의 간섭을 받
았다고 말하는 것이 온당하다. '글[文]에는 도(道)가 실려 있어야 한다'
[文以載道]는 글쓰기의 원칙은 '道'를 드러내는 수단으로서의 '文' 관념
을 여실히 드러내는 있는 바, 문학적 글쓰기도 이러한 원칙의 간섭에서
자유롭지 못했음은 말할 필요조차 없다. 소설류와 같은 비규범적 문학

---

49) 이에 대해서는 다음의 논문에 상세하게 보고되어 있다; 이가원, 「영정대 문단에서
　　의 對小說的 태도」,『연세대학교80주년기념논문집』(인문과학편), 연세대학교, 1965.
　　윤성근, 「유학자의 소설 배격」,『어문학』25, 한국어문학회, 1971.

양식은 이러한 간섭에서 상대적으로 자유로울 수 있었으나, 그렇기에 온갖 비난과 질타를 감수해야만 했던 것이다.

> (자) 비현실성을 이용한 현실 비판이야말로 이 시기 「서사적 논설」의 핵심 기능이다. 이는 허구를 활용한 현실 표현이라는 근대소설ㅈ 속성과도 적지 않은 연관을 지닌다. 이렇게 현실성을 드러낸다는 점에서 「서사적 논설」은 근대소설로 다가가기 위한 근대전환기적 서사 양식이라고 볼 수 있다.[50]
>
> (차) 「서사적 논설」의 문장이 산문체 한글 문장으로 이루어졌다는 점에서는 근대적 문장으로서의 특색을 드러낸다. 그것이 아직 언문일치를 이루지 못했다는 점에서는 전근대적 문장이라 할 수 있다.[51]

「서사적 논설」의 특징이 허구를 활용한 현실 표현이며, 그 문장이 산문체 한글 문장으로 이루어져 있음은 사실이다. 명백한 사실 진술이므로 특별히 문제 삼을 것이 없을 것처럼 여겨진다. 하지만 「서사적 논설」을 소설사의 맥락과 관련시킬 때 위의 명백한 사실 진술은 많은 문제를 불러일으키게 된다. 위의 인용에서 (자)는 「서사적 논설」의 근대소설적 속성을, (차)는 전근대적 속성을 지적하고 있다. 이는 「서사적 논설」이 "근대소설로 다가가기 위한 근대전환기적 서사양식"임을 말하고자 하는 것이다.

그렇지만 이러한 두 가지 속성을 특징으로 지니고 있는 서사양식은 「서사적 논설」만이 아니다. 근대전환기의 서사양식이 아니라 중세의 서사양식에서도 이러한 속성은 발견된다. 언문일치를 이루지 못한 산문체 한글 문장은 세종에 의해 '훈민정음'이 창제된 15세기 이래 계속 쓰여졌으며, 특히 조선 후기에 그 물적 기반을 크게 확장한 '諺文 古小說'은 대표

---

50) 김영민, 앞의 책, 42면.
51) 김영민, 앞의 책, 43면.

적인 예에 해당된다. 근대소설적 속성과 연관된다고 하는, 허구를 활용한 현실 표현이라는 속성 역시 한글 또는 한자로 기술된 고전소설의 속성에 다름 아니다. 작품에 따라서 정도의 차이는 있겠지만 고전소설이 현실을 허구적으로 형상화하면서 이에 비판적 현실 인식을 담아내고 있었음은 주지의 사실이다.

이른바 전환기적 속성이라 지적되는 이러한 특성은 전환기의 서사양식인 「서사적 논설」에만 고유한 것이 아니므로, 「서사적 논설」을 매개로 하여 고전소설과 근대소설이 연결된다는 주장은 성립되기 어렵다. 고전소설은 「서사적 산문」의 단계를 거치지 않고도 근대소설로 이행할 수 있는 내적 조건을 이미 구비하고 있었던 것이다.

중세문학이 중세적 글쓰기의 체계[제도] 속에서 나름의 독자성을 지니고 있었으며, 고전소설이 전환기적 속성이라 일컬어지는 특성을 이미 갖추고 있었음에도 불구하고 중세문학의 독자성과 고전소설의 이중성을 도외시한 채 「서사적 논설」에서 이의 단초를 발견하려 했던 것은 일차적으로 중세문학과 고전소설에 대한 오해와 편견에 기인한 것이라 할 수 있다.

사실 이러한 오해와 편견은 새삼스러운 것이 아니다. 근대를 열망했던 근대전환기의 계몽주의자들은 중세의 유산을 온통 청산되어야 할 부정적인 것으로 인식했으며, 고전소설도 예외가 아니었다. 계몽주의자에게 있어서 고전소설은 황당무계하며 천박한 것에 다름 아니었으며, 따라서 고전소설이 근대소설의 자양(滋養)이라는 생각은 찾아볼 수 없었다.

> (카) 我韓은 由來小說의 善本이 無ᄒ야 國人所著ᄂ 九雲夢과 南征記 數種에 不過ᄒ고 自支那而來者ᄂ 西廂記와 玉麟夢과 剪燈新話와 水滸誌 等이오 國文小說은 所謂 蘇大成傳이니 蘇學士傳이니 張風雲傳이

> 니 淑英娘子傳이니 하는 종류가 閭巷之間에 盛行ᄒ야 匹夫匹婦의 菽
> 栗茶飯을 供ᄒ니 是는 皆荒誕無稽ᄒ고 淫靡不經ᄒ지라.[52]

> (타) 韓國에 傳來하는 小說이 太半 桑園溥上의 淫談과 崇佛乞福의 怪話
> 라. 此亦 人心風俗을 敗壞케 하는 一端이니, 各種 新小說을 著出하여
> 此를 一掃함이 亦汲汲하다 云할지로다.[53]

(카)는 박은식(朴殷植, 1859~1925)이 지은 『瑞士建國誌』의 「序」 가운데 일부이며, (타)는 신채호(申采浩, 1880~1936)의 논설인 「近今 國文小說 著者의 注意」 가운데 일부이다. 박은식과 신채호는 근대전환기의 계몽적 지식인을 대표하는 이들로, 위의 인용문은 이 시기 계몽적 지식인의 고전소설관을 여실히 보여주고 있는 것이라 할 수 있다. '고전소설은 황탄무계(荒誕無稽)하고 음미불경(淫靡不經)한 음담괴화(淫談怪話)로, 인심풍속(人心風俗)을 패괴(敗壞)케 하는 것'이라 말하고 있는 것에서 알 수 있듯이, 고전소설에 대한 이들의 인식은 매우 부정적이었다. 이들은 고전소설이 일소(一掃)되기를 원했으며, 따라서 새롭게 창작될 근대소설은 고전소설과는 아무런 인연이 없는 것이어야 함을 강조했다.

> (파) 우리 셰종대왕 근로ᄒ신 셩덕은 다 말슴ᄒ올 슈 업거니와 반졀 몃 줄에
> 나라 돈도 만이 드럿소. 그럿컨만는 빅셩들은 줏드른 한문ᄌ만 슝상ᄒ
> 고 국문은 바려두어서 암글이라 지목ᄒ야 부인이나 쳔인이 비호되 반
> 졀만 씨치면 다시 읽을 것이 업스니 보는 것은 다만 츈향젼 심쳥젼 홍
> 길동젼 등물 뿐이라. 츈향젼을 보면 뎡치를 알겟소, 심쳥젼을 보고 법
> 률을 알겟소, 홍길동젼을 보아 도덕을 알겟소. 말ᄒ올진디 츈향젼은 음
> 탕교과셔오, 심쳥젼은 쳐량교과셔오, 홍길동젼은 허황교과셔타 ᄒ올 것

---


52) 朴殷植, 「<瑞士建國誌> 序」, 『歷史·傳記小說』(영인본), 아세아문화사, 1979.
53) 申采浩, 「近今 國文小說 著者의 注意」, 『대한매일신보』, 1908.7.8.

이니, 국민을 음탕교과르 가른치면 엇지 풍속이 아롬다오며, 쳐량교
과로 가른치면 엇지 쟝진지망이 잇스며, 허황교과로 가른치면 엇지 졍
대흔 긔상이 잇스릿가. 우리나라 란봉남즈와 음탕흔 녀즈의 졔반 악졍
이 다 이에셔 나니, 그 영향이 엇더흐오.[54]

(파)는 이해조의 신소설 작품인 〈자유종〉에서 발췌한 것이다. 고전소
설에 대한 부정적 인식을 보다 구체적으로 언급하고 있다. 〈춘향전〉과
〈심청전〉, 〈홍길동전〉은 대표적인 고전소설이라 할 수 있는 작품인데,
이들 작품을 각각 '음탕교과서' '처량교과서' '허황교과서'라 규정하고 있
다. 이러한 생각은 위에서 살펴본 박은식, 신채호 등의 인식과 동일한 것
이라 할 수 있는데, 고전소설에 대한 부정적 인식이 당시의 계몽적 지식
인들 사이에 깊이 각인되어 있었음을 짐작할 수 있다.

그렇다면 오늘날 이들 대표적인 고전소설들은 어떻게 평가받고 있는
가? 이들 작품들은 모두 춘향과 심청, 홍길동을 주인공으로 내세워 이들
인물들의 '고난'과 그 극복과정을 서사화하고 있으며 이를 통해 중세적
질서의 불합리와 모순을 비판적으로 드러내고 있는데, 오늘날의 고전소
설 연구자들은 이 점을 작품의 핵심으로 주목하여 매우 긍정적인 의미를
부여하고 있다. 이러한 지금의 평가는 당시의 계몽적 지식인들의 평가와
는 극단적으로 상반되는 것이라 할 수 있는데, 오늘날의 고전소설 연구
자의 관점에서 본다면 고전소설에 대한 당시의 계몽적 지식인들의 평가
는 '중세'에 대한 부정적 인식이 '고전소설'에까지 직접적으로 연장됨으
로써 결과된 인식상의 오류라 할 수 있다.

사실, 계몽적 지식인들의 '중세'에 대한 인식은 일면적이며 기계적인
것이었다고 할 수 있다. 그들에게 있어서 중세는 전면적으로 부정되어야

---

54) 李海朝, 「자유종」, 『신소설 · 번안(역)소설』(영인본), 아세아문화사, 1978.

할 질서였으며, 따라서 중세는 전면적으로 버려져야 할 '낡은 유산'일 뿐이었다. 그러므로 중세에서 '버릴 것'과 '남길 것'을 구분해 내고자 하지 않았다. 중세적 관점에서 보자면 고전소설은 중세의 적자(嫡子)가 아니었으며 오히려 중세의 질서를 혼란케 하는 이단적인 것이었다. 중세의 보수적 지식인들이 고전소설에 대해 그토록 비난했던 것도 그러한 인식의 소산이었다. 고전소설에 대한 태도의 측면에서 본다면 오히려 근대전환기의 선각적 계몽주의자들은 중세의 보수적 지식인을 계승하고 있는 것이라 할 수 있다. 비록 '교화(敎化)'라고 하는 중세의 효용적 가치관의 자리에 '계몽(啓蒙)'이라고 하는 근대의 가치관이 대체된 것이기는 하지만, '교화'의 시각으로 보거나 '계몽'의 시각으로 보거나 고전소설은 여전히 타기해야 할 부정적인 것일 뿐이었다. 중세의 전형적인 규범적 시각으로도 타기할 대상이었던 고전소설은 '중세'를 전면적으로 부정하고자 했던 근대적 시각으로도 마찬가지로 타기할 대상이었던 것이다.

「서사적 논설」을 중세산문과 근대소설의 매개항으로 설정하고자 하는 최근의 현대문학 전공자의 시각 역시 전환기의 계몽적 지식인이 고전소설에 대해 지니고 있었던 시각의 또 다른 표현이라 할 수 있다. 양식적으로 신소설과 친연성을 지니고 있는 고전소설―특히 국문소설을 도외시하고 「서사적 논설」을 매개로 하여 굳이 전과 야담으로 그 줄기를 잡아나가고 있는 것은 계몽적 지식인의 고전소설에 대한 편견을 의식의 배면에 간직하고 있기 때문이며, 중세문학 혹은 고전소설의 실체에 대한 학적 탐구의 결여로 말미암은 오해로 인해 비롯된 것이라고 하면 지나친 것일까?

그렇다고 해서 근대전환기의 「서사적 논설」이 근대소설사의 성립과 전혀 무관하다는 것은 아니다. 「서사적 논설」이 양식적으로는 중세의 서사산문의 전통과 잇대어 있는 것이긴 하지만, 중세의 서사산문의 내용적 핵심이라 할 '교화성'을 '계몽성'으로 대체하고 있으며, 그런 점에서 신소설의 계몽성을 연상케 한다. 근대소설사의 성립과 관련시키고자 하는 것도 이러한 「서사적 논설」의 '계몽성' 때문일 것이다. 하지만 「서사적 논설」의 계몽성은 서사보다는 논설에 중심이 있는 교술적 계몽성이다. 교술적 계몽성이므로 서사성, 좀더 구체적으로는 소설성과 질적으로 차별되는 것이며, 이런 까닭에 근대소설의 성립을 매개하는 매개항으로서의 자격을 부여하기 어렵다[55]. 고전소설의 구형식(舊形式)을 상당 부분 계승하면서도 그 안에 계몽성을 채워 넣고자 했던 신소설의 양식적 특성은 '계몽 의지'를 관철시키고자 하는 당시의 시대정신과 분리되어 이해될 수 없는 것이며, 그 자장(磁場) 안에 「서사적 논설」과 함께 놓이게 되는 것이다. 고전소설에서 근대소설로 전환되는 소설의 자기 운동의 과정에서 「서사적 논설」은 신소설과 구소설을 양식적으로 매개하는 것이라기보다는 오히려 신소설과 계몽 정신을 사상적으로 매개하고 있는 것이라 할 수 있다. 근대소설사를 구도하면서 「서사적 논설」을 간과할 수 없는 이유가 여기에 있는 것이지만, 다른 한편으로 근대소설의 전(前)양식으로 자리매김할 수 없는 이유 또한 여기에 있는 것이다.

---

55) 조동일은 본고에서 논의의 대상으로 하고 있는 「서사적 논설」로부터 나아가 근대소설의 모습을 보여준다고 평가되고 있는 「향긱담화」, 「소경과 안즘방이 문답」, 「향로방문의생」 등과 같은 「논설적 서사」 텍스트조차도 소설이 아닌 '시사토론문'으로 다루고 있다.(『한국문학통사』4, 지식산업사, 1994) 한기형은 「서사적 논설」을 포함한 '단편서사물'을 "신소설에 선행하여 소설사의 근대적 진전을 위한 맹아의 역할을 하였던 서사양식"이며, "고전소설의 서사양식을 근대소설로 변용시키는 '회로'의 구실을 하기 위한 조건이자 계기"로 파악하고 있다.(「신소설 형성의 양식적 기반-'단편서사물'과 신소설의 관계를 중심으로」, 『민족문학사연구』14호, 소명, 1999)

## 4.

근대소설 성립의 역사적 경로를 해명하는 일은 간단치 않다. 나적으로는 근대소설 성립 이전의 고전소설에 대한 깊이있고 풍부한 이해가 선행되어야 하며, 외적으로는 근대전환기의 동아시아 각국의 소설사적 연관을 파악할 수 있는 안목을 갖추어야 하기 때문이다. 이 양자를 통찰할 수 있는 시각이 적절히 마련된 후에야 우리 근대소설의 성립을 타당성 있게 기술할 수 있을 터이니, 그 어려움은 말할 나위 없다.

본고에서 문제 삼고 있는 것은 전자의 시각이다. 근대소설 성립의 내적 경로를 파악하고자 했던 최근의 논의에서, 중세 서사산문과 근대소설의 매개항으로서 「서사적 논설」을 주목했던 바, 본고에서는 『제국신문』 「론셜」 소재 「서사적 논설」을 대상으로 이러한 구도 속에 내재되어 있는 시각의 문제점을 지적하고자 했다.

본고의 논의를 핵심적으로 요약하여 제시하면 다음과 같다.

첫째, 『제국신문』 「론셜」 소재 「서사적 논설」의 텍스트 목록을 보다 정밀하게 작성했다. 기존의 연구에서는 『제국신문』 「론셜」란에 게재된 「서사적 논설」 텍스트를 37편이라 보고했으나, 본고에서는 이외에 29편을 추가하여 총 66편의 텍스트를 확정했다.

둘째, 「서사적 논설」의 서사문학사적 위상을 파악했다. 「서사적 논설」은 중세의 단형서사산문의 전통을 계승하면서, 그 내용적 핵심이라 할 '교화성'을 '계몽성'으로 대체한 양식으로, '계몽'이라고 하는 사상[근대의식]의 차원에서만 근대소설과 관련된다고 보았다.

## ▍출처일람

「<조웅전>의 현실성과 낭만성-갈등양상과 인물형상을 중심으로」, 『연세어문학』 24
　　집, 연세대학교 국어국문학과, 1992.

「조선후기 화이관의 동향과 <적성의전>」, 『연세어문학』 25집, 연세대학교 국어국문학
　　과, 1993.

「19세기 판소리사의 성격-'영향력 중심의 이동' 문제를 중심으로」, 『민족문학사연구』
　　3호, 민족문학사연구소, 1993.

「<소대성전>의 서사체계와 소설적 특성」, 『연세어문학』 26집, 연세대학교 국어국문학
　　과, 1994.

「신재효 판소리사설의 변주 양상과 그 성격」, 『민족문학사연구』 9호, 민족문학사연구
　　소, 1996.

「<최치원>의 장르 성격 논의에 대한 비판적 검토」, 『민족문학사연구』 10호, 민족문학
　　사연구소, 1997.

「<사씨남정기>와 욕망의 문제-소설사적 평가와 관련하여」, 『고전문학연구』 12집, 한
　　국고전문학회, 1997.

「<獄中花>의 계보」, 『동방고전문학연구』 창간호, 동방고전문학회, 1999.

「<張子伯 唱本 춘향가>의 텍스트적 淵源」, 『판소리연구』 10집, 판소리학회, 1999.

「19세기 말~20세기 초《제국신문》의 <론셜> 연구」, 『연민학지』 8집, 연민학회, 2000.

「<만복사저포기>의 서사적 특성과 장르적 위상」, 『열상고전연구』 15집, 열상고전연구
　　회, 2002.

「<게우사>의 서술시각과 그 성취」, 『동방고전문학연구』 4집, 동방고전문학회, 2002.

「1910년대 활자본 고소설의 존재양상과 그 특성」, 『애산학보』 28집, 애산학회, 2003.

「16세기 후반 소설사 전환의 징후와 <수성지>」, 『고전문학연구』 24집, 한국고전문학
　　회, 2003.

「북한의 17세기 소설사 서술의 몇 가지 문제」, 『민족문학사연구』 29호, 민족문학사학
　　회, 2005.

「<유충렬전>과 가족애」, 『고소설연구』 21집, 한국고소설학회, 2006.

「<최척전>, '희망'과 '연대'의 서사」, 『열상고전연구』 24집, 열상고전연구회, 2006.

# 김현양

연세대학교 국어국문학과를 졸업하고
같은 대학에서 석사, 박사학위를 받았다.
현재 명지대학교 방목기초교육대학 교수로 재직하고 있다.
한국고전문학회 이사를 역임했으며, 민족문학사연구소·학회,
한국고소설학회, 열상고전연구회 이사로 활동하고 있다.
공저로『민족문학사강좌』,『한국고전문학작가론』,
『묻혀진 문학사의 복원-16세기 소설사』등이 있고,
공역서로『譯註 殊異傳 逸文』,『한국고소설관련자료집Ⅰ』,
『한국고소설관련자료집Ⅱ』등이 있다.


## 한국 고전소설사의 거점

**초판 1쇄 발행**　2007년 9월 3일

저　자 _ 김현양
발행인 _ 김흥국

발행처 _ 도서출판 보고사
주　소 _ 서울시 성북구 보문동 7가 11번지 2층
등　록 _ 6-0429(1990.12)
전　화 _ 922-5120~1(편집부) / 922-2246(영업부)
팩　스 _ 922-6990
메　일 _ kanapub3@chol.com
정　가 _ 22,000원
ISBN _ 978-89-8433-584-4　(93810)

www.bogosabooks.co.kr

＊잘못된 책은 바꾸어 드립니다.
＊저자와의 협의에 의하여 인지는 생략합니다.